Judith Michael

# Die Zwillingsschwestern

Ins Deutsche übertragen von Eva Schönfeld



BASTEI LÜBBE

Bastei-Lübbe-Taschenbuch
Band 10800

Titel der Originalausgabe: DECEPTIONS

Lizenzausgabe mit Genehmigung des Scherz Verlages:
Gustav Lübbe Verlag GmbH, Bergisch Gladbach
Printed in West Germany 1986
Einbandgestaltung: Klaus Blumenberg
Titelfoto: Stephen Morley
Satz: BDV Printmedien Liestal
Druck und Verarbeitung: Ebner Ulm

ISBN 3-404-10800-0

Der Preis dieses Bandes versteht sich einschließlich der gesetzlichen Mehrwertsteuer

# 1

Sabrina Longworth stand vor dem Schaufenster des chinesischen Antiquitätenladens in der Tian Jin Road und überlegte sich, was sie kaufen sollte: das phantastisch geschnitzte Jade-Schachbrett oder die bronzene Drachenlampe. Eigentlich konnte sie sich beides leisten, aber sie wußte ja noch nicht, was es drinnen im Laden gab. Und wenn sie alles kaufte, was ihr auf dieser zweiwöchigen Chinareise in die Augen stach, würde sie mit leeren Taschen heimkehren.

Sobald Stephanie nachkam, wollte sie deren Meinung erfragen. Vielleicht konnte sie ihr die Lampe zum Geschenk machen.

Aus dem dämmrigen Ladeninnern beobachtete Mr. Su Guang die ausländische Dame. Er fand sie erstaunlich schön. Mr. Su, selbst Künstler und Kenner, hatte in Amerika studiert und viele hübsche Frauen dort gesehen, aber keine von so ausdrucksvoller Schönheit wie diese. Ihr Haar, von der Farbe dunklen Bernsteins, leuchtete in der Nachmittagssonne; der lockere Knoten wurde tief im Nacken von cremeweißen, goldgerahmten Kämmen festgehalten. Das zarte Oval ihres Gesichts war von einem Paar dunkelblauer, weit auseinanderstehender Augen beherrscht, und ihr voller, großzügiger Mund verriet nur durch einen kleinen, kaum merklichen Zug eine gewisse Verletzlichkeit. Mr. Su hätte ihr am liebsten gleich seinen ritterlichen Schutz angeboten …

Schlank und anmutig, von königlicher Haltung, stand sie da vor den Menschenmassen, die sich zu Fuß und auf den Fahrrädern durch die Straßen schoben, mit lebendem Geflügel, Gemüsekörben und zweirädrigen Karren. Ab und zu warf die Dame einen Blick in das Getümmel, richtete ihre Aufmerksamkeit aber gleich wieder auf Mr. Sus Auslagen, und zwar besonders, wie er anerkennend bemerkte, auf die beiden besten Stücke. Er beschloß, sie hereinzubitten und ihr einige der Schätze zu zeigen, die er nur seinen würdigsten Kunden vorzuführen pflegte. Doch auf dem Weg zur Tür hielt er plötzlich mit offenem Mund inne: die Dame vor dem Schaufenster hatte sich verdoppelt!

Da standen zwei, die sich in jeder Kleinigkeit glichen, vom Scheitel bis zur Sohle, bis zu den fließenden chinesischen Seidengewändern, die, wie Mr. Su erkannte, aus einem Laden in seiner Nachbarschaft stammten. Aber er hatte nicht viel Zeit, über dieses Phänomen zu grübeln, denn schon traten die beiden Damen bei ihm ein.

In der Tür blieben sie einen Moment stehen, um sich nach der Sonne draußen an das sanfte Kerzen- und Lampenlicht zu gewöhnen. Mr. Su verbeugte sich tief. »Willkommen, meine Damen. Darf ich Ihnen eine Tasse Tee anbieten?«

Die erste Dame streckte ihm freundlich die Hand entgegen. »Sie sind Mr. Su? Mein Name ist Sabrina Longworth. Ich habe Ihnen bereits aus London geschrieben, weil ich hier ein paar Sachen für meine Antiquitäten-Boutique ›Ambassadors‹ zu finden hoffe.«

»Lady Longworth! Ich habe Sie erwartet. Und nun habe ich die Freude, Sie gleich zweimal zu erblicken!«

Sie lachte. »Dies ist meine Schwester Stephanie Andersen aus Amerika.«

»Amerika‹ strahlte Mr. Su Guang. »Ich habe in Chicago Kunstgeschichte studiert.«

»Da sieht man, wie klein die Welt ist«, bemerkte Mrs. Andersen. »Ich wohne in der kleinen Universitätsstadt Evanston, nördlich von Chicago.

»Ah – dort war ich auch einmal, um die Universität zu besichtigen. Doch nun lassen Sie uns erst Tee trinken.« Mr. Su war ganz hingerissen von der Schönheit der Damen. Und diese vollkommene Gleichheit! Sogar ihre leisen, angenehmen Stimmen

waren nicht zu unterscheiden; beide hatten einen undefinierbaren europäischen Akzent, obgleich die eine doch aus London und die andere aus Amerika kam. Wahrscheinlich waren sie gemeinsam in Europa aufgewachsen.
Während er zeremoniell den Tee bereitete und servierte, fragte er sie nach ihrem Chinaaufenthalt und erfuhr, daß eine Gruppe von Kunsthändlern die Rundreise arrangiert hatte. »Bitte, Lady Longworth –« Die Angesprochene sah lächelnd auf ihre Schwester, und Mr. Su verbesserte sich hastig: »Mrs. Andersen. Verzeihung, ich habe mich geirrt.«
»Keine Ursache«, erwiderte Mrs. Andersen. »Wir werden sehr oft verwechselt, die Lady aus England und die schlichte Hausfrau aus Evanston.«
Mr. Su stellte erleichtert fest, daß beide keineswegs beleidigt, sondern eher amüsiert waren. Und nachdem sie ihren Tee getrunken hatten, standen sie auf, um sich die kostbarsten Raritäten des Ladens zeigen zu lassen.
Die Schwestern waren keine Neulinge auf diesem Gebiet, wie Mr. Su rasch mit Getugtuung und Sympathie feststellte. Besonders Lady Longworth wußte seine Sachen zu würdigen, aber sie war auch eine erfahrene Geschäftsfrau, die instinktiv erkannte, wo die – zum Teil von der Regierung bestimmten – Preisgrenzen lagen, und keine Zeit mit nutzlosem Hin und Her verschwendete. Entweder kaufte sie, oder sie ging zum nächsten Artikel über.
»Schau nur, Sabrina!« Mrs. Andersen hatte Mr. Sus Sammlung alter Zauberartikel entdeckt. Sie drehte und wendete einige der komplizierten Stücke in der Hand. »Das wäre doch ein Mitbringsel für Penny und Cliff. Das heißt, um des lieben Friedens willen muß wohl jeder eins für sich bekommen.«
Mr. Su bearbeitete inzwischen mit flinken Fingern seinen Zählrahmen und notierte Lady Longworths Bestellungen, die direkt nach London verfrachetet werden sollten. Das Jade-Schachspiel und die Bronzelampe aus dem Schaufenster nahmen die Damen gleich mit. Als sie sich verabschiedeten, griff Mr. Su rasch noch einmal in seinen Zauberschrank und überreichte Mrs. Andersen eine Elfenbeinschnitzerei. »Machen Sie mir die Freude, dies

zum Andenken anzunehmen. Ich sah, wie Sie das Stück bewunderten, es aber zurücklegten, als Sie den Preis sahen. Sie haben für Ihre Kinder gekauft – das hier ist für Sie selbst.«
Mrs. Andersen dankte ihm so reizend, daß Mr. Su im stillen seine verlorene Jugend beklagte. Dann öffnete er ihnen unter Verbeugungen die Tür und sah ihnen noch sinnend nach, bis sie um die nächste Straßenbiegung verschwanden.
»Weißt du den Weg zum Hotel? fragte Stephanie nach ein paar Schritten.
»Keine Ahnung«, erwiderte Sabrina heiter. »Ich dachte, ich hätte mir ein paar Punkte gemerkt, aber dieses Straßengewirr ist ja schlimmer als der Irrgarten von Treveston. Das kommt davon, wenn man dem Reiseleiter entwischt und auf eigene Faust in Schanghai herumstrolcht. Wir werden jemanden fragen müssen.«
Während sie stillstanden, zeigte Stephanie ihrer Schwester Mr. Sus Abschiedsgeschenk. »Hast du das schon richtig gesehen?

Sabrina gab ihr das Schachspiel zu halten und untersuchte das zierliche Kunstwerk. Es bestand aus Dutzenden von winzigen geschnitzten Figuren, die, irgendwie ineinander verhakt, einen durchbrochenen Würfel bildeten. »Sie sind alle beweglich und lassen sich verschieben –«
»Ja, ich habe ordentlich Angst, sie nie mehr richtig zusammenzukriegen«, sagte Stephanie. »Aber es ist entzückend, nicht? Lauter Hofdamen, glaube ich ... Wo mögen wir nur hingeraten sein?«
Ein Radfahrer hielt neben ihnen und fragte in sorgfältigem Englisch: »Kann ich Ihnen helfen?«
»Ja, bitte«, sagte Sabrina. »Wir haben das Heping-Hotel verloren.«
»Verloren? Ah, Sie meinen den Weg. Es ist in der Tat schwierig bei uns. Wenn Sie mir folgen wollen, zeige ich Ihnen die Nan Jing Road.«
»Können alle Chinesen so gut Englisch?« fragte Stephanie.
»Wir lernen es in der Schule«, erklärte der junge Mann und fuhr langsam an der Bordschwelle entlang vor ihnen her.

»Du hast nichts für deinen Mann gekauft«, erinnerte sich Sabrina plötzlich.
»Kommt schon noch. Ich habe dir ja gesagt, daß ich zur Zeit nicht besonders gut auf Garth zu sprechen bin. Und wir haben noch eine Woche Zeit. – O Gott ...«
»Was ist denn los?«
»Nur noch eine Woche. Zu schade. Vor der Abreise dachte ich, zwei Wochen wären eine kleine Ewigkeit, und nun ist schon die Hälfte vorbei. Sabrina, hast du dir nie gewünscht, du könntest mal für längere Zeit ganz und gar von der Bildfläche verschwinden?«
»O ja, oft. In letzter Zeit beinahe täglich. Aber da ich hauptsächlich von mir selbst loskommen will, gelingt es nie. Man muß sich überallhin mitnehmen.«
»Genau das wollte ich sagen. Du weißt doch immer gleich, was ich meine.«
Der Radfahrer bog um eine Ecke und sah sich um, um sich zu vergewissern, ob die Damen noch folgten.
»Weiter als nach China werden wir wohl nicht so bald wieder entschwinden können«, meinte Sabrina.
»Dann bleibe ich vielleicht hier. Ich verstecke mich, bis ihr alle abgefahren seid, und lasse mich einfach nicht mehr finden – wenigstens für eine Weile. Nicht mehr Stephanie Andersen sein müssen! Ich werde Mr. Su weismachen, ich sei Lady Longworth und bliebe noch ein paar Wochen, und da du seine beste Kundin bist, wird er entzückt sein, mir in jeder Hinsicht zu helfen. Vorausgesetzt natürlich, du nimmst mir nicht übel, daß ich mir deinen Namen und Titel aneigne.«
»Durchaus nicht! Aber wenn du in meine Rolle schlüpfst, mußt du dafür logischerweise auch nach London gehen und meine dortigen Probleme lösen.«
»Nur wenn du für mich in Evanston das gleiche tust.«
Sie brachen beide in Lachen aus. »Das wäre ein guter Witz«, sagte Sabrina gerade, als ihr freundlicher Führer ihnen zuwinkte und um die Ecke zeigte.
»Das ist die Nan Jing Road!«
Bevor sie ihm danken konnten, war er im Strom der zahllosen

Fahrräder, Wagen und Fußgänger untergetaucht, der die breite Straße überschwemmte. Sie gingen langsam weiter. Stephanie war unvermittelt still geworden und starrte geistesabwesend in die Schaufenster, an denen sie vorbeikamen. »Für mich wäre es wie ein Märchen«, murmelte sie nach einer Weile. »Einmal leben dürfen wie du. Ich müßte mir wohl nur deinen brasilianischen Millionär vom Leibe halten.«
Sabrina warf ihr einen beredten Seitenblick zu. »Und ich mir deinen Mann.«
»Oh, keine Sorge. Garth hat mich seit Olims Zeiten kaum noch angeguckt. Meistens schläft er sogar im Labor oder in seinem Arbeitszimmer. Da ist keine Abwehr nötig.«
Sie gingen schweigend an einem Buchladen vorüber und blieben vor einem Geschäft voller Papierblumen und Fächer stehen. »Ich glaube wirklich, es ließe sich machen«, nahm Stephanie ihren Gedankengang wieder auf. »Wetten, daß alle Leute darauf hereinfielen? Natürlich nicht für lange, aber –«
Sabrina traf in der spiegelnden Scheibe über den üppigen rosaroten Kunststräußen auf Stephanies Augen. »Für ein paar Tage sicher«, nickte sie. »Und vielleicht würde es jeder von uns ganz gut tun, das eigene Leben mal vom Standpunkt der anderen her zu überdenken ...«
»Da sind Sie ja!« Ein lauter Zuruf unterbrach das Gespräch der Schwestern. Ihr Reiseleiter, der die übrige Gruppe gerade über die Straße führte, hatte sie erspäht und begann sie wegen ihrer Eigenmächtigkeit auszuschelten. Sie hatten nämlich alle kaum noch Zeit, im Hotel zu essen, weil sie gleich anschließend zu einer Zirkus-Schau aufbrechen mußten, die bis weit nach Mitternacht dauerte.
Erst am folgenden Nachmittag kam Stephanie auf ihre spontane Idee zurück, als sie mit Sabrina in der Nähe des Hotels herumbummelte. »Denkst du auch dauernd daran?« fragte sie. »Heute nacht war ich zu müde zum Reden, aber ich male mir ständig aus, wie wir wohl die Rollen tauschen könnten.«
»Ja, es ist verlockend«, gab Sabrina zu. »Eine dieser verrückten Ideen, in die man sich regelrecht verrennen kann. Irre!«
»Gar nicht so irre, Sabrina. Ich meine es ernst.«

»Selbst wenn es durchführbar wäre – so löst man keine Probleme.«
»Woher willst du das wissen? Erst mal müßten wir dazu wirklich ganz von unserer jetzigen Identität wegkommen.«
Sabrinas Puls beschleunigte sich. Stephanie hatte wieder einmal das richtige Stichwort gefunden.
»Und keiner würde uns so bald auf die Schliche kommen«, fuhr Stephanie fort. »Wir wissen soviel voneinander wie niemand sonst; wir haben uns immer alles erzählt, wir denken sogar ganz ähnlich –«
Sie hatte recht. Auf geheimnisvolle Weise hatten die Zwillinge immer über einander Bescheid gewußt, auch nachdem ihre Lebenswege sich so weit getrennt hatten.
»Aus der Distanz würde jede sich selbst besser kennenlernen und sehen, was sie bisher falsch gemacht hat«, hastete Stephanie weiter. »Man gewinnt keinen Überblick, wenn man ständig mittendrin steckt. Du hast schon oft gesagt, du würdest gern mal aus eigener Erfahrung mitreden können, wenn ganz normale Hausfrauen und Familienmütter sich unterhalten. Bitte, ich gebe dir die Gelegenheit! Oder hast du in der ersten Woche in London sehr viel vor?«
»Nichts Besonderes.« Der Gedanke saß schon so fest, daß Sabrina tatsächlich zu überlegen begann. »Ich habe keine Termine vorgemerkt, weil ich dachte, die Chinareise wird vielleicht so anstrengend, daß ich mich hinterher erst ein paar Tage erholen muß. Mein Sekretär kommt glänzend allein zurecht, und außerdem kann ›Ambassadors‹ ruhig eine Woche geschlossen bleiben.«
»Bei mir zu Hause ist auch nicht viel los«, sagte Stephanie eifrig. »Penny und Cliff haben ihre Schule, ihre Freunde und Veranstaltungen. Und in meinem Büro kannst du dich ohne weiteres für eine Woche krankmelden: asiatische Grippe oder so. Das haben mir alle sowieso prophezeit. Allerdings wirst du für die Familie kochen müssen.«
Sabrina lachte mit funkelnden Augen. »Ob du's glaubst oder nicht, ich koche sogar gern und gut. Oder denkst du, ich hungere, wenn Mrs. Thirkell Ausgang hat?«

»Garth und die Kindern merken so gut wie nie, was sie essen. Sie schlingen alles bloß so runter; angeblich sind sie immer in Eile. Du wirst wohl ziemlich viel allein sein.«
Sie standen jetzt vor einem Scherenschnittladen mit den reizendsten und kniffligsten Papierkunstwerken. Sabrina fühlte sich in ihre Kindheit zurückversetzt, als sie und Stephanie die anderen mit ihrer Ähnlichkeit hinters Licht führten: diese köstliche Vorfreude, wenn sie etwas ausheckten, etwas wagten – und so oft gewannen. Immer wieder hatte man sie verwechselt. Nur waren sie jetzt keine Kinder mehr.
»Einmal die Rollen tauschen«, flüsterte Stephanie beschwörend. »Es wäre ein Abenteuer, eine Bewährung für uns beide ... Nur für eine Woche, Sabrina. Das müßte doch gehen.« Kurz vor ihrem Hotel prallten sie mit ihrem Reisegenossen Nicholas Blackford zusammen, der eben aus einer Konditorei kam und einen Stapel eingewickelter Leckereien balancierte. Er lächelte verlegen. »Mir fällt's so schwer, auf Reisen Diät zu halten ... Ich hätte meine Frau mitnehmen sollen. Schimpfen Sie mich nur aus, Sabrina, wie früher, als Sie noch bei mir im Laden waren und auf mich aufpaßten. Oder spreche ich gerade mit Mrs. Andersen? Ich muß zu meiner Schande gestehen, daß ich Sie nicht auseinanderhalten kann!«
Er eilte ins Hotel, und Sabrina und Stephanie sahen einander hinter dem Rücken des munteren Kahlkopfs belustigt an. Daß Fremde sie verwechselten, war nicht weiter erstaunlich, aber Mr. Blackford kannte Sabrina seit gut zehn Jahren; vor Eröffnung ihrer eigenen Boutique hatte sie bei ihm gearbeitet und gelernt. Sie deutete einen scherzhaften Knicks an. »Wie hübsch, daß ich Sie treffe, Lady Longworth. Wie gefällt's Ihnen in Schanghai?«
Stephanie reichte ihr leutselig die Hand.

# 2

Noch nie waren Sabrina und Stephanie Hartwell irgendwo richtig seßhaft gewesen. Kaum hatte die Diplomatenfamilie sich an einem Ort ein bißchen eingelebt, war es schon wieder Zeit, die Koffer zu packen und in eine andere Stadt umzuziehen, meistens sogar in ein anderes Land mit einer anderen Sprache und einer neuen, fremden Schule. Das hatte in Washington angefangen, als sie knapp zwei Jahre alt waren, und von da an führten sie ein Nomadenleben. Die Stationen hießen Norwegen, Schweden, Portugal, Spanien – und nun stand abermals ein Aufbruch bevor.

»Was, schon wieder?« jammerte Sabrina, als sie von der Reitstunde heimkam und ihre Mutter dabei antraf, wie sie ihre kostbaren Vasen in Flanelltücher packte. »Wir sind doch kaum hier angekommen!«

»Vor zwei Jahren«, berichtigte Laura Hartwell. »Daddy und ich haben euch schon lange gesagt, daß wir im August nach Athen versetzt werden.«

»Ich will nicht nach Athen«, muckte jetzt auch Stephanie auf. »Madrid mag ich viel lieber. Hier haben wir endlich ein paar nette Freundinnen – und in der nächsten Klasse sollen wir die beliebteste Lehrerin kriegen!«

»Freundinnen findet ihr auch in Athen. Die amerikanische Schule soll ausgezeichnet sein, und Athen ist bekanntlich voller Kunstschätze.«

»Voller Ruinen«, murrte Sabrina.

»Die wir zusammen erforschen werden«, sagte ihre Mutter, legte die eingewickelten Vasen in eine Kiste und stopfte Lücken behutsam aus. »Es tut mir leid, Kinder. Wir mögen dieses unstete Leben auch nicht besonders, aber in einer Diplomatenfamilie muß man sich damit abfinden.«

»Daddy mag es«, sagte Sabrina trotzig. »Jedesmal, wenn wir umziehen, plustert er sich ordentlich auf und tut sich wichtig.«

»Das genügt, Sabrina«, sagte Laura Hartwell scharf. »Ihr geht jetzt hinauf, alle beide, und fangt an, eure Bücher und Kleider zu sortieren. Ihr tut es ja nicht zum ersten Mal.«

»Nein, darin haben wir wahrhaftig Übung«, knurrte Sabrina ihrer Schwester auf der Treppe zu.
Im Grunde freute sie sich sogar ein wenig auf Athen, wollte es aber nicht zugeben, weil Stephanie so unglücklich war. Ihre Schwester wäre am liebsten für alle Zeit an einem Ort, in derselben Schule und bei denselben Bekannten geblieben. Sie haßte Wechsel und Unruhe.
Aber auch wenn Sabrina taktvoll schwieg, erriet Stephanie doch, was sie dachte, und das beruhte meistens auf Gegenseitigkeit. »Ich sehe ja auch gern was von der Welt«, lenkte sie ein, während sie lustlos in ihrem Schrank stöberte. »Aber wäre es nicht herrlich, mal ein richtiges Zuhause zu haben?«
»Kann ich nicht beurteilen«, meinte Sabrina ehrlich. »Wir hatten ja nie eins.«
Die kurzfristig gemieteten Häuser waren freilich auch nicht übel gewesen; Mutter hatte das Talent, jedes im Handumdrehen so schön und wohnlich zu machen, daß sie sich bald kaum noch an die vorige Bleibe erinnerten. Und genau das geschah, nachdem sie im August in Athen eingetroffen waren.
Die ersten Ausfahrten, die Laura Hartwell mit ihren Töchtern unternahm, während Gordon Hartwell sein neues Amt auf der amerikanischen Botschaft antrat, waren für Sabrina ein herrliches Erlebnis gewesen. Aber Stephanies gedrückte Stimmung war so spürbar, daß sie schließlich davon angesteckt wurde. Bei den gemeinsamen Mahlzeiten stocherten die Zwillinge appetitlos auf ihren Tellern herum, bis ihr Vater eines Abends klirrend das Besteck hinlegte.
»Ich habe jetzt genug von euren schiefen Gesichtern! Laura, kannst du nicht mal vernünftig mit ihnen reden?«
»Ich versuch's ja dauernd, Gordon.«
»Immer noch nicht genug, wie es scheint.« Er sah die Mädchen zornig an.
»Au weia, jetzt kriegen wir eine Standpauke«, flüsterte Sabrina.
»Laßt es mich noch einmal in aller Deutlichkeit erklären«, begann Gordon Hartwell. »Unsere Regierung versetzt die Mitglieder des Diplomatischen Korps durchschnittlich alle zwei Jahre. Diese Politik hat ihre guten Gründe. Habt ihr das ver-

standen?«
»Ich finde diese Politik sehr blöd«, sagte Sabrina keck. »Du mußt immer wieder von vorn anfangen und kommst nie zu ordentlicher Arbeit.«
»Ich glaube kaum«, sagte Gordon Hartwell trocken, »daß ein elfjähriges Mädchen in der Lage ist, die Politik unseres Außenministeriums zu kritisieren oder die Arbeit ihres Vaters in Frage zu stellen. Der regelmäßige Austausch der Diplomaten hat vor allem den Zweck, allzu enge persönliche Beziehungen zu anderen Ländern zu unterbinden. Und für euch können sich unsere Umzüge nur günstig auswirken. Wer sonst lernt in eurem Alter schon so viele Länder kennen?«
»Du meinst also«, erwiderte Sabrina in ebenso ernstem Ton wie ihr Vater, »daß wir alles gut finden müssen, was für deine Karriere gut ist.«
»Sabrina!« zischte Laura leise und warf Sabrina einen Blick zu, vor dem sie die Augen senkte.
»Entschuldigung«, murmelte sie. Dann wurde etwas gezwungen das Thema gewechselt.
Laura betrachtete ihre Zwillinge mit sorgenvoll gefurchter Stirn. Sie kamen allmählich in ein schwieriges Alter. Einerseits war sie stolz auf ihre Lebhaftigkeit, ihr hübsches Aussehen und ihren raschen Witz; andererseits wurden sie oft reichlich frech und verbündeten sich insgeheim gegen die Erwachsenen. Laura wußte oft nicht mehr, wie sie diesen Unabhängigkeitsdrang bändigen sollte.
Leider hatte sie auch zu wenig Zeit für ihre Kinder. Seit sie Gordon Hartwell kannte, widmete sie ihre ganze Kraft seiner diplomatischen Karriere. Bei ihrer Hochzeit hatte sie sich geschworen, nicht zu ruhen, ehe er es zum Botschafter oder gar zum Staatssekretär gebracht hatte – und von diesem Ziel hatte sie in all den folgenden Jahren nichts abbringen können, nicht einmal die nicht eingeplante Geburt ihrer Zwillingstöchter.
Gordon brauchte sie. Als er noch ein mittelloser und unbekannter Geschichtsprofessor an einem College gewesen war, hatte Laura mit ihrer Schönheit und ihrem Stil sein Prestige aufgewertet und ihm mit ihrem Geld und ihrem gesellschaft-

lichen Schliff den Weg nach oben geebnet. Auch heute noch, nachdem er sich zum gewiegten Diplomaten mit dem begründeten Ruf als Sachverständiger für europäische Kultur und Geschichte entwickelt hatte, brauchte er sie. Sie hatten immer noch einen langen Weg vor sich.
Nichts konnte Laura aufhalten, wenn sie sich etwas vorgenommen hatte. Sie managte die Karriere ihres Mannes, ihr Nomadenleben in Europa, ihren gesellschaftlichen Aufstieg und die Erziehung ihrer Töchter. Für letztere waren zwar hauptsächlich Lehrer und Dienstboten zuständig, aber sobald Laura eine Stunde erübrigen konnte, kümmerte sie sich selbst darum.
Von Anfang an hatte sie Wert darauf gelegt, daß die beiden als individuelle Persönlichkeiten aufwuchsen. Warum sollten sie einander gleichen wie ein Ei dem andern, nur weil sie eineiige Zwillinge waren? Sabrina und Stephanie bekamen verschieden möblierte Zimmer, verschiedene Kleidung und sogar verschiedene Spielsachen, damit sie von klein auf möglichst verschiedene Interessen entwickelten.
Und wieder ging Lauras Wunsch – in den gegebenen Grenzen – in Erfüllung. Sabrina, fand sie, geriet mehr nach ihr, eine wißbegierige, unerschrockene kleine Kämpferin, während Stephanie mehr dem vorsichtigen, bedächtigen Vater ähnelte. Gordon sah das offenbar ebenso, denn wenn er sich überhaupt um die Kinder kümmerte, zog er unbewußt Stephanie vor – was Sabrina nicht verborgen blieb.
Dennoch waren sie nicht so verschieden, wie Laura es sich einredete. Selbst sie konnte es nicht leugnen, daß die Mädchen oft auf verblüffende Weise gleich dachten und reagierten und die Bindung zwischen ihnen so stark war, daß niemand sie zerstören konnte – außer den beiden selbst.

»Warum dürfen wir nie allein in Athen spazierengehen?« nörgelte Sabrina ungefähr ein Jahr später, als die Eltern sich eben zu einem Empfang zurechtmachten. »Immer werden wir nur herdenweise in Museen und Kirchen geschleppt – normale Leute lernen wir gar nicht kennen. Ihr seid dauernd unterwegs und amüsiert euch, während wir unter Aufsicht zu Hause hok-

ken müssen. Jeder hat mehr von eurer großartigen Stellung als wir!«
Laura befestigte eine Perlenspange in ihrem Haar. »Aber Sabrina, wir unternehmen doch eine ganze Menge miteinander –«
»Wann denn?« platzte Sabrina heraus. »Höchstens, wenn ein paar alte Amerikaner zu Besuch kommen und ihr mit uns angeben wollt!« Und bevor Laura eine ärgerliche Zurechtweisung finden konnte, versuchte Stephanie abzulenken: »Die meiste Zeit bist du mit Daddy zusammen oder machst Besorgungen. Und Daddy arbeitet dauernd. Andere Familien sind ganz anders. Sie verbringen die Wochenenden miteinander, sie essen zusammen und sind eben wirklich eine Familie.«
»Die einzige Familie, die wir haben, sind wir selber«, vollendete Sabrina. »Stephanie und ich, nur wir beide sind unsere Familie.«
»Ruhe jetzt!« donnerte Gordon Hartwell. »Und jetzt geht raus, sofort, damit wir uns in Ruhe fertig anziehen können!«
»Einen Moment, Gordon«, sagte Laura unvermutet. Sie stand da, hochgewachsen und schlank, in schwarzer Seide und mit einer langen weißen Perlenkette. Sabrina haßte ihre Mutter in diesem Augenblick fast wegen ihrer unnahbaren Schönheit, und zugleich sehnte sie sich danach, von ihr umarmt und getröstet zu werden. Aber der einzige Mensch, der sie je in die Arme nahm, war Stephanie. Ob die Eltern sich noch manchmal küßten und drückten? Wahrscheinlich nicht. Sie würden dabei ja ihre eleganten Kleider zerknittern! Aber dann sagte Laura etwas Überraschendes:
»Die Kinder brauchen wirklich etwas mehr Zuwendung. Ich werde sie von jetzt an öfter auf meine Einkaufstouren mitnehmen.«
»O ja, Mama!« rief Stephanie überwältigt.
Gordon zuckte nur die Schultern und sah auf die Uhr. »Meinetwegen, aber nehmt immer den Chauffeur mit, damit nichts passiert.«
Laura hielt Wort, und der erste gemeinsame Einkaufsbummel fand schon am nächsten Nachmittag statt. Laura Hartwells Hobby bestand im Entdecken und Sammeln von Antiquitäten

und Kunstgegenständen. Zu diesem Zweck studierte sie Kataloge, besuchte Flohmärkte und Auktionen, sprach mit Museumskuratoren und sah Handwerkern beim Möbelrestaurieren zu. Im Laufe der Jahre wurden die Häuser, in denen die Hartwells wohnten, zu wahren Ausstellungsräumen. Lauras Kenntnisse und ihr sicherer Geschmack zogen in den internationalen Kreisen, in denen sie sich bewegte, allgemeine Aufmerksamkeit auf sich; sie wurde häufig um Rat gefragt, und wäre sie nicht Gordon Hartwells Frau gewesen, hätte sie sich mit Leichtigkeit eine selbständige Existenz aufbauen können. Aber sie liebte das glänzende diplomatische Parkett, das Gordon ihr bot, und so vereinte sie beides und fand in Sabrina und Stephanie bald unerwartet gelehrige Schülerinnen.

Im Spätsommer des Jahres, in dem John F. Kennedy Präsident der Vereinigten Staaten geworden war, wurde Gordon Hartwell als Geschäftsträger an die Pariser Botschaft berufen. Doch was sich auch in der Welt begeben mochte – für Sabrina und Stephanie änderte sich wenig. Sie lebten in Paris fast genauso wie in Athen, inmitten einer amerikanischen Enklave. Sie besuchten die amerikanische Schule, und wenn sie auf die berühmten Flohmärkte durften, dann nur in Begleitung ihrer Mutter.
Laura Hartwell spürte deutlich, daß sich – besonders in Sabrina – einiges an Auflehnung aufstaute, und als die beiden Mädchen vierzehn waren, ließ sie sie zu den Parties gehen, die für die Söhne und Töchter der Diplomaten arrangiert wurden. Sie freundeten sich mit Gleichaltrigen aus einem Dutzend Ländern an, deren Akzente, Mentalitäten und Ausdrucksweisen sich so miteinander vermengten, daß sie eine Art von Nation bildeten, die völlig abgeschlossen von der Außenwelt lebte. Doch dann war wieder einmal alles mit einem Schlag vorbei. Eines Winterabends bei Tisch erfuhren die Mädchen die große Neuigkeit, daß Gordon Hartwell zum Botschafter in Algerien ernannt worden sei. Nur, sagte Laura so schnell, daß man ihr nicht ins Wort fallen konnte, sei diesmal leider ein Haken an der Sache. Algerien hatte eben erst seine Unabhängigkeit erkämpft und

war für Ausländer ein ziemlich heißer Boden und auf keinen Fall ein wünschenswerter Aufenthaltsort für amerikanische Teenager.
»Aber uns ist ein vorzügliches Schweizer Internat empfohlen worden«, fuhr Laura fort, »das ›Juliette‹. Wir haben uns genau informiert und glauben, daß ihr euch für den Rest eurer Schulzeit dort sehr wohl fühlen werdet ...«
Sabrina warf ihren Eltern finstere Blicke zu.
»Um uns geht es ja gar nicht«, sagte sie. »Daddy hat sein Ziel erreicht, oder vielmehr du: endlich ist er Botschafter. Und da könnt ihr uns natürlich nicht brauchen. So überaus wichtige Leute, wie ihr seid, laufen immer Gefahr, daß ihre vorlauten Teenager sie in Gesellschaft blamieren.«
Da rutschte Laura die Hand aus. Es war das erste und einzige Mal, daß sie eine ihrer Töchter ohrfeigte, und sie schämte sich sofort entsetzlich. »Entschuldige«, sagte sie. »Aber du hast eben selbst bewiesen, daß du wirklich unerträglich vorlaut sein kannst.«
»Sie hat's doch nicht so gemeint«, legte Stephanie sich hastig ins Mittel. »Es ist doch nur, weil wir uns nicht gern von euch trennen –«
»Ich *habe* es gemeint«, sagte Sabrina, »und ich gehe mit Vergnügen in die Schweiz. Ich werde mich niemals Leuten aufdrängen, die mich nicht haben wollen.« Lauras Augen flammten, aber sie sagte mit weicher, bewegter Stimme: »Selbstverständlich werden wir euch schmerzlich vermissen. Aber wir können den Auftrag unserer Regierung nicht ablehnen. Algerien ist, wie gesagt, noch längst nicht zur Ruhe gekommen, und was die Schulverhältnisse betrifft –«
»Ist ja schon gut, wir haben verstanden«, unterbrach Sabrina. Sie hatte einen dicken Kloß im Hals und haßte in diesem Moment nicht nur die Mutter, sondern auch den Vater, der so unbeteiligt aus dem Fenster sah, als ginge ihn das Ganze nichts an. »Sicher liegt das Internat in einer herrlichen Landschaft – dafür sind sie ja berühmt dort –, und wir können unser Französisch aufpolieren, nicht wahr, Stephanie? Am besten gehen wir gleich mal hinauf und suchen unsere Bücher zusammen ...«

Die Eltern schwiegen. Dann standen die Töchter genau im gleichen Moment auf und gingen hinaus, um miteinander allein zu sein.

## 3

Punkt zehn Uhr abends öffneten sich die Flügeltüren des großen Ballsaals und gaben den Blick auf einen venezianischen Palazzo aus Pappmaché und Farbe frei. Imitierte Marmorsäulen stützten das Deckengewölbe, und hinter den Bogenfenstern sah man gemalte Kanäle und romantische Gondeln. Rund um das glänzende Parkett standen hundert gedeckte Vierertischchen, jedes mit einer Orchidee in der Mitte. Vierhundert junge Leute in Smokings und Ballkleidern strömten herein. Heute war der große Abschlußball der zehn Eliteschulen rund um den Genfer See.

Die meisten Jungen und Mädchen kannten einander schon seit Jahren von wohlorganisierten gesellschaftlichen Anlässen, Studienreisen und sportlichen Wettbewerben her. Erst heute hatte das alljährliche Sportfest stattgefunden, bei dem die Schüler aller Klassen Trophäen für ihre Schule zu ergattern suchten. Bis in den Nachmittag hinein hatten sie schweißüberströmt um die ersten Plätze im Reiten, Segeln, Bogenschießen, Fechten, Schwimmen, Fußball und noch einem halben Dutzend anderer Disziplinen gekämpft. Jetzt sah man keinem die Muskelstrapazen mehr an; wohlfrisiert, frisch gebadet und teuer gekleidet ergaben sie sich dem anderen von ihren Instituten geförderten Sport: auf dezente Art den passenden Ehepartner zu finden.

Stephanie, in einer Wolke von blaßgelbem Chiffon, saß mit ihren Freundinnen Dena und Annie auf vergoldeten Sesselchen an ihrem Tisch und wartete auf Sabrina. Sie mußte unbedingt mit ihr sprechen – in den letzten Stunden war so viel passiert, und in ihr herrschte ein Aufruhr von Gefühlen, den sie niemandem sonst mitteilen konnte, nicht einmal ihren Zimmergenossinnen.

Normalerweise brauchte sie Sabrina nicht mehr so bedingungslos wie früher. Jede von ihnen hatte inzwischen zu einem eigenen Leben mit eigenen Freunden gefunden. Nur zu Anfang, als sie die gewundene Straße zwischen Weinbergen zu den alten grauen Schloßmauern hinauffuhren, in denen sich das »Institut Juliette« befand, hatten sie sich aneinandergeklammert; aber dann gewöhnten sie sich bald an die unerwartet freundliche Atmosphäre und vor allem an die wundervolle Umgebung. Sie bekamen verschiedene Zimmer und Kameradinnen zugeteilt und lebten und arbeiteten nun drei Jahre lang mit hundertzwanzig anderen jungen Mädchen. Es war die längste Zeit, die sie bisher an einem Ort zugebracht hatten.

Während sie vorher alles gemeinsam unternommen hatten, trennten sich nun ihre Interessen. Kunstunterricht – in Theorie und Praxis – belegten sie natürlich beide; darin waren sie unverkennbar die Töchter ihrer Mutter. Aber im Sport, auf den in diesem modernen Institut größter Wert gelegt wurde, glänzte jede auf einem anderen Gebiet: Sabrina vor allem im Segeln und Stephanie im Fechten. Sie gehörten ganz verschiedenen Gruppen an und hatten jede ihre eigenen Freundinnen. Doch das Gefühl innerer Verbundenheit verließ sie nie. Irgendwann stahlen sie sich immer wieder eine Freistunde, in der sie miteinander loszogen und für niemand anders zu sprechen waren. »Man muß doch mal wieder ins reine kommen«, pflegte Sabrina mit einem glücklichen Seufzer die schwesterliche Aussprache einzuleiten.
»He, träumst du?« rüttelte Denas frische Stimme Stephanie aus ihren Gedanken. »Wir wollen auf unseren Abschied von ›Juliette‹ trinken – der Teufel soll sie holen!« Sie hob ihr Sektglas.
»Übertreib's nicht, Dena. Im großen und ganzen waren es doch recht schöne Jahre hier.«
»Ja, aber ich wünschte, wir könnten zusammenbleiben.«
»Dann komm mit Sabrina und mir nach Paris!«
»Nein, kommt ihr lieber mit mir nach Amerika.«
»Wir wollen aber unbedingt an die Sorbonne ...«

»Haben eure Eltern euch nicht schon am Bryn-Mawr-College angemeldet?«

»Ja, aber wir haben uns trotzdem auf eigene Faust an der Sorbonne immatrikuliert. Sie müssen endlich kapieren, daß wir einen eigenen Willen haben.«

Dena hob die Brauen. »Ziemlich kühn, wie?«

Stephanie sagte nichts weiter dazu. Natürlich war Sabrina die treibende Kraft gewesen. Sie allein hätte sich wie üblich dem Wunsch der Eltern gefügt, und die Hartwells hatten das vornehme amerikanische College in Erwägung gezogen, weil Laura dort gewesen war und die Töchter sich, wie sie fanden, allmählich an das Leben in den Vereinigten Staaten gewöhnen sollten. Die aber träumten seit Jahren von nichts als von Paris.

»Hast du Sabrina nicht gesehen?« fragte Stephanie nach einer kleinen Pause etwas ungeduldig. Gleich würde die Tanzerei beginnen, und dann hatten sie kaum noch Gelegenheit zum Reden.

»Seit dem Fechtkampf nicht mehr«, antwortete Annie. »Aber da drüben sitzt dein Charles. Er sieht nett aus.« Da Stephanie schwieg, fragte sie geradeheraus: »Wo seid ihr beide nach dem Wettkampf eigentlich hingegangen?«

»Spazieren«, murmelte Stephanie unbestimmt und spähte durch die Menge zu Charles hinüber, der bei ein paar Jungen seiner Abschlußklasse saß. Ihr Herz wurde weit vor Sehnsucht, als sie auf seinem schmalen, ernsthaften Gesicht dasselbe Lächeln sah, mit dem er nach ihrer beschämenden Fechtniederlage den Arm um sie gelegt und sie aus der Turnhalle geführt hatte.

Sie waren dann gemeinsam nach Lausanne gefahren. Dort, allein mit ihm in einem winzigen Lokal, konnte sie sich endlich ausweinen.

»Immer dieses Zögern im entscheidenden Moment«, schluchzte sie. »Ein einziger Punkt noch, und ich hätte gewonnen – aber ich habe nicht durchgehalten, ich weiß nicht, warum. Sabrina an meiner Stelle –«

Aber Charles hatte ihr gesagt, wie fabelhaft sie sei und wie sehr er ihre Technik und ihre Anmut bewundert habe. »Und darauf kommt es beim Fechten doch viel mehr an als auf reine Kraft. Alle haben das erkannt und dir zugejubelt.« Er redete ihr zu, bis sie ihm halbwegs glaubte und sich beruhigte. Vertrauensvoll überließ sie ihm ihre Hand und fragte sich, ob sie womöglich im Begriff sei, sich in ihn zu verlieben. Und dann veränderte sich seine Stimme, wurde stockend und drängend, und Stephanie begriff, daß er sie überreden wollte, mit ihr in das kleine Hotel nebenan zu gehen. Aber da es sein erster Versuch war, stellte er sich denkbar ungeschickt an, und Stephanie war noch unerfahrener als er und hatte keine Ahnung, wie sie ihm dabei helfen sollte. In den nächtelangen Gesprächen mit ihren Freundinnen über Sex hatten sie zwar stundenlang darüber geredet, wie man am besten ja oder nein sagte, aber nie darüber, wie man selbst die Initiative ergreift.

Als sie quer durch den Ballsaal zu ihm hinsah, fühlte sie wieder seinen Arm um sich, als sie geredet und geredet und dabei nur an das Hotel nebenan gedacht hatte. Und dann mußten sie beide zurück, jeder in sein Internat, um sich für den großen Abschiedsball fertigzumachen. Ich liebe ihn, dachte sie und lächelte dabei.

Annie sah nur das Lächeln. »Ah«, sagte sie erwartungsvoll, »muß ja aufregend gewesen sein, dieser Spaziergang.«

Aber Stephanie ging nicht darauf ein. Die einzige, der sie die Geschichte mit Charles erzählen konnte, war Sabrina. Wo blieb Sabrina nur? Seit dem Ende der Sportveranstaltungen hatte sie sich nirgends mehr blicken lassen.

Die Kapelle blies einen Tusch, die Direktoren der zehn Internate wurden feierlich in den Saal geleitet und mit Applaus begrüßt. Dann spielte das Orchester ein Schullieder-Potpourri, das schwungvoll in den ersten Walzer überging. Das Licht verdämmerte, Hunderte von Kerzen flimmerten sternengleich – die Illusion einer venezianischen Nacht war vollständig. Die Tanzfläche wurde zum Farbenrausch von festlichen Kleidern, und Stephanie flog von einem Arm in den andern; doch sie wartete nur auf Charles und wunderte sich allmählich, daß gerade er nicht kam.

»Schade, das mit deinem Fechtkampf«, hörte sie plötzlich einen ihrer Tanzpartner sagen, und das brachte sie jäh auf die Erde zurück. »Trotzdem hab ich gern zugesehen«, fügte er tröstend hinzu. »Im allgemeinen interessieren mich Mädchen beim Sport nicht, aber wenn eine so hübsch ist wie du, lohnt sich der Anblick ...«

Stephanie blieb abrupt stehen. »Ein erstaunlich dämliches Kompliment!«

»Na hör mal«, verteidigte er sich, »ich wollte doch nur sagen –«

»Hab's begriffen.« Was ging sie dieser Idiot an – sie wollte endlich mit Charles tanzen. Warum holte er sie nicht? Sie ließ den abgeblitzten Verehrer einfach stehen und wand sich zwischen den anderen Paaren hindurch. Und dann sah sie ihn am Ende des Saals in einer Nische, wo er lebhaft auf eine junge Dame einsprach, die Stephanie den Rücken zukehrte. Aber sie erkannte sie sofort: dieses mattblau schimmernde Kleid, dieses mit einem blauen Band zurückgehaltene bernsteinfarbene Haar – Sabrina! Stephanie strebte rasch auf die beiden zu, als sie unversehens stockte: Charles hatte im Gespräch mit ihrer Schwester einen Gesichtsausdruck, wie sie selbst ihn heute nachmittag nicht einmal in den verfänglichsten Augenblicken gesehen hatte, so leidenschaftlich, hingerissen und voller Anbetung ...

Eben begann ein neuer Tanz, und ein anderer junger Mann näherte sich Stephanie, um sie aufzufordern. Sie schüttelte ablehnend den Kopf.

»Aber warum denn nicht, Stephanie?« rief der Junge enttäuscht.

Bei dem Namen »Stephanie« zuckte Charles zusammen und starrte sie über Sabrinas Schulter hinweg fassungslos an. Einen Moment tauchten ihre Augen ineinander. Dann drehte Stephanie sich um und eilte aus dem Saal.

Sabrina lief ihr sofort nach, ohne sich von Charles' verwirrtem Gestammel aufhalten zu lassen. Auf dem Flur sah sie gerade noch einen Schimmer von Stephanies gelbem Kleid in einem Aufzug verschwinden und rannte zum nächsten, um die Etage zu erreichen, wo die »Juliette«-Absolventinnen für diese Nacht untergebracht waren.

»Stephanie!« Sabrina klopfte an die Tür des Zimmers, das ihre Schwester mit Dena Cardozo teilte. Keine Antwort. Sie wartete mit angehaltenem Atem. Ihr Herz trommelte beim Gedanken an Stephanies verzweifeltes Gesicht. Ich hatte ja keine Ahnung! dachte sie. Woher sollte ich wissen, daß sie ... Aber ich hätte es wissen müssen. »Stephanie! Bitte!«

»Die Tür ist offen«, kam die undeutliche Antwort.

Stephanie lag weinend zusammengerollt auf der Couch. Sabrina kniete sich neben sie, ergriff ihre Hand und sagte: »Bitte, Stephanie, es tut mir ja so leid. Ich wollte doch nicht mit ihm flirten. Es war nur ein dummer Zufall –«

Stephanie riß ihre Hand weg. »Natürlich, alle kommen nur per Zufall zu dir!« rief sie erbittert. »Hast du jemals daran gedacht, nein zu sagen?«

Sabrina sah sie verblüfft an. »Natürlich. Aber es war doch ganz anders. Charles –«

»Du brauchst mich nicht auch noch anzulügen! Für dich ist er nur eine weitere Eroberung!«

»Stephanie, hör doch zu. Er hat mich für dich gehalten. Himmel, wie oft verwechseln uns die Leute, besonders wenn sie uns nicht nebeneinander sehen! Ich hatte mich beim Anziehen etwas verspätet, und als ich in den Saal kam, stürzte er sofort freudestrahlend auf mich zu. Ich erkannte ihn gar nicht gleich. Und als er mich zum ersten Mal mit ›Stephanie‹ ansprach, konnte ich seinen Redefluß schon gar nicht mehr stoppen.«

»Das hättest du beim ersten Wort schon tun können. Gib's doch zu, du hast das alte Spiel mit ihm getrieben.«

Sabrina senkte schuldbewußt den Kopf. »Na ja, ein bißchen. Ich wußte ja nicht, daß dir mehr an ihm liegt als an den anderen. Da hat es mir wohl momentan Spaß gemacht.«

»Mußt du denn bei jeder Gelegenheit beweisen, daß du mir in allem überlegen bist?«

»Stephanie.«

»Stimmt's etwa nicht? Jeder weiß das. Du gewinnst jeden Wettkampf. Du hättest deinen Freund nicht verloren. Du hättest auch meinen Fechtkampf gewonnen. Du verlierst nie was.«

»Ich wußte doch nicht, daß Charles dein Freund ist«, sagte Sabrina hilflos.
»Du hast aber gesehen, wie ich mit ihm weggegangen bin. Da hättest du es eigentlich wissen müssen.« Stephanie sah sie anklagend an. »Warum hast du ihm nicht gesagt, wer du bist?«
Sabrina warf die Arme hoch. »Weil heute was passiert ist. Ich habe dich überall gesucht, um mit dir darüber zu reden, aber du hast dauernd getanzt und dann –«
Stephanie horchte bei Sabrinas unglücklichem Tonfall unwillkürlich auf. »Nanu? Was war denn los?«
»Marco ist heute schon von Paris gekommen.«
»Ich dachte, er könnte erst morgen kommen?«
»Ja, aber er hat behauptet, er könnte es nicht mehr abwarten.« Der verächtliche Unterton in Sabrinas Stimme war unüberhörbar.
»Was – abwarten?«
»Daß ich mit ihm ins Bett gehe. Er sagte, ich sei jetzt auch dafür erwachsen genug.«
»Und wie hast du reagiert,«
»Einen Briefbeschwerer nach ihm geworfen und ihm gesagt, er solle sich zum Teufel scheren.«
Stephanie lachte in widerstrebender Bewunderung. »Hat er es getan?«
»Er ist mit hundert Sachen zurück nach Paris, nehme ich an. Vorher nannte er mich eine dumme Gans. Vielleicht hat er recht. Aber ich lege nicht den leisesten Wert darauf, ihn je wiederzusehen.«
Stephanie erkannte plötzlich, daß Sabrina sie auch in dieser Hinsicht wieder um mehrere Nasenlängen geschlagen hatte: sie wurde von allen begehrt und verfolgt, während Stephanie es nicht einmal fertigbrachte, den Jungen, in den sie verliebt war, zu einem ersten gemeinsamen Abenteuer zu ermutigen!
Sabrina beobachtete beunruhigt das nur allzu deutliche Mienenspiel ihrer Schwester. Hatte sich in den Jahren hier, ohne daß sie es wußten und wollten, eine Kluft zwischen ihnen aufgetan?
»Um auf Charles zurückzukommen«, versuchte sie es noch

einmal, »es war wirklich keine Absicht. Er hat uns verwechselt, und ich wußte nicht, daß dir was an ihm liegt. Du hast ja sein Gesicht gesehen, als der andere Junge dich rief. Ich würde doch nie etwas tun, was dir wehtut ...«

»Egal«, sagte Stephanie matt. »Er mochte dich sowieso lieber als mich. Ich kann machen, was ich will, du machst es besser.«

»Das ist nicht wahr.«

»Dann erkläre mir mal, warum du den Fechtkurs aufgegeben hast.«

»Warum ich –? Das ist über ein Jahr her! Und es hatte überhaupt nichts mit dir zu tun.«

»Doch. Weil du bedeutend besser warst als ich.«

»Nicht besser, nur anders.«

»Aggressiver. Geschickter. Glänzender. Alle haben dich bewundert.«

Sabrina war aufgestanden und ging im Zimmer auf und ab. Stephanies offenbare Eifersucht schnitt ihr ins Herz. »Du weißt, daß mir Segeln immer viel mehr Spaß gemacht hat. Darum bin ich gegangen.«

»Du bist gegangen, weil ich im Fechtsaal neben dir ein Mauerblümchen war. Kein Mensch hat mir mehr einen Blick gegönnt.«

»Das ist doch jetzt egal und vorbei. Und an der Sorbonne ...«

»Nein, in den wissenschaftlichen Fächern bist du ja auch besser.«

Sabrina schüttelte benommen den Kopf. Wie lange hegte Stephanie schon diesen stillen Groll gegen sie?

»Du hast nie so gebüffelt wie ich. Ich rackere mich ab –«

»– und hast bisher immer haargenau die gleichen Noten gekriegt wie ich.«

»Ja, aber dir fliegt alles zu, Preise und Siege und Verehrer. Ich muß mich furchtbar anstrengen, und dann kann ich es nicht mal auf die Dauer halten ... Siehe Charles.« Ihre Tränen flossen von neuem, und Sabrina kniete erneut neben ihr nieder.

»Hör endlich auf zu weinen, Stephanie, bitte hör auf, ich kann es einfach nicht ertragen. Du bist mir doch wichtiger als alles auf der Welt, und ich dachte immer, dir ginge es auch so. Was soll ich bloß tun, damit du mir nicht mehr böse bist?«
»Nichts. Es ist ja auch nicht deine Schuld.« Stephanie setzte sich mit einem Ruck auf. »Aber, Sabrina, ich habe mir in den letzten Tagen etwas überlegt. Ich gehe nicht mit dir nach Paris. Ich gehe nach Bryn Mawr.«
Sabrina starrte sie an wie vom Donner gerührt. »Wohin?«
»Nach Bryn Mawr. Es ist ein sehr gutes College, und ich erfülle damit den Wunsch unserer Eltern.
»Aber wir wollten doch zusammen nach Paris!«
»Sabrina, guck nicht so verdattert. Dir bleibt Paris ja unbenommen, und du wirst es zweifellos in vollen Zügen genießen. Ich denke jetzt mal ganz egoistisch an mich. Es ist höchste Zeit, daß ich herausfinde, ob und wie ich ohne dich bestehen kann. Du bist so lebhaft und gescheit, daß ich neben dir immer mehr verblasse. Wo du hinkommst, stehst du sofort im Mittelpunkt. Mich bemerkt man allenfalls als deinen Abklatsch.«
»Das ist doch der pure Unsinn!« Sabrina sprang vehement auf und lief wieder auf und ab. »Wie könnten uns die Leute dauernd verwechseln, wenn es so wäre?« Aber, dachte sie verwirrt, ich weiß schon, was sie meint – schlimm nur, daß wir es nie zur Sprache gebracht haben. »Wenn ich mich manchmal in den Vordergrund spiele, so darum, weil ich eigentlich Komplexe habe ... Irgendwie versuche ich mich selbst zu übertreffen, nicht dich. Ich habe immer Angst, sie lassen mich sonst fallen und mögen mich nicht mehr. Du bist die einzige, die mich mein Leben lang um meiner selbst willen gern gehabt hat – wie ich dich. Die andern will ich bestechen. Offenbar habe ich Bewunderung nötiger als du.«
Stephanies Tränen waren versiegt. »Na, in Paris wird dir keine mehr in die Quere kommen.«
Sabrina blieb stehen und sah ihre Schwester sekundenlang an. »Das habe ich nicht von dir verdient. Ich war bloß ehrlich.«
»Verzeih. Ich wollte nur sagen, es ist wichtig, daß sich jede von uns endlich ihren eigenen Lebenskreis schafft.« Stephanies

Augen leuchteten jetzt. »Es wird abenteuerlich werden, Sabrina. Du hast mich immer dazu ermutigen wollen, weißt du noch?«

»Ja, aber ich habe nie wissentlich versucht, dich in den Schatten zu stellen.«

»Wie dem auch sei – bis jetzt habe ich mich stets nur als Sabrina Hartwells Zwilling gefühlt.« Stephanie sah angelegentlich auf ihre Hände. »In Zukunft berichten wir uns eben alles schriftlich statt mündlich.«

Sabrina hörte ein fast unmerkliches Schwanken in Stephanies Stimme und dachte: Noch könnte ich sie überreden, doch mit mir nach Paris zu gehen. Ich brauche sie nur daran zu erinnern, wie wir einander von Kind an gebraucht haben, wenn wir uns von aller Welt verlassen fühlten – wie ich einmal sogar den Eltern entgegenschleuderte: »Die einzige Familie, die wir haben, sind wir beide!« Das trifft auch heute noch zu ...

Aber nein, das durfte sie nicht. Stephanie hatte richtig erkannt, daß sie endlich von ihr loskommen und ihren eigenen Weg finden mußte. Sonst würde sie sich ewig, ob zu Recht oder nicht, als Unterlegene fühlen.

Mit dem heutigen Abend begannen sie ihre Bewährungsprobe – jede für sich.

## 4

Langsam verdunkelte sich der riesige Zuschauerraum der Met, und das Stimmengewirr verstummte. Der untere Rand des Vorhangs leuchtete im Rampenlicht golden auf. Der Dirigent hob den Taktstock, und die ersten Klänge der Ouvertüre drangen Stephanie bis ins Mark. Strahlend nickte sie ihrer Freundin Dena Cardozo zu, deren Gast sie über die Weihnachtsferien war und in deren Loge sie nun auch dies erleben durfte. Der Vorhang teilte sich, und ihre Lieblingsoper begann mit flanierenden Mädchen und rotweiß uniformierten Soldaten ...

Hinter ihnen entstand eine leichte Unruhe. Ein verspäteter Opernbesucher öffnete und schloß die Logentür und stieß an eine Sessellehne. Stephanie und Dena sahen sich kurz um. »Pardon«, murmelte jemand, und sie sahen eine schattenhafte, hochgewachsene Männergestalt, die sich ungeschickt ihres Mantels zu entledigen suchte.
»Sind Sie in der richtigen Loge?« flüsterte Dena.
Der Mann nickte, verbeugte sich flüchtig und nahm in dem Sessel hinter Stephanie Platz. Dena musterte ihn noch einen Moment, aber da er weiter nichts sagte, wandte sie ihre Aufmerksamkeit wieder der Bühne zu.
Stephanie hatte sich ohnehin kaum ablenken lassen. Carmen war soeben aufgetreten, und das sinnliche Timbre ihrer Stimme erfüllte den Raum wie flüssiges Gold. Doch als die Arie vorbei war und Stephanie sich aufatmend von der Logenbrüstung zurücklehnte, fühlte sie einen Blick auf sich, der sie zwang, sich halb umzudrehen. Sie begegnete den Augen des Spätankömmlings, der sich offenbar weniger für das Geschehen auf der Bühne interessierte als für sie.
Errötend wandte sie sich ab. Er war älter als ihre Freunde vom College, und wie sie aus dem Augenwinkel bemerken konnte, sah er sie auch während des ganzen Aktes weiter an. Auf diese Weise verpaßt er ja die ganze Oper, dachte sie mit unwillkürlichem Lächeln. Wer mochte er wohl sein, und wieso kam er in die Loge der Cardozos?
Als die Lichter zur ersten Pause angingen, erhob er sich und reichte Stephanie ein Programm. »Entschuldigen Sie – haben Sie es fallen lassen?« Da sie ihr Programm in der Hand hielt, war der Vorwand so offensichtlich, daß sie ihm beinahe ins Gesicht gelacht hätte. Sie schüttelte den Kopf, und wieder trafen sich ihre Augen. Dann wandte er sich jedoch wohlerzogen an Dena.
»Mein Name ist Garth Andersen. Ich habe die Karte von unseren gemeinsamen Freunden Barton bekommen. Entschuldigen Sie mein geräuschvolles Zuspätkommen; ich habe über der Arbeit die Zeit vergessen ...«
Dena sagte, sie kenne ihn vom Hörensagen, und machte ihn mit

Stephanie bekannt. Seine Hand war schmal, aber kräftig und sympathisch. Ein Musiker, dachte Stephanie, oder sonst ein Künstler. Aber auf Denas Frage nach seiner Arbeit erfuhr sie, daß er Wissenschaftler sei – Biologe.
Es ergab sich von selbst, daß sie diese und die beiden anderen Pausen gemeinsam im Foyer verbrachten. Das Gespräch blieb jedoch ziemlich oberflächlich, bis Dena plötzlich »einfiel«, sie habe ihrer Mutter versprochen, sie vor dem Nachhausekommen anzurufen, damit der Chauffeur sie rechtzeitig abholte. Damit verschwand sie, und Garth Andersen lächelte Stephanie wie befreit an.
»Das war aber nett von ihr«, bemerkte er.
»Dena ist immer nett.«
»Jedenfalls hat sie erfaßt, daß ich Sie unbedingt näher kennenlernen muß. Wann kann ich Sie wiedersehen? Morgen?« Stephanie schüttelte bedauernd den Kopf. »Übermorgen?«
Sie schlug die dunkelblauen Augen klar und ehrlich zu ihm auf. »Es geht leider nicht. Ich bin bei den Cardozos zu Gast, und sie reißen sich alle Beine aus, um Dena und mir möglichst schöne Ferien zu machen. Jede Stunde ist ausgebucht. Da kann ich mich nicht einfach drücken und sie mit ihren Theaterkarten und Einladungen sitzen lassen. Schade.«
»Und nach den Ferien?«
»Müssen wir zurück nach Bryn Mawr.«
»Zum Examen?«
Stephanie lachte. »So weit ist's noch nicht. Ich bin erst im zweiten Jahr.«
»Ach?« sagte er erstaunt. »Wie alt sind Sie denn, wenn man fragen darf?«
»Neunzehn.«
»Sie sehen älter aus.«
»Ist Ihnen neunzehn vielleicht nicht genug?«
»Eigentlich nicht – aber ich werde mich damit abfinden müssen.«
Denas Rückkehr unterbrach das nicht besonders ergiebige Gespräch. Nach Schluß der Oper verabschiedeten sie sich aufs freundlichste, aber ohne nähere Verabredung. Garth stand noch

eine Weile allein in der verlassenen Loge und fühlte sich wie ein Bauerntölpel am Straßenrand, an dem soeben die goldene Staatskarosse vorbeigefahren ist. Drei Stunden Musik und Leidenschaft hatten sich da unten auf der Bühne abgespielt, aber er sah nichts als das zarte Oval eines Mädchengesichts, einen schönen, empfindsamen Mund, klare dunkelblaue Augen und bernsteinfarbenes Haar ...
Langsam zog er seinen Mantel an und lächelte vor sich hin. Der Bauerntölpel würde eben der Karosse bis zum Schloß folgen!

Das Bryn-Mawr-College liegt inmitten der bewaldeten Hügel von Pennsylvanien, eine Stunde Bahnfahrt von New York entfernt. Stephanie war kaum aus den Ferien zurück und noch beim Auspacken, als Garth Andersen schon anrief.
»Ich komme dieses Wochenende in Ihre Gegend«, sagte er ohne Umschweife. »Vielleicht kann ich Sie treffen, falls Sie nichts anderes vorhaben?«
»Was wollen Sie denn in meiner Gegend?« fragte Stephanie lachend.
»Einen Tag mit Ihnen verbringen. Bitte!«
Sie stimmte ohne Ziererei zu, und am Samstagmorgen trafen sie sich vor einem der Hochschulgebäude. »Ich habe nur noch rasch etwas in der Bibliothek zu erledigen«, sagte Stephanie, »danach können wir zusammen in der Mensa frühstücken.«
Über Nacht hatte es geschneit. Die freigeschaufelten Wege durchschnitten glitzerndweiße Flächen, aus denen die altehrwürdigen grauen College-Gebäude aufragten.
Garth folgte Stephanie durch mehrere Korridore zu einer ebenerdigen Laderampe, vor der ein großer Lastzug stand. »Heute werden ein paar antike Möbel für eine Kunstgeschichtsausstellung angeliefert«, erklärte Stephanie, »und ich muß den Lieferschein unterschreiben, weil sonst niemand da ist. Es dauert nicht lange.« Sie ging nach vorn und sprach mit dem Fahrer, kam aber gleich mit ratlosem Gesicht zurück. »Er sagt, er kann nicht ausladen, weil sich irgendwas verklemmt hat. Wollen Sie schon vorgehen, während ich versuche, einen Mechaniker aufzutreiben? Ich komme dann gleich nach.«

»Ich bin mit Ladekränen und Gabelstaplern aufgewachsen«, sagte Garth. »Lassen Sie mich mal nachsehen.«
»Seit wann arbeiten Biologen mit Gabelstaplern?« fragte sie lachend.
Er lachte ebenfalls, stieg auf die heruntergeklappte Ladefläche des Lastwagens und bat den Fahrer um den Werkzeugkasten. »Wenn man von einer Farm in Minnesota stammt, hat man's im Blut«, antwortete er, indem er sich bereits über den Motor beugte.
Nach wenigen Minuten, die von raschem, sicherem Herumgeschraube und Geklopfe ausgefüllt waren, richtete er sich auf, wischte sich die Hände an einem Lappen ab und sagte:
»So, jetzt wird's wohl wieder funktionieren. Technische Kenntnisse haben doch was für sich!«
»Farmer aus Minnesota auch.« Stephanie strich ihm leicht über die Stirn und zeigte ihm dann lächelnd ihren schmierölschwarzen Zeigefinger.
Er grinste verlegen. »Ich habe noch nie mit Motoren umgehen können, ohne mich von oben bis unten einzuschmieren. Meine arme Mutter hatte ihre liebe Not damit. Kann ich mich hier irgendwo waschen?«
»Ja, durch diese Tür, am Ende des Korridors.«
»Aber laufen Sie mir inzwischen nicht weg!«
»Keine Sorge.«
Er ging mit langen Schritten davon, auf der Stirn noch das Gefühl ihrer Berührung. Als er zurückkam, unterschrieb sie gerade den Lieferschein.
Sie frühstückten nicht in der Mensa, sondern im Restaurant des Gästehauses, das normalerweise für Eltern und andere bevorzugte Besucher reserviert war. Während sie die Speisekarte studierten, konnte Stephanie unauffällig Garth Andersens Gesicht mustern und fand es durch und durch sympathisch. Er hatte tiefschwarzes Haar, dunkle Augen unter starken Brauen, markante Backenknochen und ein energisches, leicht gespaltenes Kinn. Alles an ihm war klarlinig; es gab da nichts Verwischtes und Weichliches. Seine tiefe, klangvolle Stimme erreichte sicher mühelos die letzten Reihen eines Hörsaals.

»Haben Sie Ihre Farm noch?« fragte Stephanie, nachdem sie bestellt hatten.
»Nein. Ich habe sie meiner Schwester und meinem Schwager geschenkt.« Ihre einfachen, ehrlich interessierten Fragen machten es ihm leicht, ihr von seiner Kindheit und Jugend zu erzählen. Insgeheim hatte er von klein auf geträumt, ein großer Wissenschaftler zu werden, aber er hatte auch gern auf der Farm gearbeitet und von seinem Vater alles gelernt, um sie eines Tages übernehmen zu können.
»Mit achtzehn«, fuhr er fort, »hätte ich ein Stipendium bekommen und als erster der Familie aufs College gehen können. Aber dann mußte ich verzichten, weil gerade damals meine Eltern mit dem Auto tödlich verunglückten.«
Stephanie hielt einen Moment den Atem an. »Und da haben Sie natürlich die Farm übernommen.«
»Ein Jahr lang. Schon meiner Schwester wegen, die nun ganz auf mich angewiesen war. Aber dann hat sie zum Glück einen tüchtigen Landwirt geheiratet, und ich habe dem jungen Paar zur Hochzeit die Farm geschenkt.« Garth schwieg ein Weilchen und blickte aus dem Fenster über das schneebedeckte Gelände. »Ich ging nach New York – auf die Suche nach einer Welt der strengen Logik und der zukunftweisenden Forschungsmöglichkeiten –«
»Der Naturwissenschaften«, übersetzte Stephanie.
Er nickte lächelnd. Sie hörte so aufmerksam zu, als erriete sie zwischen seinen knappen Sätzen auch all das Unausgesprochene: seine Anfangsschwierigkeiten in der Großstadt, sein Heimweh, seine Vereinsamung. Er hatte keine Zeit für Vergnügungen und Freunde, da er außer drei Nebenjobs auch noch Zusatzkurse belegen mußte, um in Rekordzeit sein Examen zu machen und mit der Lehrtätigkeit zu beginnen. Erst in letzter Zeit gönnte er sich gelegentlich eine Zerstreuung – wie neulich den Opernbesuch – oder einen Abend mit Freunden, obwohl ihn dabei meist gleich wieder das Gewissen plagte, weil er seine Forschungsarbeit vernachlässigte …
Erst jetzt, in Stephanies Gesellschaft, hatte er nicht mehr das Gefühl, seine Zeit zu verschwenden. Im Gegenteil. Im Laufe

des Winters und des Frühjahrs verbrachte er fast jedes Wochenende mit Stephanie Hartwell und erfuhr ganz allmählich auch von ihr alles, was er wissen wollte: von ihrer nah-fernen Zwillingsschwester, von der Diplomatenkarriere der Eltern – Gordon Hartwell sollte demnächst in Washington Unterstaatssekretär für europäische Angelegenheiten werden –, von den frühen Erlebnissen in zahlreichen Ländern. Garth sinnierte oft über den schon fast komischen Gegensatz zwischen Stephanies Weltgewandheit, ihrer Schulbildung, die es ihr ermöglichte, über fast jedes Thema mitzureden – und ihrer Ahnungslosigkeit punkto Sex und Männer. Er beobachtete ihre rasche Auffassungsgabe und ihre zurückhaltende Art und begriff, warum Freunde wie Dena sich um sie rissen und sie für die Ferien zu sich einluden: Jeder wollte Stephanie ein Zuhause geben. Und das wollte auch Garth Andersen, denn er hatte sich in Stephanie Hartwell verliebt.

Im Mai, als Bäume und Sträucher blühten und der üppig grüne Rasen in Bryn Mawr einem Samtteppich glich, stand Laura Hartwell neben ihrer Tochter im Hof des Bibliotheksgebäudes und überblickte kritisch die Vorbereitungen zum Empfang der Gäste. Rund um den Ententeich waren Stühle aufgestellt, und an den Mauern standen einfache lange Tische mit kalten Platten und Getränken. »Sieht mehr nach einem Gartenfest aus als nach einer Hochzeit«, meinte Laura nachdenklich. »Hättet ihr's nicht ein bißchen feierlicher machen können, Liebling?«
»Es ist genau so, wie ich's mir gewünscht habe«, erwiderte Stephanie träumerisch. Ihr Blick hing an Garth, der in Erwartung der Trauzeremonie mit ein paar Kollegen zusammenstand. Gordon, der Brautvater, eilte zwischen den Grüppchen hin und her und knipste Erinnerungsschnappschüsse.
»Aber daß du vorzeitig vom College abgehst ...« fuhr Laura fort. »Du hättest doch wenigstens dein Abschlußexamen in Kunstgeschichte machen sollen ...«
»Mama, ich kann doch nicht hierbleiben, wenn Garth seinen Posten in Illinois antritt!«
»Er hätte auch noch zwei Jahre warten können.«

»Nein, sein Lehrauftrag geht vor. Keine Angst, ich werde meine Kunstgeschichte immer als Hobby behalten – und wer weiß, vielleicht verdiene ich damit sogar was dazu. Du hast mich nicht umsonst von Kind an darauf gedrillt.« Sie gab ihrer Mutter einen flüchtigen Kuß auf die Wange. »Und dann kaufen wir uns ein großes Haus mit massenhaft Platz für Gäste, und ihr müßt uns oft besuchen. Warst du schon mal in Evanston? Oder in Chicago?«

»Weder noch.«

»Na, nun werdet ihr es bald kennenlernen. Gut, daß kein Ozean mehr zwischen uns liegt.«

Erst jetzt kam Sabrina eilig durch den Hofeingang auf Stephanie zu und nahm ihre beiden Hände. »Sag mal, ist es überhaupt möglich, so glücklich zu sein, wie du heute aussiehst?«

»Die Frage werde ich dir zurückgeben, wenn ich zu *deiner* Hochzeit komme.«

»Damit hat's noch gute Weile, glaube ich ...«

Die Schwestern gingen ein wenig beiseite und steckten plaudernd die Köpfe zusammen. Gordon Hartwell knipste sie voller Vaterstolz: wer hatte gleich zwei so bildschöne, aparte Töchter, eine das Spiegelbild der andern und doch jede eine Persönlichkeit für sich – Sabrina kühl und zurückhaltend in schlichtem Altrosa, Stephanie im strahlend weißen Spitzenkleid, mit einer weißen Kamelie im bernsteinfarbenen Haar.

»Wie lieb von dir, daß du extra von Paris gekommen bist«, sagte Stephanie. »Ich weiß doch, daß du gerade in einer Zwischenprüfung steckst. Und nun haben wir noch fast gar nicht richtig miteinander geredet, beziehungsweise nur von Garth und mir. Von dir weiß ich so gut wie gar nichts.«

»Es gibt nicht viel Neues. Und heute ist dein großer Tag; genieße ihn. Ich habe dich noch nie so fröhlich und gelöst gesehen.«

»Gefällt dir Garth?«

»Aber sicher! Er ist reizend – und vor allem so offensichtlich in dich verliebt. Ich bin glücklich für dich. Über mich reden wir ein andermal.«

Stephanie legte Sabrina den Arm um die Taille und zog sie an sich. Wenn sie innerlich ehrlich war, so war sie gar nicht besonders scharf auf Sabrinas Erzählungen. Es lag ihr wenig daran, zu entdecken, daß sich hinter den oberflächlichen Briefen ihrer Schwester die scheußliche Wahrheit versteckte, daß deren Leben viel aufregender war als ihr eigenes. Aber sie hatte ja Garth; sie brauchte Sabrina nicht. »Gehen wir zu ihm hinüber«, sagte sie laut. »Ihr beide kennt euch noch gar nicht richtig.«

Sabrina und Garth wechselten einen raschen, abschätzenden Blick. Er entschuldigte sich, daß er erst heute früh aus New York hatte kommen können. »Semesterende«, sagte er, »und zugleich mein Abschied von der Columbia-Universität – da ging es gestern hoch her. Wir werden das Kennenlernen nachholen, liebe Schwägerin.«

»Dazu müßte Sabrina allerdings auf Paris verzichten und sich bei uns in Illinois niederlassen«, lachte Stephanie.

Sabrina lächelte unwillkürlich, und Garth war betroffen von dem koboldhaften Funkeln in ihren Augen, das freilich sofort wieder ihrem kühlen Ausdruck wich. »Wir werden uns schon ab und zu sehen«, sagte sie. »Es gibt ja genug wissenschaftliche Kongresse in Europa ...«

»Richter Fairfax ist bereit!« ertönte Gordon Hartwells Stimme durch den Hof. »Es geht los mit der Trauung.«

Der Richter hatte seinen Platz vor einer blühenden Strauchgruppe eingenommen, und das Brautpaar und die Zeugen traten vor ihn hin. Kurz vorher hatte Garth noch Zeit gefunden, Stephanie ins Ohr zu flüstern:

»Eine kühle Person, deine Schwester. Du bist viel lebensvoller – und viel schöner!«

Wie ein Blitz kam Stephanie zum Bewußtsein, was ihre Schwester bezweckt hatte. Sabrinas Hochzeitsgeschenk, dachte sie. Sie spielt ihr Aussehen und ihre Lebhaftigkeit herunter, um mich nicht wie üblich in den Schatten zu drängen. Wenigstens heute soll ich ganz im Mittelpunkt stehen!

Sie empfand ein warmes Aufwallen der Dankbarkeit – und zugleich eine Art Schuldbewußtsein. Ich kann doch nichts dafür, daß wir uns nicht mehr so nahe sind und sie mir nichts anvertraut. Wir führen jede unser eigenes Leben. Wir brauchen einander nicht mehr.

## 5

Schon von weitem sah man das gewaltige altersgraue Schloß mit seinen Zinnen, Türmen und tief eingelassenen Bogenfenstern in den grünen Hügeln von Hampshire liegen.

»Treveston Castle«, las Stephanie in ehrfürchtigem Ton von einem Wegweiser ab und fügte hinzu, was ihr von Sabrinas brieflicher Beschreibung ins Gedächtnis kam: »Achtzig Zimmer, zwölfhundert Hektar Acker- und Parkland, Wälder und Seen ... Schau mal, Garth, sind das da nicht Pfauen?«

Garth verminderte das Tempo, um den prächtigen Anblick in sich aufzunehmen. Vor dem Schloß glitzerte silberblau das Wasser eines Teichs. Die Blätter riesiger Blutbuchen flirrten in der sanften Junibrise wie ein Vorhang von Kupferplättchen.

»Welch trauliche Hütte«, sagte Garth ironisch, war aber doch wider Willen beeindruckt. Ein Bild wie aus dem Märchenbuch, dachte er; für einen Farmersjungen und Biologieprofessor aus dem amerikanischen Mittelwesten war es kaum zu glauben, daß es so was wirklich gab; ein Relikt, das nicht mehr ins 20. Jahrhundert paßte.

»Kannst du dir vorstellen, daß Sabrina künftig als Schloßherrin hier residiert?« fragte Stephanie. »Ich würde mich erdrückt fühlen, als wäre ich in ein Haus für Riesen geraten. Es ist alles so überlebensgroß. Ich weiß nicht, wie sie damit fertig werden will.«

»Frag sie doch selber«, schlug Garth vor und hielt vor der Schloßtreppe. Sofort erschien ein Diener, öffnete die Wagentür und kümmerte sich um das Gepäck, und gleich darauf gingen die vielen neuen Eindrücke im ersten Begrüßungstrubel unter. Erst im Laufe des Nachmittags kamen die Schwestern und Garth zu einem privaten Besichtigungsrundgang und persönlicheren Gesprächen. Während sie durch den größten Rosengarten gingen, den sie je gesehen hatten, erzählte Sabrina auf Stephanies Befragen von der Familie, in die sie im Begriff stand einzuheiraten: einer jahrhundertelangen Prozession von Kriegern, Rittern und königlichen Gefolgsleuten, unter denen es natürlich auch immer wieder »schwarze Schafe« gab.

»Ich glaube, die Longworths haben in jeder Generation mindestens eins hervorgebracht, teils um die Szene ein bißchen zu beleben, teils um ihre Marotten zu rechtfertigen und immer jemanden zu haben, auf den sie mit Fingern weisen konnten, weil er noch ›verworfener‹ war als die andern.«

Stephanie lachte. »Und wer ist euer jetziges schwarzes Schaf?«

»Ein besonders auffälliges gibt's zur Zeit nicht. Denton hätte vielleicht das Zeug dazu, aber sein Vater und der Aufsichtsrat schätzen keine negative Publicity, geschweige denn Skandale.«

»Ich wußte gar nicht, daß dein Bräutigam arbeitet. Wie schafft er es denn, so viel Zeit für Reisen und für dich zu haben?«

»Er arbeitet, wenn ihn die Lust dazu überfällt. Er scheint da ein System zu haben ...«

Garth war ein wenig zurückgeblieben, weil ihn der berühmte Treveston-Irrgarten aus dem Jahre 1775 mehr interessierte als die Familiengeschichte der neuen adeligen Verwandtschaft. Sein wissenschaftliches Gemüt drängte ihn, hinter die Tricks dieser durchaus berechenbaren Anlage zu kommen. Als ihm das halbwegs gelungen war, stellte er fest, daß die Damen inzwischen wieder ins Haus gegangen waren und er ihnen höflichkeitshalber folgen mußte. Irgendwo hörte er Stephanie sprechen und ging der Stimme nach. Aber als er die Schwestern in der Bibliothek fand, gab es ihm einen sonderbaren kleinen Ruck: nicht Stephanie sprach, sondern Sabrina – sie erklärte gerade die baulichen Einzelheiten. Merkwürdig, daß Stimme, Tonfall und Ausdrucksweise noch genau dieselben waren wie bei seiner Frau, obwohl das Leben sie doch so weit auseinandergetrieben hatte.

Im großen Bankettsaal, den Sabrina als nächstes zeigte, hatte einst Shakespeare mit seiner Truppe gespielt, und Generationen weitblickender Longworths hatten unschätzbare Sammlungen von Tizians, Rembrandts und Gainsboroughs, Erstausgaben und Stichen, Gobelins und Stilmöbeln aller Jahrhunderte zusammengetragen.

»Natürlich kann man hier nicht einfach ein modernes Bild aufhängen oder einen Teppich hinlegen, wie es einem paßt«, sagte Sabrina später, als sie mit Stephanie allein auf dem Balkon ihrer Privatgemächer Tee trank. »Treveston Castle steht unter Denkmalschutz. Aber ist es nicht aufregend?«

»Allerdings«, sagte Stephanie. »Ist es überhaupt möglich, so glücklich zu sein, wie du aussiehst?«

Sie lachten erinnerungsversunken. Vor vier Jahren hatte Sabrina dieselben Worte zu Stephanie gesagt. Vier Jahre der Trennung ... Stephanie hatte sich in dieser Zeit ganz an das Hausfrauenleben in Evanston gewöhnt, zwei Kinder geboren und zeitweise als Schätzerin für eine Liquidationsfirma ihre Kunstgeschichtskenntnisse verwertet; Sabrina dagegen hatte ihr Studium an der Sorbonne beendet und war nach London gezogen, um in der Antiquitätengalerie eines Mr. Nicholas Blackford zu arbeiten. Sie wohnte für sich allein in einem kleinen Appartement und hatte offenbar einen ziemlich ausgedehnten Bekanntenkreis, obwohl sie in den Briefen an Stephanie selten von Einzelpersonen und nie von Herzensaffären erzählt hatte. Ihre Verlobung mit Denton Longworth war daher sehr überraschend gekommen. Aber jetzt, dachte Stephanie mit Wärme, schienen alle Voraussetzungen gegeben, daß sie sich endlich wieder näherkamen.

»Du bist doch wirklich glücklich?« fragte sie noch einmal.

»Ja, gewiß. Und ich finde es wunderbar aufregend, wie sich alles entwickelt hat. Es liegt nicht nur am Reichtum, obwohl ich den keineswegs verachte – mein Gehalt hat selten gereicht, seit ich in London bin, und darin waren wir uns ja immer einig, daß wir unsere Eltern nach beendeter Studienzeit nicht mehr anzapfen wollten. Sie haben sowieso immer mehr Prestige als Vermögen gehabt. Es ist auch nicht der Titel, den Denton von seinem Vater erben wird – obwohl ich zugebe, daß ein kleiner Snob in mir steckt, aber damit erzähle ich dir wohl nichts Neues.«

Stephanie lachte herzlich. »Sabrina, ich fühle mich richtig wieder in unsere Kindheit versetzt, als wir ›nur uns als Familie

hatten‹ und gegen die verständnislose Welt zusammenhalten mußten, weißt du noch? Aber ich hoffe, du magst Denton auch um seiner selbst und nicht nur um des Titels willen.«
»Natürlich. Er streunt durchs Leben, als wäre es der Park von Treveston, und hat eine so selbstverständliche Art, daß er einfach überallhin paßt. Und er hat mich so gern, daß ich mich beinahe genauso selbstsicher fühle wie er.«
»*Da*zu hättest du Denton nicht gebraucht.«
»Doch. Das ist es ja, Stephanie. Wer sich so in den Vordergrund zu spielen versucht wie ich es als Kind und junges Mädchen getan habe, hat es meistens besonders nötig. Sogar du hast das manchmal mißverstanden. Na, Ende gut, alles gut ... Hast du Mutter je so überströmend zärtlich gesehen? Sie ist ganz außer sich vor Freude über meine spektakuläre Heirat.«
»Du warst immer ihr Liebling.«
»Ja, bis zum Ohrfeigen. Aber reden wir nicht mehr von vergangenen Zeiten ...«

Am nächsten Vormittag fand die Trauzeremonie im großen Bankettsaal statt. Stephanie beobachtete Sabrina, wie sie die Gratulationen entgegennahm, und fand, sie habe noch nie eine so selbstsichere Braut gesehen. Wie eine Königin, dachte sie. Ich werde nie so aussehen. Und auch kein Schloß haben. Ein Anflug von Neid durchzuckte sie, der sofort verschwand, als Sabrina zu ihr hinschaute und ihre Augen sich trafen. Ich will nur, daß sie glücklich wird, dachte Stephanie.
Sabrinas Blick hatte nicht nur Stephanie, sondern auch Garth gestreift, der neben seiner Frau stand. Sie wußte, daß er sie nicht mochte, und lächelte unmerklich, fast entschuldigend, bevor sie sich wieder ihren Gästen zuwandte.
Garth zog sich aus der Reihe der Gratulanten zurück und stellte sich an eines der Fenster. Er hatte das Gefühl, sein bisher ziemlich unfreundliches Urteil über Sabrina doch irgendwie revidieren zu müssen. Wo war die kühle, zurückhaltende Dame, die vor vier Jahren seine eigene Hochzeit am Bryn-Mawr-College beehrt hatte, und wo die reservierte Schwäge-

rin, die sie zweimal, nach der Geburt der Kinder, kurz besucht und ihre Zeit ausschließlich mit Stephanie verbracht hatte?
Garth merkte, daß er diese Frau gar nicht kannte. Entweder hatte die Liebe sie verwandelt, oder die frühere Sabrina hatte ihr wahres Ich bewußt vor ihm verborgen.
Er verglich sie mit seiner eigenen Frau. Stephanie sah in dem pastellfarbenen Kleid, das Sabrina ihr aus Paris mitgebracht hatte, wie ihr eigenes Porträt aus. Sie behauptete zwar, ein paar Kilo zugenommen zu haben, was Garth jedoch nicht aufgefallen war, und sie hatte auch nicht mehr die etwas steife Haltung, auf die man sie im Internat gedrillt hatte. Garth fand, daß sie alle anderen Frauen, ausgenommen Sabrina, ausstach. Sie konnte es ohne weiteres mit der gesamten englischen Aristokratie aufnehmen. Garth war stolz auf sie.
»Schlau von dir, daß du geflüchtet bist«, sagte Sabrina plötzlich mit leisem Lachen neben ihm. Die Gratulationscour schien zu Ende zu sein. »Ich hab's mit knapper Not durchgehalten. Wo ist Stephanie? Höchste Zeit, daß wir uns ein bißchen zu dritt zusammensetzen.«
»Und wo läßt du deinen frischgebackenen Ehemann?«
»Denton fachsimpelt über Rennwagen. Er schickt einen zum Grand Prix. Kennst du dich mit Rennfahrern, Formel I und so weiter aus? Ich nicht, aber ich fürchte, ich muß es bald lernen. Im Moment wünsche ich mir nichts so sehr wie einen stillen Winkel, wo ich mir die Schuhe ausziehen kann.«
Nach einigem Herumsuchen gelang es Garth, seine Frau aus den Fängen eines beleibten Grafen, der sie ausschließlich mit seiner Spanielzucht unterhielt, zu erlösen und sich mit ihr und der Braut in einen kleinen Nebensalon zurückzuziehen.
»Wißt ihr, was der Graf als Hauptlob zu der Hochzeitsversammlung zu sagen hatte?« prustete Stephanie. »Sie sei nur mit der letzten Rassehunde-Ausstellung zu vergleichen!«
Sabrina zog lachend ihre Brokatschuhe aus, schleuderte sie von sich und kauerte sich mit erleichtertem Seufzen auf einem Diwan zusammen. »Oh, Stephanie, wie du mir gefehlt

hast! Kein Mensch lacht hier über dieselben Dinge wie du und ich. Wie kannst du nur deine Schuhe anbehalten? Zwei Stunden Gratulationscour ...«

Stephanie setzte sich zwar, schüttelte aber halb drollig, halb verlegen den Kopf.

»Ich kann sie nicht ausziehen. Ich verstehe zwar mit Lords und Ladies zu plaudern und mich bei Tisch anständig zu benehmen, aber die Schuhe kann ich mir nicht ausziehen. Nicht in einem Schloß. Natürlich finde ich es toll, wie du hier lebst, aber bei uns zu Hause fühle ich mich doch behaglicher – glücklicherweise.«

»Na, das beruhigt mich in gewisser Hinsicht«, sagte Sabrina. »Ich hatte schon Angst –«

»Daß ich eifersüchtig werden könnte?«

»Nein. Aber daß du vielleicht finden könntest, ich hätte dir wieder mal die Schau gestohlen.«

»Nein, gar nicht mehr. Komisch, nicht wahr? Vielleicht weil ich mittlerweile meinen ganz eigenen Platz gefunden habe und zufrieden damit bin.«

»Worüber redet ihr eigentlich?« mischte Garth sich ein.

»Ach –« Stephanie lächelte etwas verlegen, »früher habe ich Sabrina manchmal vorgeworfen, sie spiele mich an die Wand und neben ihr hätte ich nichts zu melden ...«

»Und deshalb ging sie nach Amerika und ließ mich allein mit meinem Talent«, vollendete Sabrina.

Also hatte Sabrina sie doch vermißt, dachte Stephanie. Vielleicht genausosehr, wie sie Sabrina vermißt hatte, wie ihr jetzt bewußt wurde.

»Ich muß wohl zurück«, seufzte Sabrina und angelte ächzend nach ihren Schuhen, »sonst gebe ich laut Schwiegermutter gleich in den ersten Stunden meiner Ehe Anlaß zur Kritik ...«

Denton Longworth arbeitete ab und zu in der Reederei der Familie, deren Finanzdirektor und Aufsichtsratsmitglied er war. Bis zu einem gewissen Grad hatte er sich den Wünschen seines Vaters gefügt, hatte die Universität besucht und war anschließend in das Familienunternehmen eingetreten. Aber er hatte nie die Absicht gehabt, die Jahre zwischen seinem fünf-

undzwanzigsten und fünfunddreißigsten Geburtstag hinter einem Büroschreibtisch zu verbringen. Später vielleicht ... Daher verwendete er ein Jahr darauf, sich einen tüchtigen Mitarbeiter heranzuziehen, der ihn während seiner häufigen Abwesenheiten voll ersetzte.
Jetzt, mit dreißig und jungverheiratet, gönnte er sich das Vergnügen, seine junge Frau in die Jagd- und Spielgründe der internationalen Gesellschaft einzuführen. Binnen weniger Monate besuchten sie Biarritz und Cannes, Wimbledon und Buenos Aires, Menorca und Zermatt, und der internationale Jet-set überschlug sich förmlich, Sabrina Longworth zu empfangen und sich im Glanz der unwiderstehlichen Kombination ihrer Schönheit, ihrer Bildung, ihres Witzes und ihres offenen Entzückens an all dem Neuen zu sonnen. Denn wann hatte in ihren Kreisen jemand zum letzten Mal einfache Gefühle, echtes Entzücken und wahre Dankbarkeit gezeigt? Niemand konnte sich daran erinnern.
So war es schon eine gewohnte Morgenbeschäftigung, daß sie – fast ein Jahr nach ihrer Heirat – bei ihrer Ankunft in Monaco als erstes einen Stapel von Einladungen sichten mußten.
»Entscheide du«, sagte Sabrina am Frühstückstisch und schob Denton die Karten zu. »Ich kenne die Leute immer noch nicht alle.«
Er ordnete die Einladungen spaßhaft wie ein Kartenspiel. Dann zog er seinen Terminkalender zu Rate und sortierte einige Karten aus. »Paßt ganz gut«, meinte er schließlich. »Wir haben sogar ein paar Tage Zeit für Max.«
»Für wen?«
»Maxim Stuyvesant. Kurios, daß du ihn noch nicht kennengelernt hast – er ist überall, wo was los ist. Netter Kerl, wenn auch etwas geheimnisumwittert; du wirst ihn mögen. Er lädt uns zu einer Kreuzfahrt auf seiner Jacht ein, gleich nach dem Grand Prix. Gute Idee. Mal was Neues für dich.«
»Wieso nennst du ihn geheimnisumwittert?«
»Weil kein Mensch weiß, wo er sein vieles Geld herhat.«
Auf weiteres Befragen erfuhr Sabrina nur, daß Stuyvesant laut eigener Erklärung »in Kunst machte«, was alles mögliche

bedeuten konnte. Manche sagten, er besäße Galerien in Südamerika und Europa, andere, er agiere vornehmlich als Agent für reiche Sammler. Jedenfalls gab er sein Geld mit vollen Händen aus, egal, wie er es verdiente.
Einige Tage später gingen Denton und Sabrina an Bord der *Lafitte*. Merkwürdigerweise verabscheute Sabrina ihren Gastgeber auf den ersten Blick. Maxim Stuyvesant war groß, breitschultrig, mit einer krausen, rothaarigen Mähne und flachen grauen Augen, die nichts verrieten. Denton reagierte sehr erstaunt auf Sabrinas spontane Ablehnung, als sie allein in ihrer Kabine waren.
»Was hast du gegen ihn? Bis jetzt habt ihr ja kaum ein Wort gewechselt, bevor wir es uns hier auf seiner Jacht gemütlich gemacht haben!«
»Er ist arrogant und brutal, und ich wette, er hat keine blasse Ahnung von Kunst.«
»Woher willst du das so schnell wissen?«
»Das merkt man doch. Seine Frau kann mir leid tun. Sie benimmt sich wie ein Hündchen, das nur darauf wartet, mal von dem großmächtigen Herrn gekrault zu werden.« Sabrina schlüpfte in ein glatt anliegendes Abendkleid. »Zieh dich lieber um, Denton. Er hat gesagt: Cocktails um acht. Wenn wir unpünktlich sind, verwandelt er uns mit seinem Basiliskenblick in Statuen – *diese* Art Kunst ist die einzige, die ich ihm zutraue! Und dann verkauft er uns als Grabdenkmäler.«
»Sabrina, Max ist unser Gastgeber!«
»Du hast recht, Denton. Entschuldige.«
Außer den Longworths waren noch vier andere Paare an Bord. Maxim Stuyvesants dritte Frau, eine zierliche, sanfte Person mit schmachtendem Blick, sprach so gut wie nichts. Maxim führte das große Wort. Sein Programm war fix und fertig, aber bevor er es verkündete, brachte er einen Toast auf seine Gäste aus, wobei er besonders seiner Tischdame zulächelte, einer gertenschlanken Blondine, die er als Prinzessin Alexandra vorgestellt hatte – aus einem Land, das niemand auf Anhieb kannte. Ihr Gemahl, Prinz Martova, beschäftigte sich stumm mit den Hors d'œuvres auf seinem Teller. Neben

ihm erkundigte sich eine gebräunte, aber schläfrig wirkende Dame nach der Route.
»Die italienische Riviera entlang«, erwiderte Maxim Stuyvesant, »nach Alassio und Genua und zurück. Vier Tage. Eine Ewigkeit, wenn man was daraus zu machen versteht.« Er lächelte Alexandra anzüglich an, und Sabrina sah mit leichtem Erschrecken, wie Denton ebenso anzüglich Betsy Stuyvesant zulächelte.
Als sie am nächsten Morgen in den Salon kamen, trafen sie vier Personen an einem Schränkchen, das Medikamente zu enthalten schien: Fläschchen, Röhrchen und bunte Pillen. »Max denkt wirklich an alles«, sagte die Dame mit den Schlafzimmeraugen. »Was nehmen Sie, Sabrina?«
Denton mischte sich ein. »Danke, ich sorge schon für uns ...« Er schüttete etwas weißes Pulver in ein Fläschchen. Sabrina erkannte den Mann, den sie geheiratet hatte, seit dem letzten Abend kaum wieder: Denton, der nicht trank, nicht rauchte und bestimmt nie Drogen nahm! Und der nie lüsterne Blicke auf andere Frauen warf, wie er es gestern auf Betsy Stuyvesant getan hatte. Von alledem hatte Sabrina während der vielen Reisen ihres ersten Ehejahres höchstens einmal eine kleine Andeutung erlebt – doch an Bord dieser Jacht schienen Hemmungen als spießig zu gelten. Ihr war es peinlich, »oben ohne« sonnenzubaden, doch da alle anderen es für selbstverständlich zu halten schienen und Denton sie auslachte, tat sie es schließlich auch.
Sie war auch ein wenig im Liegestuhl eingeduselt, als ein breiter Schatten über sie fiel. Sie schreckte auf und straffte sich unwillkürlich: Max war dicht an sie herangetreten. Aber er sah über sie hinweg mit stummer Aufforderung zu Prinzessin Alexandra hin, und diese erhob sich mit einer trägen, weichen Bewegung und schlenderte mit dem Gastgeber in Richtung der Kabinen davon ...
Betsy Stuyvesant nahm Alexandras Platz ein, als hätte sie darauf gewartet, ölte sich um den Busen herum frisch ein und summte vor sich hin, als wäre alles in bester Ordnung.
Denton sah ihr ungeniert zu. Als er sich abwandte, ertappte er

Sabrinas zwiespältigen Gesichtsausdruck und lächelte nachsichtig.
Beim Mittagessen im Hafen von Alassio schlängelte sich Prinzessin Alexandra neben Sabrina. »Na, Herzchen, wie geht's?« murmelte sie. »Nehmen Sie doch nicht alles so tragisch! Manchmal sehen Sie richtig schockiert aus. Wenn Sie einfach mitmachten, fiele Ihnen alles viel leichter.« Sabrina stocherte in ihrem Salat, während sie zuhörte. »Wenn Sie sehen, daß Ihr Denton in Gedanken – oder auch wirklich – mit anderen herumspielt, drücken Sie eben beide Augen zu, schnupfen ein bißchen Koks oder lesen meinetwegen ein gutes Buch.«
»Woher wissen Sie –«
»Sie müssen noch einiges lernen, Herzchen. Auf dieser kleinen Lustbarke gibt es keine Geheimnisse. Jeder kann machen, was er will, ohne jede Einschränkung, aber Max weiß alles.«
Sabrina wickelte etwas Schinken um ein Stück Melone. »Sind Sie wirklich Prinzessin?« fragte sie unvermittelt.
Alexandra lachte herzlich. »Auch das müssen Sie lernen, Herzchen. Was Sie hier hören und sehen, ist nur zum Teil wahr, und das gilt ausnahmslos für alle. Denken Sie daran, wenn Sie sich um Ihren Mann grämen.«
Nachmittags fuhren sie Wasserski hinter dem starkmotorigen Rennboot, das die Jacht statt dem zweiten Rettungsboot mit sich führte. Sabrina und Alexandra rasten Seite an Seite in einer sprühenden Gischtwolke über das Wasser. Sabrina fühlte sich seit längerem zum ersten Mal wieder jung, straff und schön. Ich kann alles, was ich will, dachte sie.
Zurück an Bord, in ein Badetuch gehüllt und einen Drink in der Hand, meinte Alexandra: »Sie sind ja eine Kanone beim Wasserski. Wo haben Sie das gelernt?«
»In einem Internat am Genfer See.«
»Ein privilegiertes Dasein. Ich habe mit Ach und Krach die Hauptschule in Los Angeles geschafft.« Die Prinzessin lachte über Sabrinas verblüffte Miene. »Meine Mutter war eine kleine Filmstatistin, aber sie hat mir beigebracht, wie man in der Welt vorankommt. Da wir gerade davon reden – Sie kommen mir jetzt auch schon bedeutend gelockerter vor.«

»Ja? Vorhin beim Wasserskifahren habe ich gemerkt, daß ich vielleicht mehr kann, als ich mir normalerweise zutraue. Vielleicht sogar so leben wie die Bordgesellschaft hier.«
»Das klingt, als wollten Sie mit großer Geste den Schierlingsbecher leeren. Warum sind Sie eigentlich hier, wenn Sie uns alle so widerlich finden?«
Sabrina schauerte in der Brise und zog das Badetuch enger um sich zusammen. »Bitte, ich meine nicht Sie. Sie mag ich. Nur Denton ... Ich wundere mich über ihn. Er ist so ... Verflixt, wie soll ich's ausdrücken! Sie finden mich ungeheuer albern, nicht wahr?«
»Nein, nur ahnungslos. Jeder weiß doch, wie es auf Max Stuyvesants Kreuzfahrten zugeht. Hat Denton Ihnen nichts davon erzählt?«
»Kein Wort.«
»Und zu Hause, in Treveston oder in London, ist er anders? Gemütliche Plauderstunden am Kamin, Schlafengehen um zehn?«
Sabrina zögerte mit der Antwort und blickte auf die italienische Küste. »Immerhin weiß ich immer, wo er ist und was er macht, wenn wir nicht zusammen sind.«
»Was Sie nicht sagen!«
Irgend etwas bewog Sabrina, es bei diesem freundlich-ungläubigen Zwischenruf bewenden zu lassen. Der Rest des Tages verging mit einem Landausflug und einer rauschenden Party in einer Villa hoch über Genua. Denton war begeistert über Sabrinas ausgelassene Stimmung ...
Gegen vier Uhr morgens, als er schlief, ging sie an Deck, um etwas zu sich zu kommen und frische Luft zu schnappen. Die Jacht war auf dem Rückweg nach Monte Carlo und rollte leicht in verlangsamter Fahrt. Sabrina hörte das gedämpfte Geräusch eines abgedrosselten Motors und beobachtete aus der Dunkelheit, wie das Rennboot von Stuyvesants Sekretär, Ivan Laszlo, und einem Matrosen außenbords in seine Halterung gehievt wurde, worauf die beiden Männer in Richtung des Mannschaftsquartiers verschwanden. Komisch, dachte sie, was mögen sie so weit vom Hafen um diese Zeit gemacht haben? Dann ließ sie die Frage achselzuckend fallen. Stuyvesant und

seine Geschäfte gingen sie glücklicherweise nichts an, und die Kreuzfahrt näherte sich ohnehin dem Ende. Sabrina ließ sich noch ein Weilchen vom Morgenwind kühlen und kehrte in die Kabine zurück.

Gegen ihre Gewohnheit schlief sie ziemlich tief in den Vormittag hinein, und das Frühstück wurde ihr am Bett serviert. Denton war schon angezogen. Nach einem zärtlichen Morgenkuß verkündete er unbefangen:

»Liebling, ich mache heute einen Ausflug mit Betsy. Du kannst inzwischen unternehmen, was dir Spaß macht. Ich empfehle dir Aldo Derona als Begleiter; er ist ein amüsanter Bursche und interessiert sich sehr für dich.«

Sabrina schwang die Beine aus dem Bett und rückte betont von ihrem Mann ab. »Ich lasse mich nicht an andere ausleihen, mein Lieber.«

»Na, das ist wohl ein bißchen zu hart ausgedrückt. Tu doch nicht so überrascht, mein Schatz, als ob du nicht wüßtest, was hier los ist... Gestern abend warst du noch so munter und nicht die Spur prüde, ich war stolz auf dich. Was ist dir denn jetzt plötzlich über die Leber gelaufen?«

Sie war wie betäubt, als sprächen sie zwei verschiedene Sprachen. Denton schien vor ihren Augen weiter und weiter in neblige Fernen zurückzuweichen. »Sabrina?« fragte er, von ihrem eisigen Schweigen verunsichert, und streckte ihr die Hände entgegen. »Denkst du etwa, ich liebe dich nicht mehr? Aber das ist doch Unsinn! Ich liebe dich, du bist und bleibst für mich die Erste und Einzige. Was wir hier treiben, ist nichts als ein bißchen Abwechslung – du solltest auch deinen Spaß daran haben, genau wie am Wasserski und Tanzen und anderen netten Sachen, die wir hier zusammen treiben ... Na, Gott sei Dank, jetzt lachst du wieder!«

Sie lachte wirklich. »Wasserski«, wiederholte sie, »und andere nette Sachen ... Ach, du dummer Junge!«

Und da er Denton war, erkannte er nicht, wieviel Verzweiflung in ihrem Lachen mitklang.

## 6

Ihren nächsten Hochzeitstag verbrachten Sabrina und Denton in Amerika bei den Andersens, die ihnen zu Ehren eine Grill-Party in ihrem Patio gaben.

Stephanie drückte Denton eine lange zweizinkige Gabel in die Hand und bat ihn zu prüfen, ob das Fleisch schon gar sei. Er packte den Griff wie einen Golfschläger und sandte ein stummes Gebet über die Köpfe der anderen Gäste hinweg zu Sabrina, die sich in einer Ecke mit irgendeinem Professor unterhielt. Die brutzelnden Filets dufteten verführerisch, aber wie erfuhr man, ob sie durch waren? Er stocherte erst vorsichtig, dann etwas energischer daran herum – und plötzlich fuhr die Gabel bis zum Griff durch das Fleisch bis in die Holzkohle.

»Bravo!« sagte Stephanie neben ihm. »Diese Technik habe ich zum letztenmal in unserem Fechtkurs gesehen.«

»Hab ich jetzt alles versaut? Ich würde ja gern Ersatz besorgen, wenn ich nur wüßte –«

Stephanie lachte. »Nein, nein, alles in bester Ordnung. Und du brauchst nicht wegzulaufen; es war ein Fehler von mir, dich anzustellen.«

»Ich hab kein Talent für solche Sachen ...«

»Keine Übung. Laß nur, ich löse dich ab.«

Sie sah ihm nach, wie er erleichtert auf seine Frau zusteuerte, und lächelte Sabrina verständnisinnig zu. Denton fühlte sich in dieser Umgebung offensichtlich wie ein der Landessprache nicht mächtiger Tourist. Und schon unterbrach er fast ungezogen Sabrinas Gespräch mit Garths Kollegen, dem Soziologen Martin Talvia, indem er den Arm um ihre Schultern legte und sie fragte, worüber sie gerade lachten. Sabrina wehrte ihn unwillkürlich ab: der Patio wimmelte von netten, wohlmeinenden Nachbarn – warum klammerte er sich so klettenhaft an sie? Weil er sie allesamt nicht mag, dachte sie, besonders als er einige Fragen mit dem herablassenden Charme beantwortete, der seine Langeweile eher unterstrich als bemäntelte. Er war eben ein Fremdling hier, dem harmlose amerikanische Grillparties ein Greuel sein mußten. Aber sie, Sabrina, war ja eigentlich auch eine Fremde hier, erinnerte sie sich. Sie hatte seit ihrem zweiten Lebensjahr ausschließlich in Europa gelebt und Stephanies Freunde nur kurz kennengelernt, als sie zur Geburt der Kinder zu Besuch gekommen war. Warum fühlte sie sich trotzdem hier zu Hause?

Sehr einfach: weil sie Menschen mochte und gern neue Erfahrungen machte. Nur Denton langweilte sich grundsätzlich außerhalb seiner Kreise ...

»Tante Sabrina?« Eine kleine Hand zupfte sie am Rock, und das altkluge Gesichtchen ihres Neffen Clifford Andersen blickte zu ihr auf. »Mom sagt, ich soll jetzt alle zum Essen rufen.«

Sie beugte sich zu ihm. »Das ist eine sehr wichtige Aufgabe.«

»Ja, aber ich soll schnell machen, und es sind doch so viele Leute. Würdest du mich bitte hochheben? Dann kann ich schreien, damit alle mich hören.«

Sabrina nahm ihn lachend auf den Arm. »Praktisch wie dein Vater. Fertig?«

Cliff holte tief Atem und rief mit durchdringender Stimme: »Das Essen ist fertig!«

Garth, der zufällig in der Nähe stand und beim schrillen Schrei seines Sohnes herumfuhr, fühlte sich sonderbar an den Moment erinnert, als er Stephanies strahlendes Gesicht zum erstenmal neben dem roten Köpfchen des Neugeborenen erblickt hatte ...

»Tante Sabrina, warum hast du nicht mich rufen lassen?« jammerte es gleichzeitig an Sabrinas Knie, und die kleine Penny Andersen brach in lautes Protestgeheul aus.

»Müssen diese Kinder eigentlich dauernd hier herumschreien?« fragte Denton nervös. Sabrina warf ihm nur einen kurzen Blick zu, nahm Cliff und seine kleine Schwester an der Hand und ging mit ihnen zu einem der gedeckten Tische. Stephanie hatte ihnen erlaubt, bis nach dem Essen aufzubleiben, aber wahrscheinlich waren sie dafür doch noch zu klein. Unter den vielen Erwachsenen wurden sie sehr bald müde und quengelig und mußten ins Bett gebracht werden – was neues Geschrei hervorrief.

Sabrina sah, wie Stephanie vor Nervosität zitterte, als sie die

Widerspenstigen abschleppte, und folgte ihr ins Haus. Sie blieb in der Küche, solange ihre Schwester die Kinder ins Bett steckte. Es war ein wunderschöner altmodischer Raum mit hoher Decke, Ahorntäfelung, Delfter Kacheln und einer gemütlichen Sitzecke. Stephanie hatte die alten Möbel selbst restauriert; die Holzflächen schimmerten honigfarben. »Hier würde ich am liebsten dauernd sitzen«, hatte Sabrina beim ersten Anblick der Küche und des angrenzenden Frühstückszimmers ausgerufen. »Tu ich auch«, hatte Stephanie erwidert, »das heißt, soweit ich Zeit zum Hinsetzen habe.«

Sabrina stand neben dem runden Ahorntisch, als Stephanie herunterkam und etwas im Kühlschrank verstaute, ohne ihre Schwester zu bemerken. Es gab Sabrina denselben schmerzlichen Stich wie schon ein paar Tage zuvor bei ihrer Ankunft: Stephanie vernachlässigte ihr Äußeres, seit sie sich zum letztenmal gesehen hatten. Sie hatte zugenommen, und ihre Schönheit war irgendwie verblichen. Doch schien es ihr mittlerweile gleichgültig geworden zu sein.

»Können wir noch ein bißchen hier sitzen bleiben?« fragte Sabrina. »Wir sehen uns ja wahrhaftig nicht oft. Es war aber wirklich ein Kraftakt, Denton von seinen internationalen Spielplätzen loszueisen.«

»Und nun langweilt er sich natürlich in unserer spießigen Kleinstadt.«

»Mach dir deswegen keine Gedanken, Stephanie. Du kannst nichts dafür.«

»Garth hat ihm sein Labor gezeigt, aber –«

»Na ja, Wissenschaft ist nicht gerade Dentons Hobby. Er betreibt lieber andere Experimente.« Stephanie horchte bei Sabrinas bitterem Ton ein wenig auf, aber Sabrina fuhr schon fort: »Jedenfalls bin ich froh, daß uns – dir und mir – die Trennung diesmal nicht soviel ausgemacht hat wie früher. Hast du nicht auch das Gefühl? Seit wir uns öfter schreiben und telefonieren, sind wir uns wieder viel näher ...« Sie gab sich einen kleinen Ruck. »Aber nun erzähl mir, was ich noch nicht wissen kann. Wie kommst du mit deiner Ehe zurecht? Und mit den Kindern?«

»Da gibt's nichts Weltbewegendes. Ich habe bekommen, was ich wollte: ein Zuhause und eine Familie. Etwas Dauerndes. Wann hätten wir das in unserer Kindheit und Jugend je gehabt?« Sie lachten, in gleiche Erinnerungen versunken. »Und wie klappt's bei euch?« fragte Stephanie dann. »Ich hatte in diesen Tagen dauernd das unbehagliche Gefühl einer gewissen Spannung.«

»Ach ja, leider. Wir haben Meinungsverschiedenheiten, über die wir uns nie richtig aussprechen. Denton stopft unseren Terminkalender immer so voll, daß keine Zeit dazu bleibt. Aber ich schaffe es schon. Übrigens warst du vorhin auch ein bißchen heftig mit den Kindern, oder?«

»Hat man das so gemerkt? Schlimm. Ich wünschte, ich würde nicht immer gleich so nervös. Aber Garth arbeitet Tag und Nacht im Labor – abgesehen von seinen Vorlesungen –, und ich bin so allein mit Kindern und Haushalt, daß mir manchmal der Geduldsfaden reißt. Und heute abend fingen sie ja an, die Party ganz massiv zu stören.«

»Wieso stören? Ich habe mich herrlich amüsiert. Auch mit euren Nachbarn und Kollegen. Einige sind sehr originell, und alle sind nett.«

»Ich würde sie gern gegen dein Schloß und deine Reisen eintauschen.«

»Stephanie, das ist doch nicht dein Ernst!«

»Nein, natürlich nicht. Wahrscheinlich wüßte ich gar nicht, wie ich mich in deinen Lebensstil einfügen sollte – er kommt mir so unrealistisch vor. Und ich habe ja wirklich alles, was das Herz begehrt. Außer Geld. Ich habe die ewige Knauserei so satt. Nein«, sagte sie eilig, als sie Sabrinas Gesichtsausdruck sah, »du kannst uns nicht helfen – Garth wäre tödlich beleidigt. Mein eigentliches Problem ist ja auch, daß er mich zuviel allein läßt. Andererseits ist das wieder ein ungerechter Vorwurf: er arbeitet wie verrückt ... Hör nicht hin, Sabrina, ich bin heute abend ein bißchen durcheinander.«

Da haben wir's wieder, dachte Sabrina. Meine Reisen, meine Kreuzfahrten, meine eleganten Kleider, meine Briefe und Karten aus vierzehn Ländern allein im letzten Jahr, die Illustrierten-Klatschspalten, die auch du gelesen hast: daß Denton hunderttausend Dollar im Jahr hinauswirft und daß ich eine halbe Million zur Verfügung hatte, um unser Londoner Stadthaus von oben bis unten neu einzurichten ...

Aber sie hütete sich, dies zur Sprache zu bringen. Statt dessen sagte sie in leichtem Ton:

»Es liegt wohl hauptsächlich daran, daß Denton ein schwieriger Logiergast ist. Er kann sich einfach nicht daran gewöhnen, daß nicht jeder springt, wenn er nur mit den Fingern schnippt. Erbliche Belastung! Garth müßte mal seine Gene untersuchen. Ich hab ihn heute früh gezwungen, seine Badesachen selbst wegzuräumen, und er schimpfte mich eine Revoluzzerin, die dem Adel an den Kragen wollte.«

Stephanie lächelte. »Na, er gibt sich ja Mühe. Meistens ist er reizend. Und dir scheint die Ehe im großen und ganzen gut zu bekommen – du siehst fabelhaft aus.«

»Das macht die Mittelmeersonne. Würde ich dir auch mal empfehlen.«

»Ja, und dazu eine passende Schlankheitsdiät. Vielleicht raffe ich mich demnächst dazu auf. Ist die Sonne der einzige Grund, daß du wie ein Glamour-Girl aussiehst?«

Sabrina sah nachdenklich auf ihre im Schoß gefalteten Hände. »Weißt du, daß ich im letzten Jahr ein paar hundert Leute kennengelernt habe, ohne mit nur einem einzigen ein persönliches Wort zu wechseln?« Außer mit Alexandra, dachte sie, aber das konnte sie niemandem erzählen, auch nicht, oder erst recht nicht, Stephanie. Sie schämte sich der Erinnerung an die Kreuzfahrt auf Maxim Stuyvesants Jacht, der Gäste und der seltsamen »Spiele«, als sei sie dafür verantwortlich gewesen. »Aber über solche Dinge läßt sich schwer reden«, sagte sie lahm.

»Du redest ja gar nicht. Du weichst mir aus.«

»Lassen wir's dabei. Du, ich glaube, deine Gäste brechen allmählich auf. Jetzt werden Denton und ich Heinzelmännchen spielen und den Abwasch machen.«

Garth, der hinter Denton in der offenen Tür zum Hof erschienen war, grinste übers ganze Gesicht. »Nun jagt dem armen

Kerl doch nicht einen solchen Schrecken ein. Er ist ein ungelernter Arbeiter. Ich werde ihn vertreten.«
»Aber nicht allein.« Sabrina ging hinaus und begann die abgegessenen Teller aufeinanderzustapeln. »Ich möchte mich auch mal nützlich machen.«
»Du bist doch genauso ungelernt wie er«, meinte Garth.
Stephanie unterdrückte ein Gähnen. »Na, ich bin gut trainiert, ich erledige das in der halben Zeit wie ihr beide. Außerdem sind Sabrina und Denton unsere Gäste. Geht lieber schlafen.«
Sabrina kam mit einem Stoß Teller zurück und drängte Stephanie sanft zur Tür. »Du hast den ganzen Tag gearbeitet; jetzt machen Garth und ich den Rest. Kritisieren kannst du uns morgen früh – wenn du die Stirn dazu hast!«
Denton sah noch eine halbe Minute lang mit stummem Interesse zu, wie Garth und Sabrina Speisereste in den Mülleimer kratzten und die Teller ins Spülbecken stellten. Dann wandte er sich aufatmend ab: »Gute Nacht, ihr beiden. Ich erwarte dich bald oben, Liebling.« Er verschwand, und sie nickte geistesabwesend, weil sie gerade damit beschäftigt war, im Hof die Tassen einzusammeln und aufeinanderzustapeln.
»Ein bißchen wacklig«, meinte Garth.
Der Stapel geriet ins Wanken, und einige Tassen zerschellten auf den Hofplatten. Sabrina biß sich auf die Lippen, setzte das unversehrte Geschirr ab und suchte nach Schaufel und Handfeger. Garth half ihr schweigend, aber mit stillem Grinsen, die Scherben zu beseitigen.
»Du hattest schon recht«, sagte Sabrina nach einer Weile, die Hände im schäumenden Spülwasser, »ich bin sehr untüchtig. Wie drücktest du es so richtig aus? Eine ›Ungelernte‹.«
»Bitte vergiß es. Es war eine unfreundliche Bemerkung.«
»Aber eine ehrliche. Du magst mich nicht – und Denton noch weniger. Man braucht ja nur dein Gesicht zu sehen, wenn einer von uns zum Beispiel über unsere Reisen erzählt.«
»Mein alter Fehler: ein zu offenes Mienenspiel!« Garth griff nach einem trockenen Geschirrtuch. »Sabrina, denk bloß nicht, daß ich mir ein Urteil über euch erlaube. Ich verstehe euch einfach nicht. Eure ganze Lebensart, eure Bestrebungen, eure

Ziele sind so verschieden von meinen, daß ich sie nicht nachempfinden kann. Zweifellos ist das auch wieder eine meiner Charakterschwächen.«

Sabrina sah sich urplötzlich in ihre Studentenzeit zurückversetzt, als sie in der Nähe der Sorbonne eine winzige Bude bewohnt hatte, und in die Zeit ihrer ersten Berufstätigkeit bei Nicholas Blackford, dem Londoner Antiquar. Damals hatte sie selbstverständlich Geschirr gespült, aber seit ihrer Heirat ebenso selbstverständlich nicht mehr ...

Sie empfand einen sonderbaren Frieden, als sie so mit ihrem Schwager die Überbleibsel der Party aufarbeitete. Die Küche lag in gedämpftem Licht, und das Haus war dunkel und still geworden. »Woher kennst du eigentlich Dentons und mein Leben so genau?« fragte sie.

»Von Stephanie natürlich. Sie berichtet mir alles bis in die kleinsten Einzelheiten, und jedes dritte Wort ist ›Reichtum‹. Kannst du mir vielleicht auch eine Auskunft geben?« Er trocknete mit konzentrierter Aufmerksamkeit eine Platte ab. »Ist Stephanie unzufrieden, weil ich meiner Arbeit zuviel und ihr zuwenig Zeit widme, oder weil ich ihr nicht so ein Luxusleben bieten kann, wie du es führst?«

»Aber Stephanie ist doch gar nicht unzufrieden, Garth, da irrst du dich!«

»Ich glaube nicht. Schau, Sabrina, ich bitte dich um deine Hilfe. Du kennst deine Schwester genauer als sonst irgendwer. Für dich sind ihre Gefühle keine Rätsel ...« Er sah, wie Sabrinas Miene sich verschloß, und sprach rasch weiter: »Klar, du sollst keine Geheimnisse ausplaudern. Aber ich bin nun mal ihr Mann, und ich liebe sie. Trotzdem ist mir manches unklar. Kannst du mal vergessen, daß du ihr Zwilling bist? Und so tun, als wärst du eine Wissenschaftlerin, eine Psychologin, die einen Zustand ganz neutral zu beurteilen hat? Nun, der Zustand ist: Stephanie ist unglücklich. Warum?«

»Wegen deiner Arbeit.«

Garth nahm einen neuen Teller. »Dreimal dieselbe Beurteilung. Meine Kollegen. Goldner und Talvia machen mir deswegen regelmäßig Vorwürfe. Ich sei zu verbissen. Ja, das stimmt wohl.

Ich merke selbst, daß ich Stephanie vernachlässige, und ich schwöre ihr und mir dauernd Besserung. Aber wenn du wüßtest, wie faszinierend gerade die Gen-Forschung ist, auf welche neuen Wege ich da zu kommen hoffe –«
»Du hast es gut.«
»Weil Stephanie immer noch so geduldig ist? Das braucht mir keiner zu erzählen.«
»Ja, du kannst froh sein, daß du sie hast. Und obendrein noch ein paar gute Freunde und Kollegen, die dir gelegentlich die Meinung sagen.« Sabrina starrte gedankenvoll über den Spültrog hinweg durch das dunkle Küchenfenster hinaus. »Denton saust rund um die Welt, um sich selbst zu finden – natürlich ohne jeden Erfolg. Wo kein ernsthafter Wille ist, ist auch kein Weg. Die Leute umschmeicheln ihn, weil er der reiche Treveston-Erbe ist, aber *mögen* tun ihn die wenigsten, und er weiß nicht, warum. Außerdem langweilt er sich, und auch da weiß er nicht, warum. Er flüchtet sich in den Jet-set-Trubel, und wenn ich etwas dagegen sage, findet er mich spießig und verständnislos. Hätte er doch nur ein paar echte Freunde, die ihm ehrlich sagten, was sie von ihm halten und was er mit seinem Leben anfangen könnte, wenn er wollte! So wie du es tust. Du scherst dich nicht um Äußerlichkeiten und kennst deinen eigenen Wert.«
Garth sah sie fast erschrocken an. »Das hast du schön gesagt.«
»Freut mich, daß du überhaupt mal hinhörst.«
»Entschuldige, es war nicht abfällig gemeint. Aber woher sollte ich wissen, daß du soviel über alles mögliche nachdenkst? Dein Mann tut es offensichtlich nicht, und bei eurer Lebensführung – «
»Halte dich doch nicht bei unserer Lebensführung auf. Du hast ja schon zugegeben, daß du wenig Sinn darin findest. Trotzdem macht einiges daran Spaß.«
»Und das andere?«
»Anderes wird sich im Laufe der Zeit ändern. Wie in jeder Ehe.« Himmel, dachte Sabrina, was habe ich schon so großspurig mitzureden? «Wir werden nicht ewig durch die Welt sausen. Falls Kinder kommen, werden wir schon deswegen seßhaf-

ter. Und ich möchte auch in meinem eigenen Fach weiterkommen – wozu habe ich schließlich Kunstgeschichte studiert? Neulich bin ich aufgefordert worden, bei der Einrichtung eines Museums für primitive Kunst mitzuwirken ... Und auch sonst gibt es vieles, was ich in Angriff nehmen will. Ich möchte auch ein gastfreies Haus führen. Demnächst mußt du mit Stephanie und den Kindern zu einer Grillparty auf unserer Terrasse kommen.«

Garth lächelte unverbindlich. »Sabrina, rechne nicht zu sehr damit, daß dein Mann je seßhaft wird.«

Sabrina zog den Stöpsel aus dem Spülbecken. »Warum nicht?«

»Weil es wider seine Natur ist.«

»Du kennst ihn doch gar nicht.«

Garth stellte den letzten Teller weg und lehnte sich mit untergeschlagenen Armen an den Kühlschrank. »Hat er dir nie gesagt, daß das Leben eines perfekten Playboys auch eine Kunst ist?«

»Gewiß, solche Sprüche kenne ich ...«

»Vermutlich behauptet er, daß er so schwer an der Vervollkommnung seines Stils arbeitet wie jeder Arbeiter. Eine Familie kommt da erst in zweiter Linie. Er ist besessen von Lebensgier. Das zu ändern, würde schwere innere Kämpfe voraussetzen, und Denton kommt mir nicht gerade wie ein Kämpfer vor.«

»Ist das der Scharfblick des Forschers?«

»Schlimmer«, sagte Garth rauh. »Ich habe ihm dummerweise einen Moment zu lange in die Augen gesehen – und so etwas wie mein eigenes Spiegelbild darin gefunden. Es gibt verschiedene Arten von Leidenschaft, aber sie ähneln sich alle in ihrer sturen Eingleisigkeit. So seltsam es klingt: Denton und ich sind verwandte Geister.«

Sabrina verstand, wie sehr er sich um Ehrlichkeit bemühte, obwohl ihm der eigene Vergleich mit Denton gegen den Strich gehen mußte. Sie drehte mit niedergeschlagenen Augen an ihrem Ehering und lächelte. »Danke«, sagte sie leise. »Ich nehme mein übereiltes Ersturteil zurück: Du bist gar nicht so steifleinen, wie ich dachte.«

»Und du bist kein verwöhntes Playgirl und keine ›ungelernte Arbeiterin‹.«

Sie verließen gemeinsam lachend die Küche.

Sabrina stand in den leeren Ladenräumen und hielt den Tischlern, die Bretter und Wandleisten hereintrugen, die Tür auf. Ihr Leben war so sauber ausgeräumt und jeder Möglichkeit offen wie dieser Laden, den sie gemietet hatte. Ich werde beides neu aufbauen. Ich muß und werde es schaffen, dachte sie, von vorne anfangen, nachdem mit Denton alles schiefgegangen ist.
Im Hinterzimmer, wo die Zimmerleute ihre Werkbank aufgestellt hatten, prüfte Laura Hartwell noch einmal die Pläne. Sabrina blieb an der Eingangstür und sah auf die regennasse Londoner Brompton Road hinaus. Drei Jahre, dachte sie – länger haben wir nicht durchgehalten. Und bis zur endgültigen Scheidung hat es fast noch ein entnervendes Jahr gebraucht.
»Mylady«, hallte die Stimme eines Arbeiters durch die leeren Räume. Sabrina folgte dem Ruf; er zog gerade einen Kreidestrich über den staubigen Fußboden. »Soll hier die Tür hin, Mylady?«
»Ja, richtig.« Sabrina wandte sich mit leicht geniertem Lächeln an ihre Mutter. »Ich komme mir dauernd vor wie eine Hochstaplerin. Eigentlich dürfte ich mich nicht ›Mylady‹ nennen lassen.«
»Wieso?« antwortete ihre Mutter. »Das ist völlig legitim und außerdem geschäftsfördernd. Übrigens habe ich gehört, daß Denton dich zurückhaben will.«
»So? Mir unbekannt. Und es ändert nun auch nichts mehr an der Sachlage.«
»Ich dachte nur ... Vielleicht fühlst du dich doch etwas einsam.«
»Oh.« Sabrina nahm eine Blaupause zur Hand und prüfte sie umständlich. Natürlich war sie einsam, und manchmal fürchtete sie sich. Aber das hatte schon vor einem Jahr begonnen, als sie Denton Longworth verließ.
Sie hatte sich eine kleine Parterrewohnung genommen und außerhalb der Arbeitsstunden – sie war wieder in Blackfords Antiquitätengalerie tätig – jeden gesellschaftlichen Umgang gemieden. Ein halbes Jahr lebte sie so wie vor ihrer Heirat,

obwohl Denton, seine Familie und ihre Eltern sie mit Briefen und Telefonaten bombardierten. Seine Verwandten beschworen sie: »Sabrina, er wird sich doch jetzt an seine neue Verantwortung gewöhnen, wo sein Vater tot ist und er den Titel und das gesamte Unternehmen geerbt hat!«

»Sein Vater ist nun schon fast ein Jahr tot«, hatte sie erwidert, »und er lebt noch genauso weiter wie zuvor.«

Andere Freunde drängten: »Er betet dich an, Sabrina. Seine Eskapaden sind doch nur ein Zeichen von überschüssiger Energie. Mit den Jahren wächst sich das aus.«

Ich habe seine überschüssige Energie sterbenssatt, dachte Sabrina. All seine oberflächlichen Vergnügungen können mir gestohlen bleiben. Ich möchte eine normale Familie haben und wissen, wohin ich gehöre. Aber alles was sie sagte, war: »Für meine Vorstellungen von einem ausgefüllten Leben ist leider kein Platz in Dentons Kalender.«

Stephanie rief besorgt an. »Soll ich zu dir nach London kommen?«

»Danke, im Moment nicht. Ich wurstele mich schon durch. Und denk mal, Mutter hat sich angemeldet! Ist das nicht erstaunlich?«

Laura Hartwell war mehrmals zwischen London und Washington hin und her gependelt, bis die Scheidung – auf möglichst vornehme und gütliche Art – ausgesprochen war. Sabrina behielt nur das Haus am Cadogan Square, das sie selbst mit soviel Schwung, Begeisterung und Sachkenntnis renoviert hatte. Nun gehörte es ihr allein. Eine ganze Saison hindurch hörte sie nichts von den einst so überschwenglichen Londoner Freunden. Tagsüber arbeitete sie in Nicholas Blackfords Geschäft, und die Nächte verbrachte sie mit ihrem wunderschönen, aber leeren Haus. London zeigte ihr die kalte Schulter; sie hatte keine Menschenseele mehr, mit der sie sprechen konnte. Außer Stephanie! Aber die Transatlantik-Gespräche waren ein Luxus, der ins Geld ging. Sie mußte ja nicht nur das Haus unterhalten, sondern beabsichtigte, sich möglichst bald auf eigene Füße zu stellen. Auf ihre Fachkenntnisse konnte sie vertrauen, und nun setzte sie alles auf eine Karte.

Ja, Mutter, dachte sie zerstreut, ich *habe* in Betracht gezogen, mich mit Denton zu versöhnen und in den Schutz seiner Kreise zurückzukehren. Heute weiß ich von einem Tag auf den anderen nicht, was mir bevorsteht. Diese Unsicherheit gab es bei Denton nicht. Meistens wußte ich sogar, mit wem er gerade schlief ...
»Mylady«, riß sie eine Männerstimme aus ihren Gedanken, »stimmt das hier – soll die Zwischenwand wirklich nicht ganz bis zur Decke gehen?«
»Ja«, antwortete Sabrina und sah auf den Plan.
»Aber dann hören Sie doch jeden Laut aus dem Verkaufsraum, auch wenn Sie die Bürotür schließen!«
»Wenn die Geräusche von Kunden herrühren, werde ich mich jedesmal darüber freuen.«
»Ach so. Na dann, Mylady, wünsche ich Ihnen recht viel davon.«
»Sabrina«, kam gleich danach wieder die Stimme ihrer Mutter, »warum hast du nur nicht vernünftige Unterhaltszahlungen von Denton verlangt? Du wirst nicht mehr viel übrig haben, wenn der Laden hier eingerichtet ist.«
»Ein halbes Jahr reicht es, wenn ich sparsam bin. Feilschen um Geld liegt mir nicht. Denton hat mich immer so als sein Eigentum betrachtet, daß ich ihm schon viel früher gern alles vor die Füße geworfen hätte. Hochdramatisch, aber ziemlich unpraktisch – ich geb's ja zu. Ich habe nur das Nötigste für einen neuen Start angenommen. Mach dir keine Sorgen, Mutter. Schließlich habe ich Dentons Freunden jahrelang unentgeltlich gute Ratschläge für ihre Kunstsammlungen und Innenausstattungen gegeben; sie wissen, was ich kann. Wie sollten da die Kunden ausbleiben?«
Ihr optimistisches Gerede entsprach nicht ganz den Tatsachen. Dentons Freunde hatten sie seit der Scheidung geschnitten, was Laura Hartwell nicht wußte. Und Sabrina schämte sich, dies offen einzugestehen, als sei es allein ihre Schuld.
»Na, sicher hast du Erfolg«, meinte Laura denn auch und strich liebevoll über die erste fertig getäfelte Wand. »Weißt du, daß so etwas immer mein Traum war? Ein eigenes Geschäft ... Aber

ich habe halt mein Leben lang nur herumstöbern und ein paar hübsche Sachen auflesen können.«
»Das kannst du ja nun nachholen. Washington ist doch vermutlich eure Endstation.«
»Ach, für mich ist es zu spät. Ich habe weder deine Jugend noch deine Energie. Ich kann dir nur noch ein wenig helfen, und das ist schön. Übrigens ist es reizend von dir, daß du deine Galerie ›Ambassadors‹ nennen willst. Ein Kompliment für Vater. Wir waren beide ganz gerührt.«
Sabrina drückte ihre Mutter kurz an sich. »Und von dir war es reizend, daß du sofort hergeflogen bist. Du hast mir eine Menge Anregungen gegeben und mir über mein Lampenfieber hinweggeholfen.«
»Na, ich weiß nicht, wer wem am dankbarsten sein muß«, sagte Laura. »Für mich ist es seit Jahren die aufregendste Sache, so einen Laden miteinzurichten. Wie sagte doch Napoleon? ›Wer lange genug warten kann, erreicht alles‹ – oder so ähnlich. Aber, Sabrina, warum kommst du nicht zu uns nach Amerika? Du hast doch nun alle deine Angehörigen dort, und wir würden uns so freuen. Was hält dich noch in London?«
»Schwer zu erklären, Mutter. Ich fühle mich hier zu Hause und kenne mich in London besser aus als irgendwo sonst. Ich kenne die Reichen, den Kunstmarkt, die Konkurrenz. Und die alten Geizhälse, die demnächst sterben – scheußlich zu sagen – und erst dann ihre Kostbarkeiten aus den Krallen lassen. Da muß man Bescheid wissen, um bei Auktionen sofort die besten Stücke zu ergattern. Scheint das einzige zu sein, was bei meiner Ehe herausgekommen ist: daß ich sehr gut Bescheid weiß. Und ich habe hier viele Bekannte.«
»Aber keine Familie wie in Amerika.«
»Mutter, bitte sei mir nicht böse. Ich liebe euch alle, und ihr fehlt mir täglich, aber ... Nach dem Fehlschlag mit Denton habe ich den Ehrgeiz, mich gerade hier zu bewähren und mir selbst und allen andern zu beweisen, daß ich auf eigenen Füßen stehen kann. Verstehst du das nicht?«
»Doch«, sagte Laura. »Fast könnte ich dich beneiden.« Und

dann gab sie ihrer Tochter zum erstenmal seit langen Jahren ganz impulsiv einen Kuß.

## 7

Lady Vernons Bälle in Alderley House waren berühmt, und als Sabrina mit ihrem früheren Chef Nicholas Blackford und seiner Frau Amelia in den Saal trat, trank sie Farben, Licht und Musik in sich hinein, als könnte sie nie genug bekommen. Sie wurde sofort von einem jungen Mann zum Tanz aufgefordert und fühlte sich seit langem wieder einmal jung, sorglos und begehrenswert. Das hinderte sie jedoch nicht, den Ballsaal fachmännisch und kritisch zu mustern. Er war im letzten Jahr renoviert worden, und die reich verzierte Stuckdecke fand Sabrinas rückhaltlosen Beifall. Aber die Hunderte von Wandlämpchen, die rotgeäderten Säufernasen glichen, waren geradezu unglaublich schauderhaft! Wo hatte Lady Vernons Innenarchitekt nur diese Scheußlichkeiten ausgegraben? Es juckte Sabrina in den Fingern, alles eigenhändig herunterzureißen und die Beleuchtung der Eleganz der Decke anzupassen.

»... Sie sind nicht meiner Meinung?« fragte ihr Tanzpartner.

»Oh, verzeihen Sie, ich habe geträumt. Was sagten Sie gerade?« Von nun an hörte sie ihm und auch den folgenden Tänzern genauer zu, aber sie mußte sich enorme Mühe geben, nicht dauernd an den Geschmacksverirrungen, die sie in Lady Vernons Räumlichkeiten entdeckte, hängenzubleiben. Sie hatte so fest damit gerechnet, bald selbst als Innenarchitektin die Häuser der tonangebenden Gesellschaft einzurichten.

»Wie ich höre, haben Sie eine Antiquitätengalerie eröffnet«, plauderte ihr nächster Partner. »Wie heißt sie denn?«

»›Ambassadors‹«, antwortete Sabrina.

»Guter Name«, lobte er obenhin. »Und Sie haben natürlich Erfolg damit?«

»Natürlich.« Sie verzog keine Miene.

»Gratuliere«, sagte ihr Tänzer, und sie wußte, daß er weder

zugehört hatte noch sich wirklich für ihre beruflichen Probleme interessierte. Kein Mensch wollte auf einem Ball von Lady Vernon hören, daß eine schöne junge Frau irgendwelche Probleme hatte.

Die traurige Wahrheit war, daß sie als Geschiedene nicht mehr mitzählte und die Tatsache verschleiern mußte, daß sie vergeblich auf Kunden wartete.

Die einflußreichsten Leute aus Aristokratie und Hochfinanz waren heute abend hier. Viele hatten sich noch vor kurzem ihre Freunde genannt. Sie hatte mit Verständnis gerechnet – und mit Aufträgen. Sie hatte sich gründlich geirrt. Niemand war gekommen.

Sie hatte zur Eröffnung von »Ambassadors« jedem, den sie kannte, Einladungen geschickt. Nicholas Blackford hatte ihr geraten, ihr Augenmerk besonders auf Olivia Chasson zu richten. »Sie setzt in der Londoner Gesellschaft die Maßstäbe. Wenn sie etwas Neues entdeckt, trotten alle anderen hinterher. Falls Sie Lady Chassons Gunst gewinnen, haben Sie ausgesorgt.«

Seitdem hatte Sabrina jeden Morgen mit hochgespannten Erwartungen ihren Laden geöffnet und gehofft, Olivia Chasson und ihren Anhang in ihre Ausstellungsräume spazieren zu sehen, zum Beispiel in das zauberhafte Gobelinzimmer, das ihre Mutter nach dem Muster berühmter Rokokoschlösser entworfen hatte. Aber Sabrinas freudiger Anfangseifer wurde auf eine harte Probe gestellt – sie mußte schon froh sein, wenn ein paar Laufkunden irgendwelche Kleinigkeiten kauften. Auf diese Weise ging ihr Geld zur Neige. Sie hatte bereits einen Bankkredit aufgenommen und mußte wohl demnächst ihren einzigen Besitz, das Haus, belasten ... Aber gegen diesen Gedanken sträubte sich alles in ihr.

»Die Leute sind schon alle am Buffet«, hörte sie ihren Tänzer sagen. »Wollen wir uns nicht auch etwas holen?«

Sie füllten ihre Teller, setzten sich in eine zufällig freie Nische und aßen schweigend. Sabrina sehnte sich plötzlich nach Stephanie – einer vertrauten, zuverlässigen Freundin, mit der sie die langen Abende teilen, lachen und bei Bedarf auch weinen konnte.

»Wenn es wahr ist, daß sie Denton nur des Geldes wegen geheiratet hat«, vernahm sie eine weibliche Stimme hinter einer halboffe-

nen Portiere, »hätte sie doch bei der Scheidung weit mehr herausschlagen können!«
Sabrina wurde ganz starr. Als ihr Partner etwas sagen wollte, schüttelte sie leicht den Kopf und legte den Finger auf die Lippen.
»Woher wissen Sie denn, wieviel sie genommen hat?« antwortete eine hohe, nörgelnde Stimme nebenan. »Denton ist ein vornehmer Mensch und verbreitet sich nicht darüber. Aber ich habe aus bestunterrichteter Quelle gehört, daß sie drei Millionen, Treveston und die neue Jacht verlangt hat. Ihr eigener Rechtsanwalt fand das übertrieben, aber Denton war ja blind in sie vernarrt. Natürlich hat sie ein Vermögen bekommen – für sie hätte er glatt seinen ganzen Besitz hergegeben!«
»Außer Treveston Castle«, sagte die erste Stimme trocken. Sie kam Sabrina irgendwie bekannt vor, aber sie wußte nicht, wo sie sie einordnen sollte.
»Na ja, klar – einen Nationalbesitz wie Treveston kann er nicht einfach herschenken. Aber das Londoner Haus hat sie sich unter den Nagel gerissen, und –«
»Welch liebliches Ballgeflüster«, gesellte sich jetzt eine Männerstimme dazu. »Ob ich wohl errate, wen du gerade wieder durchhechelst? Könnte es die schöne Lady Sabrina Longworth sein, bei der du früher oft und mit Vergnügen zu Gast warst und der du jetzt so scharfzüngig in den Rücken fällst?«
»Peter, sei nicht so grob zu mir. Ich habe nur darüber gesprochen, wie schlecht der arme Denton bei seiner Scheidung weggekommen ist.«
»Der ›arme Denton‹«, äffte die andere, kühle Stimme spöttisch nach, »hat die Abfindung wahrscheinlich unter ›Kleinigkeiten‹ abgebucht. Wegen Sabrina braucht er sich in seinen noblen Passionen bestimmt nicht einzuschränken.«
»Wie konnte sie sich dann diese Galerie an der Brompton Road einrichten?« nörgelte die andere. »Ich bin neulich vorbeigegangen und habe einen Barockschrank im Schaufenster gesehen, der mindestens seine dreitausend Pfund wert ist!«
»Und Sie sind nicht hineingegangen?«
»Meine holde Rose würde nie dergleichen tun«, sagte der

Mann, »wenn die andern es ihr nicht vormachen. Und die Meute hat Sabrina nun mal zur Ausgestoßenen erklärt. Ihr alle, die ihr nicht genug Süßholz raspeln konntet, solange sie Schloßherrin war –«

»Das ist zuviel, Peter. Wenn du je hinter ihre glatte Larve gesehen hättest, wüßtest du, warum sie Denton überhaupt geheiratet hat. Sie hat sich ja kaum Mühe gegeben, es zu verbergen: Kaum war sein Vater gestorben und er hatte endlich den Titel geerbt, hat sie sich damit abgesetzt. Typisch amerikanisch – immer nur auf das Äußerliche aus!«

Sabrina saß stocksteif mit niedergeschlagenen Augen da und fragte sich, wie sie nach diesen Informationen mit ihrer neuerworbenen Selbständigkeit weiterleben sollte – morgen, übermorgen und jahrelang ...

Nebenan war das Scharren eines Stuhls zu hören, und dann kam die ruhige, kühle Stimme aus leicht veränderter Richtung:

»Sabrina hat sich nie nach euren blöden Spielregeln gerichtet, und das könnt ihr nicht verzeihen. Ich glaube, ich werde mich da mal einschalten.«

Sabrinas Kopf ruckte in die Höhe. Jetzt wußte sie, an wen sie die Stimme erinnerte – an eine Frau, die sie vor Jahren auf Maxim Stuyvesants Jacht kennengelernt und damals mit etwas zwiespältigen Gefühlen betrachtet hatte ...

Ihr Partner nahm ihr den Teller ab und fragte unsicher:

»Ist Ihnen nicht wohl? Soll ich Sie nach Hause bringen?«

Sie sah ihn mit strahlenden Augen an. »Im Gegenteil, ich würde gern noch ein bißchen tanzen.« Denen werde ich's zeigen, dachte sie. Gut, daß ich nun Bescheid weiß.

Der junge Mann verhehlte seine Bewunderung nicht. »Das einzig Richtige, Mylady. Die Raddisons sind manchmal sehr ordinär, besonders Lady Rose ...«

Fast im selben Moment sagte die kühle Stimme neben der Portiere: »Nein, wie das Leben so spielt! Hier trifft man sich wieder!«, und Sabrina sah direkt in das träg-freundliche Gesicht von Prinzessin Alexandra Martova. »Darf ich Ihnen Ihre Tänzerin für ein Weilchen entführen?« fragte sie den jungen Mann. Und zu Sabrina fügte sie gedämpft hinzu: »Von nun an nehme ich Sie unter meine Fittiche!«

Alexandra lebte seit einiger Zeit allein in London, mit nichts auf der Welt als den Ergebnissen ihrer Scheidung: einem Schweizer Nummernkonto, einem Ferienhaus auf Menorca, einer Wohnung in Paris, einem Unterhalt von zehntausend Dollar monatlich und einer dänischen Dogge, die sie nach einem lieben alten Freund Maxim nannte. Groß und gertenschlank wie immer, mit etwas schräggestellten blauen Augen und blondem, glatt auf die Schultern fallendem Haar, hatte sie noch mehr Selbstsicherheit gewonnen als damals auf Max Stuyvesants Jacht. »Ich lebe, wie es mir paßt«, vertraute sie Sabrina an, »und Sie sehen aus, als hätten Sie auch das Zeug dazu. Ich gedenke hier groß rauszukommen, Herzchen.«
Dazu brauchte sie ein Haus in London, und das hatte sie im Botschaftsviertel Belgravia gefunden: hoch und schmal mit Fensterbögen, die an eine viktorianische Lady mit gehobenen Brauen erinnerten, und einem Türklopfer in Gestalt eines messingglänzenden Löwenkopfes an der Eingangstür. Alexandra liebte diese Fassade, aber das düstere, verbaute und unbehagliche Innere mußte schleunigst umgestaltet werden; sie warf alles erbarmungslos hinaus. »Ich möchte, daß Sie es neu einrichten«, sagte sie bei der ersten Besichtigung zu Sabrina. »Vom Keller bis zum Dach. Trinken wir einen darauf!«
Sie blies etwas Gipsstaub von der Flasche, die sie in einem Picknickkorb mitgebracht hatte, und füllte zwei Kristallgläser. Sabrina hatte sich ihr künftiges Wirkungsfeld sehr genau angesehen. Außer ein paar schönen Marmorkaminen war nichts übriggeblieben. Ich glaube, hieraus kann ich etwas machen, dachte sie mit glänzenden Augen und erwiderte Alexandras Toast. »Danke!«
»Mein Plan ist, daß wir einander helfen«, sagte Alexandra. »Sie brauchen Aufträge, und ich brauche ein großes Haus und gesellschaftliches Ansehen. Ich kenne zwar Gott und die Welt, aber die kennen mich leider auch. Nachdem ich mich so lange an allen möglichen Lustorten herumgetrieben habe, genügt es

nicht, daß ich mich Prinzessin nennen darf. Ich muß endlich meine Respektabilität beweisen.«
Sabrina schüttelte betrübt den Kopf. »Ob ausgerechnet ich Ihrem Ruf auf die Beine helfen kann? Nach dem, was Sie neulich auf dem Ball über mich gehört haben, wissen Sie ja, was man über mich denkt.«
»Herzchen, Sie sollten in den vergangenen Jahren gelernt haben, was von dem giftigen Party-Gewäsch gewisser Leute zu halten ist. Nun hören Sie mir mal gut zu: Wir werden uns gegenseitig fördern. Eine Hand wäscht die andere. Habe ich Ihnen nicht gesagt, daß ich Sie unter meine Fittiche nehmen will? Ich pflege meine Versprechen zu halten, wenn mir jemand sympathisch ist. Jetzt richten Sie erst mal mein Haus ein. Dann eröffnen wir es mit einer rauschenden Party – es wird eine Sensation sein, von der ganz London spricht. Und alle, die die neue Innenausstattung gesehen haben, werden sagen, daß keiner mehr mitreden kann, der nicht Lady Sabrina Longworth als Innenarchitektin gewinnt. Ich wette, die großmächtige Lady Olivia Chasson kommt als eine der ersten.«
Alexandra stellte ihr geleertes Glas irgendwo ab und ging mit großen Schritten auf und ab, überall Fußabdrücke auf dem staubigen Boden hinterlassend. »Die feinen Leute werden Ihnen in Nullkommanichts wieder die Schuhe lecken – und mir als Ihrer ›Entdeckerin‹ auch. Herrje, Sabrina, die meisten haben sich doch immer um Sie gerissen! Sie scheinen das gar nicht richtig gemerkt zu haben. Sie sind doch einsame Klasse: schön und klug und unangreifbar. Nie hatten Sie einen Skandal, und sogar die Leute, die sich gegenseitig in der Luft zerfetzen, haben Sie immer bewundert. Damals auf Maxims kleiner Jacht waren Sie so unglaublich süß und unschuldig, daß ich's zuerst kaum für möglich hielt. Aber dann habe ich Sie genau deshalb richtig ins Herz geschlossen. Fein, daß wir uns wiedergetroffen haben.«
Sie setzte sich auf das Kamingitter und streckte die langen Beine von sich. »Der einzige Grund, warum Sie im Moment in Ungnade sind, ist die Frage, warum Sie Denton überhaupt je geheiratet haben. Sie sollten das mal eindeutig klarstellen. Die

Snobiety schließt hier natürlich von sich auf andere und denkt, Sie seien aus dem Nichts gekommen und hätten sich den adeligen Goldfisch geangelt, nur um Titel und Geld zu kriegen und sich dann auf Dentons Kosten Ihre phantastische Spielerei mit der Galerie zu leisten. Und der arme Denton jammert alle paar Tage in einem anderen Bett über sein gebrochenes Herz. Ich weiß über Ihre Finanzlage ziemlich genau Bescheid, Herzchen, weil ich zufällig denselben Scheidungsanwalt hatte wie Sie. Er war entsetzt über Ihre Bescheidenheit, um nicht Dummheit zu sagen. Na, das ist Ihre Sache; ich erzähl's nicht weiter. Zum Glück kenne ich viele, die nur darauf warten, daß Sie alle ins Unrecht setzen und ein glanzvolles Comeback feiern.«
Alexandra stand auf und goß den Rest aus der Flasche in die beiden Gläser. Gegen das schwindende Nachmittagslicht hob sie sich wie ein Alabasterstandbild ab. Sabrinas Gedanken schienen in weiter Ferne, obgleich sie jedes Wort genau gehört hatte. Im Geiste war sie schon beim Vermessen, Entwerfen, Auswählen der Möbel und Kunstgegenstände, bei Tapeten, Vorhängen und Teppichen. Sie hätte am liebsten noch in dieser Minute angefangen. Aber eine Frage mußte zuvor geklärt werden.
»Und die Kosten?« fragte sie trocken.
Alexandra hob in gespielter Überraschung die Brauen. »Wie meinen –?«
Die verwirrte und dankbare Sabrina hatte sich urplötzlich in eine sachliche Geschäftsfrau verwandelt. »Ich meine, was können und wollen Sie ausgeben?«
»Sie haben freie Hand. Hauptsache, das Haus wird so schön, wie ich es mir vorstelle.«
»Dann sagen Sie mir Ihre Wünsche, und ich werde mich nach Möglichkeit danach richten.«
»Wann können Sie anfangen?« fragte Alexandra.
Sabrina schlüpfte in ihren Mantel. »Ich bin ja schon dabei«, erwiderte sie.

In den folgenden Tagen und Wochen hatten sie soviel zu besprechen, daß Alexandra bald aus dem Hotel, in dem sie

vorläufig wohnte, in eines von Sabrinas Gastzimmern am Cadogan Square umzog. Alexandras Haus wurde zum Tummelplatz von Klempnern, Elektrikern, Gipsern und Glasern. Facharbeiter legten die vertrackten Parkettmuster, die Sabrina entwarf. Nach vier Monaten kamen die sorgsam ausgewählten Möbel – eine unorthodoxe Mischung erlesenster Stücke, wie der normale Bürger sie niemals gewagt hätte, ganz abgesehen von den Kosten.
Alexandra wirbelte glückselig durch die fertigen Räume, treppauf, treppab, und konnte sich vor Begeisterung kaum fassen. Sabrina überreichte ihr feierlich die Hausschlüssel und die Gästeliste für die Einweihungsparty, deren Zusammenstellung ihnen beiden nicht wenig Kopfzerbrechen bereitet hatte.
Es wurde ein Mai-Ball, der am Abend des Ersten Mai begann und erst mit dem Frühstück am nächsten Morgen endete und tatsächlich ein Aufsehen erregte wie kein anderes gesellschaftliches Ereignis der ausgehenden Londoner Saison. Es war der Durchbruch – für die Besitzerin des Hauses nicht minder wie für die Innenarchitektin Lady Sabrina Longworth. Fotografen und Illustrierten-Reporter traten einander auf die Füße, um den einschlägigen Magazinen ausführliche Berichte zu liefern.
Sabrina ging kritischen Blicks von Zimmer zu Zimmer und überprüfte noch einmal ihr Werk. Sie achtete kaum auf die Gäste, die gratulierend herandrängten. Sie hatte einen Triumph errungen, in jeder Hinsicht, aber sie mochte an diesem Abend nicht zuviel darüber reden. Nach den beiden Häusern, die sie für sich selbst eingerichtet hatte – das am Cadogan Square und ihre Galerie –, hatte sie zum erstenmal etwas für jemand anderen geschaffen und sich bewährt. Auf dieser Grundlage konnte sie weiter wachsen.
Stephanie würde sich mitfreuen und stolz auf sie sein, dachte Sabrina; sie hatte ihr Fotos von allen Räumen geschickt. In einem hatte sie sich einen winzigen Privatspaß erlaubt, der gewiß jedem Uneingeweihten entging: ein kleines S im Mosaikparkettmuster des Salons in der ersten Etage. In der dämmrigen Ecke dort würde es nie jemand bemerken. Aber sie hatte ihr Signum hinterlassen.

Nach der Party genoß Sabrina ein wohlverdientes ruhiges Wochenende, an dem sie sich endlich einmal richtig ausschlief. Als sie am Montag vormittag auf den antiken Möbeln in ihrer Galerie Staub wischte, klingelte unverhofft früh das orientalische Glasglöckchen über der Ladentür.
Sie blickte auf und hieß lächelnd ihre neue Kundin, Lady Olivia Chasson, in »Ambassadors« willkommen.

# 8

Sabrina und Stephanie standen zusammen in der Diele des Hauses am Cadogan Square. Sabrina hatte ihre Schwester eben vom Flugplatz abgeholt, und ihre Haushälterin, Mrs. Thirkell, machte sich emsig mit Stephanies Gepäck zu schaffen.
»Du kennst das Haus ja schon«, sagte Sabrina, während sie die Treppen hinaufstiegen, »aber ich habe seit damals einiges geändert.« Stephanie schaute überall flüchtig hinein. »Hier könnte ich auch leben«, seufzte sie. »Du hast meine Träume Wirklichkeit werden lassen.«
Im vierten Stock lagen Sabrinas Schlaf- und Privaträumlichkeiten, die zu Dentons Zeit in Braun und Gold, jetzt aber in Pfauenblau und Elfenbein gehalten waren, sowie zwei Gastzimmer. »Such dir eins aus«, sagte Sabrina, und Stephanie wählte ohne Zögern das frühlingshaft rosa und grün ausgestattete.
»Darüber ist nur noch Mrs. Thirkells Reich«, erklärte Sabrina, während sie Stephanie auspacken half. »Wir gehen gleich zum Essen hinunter. Gott, bin ich froh, daß du mich endlich mal allein besuchst ... Aber was ist denn los mit dir? Fehlt dir was?«
Stephanie stand vor dem langen Ankleidespiegel und zitterte buchstäblich vor Schreck und Kummer, als sie ihre Schwester hinter sich so anmutig beschäftigt sah. Wie leicht und graziös sich Sabrina bewegte! Früher hatte sie genauso ausgesehen, aber

das war lange her. »Nicht einmal hübsch gerundet«, murmelte sie mit verzweifelter Selbsterkenntnis. »Plump und hängeschultrig. Im Internat würden sie mir vorwerfen, daß ich keine damenhafte Haltung mehr habe – und das stimmt. Aber dort hat uns niemand beigebracht, wie man in königlicher Haltung Fußböden scheuert und aufpaßt, daß man sich über den herumliegenden Sachen der Kinder nicht ein paarmal täglich den Hals bricht. Und wie sieht mein Haar aus, meine Nägel, meine Hände ... Ich habe eben nicht soviel Zeit und Geld wie du, mich in Schönheitssalons aufmöbeln zu lassen«, schloß sie mit erstickter Stimme.

Sie wußte selbst, wie unfair dieser Vorwurf war. In den letzten drei Jahren, seit Alexandra Martovas Haus fertig war, hatte Sabrina wie ein Pferd gearbeitet, um »Ambassadors« in Schwung zu bringen und zu halten, an Auktionen in ganz Europa teilzunehmen, Adelssitze neu einzurichten und berufshalber zwischen den Kontinenten herumzufliegen. Zweimal hatte sie sich bei solchen Gelegenheiten kurz mit Stephanie in New York treffen können. Aber Sabrina war bei dieser rastlosen Tätigkeit immer lebhafter und hübscher geworden, während Stephanie spürte, wie sie als Hausfrau in Evanston unaufhaltsam verblühte.

Sabrina kam und umfaßte mitleidig ihre Schultern. »Hast du denn gar keine Zeit mehr für dich selbst? Früher hast du doch regelmäßig mit Garth Tennis gespielt?«

»Ach, das ist seit Jahren eingeschlafen. Seit der Geburt der Kinder hatte ich immer zuviel im Haus zu tun ... Er spielt jetzt nur noch mit Freunden und Kollegen.«

Die Schwestern blickten eine Weile stumm auf ihr gemeinsames Spiegelbild. Dann fragte Sabrina: »Wie ist es nur so plötzlich zu diesem – wie soll ich's nennen – Niedergang gekommen?«

»Gar nicht plötzlich. Seit unserem letzten Treffen vor einem Jahr ging es mit mir immer weiter bergab.«

»Du hast mir nie davon erzählt oder geschrieben.«

»Ja, was sollte ich da schon groß sagen?« Stephanie hatte sich immer gescheut, ihre Misere in Worte zu fassen, als könnte dadurch alles noch schneller zusammenbrechen. Penny und

Cliff wuchsen rasch heran und hatten ihre eigenen Interessen; Garth vergrub sich in seine Arbeit. Sie hatte eine Weile als Sachverständige bei einer Liquidationsfirma mitgearbeitet und zuerst auch sehr ermutigenden Erfolg gehabt. Aber dann waren die Geschäfte zurückgegangen, was sie sich so zu Herzen nahm, als sei es ihre Schuld. Seitdem arbeitete sie halbtags als Sekretärin im Dekanat der naturwissenschaftlichen Fakultät von Evanston.

Sie wandte sich abrupt ab, um die letzten paar Kleider, die sie mitgebracht hatte, auf Bügel zu streifen und in den Schrank zu hängen. Sabrina setzte sich inzwischen auf eine Sessellehne.

»Schade, daß deine Expertentätigkeit so eingeschlafen ist. Du hast soviel Sachkenntnis. Was Antiquitäten betrifft, warst du mir früher sogar über.«

»Ja, wenn die Neureichen um den Michigan-See nicht wären ... Ich möchte mal sehen, wie du dich aus der Affäre ziehen würdest, wenn du Mrs. Soundso beibringen müßtest, daß ihre silberne Suppenkelle nicht Renaissance, sondern von Woolworth ist. Ich habe mich damit nicht immer beliebt gemacht. Kann ich diesen Rock und Pulli zum Essen anbehalten? Ich fühl mich so mausgrau neben dir.«

»Du siehst sehr gut aus. Und vor dem Abend gehen wir heute sowieso nicht unter Leute.«

»Was, du willst mit mir ausgehen?«

»Ja, zu einer Theaterpremiere. Anschließend treffen wir uns mit dem Autor des Stücks und dem Ensemble.«

»Unmöglich, Sabrina. Ich hab nichts anzuziehen.«

»Ich borge dir etwas –«

»Das ist erst recht unmöglich. Früher konnten wir ja unsere Klamotten tauschen, aber inzwischen bin ich zwei Nummern zu dick.«

»Wir werden schon eine Lösung finden. Ich meine, es wird dir doch Spaß machen, ein paar von meinen neuen Freunden kennenzulernen und etwas von London zu sehen.«

»Ja, natürlich, aber –«

»Stephanie, ich richte mich ganz nach dir. Jetzt wollen wir

erst mal essen, und dann reden wir weiter. Vor allem möchte ich hören, was bei euch im letzten Jahr alles passiert ist.«

»Es war ein mieses Jahr«, gestand Stephanie schon auf der Treppe. »Vieles ging schief, und ich hab mich wohl auch gehen lassen. Wie sehr, merke ich jetzt erst, wo ich endlich mal wenigstens räumlichen Abstand habe.«

Sabrina zögerte. »Und was ist mit Garth?«

»Was soll mit dem sein?« fragte Stephanie achselzuckend zurück. »Er geht völlig in seiner Arbeit auf. Tagsüber Vorlesungen, Fakultätssitzungen und so weiter, und abends verschwindet er wieder in seinem Labor.«

In dem kleinen Salon unten hatte Mrs. Thirkell auf dem runden Fenstertisch einen verlockenden Lunch serviert.

»Du brauchst deinen Mann nicht, um Tennis zu spielen«, meinte Sabrina, nachdem sie sich niedergelassen und zu essen begonnen hatten. »Du brauchst ihn auch nicht, um öfter zum Friseur zu gehen und ein bißchen mehr Körperpflege zu treiben. Du solltest trotz aller Arbeit auch mal an dich denken.«

»Was macht das schon für einen Unterschied? Ich gefalle mir ja selber nicht, aber wir gehen nie irgendwohin, wo man besonders elegant und gepflegt aussehen müßte – höchstens mal ins Kino oder zu unseren Nachbarn und Kollegen, die genauso vor sich hinschlampen wie wir. Und wenn du die ganze Wahrheit über mein Eheleben wissen willst: Ich kann mich kaum erinnern, wann Garth mich zum letzten Mal bewußt angesehen hat. Penny und Cliff ist es erst recht egal, wie ich aussehe. Mit ihren zehn und elf Jahren leben sie völlig in ihrer eigenen Welt. Ich bin für sie nur ein nützliches Inventarstück, das für Essen und Kleider sorgt, damit sie nach der Schule schnell zu ihren Spielkameraden flitzen können. Was schert es sie, ob Mommy dick oder dünn ist. Verzeih, ich wollte nicht jammern, zumal ich eigentlich gar kein Recht dazu habe. Ich liebe meine Familie, und wir vertragen uns besser als die meisten. Wir streiten so gut wie nie. Aber um auf mein Aussehen zurückzukommen, Sabrina – das ist meinen Lieben total schnuppe. Es lohnt weder Kosten noch Mühe, Sport zu treiben und Diät zu halten und sich schick anzuziehen.«

»Aber mir ist das nicht schnuppe«, sagte Sabrina. »Du mißhandelst dich selbst. Wenn Garth dumm genug ist, dich zu übersehen, sollte das ein Grund sein, daß du doppelt nett zu dir bist.«
Stephanie sah ihre Schwester mit verwundertem Lächeln an. »Ich habe in Evanston ganz vergessen, wie schön und erholsam es sein kann, mit dir zu reden. Du bist doch die einzige, die mich versteht. Warum habe ich dich nicht schon viel früher hier in London besucht?«
»Du hast ja immer behauptet, es sei nicht nur eine Zeit-, sondern auch eine Geldfrage. Und ich durfte dir nicht einmal den Flug bezahlen.«
»Nein, das wollen wir uns gar nicht erst angewöhnen. Ich möchte mich nicht wie die sprichwörtliche arme Verwandte fühlen, das bekäme meinem Familienleben noch schlechter als alles andere. Ich wünschte nur, Garth nähme mehr Einladungen zu Kongressen in Europa an – dann könnte ich zum halben Preis mitfliegen und würde dir bestimmt dauernd auf der Pelle sitzen. Du hast das Haus hier zu meinem Traumhaus gemacht ... Aber das habe ich dir wohl schon vorhin gesagt.«

»Entschuldige mich einen Moment«, sagte Sabrina zu ihrem Freund, dem Journalisten Michel Bernard, da ihr Sekretär Brian gerade mit den letzten Telefonnotizen kam und um Anweisungen bat. Sie überflog rasch die Zettel. »Lady Chasson: ja. Rose und Peter Raddison: nein. Die Herzogin kriegt natürlich eine Zusage, mit der Einschränkung, daß ich vor nächstem Monat, vielleicht sogar vor August nicht frei für sie bin. Nicholas und Amelia Blackford vertrösten Sie bitte auf ein späteres Wochenende, wenn das Geschäft etwas ruhiger geht. Señor Molena? Gut, ist mir recht. Wenn Sie die andern Anfragen erledigt haben, können Sie heimgehen. Ich schließe nachher den Laden ab.« Sabrina wandte sich wieder Michel Bernard zu. »Wo waren wir stehengeblieben?«
»Bei unserer geplanten Magazin-Story. Neben dir komme ich mir vor wie ein Faultier. Hast du immer ein Dutzend Projekte gleichzeitig laufen?«
»Seit einiger Zeit ja. Phantastisch, nicht?«

»Du bist eine unglaublich tüchtige und begabte Person. Daran liegt's. Nun recherchieren wir schon eine ganze Weile überall in Europa, und wo wir auch hinkommen, ertönt dein Name und der von ›Ambassadors‹.«
Sabrina atmete tief auf. Nett von Michel, ihr das zu sagen. Er und seine junge Frau Jolie, die sie von der Sorbonne her kannte, hatten sich zur Zeit ihrer Erfolglosigkeit und Vereinsamung als gute Freunde erwiesen und sie oft in ihren kleinen Bohème-Haushalt eingeladen. Sie waren die einzigen ihrer Bekannten, die sich ihren Lebensunterhalt ebenfalls selbst verdienen mußten. Mittlerweile hatten auch sie Karriere gemacht; sie schrieben und fotografierten gemeinsam und waren in aller Welt für verschiedene Zeitungen und Magazine unterwegs. Sabrina hatte längere Zeit nichts von ihnen gehört, bis Michel sich plötzlich wieder meldete und einige Informationen von ihr erbat: Jolie und er arbeiteten an einem Bericht über die letzten Fälscherskandale auf dem internationalen Kunstmarkt.
»Habt ihr wirklich drüben von meiner Galerie gehört?« fragte Sabrina glücklich. »Ich bin letzte Woche aus Paris und Brüssel angerufen worden. Oh, Michel, manchmal kann ich's noch nicht glauben, daß ich tatsächlich vorwärts komme.«
»Doch, doch. Und du hast dir alles ganz allein aufgebaut, darauf kannst du dir ruhig etwas einbilden.«
Jolie kam aus dem Ausstellungsraum ins Büro. Sie hatte Michels letzten Satz noch gehört und fügte hinzu: »Ja, Unabhängigkeit ist das Beste, was man erreichen kann, besonders wenn man sich jahrelang herumkommandieren lassen mußte, wie du von deinem hochnäsigen kleinen Diktator ...«
»Geld haben ist aber noch besser«, sagte Michel. »Für Unabhängigkeit allein verkauft dir keiner auch nur 'nen Kohlkopf.«
»Moment«, unterbrach Sabrina, da es in diesem Augenblick an der Eingangstür klingelte. »Werft mir bitte nichts durcheinander, bis ich wiederkomme.«
Im milden Licht des Verkaufsraumes bewunderte ein älterer Herr, den sie als Mr. Rory Carr kannte, gerade eine französische Standuhr.
»Bildschön, Mylady«, äußerte er, indem er sich ehrerbietig

über ihre Hand beugte. »Vermutlich aus dem Nachlaß der Gräfin Verne?«
Sabrina lächelte. »Ihre Sachkenntnis ist beeindruckend, Mr. Carr. Waren Sie bei der Auktion? Ich habe Sie gar nicht gesehen.«
»Nein, ich war nicht da, Mylady, aber ich kenne die Familie seit Jahrzehnten. Vorige Woche habe ich den jungen Grafen in Paris getroffen; er hat mir Grüße an Sie aufgetragen. Doch heute bin ich in eigener Sache hier, um Ihnen etwas ganz Besonderes zu zeigen. Darf ich?« Er stellte einen kleinen Lederkoffer auf den Tisch, hob ein sorgfältig umhülltes Paket heraus und öffnete es mit raschen, geschickten Bewegungen. Sabrina bewunderte nicht zum erstenmal seinen Theaterinstinkt. Makellos gekleidet, mit silbrigen Schläfen und leichten Tränensäcken unter den Augen, war er ein ausgefuchster Schauspieler, aber, wie sie wußte, auch ein echter Kenner. Sie hatte im letzten Jahr ein halbes Dutzend Porzellanfiguren von ihm gekauft, die ihr – im Gegensatz zu einigen Ladenhütern – förmlich aus den Händen gerissen worden waren.
Diesmal stellte Mr. Carr behutsam eine erlesene Chinoiserie auf den Tisch: eine luftige Pagode mit verspieltem Treppchen und vier Knaben mit Strohhüten, in Weiß und Gelb gekleidet, die Beerenkörbe und Schmetterlingsnetze trugen. »Lück«, sagte Sabrina sofort. Ihre Mutter hatte Stephanie und ihr vor langer Zeit in einem Berliner Museum gezeigt, woran man Frankenthaler Porzellan erkannte, und darunter speziell die Arbeiten Lücks und anderer Künstler um 1750. Sie hob das kostbare Stück hoch – und da war sie, die Frankenthaler Marke auf der Unterseite, ein geschwungenes F mit einer Krone darüber.
»Wer waren die bisherigen Eigentümer?« fragte sie. Carr überreichte ihr ein Dokument, und sie prüfte die Eintragungen. »Nur drei Namen?«
»So ist es, Mylady. Vermutlich haben sich die Erben immer nur im äußersten Notfall davon getrennt. Es ist ja auch ein ganz besonders feines und seltenes Stück.«
Sabrina betrachtete die Porzellangruppe. »Kostenpunkt?«
»Nicht ganz billig. Viertausend Pfund.«

Sabrina verzog keine Miene. »Dreitausend.«
»Also, Mylady, das ist wirklich ... Nun, weil Sie's sind, dreitausendfünfhundert.«
»Morgen bekommen Sie den Scheck«, sagte sie.
Er verbeugte sich. »Echt Lady Longworth. Kurz und bündig. Ich wünschte, alle meine Geschäftspartner wüßten so genau, was sie wollen.«
»Sabrina!« rief Michel vom Büro her, nachdem sich die Tür hinter Mr. Carr geschlossen hatte. »Hast du mit dem da oft zu tun?«
Sie kam ins Büro zurück. »Zwei- oder dreimal im Jahr. Kennst du ihn?«
»Das war doch Rory Carr, nicht?«
»Stimmt. Du kennst ihn also.«
»Wir sind ihm, glaube ich, auf gewisse Schliche gekommen.«
Es rieselte Sabrina kühl den Rücken hinunter. Sie strich mit einem Finger über das glatte, feine Porzellan: nein, diese Farben und die delikate Struktur der kleinen Pagode waren echt.
»Auf welche Schliche?«
»Wir haben seine Firma, ›Westbridge Imports‹, im Zuge unserer Recherchen ein bißchen unter die Lupe genommen. Sie verkaufen teure Sachen aus aller Welt, moderne und antike, und beliefern mit Vorliebe kleine Galerien wie die ›Ambassadors‹. Ab und zu sind da ein paar faule Eier im Korb.«
»Fälschungen?«
»Ja. Bisher konnten wir sieben Stücke bis zu ›Westbridge‹ zurückverfolgen. Bitte behandle diese Information einstweilen vertraulich.«
»Aber das heißt noch nicht, daß Rory Carr ein Betrüger ist.«
»Nein. Er könnte selbst auf den Leim geführt worden sein. Aber er ist ja nicht dumm und fungiert schon lange als Vertreter verschiedener Importfirmen. Von ›Westbridge‹ wissen wir bisher nur, daß – wenigstens auf dem Papier – ein Mann namens Ivan Laszlo an der Spitze steht.«
In Sabrinas Kopf schlug eine Glocke an. »Den Namen habe ich schon mal gehört, aber ich weiß nicht, wo ich ihn hintun

soll. Es muß lange her sein. Frankreich? Italien? Ich kann mich nicht erinnern.«
»Falls es dir wieder einfällt, woher du ihn kennst, gib uns Bescheid. Und halte ein scharfes Auge auf alles, was Carr dir bringt. Was war's denn bisher?«
Sabrina schloß einen Moment die Augen. »Er hatte immer einwandfreie Zertifikate der früheren Eigentümer dabei. Sämtliche Marken waren echt. Ich halte immer ein scharfes Auge auf die Sachen, die ich weiterverkaufe. Wenn meine Kunden nicht mehr auf mein unbestechliches Urteil vertrauen könnten, wäre ich in einer Woche erledigt.«
»Na, na, so schlimm wird's schon nicht werden –«
»Mylady?« Brian, der Sekretär, stand in der offenen Tür. »Señor Molena ist am Telefon.«
»Aha, dein hartnäckiger Verehrer. Komm, Jolie, da wollen wir lieber abzischen.« Die Bernards verabschiedeten sich rasch.
Antonio Molena rief zu jeder Tages- und Nachtzeit an – aus Brasilien, wo er herstammte, oder allen Ländern, in denen er gerade mit seinen Managern und Finanzleuten verhandelte. Er war der typische willensstarke Selfmademan mit der Rücksichtslosigkeit eines portugiesischen Vaters und den mystischen Neigungen einer Indio-Mutter, einundfünfzig Jahre alt und auf der Suche nach der richtigen Frau, die seinem Imperium das letzte Siegel der Vollendung aufdrücken sollte. Als er Sabrina auf Olivia Chassons letzter Silvester-Party kennenlernte, war sein Entschluß binnen zehn Minuten gefaßt: Im neuen Jahr würde er sie heiraten und mit ihr seinen ersten Sohn zeugen.
Er fand seine bisherigen Gespielinnen großzügig ab und stieß auf Sabrina wie der imposante Raubvogel, dem er ohnehin ein wenig ähnelte. Er verfolgte sein Ziel mit der Hartnäckigkeit, die ihn zum Herrn weiträumiger Kaffeeplantagen und riesiger Rinderherden im brasilianischen Binnenland gemacht hatte. Wäre es nach seinem Willen gegangen, so hätte Sabrina jetzt schon in seinem Palais in Rio de Janeiro sitzen und der Geburt des Erben entgegensehen müssen. Statt dessen aber sah er sich genötigt, immer wieder in London um sie herumzubalzen und

sich ihren Zeitplänen anzupassen – denn sie konnte sich einfach nicht entschließen.

Die meisten ihrer Bekannten meinten, Molena sei doch alles, was eine Frau sich nur wünschen könnte: ungeheuer reich und mächtig, eine blendende Erscheinung ... Er flog zwar seinen eigenen Privat-Jet, streute aber auch gern Überlieferungen aus dem uralten Stamm seiner Mutter ins Gespräch. »Es macht nichts, daß du mich noch nicht liebst«, sagte er beispielsweise zu Sabrina. »Die Guarani sagen, daß die Liebe bei der Frau zuletzt kommt, nicht zuerst. Sie soll langsam wachsen, im Zusammenleben und durch die Gründung der Familie. Dann bleibt die Liebe nicht aus, und sie überdauert alles.«

Aber Sabrina blieb wachsam. »So ähnlich«, meinte sie zu Alexandra, »habe ich damals auch gedacht, als ich Denton heiratete.«

Alexandra schnaubte abfällig durch die Nase. »Damals warst du jung und ahnungslos – und abhängig. Inzwischen hast du dich mit Bravour auf die eigenen Füße gestellt. Du hast dein Haus – und meinen unschätzbaren Rat.«

»Ja, und auf dich höre ich seit einigen Jahren am liebsten. Also rate mir. Warum sollte ich Antonio heiraten?«

»Weil du, wie wir Weiber alle, auf lange Sicht einen Mann brauchst.«

»Egal, wen?«

»Herzchen, eine Sabrina Longworth hat es nicht nötig, ›egal wen‹ zu nehmen. Aber dein Antonio ist wirklich ein rarer Vogel.«

Er plante jetzt den Aufbau von Dörfern, Krankenhäusern und Schulen für die armen Bauern in den brasilianischen Provinzen, die er praktisch beherrschte. Sein Hauptzweck war, sie damit von Zusammenrottungen und Revolten gegen sich und die anderen Großgrundbesitzer abzuhalten, aber offiziell dienten solche Vorhaben natürlich nur dem Besten der Bevölkerung. Jedenfalls sollte Sabrina als seine künftige Frau maßgeblich an diesen Aufgaben beteiligt sein. Ihre Überwachung von Kindergärten und Schulen würde die Lebensqualität und den Bildungsstandard von Tausenden heben.

»König Antonio der Erste«, nannte Sabrina ihn scherzhaft, allerdings nur Alexandra gegenüber. Er meinte es so ernst, und woher sollte sie im voraus wissen, ob es nicht wirklich für Tausende von Armen das beste wäre, sich von ihm regieren zu lassen?

»Ich möchte nur nicht, daß er *mich* ebenso regiert und mein ganzes Leben über meinen Kopf weg bestimmt«, vertraute sie Alexandra an.

Als sie das erstemal mit ihm ins Bett ging, in seinem Londoner Appartement, war sie angenehm überrascht. Als Liebhaber war Antonio geduldig, zart und rücksichtsvoll, ganz anders als Denton, der im Bett wie auch sonst ein krasser Egoist gewesen war. Sabrina erlebte bei Antonio zum erstenmal, was sexuelle Erfüllung sein konnte, und sie war ihm für diese schöne Erfahrung dankbar.

»Aber schließlich möchte ich nicht wegen einiger solcher Erlebnisse heiraten«, sagte sie, »sondern aus echter, dauerhafter Liebe, wenn überhaupt – und soweit bin ich noch nicht.«

Garth Andersen öffnete sein Bürofenster, um die Brise vom See herauf einzulassen. Es war ungewöhnlich heiß für Ende Mai; die Luft roch nach Sommer und lockte ins Freie. Viele Studenten bummelten einzeln, paarweise und in Gruppen draußen herum, aber er hatte vor der Mittagspause noch eine Unterredung mit dem Dekan. Er suchte die Akten seiner Kollegin Mrs. Goodmann zusammen und wandte sich zur Tür. Wenn er Glück hatte, konnte er vor seiner Zweiuhrvorlesung vielleicht noch einen kurzen Spaziergang einschieben. In diesem Moment klingelte das Telefon. Es war Stephanie.

»Garth«, sagte sie, »ich muß dringend wegen Cliff mit dir sprechen.«

»Ich bin mit Webster verabredet. Hinterher rufe ich dich an.«

»Nein, bei mir geht es nur jetzt. Ich bin ausnahmsweise allein im Büro; alle andern sind schon zum Essen.«

»Hat's denn keine Zeit bis heute abend? Was hat er denn wieder angestellt?«

»Ich fürchte, er stiehlt.«

»Was –? Das glaube ich nicht. Wie kommst du darauf?«
»Ich habe heute früh ein Transistorradio und zwei Taschenrechner in seinem Schrank gefunden, unter einem Haufen von Kleidern. Fabrikneu. Noch in der Verpackung.«
»Das kann ich mir einfach nicht vorstellen. Ich meine, daß er sie gestohlen hat.«
»Wie kommen die dann in seinen Schrank?«
»Vielleicht gehören sie irgendwelchen Freunden.«
»Dann hätte er sie nicht vor uns *verstecken* müssen, Garth.«
»Schön, aber wie reimst du dir das ganze zusammen?«
»Eine Bürokollegin hat neulich erwähnt, daß manche Kinder ganz systematisch stehlen und die Sachen weiterverkaufen.«
»Wozu? Cliff bekommt sein Taschengeld und verdient sich, wie die meisten Jungen seines Alters, mit kleinen Jobs etwas dazu. Wozu braucht ein Sechstkläßler noch mehr Geld? Ich meine, auch seine reichsten Schulfreunde müssen wenigstens bis zur siebenten Klasse warten, ehe Daddy ihnen den ersten Mercedes schenkt.«
»Garth, bitte zieh die Sache nicht ins Lächerliche. Ich finde es durchaus nicht komisch.«
»Ist es auch nicht, weiß Gott. Cliff ist ein normaler, ehrlicher Junge ohne kriminelle Anlagen. Aber ich halte es für möglich, daß er die vielen reichen Schnösel in seiner Schule beneidet oder sich vor ihnen schämt. Wenn ein paar von denen sich zum Spaß auf Ladendiebstahl verlegt haben, hat er sich vielleicht zum Mitmachen überreden lassen, um zu zeigen, was er für ein Kerl ist. Hast du ihn mal gefragt, wie ihm zumute ist, wenn er sieht, was manche dieser verwöhnten Bürschchen sich alles leisten können?«
»Hast *du* ihn gefragt?«
»Nein, sonst wüßte ich seine Antwort. Stephanie, entschuldige, ich muß jetzt wirklich zu meiner Besprechung. Wir reden heute abend weiter.«
»Bitte, komm früh genug, daß du auch noch mit Cliff reden kannst. Ist dir gerade jetzt erst eingefallen, daß er vielleicht neidisch ist oder sich zurückgesetzt fühlt? Auf die Idee bin ich schon vor längerer Zeit gekommen. Aber du sprichst ja nie mit ihm. Du weißt nicht, was in ihm vorgeht.«
»Nicht immer, aber es ist natürlich, daß er seine Geheimnisse hat.

Hatte ich in seinem Alter auch. Damals fand ich alle Eltern unerträglich neugierig. Weiß Cliff, daß du in seinem Schrank gestöbert hast?«
»Nein, und du brauchst es auch nicht zu erwähnen.«
»Wie soll ich dann über die geklauten Sachen mit ihm sprechen?«
»Dir wird schon etwas einfallen. Vielleicht zur Einleitung etwas ganz Allgemeines. Wir können nicht einfach darüber hinweggehen, Garth. Wann kommst du heute nach Hause?«
»Gegen sechs.«
Er raste die Treppen hinauf. William Webster, Dekan der Naturwissenschaftlichen Fakultät, erwartete ihn bereits hinter seinem Schreibtisch, wie immer in Pfeifenrauch gehüllt.
Garth nahm vor ihm Platz und schlug den mitgebrachten Aktenordner auf. »Ich bitte Sie, Bill, den Ablehnungsbeschluß der Kommission gegen Mrs. Vivian Goodman noch einmal zu überprüfen.«
»Hab ich mir gedacht.« Webster lehnte sich im Sessel zurück, der unter seinem Gewicht knarrte. Der joviale Kahlkopf mit dem Wohlstandsbauch scheute nichts so sehr wie Kontroversen. Eine Woche lang hatte er Garth seine Assistentin auszureden versucht, aber nach elf Universitätsjahren kannte auch Garth alle internen Machttricks.
»Sie haben zwei Sitzungen abgehalten, um wegen ihrer endgültigen Berufung zu beraten? Sie haben ihre Dissertation über neue Forschungstechniken gelesen? Sie kennen die Gutachten anderer namhafter Biochemiker?«
Webster nickte zögernd.
»Trotzdem wurde sie mit elf zu neun Stimmen von der Fakultät abgelehnt.«
»Garth, Sie wissen selbst, daß die endgültige Berufung so was ähnliches ist wie eine Heirat. Ehe man einen Professor auf Lebenszeit aufnimmt, muß man seiner Fähigkeiten verdammt sicher sein.«
»In diesem Fall *ihrer*«, sagte Garth betont.
Webster überhörte den Einwurf. »Von einigen Experten wurde die Meinung geäußert, Mrs. Goodmans Publikationen seien

zum Teil etwas schlampig, und die Dissertation war ja auch nicht gerade bahnbrechend. Ihre wärmsten Fürsprecher scheinen die Studenten ihrer bisherigen Kurse zu sein. Das hat nicht viel zu sagen. Kein Dozent war je beliebter bei seinen Hörern als Sie, Garth, aber Sie hätten nie den Lehrstuhl bekommen, wenn Ihre Arbeiten und Veröffentlichungen nicht erstklassig gewesen wären. *Sie* zählen wir mit Stolz zu den Unsrigen. Wenn Sie es darauf anlegten, könnten Sie mich in absehbarer Zeit glatt von meinem Stuhl verdrängen.« Webster lachte dröhnend. »Ein Glück für mich, daß Ihnen soviel mehr an Ihren Bakterienkulturen und Molekülketten in Ihrem Labor liegt. – Na, auf jeden Fall danke ich Ihnen für dieses Gespräch. Ich finde es ja auch schade, daß wir Mrs. Goodman nicht behalten können, aber sie wird schon was anderes finden. Auf Wiedersehen, Garth.«
Garth blieb sitzen, obwohl Webster Miene machte, sich zu erheben und ihn an die Tür zu begleiten. »Ein Wort noch«, sagte er ruhig.
Webster runzelte die Stirn und beschäftigte sich angelegentlich mit seiner Pfeife.
»Vivian Goodman«, fuhr Garth fort, »kann als Biochemikerin jedem in unserer Fakultät das Wasser reichen. Sie arbeitet niemals flüchtig, sondern stets äußerst gewissenhaft. Gewiß ist sie keine Bahnbrecherin, aber wer von uns ist das schon? Warten Sie auf einen Nobelpreisträger? Die meisten von uns geben sich damit zufrieden, auf der Grundlage des Altbewährten neue Wege zu finden und auszubauen. Die schlichte Wahrheit ist: Man hat Vivian Goodman abgelehnt, weil sie eine Frau ist.«
»Nun mal langsam! Sie wissen genau, daß ich keine Vorurteile habe und auch keine dulde. Mir kann keiner was vorwerfen. Über Mrs. Goodman wurde abgestimmt wie über jeden anderen Lehrstuhlkandidaten. Die Mehrheit war leider gegen sie. Und ich werde mich nicht so weit einschüchtern lassen, daß ich sie nun doch nehme, gerade *weil* sie eine Frau ist.«
»Ich habe am meisten mit ihr gearbeitet und sie sehr günstig beurteilt.«
»Das sagen Sie. Aber andere –«

»Die Gutachten anderer Universitäten stimmen mit mir überein.«
»Dann sollen doch die sie nehmen. Unser Fachausschuß hat sie abgelehnt, und ich habe dem nichts hinzuzufügen. Gewiß, ich habe mich persönlich nicht so in Mrs. Goodmans Arbeiten vertieft; aber erfahrungsgemäß kann keine Frau, die einen Mann, zwei Kinder und einen Haushalt zu versorgen hat, außerdem auch noch vollwertige Männerarbeit leisten. Das ist keine Kritik. Ich habe Mrs. Goodman ein paarmal getroffen; sie ist attraktiv und, wie es scheint, auch sehr intelligent. Aber wir müssen bedenken, welche Anforderungen das Privatleben an sie stellt. Und wir sind vor allem der Wissenschaft verpflichtet.«
Garth bemühte sich, seine Stimme gleichmütig zu halten. »Bill, hier haben elf Männer gegen eine Frau votiert, die eine ebensogute Wissenschaftlerin ist wie die meisten und eine bessere Lehrkraft. Neun Fakultätsmitglieder sind dafür. Ein so knappes Resultat ist auf jeden Fall revisionsbedürftig ...« Er hielt dem Dekan den aufgeschlagenen Aktenhefter über den Schreibtisch. »Hier habe ich das Protokoll der Minderheit mit unseren neun Unterschriften, ferner eine Liste aller Wissenschaftlerinnen, denen in den letzten zwölf Jahren eine Professur verweigert wurde. Wenn Sie sich das freundlicherweise durchlesen wollen. Ich würde mich dann gerne in einer Woche noch einmal mit Ihnen darüber unterhalten.«
Webster rührte sich nicht. »Garth, ich habe keine Zeit mehr. Tut mir leid, aufrichtig, aber ich verreise morgen.«
Garth zog nach einigen Sekunden den Aktenordner zurück. »Dann muß ich die Sache dem Vizepräsidenten übergeben. Sie werden das verstehen.«
»Was ist bloß in Sie gefahren, Garth? Spielen Sie den edlen Ritter? Man könnte ja fast auf die Idee kommen, Sie hätten was mit dieser Frau. Sie werden sich blamieren, wenn Sie über meinen Kopf weg handeln. Und falls Sie es auf einen Kampf ankommen lassen, kann ich nämlich auch anders.«
Garth war aufgestanden und stand in drohender Haltung vor dem Dekan, obgleich seine Stimme immer noch leise war. »Sie

haben mich einen Narren, Lügner und Ehebrecher genannt, alles in einem Atemzug. In akademischen Kreisen dürfte das ein Rekord sein. Gute Reise.«

Webster rief ihm noch nach: »Menschenskind!!«, aber Garth war bereits draußen und raste über Korridor und Treppen in sein eigenes Büro zurück. In einer Ecke lehnte sein Tennisschläger, den er packte und mit wütenden Schlägen durch die Luft sausen ließ.

»Idiot«, knirschte er dabei durch die Zähne. »Esel ... Blökt seine monumentale Dummheit in die Gegend, und mit so was muß man nun arbeiten –«

»Oh, verzeihen Sie«, unterbrach ihn ein erschrockenes Stimmchen von der Tür her, und Garth erblickte das rosige, nichtssagende Gesichtchen einer gewissen Rita McMillan, die aus nur ihr bekannten Gründen seine Biogenetik-Vorlesungen mithörte.

Garth grinste etwas verlegen und stellte den Schläger zurück. »Kommen Sie herein. Was haben Sie denn auf dem Herzen?«

Rita setzte sich schüchtern auf eine Stuhlkante. »Ja, wissen Sie, es ... es handelt sich um die Semesterarbeit.«

»Wollen Sie eine Arbeit einreichen, statt das Zwischenexamen zu machen?«

»Ja, das wollte ich eigentlich. Ich habe so wahnsinnige Angst vor dem Mündlichen ... Da bin ich immer wie vor den Kopf geschlagen. Aber nun komme ich auch mit der Arbeit nicht zurecht.«

»Ja, zu irgend etwas müssen Sie sich schon entschließen«, meinte Garth unverbindlich.

Tränen quollen in ihren babyblauen Augen auf. »Ich glaube, ich schaffe weder das eine noch das andere.«

»Dann begnügen Sie sich halt mit dem mittleren Abschluß, und hören Sie im Sommer auf.«

»Wenn ich ohne den MA nach Hause komme, würden meine Eltern –« Nun rollten die Tränen ungehemmt herunter, und Rita tupfte mit einem zarten Tüchlein an ihren Wangen herum.

Garth zog die Brauen zusammen. »Also, was wollen Sie?« fragte er kurz.

Rita McMillan sah ihn verstohlen durch nasse Wimpern an. »Erinnern Sie sich nicht, wie wir mal zusammen Kaffee getrunken haben und Sie so nett auf die Forschungsaufgaben eingegangen sind, an denen ich mich beteiligen durfte? Das waren meine schönsten Stunden hier. Und neulich beim Studentenabend, da saßen wir auch zusammen, und ich ... ich habe ganz gut gemerkt, daß Sie mich mögen, und ... Kurz und gut, Sie wissen doch ebensogut wie alle, daß ein paar Professoren bessere Noten geben und bei den Prüfungen beide Augen zudrükken, wenn die Mädchen auch ein bißchen entgegenkommend sind ... Wollen Sie nicht mal abends zu mir kommen ... oder wann es Ihnen sonst paßt ... ich meine, allein? Ich zeige Ihnen dann ... meine Arbeiten, und vielleicht entschließen Sie sich doch noch zu einer besseren Note, wenn ich ... Himmel, starren Sie mich doch nicht so an!«
Garth hatte zuerst kaum seinen Ohren getraut, und nun entlud sich der ganze aufgestaute Ärger, den er von der Unterredung mit Bill Webster noch in sich hatte.
»Sie dumme Gans! Sie ... blöde kleine Nutte!« brach es aus ihm hervor. Er stand zwischen ihr und dem Fenster. »So etwas verkauft sich für eine gute Note, und wirklich ernsthafte Wissenschaftlerinnen werden kaltlächelnd von ihren überheblichen Kollegen ausgebootet. Sie und Ihresgleichen machen es sich da einfacher, was? Ihr braucht kein Hirn und keinen Fleiß einzusetzen, sondern nur ein paar Tränen und ... o mein Gott.« Er atmete heftig und riß die Tür auf. »Gehen Sie! Ob Sie Ihr Examen machen oder nicht, ist mir völlig einerlei, nur kommen Sie mir nicht noch einmal mit solchen Anerbieten. *Raus!*«
Das Mädchen huschte mit weit aufgerissenen, erstaunten Augen an ihm vorbei. Offenbar hatte sie eine andere Anwort erwartet. Womit hatte er ihr jemals Grund zu der Annahme gegeben, er ließe sich so plump verführen?
Das Telefon klingelte. Er nahm wütend den Hörer ab. »Professor Andersen? Moment, ich verbinde mit Mr. Kallen.« Kallen? Zum Teufel, wer war denn schon wieder dieser Kallen? »Kollege Andersen«, meldete sich eine männliche Stimme, »hier spricht Horace Kallen, Präsident der Foster Laboratories,

Stamford, Connecticut. Sie haben vor einem Jahr an einem Seminar in Chicago teilgenommen –«

»Ja, Mr. Kallen, ich erinnere mich, aber ich muß in fünf Minuten in meine Vorlesung.«

»Ich wollte Ihnen nur sagen, daß ich nächste Woche nach Chicago komme und mich gern mit Ihnen zum Lunch treffen würde.«

Garth wurde aufmerksamer. Präsidenten von internationalen Pharma-Konzernen pflegten eigentlich ihre Lunch-Termine nicht selber abzumachen; im allgemeinen überließen sie das ihrem Sekretariat.

»Wenn es sich wieder um ein Seminar handelt –« begann er.

»Nein, nein.« Ein kurzes Lachen kam über den Draht. »Wir möchten mit Ihnen besprechen, ob wir Sie nicht hier in Stamford als Leiter unseres neuen Forschungsinstituts gewinnen könnten. Natürlich haben wir mehrere Kandidaten, aber Sie sind entschieden die erste Wahl.«

»Wann kommen Sie?« fragte Garth kurz.

»Dienstag. Wär's Ihnen um ein Uhr im Ritz-Carlton recht?«

»Ja, danke.«

Am Abend, als er auf dem Küchensofa saß und Stephanie das Essen vorbereitete, sprach er von dem Anruf. »Noch vor ein paar Wochen hätte ich das nicht in Betracht gezogen. Aber nach den Reibereien mit Webster –«

»Wieviel würden die ›Foster Laboratories‹ denn zahlen?« fragte Stephanie. Sie hatte ihm den Rücken zugekehrt, denn sie schnitt gerade Zwiebeln.

»Weiß ich noch nicht. Würdest du denn gerne nach Connecticut ziehen?«

»Lieber heute als morgen.«

Die kurz hervorgestoßene Antwort verblüffte ihn. »Ich dachte, du fühlst dich hier in Evanston ganz wohl. Unser Freundeskreis, die Kinder und ihre Schule, deine Büroarbeit –«

»Die Büroarbeit ist zum Auswachsen, und Freunde finden wir auch woanders. Und die Schulen in Stamford sind bestimmt nicht schlechter als hier.« Stephanie holte einen Salatkopf und Tomaten aus dem Kühlschrank, drehte sich um und sah ihn an.

»Es wäre an der Zeit, daß du mehr verdienst. Und dann die Nähe von New York. Endlich mal was anderes.«
Garth fühlte sich unbehaglich. Eigentlich hatte er Kallen nur schnell zugesagt, weil er seiner Wut auf Webster und auf dieses Flittchen Rita Luft machen mußte. Aber Stephanie flog ja förmlich auf die erste Andeutung eines lukrativen Jobs in der Pharma-Industrie! Nun, wenn ihr soviel daran lag, mußte er zumindest mit den Leuten sprechen.
»Nächsten Dienstag werden wir weitersehen«, sagte er, »da treffe ich mich mit dem Präsidenten. Übrigens hatte ich heute auch noch Ärger mit einer Studentin. Eine ganz dumme Sache.«
»Wirst du die Stellung annehmen?« fragte Stephanie.
»Noch ist sie mir nicht angeboten.«
»So gut wie.«
»Erst mal hören, was Kallen im einzelnen vorschlägt. Aber ich wollte dir noch von dieser dummen Gans erzählen –«
»Mommy?« schrie Penny, in die Küche stürzend. »Wir haben so furchtbaren Hunger! Gibt's nicht bald was zu essen?«
»Ist der Tisch gedeckt?«
»Heute ist Cliff dran.«
»Schön, hat Cliff den Tisch gedeckt?«
»Er ist noch dabei.«
»Gib acht, daß er nicht wieder die Servietten vergißt. Und wascht euch beide die Hände!«
Stephanie nahm die Kartoffeln vom Herd. Keine Zeit mehr für ihn. Garth griff achselzuckend nach der Abendzeitung.

»Stephanie?« kam die fragende Stimme aus dem Hörer.
»Sabrina! Ich habe in letzter Zeit x-mal versucht, dich anzurufen.«
»Ich war auf dem Land und habe Mrs. Thirkell für den ganzen Juli Urlaub gegeben.«
»Ich hatte schon Angst, daß dir etwas passiert ist.«
»Sind meine schlechten Träume bis zu dir nach Evanston geflogen?«
»Du hast also Sorgen?«
»Ein bißchen. Ich hatte den unbehaglichen Verdacht, daß man

mir gefälschtes Porzellan andrehen wollte. Inzwischen hat die Prüfung des fraglichen Stücks glücklicherweise ergeben, daß es echt ist. Der Alptraum war gegenstandslos. Stehst du noch in Verbindung mit deiner früheren Firma? Kannst du nicht ein paar schöne alte Sachen für mich auftreiben?«

»Aber, Sabrina ... ich bin doch eine ganze Weile nicht mehr im Geschäft.«

»Ein Jammer. Das ist doch das einzige, was dir ebensoviel Spaß macht wie mir. Kannst du nicht etwas Ähnliches finden?«

»Hier um den Michigansee herum war der Job immer etwas schwierig. Und viel eingebracht hat er auch nicht. Ich arbeite also weiter halbtags in der Uni-Verwaltung. Ziemlich stupide, aber es hilft uns, unter anderem die Hypothek abzutragen. Sabrina, Garth könnte jetzt einen tollen Job bekommen – als Forschungsdirektor eines großen Pharma-Konzerns in Connecticut.«

»Müßte er dazu nicht seinen Lehrstuhl an der Universität aufgeben?«

»Ja, aber ich rede ihm zu. Er bekäme dann schon 90.000 Dollar jährlich als Fixum, von allem übrigen abgesehen ...«

»Klingt ja großartig. Keine Geldsorgen mehr, Stephanie! Dann könntest du endlich machen, was du wolltest – zum Beispiel eine amerikanischen Filiale von ›Ambassadors‹ eröffnen. Wir würden uns gegenseitig die Kunden über den Ozean schicken. Und wir könnten uns viel öfter sehen! Zum ersten Mal in unserem Leben hätten wir beide die Mittel dazu! Ist Garth nicht außer sich vor Vergnügen?«

»Ich glaube, er wird ablehnen.«

»Was? Aber – warum?«

»Keine Ahnung. Er hat vor ungefähr vierzehn Tagen den Präsidenten des Konzerns getroffen und sich mit der typischen Redewendung verabschiedet, er würde sich das Ganze noch mal gründlich überlegen. Das spricht nicht für besonderen Enthusiasmus. Die Leute haben uns auch beide nach Stamford eingeladen – ich muß ja auch besichtigt werden –, aber Garth behauptet bis jetzt dauernd, er hätte keine Zeit.«

»So ein Inspektionsbesuch verpflichtet doch zu nichts.«

»Eben. Vorläufig sollen wir uns ein Wochenende dort mit den Leuten unterhalten. Vielleicht würde Garth bei dieser Gelegenheit sogar merken, daß er jetzt eine ganz vorzeigbare Frau hat. Ich habe abgenommen.«

»Wirklich? Wie schön!«

»O ja, du wärst zufrieden mit mir. Nach deiner Standpauke in London habe ich ein neues Blatt aufgeschlagen. Diät und Gymnastik und ein Etablissement, das mir wie ein Bordell vorkam ... Man wird da aber nur nach allen Regeln der Kunst aufgemöbelt. Sie haben mir ein paar Tonnen Mississippischlamm auf den Leib geklatscht und sich um meine Haare und meinen Teint gekümmert. Zu Hause hat kein Mensch davon Notiz genommen, aber mir hat es gutgetan. Wenn wir uns jetzt wieder nebeneinander vor deinen Spiegel stellten, würde ein neutraler Beobachter vielleicht nicht mehr so leicht herauskriegen, wer von uns nun die berühmte Londoner Innenarchitektin und wer die farblose amerikanische Hausfrau ist ...«

»Sprich nicht so bitter. Du solltest dein Leben nicht immer herabsetzen oder lächerlich machen. Wenn du wüßtest, wie oft ich mir einen Hauch davon wünsche!«

»Aber nicht die geballte Ladung – inklusive Küchenmief und so weiter.«

»Stephanie, was fehlt dir wirklich?«

»Ach, unter anderem habe ich auch Probleme mit den Kindern, denen Garth bewußt ausweicht. Penny möchte Extraunterricht. Sie ist begabt, aber die Kurse sind teuer – und das bringt mich wieder auf das Pharma-Angebot. Ich bin so hilflos; alles, was ich sage und mache, ist falsch. Ich bin hier festgenagelt und möchte nichts als weg. Weißt du, was ich gemacht habe?«

»Nein, was?«

»Lach mich nicht aus: Ich habe ein Visum für China beantragt. Der Internationale Kunsthändlerverein arrangiert eine Rundreise im September, und da dachte ich –«

»Aber ich auch! Wenn das keine Telepathie ist! China klingt so herrlich weit entfernt, daß ich –«

»Du willst auch nach China reisen?«

»Ja, mit derselben Gesellschaft. Man braucht zwei Monate, um

das Visum zu kriegen, darum habe ich mich sehr schnell entschlossen.«
»Was für ein toller Zufall!«
»Ja, und wie herrlich, wenn wir zusammen China erlebten! Kannst du es dir leisten? Ich hatte schon daran gedacht, dich einzuladen, aber du bist ja immer so –«
»Natürlich kann ich es mir eigentlich nicht leisten. Wie haben zwar einige Ersparnisse für Notfälle, aber nicht für Chinareisen. Ich habe Garth noch keine Silbe davon verraten.«
»Das heißt, daß du wahrscheinlich doch verzichten wirst.«
»Wahrscheinlich. Aber es hat mir schon wahnsinnig viel Spaß gemacht, die Formulare auszufüllen. Ich fühlte mich dabei wie eine Abenteurerin.«
»Ich weiß auch noch nicht genau, ob es bei mir klappt. Der September ist immer ein lebhafter Geschäftsmonat. Aber wenn wir es irgendwie einrichten könnten –«
»Es wäre ein wunderbarer, verrückter Traum!«

Die nächsten zwei Wochen flogen vorbei, und Sabrina blätterte gerade besorgt in ihrem Terminkalender, als Michel und Jolie Bernard zu einem kurzen Abschiedsbesuch bei ihr vorsprachen.
»Wir müssen nach Paris, Berlin und New York«, sagte Jolie. »Unsere Fälschungs-Story wird immer umfangreicher. Wir wollten dich nur noch schnell vor Rory Carr warnen.«
Sabrina schüttelte den Kopf. »Das Frankenthaler Porzellan war echt. Ich weiß, ihr meint es gut mit mir, aber ich glaube einfach nicht, daß er gefälschte Sachen weiterverkauft. Bei mir hat er's bestimmt noch nicht versucht. Ich bezweifle, daß er überhaupt damit zu tun hat.«
»Er steckt drin bis zu seinen Tränensäcken«, sagte Michel ohne Umschweife. »Wieviel Stücke hast du bisher von ihm gekauft?«
»Sieben. Und außer der Pagode sind alle weggegangen wie warme Semmeln.«
»Sabrina«, sagte Jolie, »wir müssen zum Flugplatz und haben nicht mehr viel Zeit, aber hör bitte zu, in deinem eigenen

Interesse. Wir sind fünf Fälschungen auf der Spur, die über Carr und Laszlos ›Westbridge Imports‹ abgesetzt worden sind, und zwar alle an kleine Eliteläden wie dein ›Ambassadors‹.«

»Fünf?« wiederholte Sabrina. »Seid ihr sicher?«

»Scheint so. Und was noch schlimmer ist: einige besagter Läden stecken offenbar mit ›Westbridge‹ unter einer Decke, um gehörig Profit zu machen. Sie brauchen weniger zu zahlen, weil sie wissen, daß es sich um gefälschte Stücke handelt, und dann verlangen sie den heutigen Kurswert, als wären sie echt. So weit sind wir bis jetzt mit der schmutzigen Geschichte. Also bitte, mach beide Augen weit auf, wenn Carr wieder bei dir aufkreuzt. Jetzt müssen wir aber sausen. Hier ist unsere Pariser Telefonnummer. Sieh doch noch mal die Zertifikate von den Sachen durch, die du von Carr übernommen hast, und ruf uns deswegen an. He, Sabrina, hörst du überhaupt noch zu?«

»Ja, natürlich.« Ihr war richtig übel. Einige ihrer wichtigsten und einflußreichsten Kunden hatten Porzellanfiguren gekauft, die sie von Carr hatte. »Ich werde die Papiere sofort prüfen«, sagte sie und begleitete die Freunde hinaus. »Hoffentlich finde ich nichts Verdächtiges. Aber ich werde euch auf jeden Fall Bescheid geben.«

Während Jolie nach einem Taxi Ausschau hielt, fragte Bernard, in Gedanken schon ganz woanders: »Ach, übrigens – ist dir inzwischen eingefallen, woher du Ivan Laszlo kennen könntest?«

»Ja, aber das ist eine Ewigkeit her – mindestens sieben Jahre. Laszlo war Max Stuyvesants Sekretär. Ich war damals noch mit Denton verheiratet und habe eine Kreuzfahrt auf Stuyvesants Jacht mitgemacht.«

»Stuyvesant?« fragte Michel interessiert.

Jolie hatte inzwischen ein Taxi angehalten und sagte nur noch schnell: »Alte Geschichten. Stuyvesants jetziger Sekretär heißt ganz anders. Ich habe ihn kurz gesehen, als ich Maxims Kunstsammlung für *Art World* fotografiert habe.«

»Da besteht also vermutlich keine Verbindung mehr«, meinte Michel noch schnell, denn der Taxichauffeur wurde ungeduldig. Sie stiegen ein, und Sabrina kehrte aus der grellen Sommer-

sonne in ihren dämmrig-kühlen Laden zurück. Sechs Porzellanfiguren, um die sie sich zu sorgen hatte ...
Den Rest des Nachmittags verbrachte sie damit, die Zertifikate zu prüfen, die Carr für jedes Stück mitgeliefert hatte. Bis tief in die Nacht hinein sah sie Adressen nach, und am nächsten Vormittag fing sie an, bei den großen Galerien in Paris, Bonn, Genf, Mailand und Brüssel herumzutelefonieren.
Binnen fünf Tagen hatte sie die Echtheit von vier Stücken einwandfrei festgestellt. Am Mittwoch vergewisserte sie sich, daß eine Figurine tatsächlich sechs nachprüfbare Eigentümer gehabt hatte. Donnerstag früh suchte sie die früheren Besitzer eines kostbaren Meißener Storchs – und fand mit Entsetzen heraus, daß es alles Namen von Leuten waren, die es nicht gab.
Drei Tage lang versuchte sie ihnen dennoch auf die Spur zu kommen, aber es handelte sich weder um Schreibfehler noch um Mißverständnisse oder geänderte Adressen. Jeder Name auf dem Echtheitszeugnis war schlicht falsch.
Folglich war es auch der von ihr verkaufte Porzellanstorch.
Wenn sich das herumsprach, war ihr Ruf ruiniert. Kunden, die ihr seit einigen Jahren Blanko-Aufträge gaben, würden sich nach anderen Kunsthändlern und Designern umsehen. Ein paar würden ihr vielleicht noch eine Art Bewährungsfrist einräumen, eingedenk der Erfahrungstatsache, daß jeder sich mal irrte, aber die meisten würden sich unbarmherzig von ihr abwenden. Von der Schadenfreude der Konkurrenz ganz zu schweigen.
Sabrina fröstelte. Sie mußte den Storch um jeden Preis zurückkaufen. Geld war in diesem Fall das geringste Problem; Alexandra würde ihr zur Not aushelfen. Es ging um die drohende Bloßstellung. Aber konnte sie den Storch zurückverlangen, ohne dem Käufer den Grund zu sagen?
Wem hatte sie die Figur verkauft? Fieberhaft suchte sie nach. Lady Olivia Chasson. »Auch das noch«, murmelte Sabrina vor sich hin. Lady Olivia war zwar ihre beste Kundin und gab für die Innenausstattung ihrer verschiedenen Häuser jährlich mindestens fünfzigtausend Pfund aus. Sie hatte außerdem viele Bekannte an »Ambassadors« empfohlen und war Sabrinas glü-

hendste Förderin. Aber sie konnte auch über Nacht jemanden ruinieren, wenn sie sich betrogen fühlte.
Wir kennen einander doch so gut, dachte Sabrina. Ich kann sicher mit ihr reden, den Storch zurückkaufen oder durch etwas anderes ersetzen. Irgendwie werde ich die Sache schon wieder einrenken.
Das Telefon klingelte in ihre hektischen Gedanken hinein. Es war Antonio, der sie um acht zum Abendessen abholen wollte. Zu ihrem eigenen Erstaunen stellte sie fest, daß sie sich auf den Abend mit ihm freute. Er kannte Olivia; er kannte alle reichen Leute. Vielleicht konnte er ihr einen Rat geben.
Aber als sie ihm ein paar Stunden später in seinem bevorzugten Luxusrestaurant gegenübersaß und seine ausführlichen Klagen über Banken, Angestellte, die miserable Post in acht verschiedenen Ländern, revolutionierende Kaffeepflücker in Brasilien, unzuverlässige Reedereien und schikanöse amerikanische Einfuhrbestimmungen angehört hatte, verlor sie jede Lust, über etwas anderes als das Wetter mit ihm zu sprechen.
»Ja, wahrscheinlich regnet es bald, Sabrina«, erwiderte Antonio ungeduldig, fügte jedoch eine witzig-bedeutsame Anspielung hinzu: »Komm mit nach Rio, da ist auf jeden Fall besseres Klima.«
Darüber mußte sie ein wenig lachen, und plötzlich entschloß sie sich, ihm doch von ihren Sorgen zu erzählen. »Natürlich muß ich den Storch von Olivia Chasson zurückkaufen und ihr die Wahrheit sagen«, schloß sie. »Ich glaube nicht, daß sie gleich alles ausposaunt. Kannst du mir einen Rat geben, wie ich es am besten anfange?«
»Sabrina ...« begann er und machte gleich wieder eine gewichtige Pause. »Deine Freunde, diese Bernards, sagen, sie hätten schon fünf Fälschungen entdeckt? Und einige Antiquariate sollen mit dieser dubiosen Importfirma ›Westbridge‹ zusammenarbeiten?«
Sabrina nickte.
»Und die Bernards wollen eine Story darüber veröffentlichen, in der sie die Machenschaften von ›Westbridge‹ aufdecken? Inklusive der Geschichte deines Storchs? Du bist doch wirklich

ein Kind«, seufzte Antonio. »Und wenn Olivia Chasson noch so nett ist und schweigt: Was soll sie machen, wenn sämtliche Bekannten die Geschichte von deinem gefälschten Meißener Storch in der Zeitung lesen? Soll sie dir zuliebe schwindeln?«
Sabrina betrachtete unwillkürlich die anderen Gäste, die an den Tischen dieses Luxusrestaurants in diskret gedämpftem Licht aßen und ebenso diskret über andere klatschten. Jeder von ihnen würde zur eigenen Verteidigung das Blaue vom Himmel herunterlügen, aber kaum einer im wirklichen Notfall für seine Freunde einstehen. Antonio täte es vielleicht für mich, dachte Sabrina, und Alexandra ... Aber nein, fügte sie sofort mit bitterem Humor hinzu, auch Alexandras Gutmütigkeit hat ihre Grenzen.

Antonio winkte dem Kellner, den Tisch abzuräumen und Kaffee zu bringen. »Sabrina«, sagte er dann, »ich bin froh, daß du mir von deinen Problemen erzählt hast. Du weißt, wie ich deinen Mut und deine Energie bewundere. Aber eine alleinstehende Frau kann sich in dieser knallharten Geschäftswelt nun mal nicht durchsetzen. Ich werde diesen betrügerischen ›Westbridge‹-Leuten meine Rechtsanwälte auf den Hals schicken, und dann machst du deinen kleinen Laden zu, und ich bringe dich in ein Land, wo du nie mehr Ärger haben wirst.«

»Weil du dort sogar die Wolken aufkaufen kannst, damit es nicht mehr regnet ...«

»Pardon? Ich verstehe nicht recht. Ist das englischer Humor, Sabrina?«

»Nein. Entschuldige bitte.« Die Gedanken schossen blitzschnell durch ihren Kopf. Wenn sie ihn heiratete, würde sie an seiner Seite immer gesichert sein und leben wie eine Fürstin. Aber – immer in seinem Schatten und ohne ihren »kleinen Laden«.

Merkwürdig, wie sein herablassender Ausdruck sie kränkte. Was er ihr bot, genügte ihr nicht. Sie brauchte mehr als einen mächtigen Beschützer. Einen, der verstand, wieviel ihr der »kleine Laden« bedeutete, den sie sich ganz allein aufgebaut hatte und auf den sie stolz war.

Jemand, der sie in den Arm nahm und tröstete, wenn sie sich

fürchtete, der ihr sagte, daß sie nicht allein sei. Nein, sie konnte sich jetzt nicht entscheiden. Sie wollte sich nicht zwingen lassen, und Antonio mußte sich eben noch eine Weile länger gedulden. Und wenn er das nicht tat, dann würde sie damit auch fertig werden.

Auf dem Weg ins Büro blieb Stephanie kurz vor dem Schwarzen Brett stehen, um einen neuen Anschlag zu lesen: Das Sekretariat würde auch während der Semesterferien voll weiterarbeiten. Noch ein Grund, daß aus der China-Reise nichts werden konnte. Als ob sie mit den Kindern und dem Haushalt und den Geldsorgen nicht genug am Hals hätte: Wäre sie einer der Professoren, dann würde die Universität für die Reisekosten aufkommen.

Als sie in ihrem Büro den Schreibtisch aufschloß, flammte erneut der Ärger auf Garth in ihr auf – wie jedesmal, wenn sie sich vorstellte, was er in Berkeley und San Francisco für schöne Tage hätte.

Er machte praktisch seit Mitte Juli Ferien, während sie sich in Evanston abrackerte. Natürlich hatte er behauptet: »Von Ferien kann bei dieser Tagung nicht die Rede sein. Ich habe massenhaft Arbeit in der Universität. Keine Zeit zum Bummeln oder Versumpfen in anrüchigen Nachtlokalen.«

Er hatte gut witzeln. Damit war er abgeflogen und hatte sie wieder allein gelassen. Und jetzt, zermürbt vom täglichen Streß und der schwülen Augusthitze, verspürte Stephanie starke Zweifel, ob sie ihn morgen bei seiner Rückkehr mit angemessen fröhlichem Gesicht auf dem Flugplatz begrüßen würde. Aber sie mußte ihren Groll hinunterschlucken, schon der Kinder wegen. Am besten sagte sie so wenig wie möglich und ließ die anderen reden, wie meist ...

Der Vormittag schleppte sich hin. Irgendwann zwischendurch fragte eine ihrer Kolleginnen: »Wir wär's mit einer Kaffeepause, Stephanie?«

»Danke, heute nicht«, antwortete sie. »Ich möchte rasch fertig werden und früher nach Hause.«

Gegen Mittag kamen jedoch mehrere Damen aus anderen

Büros herein, die sich über den neuesten Fakultätsskandal verbreiteten. Der war übler als gewohnt. Es hieß, einige der Professoren schliefen mit ihren Studentinnen, die hofften, dadurch bessere Noten zu ergattern ... Stephanie hatte schon ein paarmal Getuschel dieser Art gehört, es aber nicht beachtet. Jetzt jedoch fiel der Name ihres persönlichen Freundes und Nachbarn, des Soziologieprofessors Martin Talvia. Sie würde morgen mit Garth darüber sprechen müssen.

Einstweilen tat sie, als höre sie nichts, und versenkte sich in ihre Arbeit. Doch nach ein paar Minuten mußte sie aufhören; die Kolleginnen warfen ihr allzu beredte Blicke zu.

»Was ist denn los?«, fragte sie.

»Stephanie«, fragte William Websters Sekretärin zögernd, »kennen Sie jemanden, der Sie und Ihren Mann in Schwierigkeiten bringen will?«

»Kann ich mir nicht vorstellen. Wieso?«

Die Sekretärin reichte ihr ein Stück Papier. »Das lag heute früh auf meinem Schreibtisch. Mit der üblichen Post.«

Stephanie las den maschinegeschriebenen Text auf bonbonrosa Papier:

»Wenn jemand wirklich wissen möchte, wer Noten im Bett statt im Hörsaal verteilt, dann sollte er sich den großartigen Professor Garth Andersen mal genauer ansehen. Predigen tut er wie ein Pfarrer – und geil ist er wie ein Pavian.«

Stephanie las es mehrmals, weil sie ihren Augen nicht traute. Wie kindisch, wie gemein – und wie wirksam! Gallebitter stieg es ihr in die Kehle. Sie schluckte krampfhaft. Dieser Angriff konnte Garth nicht treffen. Kein Mensch war anständiger und ehrlicher als Garth.

Aber ... Garth war seit endlosen Zeiten dem ehelichen Schlafzimmer ferngeblieben. Arbeit, sagte er, irgendeine Kultur im Labor mußte überwacht werden; oder er schlief nebenan, um sie nicht zu stören. Wann hatte er sie zum letztenmal richtig angeschaut? Er hatte weder ihre Gewichtsabnahme noch ihre neue Frisur noch sonstige Änderungen zur Kenntnis genommen. Seit wann führten sie überhaupt noch eine Ehe?

»Kann ich das behalten?« fragte Stephanie mit fast unbeteiligter

Stimme, indem sie den rosa Wisch sorgfältig faltete und in die Tasche ihres Sommerkleides steckte.
»Selbstverständlich ist das nichts als eine schmutzige Lüge«, sagte die Sekretärin des Dekans. »Jeder kennt Ihren Mann.«
Gegen drei Uhr nachmittags war sie zu Hause. Die Kinder waren über Nacht bei Schulfreunden geblieben; Stephanie wollte sie am nächsten Tag auf dem Weg zum Flughafen abholen. Allein in dem alten stillen Haus probte sie die fällige Aussprache mit Garth und ließ alles an sich vorüberziehen, das Gute und das Schlechte der zwölf Jahre ihrer Ehe.
Aber das meiste davon fiel ihr nicht mehr ein, als sie am folgenden Nachmittag mit Garth allein im Schlafzimmer war, während Penny und Cliff draußen spielten.
Garth stand vor dem Erkerfenster, das auf den Vorgarten hinausging. »Es ist sinnlos zu sagen, du seist nicht wütend. Du platzt fast vor Wut. Aber habe ich nicht auch Grund, wütend zu sein?«
Stephanie saß auf der Lehne eines Sessels in der Nähe des Fensters. »Nein. Du fliegst einfach davon und machst dir gute Tage und erwartest bei deiner Rückkehr, daß wir dir huldigen wie Alexander dem Großen, nachdem er die Welt erobert hat ...«
»Ich habe mehr erobert, als ich zu hoffen wagte. Aber das interessiert dich ja nicht.«
»Interessiert du dich je für uns? Merkst du je, was mit uns geschieht, im Guten wie im Bösen?«
»Im Bösen? Was paßt dir denn nun wieder nicht?«
»Wenn du das nach zwölf Ehejahren noch fragen mußt, kann ich mir die Antwort sparen.«
»Herrgott, was für ein blödsinniges Gerede!« Er wandte sich vom Fenster ab und begann, hin und her zu gehen. »Als ob ich euch nicht liebte, Stephanie. Ich konnte es kaum erwarten, zurückzukommen und dir zu erzählen –«
»Garth, ich habe mich entschlossen, meinerseits ein Weilchen zu verreisen.«
Er blieb jäh stehen. »Du hast – was?!«
»Der Kunsthändlerverein veranstaltet in Kürze eine Rundreise

durch China. Ich habe mich angemeldet, mein Visum bekommen und die Anzahlung geleistet.«

»Und das alles, ohne ein Wort zu sagen –«

»Du hättest ja doch nicht zugehört. Du hättest geistesabwesend genickt und gesagt –« Stephanie schraubte ihre Stimme eine Oktave tiefer – ›meinetwegen‹.«

»In diesem Ton rede ich nie mit dir!«

»Nein? Dann hör dir mal selber zu. In diesen Jahren hätte ich manchmal gern ein Tonband mitlaufen lassen.«

»Wenn ich dir so vorkomme, tut es mir leid. Aber wann hat es dich eigentlich zum letztenmal interessiert, was ich zu erzählen hatte?«

»Deine Universitätsangelegenheiten? Die hab ich satt bis obenhin. Ist dir je klargeworden, daß du mich damit krank machst? Nein – dazu bin ich dir ja längst viel zu egal. Du ißt, was ich auf den Tisch bringe, wir reden das Nötigste, wir gehen manchmal miteinander aus – aber du siehst mich kaum an. Oder wenn du es tust, denkst du schon wieder an was anderes, vermutlich an deine nächste Vorlesung. Kannst du dir noch mein Gesicht vorstellen, wenn du die Augen zumachst? Oder die Gesichter unserer Kinder? Weißt du oder kümmert es dich, was in ihren Köpfen vorgeht? Hast du noch eine schwache Erinnerung an unsere ... unsere Liebesstunden, bevor so was für dich eine Art Pflichtübung wurde und du deine Nächte lieber im Labor oder im Arbeitszimmer verbrachtest? Du kennst nur eins, du erstrebst nur eins: die Universität und womit du dort deine Zeit verbringst.«

»Du weißt, womit.«

»Und mit wem ...«

»Was soll das heißen?«

»Das weißt du wohl selber am besten.«

»Ich weiß nicht, was dein komischer Ton dabei soll, und wenn das so weitergeht, pfeife ich darauf. Du sitzt hier und beklagst dich, daß ich mich nicht genug um dich kümmere, und dabei hast du seit meiner Ankunft mit keiner Silbe danach gefragt, wie die Tagung in Berkeley verlaufen ist. Ich will dir die wichtigsten Dinge mitteilen, die unser ganzes Leben ändern könne, aber du läßt mich ja einfach nicht zu Wort kommen.«

»Du hast mir nie gesagt, daß Berkeley so furchtbar wichtig ist –«

»Hundertmal habe ich's dir gesagt, und bei jedem Anruf –«

«– hast du nur von dir selber geredet, ja. Kein einziges Mal hast du nach Cliff gefragt.«

»Cliff?«

»Du solltest und wolltest schon vor Wochen mit ihm reden. Als ich die geklauten Sachen in seinem Zimmer gefunden habe. Erinnerst du dich wenigstens daran?«

»Ja, Stephanie, entschuldige. Ich wollte es wirklich. Aber die Vorbereitungen für diese Tagung –«

»Du tust, als hättest du noch nie eine Tagung vorbereitet. Das kannst du doch allmählich im Schlaf.«

»Du hast nicht begriffen oder nicht begreifen wollen, daß es diesmal um viel mehr ging. Stephanie, hör doch endlich mal richtig zu. Ich habe zwei Jahre lang darauf hingearbeitet. Natürlich weiß ich, und es hat mein Gewissen belastet, daß ich euch alle vernachlässigt habe, aber es ging darum, bei *diesem* Gremium zu bestehen! Vor den führenden Biogenetikern der Welt, Stephanie! Ich hatte das Hauptreferat zu halten. Ich konnte alles, was ich in den letzten zwölf Jahren geleistet habe, vor einem Gremium ausbreiten, wie es nur alle Jubeljahre zusammenkommt, und meine Ansichten über zukunftweisende Forschungsmethoden darlegen. Und dieses Referat wurde so ernst genommen, daß wir einen ganzen Monat über meine Thesen diskutiert haben. Ich konnte schon kaum mehr essen und habe auf jede harmlose Frage automatisch mit einer Molekularformel geantwortet. Das Hotelpersonal muß gedacht haben, sie hätten es mit einer besonderen Sorte von Verrückten oder Gurus zu tun.«

Stephanie lachte widerstrebend. »Hauptsache, es ist soweit gutgegangen.«

»Gut? Mehr als gut. Es war ein Triumph. Es war alles, was ich je zu erhoffen wagte.«

»Herrlich. Ich gratuliere. Damit ist dein mittelmäßiger Uni-Job

hier ja wohl beendet, und du kannst nach Stamford gehen.«
Garth starrte sie fassungslos an. »Denkst du eigentlich an nichts anderes als ans Geldverdienen?«
»Da wir eine vierköpfige Familie sind, ist es nicht unwichtig. Und es wäre auch für dich das Wichtigste, wenn du zuerst an uns dächtest.«
Garth stützte sich auf die Lehne des Sessels, in dem Stephanie sich abends gern zusammenkuschelte, um noch ein wenig zu lesen. »Ich habe alles hin und her überlegt«, sagte er langsam, auf seine Hände hinabblickend. »Aber ich kann das, was für mich leben bedeutet, nicht einfach wegwischen – nicht einmal, um euch ein komfortableres oder sogar luxuriöseres Leben zu ermöglichen. Klar, ich bekäme dort viel mehr Mittel für meine Forschungen und Hilfskräfte fürs Labor – aber ich wäre doch stets diesem einen Konzern verpflichtet, mit allen Konsequenzen. Ich ziehe die Freiheit der Universität vor; ich bin ein begeisterter Lehrer ... Das weißt du ja.«
»Ja, darüber haben wir schon vor unserer Heirat oft genug gesprochen. Ist es nicht an der Zeit, daß du mit den Jahren auch an andere Notwendigkeiten denkst?«
»Ja, weiß Gott, ich brauchte eine Frau, die mich versteht und zu mir hält –«
»Wirfst du mir jetzt vielleicht noch vor, ich kümmere mich nicht genug um dich? Womit verbringe ich denn meine Zeit? Wenn ich nicht im Büro hocke, um beim Geldverdienen zu helfen, damit wir die Hypotheken für diese alte Bruchbude abtragen können, putze ich, koche ich für dich und die Kinder, wasche und bügle deine Hemden, säubere die Badewanne, nachdem du drin warst, und passe auf, daß du ja immer die richtige Seife für deine empfindliche Haut hast –«
»Verdammt, jetzt tust du, als wärst du nichts als eine Dienstmagd. Als wir früher über meine Pläne und Aussichten sprachen, hast du mich ermutigt, auf jeden Fall durchzuhalten.«
»Das ist lange her. Ich habe dir zwölf Jahre geopfert, nun kannst du mir auch mal ein paar bessere Jahre schenken. Ich möchte endlich aus diesem Kaff heraus und ein paar interessante Leute kennenlernen und gelegentlich Großstadtluft atmen –«

»O Gott, du hast wieder mit deiner Schwester telefoniert.«
»Wieso?«
»Ich höre doch förmlich unsere Lady Sabrina, die ausschließlich in Schlössern und Luxusrestaurants speist und bis in die frühen Morgenstunden tanzt. Jedesmal, wenn sie angerufen hat, bist du noch nörgeliger und unzufriedener als sonst. Du hast nie von mir erwartet, ein reicher Lord zu sein, bis Sabrina einen geheiratet hat. Na ja, die Ehe ist zwar in die Brüche gegangen, aber seitdem frißt es anscheinend dauernd an dir, daß ich nicht etwas bin, was ich nicht sein kann, und du nicht ein ebenso übersättigtes Parasitendasein führen kannst wie sie!«
»Sei nicht so ungerecht! Sie arbeitet wie ein Pferd! Was fällt dir überhaupt ein – du kennst sie ja gar nicht!«
»Ist das meine Schuld? Sie hat sich in all diesen Jahren kaum zwei-, dreimal zu einem Besuch bei uns herabgelassen; sonst triffst du dich mit ihr in New York oder fliegst sogar extra nach London. Hat sie dir diesen Quatsch mit China auch in den Kopf gesetz?«
»Nein!« Stephanie flocht nervös die Finger ineinander. »Das ist *mein* Wunsch. Ich habe Sabrina noch gar nichts davon erzählt. Ich möchte einfach mal weg von hier. Ich muß Abstand gewinnen. Da ist zum Beispiel der Ärger wegen Cliff –«
»Dafür habe ich mich ja schon entschuldigt. Ich werde ihn mir jetzt vornehmen, das verspreche ich dir.«
»Du und deine Versprechen ... *Wenn* du dich dazu aufraffst, frag ihn auch gleich nach Manschettenknöpfen und Krawattennadeln und Füllfeder-Sets.«
»Lieber Gott. Hast du all das in seinem Zimmer gefunden?«
»Ja. Neuerdings unter der schmutzigen Wäsche. Das ist noch ein mildernder Umstand. Ein wirklich hartgesottener Krimineller käme wohl auf bessere Verstecke.«
»Morgen spreche ich mit ihm. Es sieht ja fast aus, als *wollte* er endlich erwischt werden, denn daß du die Schmutzwäsche wegnimmst und durchsiehst, ist doch klar. Hast du schon mit jemand anders darüber gesprochen?«
»Mit wem denn? Ich habe Cliff ein bißchen auf den Zahn gefühlt, aber er nahm sofort eine feindselige Haltung an, und ich

fühle mich derart unsicher ...«
»Du hast also deine Sorgen dauernd stumm mit dir herumgeschleppt.«
»Merkst du das jetzt erst? Dringt es endlich in das erhabene Hirn des großen Naturwissenschaftlers, daß ich einsam bin?«
»Als ob du keine Freunde hättest –«
»Ich rede nicht von unseren paar Freunden und Bekannten. Ich rede von einem Menschen, der mich nachts in die Arme nimmt, wenn ich aus Angstträumen hochschrecke. Der mich tröstet und hält und mir das Gefühl gibt, ich sei doch nicht ganz allein.«
Garth sah sie lange an. »Kannst du dir nicht vorstellen, daß ich mir das auch wünsche? Aber wenn ich überhaupt noch wage, ins Schlafzimmer zu kommen, drehst du dich gleich zur Wand. Du weichst zurück, wenn ich dich umarmen möchte. Du wendest das Gesicht ab, wenn ich dich küssen will.«
»Wann hast du das denn zuletzt versucht?«
»Seit langem nicht. Und ich spüre die Leere ebenso wie du. Aber ich habe es sterbenssatt, dauernd zurückgewiesen zu werden.«
»Nun, dafür findest du ja wohl anderweitig Ersatz. Professoren, die Noten zu vergeben haben, brauchen bestimmt nicht lange um die Gunst von hübschen Studentinnen zu buhlen ...«
»Was soll das nun wieder heißen, zum Donnerwetter?«
»Ich meine die süßen kleinen Dinger, die sich euch an den Hals werfen. Studentinnen!« Es klang, als spucke Stephanie das Wort aus. »Denkst du, so etwas bliebe ein Geheimnis? Du und deine Kollegen, ihr braucht nicht mal euer Geld zusammenzukratzen wie die armen gewöhnlichen Sterblichen, um sich irgendeine Straßendirne zu kaufen – nein, ihr braucht nur zu versprechen, daß ihr eine im nächsten Examen nicht durchfallen laßt ...«
»Halt den Mund!«
»Ich verbitte mir diesen Ton!«
»Und ich verbitte mir deine Verdächtigungen. Wir leben nun über zwölf Jahre zusammen, und du unterstellst mir – ach, hol euch doch alle der Teufel!« Garth zitterte, sein Atem ging keu-

chend. Dann drehte er sich mit einem Ruck um und verließ das Zimmer. Stephanie stand erstarrt und erschrocken da; ein so verbissenes Gesicht hatte sie bei ihm noch nie erlebt. Als sie ihn draußen einen Moment stocken hörte, hoffte sie, er würde zurückkommen, damit sie die fast aussichtslos verfahrene Situation doch noch bereinigen könnten. Aber im nächsten Moment polterte er schon die Treppe hinunter, und nach einer weiteren Sekunde krachte die Haustür ins Schloß.

Stephanie sah sich verwirrt im Zimmer um. Das konnte doch nicht wahr sein – so eine Szene zwischen Garth und ihr, die kein Problem löste, nichts besserte, kaum eine Hoffnung für die Zukunft ließ – und das war das Erschreckende daran. Nur eins war ihr jetzt ganz klar: Sie würde die China-Reise machen. Sie mußte Abstand gewinnen, und wenigstens das hatte sie Garth mitgeteilt. Die Kinder würden nicht darunter leiden, dafür würde Garth sorgen, auch wenn er sonst in vieler Hinsicht ein Fremdling in der eigenen Familie geworden war.

Nach ihrer Rückkehr würden sie noch einmal miteinander sprechen, ruhiger und vernünftiger. Kurze Trennungen konnten heilsam sein, besonders wenn sie einmal von der Frau ausgingen und nicht immer nur von dem so vielbeschäftigten Mann.

Sie sah auf die Uhr. Halb fünf nachmittags – halb elf abends in London. Sie griff gerade nach dem Telefon, als es unter ihrer Hand zu klingeln begann.

## 9

Kurz vor ihrem Hotel in Schanghai prallten Sabrina und Stephanie mit ihrem Reisegenossen Nicholas Blackford zusammen, der eben aus einer Konditorei kam und einen Stapel eingewickelter Leckereien balancierte. Er lächelte verlegen. »Mir fällt's so schwer, auf Reisen Diät zu halten ... Ich hätte meine Frau mitnehmen sollen. Schimpfen Sie mich nur aus, Sabrina, wie früher, als Sie noch bei mir im Laden waren und

auch mich aufpaßten. Oder spreche ich gerade mit Mrs. Andersen? Ich muß zu meiner Schande gestehen, daß ich Sie nicht auseinanderhalten kann!«
Er eilte ins Hotel, und die Zwillingsschwestern sahen einander hinter dem Rücken des munteren Kahlkopfes belustigt an. Daß Fremde sie verwechseln, war nicht weiter erstaunlich, aber Mr. Blackford kannte Sabrina seit gut zehn Jahren. Sie deutete einen scherzhaften Knicks vor Stephanie an. »Wie hübsch, daß ich Sie treffe, Lady Longworth. Wie gefällt's Ihnen in Schanghai?«
Stephanie reichte ihr leutselig die Hand. »Danke der Nachfrage, Mrs. Andersen. Ich fühle mich wie neugeboren!«
»Nicholas, der uns mit seinen Kuchen über den Weg gelaufen ist, erinnert mich an einen Spruch der Guarani-Indianer«, sagte Sabrina, während sie zu ihrem Hotelzimmer gingen. »Süßigkeiten sind für sie Vorboten von etwas Gutem.«
»Wer sind die Guarani?« fragte Stephanie.
»Ein Indio-Stamm in Brasilien. Antonios Ahnen – sagt er. In Wirklichkeit stammt er wohl eher von einer langen Reihe portugiesischer Piraten ab, aber er zitiert gern solche Indio-Sprüche. Schade, du wirst ihn nicht kennenlernen, denn er ist in den nächsten Monaten in Südamerika. Aber es macht sich gut, wenn du weißt, wer die Guarani sind, und gelegentlich eine ihrer Weisheiten zitierst, wie ich es ja auch oft zum Spaß tue.«
Stephanie wandte sich Sabrina zu und hob stumm die Hände. Sie berührten sich mit den Fingerspitzen, was einen fast unheimlichen Spiegeleffekt ergab. »Ist es dein Ernst, daß wir die Rollen tauschen?«
»Du möchtest es doch auch?« fragte Sabrina leise.
»Oh, mehr als du, fürchte ich ... Wenn ich mir vorstelle, daß ich einmal nicht mehr ich sein müßte, sondern du in deinem herrlich ungebundenen Leben wäre ... Aber ich kann mir kaum vorstellen, daß es gelingt.«
»Es käme auf den Versuch an. Nur komm mir hinterher nicht nach Hause wie die Sieben Zwerge mit dem bekannten Gemekker: ›Wer hat von meinem Tellerchen gegessen? Wer hat in meinem Bettchen geschlafen?‹ «

Stephanie lachte kurz auf. »Besonders in letzterer Beziehung wird's keinen Grund zum Meckern geben. Ich habe dir ja schon mehrfach angedeutet, daß Sex bei uns längst keine Rolle mehr spielt. Andernfalls würde ich dir den Rollentausch nie zumuten, und ... abgesehen davon, ist Garth gar nicht dein Typ. Zwischen ihm und einem brasilianischen Nabob besteht ein Unterschied wie Tag und Nacht. Nein, in der Hinsicht gibt es keine Probleme.«

Es entstand eine kleine Pause. Stephanie blieb am Fenster stehen und blickte über den glitzernden Fluß.

»Offen gestanden«, sagte sie schließlich leise, »ich nehme es ihm übel – oder habe es ihm jahrelang übelgenommen –, daß er seine ›ehelichen Pflichten‹ nur noch so selten erfüllt. Aber es ist wie verhext: wenn er im Schlafzimmer erscheint, habe ich das Bestreben, ihn sofort wieder rauszuschmeißen. Ich finde, er hat kein Recht mehr darauf. Natürlich hat er mir das seinerseits vorgeworfen, als wir uns zuletzt stritten.«

»Wann war das?«

»Als er aus Kalifornien zurückkam. Ich hab dir ja erzählt, daß er fast einen Monat in Berkeley war und dort offenbar Furore gemacht hat. Inzwischen haben sich die Wogen natürlich längst geglättet. Es war nichts Ungewöhnliches, nur ein kurzer Ehekrach. Du und Denton seid euch wohl auch gelegentlich in die Haare geraten.«

»Ja, ab und zu«, antwortete Sabrina trocken. Stephanie rang unbewußt die Hände, und Sabrina wußte genau, daß sie nicht die ganze Wahrheit gesagt hatte. Sie hatte eindeutig Angst, die ganze Geschichte könnte Sabrina von dem geplanten Abenteuer abschrecken. Warum wohl? Wegen der Streitereien zu Hause? Wegen Garths Weigerung, den lukrativen Job in Stamford anzunehmen oder sich nur genauer dort umzusehen? Vom Standpunkt des Beobachters schien das alles ziemlich unerheblich, und Sabrinas Rolle sollte ja nur die einer unparteiischen Zuschauerin für ein paar Tage sein. Dann würde sie zurückkehren und Stephanie vielleicht sogar ein paar gute Ratschläge geben können. Stephanie brauchte dringend Hilfe, das war klar, und hier war endlich etwas, was Sabrina für sie tun konnte.

Außerdem war es auch noch ein diebischer Spaß und eine Herausforderung! Sabrina sah sich schon als brave Familienmutter in dem alten Haus in Evanston, das ihr ja von mehreren Besuchen her wohlbekannt war.
»Habt ihr an der Einrichtung inzwischen irgendwas verändert?« fragte sie. »Gehen wir alles von Anfang an durch. Nachbarn, Stundenpläne, die Läden, wo du gewöhnlich einkaufst, dein Büro ... Das ist eine ernste Klippe, Stephanie. Ich kann nicht tippen.«
»Du mußt dich natürlich – in meinem Namen – für eine Woche krankmelden. Das ist das wenigste. Viel gespannter bin ich, ob die Kinder nichts merken werden. Aber ich sehe sie ja meist nur beim Essen; die übrige Zeit sind sie dauernd unterwegs. Wenn Penny dich wegen der Malkurse löchert, vertröste sie halt eine Woche weiter. Und Cliff hat, glaub' ich, ein Fußballmatch in der Zeit, wo du da bist, aber du brauchst nicht hinzugehen.«
»Warum nicht? Ich habe den Jungen noch nie beim Spielen gesehen. Es würde mir ausgesprochen Spaß machen.«
»Um so besser. Er ist stolz wie ein Spanier, wenn einer von uns zuschaut, darum versuchen wir meist, es irgendwie einzurichten. Aber weiter zum Praktischen: Das Haus ist wahrscheinlich ziemlich verdreckt. Garth und die Kinder rühren ja keinen Finger. Laß einfach alles, wie es ist. Sobald ich zurück bin, veranstalte ich ein Großreinemachen.«
»Stephanie, ich werde alles tun, was du tun würdest. Wie sonst sollte ich meine Rolle glaubhaft spielen und meine – deine – Erfahrungen machen?«
»Stimmt, du hast recht wie immer. Ich denke nicht halb so folgerichtig wie du; vermutlich bin ich doch etwas kribblig. Und in zwei Tagen ist's schon soweit ...«
»Ja, ich fühl's auch bis in alle Nervenspitzen.«
Später bedauerten die beiden Schwestern, daß ihr Spiel sie so gefangengenommen hatte, daß sie die letzten Eindrücke von China, vor allem die Bahnfahrt nach Hongkong, wo die Rundreise endete, nicht mehr richtig aufnehmen konnten. Sie sahen kaum etwas von dem altmodischen Prunk des Zuges und der tropischen Üppigkeit der Landschaft, die sie durchfuhren. Pau-

senlos kramten sie Erinnerungen aus, tauschten familiäre Einzelheiten und Redensarten aus, beschrieben sich gegenseitig Leute, die sie bei ihren gegenseitigen Besuchen flüchtig kennengelernt hatten, zeichneten Straßenpläne und so weiter.

»Nun zum Geld«, sagte Sabrina und öffnete ihre Tasche. »Hier sind meine Kreditkarte und mein Scheckbuch. Auf dem Konto ist genug drauf. Falls etwas Unvorhergesehenes passiert, wende dich an den Direktor meiner Londoner Zweigstelle, der gibt dir sofort jeden Kredit, den du brauchst. Aber nun schreib erst mal meinen Namen.«

»Was?«

»Du sollst meine Unterschrift üben. Als ob du einen Scheck unterzeichnest.«

»Sabrina, ich werde doch nichts von deinem Geld ausgeben?«

»Dir wird wohl nichts anderes übrigbleiben. Ich habe nur noch fünfzig Pfund in bar bei mir; das reicht in London keine zwei Tage. Dafür knöpfe ich dir ja all deine Dollars ab!«

»Viele sind's nicht.«

»Abrechnen können wir hinterher. Stephanie, wenn du jetzt Hemmungen wegen des Geldes hast, fällt der ganze Spaß flach. Willst du nun oder willst du nicht? Ich verspreche dir hoch und heilig, dir nach der Rückkehr nichts zu schenken. Nun nimm mein Notizbuch und schreib meinen Namen ab.«

Stephanie schrieb gehorsam »Sabrina Longworth«, wobei sie vor Konzentration die Unterlippe zwischen die Zähne zog.

»Geht es so?«

»Sehr schön. Üb das noch ein paarmal. Setz das L ein klein bißchen höher an und das letzte H ein bißchen tiefer. So, und jetzt ich.« Sabrina schrieb sicher und fest »Stephanie Andersen«, und ihre Schwester gab zu, sie selbst würde die Unterschrift jederzeit für ihre eigene halten.

Hierauf besprachen sie noch tausend Einzelheiten in ihrer beider Alltagsleben. Adressen und Telefonnummern wurden ausgetauscht, zuletzt eine anscheinend besonders wichtige, denn Sabrina sagte dazu:

»Wenn du in London wirklich in eine so mulmige Situation geraten solltest, daß selbst ein Notschrei nach Evanston nichts nützt, dann wende dich an diese Adresse.«
»Alexandra Martova«, las Stephanie.
»Ich habe dir schon viel von ihr erzählt, aber leider kennst du sie noch nicht persönlich, weil sie bei deinem letzten Besuch in London gerade im Ausland war. Die nächsten Wochen bleibt sie zu Hause, soviel ich weiß. Du kannst dich ihr in jeder Beziehung anvertrauen und ihr im äußersten Notfall sogar unsere Verwechslungskomödie verraten.«
»Danke. Ich hatte schon ein bißchen Angst vor dem Alleinsein.«
»Mit Alexandra brauchst du das nicht zu befürchten. Sie ist nach dir meine beste Freundin.«

Die letzten Stunden in Hongkong waren nach der langen, in intimen Gesprächen verbrachten Zugfahrt ein einziger hektischer Wirbel. Die Zwillingsschwestern machten noch eine Besichtigungstour mit ihrer Reisegruppe durch die neue und vor allem alte Stadt, wo ein ungeheures Gewimmel von Wahrsagern, Schuhmachern, fahrbaren Garküchen und Schmuckverkäufern herrschte. Angesichts der bunten Auslagen auf einem winzigen Klapptisch fragte Sabrina plötzlich:
»Hast du eigentlich an irgendein Mitbringsel für Garth gedacht?«
»O je ... Nein.«
»Da die Kinder etwas kriegen, wäre es doch wohl angebracht, ihm auch etwas mitzubringen. Schauen wir uns diese Sächelchen mal etwas näher an.« Sabrina beugte sich über etliche Elfenbeinschnitzereien und Schmuckstücke.
»Prima Ware!« fuhr der Händler sofort mit heiserer Stimme auf sie los, zeigte fuchtelnd auf ein paar grelle Scheußlichkeiten und nannte unverschämte Preise. Interessierte Zuschauer versammelten sich um den Stand. »Extra prima, Lady!« Sabrina lächelte ihn nur an und wandte sich achselzuckend ab. »Moment«, flüsterte der Händler beschwörend, »hier – wie ist es?« Er hatte sich blitzschnell gebückt und eine kleine Schachtel

unter dem Tisch hervorgeholt, die wenige, aber wirklich gute Sachen enthielt. Sabrina sah sich alles mit größter Seelenruhe an, wählte eine matt schimmernde Jade-Krawattennadel – und feilschte dann etwa zehn Minuten mit dem Händler um den Preis, ohne sich auch nur einen Moment von dem lautstarken Hin und Her beirren zu lassen. Als sie schließlich nickte und bezahlte, applaudierten sämtliche Umstehenden.
»Ganz wie Mutter früher«, sagte Stephanie bewundernd.
»Ab und zu macht es Spaß. Es ist für alle Beteiligten ein Spiel. Wie's scheint, sind wir gerade sehr zum Spielen aufgelegt, nicht wahr?«
»Ich hätte wirklich selber dran denken müssen, Garth etwas mitzubringen.«
»Komisch«, sagte Sabrina nachdenklich, »wir haben offenbar schon jetzt angefangen, die Plätze zu tauschen ...«
Sie verbrachten eine letzte unruhige Nacht im Hotel und wachten unausgeschlafen auf. Jetzt mußten sie auch die Kleider tauschen.
»Ich habe entsetzlich Herzklopfen«, sagte Stephanie.
»Ich auch«, sagte Sabrina. Stephanie zog Sabrinas dunkelblaues, rot gefüttertes Reisekostüm an, Sabrina Stephanies braunes mit der weißen Hemdbluse. Sie ließ die beiden oberen Knöpfe offen, aber Stephanie schloß sie mit leisem Lächeln – ohne ein Wort darüber zu verlieren. Sabrina verstand sie auch so.
Dann prüften sie noch einmal ihr Gepäck, den Inhalt der Hand- und Umhängetasche, ihre Portemonnaies, Pässe und Flugtikkets. Als alles erledigt war, standen sie noch ein paar Sekunden nebeneinander vor dem Spiegel. »Merkwürdig komme ich mir vor!« sagte Stephanie. »Wer bin ich nun eigentlich?«
Sabrina konnte nur beklommen nicken, obwohl der Spaß an dem Verwechslungsspiel bei ihr immer noch überwog.
»Oh –« stieß Stephanie plötzlich hervor, »das hätte ich jetzt beinahe vergessen.« Sie zog ihren Ehering vom Finger und reichte ihn Sabrina. Ihre Hand zitterte. »Bis zum heutigen Tag habe ich ihn noch nie abgenommen.«
Sabrina steckte ihn mit niedergeschlagenen Augen an. »Keine

Sorge, ich werde gut auf ihn aufpassen.« Sie streifte den Ring über ihren Finger und dachte daran, wie lange es schon her war, daß sie ihren eigenen Ehering abgelegt hatte.
Es klopfte an der Tür. Ein Boy kam herein, um ihre Koffer zu holen. Die Schwestern nahmen die Umhängetaschen über die Schulter und schickten sich an, ihm zu folgen.
»Nur eins noch«, sagte Sabrina und hielt Stephanie etwas hin. »Das habe ich mir bis zuletzt aufgespart.«
Stephanie lächelte. »Ich auch.«
Und dann tauschten im sechsten Stock eines Hotels in Hongkong Lady Sabrina Longwort und Mrs. Stephanie Andersen ihre Hausschlüssel aus, den einen für ein vornehmes altes Haus in London, den anderen für ein bescheidenes in Evanston, Amerika. Und damit war es höchste Zeit aufzubrechen.

## 10

Noch im warmen Bett zusammengekuschelt, hörte Sabrina das Öffnen und Schließen einer Tür, dazwischen leise Schritte. Sie runzelte schlaftrunken die Stirn. Was hatte Mrs. Thirkell schon so früh in ihrem Zimmer zu suchen? Irgendwo wurde vorsichtig eine Schublade aufgezogen. Sie riß einen Moment die Augen auf – und erstarrte vor Schreck. Ihre Hand fuhr an den Mund. Ein großer, dunkelhaariger Mann in Pyjamahose suchte, den nackten Rücken Sabrina zugekehrt, ein frisches Hemd aus der Wäschekommode.
Garth!
Sie kniff die Augen wieder zu. Also nicht Mrs. Thirkell. Nicht ihr gewohntes Schlafzimmer, nicht ihr eigenes Bett. Sie war in Stephanies Haus, sechstausend Kilometer von London entfernt, in einem anderen Leben ...
»Wo ist denn die Wurst?« schallte eine durchdringende Stimme von unten.
Garth war mit zwei langen Schritten an der Tür und rief ge-

dämpft die Treppe hinunter: »Sei doch nicht so laut, Cliff! Ich komme gleich und mache euch eure Schulbrote. Deine Mutter muß heute ausschlafen.«

Deine Mutter ...

Sabrina fühlte sich im Bett wie eine Gefangene. Was sie als übermütiges Abenteuer geplant hatte, war nichts als eine schäbige und obendrein sehr riskante Lüge. Sie schämte sich und hatte Angst.

Gestern abend, bei ihrer Ankunft, war sie noch so aufgedreht gewesen, daß sie das Spiel mühelos durchhielt. Niemand hatte Verdacht geschöpft, alles ging glatt – viel zu glatt.

Die Familie hatte sie vollzählig auf dem Flugplatz von Chicago erwartet. Sechs Uhr fünfzehn abends, bald Essenszeit. Und da standen sie alle drei auf der verglasten Aussichtsterrasse, während sie drunten in der Zollabfertigungsschlange vorrückte. Sie erkannte sie sofort. Die Kinder zappelten und gestikulierten aufgeregt, ohne sich klarzumachen, daß ihre Stimmen unhörbar blieben; Garth sah ihr still und aufmerksam entgegen. Sie waren wie ein Publikum, das auf ihren Auftritt wartete. Kein Wunder, daß ich Lampenfieber habe, dachte sie.

Aber als sie die letzte Sperre hinter sich hatte, vergaß sie es im Begrüßungstrubel. Penny umklammerte sie mit beiden Armen, und der zwölfjährige Cliff, recht groß für sein Alter, mit brandrotem Haar, kecker Nase und aufgesetzt blasierter Miene, faßte sie öfter an als nötig, als müsse er sich vergewissern, daß sie wirklich wieder da war. Garth beugte sich über die Kinder, um sie zu küssen, aber da drehte sie sich gerade zu Penny, und seine Lippen streiften nur ihre Wange.

»Willkommen zu Hause«, sagte er. Seine Augen suchten die ihren, aber sie wandte sich den Kindern zu, die sich auf die Schachtel stürzten, die Sabrina als Handgepäck mit ins Flugzeug genommen hatte.

»Ein Geschenk?« fragte Penny erwartungsvoll und blickte mit großen, dunkelblauen Augen zu Sabrina auf: Stephanies Augen – und ebenso unverkennbar Sabrinas Augen. Die schwarzen Locken hatte sie von ihrem Vater, aber das zarte Gesichtchen glich dem der Zwillingsschwestern, als sie elf Jahre alt gewesen

waren. Sabrina hatte das Gefühl, in einen Spiegel zu blicken, der die Zeit auslöschte.
»Ja, ein Geschenk für unser Haus«, antwortete sie. »Eine schöne Bronzelampe. Ich habe sie in Schanghai von einem netten Chinesen gekauft, der sogar mal hier in Chicago studiert hat.«
»Och, nur für das Haus …« maulte Penny hörbar enttäuscht.
»Außerdem«, fügte Sabrina leichthin hinzu, »hatte Mr. Su – das war der gelehrte Chinese – auch einen Schrank voller magischer Gegenstände in seinem Laden. Zwei davon hat er mir igendwie in meinen Koffer gezaubert.«
Die Kinder horchten auf. Cliffs Augen funkelten. »Chinesische Zauberer sollen ja mehr können als andere, hab' ich gehört!«
»Ja, zum Beispiel neugierige Jungen unsichtbar machen«, lachte sie und strich ihm über das struppige Haar. »Aber wenn ich's euch jetzt schon verrate, ist es ja keine Überraschung mehr. Wartet, bis wir zu Hause sind.«
Im Auto hingen die Kinder während der ganzen Fahrt über den Vordersitz und bombardierten sie mit Fragen. Garth fuhr schweigend und konzentriert; Sabrina hätte beim besten Willen nicht sagen können, ob er zuhörte oder nicht. Aber in der halbdunklen Enge des Wagens fühlte sie sich erwärmt wie nie zuvor – so war es also, wenn man nach einer Reise in die eigene Familie heimkehrte! Welche Wohltat, das Lachen und Schwatzen der Kinder zu hören. Und niemand hegte bis jetzt den geringsten Verdacht. Es klappt, dachte Sabrina übermütig. Es klappt besser als gedacht.
»Wir hätten beinahe ein chinesisches Essen bestellt«, sagte Cliff, als sie vor dem Haus anlangten und Garth das Gepäck aus dem Kofferraum nahm. »Aber Dad meinte, davon hättest du jetzt sicher für eine Weile genug. Es gibt also Pizza.«
»Und ich mache sie!« verkündete Penny strahlend und rannte voraus, um den Ofen anzustellen.
»Kunststück – du bäckst sie bloß auf«, dämpfte Cliff verächtlich ab.
»Ich *vollende* sie!« Penny holte zwei Schachteln aus dem Kühlschrank. »Und da ich heute Kochdienst habe, bist du hinterher mit Abwaschen dran.«
»Kochen – daß ich nicht lache! Du schiebst die Pizzas bloß in den

Ofen. Dabei habe ich heute nachmittag den ganzen Salat zusammengeschnitzelt, das war viel mehr Arbeit, und deshalb machst du das Geschirr!«
»Ich denke nicht daran! Ich will mit Mommy reden!«
»Kannst du später immer noch.«
»Nein!«
»Doch!«
»Ihr werdet alle beiden abwaschen«, entschied Garth. »Zuerst unterhalte ich mich mit eurer Mutter. Ist der Tisch gedeckt?«
»Ja«, knurrte Cliff mißmutig.
Sabrina beschäftigte sich mit ihrem Koffer. »Wie wär's, wenn ich schnell noch eure Geschenke auspackte?«
»Au ja!« Unter dem Jubelgeschrei der Kinder – wie brachten zwei es nur fertig, soviel Krach zu machen wie ein Dutzend? – holte Sabrina die eingewickelten Päckchen aus den Pullovern, mit denen Stephanie sie sorgsam umhüllt hatte, gab Penny und Cliff je eines und hielt dann auch Garth etwas hin. Er sah fast ungläubig auf ihre ausgestreckte Hand.
»Nun nimm's doch«, sagte sie, etwas beunruhigt von seinem seltsamen Ton, bis er endlich danach griff und das Papier von der kleinen Schachtel löste. Während Penny und Cliff ihre Geschenke genau untersuchten und die von Stephanie geschriebenen Gebrauchsanweisungen lasen, beobachtete Sabrina verstohlen Garth. Seit ihrem letzten Besuch war er merklich gealtert – nun ja, er mußte mittlerweile um die Vierzig sein –, die Fältchen um die Augen hatten sich vertieft, das Gesicht war kantiger geworden und das dichte schwarze Haar schon von grauen Fäden durchzogen. Aber sein Blick war so jungenhaft neugierig wie Cliffs, als er sein Päckchen auswickelte – wurde dann allerdings nachdenklich und ein wenig traurig, als er das schimmernde Jade-Schmuckstück entdeckte. Er schloß behutsam die Finger darum und näherte sich Sabrina.
»Danke«, sagte er nochmals leise. »Ich hätte nie damit gerechnet, daß du –«
Verwirrt vom Ausdruck in seinen Augen, wurde Sabrina unsicher. »Die Pizza!« rief sie geistesgegenwärtig und stürzte zum Herd, bevor er ihr den offenbar beabsichtigten Dankeskuß

geben konnte. Rasch riß sie die Backofentür auf und angelte mechanisch mit der freien Hand nach den Topflappen. Aber sie fand sie nicht …

»Suchst du was?« fragte Garth hinter ihr.

»Wo sind denn die Topflappen?« fragte sie unbedacht. Eine winzige Pause entstand. Ihr stockte der Atem.

»Da, wo sie immer sind«, sagte Garth endlich. »Du scheinst noch nicht ganz aus China zurück zu sein.«

Natürlich, da hingen sie ja griffbereit, nur auf der anderen Seite. Zu dumm!

Ein Segen, daß die Kinder keine Denkpause zuließen. »Die Knoten sollen sich doch alle auf einmal auflösen, Mom?« fragte Cliff dicht neben ihr. »Und sich dann irgendwie wieder von selbst verknüpfen? Ich kriege das nicht hin. Hat dein alter Chinese es dir nicht vorgemacht?«

»Das Männchen verschwindet nicht«, beklagte sich Penny fast gleichzeitig. »Ich habe den Knopf gedrückt, wie es in der Gebrauchsanweisung steht, aber da rührt sich nichts.«

»Mom, halte doch mal das Ende von der Schnur!« bat Cliff.

»Nein, zeig mir erst mal genau, wie das mit dem Knopf funktioniert«, unterbrach Penny.

Sabrina hantierte verzweifelt mit dem heißen Ofenblech herum; sie war noch nicht ganz über ihren Schnitzer mit den Topflappen hinweg. »Ich zeig's euch nachher«, sagte sie nervös. »Aber erst nach dem Essen. Vorher bin ich nicht ansprechbar.«

Die Kinder starrten sie mit offenen Mündern an und tauschten dann einen konsternierten Blick. Was hatte sie nun wieder falsch gemacht? Sie war Garth innig dankbar, als er ihr in leichtem Ton zu Hilfe kam:

»Kinder, wir benehmen uns wirklich rücksichtslos. Hier steht eure gramgebeugte, reisemüde und halbverhungerte Mutter, mit knapper Not aus den Wüsten Asiens heimgekehrt, und wir lassen sie nicht einmal zum Essen kommen!«

Er schob Sabrina sanft, aber bestimmt beiseite, nahm die Pizzas selbst aus dem Ofen und trug sie ins Eßzimmer. »Penny, bring bitte den Salat, und du, Cliff, Milch oder Apfelsaft für euch beide. Für Mom und mich mache ich zur Feier des Tages eine Flasche Wein auf. Eure Zaubertricks schaue ich mir hinterher an.«

Der wahre Zaubertrick war, wie Sabrina erleichtert fand, daß Garth das Kommando übernahm. Wenige Minuten später saßen sie alle um den Eßzimmertisch, und Garth dirigierte die Unterhaltung, einfach, leicht, fast spielerisch. Sabrina war ihm dankbar. Es war doch hübsch, eine Familie zu haben, jedem zuzuhören und selbst zu erzählen. Sie war gewohnt, in ein leeres Haus heimzukommen, ihre Erlebnisse bruchstückhaft Freunden mitzuteilen. Sabrina seufzte leise auf. Das hier war hübscher.

Doch von einer Minute zur anderen überfiel sie eine unbezwingliche Müdigkeit. »Ich glaube, die Reise und der Zeitunterschied stecken mir in den Knochen«, murmelte sie zwischen zwei Gähnanfällen. »Seid ihr mir sehr böse, wenn ich gleich schlafen gehe?«

Garth stand sofort auf. »Natürlich gehörst du ins Bett. Morgen wirst du wieder ganz du selbst sein.«

Ich selbst – wer ist das?, fragte sich Sabrina mit zwiespältigen Gefühlen. Sie gab jedem Kind einen Gutenachtkuß und versprach: »Morgen haben wir viel Zeit für alles.« Dann folgte sie Garth, der ihre Koffer trug, die Treppe hinauf.

Er stellte ihr Gepäck ab, zögerte einen Moment und sagte in gezwungen gleichmütigem Ton:

»Ich nehme an, wenn du so müde bist, schlafe ich wohl besser wieder in meinem Arbeitszimmer? Oder hast du's dir inzwischen anders überlegt?«

Was? dachte sie verwirrt. Ob er zu mir ins Bett kommen soll? Um Gotteswillen, Stephanie hat mir doch versichert, daß da gar keine Gefahr besteht ... Sie hatten irgendeinen Streit, und seitdem besteht eine Art Waffenstillstand, sie sind nett und höflich miteinander, aber von Sex kann natürlich keine Rede sein ...

Zum Glück blieb ihr die Antwort erspart, denn Garth hatte ihr Gesicht beobachtet und ging schon zur Tür.

»Ja, wir müssen uns wohl erst über die Dinge aussprechen, die vor deiner Chinareise unerledigt geblieben sind«, sagte er leise. »Vielleicht morgen abend, wenn du ausgeruht bist –«

O nein, dachte Sabrina. Ich kann euren Streit nicht austragen. Das hat nun auch noch eine Woche länger Zeit. Nur werde ich mir einen Ausweg einfallen lassen müssen.

»Gute Nacht, Garth«, sagte sie. »Und danke für den netten Empfang.«

Er sah beinahe erschrocken aus. »Das war doch selbstverständlich. Wir sind so froh, daß du wieder da bist. Wir haben dich sehr vermißt. Schlaf gut.«

Sobald er gegangen war, zog sie sich aus, ließ die Kleider fallen, wo sie gerade stand, und war so erschöpft, daß sie, kaum im Bett, augenblicklich einschlief.

Und nun, am ersten Morgen zu Hause, lauschte sie nach dem ersten kleinen Schock, den ihr Garths Auftauchen eingejagt hatte, den Geräuschen, die eine Familie verursacht, wenn sie sich für den Tag vorbereitet: Wassergeplätscher, Geschirr- und Besteckgeklapper, Cliffs und Pennys Gezänk, Garths tiefe, beschwichtigende Stimme, gemeinsames Gelächter – und dann das Klappen der Haustür. Sie waren alle weg.

Sabrina lag noch ein Weilchen und horchte in die plötzliche Stille. Irgendwo in der Nachbarschaft bellte ein Hund, eine Frau rief ein Kind zum Frühstück, noch entfernter tönte kurz eine Hupe. Aber innerhalb des Hauses war Ruhe. Sabrina hatte vollkommen freie Hand.

Der kleine Schreck in der Morgenstunde war schon vergessen, und ihre Zuversicht wuchs. Nach der gestrigen Feuerprobe hatte sie wirklich nichts mehr zu fürchten; Garth und die Kinder hatten sich genauso benommen, wie Stephanie es vorausgesagt hatte. Und was war schon eine einzige kurze Woche! Sie würde sich täglich besser in ihre Rolle finden und dann wieder abtreten, ohne eine fremde Spur zu hinterlassen. Prickelnde Erwartung stieg in ihr hoch. Es wurde Zeit, anzufangen.

Zuerst unter die Dusche, dann frühstücken. Sie war vorigen Abend zu müde gewesen, um viel zu essen, und hatte jetzt ehrlich Hunger. Danach war eine gründliche Hausbesichtigung fällig, damit ihr – trotz Ortskenntnis und Stephanies praktischen Winken – nicht noch einmal so ein dummer Ausrutscher passierte wie gestern mit den Topflappen. Sie mußte in Stephanies Büro anrufen, sich krankmelden, Blumen gießen, die reifen Tomaten pflücken, einkaufen gehen und ans Kochen denken. Sabrina sprang mit beiden Füßen zugleich aus dem Bett. Wie konnte sie nur so trödeln, wo es ein neues Leben zu erlernen galt!

Die Dusche spülte den letzten Rest von Benommenheit weg, und sie trocknete sich mit einem weichen Badetuch ab, das, wie sie gerührt erkannte, eines ihrer eigenen Weihnachtsgeschenke vom vorigen Jahr war. Als sie ihr feuchtes Haar durchkämmte und dabei das Spiegelschränkchen inspizierte, entdeckte sie eine Packung Schlaftabletten, die für »Mrs. Andersen« verschrieben waren. Nahm Stephanie die, wenn Garth nicht zu Hause war, oder gerade dann, wenn er zu Hause war?

Im Schlafzimmer sah Sabrina vor allem den Kleiderschrank durch: ruhige Farben, einfache Sachen. Blue jeans, Overalls, Faltenröcke, Hemdblusen. Das Kleid, das Stephanie vor sieben Jahren bei der Grillparty im Hof getragen hatte, war noch da – ebenso das Kostüm, das sie bei einem kurzen Treffen mit Sabrina in New York anhatte. Nichts war als unmodern aussortiert oder weggeschenkt worden.

Sabrina schlüpfte in Jeans und ein weißes T-Shirt und stellte sich dabei vor, wie Stephanie jetzt wohl in ihren eigenen Modellkleidern am Cadogan Square wühlte. Sie mußte lächeln. Was für eine ungewohnte Woche hatte jede von ihnen sich eingehandelt!

Unten in der Küche wärmte sie sich den übriggelassenen Kaffee auf, strich sich ein altbackenes Brötchen und zog damit durch die Räume, um sich mit allem wieder genau vertraut zu machen. Das Haus war neunzig Jahre alt, verwohnt und schäbig. Stephanie klagte oft, daß sie sich die dringend nötigen Reparaturen nicht leisten könnten. Die Wände waren, wie altes Porzellan, mit einem Netzwerk von haarfeinen Rissen überzogen; im Wohnzimmer lief ein größerer Spalt wie eine Blitzspur von der Decke bis zum Boden. Die Eichendiele waren stumpf und ausgetreten, die Fensterrahmen brauchten einen neuen Anstrich,

die Kacheln im Badezimmer waren zum Teil schadhaft, die Polstermöbel hatten neue Bezüge nötig.
Trotz allem war es ein warmes, einladendes Haus, in dem Sabrina sich heimisch fühlte wie in keinem andern. Natürlich war es nicht mit dem ihrigen am Cadogan Square zu vergleichen, aber Stephanie hatte mit ihrem unfehlbaren Geschmack, wenn auch mit anderen Mitteln, ähnliches bewirkt wie Sabrina in London. Ein richtiges Zuhause, dachte Sabrina, als sie ins Schlafzimmer zurückkehrte und durch das Erkerfenster auf den Vorgarten hinunterblickte, wo massenhaft gelbe und bronzefarbene Chrysanthemen im Schatten der großen Eichen blühten. Merkwürdig war es doch, daß sie sich in dieser leicht vergammelten Umgebung so wohl fühlte – sie, die doch so an die Eleganz und strikteste Ordentlichkeit ihres Londoner Hauses gewöhnt war.
Das Telefon klingelte. Sabrina schreckte auf, denn mit Anrufen hatte sie noch nicht gerechnet. Wie mußte sie sich in ihrer neuen Rolle benehmen? Wer konnte das so früh am Tag schon sein?
»Hallo?« meldete sie sich mit belegter Stimme.
»Spreche ich mit Mrs. Andersen? Hier ist Lady Longworth in London.«
»Stephanie!« Sabrina lachte erleichtert auf. »Gott sei Dank, du klingst so munter. Herrlich, daß du gleich anrufst. Ich bin gerade dabei, mir deinen Haushalt einzuprägen. Ist bei dir alles glatt gegangen?«
»Bestens. Ich weiß nicht, was ich dir zuerst erzählen soll. Es ist wie ein wunderbarer Traum. Und du? Sind Garth und die Kinder nicht doch ein bißchen stutzig geworden?«
»Keinen Moment. Allerdings haben wir noch nicht sehr viel miteinander gesprochen – und Garth hat in seinem Arbeitszimmer geschlafen. Die Kinder sind gesund und so quirlig, wie du es dir nur wünschen kannst. Sie waren begeistert von den Zaubersachen. Denkst du dran, daß wir morgen Geburtstag haben?«
»Diesmal feiern wir wirklich auf denkwürdige Art«, lachte Stephanie. »Ich bin neugierig, ob und wie wir's durchhalten. Also – bis jetzt ist wirklich alles gutgegangen?«
»Ja, bis auf einen kleinen Schnitzer, aber den haben sie mir wohl nicht besonders angekreidet, weil ich nach vierzehn Tagen China

und vierzehn Stunden Flug selbstverständlich nicht mehr ganz frisch war ...«

»Was hast du denn gemacht?«

»Ich habe in der Küche gefragt, wo die Topflappen sind.«

»Du meine Güte!«

»Macht nichts, es ist ihnen nicht besonders aufgefallen. Ich glaube, wir brauchen uns keine Sorgen zu machen, es geht alles erstaunlich glatt. Wenn du zurückkommst, wirst du alles so vorfinden, als seist du nie weggewesen.«

»Was hat Garth zu der Krawattennadel gesagt?«

»Sie gefällt ihm. Er hat sich sehr bedankt.«

»Und du hast keinen Ärger mit dem Büro?«

»O verflixt, das habe ich ganz vergessen. Ich werde gleich anrufen und mich mit asiatischem Schluckauf oder so was Ähnlichem entschuldigen.«

Stephanie lachte. »Wo bist du im Moment?«

»Im Schlafzimmer. Ich habe mir das ganze Haus noch mal gründlich angesehen, und jetzt muß ich vor allem einkaufen fahren. Deine Lieben haben den Kühlschrank ratzekahl ausgeräumt und nichts Vernünftiges hineingetan.«

»Tun sie nie. Wenn du in den Supermarkt gehst ...«

»Stephanie, mach dir keine Sorgen um mich und deine Familie; du bist sowieso zu weit weg, um einzugreifen. Genieße diese Woche. Erzähl noch schnell, wie es dir in London geht. Hast du schon in ›Ambassadors‹ angerufen und mit Brian gesprochen?«

Sabrina hörte ein paar Minuten zu. Zum Glück gab es am Cadogan Square nichts Neues; Stephanie hatte noch nicht viel unternommen, wollte jetzt ein bißchen durch die Londoner Straßen bummeln, und Mrs. Thirkell bemutterte »Mylady« wie immer, und –

Sabrina brach das Gespräch fast ungeduldig ab. Das alles schien ihr so weit weg, und sie hatte hier so viel zu tun. Schließlich einigten sie sich darauf, nur noch in dringenden Notfällen zu telefonieren und sich am nächsten Montag auf dem Flugplatz in Chicago zu treffen.

»Also, dann genieße deine Londoner Woche in vollen Zügen«,

schloß Sabrina und war schon auf den Füßen, bevor Stephanie sich richtig verabschiedet hatte. Sie eilte in die Küche zurück, um den nötigen Einkaufszettel zu machen – und dann durfte sie nicht vergessen, das Büro anzurufen. Mitten in ihre Überlegungen hinein klingelte schon wieder das Telefon.
Sollte sie es einfach klingeln lassen? Aber das wäre nur ein feiger Aufschub gewesen. Und wenn sie die Familie täuschen konnte, dürfte es ihr bei andern auch nicht schwerer fallen!
»Hallo?«
»Guten Morgen – du bist also wieder im Lande, wie ich höre. Hoffentlich hab' ich dich nicht geweckt. Falls doch, kannst du mich ja später zurückrufen.«
Sabrina schwieg. Wer war das? Nahe Freundinnen pflegten sich leider am Telefon nicht namentlich vorzustellen.
»Stephanie! Bist du noch da?«
»Pardon, ich habe noch ein halbes Brötchen im Mund. Mußte erst runterschlucken. Wie geht's?«
»Danke, gut. Du frühstückst ja reichlich spät. Hat China dich in eine feudale Müßiggängerin verwandelt?«
»Oh, heute durfte ich ausnahmsweise ausschlafen. Das wird sich bald ändern.«
»Fürchte ich auch. War's wenigstens schön?«
Es war fast zehn; sie mußte das Büro anrufen und machen, daß sie zum Einkaufen kam. »Was?« fragte sie zerstreut.
»Ich habe gefragt, ob es eine schöne Reise war. Kind, du schläfst wirklich noch.«
»Nein, mir ist nur eingefallen, daß ich mich im Büro entschuldigen muß. Ich brauche noch ein paar Tage Urlaub.«
»Dann war's wohl doch ziemlich anstrengend. Na schön, erledige das und rufe zurück.«
»Nein!« Wie sollte sie zurückrufen, wenn sie nicht die leiseste Ahnung hatte, wer am anderen Ende der Leitung war? »Ich meine, jetzt kommt's auf die paar Minuten auch nicht mehr an. Erzähl mir, was während meiner Abwesenheit alles passiert ist.«
»Nicht viel. Die Schule hat ja wieder angefangen, im Haus herrscht himmlische Ruhe. Nat ist bis morgen auf einer

Tagung, und ich nerve wieder mal den Evanstoner Stadtrat wegen der fehlenden Verkehrsampel. Kleinkarierter Kram, verglichen mit deiner Chinareise.«

Sabrina lachte. Nat war der Orthopäde Nathaniel Goldner – sie sprach also mit seiner Frau Dolores. Gottlob, *die* Frage war geklärt.

»Dann also bis morgen abend«, fügte Dolores hinzu. »Hat Garth dir Bescheid gesagt?«

»Nein. Gebt ihr etwa eine Party?«

»Mitten in der Woche? Nein, nur ein Abendessen in kleinem Kreis. Um deinen Geburtstag zu feiern und deine exotischen Geschichten zu hören.«

»Oh, vielen Dank für die Einladung«, sagte Sabrina. »Ich komme gern.«

Am andern Ende war eine winzige Pause. »Na, das möchte ich hoffen«, sagte Dolores dann trocken. »Bis morgen abend also!«

Wieder ein Fehler: sie war zu förmlich gewesen. Aber das war nicht weiter schlimm. Im großen und ganzen war es gutgegangen.

Nun aber zu Stephanies Job. Sie sah hastig im Telefonverzeichnis nach, wählte die Universität und meldete sich bei der Zentrale krank, was kommentarlos aufgenommen wurde. Dann vollendete sie, nach kurzer Besichtigung der Restbestände in Kühlschrank und Speisekammer, ihre Einkaufsliste, wobei ihr Ehrgeiz immer reger wurde. Sie hatte dieses Abenteuer selbst gewählt und wollte es mit Glanz bestehen. Für eine Woche hatte sie ein echtes Zuhause, eine Familie, gute Freunde. Sie täuschte zwar alle, aber niemand sollte enttäuscht werden.

Ihr neues Selbstvertrauen half ihr sogar über die kleinen Anfangsschwierigkeiten mit Stephanies Auto hinweg. Warum konnten sich die Regierungen nicht endlich international auf Rechts- oder Linksverkehr einigen? Dennoch gelangte sie unbeschädigt in den riesigen Supermarkt, wo sie vor lauter Sorge, für vier Leute zuwenig zu kaufen, viel zuviel kaufte. Ihr Einkaufswagen sah aus, als hätte sie ein Regiment zu versorgen. Sie vergaß auch nicht die nötigen Haushaltsartikel wie Toilettenpapier, Waschpulver, Spülmittel und Blumendünger.

Sabrina lachte vor sich hin. Was würden die Londoner Snobs sagen, wenn sie Lady Longworth all diese Tüten und Pakete in einem schäbigen Kleinwagen verstauen sähen? Aber ihr Siegesbewußtsein war jede Strapaze wert. Der Metzger hatte sie angelächelt, als sie ihn bat, die Steaks »wie immer« zu schneiden; in der chemischen Reinigung hatte man ihr Garths Sportjackett ohne Zögern ausgehändigt. Der Mann im Fotogeschäft begrüßte sie beim Namen, als sie ihm ihre – Stephanies – Filme zum Entwickeln gab. Bis morgen würden sie fertig sein, versicherte er, damit sie sie gleich herumzeigen könnte – es kam ja nicht alle Tage vor, daß jemand nach China reiste. Alles klappte reibungslos.

Um drei Uhr nachmittags rief Garth an. Er wolle sich nur erkundigen, ob sie sich wohl fühle.

»Klar, warum denn nicht?«

»Gestern abend kamst du mir ein bißchen mitgenommen vor, oder unsicher, als wüßtest du nicht recht, wie du mit uns umgehen solltest.«

Ihr Triumphgefühl erlitt einen kleinen Dämpfer. Stephanie hatte ihr nicht erzählt, daß Garth so ein Gedankenleser war.

»Ich war nur auf einmal so schrecklich müde.«

»Ja, das war's wohl. Hast du gut geschlafen?«

»Danke, ich bin wieder ganz in Ordnung. Nur mein Kopf ist immer noch halb und halb auf Reisen. Wann kommst du heute nach Hause?«

»Um halb sechs. Geht es dir wirklich gut?«

»Ja, sicher. Bis nachher dann!«

Cliff kam von der Schule heim, und Sabrina machte Miene, sich mit ihm hinzusetzen und nach seinen Tageserlebnissen zu fragen. Aber er sagte nur obenhin: »Hi, Mom!«, wobei er in eine Tüte mit Kartoffelchips langte. »Penny hat noch Gymnastik und kommt erst um halb sechs. Bis dahin bin ich auch wieder da.«

Er hatte bereits die Tür hinter sich zugeknallt, ehe Sabrina sich von ihrer Verblüffung erholte. Gemütliche Eltern-Kinder-Gespräche nach der Schule waren in dieser Familie offenbar nicht Mode. Aber das hatte auch seine Vorteile. Sie konnte nun wenigstens unbeobachtet zum erstenmal in einer noch ungewohnten Küche kochen.

Garth kam zeitig und beobachtete seine Frau eine halbe Minute unbemerkt von der Eßzimmertür aus. Mädchenhaft schlank, in Jeans und T-Shirt, bereitete sie am Küchentisch gerade die Steaks vor und murmelte: »Wo ist denn bloß die Pfeffermühle ...« Garth wunderte sich. Wieder diese Vergeßlichkeit – als sei sie monatelang weggewesen und könnte sich nur mühsam in der alten Umgebung zurechtfinden. Er trat näher, und Sabrina fuhr herum.
»Ach, du bist es! Ich habe dich gar nicht gehört.«
»Bin gerade erst hereingekommen. Wozu brauchst du eine Pfeffermühle?«
Sabrina schaltete blitzschnell: Es gab also keine. »Wie hast du den Tag verbracht?« fragte sie ablenkend.
Er stutzte: »Was?!«
»Ich habe nach deiner Arbeit gefragt.«
Er sah sie stumm an, aber sie war eifrig damit beschäftigt, die Pfefferkörner mit dem Handballen in die Steaks zu pressen. Achselzuckend setzte er sich aufs Sofa und nahm die Zeitung vor. »Hast du daran gedacht, Wein zu kaufen?«
»Ja. Moment, ich hole ihn.« Sie legte die Steaks auf eine Platte und bedeckte sie mit Pergamentpapier. Dann brachte sie eine Flasche Rotwein, Korkenzieher und zwei Gläser. Garth hob die Brauen, als sie alles vor ihn hinstellte, aber Sabrina bemerkte es nicht. »Du hast meine Frage noch nicht beantwortet. Wie war dein Tag?«
»Wie immer. Und wie war dein erster Tag zu Hause? Sehr deprimierend nach all den großen Eindrücken?«
»Nein, friedlich und erholsam. Ich bin im Haus herumgegangen und habe gefunden, daß China mir doch nichts Gleichwertiges bieten kann, trotz Mauerrissen und allem. Wollen wir uns nicht vor dem Essen ein Weilchen in den Garten setzen? Es ist ein so schöner Herbsttag, und ich war tagsüber kaum an der Luft.«
Garth legte die Zeitung nieder. »Gute Idee. Ich auch nicht.« Er

nahm Flasche und Gläser mit, und sie setzten sich an den kleinen Tisch hinter dem Haus. Garth entkorkte die Flasche, füllte die Gläser und lächelte seine vermeintliche Frau an. Wenn sie noch an den Streit dachte, den sie vor ihrer Abreise gehabt hatten, schien sie jetzt doch irgendwie einlenken zu wollen. Nun, er auch – er gab sich wenigstens Mühe. Es mußte ihr ja auffallen, wie früh er heute heimgekommen war und daß er nicht gleich nach dem Essen wieder ins Labor wollte. Meistens war das sonst seine erste Ankündigung.

Die Luft war mild und duftete herbstlich nach Chrysanthemen, die letzten Sonnenstrahlen wärmten Sabrinas Gesicht, und sie fühlte sich richtig behaglich.

»Bis jetzt habe nur ich geredet, über meine Reise«, sagte sie. »Von euch hab' ich noch so gut wie gar nichts gehört. War was Besonderes los, während ich weg war?«

»Nein, außer daß du uns gefehlt hast und die Kinder das Haus in ein Chaos verwandelt haben – das dürfte dir ja kaum entgangen sein. Das ist ein anderer Wein. Hast du die Marke gewechselt?«

Sie hatte keinen im Haus vorgefunden, und Stephanie hatte gesagt, er möge Roten, folglich hatte sie eine ihrer Lieblingsmarken gekauft. »Einer meiner Reisegenossen hat ihn gelobt, und da dachte ich … Schmeckt er dir nicht?«

»Doch, er ist exquisit.« Garth nahm noch einen prüfenden Schluck und betrachtete das Etikett. »Was hast du sonst noch besorgt?«

»Nur Lebensmittel und das Nötigste für den Haushalt. Ach ja, und ich mußte den Wagen auftanken. Das Petrol ist fast alle.«

Garth sah sie groß an. »Petrol?«

Sabrina umfaßte ihr Glas fester und lachte. »Bin ich rückfällig geworden? In der Gruppe war ein Kunsthändler, ein Mr. Blackford aus England, mit dem ich viel gefachsimpelt habe. Da habe ich mir englische Ausdrücke angewöhnt. Mr. Blackford sagte schon, er wolle mich zur englischen Ehrenbürgerin vorschlagen …« Hör auf zu schwatzen, dachte sie in gelinder Panik, gleich verrätst du dich wirklich!

»Mommy!« schrie Penny im Innern des Hauses.

Gott segne die Kinder! »Wir sind hinten im Garten«, rief Sabrina zurück, und im nächsten Moment stürmte Penny heraus und ließ sich auf den freien Stuhl neben ihr fallen. Aufgeregt sprudelte sie hervor: »Barbara sagt, jetzt soll *sie* die Puppen für die Aufführung machen!«
»Oh?« machte Sabrina vorsichtig. »Wie kommt denn das?«
»Mrs. Casey hat mir den Auftrag weggenommen und ihr gegeben.« Pennys Augen füllten sich mit Tränen. »So eine Gemeinheit!«
»Warum hat Mrs. Casey das getan?«
»Weiß ich nicht! Du hast doch vor den Ferien mit ihr gesprochen, Mom, und da sagte sie, ich sollte sie machen, oder?«
»Ja, ich erinnere mich. Hat Barbara dir gesagt, warum nun alles anders ist?«
»Sie sagt, Mrs. Casey hat ihr nur gesagt, sie soll die Kostüme übernehmen, aber ich hatte doch schon alles entworfen und auch angefangen, und das Puppenspiel wird Weihnachten aufgeführt, und es war meine Idee, und überhaupt –« Penny brach nun wirklich in Tränen aus, und Sabrina nahm sie rasch in die Arme.
»Vielleicht hat Mrs. Casey nur gemeint, Barbara soll dir helfen, weil du alles unmöglich allein schaffen kannst?«
»Ich hatte schon drei Helferinnen, die viel besser sind – du weißt doch! Bitte, du mußt noch mal mit ihr reden?«
»Hm ... Hat Mrs. Casey nicht einmal angedeutet, warum sie es sich plötzlich anders überlegt hat?«
»Nein!«
»Gut, ich werde mich darum kümmern. Was auch immer ihre Gründe sein mögen, sie hätte wenigstens mit dir selber darüber sprechen können.«
»Was macht ihr denn da draußen?« erkundigte sich Cliff, der eben in der Küchentür erschien.
»Wir trinken ein Glas Wein vor dem Essen«, erwiderte Garth sachlich.
»Kriegen wir auch was ab?«
»Hol dir und Penny ein Glas Apfelsaft«, sagte Sabrina. »Wir essen gleich.«

»Wird auch Zeit«, sagte Cliff. »Es ist fast halb sieben. Ich bin am Verhungern.«

»Schon so spät?« Sabrina war überrascht. »Wolltet ihr nicht um halb sechs zu Hause sein, alle beide?«

»Ich war doch noch bei Barbara«, schnupfte Penny.

»Und ich bin bei Hal hängengeblieben«, entschuldigte sich Cliff. »Es war sehr wichtig, wegen des Fußballspiels. Ich hätte anrufen können, aber …«

»Jedenfalls wart ihr beide unpünktlich«, schloß Sabrina. »Ab morgen wird das anders, verstanden? Nun deckt den Tisch und vergeßt nicht, euch die Hände zu waschen. Punkt sieben wird gegessen.«

Die Kinder sahen einander kurz an und liefen hinein. Sabrina hörte sie heftig miteinander flüstern.

»War das die ganze Strafpredigt?« fragte Garth belustigt.

»Ach, der Abend ist heute zu schön zum Schimpfen.« Ich bin keine gute Mutter, nicht streng genug, dachte Sabrina. »Da fällt mir das Wetter in China ein. Da kam man dauernd von einer Klimazone in die andere, von Hochgebirgskälte bis in die Tropen …« Sie plauderte aufs Geratewohl weiter und machte den chinesischen Reiseführer so naturgetreu nach, daß Garth lachen mußte. Dann stand sie auf. »Das Essen ist in ein paar Minuten fertig, ich muß nur noch die Steaks braten. Nimm bitte die Flasche mit hinein.«

Er nickte, und sie begab sich tief aufatmend in die Küche. Wieder mal gutgegangen.

Aber bei Tisch zog Cliff plötzlich ein schiefes Gesicht. »Was ist denn heute mit dem Fleisch los?«

Ihr Mut sank. »Warum, schmeckt es dir nicht?«

»Ein neues Rezept?« fragte Garth. »Paßt gut zu dem neuen Wein.«

»Ja, entschuldigt, ich habe es von einer Reisegenossin bekommen.«

»Warum entschuldigst du dich? Ich finde es vorzüglich. Cliff, du wirst schon auf den Geschmack kommen – Abwechslung ist das halbe Leben. Wie nennt sich das, Stephanie?«

»*Steak au poivre.* Pfeffersteak.«

»Was gehört noch dazu, außer Pfeffer?«
»Nur Butter und ein Schuß Madeira. Es ist sehr einfach.«
»Ich find's pikant«, sagte Penny wichtig. »Mir schmeckt es.«
»Na ja, aber ein richtiger Hamburger ist mir lieber«, sagte Cliff und fügte schnell hinzu, da nebenan das Telefon klingelte: »Ich geh' schon ran!« Ein paar Sekunden später rief er: »Für dich, Dad – die Uni!«
Garth ging und kam mit finsterer Miene zurück. »Ich muß heute abend noch ein Seminar übernehmen. Unser Bakteriologe hat die Grippe.«
»Wie passend«, meinte Sabrina. »Hat wohl zu intensiv an seinen Kulturen geschnuppert.«
Garth lächelte, aber man sah, daß er verstimmt war. »Gerade heute wäre ich gern mal zu Hause geblieben.« Wie sollte er seiner Frau zeigen, daß er ernstlich um einen neuen Anfang bemüht war, wenn er allabendlich verschwand wie üblich? »Ob ich nicht jemand anders finden kann?«
»Nein, sie brauchen dich und nicht jemand anders«, sagte Sabrina. Damit wäre wieder ein Abend vorbei, und morgen waren sie bei den Goldners eingeladen. »Wie lange wird's dauern?«
»Wahrscheinlich bis elf. Bleibst du so lange auf?«
»Ich glaube schon.«
Aber natürlich blieb sie nicht auf. Sie spielte mit den Kindern Scrabble, sah dann ihre Schularbeiten durch und erlaubte ihnen noch eine halbe Stunde Fernsehen. Um zehn Uhr sah sie nach, ob alle Türen ordentlich abgeschlossen waren, schlüpfte in eines von Stephanies Nachthemden und hüllte sich in den langen Hausmantel, den sie im Schrank gefunden hatte. Dann kuschelte sie sich, die Beine unter sich gezogen, in den tiefen Schlafzimmersessel, nahm ein Buch vom Nachttisch und begann zu lesen.
Nach drei Seiten sah sie plötzlich auf, als würde sie auf einmal wach. Wie war das eigentlich? Sie hatte geprüft, ob das Haus sicher verschlossen war, obgleich weder Stephanie noch sonst jemand ihr das aufgetragen hatte. Sie hatte ein Nachthemd an, obwohl sie seit mindestens fünfzehn Jahren lieber nackt schlief.

Sie hatte blindlings nach Stephanies Morgenrock gegriffen und sich zum Lesen wie selbstverständlich in diesen alten Sessel gekuschelt ...

Stephanie mußte sogar solche Kleinigkeiten erwähnt haben. Sie hatten einander während der letzten Reisewoche in China ja wirklich alles mögliche mitgeteilt. Oder, dachte Sabrina, genügte es, einen Tag lang Stephanie zu spielen und in Stephanies Haus zu leben, um sich tatsächlich – ein bißchen – in sie zu verwandeln?

Eine Welle der Müdigkeit überkam sie. Ich werde über meine beiden Ichs morgen nachdenken, sagte sie sich, kroch ins Bett und lächelte verträumt. Halb bin ich noch ich, halb bin ich sie – komisch. Ob es ihr auch so geht?

Und damit schlief sie ein.

Sie erwachte früh um sieben. Sonne flutete ins Zimmer, aber das Haus war noch still. Sabrina drehte den Kopf zu dem unberührten Kissen neben dem ihren. War Garth gestern abend noch einmal hereingekommen oder nicht? Sie konnte sich an nichts erinnern, auch nicht an ihre Träume, falls sie überhaupt geträumt hatte.

Eins stand fest: Es war ein neuer Tag, Mittwoch, ihr und Stephanies zweiunddreißigster Geburtstag! In London hätte sie das etwas melancholisch gestimmt: Zweiunddreißig, allein und mit der Ungewißheit, wie es weitergehen sollte; aber hier hatte sie eine Familie, und der abenteuerliche Gedanke erfüllte sie mit neuer Erregung und Energie. Sie sprang auf, duschte, zog sich an und war schon in der Küche, bevor sich in den anderen Zimmern etwas rührte.

Kurz danach erschien die ganze Familie, und alles mußte auf einmal getan werden: Frühstück richten, Schulbrote streichen, Cliff noch rasch ein paar Vokabeln abfragen, Penny einen abgerissenen Knopf wieder annähen. Sabrina stolperte fast über die eigenen Füße, als sie herumjagte, Geschirr und Utensilien zusammensuchte und vergaß, Marmelade auf den Tisch zu stellen und Papierservietten in die Butterbrotpakete der Kinder zu tun.

»Ist die Zeitung noch nicht da?« fragte Garth zwischendurch.
»Ich weiß nicht«, sagte Sabrina achtlos und strich Senf auf Pennys Schulbrot.
»Mommy! Ich kann Senf doch nicht ausstehen!« heulte Penny auf. »Das krieg ich nicht runter!«
»Warst du nicht am Briefkasten?« fragte Garth wieder.
»Nein, entschuldige.« Sabrina wußte nicht, daß Stephanie die Zeitung hereinzuholen pflegte; das mit dem Senf hätte sie jedoch wissen müssen, aber sie hatte es momentan vergessen. Sie versuchte das Brot abzukratzen, gab es aber auf und nahm lieber eine frische Scheibe.
Garth hatte sich die Zeitung inzwischen selbst geholt und zu lesen begonnen. Sabrina fragte sich, ob er wütend war, weil sie gestern abend nicht, wie versprochen, auf ihn gewartet hatte. Aber jetzt war keine Zeit für private Erörterungen. Nach einer hektischen halben Stunde waren sie wieder alle drei aus dem Haus – Garth mit seiner Aktentasche, Penny und Cliff mit ihren Schulutensilien –, und das Haus kehrte mit einem fast hörbaren Seufzer zu friedvoller Stille zurück.
Sabrina triumphierte innerlich. Wieder hatte sie es geschafft: Sogar das erste Familienfrühstück war ohne bemerkenswerten Fehler überstanden, niemand hatte Verdacht geschöpft. Wie gern hätte sie sich vor jemandem damit gebrüstet: Schaut mal, was ich kann! Ich habe eine ganze Familie versorgt und auf den Weg gebracht, obwohl ich so was noch nie zuvor getan habe! Aber leider war niemand da, der sie deswegen bewundert hätte, nicht einmal Stephanie. Die hätte höchstens verständnislos gefragt: »Worauf bist du so stolz? Ich mache das täglich, und kein Hahn kräht danach!«
Ja, allerdings, das stimmte – kein Mensch kümmerte sich viel um ihre Großtaten. Sie hatten ihr nicht einmal zum Geburtstag gratuliert. Wie konnten nur ein Ehemann und zwei Kinder den Geburtstag der Familienmutter vergessen? Egal, sagte sie sich, ich werde eben für mich feiern. Ich fahre nach Chicago, mache einen schönen Stadtbummel und kaufe mir selber ein Geschenk!
Sie brachte die Küche in Ordnung und fand nach einem Blick in

die übrigen Räume, daß es dort auf einen Tag mehr oder weniger auch nicht ankam. Oben machte sie nur die Betten. Garth hatte seine Schlafcouch im Arbeitszimmer schon selbst säuberlich für die kommende Nacht gerichtet. Ach, dachte Sabrina – zu ihrem eigenen Erstaunen ein wenig pikiert –, er scheint ja nicht mehr damit zu rechnen, ins Ehebett zu kommen. Offensichtlich bin ich nicht sehr begehrenswert … Doch dann mußte sie über sich selbst lachen. Es war ja nur gut so!

Sie ignorierte das Durcheinander in Cliffs Zimmer und zog sich um. Der marineblaue Rock und die gelbe Seidenbluse standen ihr gut. Dann kramte sie in Stephanies bescheidenem Schmuckkästchen, wo sie wider Erwarten eine Bernsteinkette fand – große, nur angeschliffene Brocken –, so schön und so verschieden von Stephanies übrigem Schmuck, daß Sabrina sich fragte, woher sie die wohl hatte. Es war eine Kette, die sie sofort für sich selber gekauft hätte, und auf der Seidenbluse schimmerte sie wie Herbstsonnenschein und paßte herrlich zu ihrem Haar. Sabrina hängte sich noch eine cremefarbene Leinenjacke um und verließ das Haus.

Im Handschuhfach des Autos fand sie eine Straßenkarte und folgte ihr am Seeufer entlang in südlicher Richtung nach Chicago. Sie fuhr gemächlich, um die Parkanlagen zur Rechten und die weiten Strände und die blaugrüne Wasserfläche des Michigansees zur Linken in Ruhe bewundern zu können. Dann stiegen die Wolkenkratzer der Großstadt vor ihr auf, hoben sich scharf gegen den blauen Himmel ab. Sabrina fand eine Parklücke in der Nähe ihres Ziels, des Kunstmuseums, und ging dann die breiten Treppenstufen zwischen den zwei großen Löwen hinauf, die die gläserne Eingangstür bewachten. Stephanie hatte ihr dringend empfohlen, die Sammlung anzuschauen.

»Mrs. Andersen!« ertönte plötzlich eine Stimme hinter ihr. »Was für ein netter Zufall, Sie hier zu treffen! Ich dachte, Sie wären noch in China.«

Eine hochgewachsene Dame, die sich aber schlecht hielt – vermutlich, um nicht so groß zu wirken –, kam auf sie zu. Sie hatte kastanienbraunes Haar, große braune Augen hinter einer runden Hornbrille, ungeschminkte Lippen, und sie trug ein

schlichtes braunes Kostüm und braune Schuhe. Zuviel Braun, dachte Sabrina unwillkürlich. Sie sollte Rot tragen. Da sie keine Ahnung hatte, um wen es sich handelte, lächelte sie nur freundlich und erwiderte:
»Ich bin schon vorgestern abend zurückgekommen.«
»Sie sehen blendend aus. War es schön?«
»Herrlich.« Sabrina stockte einen Moment. »Und wie geht's Ihnen?«
»Besser als bei unserem letzten Zusammentreffen. Man hat mir noch eine Galgenfrist gewährt.« Sabrina bemühte sich, nicht allzu verständnislos dreinzublicken, während die fremde Dame fortfuhr: »Verzeihen Sie, im Moment bringe ich nur Galgenhumor auf. Aber im Klartext: Noch bin ich an der Uni! Ihr Mann hatte wohl noch keine Gelegenheit, es Ihnen zu erzählen. Aber er hat es wunderbarerweise geschafft, daß ich zumindest noch für ein weiteres Probejahr bleiben kann.«
»Das freut mich aber aufrichtig!« beteuerte Sabrina. Was für eine Funktion hatte die Dame an der Universität? Hatte man sie feuern wollen? Und was hatte Garth damit zu tun?
»Ich bin wie erlöst«, fuhr die Fremde fort. »Hans ist nämlich auch gerade arbeitslos, so daß ich zur Zeit bei uns die Alleinverdienerin bin. Natürlich sehe ich mich zum nächsten Herbst nach einem anderen Lehrvertrag um.« Ihre Stimme kippte einen Moment. »Aber ich möchte nicht gern von Evanston weg, wissen Sie. Die Kinder haben sich an die Schule gewöhnt, und ich selbst habe mich mit den Studenten eigentlich immer gut verstanden ...«
»Wollen wir nicht irgendwo zusammen Kaffee trinken?« fragte Sabrina impulsiv. »Dann können wir über alles sprechen.«
»Nein, danke. Ich versuche gerade, nicht zuviel zu sprechen; allmählich falle ich den Leuten damit so auf die Nerven, daß sie mir ausweichen, wenn sie mich nur von weitem sehen. Außerdem muß ich pünktlich in Evanston zurück sein. Vielleicht besuchen Sie mich mal? Ihre Penny ist ja mit meiner Barbara zusammen, aber ich habe mir schon oft gewünscht, auch Sie etwas näher kennenzulernen.«
»Ja, gern.«

»Danke.« Die braune Gestalt mit den hängenden Schultern wandte sich zum Gehen, drehte sich jedoch noch einmal um. »Nur eins noch – ich brauche nicht viel dazu zu sagen, weil Sie ja sicher ohnehin Bescheid wissen – aber ich *muß* einfach auch Ihnen gegenüber meinen Dank loswerden. Ihr Mann ist ein so großartiger Charakter und ein so selbstloser Kollege; er unterstützt und ermutigt einen, wo er nur kann, und er hat eine Art zuzuhören, daß jedermann sich ernstgenommen fühlt. Ohne ihn hätte ich nicht die geringste Chance gehabt. Würden Sie ihm sagen, wie dankbar ich ihm bin? Wenn ich davon anfange, schneidet er mir sofort das Wort ab. Also, auf Wiedersehen. Ich melde mich bald. Ich glaube, Sie haben viel mit Ihrem Mann gemeinsam; auch Sie sind eine geduldige Zuhörerin.«

Während Sabrina durch die Ausstellungsräume schlenderte, dachte sie über Garth nach, der offenbar so gut zuhören konnte, daß jedermann sich ernstgenommen fühlte. Wie kam es dann, daß er und Stephanie fast gar nicht mehr miteinander redeten?

Im Erdgeschoß fand sie einen Saal mit frühamerikanischen Webearbeiten. Einige davon zeigten in einer Ecke des Musters ein verstecktes, aber für ihr fachkundiges Auge gut sichtbares Signum. Sie mußte lächeln, weil sie das an ihr eigenes S in Alexandras Parkett erinnerte. Ob Stephanie es schon entdeckt hatte?

Bevor sie das Museum verließ, kaufte sie sich – als Geburtstagsgeschenk – noch einen schönen Bildband über Venedig. Dann fuhr sie heim, in Gedanken immer noch bei dem Gespräch über Garth. In der Nähe des Hauses holte sie noch rasch die fertigen Chinafotos ab, nahm sich aber nicht die Zeit, sie anzusehen. Das konnte sie heute abend tun, wenn sie sie bei den Goldners herumzeigte.

Garth. Es gab ihn offenbar in dreierlei Gestalt – den gleichgültig gewordenen, schweigsamen Ehemann, den Stephanie beschrieben hatte, den hilfsbereiten und aufgeschlossenen Kollegen und den recht sympathischen, humorvollen Gesprächspartner, als den Sabrina ihn seit Montagabend kannte. Welcher war nun der echte? Sie wußte es nicht, und in einer knappen Woche würde sie kaum dahinterkommen.

Penny und Cliff waren schon zu Hause, als sie ankam, und

tuschelten verschwörerisch miteinander, während Sabrina ihnen das Abendessen richtete. Auch Garth kam früh und stellte mit geheimnisvoller Miene eine weiße Schachtel auf den Tisch. Als er Sabrina zur Begrüßung auf die Wange küßte, berührte er die Bernsteinkette, lächelte erfreut, sagte aber nichts dazu.
Etwas später setzten sie sich zu den Kindern, um ihnen beim Essen zuzusehen.
»Warst du heute bei Mrs. Casey?« fragte Penny.
»Noch nicht. Ich muß mich doch erst anmelden«, begütigte Sabrina und dachte: Auch das ist eine Sache, die Stephanie nächste Woche selbst ausbügeln muß – ich weiß zuwenig von diesen Schulangelegenheiten.
Als die Kinder fertig waren, hob Garth plötzlich ruheheischend die Hand, und aus drei Kehlen erschallte ein etwas unreines, aber gutgemeintes *Happy birthday to you.* Sabrina war wirklich gerührt: Sie hatten ihren Geburtstag also doch nicht vergessen!
»Mach jetzt die Schachtel auf!« rief Penny, vor Aufregung zappelnd. Sabrina löste das bunte Band und öffnete den großen weißen Karton. Er enthielt drei verschiedene Schachteln. In der größten war eine Torte mit einem verschnörkelten S aus Zukkerguß und einem blumenumrakten Herz. Aus der nächsten holte sie zwei in Seidenpapier gewickelte und mit Goldband verschnürte Gegenstände, die sich als glatte, bemalte Steine erwiesen. Auf dem einen prangt ihr eigenes Miniaturporträt, auf dem anderen ein lachender Clown.
Sabrina hielt die kühlen Steine in den Händen und betrachtete sie abwechselnd. Das Porträt war bemerkenswert gut gemalt, der Clown ziemlich grob und grell, aber mit unverkennbarer Liebe ausgeführt und zum Schutz mit farblosem Lack überzogen. Zu schade, daß sie nicht wirklich für mich bestimmt sind, dachte Sabrina flüchtig.
»Du kannst sie als Briefbeschwerer benutzen … Gefallen sie dir?« fragte Cliff unsicher.
Sabrina drückte beide Kinder kurz an sich. »Ich bin stolz auf euch. Vielen, vielen Dank! Ich werde vor allen Leuten furchtbar damit angeben.«

Penny strahlte. »Ich könnte jede Menge davon machen. Frag doch mal die Leute in deinem Büro.«
»Könnte ich auch«, meinte Cliff. »Aber Pennys Bild ist hübscher.«
»Künstlerisch«, entschied Sabrina salomonisch. »Dafür wäre dein Motiv ein passendes Geschenk für aufgeblasene Lords und Ladies, die gar nicht merken, wie oft sie in unseren Augen den Clown spielen.«
»Wie kommst du denn auf Lords und Ladies?« fragte Garth.
»Na ja, damals, als ich noch bei der Firma arbeitete, habe ich Herrschaften kennengelernt, die mich sehr an die Leute erinnerten, die wir.. die wir bei Sabrinas Hochzeit in England genossen haben, weißt du noch?«
»Willst du nicht endlich Daddys Geschenk aufmachen?« fragte Cliff zu ihrer Erleichterung dazwischen.
Sie öffnete die Schachtel und hob – sprachlos – einen etwa zwanzig Zentimeter hohen Blauhäher aus Porzellan heraus. Meißen! Aber ... wie kam Garth dazu? Konnte er sich das leisten? Sie drehte die Figur um und sah, daß es sich zwar um echt Meißen, aber um eine Serienherstellung nach einem alten Original handelte. Immerhin –!
»Für deine Sammlung«, erklärte Penny. »Er paßt zu den Vögeln, die du schon von Tante Sabrina hast. Hübsch, nicht? Wir haben Daddy beim Aussuchen geholfen.«
»Wunderschön«, sagte Sabrina halblaut zu Garth. »Etwas ganz Besonderes. Danke.«
Niemand von der Familie Andersen konnte ahnen, daß dieser Porzellanvogel sie an Probleme erinnerte, bei deren Lösung ihr auch Stephanie in der kurzen Londoner Woche nicht helfen konnte ...

Gemütlich, auf der Couch bei Goldners sitzend, erzählte Sabrina von der Chinareise und reichte die erst vor wenigen Stunden abgeholten Fotos herum. Innerlich war sie gespannt wie eine Uhrfeder, um ihre Rolle möglichst unbefangen zu spielen. Goldners hatten auch Martin und Linda Talvia eingeladen, Andersens langjährige Freunde. Sabrina erinnerte sich

dunkel an sie, von der so viele Jahre zurückliegenden Grillparty her. Alle hatten sie umarmt und willkommen geheißen und ihr Glück zum Geburtstag gewünscht – herzlicher und wärmer als in den meisten Familien, die Sabrina kannte. Sie hatte Dolores und Linda die Seidenschals überreicht, die Stephanie in Schanghai für sie gekauft hatte, und nun beobachtete sie sich selbst bei jedem Wort, denn sie fühlte sich von den anderen beobachtet – als seien sie alle auf der Bühne.
Und genau das war ja wirklich der Fall, soweit es sie betraf. Aber jetzt war sie gleichzeitig Sabrina und Stephanie, Hauptdarstellerin und kritische Zuschauerin.
»Sehr gute Bilder«, lobte Martin Talvia, der Soziologe, der noch immer so gut aussah wie damals und Sabrina an einen langen, hageren, pfeiferauchenden Kranich erinnerte. »Hast du die alle selbst geknipst?«
»Wir haben uns abgewechselt«, murmelte Sabrina zerstreut, indem sie die restlichen Fotos aus dem Umschlag nahm und in ihrer Hand ordnete.
»Wer – wir?« hakte Linda Talvia ein.
»Na, wir von der Reisegruppe«, antwortete Sabrina, und noch während sie sprach, durchfuhr sie ein eiskalter Schreck. Die letzten beiden Bilder, die Nicholas Blackford in Schanghai aufgenommen hatte, zeigten sie und Stephanie nebeneinander in ihren chinesischen Seidengewändern – Doppelgängerinnen! Wenn Garth erfuhr, daß sie gemeinsam gereist waren, mußte er über kurz oder lang seine Schlüsse aus verschiedenen kleinen Schnitzern und Zufällen ziehen ...
»Weiter, weiter!« rief Linda begierig und griff nach den Bildern. Sabrina riß ihr die beiden letzten fast unhöflich weg. »Nanu?« staunte Linda halb lachend, halb betreten. »Ist das was Verbotenes?«
Sabrina hatte die Fotos schon krampfhaft in ihrer Hand zerknittert und wurde rot vor Verlegenheit. »Nein ...« stotterte sie, »sie sind nur ... total mißlungen. So etwas ... zeigt man nicht.«
»Du bist wirklich zu empfindlich, Stephanie«, sagte Linda. »Als ob wir nicht ein paar schlechte Fotos verzeihen würden!«

Dolores Goldner beendete die Szene taktvoll, indem sie zu Tisch bat. Alle standen auf, aber Sabrina zitterte innerlich immer noch. Sie mußte schneller denken, auf alles vorbereitet sein – es gab zu viele Fallstricke, die ihr auf Schritt und Tritt drohten und alles ruinieren konnten.
Als Dolores die Tür zum Eßzimmer öffnete, blieb Sabrina überwältigt auf der Schwelle stehen: so einen prachtvollen Blumenschmuck hatte sie noch nie gesehen. Kunstwerke waren das, vom Strauß in der Blumenvase angefangen bis zur Tischdekoration aus bunten Herbstblättern, Ebereschen und Chrysanthemen. Sabrina dachte kurz an Lady Olivia Chasson, die sich immer mit ihren Blumenarrangements brüstete – nun, das hier hätte selbst ihr die Sprache verschlagen.
»Das ist ja einfach fabelhaft, Dolores!« wandte sie sich begeistert an die Gastgeberin.
»Neulich hat sie bei der Gartenschau wieder einen Preis gewonnen«, berichtete Nathaniel Goldner. »Während du weg warst. Natürlich erwähnt sie so was vor lauter Bescheidenheit nie.«
Sabrina dankte dem Himmel für das Stichwort und fragte: »Welcher Preis war es denn, Dolores?«
»Der erste, auf der Midwest-Herbstausstellung. Hab ich dir nicht erzählt, daß ich mich beteiligen wollte?«
»Ein hübscher Zeitvertreib«, sagte Martin Talvia zu seiner zierlichen, dunkelhaarigen und stupsnasigen Frau. »Du könntest doch auch mal etwas in dieser Richtung versuchen, Linda. Du bist ungeheuer kreativ, wenn du dich ein bißchen anstrengst.«
Linda antwortete kühl: »Und wenn ich mich nicht anstrengen will?«
»Dann verlottert das Haus«, sagte er spaßhaft.
»Ich kann Hausarbeit nicht kreativ finden. Sie langweilt mich.«
»Das ganze Eheleben langweilt dich, nicht wahr?«
Linda antwortete nur mit einem Achselzucken.
»Wem darf ich noch mal nachschenken?« fragte Goldner betont dazwischen.
»Mir bitte«, sagte Sabrina, die sich sehr unbehaglich fühlte.
»So wie ich dich langweile?« ließ Martin nicht locker.

Linda zuckte wieder mit den Achseln. »Kann jemand, der vorwiegend soziologische Statistiken verfaßt, sehr aufregend sein?«
»Woher willst du das wissen? Du hörst ja nie zu, wenn ich dir von meiner Arbeit erzähle.«
»Ich interessiere mich nicht besonders für Soziologie.«
»Es käme auf den Versuch an ... Heute, zum Beispiel, hatte ich eine recht interessante Auswertung über die Häufigkeit von Ehebrüchen bei den Frauen höherer Beamter und Wissenschaftler. Wäre das nicht interessant für dich? Das ist doch wenigstens ein Thema, bei dem du dich auskennst!«
»Laß deine schmutzigen Anspielungen! Warum verdächtigst du mich nicht geradeheraus, statt dich hinter deinen Statistiken zu verstecken?«
»Wäre dir das wirklich lieber? Soll ich es aussprechen?«
»Hört mal«, legte sich Nathaniel energisch ins Mittel, »aber bitte nicht gerade bei uns. Es ist uns allen peinlich, besonders Stephanie, die zwei Wochen Zeit hatte, euren Umgangston zu vergessen. Also Themawechsel. Nicht gerade Orthopädie, denn ich vermute wohl mit Recht, daß die niemanden hier so fasziniert wie mich, aber reden wir von meinen Hobbies. Welches darf es sein? Mein letzter Abstecher in die Urwälder von Wisconsin oder der neueste venezianische Kelch in meiner Gläsersammlung?«
»Die Gläsersammlung, bitte«, sagte Sabrina schnell. Sie war Nat innig dankbar, daß er den unerquicklichen Wortwechsel der Talvias beendet hatte – obwohl die andern so daran gewöhnt zu sein schienen, daß sie kaum noch reagierten.
»Ja, wir beiden Kunstfexe«, lächelte Nathaniel entgegenkommend. »Ich betrachte schon die ganze Zeit deine wundervolle Halskette. Die hab ich noch nie an dir gesehen. Wo die wohl herstammt?«
Sabrinas Augen weiteten sich. »Woher? Ich weiß nicht ...«
»Aus Schweden«, sagte Garth ruhig.
Ein Geschenk von Garth also. Ein Glück, daß Nat *woher* gefragt hatte und nicht *von wem.* Aus irgendeinem Grund schien Stephanie die Kette selten oder nie getragen zu haben. Darum

hatte Garth so erfreut gelächelt, als er sie heute nachmittag an ihr bemerkte. Ob er wohl dachte, sie trüge sie für ihn?
»Wo hast du sie gefunden, Garth?« fragte Nathaniel weiter.
»In Stockholm, vor zwei Jahren auf der Genetikertagung.«
Vor zwei Jahren ... Kriselte es schon damals so sehr in Stephanies Ehe? Da alle sie ansahen, fühlte Sabrina sich zu einer Art Erklärung genötigt:
»Die Kette ist so schön, daß sie zu den meisten meiner einfachen Sachen nicht recht paßt. Aber heute fand ich, sie funkelte auf der gelben Bluse wie die Herbstsonne, und ich dachte, zur Feier des Tages ...«
Sie sah verlegen weg, da Garths Blick mit ganz sonderbar weichem Ausdruck auf ihr ruhte. Glücklicherweise fiel Dolores fröhlich ein:
»Richtig, es ist nun wohl an der Zeit, daß auch wir zur Feier des Tages schreiten. Seid ihr alle mit Essen fertig? Dann schlage ich vor, wir trinken den Kaffee drüben und überreichen unser Geburtstagsgeschenk.«
Es war etwas Praktisches für die Küche, ein Multimix, den die Freunde gemeinsam für Stephanie gekauft hatten. »Mit Vorsicht zu genießen«, warnte Linda Talvia, »sonst wird alles im Handumdrehen zu Babynahrung. Du hättest sehen sollen, was mir das erste Mal mit Zwiebeln passiert ist.«
»Wir wollten sie nur grob hacken«, erzählte Martin. »Das war in zwei Sekunden erledigt. Eine Sekunde zuviel, und sie waren erst püriert und dann in Saft verwandelt. Zwiebelwolken durchzogen das Haus. Wir haben eine Woche lang geweint.«
Nun lachten sie alle; die Mißstimmung von vorhin war vergessen. Sabrina schnitt den Geburtstagskuchen an, Dolores machte Kaffee, und das Gespräch wandte sich lokalen Ereignissen zu, insbesondere der umstrittenen Verkehrsampel, die vor der Schule angebracht werden sollte.
Sabrina sah von einem zum andern. Ein netter, ruhiger Abend mit alten Freunden, die sich voreinander keine Hemmungen aufzuerlegen brauchten – ganz wie sie es sich im hektischen Londoner Society-Betrieb oft erträumt hatte. Und vor allem: Keiner hatte den Schimmer eines Argwohns, weder die vier

langjährigen Freunde noch der Ehemann, daß sie nicht Stephanie Andersen war. Wie war das möglich? Sie hatte sich schon mehrere Ausrutscher geleistet, teils aus Unachtsamkeit, teils aus Unwissenheit. Wieso merkte niemand etwas?

Sehr einfach. Die meisten Menschen sehen nur, was sie zu sehen erwarten. Keiner hat Grund zu erwarten, daß ich nicht Stephanie bin. Deshalb werden sie auch für alles, was ich tue oder lasse, einen plausiblen Grund finden. Wenn Menschen an die Wahrheit von etwas glauben, tun sie alles, um diese Wahrheit wahr erscheinen zu lassen.

»Du warst heute so still«, bemerkte Garth auf dem kurzen Heimweg. »Hast du dich über irgendwas geärgert?«

»O nein. Es war ein richtig hübscher Abend.«

Garth sah sie von der Seite an, sagte aber nichts, bis sie die Vorveranda des eigenen Hauses erreichten. Dort blieb er stehen und legte die Hand auf ihren Arm.

»Ich wollte dir nur noch sagen –«

Ihr plötzliches Erstarren bewirkte, daß er die Hand sofort wieder sinken ließ, aber sie spürte, daß er nur mit Mühe die beabsichtigte Rede hinunterschluckte.

»Verzeih«, murmelte sie. »Es ist einfach so ... Ich hab mich noch nicht wieder richtig eingewöhnt. China war doch ein riesiges Erlebnis. Gib mir noch ein paar Tage Zeit, eine Woche vielleicht ...«

Er hob nochmals die Hand, aber diesmal, um kurz über die Bernsteinkette zu streichen.

»Ich habe mich sehr gefreut, daß du dich endlich entschlossen hast, sie zu tragen, und gerade heute. Ich versuche doch dauernd, dich zu verstehen, Stephanie, aber manchmal werde ich nicht schlau aus dir. Wenn du jetzt noch nicht darüber sprechen möchtest, kann ich warten. Ich will dich keinesfalls bedrängen. Aber irgendwann müssen wir einmal reinen Tisch machen; es gibt zuviel stummen Groll, zuviel ungelöste Fragen zwischen uns. Wenn unsere Familie nicht kaputtgehen soll ... Was ist, weinst du?«

»Nein.« Sie drängte die Tränen zurück. »Aber bitte, laß mich nur noch ein paar Tage zu mir kommen.«

Er küßte sie flüchtig auf die Wange. »Dann geh jetzt schon hinauf. Ich bleibe noch ein paar Minuten hier draußen und schließe dann ab. Gute Nacht.«
»Gute Nacht, Garth. Und ... danke für den wunderschönen Geburtstag.«

Donnerstag vormittag, als Garth und die Kinder aus dem Haus waren, stieg Sabrina zum erstenmal ins Dachgeschloß hinauf. Es bestand aus drei Räumen mit schrägen Wänden; einer diente nur als Speicher, einer war vermutlich als zusätzliches Gastzimmer gedacht, aber der dritte mußte wohl Stephanies »Privatbüro« gewesen sein, als sie noch hoffte, ins Kunst- und Antiquitätengeschäft einsteigen zu können.
Das kleine Zimmer bot einen trübseligen Anblick; nichts war darin als ein Schreibtisch, ein Stuhl und ein paar verstaubte Kartons, sonst alles kahl und leergeräumt. Hier war seit langem niemand mehr gewesen. Sabrina setzte sich und öffnete die oberste Schreibtischschublade. Säuberlich abgeheftete Inventarlisten von Kundenhäusern, alles mit Schätzpreisen versehen, vom Tranchiermesser bis zum Himmelbett, die Preise, die jedes Stück erzielt hatte, und Stephanies Prozente.
In der nächsten Schublade fand Sabrina Farbfotos, die Stephanie von den Häusern ihrer Klienten und den wertvollsten Silber-, Kristall- und Einrichtungsgegenständen gemacht hatte. Sabrina sah auf den ersten Blick, daß das meiste in Europa sofort Käufer gefunden und Liebhaberpreise erzielt hätte. Was für ein großartiges Team hätten Stephanie und sie abgegeben! Aber als sie einmal am Telefon so etwas angeregt hatte, war Stephanie nicht darauf eingegangen. Wahrscheinlich gingen ihre Geschäfte in Amerika so schlecht, daß sie – unter dem Druck ihrer Doppelbelastung – lieber gleich alles, woran ihr eigenes Herz hing, radikal aufgab. Sabrinas Gewissen regte sich schmerzlich. Und ausgerechnet in jenen Jahren hatte ihr eigener steiler Aufstieg begonnen ... Sicher hatte sie damit, wenn auch ungewollt, mehr als einmal Salz in Stephanies Wunden gestreut!
An der Haustür klingelte es. Sabrina stieß hastig die Schubladen zu und rannte hinunter.

Als sie die Tür öffnete, ging Dolores Goldner nach kurzer Begrüßung sofort in die Küche voran. Sabrina folgte, verblüfft über diese Formlosigkeit. Aber war es formlos? Wahrscheinlich machte Stephanie es in Dolores' Haus genauso. In England warteten auch die engsten Freunde auf die ausdrückliche Aufforderung, einzutreten. In Amerika, wo Wildfremde einander nach dem zweiten Satz schon beim Vornamen nannten, galten andere Regeln.

»Wir müssen mal miteinander über Linda reden«, sagte Dolores, nahm auf dem Sofa Platz und sah sich um, als vermisse sie etwas. »Ich setze gleich Wasser auf«, sagte Sabrina. »Trinkst du eine Tasse Tee mit mir?«

»Ach, haben dich die Chinesen zum Teetrinken bekehrt? Seh ich deshalb nirgends einen Kaffeetopf?«

Richtig, die Amerikaner tranken ja zu jeder Tageszeit fast nur Kaffee... Sabrina steckte den Wasserkessel an und lächelte vergnügt; in diesem Moment hatte sie Lust, das Schicksal ein wenig herauszufordern. »Ja, du wirst es kaum glauben, aber ich kann mich nach vierzehn Tagen China kaum wieder an unseren ewigen Kaffee gewöhnen. Als hätte ich mein Leben lang nur Tee getrunken.«

»Na, wenigstens bist du nicht in dieser blauen chinesischen Einheitskluft zurückgekommen, oder trägt man in der Volksrepublik heute schon was anderes?«

»Zum Teil ja, zumindest in der Freizeit. Aber ich komme mir hier sogar in meinen Kleidern manchmal komisch vor. Als hätte ich sie noch nie getragen.«

»Du läßt dich eben sehr beeindrucken. Du solltest öfter mal verreisen, dann verliert sich das. Wenn deine Gewohnheiten schon von vierzehn Tagen China so erschüttert werden... Du bist sogar äußerlich irgendwie verändert, finde ich. Sag mal, hast du irgendwas mit deinem Haar gemacht?«

»Mit meinem Haar? Nein, ich müßte wohl bloß mal wieder zum Friseur.«

»Das wird's sein. Aber nun wollen wir von Linda sprechen. Bei ihr und Marty kriselt's fürchterlich, wie wir ja

gestern abend alle wieder miterlebt haben. Ich glaube, wir müssen da helfend eingreifen.«
Sabrina stellte Tassen und eine Dose Instantkaffee auf den Tisch. »Ist das unsere Aufgabe, Dolores?«
»Wessen denn sonst? – Keine Büchsenmilch, Stephanie? Treibst du deinen Chinakult nicht ein bißchen zu weit?«
»Entschuldige, ich war in Gedanken bei Linda.« Sabrina zögerte am Kühlschrank einen Moment, unterließ es dann aber, die Milch aus der angebrochenen Dose in ein Kännchen umzugießen und brachte sie einfach, wie sie war.
Während Dolores, nun zufrieden, weitersprach, beobachtete Sabrinas zweites Ich die Szene: zwei brave amerikanische Hausfrauen in einer sonnigen Küche beim Kaffeeklatsch über eine gemeinsame Freundin, deren Ehe gefährdet war. Sie schämte sich ihres Doppelspiels mit der arglosen Dolores, obwohl sie andererseits Leute nicht besonders schätzte, die sich ungebeten in die Probleme ihrer Mitmenschen einmischten oder alles für sie regeln wollten. Flüchtig dachte sie an Antonio Molena. Freilich war es bei Dolores Goldner etwas anderes: Sie handelte wirklich aus ehrlichen und uneigennützigen Motiven und kümmerte sich nur so sehr um die Talvias, weil sie es wirklich gut mit beiden meinte.
»Hörst du eigentlich zu, Stephanie?« unterbrach sich Dolores. »Du machst ein Gesicht, als wärst du schon wieder im fernsten Osten.«
»Nein, ich bin ganz Ohr. Ich finde es rührend, daß du dich so um Linda und Marty sorgst.«
»Ist doch klar«, sagte Dolores etwas erstaunt. »Wie machen wir's also? Ich meine, wir animieren Linda zu einem gemeinsamen Besuch der Kristall-Ausstellung und zum Lunch. Sie braucht Abwechslung und ein bißchen Ansprache. Kannst du dir nächste Woche einen Tag freinehmen?«
»Sicher.« Das glaubte Sabrina in Stephanies Namen sagen zu können – sie selbst würde ja nächste Woche nicht mehr da sein. »Genügt es, wenn ich euch Montag Bescheid gebe?«
»Ja. Ohne dich wird bestimmt nichts daraus.« Dolores stand auf und verließ das Haus so formlos, wie sie es betreten hatte.

»Ach, übrigens«, fragte sie noch rasch an der Tür, »gehst du heute nachmittag zum Schülerfußball?«
»Ja.« Stephanie hatte es ihr nahegelegt, und Sabrina hatte Cliff heute früh versprochen, zu kommen.
Aus mangelnder Ortskenntnis fand sie den Sportplatz erst wenige Minuten vor dem Anpfiff, als Cliff so nonchalant wie ein Champion am Rande des Spielfelds herumschlakste; aber als er Sabrina sah, leuchtete sein Gesicht auf, und er lief zu ihr, um atemlos zu berichten: »Wir spielen gegen Lakeside. Drück uns die Daumen! Wir müssen einfach gewinnen. Die einzige Gefahr ist der Lange da drüben, der ist ihr bester Stürmer.«
Auf der kleinen Tribüne ringsum saßen etwa vierzig Mütter und ein paar Väter als Zuschauer, die Frauen still und gespannt, die Männer nicht mit anfeuernden oder kritischen Zurufen an ihre Sprößlinge sparend. Sabrina merkte kaum, daß Dolores sich neben sie setzte. Sie und Stephanie waren in Europa mit Fußball großgeworden und kannten sich darin aus; einige Männer in Sabrinas Freundeskreis waren noch heute begeisterte Amateure. Daher konnte sie dieses Spiel als Kennerin beurteilen.
Cliff war gut, das sah sie sofort: reaktionsschnell und wendig – seine Mannschaft vertraute auf ihn. »Los!« hauchte sie, als ihm der Ball zugespielt wurde und er ihn dem Lakeside-Tor entgegendribbelte. Wenige Sekunden später sprang sie unwillkürlich auf und schwenkte die Arme, denn der Ball war tatsächlich ins gegnerische Tor gekracht. Cliffs Team jubelte und schrie, und Sabrina jubelte lauthals mit.
»Wenn das keine stolze Mutter ist«, sagte eine wohlbekannte tiefe Stimme neben ihr.
Sie fuhr herum. »Garth! Mit dir hatte ich nicht gerechnet.«
»Du siehst, ich habe mir endlich deine herbe Kritik zu Herzen genommen, daß ich mich so selten hier zeige. Wie steht das Spiel?«
»Eins zu null. Cliff hat das Tor geschossen.«
»Das habe ich dir schon am Gesicht abgelesen.«
Eine stolze Mutter! Sie fühlte sich wirklich so. »Schön, daß du da bist«, sagte sie einfach. »Cliff wird sich freuen.«

Damit hatte sie recht. Der Junge strahlte übers ganze Gesicht, als er in der Halbzeit zu ihnen kam – inzwischen war ihm sogar ein zweites Tor geglückt. »In der nächsten Halbzeit mache ich's noch besser«, prahlte er. »Habt ihr Pat Ryan beobachtet? Den Langen von Lakeside? Der hat vielleicht 'ne Wut im Bauch! Hat mit seiner Elf gewettet, daß er mich ausbootet ...«
Pat Ryan schoß in der zweiten Halbzeit drei Tore. Einer von Cliffs Mannschaft schoß ebenfalls eins, aber Cliff selbst konnte die Abwehr nicht mehr durchbrechen. Ein paar Minuten vor Schluß, als das Spiel drei zu drei stand, war er so offensichtlich wütend und frustriert, daß Sabrina besorgt den Kopf schüttelte. »Er sieht die Sache zu verbissen«, sagte sie, und Garth wollte eben etwas antworten, als das laute Geschrei vom Spielfeld her beide übertönte.
»Cliff! Hierher!« brüllte sein Mittelstürmer zu, aber Cliff raste mit dem Ball die Seitenlinie entlang und hörte nicht, obwohl die gegnerische Verteidigung erfolgreich abgewehrt und das Feld einen Moment für seinen eigenen Partner frei war. »Spiel doch rüber, du Flasche!« schrie der arme Junge, dessen Chance nicht besser sein konnte. Auch Cliff erkannte das mit einem kurzen Seitenblick – aber die Verlockung, eine winzige Lücke selber zu nutzen, war stärker. »Abgeben!« brüllte jetzt der Trainer – das war ein Befehl. Cliff zog die Brauen zusammen, zögerte, behielt aber den Ball und fingierte einen Ausfall nach links.
»Oh, er ist gut«, murmelte Sabrina, »fabelhafte Kontrolle ... Aber es nützt nichts, auf die Art kommt er nicht durch!«
Und schon war Cliff von der Lakeside-Verteidigung eingekreist. Einem der Gegner gelang es, den Ball weit weg zu dem wartenden Pat Ryan zu kicken. Der sauste nun mit der ganzen Energie eines Jungen, der außer dem Spiel noch eine Wette gewinnen will, über das Feld – und feuerte den Ball wenige Sekunden vor dem Schlußpfiff mit einem Triumphschrei ins Tor. Damit war das Spiel mit vier zu drei für Lakeside gewonnen.
Auf dem Nachhauseweg wollte Cliff zuerst kaum den Mund aufmachen. »Der Trainer hat mich schon genügend zusammengestaucht«, war alles, was er Sabrinas und Garths Redeversu-

chen entgegensetzte. Als sie ankamen, war Essenszeit. Sabrina brauchte nur noch schnell einen Salat zu machen und das Gulasch, das die letzten zwei Stunden leise vor sich hingeköchelt hatte, aus dem Ofen zu nehmen. Garth hätte sie gern gefragt, seit wann sie Fußball als Vergnügen und nicht als mütterliche Pflichtübung betrachtete, aber er fürchtete die bissige Antwort: Wenn er seiner Familie soviel Zeit gewidmet hätte wie seinen Gen-Forschungen, hätte er in letzter Zeit wohl manche Veränderungen wahrgenommen. So enthielt er sich lieber jeder Bemerkung.

Cliffs mürrische Miene hing wie eine Wolke über dem Familientisch. Garth, sichtlich um freundliches Verständnis bemüht, wandte sich schließlich an ihn: »Was hat euer Trainer denn im einzelnen zu dem Spiel gesagt?«

»Das geht dich einen Dreck an«, knurrte Cliff, die Augen hartnäckig auf den Teller gesenkt.

»Clifford!« rief Sabrina empört. »Was fällt dir ein! Sieh mich an! – Sieh mir in die Augen, hab ich gesagt!« Der Junge blickte nun doch erschrocken auf. »Wie kannst du dich unterstehen, deinem Vater in diesem Ton zu antworten? Wir wollten ruhig über das Spiel mit dir sprechen – auch wenn du die Spielregeln manchmal zu vergessen scheinst –, aber jetzt entschuldigst du dich erst!«

»Ich hab die Spielregeln nicht vergessen«, verteidigte Cliff sich trotzig. »Ich wollte doch nur –«

»Wir warten auf eine Entschuldigung.«

»Sieh mal, Mom, ich hatte doch eine reelle Chance –«

»Wird's bald, Cliff?«

Sie starrte ihn so streng an, daß er, blutrot im Gesicht, die Augen vor ihr niederschlagen mußte. Dabei spürte sie, daß Garth mindestens ebenso verblüfft war wie der Junge. Offenbar war sie zu weit gegangen oder hatte einen ganz anderen Ton angeschlagen, als Stephanie es in solchen Fällen zu tun pflegte. Aber das war ihr jetzt gleichgültig.

»Entschuldige, Dad«, murmelte Cliff endlich.

»Wie bitte?« fragte Sabrina ruhig. »Das war kaum zu hören.«

»Entschuldige!« brüllte Cliff. »Beim nächsten Spiel muß ich auf die Ersatzbank.«
»Ziemlich hart«, meinte Garth. »Eine Halbzeit wäre als Strafe auch genug.«
»Erzähl das mal unserem Trainer!«
»Vielleicht tue ich das.«
»Nein, danke, Dad – dann würde er mich nur noch mehr anscheißen.» »
»Cliff!« mahnte Sabrina leise.
Garth verbiß sich ein Lächeln. »Gewiße Kraftausdrücke passen wohl besser in euren Umkleideraum als an den Familientisch.«
»Okay, okay, entschuldigt. Mom, was hast du vorhin damit gemeint, daß ich die Spielregeln vergesse?«
»Du wolltest vor allen Dingen, daß Pat Ryan seine Wette verliert, und du hast dir nur deshalb Extratouren geleistet, was ein gutes Team-Mitglied einfach nicht darf.«
»Hab ich nicht.«
»O doch. Dein Partner hätte das Tor glatt geschafft, aber dir lag nur daran, daß *du* den Punkt holtest und kein anderer.«
»Ich hatte eine Chance.«
»Nur wenn ein Wunder geschah.«
»Na und? Es *war* eine Chance. Soll ich denn nie was riskieren?«
»Natürlich sollst du das, und du tust es ja auch reichlich.« Nun lächelte auch Sabrina fast unmerklich. »Es kann ein Hochgefühl sein, etwas zu riskieren. Aber es geht um das richtige Abwägen. Man muß wissen, worauf man sich einläßt, sonst bleibt es sinnlose Tollkühnheit.« Sie sah den Jungen nachdenklich an. »Du bist ein guter Spieler, Cliff. Du bewegst dich sportlich und hast im allgemeinen viel Überblick und richtiges Zeitgefühl. Aber wenn du nur eine Ein-Mann-Schau abziehst, hast du im Fußball nichts zu suchen, ganz egal, wie gut du bist.«
Cliff staunte. »Seit wann paßt du so gut auf? Ich dachte immer, Fußball langweilt dich.«
»Ach, in letzter Zeit tauchen manchmal Erinnerungen aus meiner Schulzeit in mir auf. Du weißt ja, daß ich in einem Internat war, wo sehr viel Sport getrieben wurde ...« Sabrina wechselte

rasch das Thema, um Penny zu fragen, wie die gefürchtete Geschichtsstunde heute abgelaufen sei.
Garth betrachtete seine Frau mit wachsender Verwunderung. Wie lebhaft sie seit ihrer Rückkehr sein konnte! Auf alles und alle ging sie ein – außer auf ihn. Wahrscheinlich war sie auch schon vor der Chinareise oft so gewesen; nur war es ihm nie so aufgefallen. Er fühlte sich zurückversetzt – obgleich sie Cliff vorhin so ungewohnt scharf zurechtgewiesen hatte. *Ihm* widmete sie trotzdem nicht mehr Aufmerksamkeit als früher.
Sabrina stand auf, um den Kaffee zu holen, und warf ihm einen scheuen Blick zu. Er guckte so komisch. Was hatte sie nun wieder für einen Fehler gemacht?
Aber als sie wieder am Tisch saß, fragte er nur, ob tagsüber etwas Besonderes gewesen wäre.
»Nein, eigentlich nicht. Dolores war kurz hier.«
»Mit einem speziellen Anliegen? Oder nur so auf einen Plausch?«
»Teils-teils. Sie sorgt sich um Lindas Seelenfrieden und möchte ihre Ehe reparieren. Komisch, wie Dolores das Leben anderer ordnen will, ungefähr so wie ihre herrlichen Blumenarrangements. Eines Tages meldet sie uns noch alle zu einer Herbstausstellung von Musterehepaaren an!«
Garth lachte. »Glaubst du, wir würden einen Preis kriegen?«
»Wenn Dolores dahintersteckt, bestimmt«, konterte sie. »Ach ja, ich habe heute noch etwas Ungewöhnliches getan. Ich war in meinem alten Dachzimmerchen oben.«
»Und was hast du dort gefunden?«
»Staub. Erinnerungen. Aber es war doch irgendwie anregend, die alten Akten und Bilder mal wieder durchzusehen. Vielleicht könnte ich doch ins Geschäft zurückkommen ... Ich habe hinterher die *Evanston Review* gelesen: viel mehr Hausverkäufe rund um den See als noch vor ein paar Jahren. Vermutlich liegt's an der Inflation, daß die Leute wieder in die Stadt ziehen oder sich verkleinern, wenn die Kinder aus dem Haus gehen ...« Ihr Redefluß versiegte, da Garth uninteressiert an ihr vorbeisah. Ein einziger Blick hatte ihm

genügt, um zur Erkenntnis zu kommen, daß ihr alter Beruf ihr viel, viel mehr bedeutete als er. Wie ihre Augen leuchteten!
»Wenn du das so gern möchtest, versuch's doch«, sagte er lahm. »Ich fürchte nur, es geht wieder schlecht aus – es sei denn, du weißt jetzt genau, warum du damals gescheitert bist.«
In Sabrina wallte Zorn auf. Sie hatte seine Partei ergriffen, als Cliff frech zu ihm wurde, auf die Gefahr hin, sich zu verraten, und das hatte ihm sichtlich geschmeichelt. Aber nun, da sie versuchte, eine Lanze für Stephanie zu brechen, reagierte er so gleichgültig, daß sie die Bitterkeit ihrer Schwester zum erstenmal ganz verstand. Kein Wort davon, daß er ihr diesmal ein wenig helfen könnte. Er erinnerte sie an Antonios herablassendes Gerede von ihrem »kleinen Laden«. Stephanie und sie hatten jeden Grund, von ihren Männern enttäuscht zu sein.
Garth stand auf und rückte seinen Stuhl wieder ordentlich an den Tisch. »Ich habe heute noch im Labor zu tun. Falls du noch nicht schläfst, sehe ich kurz zum Gutenachtsagen herein.«
»Ist recht«, nickte sie. Genau das, was sie wünschte: ein ruhiger, ungestörter Abend zu Hause. Dennoch fühlte sie sich merkwürdig alleingelassen, als die Haustür hinter ihm ins Schloß fiel.
Die Atmosphäre am Frühstückstisch war gezwungen; auch Penny und Cliff schienen bedrückt. Sabrina fragte Cliff Vokabeln ab, was heute etwas länger dauerte, weil freitags das gesamte Wochenpensum noch einmal durchgenommen wurde. Penny drängte wieder auf das Gespräch mit Mrs. Casey, und Sabrina versprach es ihr ganz bestimmt für nächste Woche. Vor dem Weggehen erinnerte Cliff sie daran, daß Penny und er heute nach der Schule zu einem Geburtstag eingeladen waren. Dann blieb sie für einige wenige Minuten mit Garth allein.
Er öffnete und schloß seine Aktentasche. »Entschuldige, daß ich gestern abend so kurz war, Stephanie. Ich habe wirklich kein Recht, dir einen Vorwurf aus deiner Interesselosigkeit zu machen, wenn ich meinerseits so wenig Interesse für *deine* Ziele und Wünsche zeige.«
Was meint er nur? dachte Sabrina. Ach so, seine Arbeit ...
Selbstverständlich war Stephanie daran interessiert, war es von

Anfang an gewesen! Vielleicht verlernte man in zwölf Ehejahren, sich rechtzeitig über alles auszusprechen?
»Möchtest du jetzt darüber reden?« fragte er, als hätte er ihren Gedanken erraten.
Sie sah auf seine Aktentasche. »Das hat Zeit, danke. Du hast es doch eilig.«
Garth küßte sie auf die Wange. »Ja, leider, Fakultätssitzung in einer halben Stunde. Aber ich komme heute abend so früh wie möglich.«
Wirklich kam er relativ früh, war aber beim Abendessen – die Kinder waren noch auf ihrer Party – auffallend unruhig, stand bald auf und trat zum Fenster.
»Was meinst du zu einem Spaziergang?« fragte er schließlich. »Ich habe den ganzen Tag nur Büro- und Hörsaalmief geatmet.«
»Ja, gern. Ich sollte bloß vorher noch ein bißchen Ordnung machen. Penny und Cliff sind weggerannt wie immer ...«
»Hat das nicht Zeit bis nachher? Bitte.«
»Du mußt heute nicht mehr ins Labor?«
»Nein. Hast du damit gerechnet und vielleicht etwas anderes für den Abend vor?«
»Nein, natürlich nicht. Und ich gehe sehr gern spazieren.«
Die Sonne ging gerade unter, aber die Herbstluft war immer noch weich und mild und roch wundervoll nach späten Blumen und welkendem Laub. Sie durchquerten den nahen Park, hinter dem sich der See friedlich und dunkelblau unter dem verblassenden Himmel erstreckte. Weit draußen waren noch ein paar Segel auszumachen. Ein paar Jogger trabten lautlos vorüber. Ein kleiner Hund raste aufgeregt einem Eichhörnchen durch die Büsche nach. Liebespaare wandelten unter den Bäumen. Einmal faßte auch Garth kurz nach Sabrinas Hand, worauf sie sich rasch bückte, als hätte sie etwas an ihrem Schuh zu richten. Nachdem sie sich wieder aufgerichtet hatte, ließ er den nötigen Abstand zwischen ihnen.
»Vivian hat mir erzählt, daß ihr euch neulich getroffen habt«, sagte Garth dann nach längerem Schweigen.
»Wer?«

»Vivian Goodmann. Sie sagte, sie hätte dich in Chicago vor dem Kunstmuseum getroffen.«
»Ach ja, richtig. Ich habe vergessen, es dir zu erzählen. Sie hat dein Lob in den höchsten Tönen gesungen und ist dir ungeheuer dankbar, macht sich aber immer noch einige Zukunftssorgen. Kannst du da noch mehr eingreifen, oder liegt nun alles beim Rektor?«
Er verhielt den Schritt und sah sie an. »Hat Vivian dir die ganze Geschichte erzählt?«
»Nun ...« Sabrina geriet in nicht geringe Verlegenheit. Wußte Stephanie davon, und wenn ja, wieviel? »Sie merkte natürlich, daß mich die Sache interessiert ...«
»Seit wann interessierst du dich für Vivian? Habe ich bisher nie bemerkt.«
Sie bekam allmählich kalte Hände. »Ich habe inzwischen ein wenig über sie nachgedacht. Sie ist ein starker Charakter, glaube ich, aber allmählich ziemlich überfordert. Der Gedanke an einen Umzug schreckt sie, weil die Kinder dann die Schule wechseln müßten, und ihr –« Himmel, wie hieß der Mann? – »und ihr Hans ist doch auch gerade in Schwierigkeiten. Nein, je näher ich Vivian Goodman kennenlerne, desto mehr bewundere und schätze ich sie. Wenn ich früher kein besonderes Interesse gezeigt habe«, redete sie aufs Geratewohl weiter, »liegt das wohl nur daran, daß die Sache aus ihrem Mund anders klingt als aus deinem.«
»Aus meinem hast du sie überhaupt nie gehört. Weil du nie zuhörst.«
»Das ist es ja eben.«
Die Unlogik dieser Beweisführung kam ihr sofort siedendheiß zum Bewußtsein, aber Garth ließ sie ohne Kommentar durchgehen.
»Nächste Woche wird es hoffentlich endgültig entscheiden, ob Vivian die Professur erhält«, sagte er, sich für das Thema erwärmend, und setzte ihr haarklein auseinander, wovon das alles noch abhing. Sabrina hörte genau zu und versetzte sich an Stephanies Stelle.
Gestern abend war sie ehrlich wütend gewesen, weil Garth so

wenig Interesse für Kunst- und Antiquitätenhandel aufbrachte. Aber hatte Stephanie wirklich immer entsprechend viel Verständnis für die Arbeit ihres Mannes gehabt? Wenn nicht – oder nicht mehr –, mußte es Gründe dafür geben. Aber denen brauchte sie, Sabrina, nun nicht mehr nachzuforschen. In drei Tagen war Stephanie ja wieder zu Hause.
Inzwischen war es dunkel geworden, und sie schlenderten im Schein der viktorianischen Straßenlaternen, die die Uferpromenade säumten, schweigend zurück. Nach der Unterhaltung über Vivian Goodman war es ein einträchtiges Schweigen; Sabrina empfand sehr stark, daß der Mann neben ihr auf jeden Fall ein treuer, zuverlässiger Gefährte war. Er ließ keinen allein, der ihn brauchte, gestattete aber jedem, sein eigenes Selbst zu sein.
Und wer bin ich wirklich? dachte sie und lächelte heimlich ins Dunkel. Nicht mehr ganz Sabrina, aber auch nicht Stephanie. Für ein paar Tage bin ich noch ein Doppelwesen.

»Mommy, Dad ist einverstanden, wenn du's auch bist«, berichtete Penny am Sonntagmorgen. »Wir machen alle zusammen eine Radtour mit Picknick! Bitte, ja? Ich kann dabei Herbstblätter für den Naturkundeunterricht sammeln, und Cliff meint, er könnte vielleicht ein paar Kröten beobachten.«
»Warum nicht? Klingt wie ein schöner Wochenendspaß.« Ich bin jahrelang nicht gefahren, dachte Sabrina, aber radfahren und schwimmen verlernt man bekanntlich nie.
Also packten sie mit vereinten Kräften das Nötige zusammen: Brot, kaltes Fleisch, Käse und Äpfel und natürlich ein paar Dosen Cola.
»Und gar nichts Süßes zum Nachtisch?« fragte Penny.
»Wir kaufen unterwegs ein paar Windbeutel.«
»Prima! Cliff hat behauptet, das vergißt du bestimmt auch, aber du hast es nicht vergessen!« jubelte Penny.
»Warum sollte ich?« fragte Sabrina vorsichtig.
»Na ja, weil du in China ein paar Sachen vergessen hast, und dazu hätte ja gehören können, daß wir so für Windbeutel schwärmen.«

Sabrina sandte ein stummes Dankgebet gen Himmel. Die Vorliebe für Windbeutel mußte erblich sein; Stephanie und sie hatten sie auch immer geliebt. »So, der Korb wäre fertig«, sagte sie laut. »Geht schon raus und helft Dad, ihn auf dem Gepäckträger festzumachen.»
»Kommst du nicht mit?«
»Sobald ich die Küche aufgeräumt habe.«
Während sie die Abfälle beseitigte und den Tisch abwischte, kreisten ihre Gedanken hartnäckig um die Windbeutel. Hatte Stephanie sie noch extra darauf hingewiesen, oder gehörte das zu den Dingen, die sie einfach intuitiv richtig machte, weil es in ihren Zwillings-Genen so angelegt war?
»Mom!« hörte sie Cliff ungeduldig schreien, und sie gesellte sich schleunigst zur Familie, um seit vielen Jahren zum erstenmal wieder ins Blaue zu radeln.
Nein, radfahren vergaß man tatsächlich nie. Und Sabrinas Beinmuskeln waren von anderen Sportarten, besonders vom Tennis, wohltrainiert. Nach knapp hundert Metern wußte sie, daß sie mit den andern mithalten konnte. Sie fuhr am Ende der Gruppe und genoß es, Luft und Sonne am Körper zu spüren und ihren eigenen Bewegungsrhythmus wiederzufinden. Doch auch ihre Gedanken gingen eigene Wege.
Montag ... Das war schon übermorgen. Wie rasch die Woche verging! Allzuviel Erfahrungen hatte sie nicht gesammelt. Nicht einmal die Kinder hatte sie genau genug kennengelernt, um sich richtig in die Rolle einer Familienmutter zu versetzen. Von ihrem Vorhaben, ihr Londoner Leben aus einiger Distanz zu betrachten und ihre dortigen Probleme auszusortieren, ganz zu schweigen. Und war das nicht das Hauptmotiv des ganzen Experiments gewesen? Wie mochte es Stephanie ergangen sein? Hatte *sie* jetzt einen besseren Überblick? Das war sehr zu bezweifeln, die Zeit reichte einfach nicht –
»Stephanie! Paß auf!«
»Mom! Rechts ran – schnell!!«
»Mom-my!!!«
Sabrina hörte die Zurufe, ein schweres Brummen und heftiges Reifenquietschen und sah erschrocken zur Seite. Ein Lastzug

war ihr bedenklich nahe. Sie riß die Lenkstange scharf nach rechts und schlingerte im tiefen Sand neben der asphaltierten Straße. Beim Versuch, sich aufrechtzuhalten, wurde sie eben noch am Hinterrad gestreift und gegen einen Baum geschleudert. In ihrem linken Arm, den sie instinktiv vorstreckte, um den Kopf zu schützen, knacktes es gräßlich. Sie hörte noch Garths Schrei: »Stephanie!«, und dann verdunkelte sich der goldene Tag.

Im schmerzdurchfluteten Dunkel, das von nahen und fernen Stimmen durchdrungen war, wollte Sabrina ständig etwas aufhalten oder festhalten, aber alles glitt wirr an ihr vorbei. Sie merkte wohl, daß Garth sie in den Armen hielt und ihren Namen flüsterte – nein, nicht ihren, Stephanies –, aber sie war nicht mehr imstande, sich zu erinnern, wie sie eigentlich wirklich hieß. Eine Frauenstimme forderte Garth auf, im Nebenzimmer zu warten. Weshalb? Sie brauchte ihn doch gerade jetzt, begriff denn das niemand? Sie lag auf einer Bahre und wurde durch einen langen Korridor irgendwohin gefahren. Dann faßte jemand nach ihrem linken Handgelenk, und sie bäumte sich vor Schmerz auf – und kam halbwegs zu sich.
»Nicht!« schrie sie.
»Nur einen Moment, Stephanie, das werden wir gleich haben.«
Sie erkannte Nathaniel Goldners Stimme und, wie durch Nebel, sein lächelndes Gesicht. Ihr Arm wurde unter einem riesigen weißen Apparat auf einer kalten, dunklen Platte festgehalten. Aha, sie wurde geröngt. Aber auch der Arzt hatte sie, wie Garth, beim falschen Namen genannt. Sie räusperte sich zitternd und krächzte:
»Ich muß da was richtigstellen ...«
»Halt lieber still, Stephanie«, sagte Goldner milde. »Und rede jetzt nicht. Entspanne dich.«
Sie fühlte einen kurzen Einstich im linken Arm, und ihr Zittern ließ fast augenblicklich nach. Sie wurde schläfrig. Das nächste, was sie wieder hörte, war Goldners Ausspruch:
» ...auch eine leichte Gehirnerschütterung.« Das sagte er offenbar zu Garth, der neben ihm stand. Sabrina lag jetzt in einem

kleinen, von grünen Vorhängen abgeschirmten Raum. Ihr linker Arm schmerzte nicht mehr, fühlte sich aber merkwürdig schwer an. Sie griff mit der anderen Hand hinüber und ertastete einen Gipsverband.
»Na, wieder wach?« fragte Nathaniel Goldner. Garth sagte nichts; sein Gesicht war wie versteinert vor Sorge.
»Wo sind die Kinder?« flüsterte Sabrina mit trockenen Lippen.
»Im Wartezimmer«, sagte der Arzt. »Sie wissen schon, daß es einigermaßen glimpflich abgegangen ist. Gleich dürfen sie für einen Moment herein. Und wenn du ganz brav bist, kannst du heute abend sogar nach Hause. Hier, trink erst mal das.«
Er schob den Arm unter ihre Schultern und stützte sie, damit sie das Glas, ohne etwas zu verschütten, leeren konnte. Sie hatte heftige Kopfschmerzen.
»Was ist passiert?« fragte sie schwach. »Ist es schlimm?«
»Nein, du hast nur eine kleine Gehirnerschütterung und einen Armbruch, dicht über dem Handgelenk. Nichts Kompliziertes, keine Splitter. Es wird nichts zurückbleiben, nicht einmal eine Narbe. Aber natürlich mußt du dich ein paar Tage schonen, Stephanie, das habe ich auch schon Garth gesagt. Büroarbeit fällt selbstverständlich flach, und auch die Hausarbeit muß die Familie für eine Weile übernehmen. Vielleicht schickt Dolores dir mal ihre Putzfrau, falls diese sich gnädig herabläßt. Beim Waschen und Duschen halte den Gips möglichst trocken – steck den Arm solange in eine Plastiktüte. Gegen die Kopfschmerzen verschreibe ich dir etwas, Stephanie; in ein paar Tagen werden sie sich geben. In vier Wochen machen wir wieder eine Röntgenaufnahme, und wenn dann alles okay ist, kommt der Gips runter. Sonst noch Fragen?«
»Warum nennen Sie mich immer Stephanie?« fragte Sabrina benommen.
»Weil ich dich seit Jubeljahren so nenne. Oder soll ich dich plötzlich mit ›Mrs. Andersen‹ anreden, nur weil du jetzt meine Patientin bist? Na ja, mach kein so beschämtes Gesicht – ist ja klar, daß es in deinem armen Kopf momentan etwas wirr zugeht. Wie gesagt, es ist nichts Ernstes, und in ein paar Tagen bist du wieder fit.«

Er hatte sie behutsam auf das flache Kissen zurückgelegt, und sie schloß die Augen. Mrs. Andersen, dachte sie. Stephanie. Garth. Und Sabrina in London ... Nein das ist ja Stephanie, und *sie* hat den Arm nicht in Gips!
O Gott, ich muß Stephanie irgendwie benachrichtigen, daß sie Montag nicht nach Chicago kommen soll. Wir können für mindestens vier Wochen nicht wieder in unsere alten Rollen schlüpfen, es sei denn, wir beichten alles!

## 11

Als Stephanies Maschine im Flughafen London-Heathrow landete und sie ein Taxi zum Cadogan Square nahm, war es fast zehn Uhr abends. Sechzehn Stunden lang war sie über Kontinente und durch Zeitzonen geflogen, während das bevorstehende Abenteuer einen Wirbelsturm in ihrer Phantasie entfachte. Nachdem sie dann – wider Erwarten – sogar Paßabfertigung und Zoll ohne jede Beanstandung hinter sich gebracht hatte, war sie wie in Trance.
Sie kannte das wunderschöne alte Haus am Cadogan Square aus der Zeit, als Sabrina noch verheiratet war, und dann – mit den verschiedenenen Neuerungen – von ihrem Besuch im vorigen Jahr. Aber es war doch ein ganz sonderbares Gefühl, jetzt die Hausschlüssel aus Sabrinas eleganter Wildledertasche zu nehmen und aufzuschließen. Diesmal kam sie nicht als Gast – sie kam nach Hause!
Aber die Tür wurde schon aufgerissen, ehe sie den Schlüssel ins Schloß stecken konnte. Da stand Mrs. Thirkell, die Haushälterin, und strahlte wie eine Mutter, die die verlorene Tochter willkommen heißt.
»Endlich wieder daheim, Mylady! Sie glauben gar nicht, wie Sie uns gefehlt haben!« Bevor Stephanie ein Wort fand, hatte Mrs. Thirkell dem Taxichauffeur schon gesagt, wo er Sabrinas Gepäck abstellen sollte, den Mann großzügig bezahlt und die Tür hinter ihm geschlossen. »Das Mädchen bringt gleich alles nach oben. Ich habe Ihnen einen kleinen Imbiß im Speisezim-

mer bereitgestellt, Mylady – Ihre Lieblingsleckerbissen. Vielleicht haben Sie die in der Fremde doch vermißt, und zu Hause ißt man doch am besten, nicht wahr? Offen gestanden, ich habe gefürchtet, Sie kommen als Haut und Knochen zurück, aber Sie sehen sehr gut aus ... Na, auf jeden Fall, Mylady, ich bin froh, daß Sie wieder da sind. Wollen Sie erst hinaufgehen, oder wünschen Sie gleich zu essen?«

»Mylady« hinten und »Mylady« vorn ... Trotz ihrer Müdigkeit empfand Stephanie einen angenehmen Kitzel, und die Anrede machte es ihr leichter, sich sofort in ihre Rolle zu finden. Was für ein Haus, wo alles nur ihrer Bequemlichkeit diente, wo alles für sie erledigt wurde und Ordnung herrschte! Erst morgen würde sie diesen Luxus ganz würdigen können ...

»Ich glaube, ich gehe gleich schlafen«, sagte sie. »Ich bin wirklich zu müde, um noch etwas zu essen – und außerdem gab es natürlich im Flugzeug eine Mahlzeit nach der anderen. Gute Nacht –« Aber sie hielt inne, als sie Mrs. Thirkells bitter enttäuschten Gesichtsausdruck bemerkte. Die Stunden, die sie auf den »kleinen Imbiß« verwendet hatte, spiegelten sich ebenso darin wie ihre Treue zu Sabrina. Das war unmöglich zu ignorieren.

»...das heißt«, sagte Stephanie leise, »ein ganz klein wenig Appetit habe ich doch. In China ist mir nie so das Wasser im Munde zusammengelaufen, wie wenn Sie auch nur vom Essen reden. Aber morgen möchte ich etwas länger schlafen, Mrs. Thirkell, und oben frühstücken.«

»Selbstverständlich, Mylady! Oben ist alles bereit.«

Der »kleine Imbiß« schwebte in dieser Nacht durch Stephanies Träume, surrealistisch vermengt mit Mr. Blackfords verstreuten Konditorpäckchen am letzten Tag in Schanghai und dem Braten, den sie kurz vor ihrer Abreise in Evanston für ihre Familie vorbereitet hatte. Über allem schwamm jedoch Mrs. Thirkells rosiges Anlitz wie die aufgehende Sonne.

Als sie erwachte, schien wirklich die Sonne ins Zimmer. Es lag wohl an Mrs. Thirkells Traumbild, daß Stephanie sofort wußte, wo sie war. Sie reckte und streckte sich wohlig wie eine Katze zwischen den himmlisch weichen und glatten Bettüchern. Dabei merkte sie erst, daß sie nackt war – sie hatte gestern abend unter

Sabrinas zahllosen Luxusartikeln einfach kein Nachthemd finden können. Aber es war gar nicht unangenehm, sich in so einem Bett des eigenen Körpers bewußt zu werden. In dieser Umgebung war es kein Kunststück, sich in Lady Sabrina Longworth zu verwandeln.
Sie stand auf, spazierte im Raum umher, strich mit den Fingern über Möbel und Vorhänge, stellte sich vor den Ankleidespiegel und begrüßte sich selbst mit einem lachenden »Guten Morgen, Mylady!« Es war erstaunlich, wie leicht sie sich mit der neuen Rolle befreundete. Sie blühte förmlich auf – schon diese herrliche Stille! Niemand schrie nach Frühstück, niemand wollte einen Knopf angenäht haben, keine schmutzige Wäsche erwartete sie, nicht einmal das verhaßte, langweilige Büro. Sie war ihre eigene Herrin!
Sie rief Mrs. Thirkell über den Hausapparat an und sagte, in einer halben Stunde erwarte sie das Frühstück. Wieviel Uhr war es? Ach... heute war das ja so egal!
Jedenfalls war es jetzt Zeit, ins Bad zu gehen und es ausführlicher zu genießen als gestern abend. Diese fabelhafte Auswahl an Badezusätzen! Wie würde Sabrina nur eine Woche lang ohne das alles zurechtkommen? Stephanie dehnte sich im duftenden Schaum und stieß einen langen Seufzer aus. Eine Woche lang gehörte dies alles ihr.
Aber als sie dann in einem geblümten seidenen Morgenrock am Fenster saß und Mrs. Thirkell das Früstück und die ersten Zeitungen brachte, blieb Stephanie ein kleiner Schreck in der Morgenstunde nicht ganz erspart. Die Haushälterin ging nämlich zur Tagesordnung über.
»Wie sind Ihre Pläne für diese Woche, Mylady? Das Tagesmädchen ist natürlich schon seit gestern wieder im Dienst, und der Fensterputzer sollte auch noch mal kommen. Letztes Mal hat er nur sehr halbe Sachen gemacht. Und wie ist es mit Ihren Einladungen? Prinzessin Alexandra hat gestern abend noch angerufen, als Sie schon zu Bett waren; sie sagte, sie würde sich wieder melden, falls Sie es nicht tun. Ich will heute morgen selber auf den Markt, Mylady – haben Sie besondere Wünsche?«

Stephanie sah hilflos aus dem Fenster. Sie war *doch* nicht Sabrina Longworth; wie sollte sie die Täuschung aufrechterhalten? Mrs. Thirkell wußte hundertmal mehr über die Gewohnheiten der High-Society als sie. Sie hatte seit ihrer Heirat keine Dienstboten irgendwelcher Art mehr um sich gesehen und ganz vergessen, wie man mit ihnen umging. Sie war genau das, als was sie sich dem chinesischen Antiquitätenhändler in Schanghai vorgestellt hatte; eine kleinstädtische amerikanische Hausfrau – und soeben im Begriff, sich und ihre Schwester zum allgemeinen Gespött zu machen.
Mrs. Thirkell stand da und wartete auf ihre Anordnungen. Stephanie schauerte ein wenig zusammen. Was hatte sie nun von der erhofften Freiheit? Ihr blieb kaum etwas anderes übrig, als sich die ganze Woche lang im Haus zu verstecken.
»Fühlen Sie sich nicht wohl?« fragte Mrs. Thirkell besorgt. »Soll ich das Fenster zumachen, Mylady?«
»Nein, danke.« Stephanie riß sich zusammen. »Das Wetter ist ja ungewöhnlich mild. Aber ich habe vielleicht einen kleinen Anflug von ... von asiatischer Grippe mitgebracht. Ich werde wohl besser ein paar Tage ruhig zu Hause bleiben und keine größeren Sachen unternehmen. Das Einkaufen überlasse ich Ihnen ... Sie wissen ja Bescheid.«
Mrs. Thirkells Stirn lag in tiefen Falten. »Soll ich nicht Dr. Farr rufen, Mylady?«
»Nein, nein, das ist wirklich nicht nötig. Nur wenn es schlimmer wird. Aber in ein paar Tagen bin ich bestimmt wieder auf dem Damm.«
»Wollen Sie auch nicht ins Geschäft?«
»Vorläufig nicht. Ich kann ja anrufen.«
»Wie Sie meinen, Mylady. Wenn ich sonst etwas für Sie tun soll ...«
»Danke, Mrs. Thirkell, ich bin im Moment wunschlos glücklich.«
»Ja, wenn Sie es sagen, Mylady ... Ich gehe dann, mit Ihrer Erlaubnis.«
Sie ging, und Stephanie griff aufatmend nach dem Besteck. Mit ihrem Freiheitsgefühl vorhin hatte sie sich wohl ein wenig ge-

irrt. Wenn sie die Woche ohne Entlarvung überstehen wollte, mußte sie im Haus gefangen bleiben – aber ein komfortableres Gefängnis, inklusive mütterlicher Wärterin, war kaum vorstellbar. Auf jeden Fall war die Verpflegung hervorragend. Der Toast und die Eier im Glas waren inzwischen kalt geworden, aber sie aß trotzdem alles heißhungrig auf. Nach der dritten Tasse Tee aus der silbernen Thermoskanne fühlte sie sich entschieden gestärkt. Zumindest kann ich allein ausgehen, dachte sie, und einiges besichtigen. Das ist das Sicherste.

Zunächst aber mußte sie die Schränke und Kommoden inspizieren. Nach ihrer Ankunft gestern abend hatte sie es vor lauter Müdigkeit nur zu einem flüchtigen Überblick gebracht. Gott, was Sabrina alles besaß! Das konnte sie in einer einzigen Woche gar nicht durchprobieren, auch wenn sie sich jeden Tag drei- oder viermal umzog. Es war, als hätte sie freie Hand, sich bei mehreren Modeschöpfern zu bedienen: Tageskleider, Abendroben, Kostüme, Kaschmirpullover, Seidenblusen, Spitzenunterwäsche, Schuhe und bunte Tücher – und kostbaren Schmuck in einer samtgefütterten Lederschatulle.

Stephanie schlüpfte probeweise in eines der Abendkleider, ein fliederfarbenes, enganliegendes mit Spaghettiträgern und glitzernd besticktem Saum. Eine Art Bolero gehörte dazu. Sie hängte sich ihn lässig um, trat vor den Spiegel – und erblickte nicht ihr eigenes, sondern Sabrinas Ebenbild.

Es war beinahe unheimlich. Wie war das passiert? Das war Sabrinas königliche Haltung, ihr leicht vorgestellter Fuß, der stolz hochgetragene Kopf, der strahlende Blick, das abwartende Lächeln. Stephanie stutzte nur einen Moment und winkte Lady Sabrina Longworth – ihrem Spiegelbild – spöttisch zu.

Ich brauche mich nicht im Haus zu verstecken, dachte sie. Kein Mensch wird den Unterschied bemerken. Ich werde Sabrina mit Glanz vertreten.

Voller Unternehmungslust schlug sie das Telefonverzeichnis auf und rief als erstes bei »Ambassadors« an. Brian, der Sekretär, meldete sich.

»Ich komme heute wahrscheinlich kurz wegen der Post vorbei«, sagte sie nach den üblichen Begrüßungsfloskeln. »Sonst gedenke ich mich diese Woche nicht viel zu zeigen, falls nichts Dringendes vorliegt. Ich habe ein bißchen mit dem Klimawechsel zu tun. Wann wollen Sie Ihren freien Tag nehmen?«

»Am Donnerstag, Mylady, wie immer.«

»Natürlich. Da bleibt der Laden geschlossen.«

Stephanie hörte sich selbst zu: sie klang genau wie Sabrina, kühl, überlegen. Dabei hatte sie noch nie einen Angestellten gehabt. Aber Brian kannte sie wenigstens flüchtig.

Als Mrs. Thirkell von ihren Besorgungen zurückkehrte, fand sie Stephanie ausgehfertig und damit beschäftigt, den Inhalt einer Handtasche in eine andere umzufüllen.

»Ich gehe ein Weilchen spazieren, Mrs. Thirkell. Das köstliche Frühstück hat mich wieder auf die Beine gebracht. Trotzdem will ich mir noch eine ruhige Nachkur-Woche gönnen, werde also abends meist zu Hause essen. Sehen Sie irgendwo meine Armbanduhr? Ich kann sie heute nicht finden?«

»Haben Sie sie nicht an ihren üblichen Platz gelegt, Mylady?«

Stephanie zögerte. »Keine Ahnung. Ich war gestern so todmüde, daß ich kaum wußte, wo ich war.«

»Aber da liegt sie ja!« rief Mrs. Thirkell triumphierend. »In dem Emailschälchen auf Ihrem Frisiertisch, wie immer. Da sieht man, was die Gewohnheit ausmacht. Sie haben sie genau da hingelegt, wo sie hingehört.«

Stephanie folgte Mrs. Thirkells Blick und verbiß sich eine erstaunte Bemerkung. *Diese* Gewohnheit Sabrinas war ihr keineswegs bekannt gewesen. Sie legte die Uhr an und sah – nun doch zusammenzuckend –, daß es schon nach drei war. Hatte sie so lange geschlafen? Den halben Tag vertan? Jeden Moment würden Penny und Cliff nach Hause kommen... Nein, natürlich nicht hier. In Evanston... Nein, auch das stimmte nicht; in Evanston war es jetzt ungefähr halb zehn vormittags. Dann waren die Kinder in der Schule, und Sabrina war allein. Die beste Zeit, sie anzurufen!

Fast hätte ich das vergessen, dachte sie schuldbewußt. Wie

hatte sie es nur fertiggebracht, bis zu diesem Moment nicht ein einziges Mal an ihre eigene Familie zu denken?

»Um wieviel Uhr möchten Sie speisen, Mylady?« fragte Mrs. Thirkell.

»Oh … wie üblich. Ich bleibe nicht lange weg.«

Die Haushälterin zog sich zurück, und Stephanie griff nach dem Telefon, nachdem sie sich vergewissert hatte, daß trotz der Haussprechanlage niemand mithören konnte, wenn sie nicht den entsprechenden Knopf drückte. Sie setzte sich gemütlich auf die Chaiselongue vor dem Kamin, nahm den Apparat auf den Schoß, wählte und schloß während der kurzen Wartezeit die Augen. Jetzt erst sah sie alles überdeutlich wieder: die honigfarbene, durchsonnte Küche, die Kinder, die mit ihren Büchern und Frühstückstaschen zur Schule zogen, und Garth auf dem Weg zur Uni. Und was machte Sabrina gerade? Vermutlich sah sie sich im Haus um und schrak jetzt beim Klingeln des Telefons zusammen …

Da kam die Stimme, einen Ozean vor ihr getrennt und doch so nah: »Hallo?«

»Mrs.Andersen?« fragte Stephanie mit schalkhaftem Lächeln. »Hier spricht Lady Sabrina Longworth –«

»Oh, du bist es!«

Stephanie zog die Füße unter sich, wie sie es stets tat, wenn sie sich auf ein längeres Gespräch einrichtete. »Sabrina«, fragte sie nach dem ersten, notwendigsten Nachrichtenaustausch, »hast du mir unterwegs gesagt, daß du deine Armabanduhr immer in eine kleine Emailschale auf dem Frisiertisch legst?«

»Möglich. Genau weiß ich's nicht. Warum?«

»Weil ich sie automatisch dahin gelegt habe, als ich gestern wie betäubt zu Bett ging. Mrs. Thirkell hat mich vorher noch mit ihren Delikatessen vollgestopft, als hätte ich vierzehn Tage lang gehungert.«

Sabrina lachte. »Dann warte nur ab, was sie sich morgen zu unserem Geburtstag einfallen läßt. Du hast doch daran gedacht, daß wir morgen Geburtstag haben?«

Stephanie lauschte der Stimme nach, die etwas ungeduldig klang. »Kommst du zurecht?«

»Ja, ich hab's nur ein bißchen eilig. Aufräumen, Einkäufe, Kochen –«
Über die tägliche Routinearbeit brauchte Stephanie nicht aufgeklärt zu werden, aber sie hätte doch alles gern ganz genau gewußt. Immerhin, sagte sie sich, als Sabrina nach ein paar hastigen Fragen und Antworten auflegte, sie hat recht. Wenn wir den Rollentausch für eine Woche durchhalten wollen, bringen wir uns mit dem vielen Hin und Her nur gegenseitig aus dem Konzept. Sabrina war jetzt Mrs. Andersen, und sie war Lady Longworth. Höchste Zeit, daß sie sich daran gewöhnte!
Auf ihrem Stadtbummel kaufte sie sich ein Magazin, wobei sie mit dem ungewohnten englischen Kleingeld erfreulich gut zurechtkam, und langte dank ihres ausgeprägten Ortssinns wieder am Cadogan-Square an, ohne sich ein einziges Mal zu verirren. Daß der Hausschlüssel ebenso reibungslos funktionierte, war ein weiteres Hochgefühl. Mrs. Thirkell sah ihr forschend ins Gesicht, aber nur, um festzustellen, ob der Spaziergang nicht zuviel für sie gewesen sei, falls sie etwa Fieber hätte. Stephanie beruhigte sie: Nein, von asiatischer Grippe könne keine Rede sein. Und sie gratulierte sich im stillen, daß Mrs. Thirkell nach wie vor nicht den geringsten Zweifel daran hegte, Lady Sabrina Longworth vor sich zu haben, denn sie berichtete als erstes:
»Da Sie jetzt wieder zurück sind, Mylady, sind natürlich auch wieder pünktlich Blumen gekommen.«
»Ach ja?« antwortete Stephanie zurückhaltend.
»Ich habe sie in den Salon gestellt, wie immer.«
»Dankeschön«, sagte Stephanie und begab sich brav in den Salon. Die Blumen waren schon von weitem zu riechen und nicht zu übersehen – ein übertrieben prachtvolles Gebinde von drei Dutzend roten Rosen und mindestens einem Dutzend mondweißen Orchideen dazwischen, alles in einer kostbaren Kristallvase.
So etwas hatte Stephanie höchstens im Kino oder bei Dolores Goldners Blumenwettbewerben gesehen. Der Duft war betäubend. Wie protzig, was für eine sündhafte Geldverschwendung – und wie eindrucksvoll! Zwischen den Blüten steckte eine Karte.
»Nur ein kleiner Willkommensgruß, meine geliebte Sabrina«,

las Stephanie. »Du hast mich gebeten, nicht anzurufen, und Dein Wunsch ist mir Befehl. Aber nächste Woche werde ich wieder in London sein. Ich vertraue darauf, daß Deine Güte und die schönen gemeinsamen Erinnerungen Dich bewegen, mir einen Abend zu schenken und mir endlich Deine Hand zur Ehe zu reichen.

Antonio.«

»Mylady«, meldete Mrs. Thirkell an der Tür, als Stephanie eben die Karte beiseite legte, »Prinzessin Alexandra.«

Rasch rekapitulierte sie, was Sabrina ihr über die große, auffallend schöne Blondine erzählt und geschrieben hatte. Also das war Sabrinas beste Freundin. Die Tochter eines Hollywood-Starlets, die einen Prinzen ergattert, damit die Träume ihrer Mutter wahrgemacht hatte und sich seitdem mit angeborener Selbstverständlichkeit in den Kreisen des europäischen Hochadels bewegte.

»Tag, Herzchen«, begrüßte sie Stephanie leichthin. »Konnte der Versuchung nicht widerstehen, unsere Fernostreisende zu begrüßen. Na, wie war's? Erfolg gehabt?«

»Erfolg?«

»Ich meine, du wolltest doch Abstand gewinnen, deine Probleme im Lichte chinesischer Weisheit mit anderen Augen sehen ... Sagtest du nicht so etwas Ähnliches?«

»Ja, aber dazu war wohl die Zeit etwas zu kurz. Ich bin auf ein paar neue Gedanken gekommen, das schon. Ob und wie sie sich auswirken, bleibt abzuwarten.«

»Schön, dann hast du inzwischen hoffentlich Zeit, dich morgen abend bei mir zu amüsieren. Eine kleine Party zu deinen Ehren.«

»Zu meinen –?«

»Ja, dachtest du, ich lasse deinen Geburtstag sang- und klanglos unter den Tisch fallen? Natürlich zählen wir die Jahresringe nicht genau. Also schimpf nicht mit mir und komm um acht. Keine große Gala. Ich habe nur ungefähr sechzehn Leute eingeladen, und natürlich rechne ich auf die Hauptperson.«

»Alexandra, ich glaube, ich habe einen kleinen Anflug von Grippe mitgebracht und sollte –«

»Das beste Gegenmittel ist da eine Party. Wird dir jeder vernünftige Arzt empfehlen.«

»Nun ... jedenfalls Dank für die Einladung. Ich sage dir morgen Bescheid.«

»Vergiß es nicht«, sagte Alexandra, winkte ihr lächelnd einen Abschiedgruß zu, und weg war sie. Aber ehe Stephanie über die morgige Prüfung nachdenken konnte, begann das Telefon zu klingeln und hörte so bald nicht wieder auf.

Als erster meldete sich Michael Bernard aus Paris und fragte, ob Alexandras Party morgen bestimmt stattfände; er und Jolie wollten kommen. Dann berichtete eine Andrea Vernon aufgeregt, daß ihr von Sabrina so wunderbar umgestalteter Ballsaal in einem italienischen Magazin abgebildet werden sollte, und der Verleger wollte sie und Sabrina mit auf den Fotos haben. Termin? In vierzehn Tagen. Mrs. Blackford rief an und fragte, ob Sabrina interessiert sei, Nicholas nächste Woche zu der großen Chilton-Auktion zu begleiten. »Ich überlege es mir«, erwiderte Stephanie – und schrieb sofort alles sorgfältig für Sabrina auf den Telefonblock. Zwischendurch öffnete sie die aufgestapelte Post: Einladungen zu Parties, Tennis-Matches, einer Fuchsjagd in Derbyshire, Cocktailempfängen und einem Dutzend Wohltätigkeitsveranstaltungen. Die meist auf schwerem Bütten gedruckten Karten gaben Stephanie das gleiche Gefühl wie Antonios überwältigendes Blumengeschenk; zu viel, zu protzig – und doch ungeheuer beeindruckend.

Sie legte die Karten in der richtigen Reihenfolge aufeinander und dachte mit einem winzigen Anflug von Neid, daß Sabrina, wenn sie wollte, in einer Woche mehr Unterhaltung hatte als sie in einem Jahr. Aber morgen sollte sie ja bei Alexandras Party so eine Art Feuerprobe bestehen ...

Sollte sie es wagen? Der Gedanke war beängstigend und verlockend zugleich. Auf jeden Fall war sie neugierig auf Alexandras Haus, das sie bisher nur von Sabrinas Beschreibungen und Arbeitsfotos kannte. Und da Alexandra, die nächste Freundin, keinen Verdacht geschöpft hatte, mußte es ja ein Kinderspiel sein, die andern, die Sabrina viel weniger gut kannten, erst recht zu täuschen!

Am nächsten Morgen war ihr Entschluß gefaßt. Sie wollte diese einzigartige Chance, in die High-Society hineinzuschnuppern, wahrnehmen und Lady Sabrina Longworths zweiunddreißigsten Geburtstag in großem Stil feiern.
Ihre erst Tat, nach einem fürstlichen Frühstück und Mrs. Thirkells überströmenden Glückwünschen, war wieder ein Ausflug in die Stadt, der sie diesmal vornehmlich zu »Harrod's« führte, diesem berühmtesten Warenhaus Europas. Lächelnd schlenderte sie durch die Abteilungen, auf der Suche nach einem kleinen Geschenk, das sie Sabrina zum Andenken hinterlassen konnte, und besah gerade ein paar Wedgwood-Vasen, als sie einen hellen Aufschrei hinter sich hörte:
»Sabrina! Nein, so ein Zufall!«
Und schon wurde sie von einer bezaubernden jungen Dame geherzt und geküßt, die ihr irgendwie bekannt vorkam – ein zierliches Geschöpf mit üppigem aschblondem Haar und großen grauen Augen. »Herzlichen Glückwunsch zum Geburtstag, Sabrina! Wir freuen uns auf die Party heute abend, und nun treffe ich dich schon hier!«
Stephanie starrte sie an – und erinnerte sich schlagartig, daß diese Dame ja mit ihr und Sabrina im Internat gewesen war.
»Gabrielle! Du hast dich kein bißchen verändert!«
»Na, das will ich hoffen – in knapp drei Wochen? Oder meinst du, man sieht's mir so an? Von wem magst du es nur gehört haben? Wir wollten es dir heute abend als erste erzählen!«
»Was denn?« Stephanies Herz begann zu rasen. Wie dumm und unvorsichtig sie reagierte! Das kam von der Überraschung, ausgerechnet Gabrielle de Martel, Sabrinas Zimmergenossin im Internat, bei »Harrod's« zu treffen. Stephanie hatte sie fünfzehn Jahre nicht gesehen, aber sie war wirklich noch ganz wie damals, obwohl Sabrina ihr einmal geschrieben hatte, auch Gabrielle habe eine geschiedene Ehe hinter sich und arbeite unter anderem als Fotomodell für eine Kosmetikfirma. Ihre Stimme war unverändert hoch, zwitschernd und immer ein bißchen atemlos.
»Um so besser, du weißt es also noch nicht. Komm doch mal her, Brooks!«

Auf ihren lebhaften Wink gesellte sich ein eleganter, lächelnder Herr zu ihnen. Er überragte beide beträchtlich und war auch sonst in jeder Beziehung höchst ansehnlich. Stephanie erkannte ihn nach Sabrinas Beschreibung: das mußte Brooks Westermarck sein, Präsident des gleichnamigen Kosmetikkonzerns, reich, erfolgreich, Liebling der Foto- und Klatschreporter und, wo auch immer er erschien, von schönen Frauen umgeben.
»Gut heimgekehrt, Lady Sabrina?« erkundigte er sich liebenswürdig. »Haben Sie mir meine chinesische Tänzerin mitgebracht?«
Was für eine Tänzerin? Stephanie war ratlos. Zu viele Leute, zu viel Fragen, da kam sie nicht mehr mit ... Aber dann fielen ihr die Jadefiguren ein, die Sabrina in Peking gekauft hatte. War etwas für Brooks dabei? Sie hatte keine Ahnung, sagte aber schnell: »Gewiß. Die Hauptladung kommt erst nächste Woche per Luftfracht. Aber nun spannt mich nicht länger auf die Folter. Was ist eure große Neuigkeit?«
»Wir heiraten«, sagte Gabrielle. »Du wolltest dich nie zu unserem Zusammenleben äußern und mir keinen Rat geben, daher habe ich mich selber kurz entschlossen. Was räts du uns *nun*?«
»Heiratet und seid glücklich«, erwiderte Stephanie prompt.
Brooks Westermarck lachte. »Kluge Frau. Wollen Sie morgen abend unser Gast sein, Sabrina?«
»Wir veranstalten eine kleine Feier bei ›Annabel‹«, erklärte Gabrielle. »Brooks verkehrt da schon seit Jahren, aber ich war noch nie dort. Bitte komm.«
»Ginge es nicht auch nächste Woche? Ich wollte mich eigentlich noch ein bißchen schonen.«
»Ich weiß schon, du nimmst bloß Rücksicht auf Antonio«, zwitscherte Gabrielle. »Der hat dich nie gern in Brooks' und meiner Gesellschaft gesehen, noch dazu in einem Nachtclub und ohne seine Aufsicht. Aber wir sind ja nun ein äußerst respektables Paar!«
Warum eigentlich nicht? dachte Stephanie. Wenn Sabrina jeden Abend ausgeht, kann und muß ich's wohl auch. »Also danke, ich bin dabei «, sagte sie. »Nur erwarte nicht von mir, daß ich allzu redselig bin.«

»Taktvoll formuliert wie immer«, lächelte Brooks. »Als ob in Gabys Gegenwart sonst jemand zu Wort käme!«

Abends, als Stephanie sich für Alexandras Party vorzubereiten begann und gerade in der Badewanne lag, hörte sie das Telefon klingeln und kurz darauf Mrs.Thirkells Stimme vor der Tür.
»Prinzessin Alexandra hat angerufen, Mylady, sie schickt Ihnen ihren Chauffeur kurz vor acht. Welches Kleid soll ich herauslegen?«
»Das überlege ich mir noch selbst«, rief Stephanie zurück und fragte sich, ob sie Mrs. Thirkell um Rat bitten sollte. Nein, Sabrina tat das bestimmt nicht! Sabrina entschied selber. Mochte Stephanie Andersen auch in Modefragen unsicher sein – Sabrina konnte anziehen, was sie wollte, eben weil sie Lady Sabrina Longworth war!
Und als sie dann in Alexandras Salon trat, wußte sie, daß sie sich mit dem smaragdgrünen Taftrock und der weißen Seidenbluse nicht vergriffen hatte. Sie war sofort der Mittelpunkt der Gesellschaft, und nicht nur, weil alle sie mit Glückwünschen überschütteten. Sie strengte sich an, die vielen neuen Gesichter zu identifizieren, als plötzlich eine wohlbekannte Stimme alle andern übertönte: » ... und das Schönste war, die beiden hatten sich in Schanghai ganz gleiche chinesische Kleider gekauft, und kein Mensch konnte sie mehr auseinanderhalten! Ich traute meinen Augen nicht! Nun gestehen Sie mal«, Nicholas Blackford wandte sich mit gutmütigem Spott direkt an Stephanie, während die anderen Gäste amüsiert zuschauten. »Sie sind gar nicht Sabrina, was? Sie sind in Wirklichkeit Mrs. Stephanie Andersen, die Zwillingsschwester, und führen uns alle an der Nase herum!«
Stephanie war wie vor den Kopf geschlagen. Hier stand sie im Kreuzfeuer der allgemeinen heiteren Aufmerksamkeit und wußte sich nicht zu helfen ... Wirklich nicht? Wenn Sabrina sogar den Ehemann und die Kinder ihrer Schwester täuschen konnte, würde es ihr doch wohl bei ein paar relativ Fernstehenden gelingen! Ihr sekundenlang gesenkter Blick fiel auf den kostbaren Stoff ihres Kleides, die eleganten, superteuren

Abendschuhe. Sofort hob sie den Kopf etwas höher. Sie wußte, daß sie Sabrina vollkommen glich; niemand hätte einen Unterschied feststellen können. Nicholas Blackford spielte nur wieder einmal den Clown, wie es seine Art war. Nun, mein Freund, dachte Stephanie, schauspielern kann ich auch!
Mit einem langen Blick auf den kleinen älteren Herrn, der animiert auf den Füßen wippte, runzelte sie scheinbar nachdenklich und besorgt die Stirn.
»Nicholas«, sagte sie leise, »jetzt machen Sie mich beinahe an mir selbst irre. Wer bin ich? Eine beliebte Quizfrage. Die Lösung liegt ganz bei Ihnen.«
Alles lachte und applaudierte. »Da haben Sie's, Nicholas«, sagte Alexandra. »Also, wer ist sie? Raus mit der Antwort!«
Blackford zog sich wie ein Kavalier aus der Affäre, indem er Stephanies Hand ergriff und küßte.
»Wer sonst als unsere bezaubernde Sabrina? Da gibt's doch gar keinen Zweifel. Aber in China war ich wirklich einen Moment baff, als ich Sie neben Ihrer Zwillingsschwester sah – das lag zum Teil an der schauderhaften Hungerdiät, der ich dort unterworfen war. Ich habe fast alles doppelt gesehen.«
Die Szene löste sich in Wohlgefallen auf, der Apéritif wurde gereicht, und Stephanies Puls normalisierte sich allmählich. Die erste ernste Klippe war umschifft. Die kommenden würde sie auch noch meistern.
»Zu schade, daß ich deine Schwester immer noch nicht kennengelernt habe«, sagte Alexandra. »Seht ihr euch wirklich so ähnlich ?«
»Natürlich nicht. Höchstens für ganz schlechte Beobachter.«
Stephanie war über sich selbst verblüfft. Wie leicht ihr jeder Schwindel von den Lippen ging! Aber die Leute hörten nur, was sie hören wollten oder zu hören erwarteten; jeder Satz wurde nahtlos in das gewohnte Schema eingepaßt. Hörte überhaupt einer richtig zu? Sah einer richtig hin? Jeder war wohl vorwiegend mit sich selbst beschäftigt.
Stephanie fühlte sich endlich am richtigen Platz. Die Londoner Woche fing an, ihr Spaß zu machen.
»Du siehst großartig aus, Sabrina«, sagte eine angenehme Män-

nerstimme an ihrer Seite. »Keine neuen Sorgen aus China mitgebracht?«
Sie sah in ein helles, freundliches Augenpaar. Der dazugehörige Mann war so unauffällig, daß sich bestimmt nie jemand nach ihm umdrehte. Genau so hatte Sabrina ihren alten Studienfreund aus Paris beschrieben: Michel Bernard.
»Was hätte mich in China beunruhigen sollen?« antwortete Stephanie lächelnd, aber unverbindlich.
»Nichts, da hast du recht. Aber als dein letzter Brief kam, haben wir doch befürchtet, diese dumme Geschichte könnte dir die ganze Reise verderben.«
»Oh. Tut mir leid, daß ich euch ... mit hineingezogen habe ...« Stephanie tastete sich vorsichtig an weitere, dringend nötige Informationen heran. »Aber ich war so in Eile ... Was meint ihr denn dazu?«
»Wir finden es fabelhaft, daß du den Mut aufgebracht hast, uns so offen zu schreiben.« Michel Bernard sah sich diskret um, aber da im Moment kein Lauscher in der Nähe war, sprach er leise weiter: »Nur wenige Kenner würden je zugeben, daß sie einer Fälschung aufgesessen sind. Aber uns hast du damit weitergeholfen. Komischerweise ist der Storch selber nicht halb so interessant wie die Namen auf der Expertise. Mehrere davon sind nämlich schon öfter bei ähnlichen Gelegenheiten aufgetaucht. Hättest du das gedacht?«
Stephanie schüttelte stumm den Kopf.
»Ganz schöner Leichtsinn. Man sollte meinen, solche Gauner sind wenigstens schlau genug, jedesmal andere Namen zu erfinden! Unsere Story verzögert sich nun; wir müssen erst noch gründlicher recherchieren. Vor Mitte oder Ende November kann sie keinesfalls erscheinen. Das hilft ja auch dir, nicht wahr?«
»Sicher ...«
»Besonders wenn du versuchst, den Storch ohne großes Trara zurückzukriegen. Hast du dir schon etwas überlegt? Oder traust du der großen Lady Olivia Chasson doch nicht ganz zu, daß sie den Mund halten kann?«
»Genau weiß ich's nicht ...« Stephanie wirbelte der Kopf. »Laßt mich wissen, was ihr entdeckt habt«, bat sie verzweifelt.

»Seit wir uns das letztemal gesprochen haben? Nicht viel. Aber es könnte nicht schaden, wenn wir alles noch einmal in Ruhe durchsprechen. Wie wär's mit Montag?«

»Montag bin ich besetzt.« Da würde sie auf dem Weg nach Chicago sein, und Sabrina reiste erst gegen Abend nach London zurück. »Vorher oder – besser – irgendwann hinterher.«

»Schön. Wir müssen zwar nach Paris zurück, aber wir rufen dich dann am Wochenende an.«

Nach dem opulenten Dinner und dem anschließenden Mokka erklärte Alexandra, nun sei es Zeit für die Geschenke.

Sie hatten alle etwas mitgebracht: Nicholas und Amelie Blackford einen antiken Handspiegel, die Bernards ein Buch über griechische Kunst, Gabrielle und Brooks einen Kaschmirschal. Alexandra schenkte ihr zwei kostbare Kristall-Leuchter und die anderen Gäste Bücher, Modeschmuck, einen schönen alten Stich und eine kleine Porzellanfigur.

»Und dies« sagte Alexandra, als das Gedränge sich gelegt hatte, »ist von Antonio.« Sie überreichte Stephanie ein schmales, exquisit verpacktes Päckchen. »Er hat es abgeben lassen. Willst du's gleich auspacken oder lieber erst zu Hause?«

»Oh, bitte gleich, ich platze vor Neugier!« rief Gabrielle.

»Vielleicht warte ich noch damit«, sagte Stephanie unsicher, aber nun waren alle neugierig geworden. Sie löste Band und Papier von einem Samtetui, öffnete es und hob schweigend ein glitzerndes Collier aus lupenreinen Sternsaphiren und Brillanten heraus. Die dabeiliegende Karte ignorierte sie. Was für eine Taktlosigkeit von Antonio, ein so übertrieben kostbares Geschenk zu Alexandra zu schicken, wo er sicher war, daß sie es vor allen anderen öffnen mußte. Damit beanspruchte er Sabrina öffentlich als sein Eigentum. Stephanie legte den Schmuck wortlos ins Etui zurück. Die Umstehenden sahen, wie peinlich es ihr war, und verschonten sie mit unpassenden Bemerkungen. Alexandra klatschte in die Hände und ließ Getränke herumreichen. Stephanie entschuldigte sich für einen Moment. Sie wollte allein sein und das Haus besichtigen.

Sie kannte das Haus nur von Sabrinas Beschreibungen und Fotos und war ungemein gespannt darauf, es endlich in Augen-

schein zu nehmen. So wanderte sie ungestört von Stockwerk zu Stockwerk und von Raum zu Raum, und ihr Entzücken wuchs mit jeder Minute. Sabrina hatte es fertiggebracht, Traditionelles mit fröhlich-moderner Verspieltheit zu vereinen. Stephanie verstand, warum das Haus immer noch für Fachzeitschriften fotografiert wurde, und war stolz auf ihre Schwester. Allerdings mußte sie auch mit sehnsüchtigem Neid denken: Ach, wenn ich doch nur einmal ihre Chancen gehabt hätte – das Talent hätte ich schon!
Sie stand gerade vor einem farbenfreudigen Mirò, als sie Alexandras Stimme in der offenen Tür hörte: »Alles in Ordnung, Herzchen?«
Stephanie drehte sich um. »Ja. Entschuldige, ich war sehr unhöflich.«
»Es ist dein Geburtstag und beinahe dein Haus, also brauchst du dich hier nicht zu entschuldigen. Dein Antonio hat, wie es scheint, nicht die besten Manieren. Wie ist er eigentlich bei näherem Umgang?«
»Manchmal sehr taktlos.«
»Das haben wir vorhin alle gemerkt. Und sonst?«
»Manchmal auch nett.«
»Tja. Wie hättest du es sonst fast ein Jahr mit ihm ausgehalten? Okay, du möchtest jetzt wohl nicht darüber reden. Soll ich dir mal zeigen, was ich erst vor kurzem entdeckt habe?« Sie führte Stephanie in eine dämmrige Ecke und zeigte auf das Mosaikparkett. »Na, wer hat sich das wohl einfallen lassen?«
Stephanie bückte sich einen Moment und richtete sich gleich wieder auf. Das kleine, aber deutliche S in dem raffinierten Muster war ihr sofort in die Augen gesprungen.
»Ja, wer wohl?« murmelte sie lächelnd. Sabrina hatte ihr ja ein Foto davon geschickt.
»Eine reizende Idee. Weißt du, Sabrina, von mir aus hättest du dein S zwei Meter groß über dem Eingang anbringen können, so begeistert bin ich immer wieder von allem, was du gemacht hast. Du hättest es nicht so verstecken müssen.«
Stephanie errötete, als hätte das Lob ihr gegolten. Sie tippte leicht mit der Schuhspitze auf das kleine S.

»Gerade groß genug als Signatur«, sagte sie leise. »Du weißt, was es bedeutet, ich weiß es – und die andern geht's nichts an.«

Am nächsten Morgen, von Sabrinas Signum an ihre Pflichten gemahnt, ging Stephanie endlich zu »Ambassadors«. Es war Brians freier Tag und der Laden geschlossen. Das gab ihr Gelegenheit, sich gründlich mit den Räumlichkeiten und den Veränderungen vertraut zu machen, die seit ihrem letzten Besuch vorgenommen worden waren. Sie setzte sich an den Kirschholz-Schreibtisch in dem kleinen separaten Büro, sah die Post durch und betrachtete die vollen Bücherregale, die mit alten Samtdraperien verhängten Fenster, den orientalischen Teppich, die bequemen Besuchersessel und das silberne Teeservice, das auf einem Seitentischchen bereitstand. Das alles strahlte Erfolg, Geschmack, Selbstvertrauen und Wohlhabenheit aus. Stephanie fühlte sich so klein wie ihr verzerrtes Spiegelbild in der Teekanne. Aber dann erinnerte sie sich an den Triumph des gestrigen Abends.
Ich werde mich nicht blamieren! schwor sie ihrem Spiegelbild. Bis jetzt habe ich meine Kräfte ja nie richtig einsetzen können. Haushalt, Kinder, eine mittelmäßige Ehe, ein gescheiterter Beruf... Halt! sagte sie sich. Das werde ich ändern. Wenigstens das mit dem Beruf. Und das andere vorläufig vergessen. Plötzlich sah sie das Büro und den Ausstellungsraum mit ganz anderen Augen an. Genau wie Sabrina würde auch sie ein Signum hinterlassen.

»Annabel« in London ist nichts für Leute, die einen ruhigen Abend und stille Gespräche suchen. Aber für die meisten ist es der Gipfel der Eleganz, und man kommt nicht so ohne weiteres hinein. Das Publikum ist ebenso ausgewählt wie die Speisekarte. Hier werden Affären und Geschäfte begonnen und beendet, hier trifft sich, wer »in« ist, diniert, tanzt, sieht und wird gesehen. »Annabel« ist der Gradmesser der gesellschaftlichen Ebbe und Flut gewisser Kreise.
Auch Maxim Stuyvesant wählte den Club gern als Treffpunkt, wenn er in London war. Musik, Stimmengewirr und gedämpfte

Beleuchtung garantierten ihm mehr Abschirmung als jegliches Büro, und sein Tisch blieb Stunden für ihn reserviert, wenn man wußte, daß er kam.

Donnerstag abend erschien er bereits um neun Uhr mit einem Gast, einem kleinen, bärtigen Mann mit blasierter Miene und dicken Brillengläsern, die seine stechenden Augen unangenehm vergrößerten. Nachdem sie bestellt hatten, begann Ronald Dowling das Gespräch:

»Sie haben also nur die Vase behalten? Hut ab vor Ihrer sicheren Nase. Selbst in Ihrer Gemischtwarenhandlung –«

»Nicht in meiner ...« Maxim Stuyvesant zeigte lächelnd sein prächtiges Gebiß. »Die Gemischtwarenhandlung, wie Sie sie zu nennen belieben, heißt ›Westbridge Imports‹.«

»Die haben das also herausgeholt. Was eigentlich? Übers Mittelmeer – wohin? Erst nach Frankreich? Oder direkt nach England?«

Stuyvesant lächelte unverbindlich. »Es ist heute wirklich sehr laut hier. Ich kann Sie kaum verstehen. Sie fragten nach der etruskischen Vase? Die stammt aus der Sammlung einer englischen Adelsfamilie, die in Finanznöten steckt und einen Teil ihres Besitzes veräußern mußte. ›Westbridge Imports‹ war mit dem Verkauf beauftragt, und als sie die Vase sahen, haben sie mich sofort benachrichtigt. Sie wissen, daß ein paar meiner Kunden für solche Antiquitäten beinahe jeden Preis zahlen.«

Auch Dowling zeigte nun ein dünnes Lächeln. »Ich kenne Ihren Katalog. Mich können Sie nicht für dumm verkaufen. Ich bin nur wegen dieser Vase nach Toronto rübergeflogen, und ich biete Ihnen anderthalb Millionen – aber dafür möchte ich auch die volle Wahrheit hören.«

»Im Kunsthandel und in der Liebe erfährt man die nie so genau.«

»Ich mache keinen Spaß, Stuyvesant.«

»Lieber Dowling, wenn ich Ihnen nun erzähle, daß ein Stück aus der Türkei geschmuggelt und einem Herzog übergeben wurde, daß dieser Herzog zwanzigtausend Pfund Schweigegeld erhielt, um zu schwören, daß dieses Ding sich seit Gene-

rationen im Familienbesitz befindet – klänge das nicht noch mehr nach Schwindel als jede andere Version?«
Dowlings Augen glitzerten hinter der runden Brille. »Jedenfalls amüsanter als unsere Ölgeschäfte in Kanada – und wesentlich gefährlicher.«
»Das Leben ist voller Gefahren«, sagte Maxim Stuyvesant achselzuckend. »Gehen Sie mal zur Stoßzeit über die Fifth Avenue in New York oder die Via Veneto in Rom.«
Dowling kicherte unwillkürlich. »Okay, Sie haben wieder mal recht. Morgen überweise ich zehn Prozent der Kaufsumme auf Ihr Schweizer Konto. Der Rest folgt, sobald die Vase wohlbehalten bei mir in Toronto eingetroffen ist.«
»Nicht so schnell, Dowling. Wenn die Vase in Kanada ist, werden Sie vom Überbringer zu einer Besichtigung gebeten. Sie überzeugen sich doch wohl lieber an Ort und Stelle, daß sie unbeschädigt ist? Und anschließend schreiben Sie den Scheck aus. Erst dann gehört die Vase Ihnen.«
Dowling nickte. »Sie sind ein vorsichtiger Mensch. Ich mag das an Ihnen. Gut, morgen früh wird alles geregelt.«
Maxim winkte dem Kellner und lehnte sich zurück, um das übrige Publikum zu mustern. Sein Blick blieb an einer Dreiergruppe hängen, die soeben an einen Tisch schräg gegenüber geführt wurde. Er stand mit einem Ruck auf.
»Entschuldigen Sie mich einen Moment, Dowling. Ich möchte ein paar Bekannte begrüßen.«
Er wand sich geschmeidig zwischen den Tischen und Pfeilern durch und streckte Brooks Westermarck überströmend herzlich die Hand hin.
»Mein lieber Brooks, welche Freude, Sie nach all der Zeit wiederzusehen! Und Sabrina ...« Er hob ihre Hand an die Lippen. »Ich habe Sie längst in Südamerika vermutet – oder ist das, wie üblich, nur ein Gerücht?«
Stephanie sah eine imposante Gestalt in makellosem Anzug und mit grau-rot meliertem Haar, das seinen mächtigen Schädel wie eine Aureole umstand. Seine grauen Augen verrieten nichts außer Selbstsicherheit, fast Arroganz. Sein Händedruck hatte eine verborgene Kraft, die sie sekundenlang elektrisierte. Sie

zog rasch ihre Hand zurück, aber an einer winzigen Veränderung seines Gesichtes merkte sie, daß er seine Wirkung registriert hatte. Wer war das? Zum Glück machte Brooks ihn gerade mit Gabrielle bekannt.

»Gaby, das ist Maxim Stuyvesant. Gabrielle de Martel, meine Verlobte.«

Maxim küßte auch ihr höflich die Hand. »Ah, endlich habe ich das Vergnügen! Ich glaube, Sie kamen erst nach London, als ich schon wieder in New York war.«

»Vor drei Jahren«, antwortete Gabrielle, indem sie ihn mit unverhohlener Neugier betrachtete. »Aber ich habe schon viel von Ihnen gehört!«

Er lächelte sie freundlich an und wandte sich wieder Stephanie zu. »Also, wie ist das mit Brasilien? Nur Klatsch, oder?«

»Ich bin noch hier, wie Sie sehen«, wich sie geschickt aus. »Das weitere wird die Zeit lehren.«

Er lachte. »Schlagfertig wie immer! Darf ich auf einen Tanz hoffen – ich meine, sobald Sie mit dem Essen fertig sind?«

»Ich habe –« Sie stockte. Sie hatte seit Jahren nicht mehr getanzt, aber ob das auch für Sabrina galt? »Nein danke, ich glaube nicht«, vollendete sie den Satz.

»Es wäre ein besonderer Gunstbeweis«, schmeichelte er, »denn ich bin total aus der Übung. Ich rechne auf Ihre Geduld mit einem alten Freund.«

»Also gut«, sagte sie und erwiderte sein Lächeln, das seine aufmerksamen Augen jedoch nicht erreichte. »Bis nachher.«

Er verbeugte sich, wünschte guten Appetit und ging an seinen eigenen Tisch zurück.

»Komisch«, sagte Gabrielle über die Speisekarte hinweg, »über manche Leute wird soviel geredet, daß man sie zu kennen glaubt, und dann sieht man sie, und sie sind ganz anders. Du kennst ihn ja seit ewigen Zeiten, Sabrina, nicht wahr? Warst du nicht mit Denton kurz nach eurer Hochzeit auf Stuyvesants Jacht?«

»Ja, aber das ist lange her«, sagte Stephanie vorsichtig. Hatte Sabrina ihn gemocht? Womöglich geliebt? Sie hatte seinen Namen nie erwähnt. »Was wird denn über ihn geredet?« fragte sie ablenkend.

»Na, das weiß doch jeder! Aber mir kommt er viel kultivierter vor, als man sagt. Wo mag er bloß das viele Geld herhaben?«
Brooks seufzte ironisch. »Der große Magier Max Stuyvesant – Genaues weiß man nicht. Er hat Kunstgalerien in Europa und Amerika, und vielleicht betätigt er sich auch als Zwischenhändler, aber alles das erklärt seinen Reichtum nicht. Gelegentlich sieht man ihn auf großen Versteigerungen, und seine Privatsammlung soll zu den besten der Welt gehören. Alles übrige ist Klatsch. Er selbst schweigt sich aus. Und da er drei Jahre lang weg war, ist das Gerede über ihn noch unzuverlässiger als gewöhnlich.«
Der Kellner nahm ihre Bestellungen auf, und das Gespräch wandte sich anderen Dingen zu. Stephanie war mit ihren Gedanken beschäftigt. Erst nach geraumer Zeit drang Gabrielles Zwitscherstimmchen wieder an ihr Ohr:
»Willst du nicht mitkommen, Sabrina? Dein Brian wird wohl auch noch zwei Tage allein mit ›Ambassadors‹ fertig. Schließlich hat er's die ganze Zeit, wo du in China warst, auch geschafft. Und Sonntag abend fliegen wir zurück. Sabrina! Hörst du überhaupt zu?«
»Entschuldige, ich habe –«
»– ins Blaue geträumt, man sieht's. Aber wir schlagen dir ja gerade einen kleinen Trip ins Blaue vor! In die Schweiz.«
»In die Schweiz?«
»Du hast wirklich nicht zugehört. Brooks fliegt morgen geschäftlich nach Bern, und ich zottele mit. Aber er hat die ganze Zeit Besprechungen, und ich würde mich furchtbar langweilen, wenn du nicht mitkämst. In Brooks' Flugzeug ist massenhaft Platz, und er sorgt auch für dein Hotelzimmer. Rückflug am Sonntag. Abgemacht?«
Stephanie zögerte nicht. »Abgemacht.«
Gabrielle klatschte vor Freude in die Hände. Während des Essens machten sie genauere Pläne und unterhielten sich wie uralte Freunde. Stephanie lächelte über ihre Mokkatasse hinweg und fand unversehens ihr Lächeln von Maxim Stuyvesant erwidert, der an ihrem Tisch erschien und sie an ihr Versprechen erinnerte.

Die Tanzfläche war so voll, daß sie sehr eng tanzen mußten. Der Rhythmus ging Stephanie so ins Blut, daß sie mit Leichtigkeit Max' Führung folgte.
»Warum haben wir nie miteinander getanzt?« fragte Stuyvesant dicht an ihrem Ohr.
»Warum haben wir nie miteinander geredet?« erwiderte sie kühn. Sie konnte ja nicht wissen, ob diese Behauptung zutraf. Aber sie merkte an seiner Reaktion, daß sie nichts Falsches gesagt hatte, und – was mehr war – daß er sie schön fand und sie begehrte. Sie fühlte sich herrlich jung und ungebunden.
»Sie wollten ja nicht«, sagte er. »Ich hatte eher den Eindruck, daß Sie mir geflissentlich aus dem Weg gingen. Falls Sie jetzt etwas milder gestimmt sind, darf ich Sie vielleicht für morgen zum Dinner einladen?«
»Nein.«
»Kurz und bündig. Ohne jede Begründung? Oder steckt der Brasilianer dahinter?«
»Nein, aber ich verreise übers Wochenende.«
»Sonntag abend dann?«
»Ich komme erst spät zurück.«
»Montag wäre ich auch noch frei.«
»Aber ich nicht. Am Montag fliege ich –« Stephanie biß sich auf die Lippen. »Ich bin den ganzen Tag unterwegs.«
Der Tanz endete, aber er ließ sie nicht gleich los. »Irgendwann muß es sich einrichten lassen. Darf ich nächste Woche wenigstens anrufen?«
Sie nickte, und er führte sie an ihren Tisch zurück. Sie war verwirrt und erschüttert über ihre Gedanken. Der Mann hatte ja Eindruck auf sie gemacht! Er faszinierte sie! Was war das für eine Anwandlung? Ein zwielichtiger Fremder mit kalten grauen Augen und reichlich arroganten Manieren ... In allem das genaue Gegenteil von Garth, dem bescheidenen und zurückhaltenden Garth. Stephanie hatte noch nie einen Mann außer Garth begehrt, und in den letzten Jahren selbst ihn nicht mehr. Sie dankte dem Himmel, daß sie für den Rest der Woche nicht da sein würde. Was bedeutete, daß sie Maxim Stuyvesant nie wiedersehen würde.

Brooks Westermarcks Privat-Jet war hochelegant ausgestattet. Während Gabrielle und Stephanie sich über den von Fortnum & Mason gelieferten Lunch hermachten, las Brooks die Berichte seiner Schweizer Firmenvertreter.
»Sie wollen eine neue Kosmetikserie einführen«, erklärte Gabrielle ihrer Freundin leise, »oder eine alte Serie unter neuem Namen, ich weiß nicht. Brooks redet nicht gern darüber. Man glaubt es kaum, was für ein Theater mit Lippenstiften und Lidschatten und Feuchtigkeitscreme und all dem Zeug aufgeführt wird! Da gibt's Codewörter und Geheimformeln und sogar Spionage von der Konkurrenz ... Es ist eben *big business* in Reinkultur.«
Stephanie hörte der fröhlichen Zwitscherstimme zu. Den Arm auf der weichen Lederlehne des Sofas, sah sie aus dem Flugzeugfenster auf die sauber abgeteilten Felder und nah beieinander liegenden Ortschaften hinunter, die sich so sehr von der weiträumigen amerikanischen Landschaft unterschieden. Es war wie ein Traum, daß sie, Stephanie Andersen, im Privat-Jet von Freunden eine Spritztour in die Schweiz unternahm, während in einem Haus am Cadogan Square eine Haushälterin schon alles für die Rückkehr von Mylady vorbereitete ...
»Hübsche Aussicht«, sagte sie zerstreut.
»Findest du? Mir imponieren hier nur die Alpen. Und weißt du, was ich mir ausgedacht habe? Wir könnten doch eigentlich unser altes ›Institut Juliette‹ besuchen ... Von Bern aus ist es nur eine knappe Stunde Fahrt. Was meinst du dazu?«
»O ja, das wäre toll.«
Aber als sie dann im Park vor dem alten Gemäuer standen, waren sie enttäuscht. Nichts hatte sich verändert, aber sie sagten fast wie aus einem Mund: »Wie klein alles ist!«
»Die typische Wiedersehens-Erfahrung«, meinte Stephanie dann.
»Und guck mal, wie schrecklich jung die Mädchen sind, die da herumlaufen! Nicht halb so hochgestochen und geziert wie wir in dem Alter«, bemerkte Gabrielle.
»Waren wir das?« fragte Stephanie lächelnd.
»Na, und wie!«

»Ich weiß nicht. Wenn wir da im vierten Stock beisammenhockten und von der Zukunft träumten –«
»Im dritten.«
»Was?«
»Wir beide wohnten doch im dritten Stock. Deine Schwester war im vierten, mit dieser – wie hieß sie noch schnell? – dem Mädchen aus New York.«
»Ach ja, mit Dena Cardozo. Du hast recht. Was mag wohl aus ihr geworden sein? Ich muß Stephanie mal fragen; vielleicht steht sie noch in Verbindung mit ihr ...« Stephanie beglückwünschte sich zu ihrer Geistesgegenwart – beinahe hätte sie sich diesmal doch versprochen.
Sie verzichteten auf eine Innenbesichtigung des alten Internats und nahmen den Rückweg über die steilen Weinbergtreppchen.
»An sich habe ich ein paar glückliche Jahre hier verlebt«, sagte Gabrielle erinnerungsversunken, »wenn ich nur nicht immer alle enttäuscht hätte, die zuviel von mir erwarteten. Du wußtest schon damals genau, was du wolltest, irgendwas mit Kunst, und du hast es ja auch zäh und zielstrebig geschafft – aber ich wollte mich immer nur an eine breite Heldenbrust schmiegen und für den Rest meines Lebens geborgen sein. Na, das erstemal ist das ja leider schiefgegangen.«
Stephanie blickte über den blauen Genfer See auf die schimmernde Bergkette am anderen Ufer. Hatte sie nicht einst genau dasselbe an der Seite von Garth Andersen erträumt? »Aber nun hast du ja Brooks«, sagte sie tröstend.
»Ja, nun habe ich Brooks. Hoffentlich genüge ich *seinen* Ansprüchen.«
Sie waren unten angekommen und setzten sich vor das kleine Café am Seeufer, das schon in ihrer Internatszeit ihr Lieblingsplatz gewesen war.
»Ich habe mir genau gemerkt, was du mir gleich damals gesagt hast«, fing Gabrielle wieder an. »Als ich Brooks kennenlernte. Du konntest ihn besser beurteilen als ich.«
»Was habe ich denn gesagt?« fragte Stephanie nach einem kurzen, betroffenen Schweigen. »Ich erinnere mich nicht mehr.«
»Na, daß er eine Kindfrau braucht, die er nach Belieben formen

kann und die ihn anbetet. Aber sie soll auch im Bett toll sein wie eine Professionelle und sich in Gesellschaft gebildet unterhalten können.«

»Habe ich das wirklich gesagt?« fragte Stephanie einigermaßen entsetzt.

»Natürlich nicht wörtlich, aber dem Sinn nach. Zuerst habe ich's nicht geglaubt, aber mittlerweile bin ich klüger geworden. Also spiele ich jede Rolle, die er gerade will: mal das kleine Dummchen, das nicht bis drei zählen kann, mal eine glitzernde Halbweltdame, die ein paar hundert Affären hinter sich hat, und dann wieder die vornehme Aristokratin. Aber, o Gott, wie mich das anstrengt!«

»Kann ich dir nachfühlen.«

»Dabei weiß ich manchmal schon gar nicht mehr, wen ich täuschen will – ihn oder mich. Was soll ich bloß machen, Sabrina? Ich liebe ihn doch so sehr, daß ich keinen anderen Gedanken mehr habe, als wie ich ihm gefallen kann ...«

Gabrielle plapperte auf der ganzen Rückfahrt nach Bern und ahnte nicht, was für wertvolle Informationen sie Stephanie dabei über Sabrinas Leben und Bekanntenkreis vermittelte. Zu schade, daß ich sie nicht mehr anwenden kann, dachte Stephanie. Mit diesen Kenntnissen könnte ich Sabrinas Rolle wochenlang spielen.

Als sie sich im Hotel vor ihrer Zimmertür trennten, sagte Gabrielle impulsiv: »Sabrina, dieser Ausflug hat mir so wohlgetan, vor allem die Möglichkeit, mich mal so richtig auszusprechen, daß ich am liebsten gar nicht zurück möchte.«

»Ich auch nicht«, erwiderte Stephanie melancholisch. Morgen war Sonntag – ihr letzter Tag.

## 12

Von dem Moment an, als Garth sie aus der Klinik nach Hause gebracht hatte, war Sabrina noch keinen Augenblick allein gewesen. Sie konnte an nichts anderes mehr denken, als Stephanie anzurufen, aber entweder saß Garth bei ihr, oder die Kinder tobten herum, um sich nützlich zu machen, wenn sie

nicht gerade den Gipsverband bewunderten. Sie schleppten ihr alles mögliche zu essen an, aber alles, was sie wirklich brauchte, waren fünf Minuten des Alleinseins. Sie fühlte sich wie die Maus in der Falle. Sie lag auf der Couch, und ihr Kopf zersprang beinahe, während die Familie um sie herumlungerte.
Gegen acht Uhr abends fielen ihr die Augen zu. Sie versuchte verzweifelt wachzubleiben, aber die Medikamente taten ihre Wirkung. Garth trug sie die Treppe hinauf, setzte sie aufs Bett, zog ihr behutsam die Kleider über den Verband und den Kopf, sog scharf die Luft ein, als er die üblen Prellungen an ihrer ganzen linken Körperseite bemerkte.
»Du Ärmste, du wirst noch vierzehn Tage lang braun und blau sein. Gott sei Dank, daß weiter nichts passiert ist ... So, jetzt helfe ich dir ins Nachthemd. Kannst du den Arm heben? Sag, wenn's weh tut.«
Sabrina gehorchte wie ein Kind und legte sich aufatmend zurück. Garth deckte sie zu und blickte dann auf sie hinunter. »Heute nacht schlafe ich hier«, sagte er ruhig. »Wenn du Schmerzen hast oder irgendwas brauchst, gib mir einfach einen Rippenstoß.«
»Ja, gute Nacht«, murmelte sie und schlief sofort ein.
Als sie am Sonntag morgen erwachte, war Garth schon auf und fertig angezogen. Sie hatte ihn weder ins Bett kommen hören noch seine nächtliche Anwesenheit bemerkt, aber nun half er ihr wieder beim Anziehen und er und die Kinder wichen den ganzen Tag nicht von ihrer Seite. Sabrina dachte mit einem Anflug von Galgenhumor daran, wie sie Stephanie manchmal um das traute Familienleben beneidet hatte. Nun war ihr diese Erfahrung auch beschieden. Es war sehr schön, so umsorgt zu werden, aber sie brauchte dringender denn je ein paar Minuten des Alleinseins.
Nachmittags half Garth ihr für einen Mittagsschlaf wieder nach oben. Er hatte kaum das Zimmer verlassen, als sie aufatmend nach dem Telefon griff, aber im selben Moment klingelte es schon, und sie hörte Garth am anderen Apparat unten antworten. Zwei Minuten später kam er ins Schlafzimmer.
»Das war Dolores«, berichtete er. »Wir sollen nichts kochen,

sie bringt uns gegen sechs etwas zu essen. Und Linda kocht am Montag für uns. Ich glaube, wenn ich mit einer Liste durch die Stadt gehe, kriegen wir freiwillige Hilfskräfte für ein volles Jahr zusammen. Möchtest du Dolores sprechen, wenn sie kommt?«

»Heute noch nicht. Vielleicht morgen.« Sabrina war ratlos. Morgen sollte sie Stephanie auf dem Chicagoer Flughafen treffen und nach London zurückfliegen! Aber nun waren alle Pläne über den Haufen geworfen, und Stephanie ahnte noch nichts davon. Wie sollte sie sich nur aus diesem Dilemma herauswinden?

Beim Abendessen, als Garth den Eintopf und den Kürbispudding servierte, den Dolores gebracht hatte, versuchte sie zwar, mit den Kindern zu plaudern, war aber so abgelenkt und unruhig, daß Garth sich über ihr Benehmen wunderte. Stephanie war im allgemeinen nicht wehleidig, aber jetzt zeigte sie nicht nur, daß sie Schmerzen hatte, sondern auch so etwas wie Panik. Als er sie danach fragte, schreckte sie zusammen und gab eine so nichtssagende Antwort, daß er es dabei bewenden ließ. Ärger stieg in ihm auf. Warum ließ sie sich nicht von ihrem Mann helfen, der doch der Nächste dazu war, statt vor ihm zurückzuweichen wie vor einem gefürchteten Gegner? Die Gehirnerschütterung schien sie nach kurzer Annäherung wieder so weit von ihm entfernt zu haben wie in der unseligen Zeit vor ihrer Chinareise!

Später lag Sabrina wieder im Bett, und in ihrem Kopf kreisten die Gedanken. Sie döste ein, schrak wieder auf, als Garth sich leise neben sie legte, und zwang sich dann, wachzubleiben und die Uhr im Auge zu behalten. Ein Uhr früh, halb zwei, zwei. In London war es jetzt schon acht, und Stephanie würde gleich zum Flugplatz aufbrechen. Garth atmete tief und regelmäßig. Sabrina schlüpfte aus dem Bett und stahl sich geräuschlos die Treppe hinunter ins Wohnzimmer, wo sie im Halbdunkel nach dem Telefon tastete und rasch ihre eigene Londoner Nummer wählte.

Nach wenigen Sekunden meldete sich Stephanies Stimme: »Hallo? Sabrina Longworth –«

»Ich bin's Stephanie.«

»Sabrina, du? Ich war gerade auf dem Sprung, das Haus zu verlassen. Ist etwas?«
»Ja. Hör gut zu, ich muß flüstern. Mit unserem Treffen heute klappt es nicht. Ich hatte am Wochenende einen kleinen Unfall.«
»O Gott! Schlimm?«
»Nichts Ernstliches. Ich bin am ganzen Körper grün und blau und habe scheußliche Kopfschmerzen – eine leichte Gehirnerschütterung. Nat Goldner hat mich verarztet. Das Hauptproblem ist nämlich, daß ich mir den Arm gebrochen habe und in Gips stecke. Siehst du da einen Ausweg?«
»Was für einen Ausweg?« fragte Stephanie schwach zurück.
»Wie du es Garth beibringst«, flüsterte Sabrina kaum hörbar. »Ich weiß, es ist alles meine Schuld, und es tut mir schrecklich leid. Seit Samstag überlege ich dauernd, ob ich nicht alles auf mich nehmen soll, damit du gar nichts mehr zu erklären brauchst – aber ich fürchte, das macht die Sache nur schlimmer. Du kennst ihn, du kannst es sicher irgendwie einrenken …«
Eine Pause entstand, die Sabrina beängstigend lang vorkam. Endlich meldete sich Stephanie wieder:
»Glaubst du wirklich, du könntest nach dieser gemeinsamen Woche einfach verschwinden und Garth könnte mit mir so weiterleben, als wäre nichts geschehen?«
»Das nicht. Etwas verändert haben sich die Dinge sicherlich. Aber wenn ihr euch noch liebt –«
»Liebe hat damit nichts zu tun. Er wird mit Recht sagen, wir haben ihn zum Narren gehalten.«
»Ja, leider. Er ist alles andere als ein Narr, aber wir haben ihn getäuscht.«
»*Du* hast ihn getäuscht. Wie soll ich das je wieder ausbügeln? Es ist ja nicht wie ein alltäglicher Streit.«
Nein, dachte Sabrina, bei einem Streit stehen sich die Gegner offen gegenüber. Bei einer Täuschung weiß der eine alles und der andere nichts. Das wird selten verziehen. Wenn Garth erfährt, daß seine brüchige Ehe mit Hilfe einer Frau gekittet werden sollte, die seine eigene Schwägerin ist, daß seine Frau und deren Schwester ihm einen verrückten Streich gespielt haben –

Sie sank erschöpft in einen Sessel. »Wir wollten uns doch nur gegenseitig einen Gefallen tun, eine Woche schenken. Aber alles, was es gebracht hat, ist Verwirrung.«
»Es ist meine Schuld. Garth ist mein Mann. Ich habe keinen Moment an die Folgen gedacht, falls alles herauskommt.« Wieder entstand eine Pause, in der Sabrina förmlich sehen konnte, wie Stephanie jenseits des Ozeans um Fassung rang. »Nein, ich kann's ihm nicht sagen. Er würde es nie verstehen und noch weniger verzeihen. Es wäre das Ende unserer Ehe.«
»Und wenn ich es täte –«
»Das wäre noch blamabler für ihn. Ich weiß nicht, was wir machen sollen. Oder ... halt, vielleicht könnte ich simulieren!«
»Simulieren?«
»Nat Goldner ins Vertrauen ziehen, daß er mir einen Gips macht und sich weiterhin um mich kümmert.«
»An diese Möglichkeit habe ich auch schon gedacht. Aber wenn du mich sehen könntest! Ich habe Prellungen überall und eine Schramme auf der Stirn, und ich kann auf keinen Fall heute nach Chicago kommen, und morgen auch nicht, und wer weiß, wann es überhaupt geht ...«
»Dann gibt es nur einen Ausweg: Bleib da und spiel deine Rolle weiter. Ist das zuviel verlangt? Wäre es für dich eine unerträgliche Zumutung zu warten, bis der Gips abgenommen wird oder was immer sonst passiert? Wie lange soll es denn dauern? Vierzehn Tage?«
»Nat sagt, vier Wochen.« Sabrina setzte sich jäh auf. Stephanie hatte gesagt: Bleib da! Aber wie sollte das gehen? In London wartete ihr Haus, ihre Bekannten, ihr Geschäft, Antonio, ihre ganze Zukunft ...
»Und was ist in vier Wochen?« drängte Stephanie etwas lauter.
»Da werde ich wieder geröntgt, und wenn der Knochen geheilt ist, kommt der Gips ab.«
»Gut, und wenn ich erst dann käme, brauchte kein Mensch je etwas zu erfahren. Hör zu –« Stephanies Stimme bekam einen fast flehenden Unterton, »hier klappt alles bestens, ich kann auch ›Ambassadors‹ solange führen. Brian hat keine Ahnung, und ich bin ja nicht ganz ohne Fachkenntnisse. Und daß du mit

Haushalt und Familie gut zurechtkommst, hast du bereits bewiesen. Was sind schließlich vier Wochen, wenn wir damit allen Beteiligten Kummer und Ärger ersparen!«
»Moment«, sagte Sabrina und legte die gesunde Hand über die Augen. Ihr Kopfweh war so schlimm, daß sie kaum weiterdenken konnte. Stephanie hatte sicher recht; vier Wochen waren keine Ewigkeit, wenn man bedachte, wie schnell die eine Woche vergangen war. Sie fühlte sich wohl in der Familie, sie hatte noch ein paar unerledigte Aufgaben, und wenn Stephanie selbst dazu riet ... *aber*!
»Aber«, flüsterte Sabrina hastig, »ich weiß nicht, ob ich Ga ... ich meine, ob ich ihn noch vier Wochen länger hinhalten kann.«
Stephanie atmete hörbar ein. Dann sagte sie:
»In den letzten Jahren waren die Zwischenräume manchmal viel größer.«
»Aber Stephanie, zwei Wochen China, eine Woche hier und jetzt noch vier Wochen dazu, das sind sieben Wochen ...«
»Du machst das schon. Ich weiß, daß du es kannst. Es bedeutet so viel für mich – und für meine Ehe.«
»Aber was wird nachher?«
»Wieso nachher?«
»Stephanie, du kannst vielleicht unseren Streich mit der einen Woche noch erklären, aber fünf ...«
»Das kommt doch auf dasselbe heraus. Sabrina, ich flehe dich an – «
Sabrina fühlte sich plötzlich befreit, als ob sich ein Knoten in ihrem Inneren löste. Ich kann Garth und die Kinder noch ein Weilchen behalten! dachte sie.
»Also gut. Wir müssen natürlich noch eine Menge besprechen, wegen ›Ambassador‹, wegen Antonio ... Ruf zurück, wenn ich allein bin, ja?«
»Klar, ich weiß ja Bescheid. Sabrina, ich bin dir so dankbar. Ich weiß, wie langweilig es für dich sein muß, und ich –«
»Stephanie?« kam plötzlich Garths Stimme von oben.
»Garth ist wach geworden«, hauchte Sabrina ins Telefon. »Ich muß aufhören. Ruf mich an ... um zehn Uhr.«

Als Garth verschlafen herunterkam, stand Sabrina in der Küche und machte sich am offenen Kühlschrank zu schaffen.
»Suchst du etwas?« fragte er.
»Ja, ich hatte plötzlich einen Anfall von Heißhunger. Was bedeutet, daß es mir wieder besser geht.«
»Warum hast du mich nicht geweckt?«
Sie lächelte über sein besorgtes Gesicht. »Weil du deine Nachtruhe brauchst. Aber da du schon hier bist, könnten wir uns vielleicht über den Puddingrest hermachen, was meinst du?«
»Auf die Gefahr hin, daß Cliff uns tagelang böse ist«, antwortete er lachend. Und damit setzten sie sich in der nachtstillen Küche zusammen und löffelten die Schüssel leer.

## 13

Während seiner Vorlesung am Montag morgen mußte Garth ständig an Stephanie denken. An ihr schlafgelöstes Gesicht, ihr bernsteinfarbenes Haar, das sich wie ein Fächer auf dem weißen Kissen ausbreitete, ihre leicht geöffneten Lippen ...
Er wollte sie anrufen und fragen, wie sie sich fühlte, bevor er seine Schreibtischarbeit erledigte und ins Labor ging. Aber sooft er wählte, war die Leitung besetzt. Stimmte da etwas nicht? Er sah auf die Uhr. Genug Zeit für einen kurzen Abstecher nach Hause.
Stephanie saß im Wohnzimmer und telefonierte. »Wir bleiben in Verbindung«, sagte sie gerade. »Das Wichtigste haben wir ja wohl besprochen. In Notfällen –«
Sie sah Garth in der Tür und erstarrte. Garth mußte an gewisse Versuchstiere im Labor denken, die sich plötzlich totstellten, wenn sie eine nahe Gefahr spürten. Er ging zu ihr, legte ihr beruhigend die Hand auf die Schulter und spürte, wie ihre Muskeln sich verkrampften.
»Sprich nur fertig«, sagte er. »Ich hatte Angst, es wäre etwas passiert, weil ich dich nicht erreichen konnte.«
» ...also, im Notfall reden wir weiter«, sagte sie, als hätte sein Dazwischenkommen sie kaum gestört. »Paß auf dich auf und

mach dir keine Sorgen um mich.« Sie legte den Hörer auf und wandte sich langsam um. »Entschuldige, ich habe nicht daran gedacht, daß du versuchen würdest, mich anzurufen.«
»Ja, denkst du denn, ich mache mir keine Sorgen? Mit wem hattest du so lange zu reden?«
»Mit Sabrina.«
»Den ganzen Morgen? Hat sie dich zu einem Erholungsaufenthalt nach London eingeladen?«
»Nein, natürlich nicht.«
»Dann schickt sie dir wahrscheinlich ihre unschätzbare Haushälterin, diese Mrs. –, ich habe ihren Namen vergessen.«
»Unnötig, Dolores schickt mir ihre Putzfrau Juanita, wie sie schon versprochen hat. Warum bist du immer so wütend auf Sabrina?«
»Ich bin nicht wütend. Tut mir leid, daß ich immer so bissig werde; es ist ja nur natürlich, daß du nach deinem Unfall mit deiner Schwester sprichst. Wenn es dir hilft ... Fühlst du dich jetzt wohler?«
»Ja.«
»Dann können wir vielleicht eine Kleinigkeit essen. Setz dich ausnahmsweise mal hin und laß dich bedienen. Und hinterher sollst du dich gleich wieder hinlegen; du siehst ziemlich blaß aus.«
»Ja, ich glaube, das werde ich tun.«
Garth durchsuchte den Kühlschrank und machte eine Platte mit Aufschnitt, Krabbensalat, Käse und Oliven zurecht. »Brot und Butter haben wir auch. Nun spring doch nicht schon wieder auf – ich mache das. Gab es sonst etwas Wichtiges? Oder plaudert deine Schwester nur zum Spaß stundenlang?«
Sabrina sah geistesabwesend zu, wie er ein paar Schnitten belegte, und befühlte ihren Gipsverband.
»Nein, sie hat auch ihre Sorgen«, sagte sie zögernd. »Mit ›Ambassadors‹. Offenbar zirkulieren Porzellanfälschungen, die vor allem an kleinere Galerien verkauft werden. Wir haben über Zertifikate und dergleichen gesprochen.«
»Ach, sie hat wohl etwas verkauft und zu spät gemerkt, daß es eine Fälschung war?«

Sie warf ihm einen raschen Blick zu. »Leider ja. Was würdest du ihr raten?«
»Dem Kunden sofort reinen Wein einzuschenken und das Ding zurückzukaufen. Je länger sie wartet, desto schwerer wird sie die Leute überzeugen können, daß sie nichts von dem Schwindel gewußt hat.«
Sie biß sich auf die Lippen. »Ja, stimmt. Der Krabbensalat schmeckt gut, nicht? Ist noch etwas davon da?«
Garth fand im stillen, daß sie heute auffallend rasch von ihrem Gespräch mit Sabrina ablenkte. Normalerweise berichtete sie endlos über das märchenhafte Luxusdasein, das ihre Schwester, ihrer Meinung nach, in London führte. Nun ja, wenn Sabrina jetzt auch in Schwierigkeiten steckte ...
Aber auch sonst hatte sich seine Frau verändert, fand er, und das nicht erst seit ihrem Unfall, sondern schon seit der Rückkehr von der Reise. Einmal kam sie ihm entgegen, dann wieder wich sie grundlos zurück, als sei sie in einem rettungslosen Zwiespalt der Gefühle. Sie schien unterwegs viel über sich, ihn und ihre Ehe nachgedacht zu haben. »Laß mir noch ein paar Tage Zeit«, hatte sie neulich nach der Geburtstagsparty bei Goldners gesagt. Aber nun war der Unfall dazwischengekommen, und sie war halbkrank und behindert. Selbstverständlich war er bereit, darauf Rücksicht zu nehmen, und an Warten war er gewöhnt.
Er stand auf und streifte ihre Stirn mit den Lippen.
»Leg dich hin. Heute abend wirst du alle verfügbare Kraft brauchen. Penny und Cliff haben sich verschworen, uns mit einem selbstgekochten Dinner zu überraschen.«

Garth dachte in diesen Tagen mehr an seine Frau, als er es jahrelang für nötig befunden hatte; sie war ihm aber auch noch nie so rätselhaft erschienen. Er ertappte sich dabei, daß er den Abend herbeisehnte, um nach Hause zu eilen und bei ihr zu sein. Und dann konnte er nicht umhin, jede ihrer Bewegungen zu beobachten. Wenn sie sich zufällig umdrehte und ihre Blicke sich trafen, sah er verlegen beiseite.
»Nun mach dir doch nicht soviel Sorgen«, sagte sie Mittwoch

abend etwas ungeduldig. »Mir geht's wieder ganz gut. Vivian Goodman hat mir die neueste Ausgabe von *Newsweek* gebracht. Warum hast du mit keinem Wort erwähnt, daß du drin bist?«

»Nicht der Rede wert«, meinte er wegwerfend. »Zwei kurze Absätze in einem langen Artikel.«

»Was, Dad ist in der Zeitung?« schrie Cliff und sprang ungestüm vom Stuhl. »Wo ist sie?«

»Im Wohnzimmer«, rief Sabrina ihm nach. Zu Garth sagte sie: »Auch wenn es nur ein paar Absätze sind ... Aber das Ganze ist ja geradezu ungeheuerlich in seiner Bedeutung.«

Garth sah sie ungläubig an. »Hast du etwa den ganzen Artikel gelesen?«

»Ja, natürlich. Dein Bild ist auch dabei. Aber ich hätte ihn sowieso gelesen, er ist wahnsinnig interessant.«

Er traute seinen Ohren nicht. Jahrelang hatte er vergebens versucht, sie für seine Arbeit zu erwärmen, und nun ...

Sabrina studierte sein Gesicht, als Cliff die Zeitung brachte und Garth sie durchblätterte. Früher, bei Stephanies Heirat und ihren seltenen Begegnungen, hatte sie Garth immer ziemlich steif und langweilig gefunden. Das hatte sich grundlegend geändert. Dieser Garth Andersen war ja möglicherweise ein bahnbrechendes Genie! In dem Artikel wurde er als einer der führenden internationalen Genforscher und Biogenetiker vorgestellt, von dem die größten Entdeckungen zu erwarten seien. Er kam ihr vor wie ein Wesen von einem anderen Stern, mit geheimnisvollen, nie geahnten Kräften begabt – und sie empfand es als ungeheuer wichtig, diesen Fremden zu verstehen.

»Kannst du uns das noch ein bißchen erklären?« fragte sie und deutete mit dem Finger auf einige Zeilen.

Garth begann erst zögernd zu sprechen, taute dann aber zusehends auf. Zum erstenmal berichtete er seiner Familie ausführlich über seinen Beruf, und trotz der vielen Fachausdrücke hörten sie alle wie gebannt zu. Er fühlte sich glücklich und bestätigt wie noch nie. Was galten alle wissenschaftlichen Erfolge, wenn man in den eigenen vier Wänden nicht anerkannt wurde!

Während des Sprechens hatte er unbewußt seine Hand auf die seiner Frau gelegt und lächelte ihr dankbar zu. Als er endlich aufhörte, sagte sie:
»Gar nicht so einfach für dich, nach Hause zu kommen und den Rasen zu schneiden oder einen tropfenden Wasserhahn zu reparieren, nachdem du mit Molekülketten experimentiert und Lebensformen verändert hast ... Jetzt begreife ich auch, warum du oft in Gedanken woanders bist.«
Er sah sie lange an. »Danke«, sagte er mit belegter Stimme, »etwas Schöneres hättest du mir gar nicht sagen können.« Er machte eine Pause und schaute über den Tisch. »Aber ich bemerke mit Erstaunen, daß das Geschirr noch nicht gespült ist!«
»Wir haben dir zugehört und eine Masse gelernt«, verwahrte sich Cliff mit Würde. »Müssen wir trotzdem noch den Abwasch machen?«
»Solange du keine neuen Bakterien entdeckst, die das für euch erledigen, bleibt euch wohl nichts anderes übrig. Los, Kinder, beeilt euch. Es ist spät geworden.«
Ja, es ist spät, dachte er und lehnte sich mit einem wohligen Seufzer zurück. Wann hatten sie zum letzten Mal so um den Tisch gesessen und geredet wie eine richtige Familie? Er konnte sich nicht erinnern. Allerdings hatte er sich auch kaum je darum bemüht. Heute hatte *sie* es getan.
Er lächelte sie dankbar an, stand auf und zog auch sie vom Stuhl hoch. Die Kinder lärmten nebenan in der Küche. Seine Lippen streiften Sabrinas Haar und glitten über Augen und Wange dem Mund zu ... Aber schon entzog sie sich seiner Umarmung und stand mit gefrorenem Gesicht da, den Blick abgewandt und bleich bis in die Lippen.
»Nein, bitte nicht«, brachte sie mühsam hervor. »Nicht jetzt ... nicht, bevor ich ...«
Es traf ihn wie eine kalte Dusche. Erst ermutigte sie ihn, und nun speiste sie ihn wieder derart ab! Ebensogut hätte sie ihn ohrfeigen können. Sie hatte ihre Launen nicht aufgegeben. Er strebte mit langen Schritten zur Tür – bloß weg von ihr! –, aber ihre Stimme ließ ihn noch einmal innehalten.
»Verzeih. Es tut mir so leid, aber ... Mir tut alles weh, der Arm,

die Prellungen an der Seite ... Ich kann mich nicht ohne Schmerzen bewegen. Das mußt du dir doch vorstellen können ...«

Dummes Zeug. Er stand zwischen Tür und Angel. Seine Stimme wurde schneidend. »Keine Sorge, ich werde dich nie wieder belästigen. Gewalt hat mir nie Spaß gemacht. Oder mich aufgereizt. Es wird nicht wieder vorkommen.«

Er erreichte die Haustür, riß sie auf, knallte sie hinter sich zu und ging schweratmend zum See hinunter. Was wollte sie denn noch von ihm? Wenn sie ihn so satt hatte, warum sagte sie es dann nicht geradeheraus?

Er wanderte meilenweit am Ufer entlang. Als er zurückkam, war das Haus still, aber in der Küche brannte noch Licht, und irgendwer hatte einen Teller mit Keksen auf den Tisch gestellt. Natürlich ließ er ihn unberührt und verkroch sich, erschöpft und ausgehöhlt von seiner kochenden Wut, in sein Arbeitszimmer, ließ sich auf die Couch fallen und schlief sofort ein.

Sein Zorn war auch über Nacht nicht verraucht, als er in aller Frühe aufstand, das Haus ohne Frühstück verließ und sich zum Kaffeetrinken in die Mensa begab.

Eine bekannte Stimme schreckte ihn aus seinem Brüten auf. Sie gehörte seinem Freund Nathaniel Goldner.

»Hallo Garth, was bedeutet diese bedrohlich verfinsterte Stirn? Was du brauchst, ist frische Luft und ein paar Sätze Tennis, damit du auf einen adäquaten Gegner losdreschen kannst. Es sei denn, du möchtest dich lieber aussprechen.«

»Nein, auf etwas losdreschen ist gerade das richtige für mich. Gute Idee.«

Sie waren völlig gleichwertige Partner und spielten hart und schnell. Nach etwa einer Stunde war Garth merklich entspannt, und Nat Goldner beglückwünschte ihn. »So ein pokalreifes Spiel haben wir selten geliefert. Wollen wir jetzt endlich vernünftig frühstücken?«

»Ja, gern. Ich muß erst um zehn im Labor sein.«

»Wie geht es Stephanie?« fragte Nat und bestrich seinen Toast sorgfältig mit Butter. »Keine depressiven Zustände, Menschenscheu oder unberechenbaren Stimmungsschwankungen?«

»Wegen eines Armbruchs?«
»Vergiß die Gehirnerschütterung nicht. Na, wir können ja alle froh sein, daß es einigermaßen glimpflich abgelaufen ist. Hat sie dir von der Putzfrau erzählt, die Dolores aushilfsweise rübergeschickt hat?«
»Juanita? Nur daß sie mit ihrer Arbeit zufrieden war. Und daß sie Dolores sehr dankbar ist. War sonst noch was?«
»Laut Dolores hat Juanita sich folgendermaßen über Stephanie geäußert: ›*Die* Dame ist aber stolz geworden! Die weiß, was sie will. Kommandiert einen rum wie 'ne Königliche Hoheit.‹ «
»Stephanie? Unsinn. Zum Kommandieren ist sie viel zu schüchtern.«
»Ich zitiere nur, was Dolores gesagt hat.«
»Dann schwindelt eure Juanita – oder zumindest übertreibt sie ganz schaurig.«
»Garth, glätte dein Gefieder. Niemand greift deine Frau an.«
»Worüber hat Juanita sich sonst noch beklagt?«
»Daß sie in der Küche essen mußte, während Stephanie draußen im Patio aß.«
»So?«
»Offenbar essen die anderen Professorengattinnen hier in Evanston immer mit ihren Haushalthilfen oder Putzfrauen zusammen. Ich wußte das auch noch nicht. Bin ja mittags nie zu Hause.«
»Dieses undemokratische Benehmen muß noch aus Stephanies europäischer Jugendzeit stammen. Hier in Amerika hat sie ja noch nie Personal gehabt.«
»Wie gesagt, Garth, ich mache ihr daraus keinen Vorwurf. Aber als ihr Arzt muß ich wissen, ob sich ihr Verhalten verändert. Unterschätze die Unfallfolgen nicht. Sie hat ganz gehörig was abgekriegt, und manchmal bleibt da für längere Zeit ein Trauma zurück. Die Patienten glauben besonders bei Kopfverletzungen, der Arzt belüge sie, und es sei in Wirklichkeit viel schlimmer, als es ist. Klagt sie viel?«
Garth ließ seinen angebissenen Toast liegen und schenkte sich Kaffee nach. »Nein, die Prellungen tun ihr weh, das ist alles.«
»Falls sie Veränderungen zeigt, wird das bestimmt wieder ver-

schwinden, sobald es ihr besser geht. Wenn du mich brauchst – du weißt ja jederzeit, wo ich zu finden bin.«

Cliff trödelte auf dem Heimweg von der Schule. Vielleicht war Penny dann schon vor ihm da und mußte das stehengebliebene Frühstücksgeschirr allein abwaschen. Er wünschte, Mom wäre den Gipsverband bald wieder los, damit sie das meiste selber machte wie früher – aber er hatte das unbehagliche Gefühl, daß es so wie früher nicht mehr werden würde. Man wußte jetzt nie genau, wie man mit ihr dran war – sie war oft ziemlich streng, aber richtig wütend wurde sie eigentlich nie. Irgendwie unheimlich. Als ob sie Pennys und seine Ungezogenheiten gar nicht besonders beachtete. Fast wäre ihm das lieber gewesen. Na, wahrscheinlich tat ihr der Arm noch weh, oder sie hatte sonst was.

Beim Betreten der Küche atmete Cliff auf. Wenigstens kochte sie wieder, das heißt, im Moment saß sie mit Penny auf dem Sofa, wie es schien in ein langes und ernsthaftes Gespräch vertieft. »Mom«, rief er und ließ seine Bücher fallen. »Ich muß mit dir reden.«

Penny verzog das Gesicht, trollte sich dann aber in ihr Zimmer.

»Mom – ich will dir schon die ganze Zeit was sagen«, platzte er heraus und nahm Pennys Platz auf dem Sofa ein.

»Ja?« Sabrina lächelte ihn heiter an.

»Es ist ... es ist wegen der Hausarbeit. Ich finde es unfair, daß ich als Junge dauernd Tisch decken und Salat putzen und abwaschen muß – und so weiter. Als ob ich nicht genug um die Ohren hätte! Schule und Fußballtraining und ... und dann noch die Hausaufgaben.«

»Und?« fragte sie unverändert sonnig.

»Das sind drei Jobs auf einmal.«

»Zwei, wenn du richtig rechnest. Schüler und künftiger Fußballstar.«

»Na schön, aber wenn ich dauernd im Haus helfen muß, sind's doch drei. Soviel Jobs hat niemand.«

»Und was habe ich?«

»Du? Na ja, du ... du bist eben eine Mutter.«

»Nur eine Mutter. Überlege dir das mal gründlich. Ich bin die Putzfrau der Familie – was etwas weniger Spaß macht als Fußball. Ich bin eure Köchin. Ich bin sehr oft eure Chauffeuse. Ich wasche für euch. Ich kaufe ein. Ich gärtnere. Ich repariere Möbel und Kleider. Ich helfe euch bei den Schularbeiten. Ich pflege euch, wenn ihr krank seid. Und außerdem habe ich noch einen Job an der Universität. Macht zusammen ungefähr ein Dutzend.« Sabrina hielt einen Moment inne – hatte Stephanie das alles wirklich jahraus, jahrein getan? »Und natürlich bin ich auch noch Ehefrau und Mutter. *Wieviel,* sagtest du, wird dir dagegen zugemutet?« Cliff starrte sie an. »Aber – du bist doch für solche Sachen da!«

»Wer sagt das?«

Er grübelte verdutzt nach einer passenden Antwort. »Ich glaube ... Es steht schon in der Bibel.«

Sie lachte. »In der Bibel gibt es auch kämpferische Frauen, die den Männern die Köpfe abhacken. Soll ich so werden?«

»Nein, nein ... Na schön, vielleicht steht es nicht gerade so in der Bibel oder in anderen Gesetzbüchern, aber jeder weiß doch, was die Pflichten einer Mutter sind. So sehr haben sich die Familien nicht verändert.«

Sabrina nickte ernst. »Und was sind die Pflichten der Söhne?«

»Vor allem, zur Schule zu gehen.«

»Erst seit der Jahrhundertwende. Habt ihr das noch nicht gehabt? Früher wurden alle Kinder, außer den reichen, in Fabriken und Kohlenbergwerke gesteckt, wo sie bis zu vierzehn Stunden täglich schuften mußten, um zum Lebensunterhalt der Familie beizutragen.«

»Aber inzwischen ist das doch längst abgeschafft!«

Sabrina tat überrascht. »Ich denke, Familien ändern sich nicht?«

Es dauerte ein paar Sekunden, ehe Cliff sich geschlagen gab. Er mußte erst grinsen, dann lachen, und Sabrina fuhr ihm durchs Haar, und dann lachten beide immer mehr. Garth traf sie noch bei diesem gemeinsamen Heiterkeitsausbruch an, als er in die Küche kam.

Sabrina erhob sich. »Himmel, das Essen ist noch nicht fertig!«

»Ich mach das schon, Mom« erbot Cliff sich großartig und ergriff das Salatbesteck. »Hallo, Dad. Wie weit sind deine Klon-Kinder?«
»Ich gebe die Hoffnung nicht auf«, erwiderte er, »daß ich auf diesem Weg mal einen Musterknaben von Sohn kriege. Stephanie, setz dich doch noch ein paar Minuten. Ich denke, wir können beide unser Glas Wein vor dem Essen brauchen.«
Er öffnete die Flasche, schenkte ein und setzte sich neben sie.
»Ich muß mich noch wegen gestern abend entschuldigen«, sagte er leise. »Ich war rücksichtslos und gedankenlos. Und dabei war es bis dahin ein so ungewöhnlich schöner Abend, wenigstens für mich.«
»Für uns alle. Ich habe mir später auch Vorwürfe gemacht, daß ich so schroff –«
»Keine Ursache. Du brauchst Zeit, um wieder ins Gleichgewicht zu kommen, und das hätte ich wissen müssen. Statt dessen habe ich beleidigt reagiert wie ein Teenager.«
Sie runzelte ein wenig die Stirn. »Wieso Gleichgewicht?«
»Ich habe mit Nat gesprochen – über Nachwirkungen von Schocks und Gehirnerschütterungen. Aber mir war ohnehin klar geworden, daß du Schonung brauchst – und daß ich mich benommen habe wie die Axt im Walde. Verziehen?« Er streckte ihr die Hand hin, und nach einem winzigen Zögern legte sie die ihre hinein.
»Danke«, sagte sie leise und zog ihre Hand sofort wieder zurück. »Und jetzt wollen wir essen.«

Freitag kam Juanita wieder. Dolores hatte vorher angerufen, um Sabrina einen freundschaftlichen Wink zu geben.
»Bitte, Stephanie, geh behutsam mit ihr um. Sie ist am besten, wenn man sie selbständig arbeiten läßt. Gegebenenfalls kannst du hier und da einen kleinen Vorschlag machen. Und was das Essen betrifft –«
»Dolores, es klingelt gerade an der Tür. Das wird sie schon sein. Ich rufe dich später wieder an.«
Es war Juanita. Schweigend saugte sie sämtliche Zimmer und wechselte die Bettwäsche, während Sabrina sich an eine der

Arbeiten machte, die – laut Stephanie – Ende September fällig waren: die Sommerkleidung durchsehen und entweder zur Reinigung bringen oder weghängen, die Wintersachen aus dem großen Schrank in der Diele holen. Gegen Mittag erschien Juanita kurz bei ihr.

»Was soll es heute zu Mittag geben?«

»Nehmen Sie sich aus dem Kühlschrank, was Sie mögen.«

Sabrina sortierte gerade Pullover. Da der Gipsarm sie behinderte, fiel ihr einer herunter. Juanita hob ihn auf.

»Mrs. Goldner und die anderen Damen sorgen immer selbst für meinen Lunch.«

Sabrina nahm ihr den Pullover aus der Hand. »Danke. – Ach, tun die andern Damen das? Aber bei sich zu Hause kochen Sie doch wohl auch, Juanita?«

Juanita blieb einen Moment stumm. Dann sagte sie: »Ja, Ma'am« und ging in die Küche. Als Sabrina ihr eine halbe Stunde später folgte, fand sie auf dem Eßzimmertisch einen appetitlich hergerichteten kalten Teller, Weißbrot, ihre Serviette, Besteck und ein Glas Apfelsaft.

Juanita erschien aus der Küche und sagte etwas verlegen: »Na ja, ich dachte ... Ihnen fällt das alles doch noch ziemlich schwer, mit dem kaputten Arm und so.«

»Danke, Juanita, das war wirklich nett von Ihnen. Sieht lecker aus. Haben Sie auch ordentlich gegessen?«

»Ja, Ma'am.« Juanita zog sich eilig zurück.

Am frühen Nachmittag, als Sabrina die verblühten Rosen im Patio zurückschnitt, kam sie und sagte, sie sei mit der Hausarbeit fertig. »Mrs. Goldner kann mich nun natürlich nicht so oft ausleihen«, fügte sie hinzu. »Aber ich habe jeden zweiten Mittwoch frei. Dann könnte ich zu Ihnen kommen, wenn Sie wollen.«

»Wieviel berechnen Sie dafür, Juanita?«

»Dreißig Dollar plus Fahrgeld.«

Sabrina überlegte fieberhaft. Konnten sie sich das leisten? Stephanie hatte immer alles selbst gemacht. Aber warum sollte auch sie sich dermaßen kasteien? Immerhin wäre es ja nur vorübergehend. Sie wollte es riskieren. Wenn Stephanie zurück-

kam, konnte sie entscheiden, ob Juanita weiterhin kommen sollte oder nicht.
»Ist mir recht«, sagte sie. »Paßt Ihnen schon der nächste Mittwoch oder erst der übernächste?«
»Der nächste.«
»Also dann auf baldiges Wiedersehen.« Sabrina wandte sich wieder den Rosen zu, und Juanita ging. Jede von ihnen hatte auf eigene Weise ihren Willen durchgesetzt ... Sabrina mußte lachen. Das würde sie Garth erzählen.
Aber beim Abendessen führte zunächst Cliff das große Wort. Er berichtete selig, daß er heute, von der Ersatzbank erlöst, gleich wieder zwei Tore geschossen habe. »Ihr hättet das sehen sollen, es war echt irre. Nächste Woche ist das letzte Spiel, da kommt ihr doch bestimmt, ja? Richtig Spaß macht es mir doch nur, wenn ihr beide dabei seid.«
»Natürlich. Und vielleicht kommt Penny auch mit.«
Außer dieser freundlichen Zustimmung sagte Sabrina fast nichts und ließ die andern reden. Garth sah sie ab und zu forschend von der Seite an und wartete darauf, daß sie in die Unterhaltung eingriff oder sie gar führte wie an anderen Abenden; aber sie war ungewöhnlich still. Natürlich ahnte er nicht, wie genau sie ihn und die Kinder beobachtete, um sie immer besser kennenzulernen.
»Geht's dir nicht gut?«, fragte Garth, als sie nach dem Essen allein am Tisch saßen. »Kopfweh?«
»Kaum noch. Eigentlich nur so ein dumpfes Brummen im Schädel, wie ein Hintergrundgeräusch – man gewöhnt sich daran.«
»Aber du bist heute so schweigsam. Ärger gehabt?«
»Im Gegenteil, es war eher lustig, aber ich weiß nicht, ob *du* dich nicht vielleicht ärgerst.« Sie erzählte ihm von ihrem stillen Kampf mit Juanita und dessen Ausgang. Garth lachte, aber er war überrascht.
»Ich habe dir doch seit Jahren zugeredet, dir endlich eine Hilfe zu nehmen. Du hast immer behauptet, Fremde im Haus stören dich, und du genierst dich, Anweisungen zu geben.«
»Man sollte nicht glauben, wie sehr ein gebrochener Arm und

eine Beule am Kopf den ganzen Menschen umkrempeln. Übrigens kommt Juanita nur jeden zweiten Mittwoch. Das kostet dreißig Dollar und Fahrgeld.« Ihr wurde heiß. Mußte Stephanie jedesmal Rechenschaft ablegen, wenn sie mehr brauchte als das gewöhnliche Wirtschaftsgeld? Sabrina war nicht gewohnt, ihre Entscheidungen zu rechtfertigen, und das brachte sie irgendwie gegen Garth auf. Aber er erwiderte ganz friedlich:

»Von mir aus könnte sie ruhig öfter kommen. Ich hatte nur angenommen, wir würden das vorher miteinander besprechen.«

Sie mußte plötzlich an Antonio denken, wie er ihr im Restaurant gegenübergesessen und sich so beiläufig erboten hatte, ihre Probleme zu regeln und ihren »kleinen Laden« für sie abzustoßen. War es eine Erleichterung, mit jemand anders seine Pläne zu diskutieren, oder war es eine zusätzliche Belastung?

Sie öffnete gerade den Mund, um Garth zu danken, als das Telefon klingelte. Cliff rannte an den Apparat und schrie vom Wohnzimmer her:

»Mom! Es ist Tante Sabrina!«

Sie nahm sich zusammen, um trotz Garths Gegenwart, schlechter Verbindung und Geschirrgeklapper aus der Küche zu verstehen, was Stephanie wollte. Es drehte sich irgendwie um Antonio. Und Stephanie schien sich wegen irgendwas aufzuregen.

»Ich ruf zurück«, sagte Sabrina. »Die Verbindung ist so schlecht. Du bist übers Wochenende verreist? Dann eben Montag. Mach's gut solange.«

Sie legte auf und gratulierte sich im stillen; das Gespräch war wirklich unverfänglich gewesen. Was für Probleme mochte die arme Stephanie nun an ihrer Stelle haben? Merkwürdig, wie weit das alles von ihr abgerückt war, es interessierte sie kaum, und übers Wochenende vergaß sie es fast ganz. Irgendwie war sie schon ganz in die Gewohnheiten der Familie Andersen hineingewachsen. Garth und die Kinder werkelten in Haus und Hof, und sie kochte sogar wieder allein, teils nach Rezepten, die sie in Stephanies Sammlung vorfand, teils nach eigenen. Keiner schien einen besonderen Unterschied herauszuschmecken, bis Garth ihr am Sonntagabend das Kompliment machte, sie brächte mit einem Arm bessere Mahlzeiten zustande als die meisten Küchenchefs mit zweien.

Es war erstaunlich, wie sehr ihr das schmeichelte.

Das wohlige Gefühl hielt immer noch an, als sie spätabends mit Garth im Wohnzimmer allein war. Sie hatten eine Weile ferngesehen, und nun saßen sie und lasen im Schein zweier Lampen, deren Lichtkreise sich überschnitten. Das Haus war totenstill, und nur vom Plattenspieler kam leise Musik. Als Sabrina von ihrem Buch aufsah, merkte sie, daß Garth gar nicht las, sondern sie beobachtete. Sie lächelten einander an, als sei kein Mensch auf Erden mehr wach außer ihnen, und Sabrina kehrte hastig zu ihrer Lektüre zurück.

Um Mitternacht erklärte Garth, er ginge jetzt schlafen. »Morgen früh hab ich eine Besprechung mit dem Vizepräsidenten.« Und als Sabrina eine Viertelstunde später die Lampen ausknipste und ebenfalls hinaufging, fand sie ihn auf der anderen Seite des Ehebettes, mit geschlossenen Augen und tief atmend. Sie versuchte unhörbar, unsichtbar und gewichtlos zu sein, als sie an ihren Platz schlüpfte. Garth rührte sich nicht, und bevor sie herausbekommen hatte, ob er sich nur schlafend stellte, war sie selbst eingeschlafen.

Montag früh schlug Garth von sich aus vor, sie solle noch ein paar Tage zu Hause bleiben, und bot sich an, sie im Büro zu entschuldigen. Feigling, schalt sie sich insgeheim. Früher oder später muß ich mich ja doch dort zeigen. Damit kann ich nicht warten, bis Stephanie wieder da ist.

Und auch ein paar andere Sachen konnte sie nicht mehr auf die lange Bank schieben. Sabrina meldete sich endlich bei Pennys Klassenlehrerin an, und nach dem Lunch fuhr sie zu einem Treffen in die Schule. Stephanie hatte die Dame als »einschüchternd« beschrieben, und nach einem einzigen Blick auf die kleine Person mit den perfekt ondulierten grauen Haaren, dem verkniffenen Mund und der steifen Haltung wußte Sabrina, warum.

»Nehmen Sie Platz, Mrs. Andersen. Penny hat mir von Ihrem Unfall erzählt, es tut mir sehr leid. Ich sehe, Sie tragen den Arm noch in der Schlinge. Wie geht es Ihnen?«

»Besser, danke.«
»Man weiß allerdings nie, was sich unter so einem Gipsverband abspielt. Hoffen wir das Beste. Um auf den Zweck Ihres Besuches zu kommen, Mrs. Andersen: Ich habe ihnen früher schon mitgeteilt, daß ich Ihre Tochter durchaus mag. Sie ist lebhaft und eifrig und eine gute Schülerin. Aber sie ist auch etwas eigensinnig. Sie sollten darauf achten.«
»Was meinen Sie mit eigensinnig?« fragte Sabrina ruhig.
»Alles soll sich nach ihr richten«, erwiderte Mrs. Casey. »Sie drängt sich gern in den Vordergrund. Natürlich tun das die meisten Kinder. Aber besonders Penny hat ab und zu einen kleinen Dämpfer nötig.«
»Warum?« Sabrina zeigte sich milde interessiert.
»Sie muß bescheidener werden, Mrs. Andersen. Ohne diesen Kern sind Kinder bald nicht mehr zu bändigen. Penelope muß wie alle anderen lernen, Autorität anzuerkennen und ihren Platz in der naturgegebenen Rangfolge einzunehmen. Es ist klar, daß Erwachsene erfahrener sind als Kinder. Wo kommen wir hin, wenn Kinder sich einbilden, ihre Meinung sei ebenso hörenswert wie die unsere? Wozu brauchen sie dann noch Unterricht? – Ihnen muß ich das wohl kaum sagen, Mrs. Andersen, aber Sie wissen vielleicht nicht, wie ... vorlaut Ihre Tochter manchmal in der Schule ist. Ich schätze Unabhängigkeit auch in jungen Jahren bis zu einem gewissen Grade und ermutige die Kinder dazu – aber nicht, wenn sie zu Aufruhr entartet.«
Sabrina nickte nachdenklich. »Und was ist nun mit dem Puppenspiel?«
»Das war in letzter Zeit wieder ein eklatanter Beweis. Sie wissen ja, das Ganze soll in dramatischer Form den Zug nach Westen, den mexikanischen Krieg und den Goldrausch verdeutlichen und mehr Lehrstück als Spiel sein. Nun denn, im Frühjahr erhielt Penny wegen ihrer zeichnerischen Begabung den Auftrag, die Kostüme zu entwerfen und deren Anfertigung zu überwachen. Sie lieferte eine Reihe von Figurinen, die bemerkenswertes Talent, aber einen gewissen Unernst zeigten. Ich ließ sie gewähren, aber als ich ihr vor einigen Wochen sagte,

sie müsse einiges ändern – unser Spiel sei kein Musical –, da muckte sie regelrecht auf. Die ganze Ausstattung sei schließlich *ihre* Idee, und so weiter. Selbstverständlich konnte ich das nicht dulden, Mrs. Andersen. Wenn mein Wort nicht gilt, verwandelt sich meine Klasse demnächst in ein Chaos. Daher habe ich die Ausstattung des Puppenspiels Barbara Goodman übertragen.«
»Ohne vorher mit Penny zu sprechen?«
»Ah ... Ja, ich gebe zu, das war ein Fehler von mir. Ich hatte es vor, aber dann kam irgend etwas dazwischen, und es ist mir entfallen. Ich verstehe, daß Ihre Tochter mir das übelnimmt, und ich werde mich in angemessener Form entschuldigen. So etwas ist für Kinder immer ein gutes Beispiel; auch Erwachsene machen Fehler. Aber ich möchte ganz klarstellen, daß Penny die Leitung des Projekts niemals abgenommen worden wäre, wenn sie sich nach meinen Wünschen gerichtet hätte, und dann brauchten wir auch jetzt kein Wort darüber zu verlieren.«
»Mrs. Casey?«
Zum erstenmal sah die Lehrerin direkt in Sabrinas verdächtig funkelnde Augen.
»Mrs. Andersen«, fügte sie hastig hinzu, »solche Kleinigkeiten kommen im Schulalltag jeden Tag vor. Sie sind rasch vergessen.«
»Bitte, nun bin ich wohl an der Reihe«, sagte Sabrina nach einer wohlberechneten Pause und fuhr in liebenswürdigem Plauderton fort: »Sie sind eine Tyrannin, wissen Sie das? Tyrannen haben immer eine sehr eigene Auffassung von Ruhe und Ordnung und Autorität, und damit halten sie ihre Untertanen in Schranken.« Innerlich zitterte sie vor Wut, aber ihrer Stimme war nichts anzumerken. »Wenn Sie diese Methode an Erwachsenen praktizierten, würde ich mich nicht weiter um Sie kümmern. Aber Sie tyrannisieren Kinder der sechsten Klasse, die keinerlei Mittel haben, sich gegen Autoritäten zu wehren, die jegliches Selbstvertrauen in ihnen niedertrampeln.«
»Mrs. Andersen, ich verbitte mir diesen Ton!«
»Mrs. Casey, Sie werden von unseren Steuern bezahlt; Sie arbeiten auch für mich. Also lassen Sie mich bitte ausreden. Ich, als Pennys Mutter, gedenke ihre Eigenart stets so zu fördern,

daß sie sich dabei wohlfühlt. Sie soll ihre Talente unbefangen ausprobieren und sich in Zweifelsfällen nicht schämen, andere um Hilfe zu bitten. Ich will nicht, daß ein kriecherisches Häufchen Elend aus ihr wird, nur damit eine Lehrerin ihre vermeintliche Allmacht genießt.«

»Was erlauben Sie sich –«

»Ich bin noch nicht fertig. Ich stelle Sie vor die Wahl: Entweder gebe ich Penny in eine andere Schule und teile dem Direktor meine Gründe detailliert mit, oder Penny darf in Ihrer Klasse bleiben – sofern Sie mich von jetzt an überzeugen, daß Sie Ihr Lehramt nicht mehr mit Tyrannei verwechseln.«

Mrs. Casey schwieg und verflocht nervös die Finger im Schoß. Ihre Haltung war nicht mehr so bolzengerade wie zu Anfang des Gesprächs; ihr Kopf zitterte wie eine welke Blume auf zu dünnem Stengel. Sabrinas Ärger vermischte sich mit aufkeimendem Mitleid. Vermutlich waren schon ähnliche Klagen über Mrs. Casey laut geworden, und je länger die Pause sich dehnte, desto deutlicher wurde das Dilemma der älteren Frau.

Endlich holte Mrs. Casey tief Luft und sagte in sehr verändertem Ton: »Mrs. Andersen, ich bin seit dreißig Jahren Lehrerin. Das ist alles, was mir geblieben ist. Außer der Schule habe ich nichts, keine Familie, niemanden, der zu mir gehört – ich bin völlig allein. Aber wie sollten Sie sich in eine solche Lage hineinversetzen können? Sie haben Ihren Mann, Sie haben Ihre Kinder. Doch auch Alleinstehende brauchen etwas, woran sie glauben und wofür sie leben. Bei mir war das immer der Wunsch, wenigstens eine gute Lehrerin zu sein und die Kinder zum Guten zu bilden. Wenn mir das mißlungen ist, habe ich mein ganzes Leben verfehlt.«

Sabrinas Zorn hatte sich bei diesen Worten spurlos verflüchtigt. Die Ärmste, dachte sie. Ich glaube wenigstens an mich selbst – sie kann nicht einmal mehr das.

Sie stand auf. »Wollen wir nicht irgendwo einen Kaffee trinken, Mrs. Casey? Mir scheint, wir können uns auch noch über eine Menge anderes unterhalten.«

Dienstag nachmittag kam Penny von der Schule heim, stürzte

in die Küche und flog Sabrina um den Hals, um atemlos hervorzusprudeln, Mrs. Casey habe ihr die Verantwortung für die Kostüme zurückgegeben, und Barbara Goodman solle ihr lediglich beim Ausführen der Entwürfe helfen.
»Und denke bloß, Mom, sie hat gesagt, es sei ein Irrtum gewesen, und ich soll entschuldigen, und sie hat sogar ganz lieb gelächelt!«
»Und was hat Barbara gesagt?«
»Ach, die war riesig froh, daß sie die Sache los ist. Zeichnen liegt ihr überhaupt nicht. Warum sitzt du am Telefon? Wartest du auf einen Anruf?«
»Nein, ich wollte Tante Sabrina anrufen, aber sie war nicht da.«
»Dann komm und schau dir meine Figuren an. Mrs. Casey sagt, ich kann alle so lassen, nur den General Santa Anna nicht. Sie hat mir sein Bild in einem Buch gezeigt, und jetzt weiß ich, daß er wirklich eine ganz andere Uniform anhatte ...«
Sabrina folgte der plappernden Penny langsam in ihr Zimmer. Sie hatte mehrfach in London anzurufen versucht, um Stephanie zu fragen, was sie ihr vorigen Freitag so dringend mitteilen wollte, aber niemand hatte sich gemeldet, nicht einmal Mrs. Thirkell. Ich werde es später noch mal probieren, dachte sie. Vom Schlafzimmer aus. Hoffentlich stört mich niemand.
Nach dem Abendessen, als sie mit Garth allein saß, betrachtete er sie mit einem Gesichtsausdruck, den sie nicht enträtseln konnte, und sagte: »Heute habe ich eine faszinierende Geschichte über dich gehört.«
Sabrina versteifte sich unwillkürlich. »Oh?«
»Von Vivian Goodman. Sie sagte, sie hätte gestern einen Termin mit Mrs. Casey gehabt, die ihre Tochter Barbara zur Verzweiflung brachte – mit einer Aufgabe, der die Kleine einfach nicht gewachsen ist. Aber Barbara traute sich natürlich nicht aufzumucken, weil das, wie ich Mrs. Casey kenne, eine der sieben Todsünden ist. Als Vivian nun in die Schule kam, redete im Lehrerzimmer gerade eine andere Mutter mit der Gestrengen, und zwar über dasselbe Thema. Ein paar Sätze hat Vivian durch die angelehnte Tür aufgeschnappt. Hast du Mrs. Casey wirklich eine ›Tyrannin‹ genannt?«

»Kann sein ... In der Hitze des Gefechts ...« Sabrina hatte Garth nichts von der Unterredung erzählt, weil sie nicht wußte, wie sich Stephanie in solchen Fällen zu verhalten pflegte.
»Hitze? Laut Vivian warst du bewundernswert kühl und beherrscht und absolut niederschmetternd. Zu schade, daß ich das nicht miterlebt habe. Sonst flammst du doch immer gleich auf, wenn es um die Kinder geht, und machst es den Leuten leicht, dich ins Unrecht zu setzen.«
Sabrina schwieg. Das war eine Seite an ihrer Schwester, die sie selbst nicht kannte. Aber natürlich war es kein Kunststück, kühl und überlegen zu tun, wenn man um anderer Leute Kinder kämpfte. Sie verdiente das Kompliment nicht ganz.
»Was wiegst du so gedankenschwer dein Haupt?« scherzte Garth. »Hast du sie als Tyrannin beschimpft oder nicht?«
»Wie –? Ach ja, ja. Es ist mir so herausgerutscht. Sie redete und benahm sich derart aufreizend –«
»Du brauchst dich nicht zu entschuldigen. Vivian sagt, Mrs. Casey terrorisiert die Kinder seit Jahren. Du bist ja eine Heldin – ich bin stolz auf dich.«
Sie errötete vor Freude – und erschrak zugleich ein wenig. Allmählich legte sie viel zuviel Wert auf Garths gute Meinung. In diesem Moment klingelte das Telefon. Stephanie! schoß es ihr durch den Kopf, endlich! Aber ... Garth hatte schon abgenommen und sprach ein paar belanglos-freundliche Worte. Dann reichte er ihr den Hörer. »Deine Mutter.«
»Stephanie?« tönte es laut genug, daß Garth mithören konnte, aber er versenkte sich taktvoll in die Zeitung. »Wie geht's dir? Wir haben uns seit deiner Reise noch gar nicht gesprochen, wir sind ja eben erst von der Konferenz in Moskau zurückgekommen. Ich habe Sabrina in London nicht erreicht, also mußt du uns erzählen, was es Neues gibt.«
Sabrina gab einen kurzen Reisebericht über China, vor allem über Mr. Su und dessen schöne Antiquitäten, weil sie wußte, wie sehr ihre Mutter sich dafür interessierte. Trotzdem wurde sie mit der hellhörigen Frage unterbrochen:
»Du klingst müde, Stephanie! Fehlt dir was?«
Klinge ich müde? dachte Sabrina. Merkt sie sonst nichts? Him-

mel, wie kann man sogar die eigene Mutter hinters Licht führen?

»Ich hatte einen kleinen Unfall.« Sie erzählte kurz von ihrem Mißgeschick. »Aber ich kann schon wieder fast alles machen. Du weißt ja, wieviel Hausarbeit liegenbleibt, wenn man mal ein paar Wochen verreist ist.«

»Ist es nur das? Und Garth ... ist mit euch beiden alles in Ordnung?«

»Aber natürlich, Mutter. Wie kommst du auf die Idee –«

»Nun richte nicht gleich wieder sämtliche Stacheln auf. Deine Briefe ließen seit längerer Zeit gewisse ... Spannungen erkennen. Vater und ich haben uns Sorgen gemacht.«

»Nicht mehr nötig. Ich hatte wohl bloß die ewige Hausarbeit satt, aber ich liebe das Haus. Und neuerdings kommt ab und zu eine Putzfrau. Zwischendurch lasse ich fünf gerade sein.«

Ein erstauntes Lachen kam durch den Draht. »Klingt gar nicht nach dir, Stephanie.«

»Kann sein, daß ich mich seit China etwas verändert habe. Jeder sollte ab und zu etwas völlig anderes erleben, man sieht dann manches mit neuen Augen.«

Sabrina schwieg.

»Stephanie? Bist du noch da?«

»Ja ja, Mutter, entschuldige – ich überlegte gerade, daß wir alle eigentlich recht zufrieden sein können mit dem, was wir haben.«

»Ah, das hört sich schon eher nach unserer ruhigen, ausgeglichenen Stephanie an. Gute Besserung für deinen Arm, Liebes. Leb wohl und schöne Grüße von Vater.«

Als Sabrina am Mittwoch wieder in London anrief, war wenigstens Mrs. Thirkell am Apparat.

»Lady Longworth ist unterwegs, Mrs. Andersen. Soll ich ihr sagen, sie möge zurückrufen.«

»Ja, bitte. Ich versuche seit Tagen, sie zu erreichen.«

»Ach, das tut mir aber leid, Mrs. Andersen. Ich hatte bis gestern abend frei, weil meine Schwester in Schottland krank geworden ist, und Lady Longworth hat einen großen neuen

Auftrag. Sie stattet ein Haus am Eaton Square aus. Aber ich werde Ihren Anruf aufschreiben, Mrs. Andersen, ich unterstreiche es ganz dick.«
Sabrina hängte deprimiert ein. Ihr war zumute, als hätte jemand ihr die Tür vor der Nase zugeschlagen. Stephanie hatte einen Auftrag? Ging die Täuschung so weit, daß sie nun auf ihrem eigensten Gebiet ausgetrickst, überflüssig, arbeitslos wurde – ? Wie selbstverständlich diese Mrs. Thirkell die vertauschten Namen gebrauchte! Aber andererseits: war das nicht das beste Zeichen, daß alles glatt ging?
Stephanie rief nicht zurück, und am nächsten Morgen hatte Sabrina an anderes zu denken: Penny war mit einem häßlich bellenden Husten und leichtem Fieber aufgewacht. Zu Tode erschrocken gab Sabrina sich selbst die Schuld daran; bestimmt hatte sie nicht genügend aufgepaßt, wie die Kinder sich anzogen, ehe sie zum Spielen hinausstürmten. In Stephanies Telefonbüchlein fand sie die Adresse der Kinderärztin, und die Sprechstundenhilfe sagte am Apparat: »Am besten bringen Sie die Kleine gleich her, wir werden sie uns ansehen.«
Sabrina las nochmals die Adresse: Cos Building, Ridge Avenue. »Wie kommen wir dahin?«
Einen Moment herrschte am anderen Ende verdutztes Schweigen. Dann fragte die Sprechstundenhilfe: »Oh, ist Ihr Wagen kaputt? Vielleicht könnte eine Ihrer Nachbarinnen aushelfen, oder Sie nehmen den Bus, Linie ...«
»Ja, danke, das kriegen wir schon hin«, unterbrach Sabrina hastig. »Wir sind gleich da.« Ihre Hände flatterten beim Auseinanderfalten des Stadtplans, den sie nun fast drei Wochen täglich benutzte, aber immer noch nicht auswendig kannte.
»Sie regen sich unnötig auf«, meinte die Kinderärztin in der Sprechstunde und sah Sabrina prüfend an. »Sieht Ihnen eigentlich gar nicht ähnlich. Ist es nur der gebrochene Arm? Oder Stress? Oder sonst noch was?«
»Wollen wir nicht lieber über Penny reden?« wich Sabrina aus.
»Wie Sie wünschen. Also, Penny, du hast eine Bronchitis, nicht weiter schlimm, aber es kann lästig werden, wenn du nicht aufpaßt. Solange du erhöhte Temperatur hast, bleibst du im

Bett und inhallierst Kamillendämpfe und schluckst einen nicht sehr wohlschmeckenden Hustensaft. Ruft Samstag an und sagt mir Bescheid. Noch weitere Fragen?«

Penny schüttelte hustend den Kopf, und Sabrina sagte, einigermaßen verblüfft von soviel professioneller Kürze:

»Danke, Frau Doktor. Bei uns war in den letzten Wochen viel los. Ja, ich rufe Samstag an.«

»Im Notfall natürlich auch früher. Aber nun denken Sie erst mal an sich. Penny ist eine zähe kleine Dame, die wird im Handumdrehen wieder gesund.«

Auf dem Rückweg ärgerte sich Sabrina über sich selbst. Ein schlimmer Fall von verräterischer Überbesorgtheit. Stephanie hätte das nebenbei erledigt.

Abends war sie mit Garth bei Martin und Linda Talvia eingeladen. Sie verließen die Kinder wohlversorgt, entzückt über die Neuheit, ihr Abendessen gemeinsam an Pennys Bett einzunehmen.

»Dolores und ich haben ein Geschenk für dich gekauft«, verkündete Linda.

»Nanu? Mein Geburtstag ist doch längst vorbei.«

»Ja, aber wir fanden, du brauchst eine kleine Aufmunterung«, lachte Linda.

Es war ein Hauskleid mit leuchtendem Blumenmuster – fröhlicher als alles, was in Stephanies Kleiderschrank zu finden war, und genau das, was Sabrina mochte. Sie strahlte und dankte so lebhaft für die Überraschung, daß Garth einen Moment den Atem anhielt.

»Gefällt es dir wirklich?« fragte Linda. »Dolores hatte Angst, es sei zu knallig.«

»Es ist gar nicht knallig, es ist bezaubernd. Ihr habt einen unfehlbaren Geschmack. Ich werde es ganz oft tragen – viel zu schade, so etwas Hübsches in den Schrank zu hängen.«

Sie trug das neue Hauskleid am nächsten Abend und war bessserer Laune als je zuvor. Penny hatte kein Fieber mehr, ihr Husten lockerte sich, und Linda und Dolores hatten das Kleid für sie gekauft, nicht für Stephanie. In den vergangenen drei Wochen hatten sie fast täglich miteinander telefoniert und sich oft gegenseitig schnell zum Kaffee besucht. Was immer sie über sie denken mochten, sie betrachtete die beiden jedenfalls als ihre Freundinnen.

»Das Kleid ist wirklich hübsch«, sagte Garth. »Wie für dich gemacht.«

»Danke.«

»Du siehst reizend darin aus. Du siehst überhaupt besser aus.«

»Ich fühle mich auch viel besser. Und Penny ist fast gesund.«

»Keine Kopfschmerzen mehr?«

»Wer, ich? Kaum noch. Und die blauen Flecke werden allmählich grün und gelb; bald werden sie ...« Sabrina stockte mitten im Satz.

»Gut«, sagte Garth leichthin. »Dann kann ich ja doch zu der Tagung fliegen. Solange es dir schlecht ging, hatte ich eigentlich vor, abzusagen.«

»Was für eine Tagung?«

»Das muß ich dir doch schon lange erzählt haben!«

»Ich weiß nicht recht ...«

»6. Oktober, also morgen, für eine Woche nach Berkeley. Lieber Gott, ich werde doch nicht vergessen haben, dir Bescheid zu sagen? Das wäre unverzeihlich, und du –«

»Reg dich nicht auf. Wahrscheinlich hab *ich* es vergessen.« Sabrina griff sich ausdrucksvoll an den Kopf. Nein, dachte sie, das hätte ich mir bestimmt gemerkt. Eine ganze Woche ... Ich brauche mir keine Ausflüchte mehr auszudenken, nachdem ich dumm genug war, zu sagen, daß es mir wieder ganz gut geht.

»Freut mich für dich«, sagte sie.

»Du hast ja sicher gern eine Woche für dich«, erwiderte er.

Sie erschrak innerlich. Konnte er denn immer ihre Gedanken lesen? »Ich weiß doch, wie wichtig diese Tagungen für dich sind«, verteidigte sie sich. »Und ich bin froh, daß du hinfahren kannst, ohne dir wegen uns Sorgen zu machen. Penny und ich werden putzmunter sein, wenn du zurückkommst.«

»Gehst du Montag wieder ins Büro?«

»Ich glaube schon. Warum?«

»Am liebsten würdest du den Job ganz aufgeben, nicht?«

»Das habe ich nie gesagt.«

»Aber gedacht hast du es.«
»Einstweilen führe ich die Aufgaben durch, die ich übernommen habe«, rief Sabrina beinahe ärgerlich und ging nach oben. Sie fühlte sich unbehaglich mit Garth. Ihre Unterhaltungen verwirrten sie. Woher kannte sie ihn so gut, daß sie immer genau wußte, was er meinte? Ich will das nicht, dachte sie. Aber was wollte sie denn?
Den nötigen Abstand wahren, natürlich. Aber außerdem das Gefühl, gerngehabt und anerkannt zu werden. Sie versuchte, an ihn nur als an den langweiligen Ehemann ihrer Schwester zu denken. Aber sie fand ihren Schwager mittlerweile interessant, ja sogar bedeutend, sehr humorvoll – und immer menschlich.
Das Grübeln über ihn hielt sie wach, bis sie ihn heraufkommen hörte. Er stand gerade auf der Schwelle, als Penny drüben zu husten anfing. Sabrina warf die Bettdecke zurück und angelte mit den Füßen nach ihren Pantoffeln, aber er sagte: »Laß, ich gehe schon.«
Er fand seine Tochter im Bett sitzend, rührend zart und blaß in der indirekten Beleuchtung vom Flur her. Er flößte ihr einen Teelöffel voll Hustensaft ein.
Penny verzog das Gesicht, nachdem sie geschluckt hatte.
»Warum schmeckt das so scheußlich?«
»Damit du schneller gesund wirst und keine Medizin mehr zu nehmen brauchst. Leg dich wieder hin und laß dich zudecken.«
»Kannst du nicht noch ein bißchen hierbleiben, Daddy?«
Garth befühlte ihre Stirn. Sie war nicht heiß. »Sicher. Hast du was auf dem Herzen?«
»Ja. Ich habe Mommy neulich gefragt, ob ich in den Zeichen- und Malkurs gehen darf. Sie hat gesagt, sie hätte nichts dagegen, wenn du einverstanden bist. Hat sie mit dir gesprochen?«
»Äh … ich glaube, ja. Entschuldige, es ist mir entfallen. Wenn du es neben der Schule schaffst, soll es mir recht sein. Wann fangen die Kurse denn an?«
»Gleich nach den Weihnachtsferien. Aber man muß sich jetzt schon anmelden. Und –«

»Was noch?«
»Ich brauche dazu Farben und Pinsel und Kohle und Kreide und noch 'ne Menge teure Sachen.«
»Hm, ich weiß nicht. Ich hab mal gehört, begabte Kinder malen mit dem Finger auf Packpapier. Aber wenn die Malschule verlangt, daß ihr das gleiche Material habt wie Leonardo da Vinci, müssen wir es eben herbeischaffen. Es kann ja dein Weihnachtsgeschenk werden.«
»O Daddy!« Sie strampelte sich von der Bettdecke frei, um ihren Vater stürmisch zu umarmen. Er drückte sie zärtlich an sich.
»Aber nun wird geschlafen und nicht mehr gehustet, ja? Solange du bellst wie ein Schakal, wirst du bestimmt kein Meisterwerk schaffen.«
Sie legte sich gehorsam zurück. Nach einer Weile kam es zaghaft: »Daddy?«
»Noch was?«
»Daddy, warum ist Mommy jetzt so anders?«
Garth setzte sich auf ihre Bettkante. »Was meinst du mit anders?«
»Ach, du siehst es doch auch. Anders als früher eben. Sie ist netter zu uns, geduldiger, und schimpft fast nie. Aber manchmal scheint sie gar nicht richtig da zu sein, sie guckt irgendwohin in die Ferne und ... ich weiß nicht, was sie sich denkt.«
Garth strich Penny über die dunklen Locken, um zu verbergen, wie aufgewühlt er innerlich war. Da sollte noch mal einer sagen, Kinder seien blind, was die Probleme ihrer Eltern anging! Im Gegenteil, sie hatten einen unheimlichen Scharfblick und trafen mit ihren Bemerkungen meistens den Nagel auf den Kopf.
»Ich glaube«, sagte er mit Mühe, »sie hat über sehr viel nachzudenken und möchte sich über viele Fragen klarwerden. Das geht jedem so. Wenn du mal in ein gewisses Alter kommst, so um die Dreißig, fragst du dich, ob du bisher alles richtig gemacht hast und ob du erreicht hast, was du wolltest. Und wie es weitergehen soll.«
»Ist sie deshalb bis nach China gereist?«
Er war überrascht. »Ja, unter anderem. Sie hat nie Ferien von

uns gehabt. Da wollte sie wohl mal Abstand gewinnen, wenn du verstehst, was das heißt.«
»Versteh ich ganz gut. Ihr laßt euch nicht scheiden?«
Die Frage traf ihn wie ein Geschoß.
»Davon war doch überhaupt nie die Rede –«
»Nein, aber vielleicht denkt Mommy manchmal daran.«
Garth saß wie erstarrt und sah über Penny hinweg in den Flur. Esel, der er war! Gottverdammter, idiotischer Esel! Da tappte er halb gleichgültig, halb stupide im dunkeln, bis eine elfjährige Tochter ihm das Offensichtliche unter die Nase rieb.
Stephanie dachte an Scheidung. Wie lange schon? Aber ... im tiefsten Grunde hatte er es ja geahnt. Alles deutete darauf hin, und nicht erst von dem Moment an, als sie ihm kurz und knapp mitgeteilt hatte, sie mache eine Reise nach China und es sei ihr egal, wo die schmutzige Wäsche bliebe. Erst neulich, als er ihr mitgeteilt hatte, er habe – wie sie es wünschte – Cliff wegen der Ladendiebstähle ins Gebet genommen, schien es sie kaum noch zu interessieren. Schlimmer: als wüßte sie gar nicht, wovon er redete. Es war klar – sie wollte weg von ihm.
Aber sie war noch da. Und sie machte alle Anstalten zu bleiben. Ihre Bemühungen, sich zu ändern, mehr auf jedes einzelne Familienmitglied einzugehen, zu allen nett zu sein, waren unverkennbar. Oft war sie witzig und reizend, besonders in Gegenwart von andern; sie trank gern und ohne Getue ein Glas Wein mit ihm; sie fragte nicht nur höflichkeitshalber nach seiner täglichen Arbeit. Damit war es ihr gelungen, auch seine eingefahrenen Gewohnheiten zu verändern. Er war in den letzten Wochen viel mehr zu Hause gewesen als vorher. Als wollten sie sich beide an einen Neubeginn herantasten.
Manchmal. Und dann zog sie sich wieder fast angstvoll von ihm zurück, wenn er es am wenigsten vermutete. Als sei sie Tag für Tag, Stunde für Stunde zwischen zwei Alternativen hin und her gerissen. Sie dachte an Scheidung, aber sie hatte sich noch nicht entschieden. Vielleicht der Kinder wegen. Er, Penny und Cliff mußten sich anstrengen, damit sie ihnen noch einmal eine Chance gab.
»Daddy?« piepste Penny.

Er nahm sich zusammen und küßte sie. »Nun schlaf, Schätzchen, es ist alles in Ordnung. Mom und ich werden uns nicht scheiden lassen. Die meisten Ehepaare denken irgendwann mal daran, und manche tun's auch – aber dann muß es schon ganz schlimm kommen. Soll ich dir ein großes Geheimnis verraten?«
»Was denn, Daddy?« fragte sie schläfrig.
»Ich liebe eure Mutter und dich und Cliff mehr als alles andere auf der Welt. Denkst du, ich wäre so dumm, das alles herzugeben? Wir können uns ja gar nicht trennen.«
»Ich habe euch auch so lieb«, flüsterte Penny und schlief ein.
Garth küßte noch mal ihre Stirn, ging leise hinaus und machte die Tür hinter sich zu. Aber manchmal ist alle Liebe der Welt noch nicht genug, dachte er.
Als er dann auf seiner Seite des Ehebetts im Dunkeln lag, sagte er gedämpft: »Schläfst du, Stephanie? Ich habe mir eben überlegt, daß ich doch lieber nicht nach Kalifornien fliege. Mir ist, als lernten wir uns endlich wieder kennen, nachdem wir so weit auseinandergeraten sind. Ich weiß, es war mehr meine Schuld als deine, und es ist höchste Zeit, daß wir uns rückhaltlos aussprechen. Wir stehen an einem neuen Anfang, und du fühlst es auch. Stephanie? Antworte doch; ich weiß, daß du nicht schläfst. Sind wir uns in der letzten Woche nicht wieder viel näher gekommen?«
Sabrina umfaßte krampfhaft ihren Gipsverband. »Ja«, sagte sie kaum hörbar. Die friedlichen Abende zu zweit, sein Lob für vieles, was sie tat, das Lachen und Plaudern mit den Kindern, der Blick, den sie manchmal tauschten, wenn Penny oder Cliff etwas Lustiges von sich gaben, das Gefühl, irgendwohin zu gehören, eine Familie zu haben ... »Ja«, wiederholte sie.
Sein Arm glitt behutsam unter ihren Nacken und zog sie näher. Dann war sein Gesicht über ihr, und sein Mund fand den ihren. Sabrina lag starr und in Panik. Ihre Gedanken und Empfindungen wirbelten in einem Aufruhr von Sehnsucht, Glück und Depression. Sie begehrte ihn! Was für eine verworrene Situation! *Er* glaubte sich ja im Recht, und wenn sie ihn zum Ehebrecher werden ließ, wurde er es im eigenen Ehebett.
»Nein, es geht nicht – bitte nicht«, stieß sie halberstickt hervor

und hob den eingegipsten Arm über den Kopf, ohne zu wissen, daß sie Garth mit dem anderen umfaßte. Sie zitterte, als sie seinen Körper auf sich spürte, und kam seinen streichelnden Händen unbewußt entgegen …

Als sie ihn nach einer endlosen Zeitspanne wie erwachend mit dem gesunden Arm von sich schob, hätte sie weinen mögen. Sie schämte sich so, und zugleich graute ihr vor dem unvermeidlichen, baldigen Verlust. Sie wandte den Kopf von Garth ab, der jetzt still atmend neben ihr lag.

»Ich fliege nicht nach Kalifornien«, sagte er nach einer Weile.

»Doch. Ich möchte es. Diese Tagung ist wichtig für dich.«

»Dann werde ich versuchen, früher zurückzukommen. Wir haben soviel miteinander zu bereden, so vieles nachzuholen.«

Sabrina hörte den neuen Unterton in seiner Stimme: nicht satter Triumph, nicht Genugtuung, sondern – Vorfreude.

»Gute Nacht, mein Liebling«, sagte er leise.

»Gute Nacht«, flüsterte sie.

Er suchte ihre gesunde Hand und hielt sie fest in der seinen. So schliefen sie endlich ein.

## 14

Stephanie Andersen und Maxim Stuyvesant schlenderten zusammen über die weiten Rasenflächen von »Chilton House« dem riesigen weißen Auktionszelt zu. Er führte sie am Arm geschickt durch die Menge und zu den Plätzen, die Alexandra und Nicholas Blackford für sie freigehalten hatten. Es war gerammelt voll. Die »Chilton«-Versteigerung war der erste Glanzpunkt der Saison und gehörte zu den gesellschaftlichen Ereignissen, von denen Stephanie immer nur neidvoll in Zeitungen und Magazinen gelesen hatte.

Und dazu Maxim Stuyvesant. Sie fühlte seine Nähe, seine Blicke. Er hatte sie draußen im Park begrüßt, als hätte er sie erwartet.

Der Auktionator erstieg das Podium und eröffnete die Auktion

mit dem Haus. »Wir beginnen bei zweihunderttausend Pfund«, rief er.
An einer Seite des Zeltes erhob sich erregtes Geflüster. »Einheimische«, erklärte Maxim leise an Stephanies Ohr; sein Atem kitzelte sie. »Jeder hat Angst, sich mit einem unleidlichen Nachbarn rumschlagen zu müssen. So was ist ja auch ein Problem in einem Dorf von zweihundert Seelen.«
»Niemand bietet mehr?« Schon kam der Hammerschlag, und eine Welle des Erstaunens lief durch die dichtgedrängte Menge. Die Angebote hatten in kaum zwei Minuten bei zweihundertfünfzehntausend Pfund aufgehört. Stephanie hörte Alexandra ärgerlich sagen: »Wenn ich gewußt hätte, daß es für ein Butterbrot weggeht, hätte ich mitgeboten.« Hinter ihr flüsterte jemand: »Der Bieter war der Earl of Wexon. Der nimmt es als Witwensitz für seine Mutter.« Einige der Einheimischen verließen das Zelt; für sie war die Auktion gelaufen.
Drinnen ging es mit dem Verkauf der Einrichtung weiter. »Jetzt wird's interessanter«, sagte Maxim Stuyvesant. »Worauf werden Sie bieten?«
»Auf die Meißner Vasen«, antwortete Stephanie und staunte über ihre eigene Gelassenheit. In Sabrinas Wildlederkostüm, einem wundervoll weichen Kaschmirpullover und passenden Accessoires, obendrein mit der imposanten Figur Stuyvesants neben sich, fühlte sie sich allem gewachsen. Sie gehörte dazu. Lässig blätterte sie im Katalog. »Außerdem interessieren mich der Louis-seize-Sekretär und das Empiretischchen. Lord und Lady Raddison reflektierten auf das Regency-Buffet, aber das werden wir wohl nicht bekommen. Höher als dreitausendfünfhundert wollen sie nicht gehen.«
»Ach, Sie bieten für die Raddisons? Sind die wieder bei Ihnen angekrochen gekommen, oder setzen Sie sich großmütig über allen vergangenen Tort hinweg?«
Stephanie runzelte leicht die Stirn. Wovon sprach der Mann? Hatte Sabrina mit den Raddisons Krach gehabt?
»Das war eine unverschämte Anspielung von mir«, entschuldigte er sich glattzüngig. »Reden wir von was anderem. Ich will auf die drei Rosenholzfiguren bieten, da kommen wir uns also

glücklicherweise nicht ins Gehege. Um so mehr freut mich unser heutiges Treffen.«

Sie nickte obenhin, als sei sie ganz mit dem Katalog beschäftigt. Um ein Haar wäre sie gar nicht gekommen. Als Nicholas Blackford sie nämlich gestern in »Ambassadors« anrief, um sie an die Auktion zu erinnern und ihr seine Begleitung anzubieten, hatte sie nur dumm gefragt: »Welche Auktion?«

»Aber liebe Sabrina, die ›Chilton‹-Auktion! Darauf warten wir doch alle seit Wochen, und ›Christie's‹ haben Ihnen auch bestimmt den Katalog geschickt –«

»Natürlich.« Sie lachte. »Ich bin seit meiner Rückkehr nicht dazu gekommen, alles durchzusehen. Wann fahren wir ab?«

»Um acht. Eine unchristliche Zeit, aber was kann man machen?«

Stephanie hatte sich daraufhin sofort in den Katalog versenkt, sich mit Brian beraten, was sie, von festen Aufträgen abgesehen, eventuell für »Ambassadors« erwerben sollte. Brian empfahl besonders die Meißener Vasen, den Louis-seize-Sekretär und das Tischchen.

»Ja, sie gehören zu den apartesten Stücken«, stimmte Stephanie zu. »Wenn ich sie günstig ersteigern kann, werde ich's tun. Würden Sie mir bitte die Ordner mit den Auktionslisten und -abrechnungen bringen?«

Sie verbrachte den größten Teil des Abends über den dicken Aktenordnern, verglich Ankaufs- und Verkaufspreis und sah nach, was etwa gleichwertige Artikel bei früheren Auktionen erzielt hatten – und wie weit Sabrina beim Bieten zu gehen pflegte. Stephanie machte sich Notizen für morgen und geriet immer mehr in fieberhafte Freude. Zum erstenmal, seit Sabrina ihr die abenteuerliche Geschichte von ihrem Unfall und dessen Folgen mitgeteilt hatte, fühlte sie sich wirklich herausgefordert und imstande, die Rolle ihrer Schwester durchzuspielen.

Nun war es doch zu etwas gut, daß ich eine Zeitlang in meiner Pleitefirma mitgearbeitet habe, dachte sie. Ich weiß zwar nicht halb soviel wie Sabrina, aber ich bin kein Neuling. Und in diesen Wochen ist mir erstaunlich viel wieder von dem eingefallen, was ich von Mutter und auf dem College gelernt habe.

Sie saß im verlassenen, nachtstillen Büro, atmete den Duft von Möbelpolitur, alten Brokatstoffen und den Nelken, die ihr der treue Brian morgens auf den Schreibtisch gestellt hatte, und strich selbstvergessen mit den Fingerspitzen über die kühle Kristallvase. Noch vier Wochen durfte sie diese Atmosphäre genießen, den Luxus eines von andern gepflegten Haushalts, Theater, Restaurants, Parties, anregende neue Bekanntschaften – mit einem Wort: Freiheit.

Doch schon meldeten sich wieder Gewissensbisse. Sie war Ehefrau und Mutter; welches Recht konnte sie auf eine solche Freiheit erheben? Wo war ihr Verantwortungsgefühl geblieben, ihre pflichtschuldige Anhänglichkeit? Warum war sie nicht von Familiensorgen, Einsamkeit und Sehnsucht nach ihren Lieben geplagt, wie es sich gehörte?

»Weil mir gar keine andere Wahl bleibt«, sagte sie laut in die Stille. »Ich *kann* jetzt nicht zurück. Meine Ehe wäre irreparabel zerstört, wenn ich jetzt zurückginge.«

Und du bist natürlich sehr glücklich darüber, höhnte eine innere Stimme ... Nein, das bin ich nicht, dachte sie trotzig. Endlich einmal möchte ich die Chance haben, all das zu tun, was ich mir immer gewünscht habe. Und dann gehe ich zurück und bin all das, was man von mir erwartet. Aber jetzt noch nicht ...

Mit aller Energie konzentrierte sie sich auf das Nächstliegende. Letzte Woche hatte sie Brian eine Liste der Einkäufe gegeben, die Sabrina in China getätigt hatte. »Die Sachen müssen in den nächsten Tagen eintreffen. Die angekreuzten kommen ins Schaufenster oder in den Ausstellungsraum; die anderen werden sofort an die Kunden weitergeliefert. Die Nummern der Empfänger stehen auf der Rückseite. Sie kennen ja alle.«

»Ja, Mylady, wird erledigt.«

»Noch etwas, Brian – ich kann die Kontoauszüge für September nicht finden.«

»Oh, Verzeihung, Mylady, die sind noch in meinem Schreibtisch. Lady Vernon hat das Geld schon vorige Woche überwiesen.« Er lächelte, schien auf etwas zu warten. Worauf? Vielleicht auf eine Bemerkung. Gehörte Lady Vernon zu den säumigen Zahlern? »Ach, tatsächlich?« erwiderte Stephanie. Das paßte immer.

»Ja. Und diesmal nur mit sechs Monaten Verspätung.«
»Sie bessert sich.«
»Beachtlich, Mylady. Das letzte Mal hat sie sich acht Monate Zeit gelassen.«
»Wenn das so weitergeht, erleben wir noch, daß sie pünktlich zahlt.«
Brian lächelte. »Ich bringe Ihnen gleich noch einige Schecks zum Unterzeichnen, Mylady.«
Tags darauf war eine Lady Rose Raddison in »Ambassadors« aufgetaucht, um Lady Longworth für die »Chilton«-Versteigerung einzuspannen. Stephanie hatte sie im Trubel der Ereignisse gleich wieder vergessen.
Jetzt, im Auktionszelt, nahm sie sich vor, Maxim Stuyvesant nachher ein wenig auszuhorchen. Was wußte er von einem etwaigen Streit zwischen Sabrina und Lady Raddison? Aber sie gab den Gedanken gleich wieder auf. Vor seinem unverbindlichen Dauerlächeln und seinem undurchdringlichen Blick kam sie sich naiv vor wie ein Schulmädchen. Er würde viel mehr von ihr erfahren als sie von ihm.
Die Versteigerung ging inzwischen in zügigem Tempo weiter, und eine ganze Reihe von schönen Dingen hatte den Besitzer gewechselt. Stephanie beobachtete die Bieter, besonders Alexandra, die sich erst im letzten Moment zum Mitfahren entschlossen hatte. Sie bot manchmal etwas zu kühn und unüberlegt, wahrte dabei aber immer ihre Haltung und verfiel nie in das aufgeregte Gezappel anderer Bieter, die sich übernommen hatten.
Als der Louis-seize-Sekretär an die Reihe kam, nannte der Auktionator den Schätzpreis von tausendachthundert Pfund. Seine flinken, aufmerksamen Augen glitten über das Publikum und blieben an Stephanie haften, denn sie hatte leicht das Kinn gehoben.
»Zweitausend«, sagte er – und heißer Stolz durchflutete Stephanie. Sie war eingestiegen!
»Zweitausend zum ersten. Wer bietet mehr?«
Einige andere meldeten sich. Der Preis stieg rasch auf sechstausend. Hierauf entstand eine winzige Pause, in welcher der Auk-

tionator den Blick wieder auf Stephanie richtete. »Sechstausend?« wiederholte er fragend und fügte schnell hinzu, da sie lässig einen Zeigefinger gehoben hatte: »Verzeihung, siebentausend.« Ein rasch abebbendes Gemurmel erhob sich, worauf zwei weitere Gebote folgten. »Achttausend.« – Achttausendfünfhundert.« Jetzt regte sich ihr Zorn. Nein, sie wollte sich nicht gleich beim ersten Versuch geschlagen geben!
Noch einmal schweiften die Augen des Auktionators über ihre Konkurrenten. Stephanie nickte ihm kurz zu. »Neuntausend.« Irgend jemand hob die Hand, aber sie nickte noch einmal, und vom Podium her ertönte: »Zehntausend.« Dann herrschte Stille. Auch Stephanie rührte sich nicht mehr. Es rauschte in ihren Ohren; sie war starr vor Schreck.
»Zehntausend zum ersten. Zum zweiten. Zum dritten.« Der Hammer fiel. »Verkauft an Lady Longworth.«
Ein Teil des Publikums applaudierte. Stephanie starrte reglos vor sich hin. Zehntausend Pfund von Sabrinas Geld! Über zwanzigtausend Dollar! Das war doppelt soviel wie ihr eigenes Jahresgehalt für den Bürojob in der Universität. Sabrina würde es ihr nie verzeihen.
»Großartig, Lady Longworth«, sagte Maxim neben ihr, und seine flachen grauen Augen verrieten so etwas wie Bewunderung. »Absolute Kennerschaft, Umsicht und Vorsicht. Gott bewahre mich davor, je gegen Sie antreten zu müssen.«
Sie warf ihm nur einen düsteren Blick zu. Wenn er sich über sie lustig machte, würde sie bald dem allgemeinen Gelächter preisgegeben sein. Aber da hörte sie von anderer Seite, von einem ihr völlig Fremden:
»Ich hätte früher erraten sollen, daß Lady Longworth auf den Sekretär scharf war, dann hätte ich gar nicht erst mitgeboten. Den Trick hat sie schon öfter durchgezogen. Reine Überrumpelungstaktik, ohne ihre Absicht durchschauen zu lassen. Da kommt so bald keiner mit.«
Trick? Taktik? dachte Stephanie zitternd. Woher wußte ich, wie Sabrina sich bei Auktionen benimmt?
Danach wurde eine Pause angekündigt, und Maxim Stuyvesant stand auf. »Wollen wir etwas essen gehen?«

Stephanie sah sich instinktiv nach Alexandra und Nicholas um, die schon inmitten der hinausdrängenden Leute am Zeltausgang standen und auf sie warteten.
»Meine Frau hat mir einen Picknickkorb mitgegeben«, sagte Nicholas Blackford. »Er dürfte für uns alle reichen.«
Er ging eilfertig zum Auto. Die anderen setzten sich an einen der auf dem Rasen aufgestellten Tische. Der Besitzer des Dorfgasthofs hatte einen Ausschank eingerichtet. Maxim ging für die ganze Gesellschaft Bier holen, und dann saßen sie auf den Holzbänken und ließen sich die Delikatessen schmecken, die Amelia Blackford hatte einpacken lassen.
»Amelia wollte eigentlich mitkommen«, berichtete Nicholas kauend, »aber sie hat zuviel im Geschäft zu tun. Erstaunlich, wie sie den Laden schmeißt – als hätte sie's gelernt. Wer hätte ihr das vor zehn Jahren zugetraut?« Er wippte wie immer mit den Füßen. »Sabrina, ich habe mir etwas überlegt. Wie wär's mit einer neuen Partnerschaft? Ich habe nicht mehr genug zu tun. Seit Amelia losgelassen wurde – pardon, ich meinte es nicht böse –, also seitdem reißt sie mir langsam, aber sicher alles aus den Händen. Deshalb dachte ich, wir, Sie und ich, könnten doch wieder zusammenarbeiten wie früher, nur übernehmen Sie diesmal Design und Innenausstattung bei den Kunden, und ich werde Geschäftsführer –«
Ich denke nicht daran, mir »Ambassadors« halb oder ganz nehmen zu lassen, dachte Stephanie. Laut sagte sie nur unmißverständlich: »Nein.«
Blackfords Gesicht verzog sich kläglich wie das eines Kindes, das statt des erwarteten Lobes eine Ohrfeige erhalten hat. Alexandra sah sie verwundert an, und Stephanie erriet aus dieser Reaktion, daß Sabrina das Anerbieten nie so brüsk, sondern mit einer netten Floskel abgelehnt hätte.
Maxim legte sich ins Mittel. »Ich glaube, Mr. Blackford, Sabrina war nur –«
»– sehr unhöflich«, fiel sie ihm ins Wort. Sie brauchte keinen Maxim Stuyvesant zum Vormund. »Nicholas, ich muß mich in aller Form entschuldigen. Ich dachte gerade an was anderes und habe zu schnell geantwortet. Darf ich noch eine Weile nachden-

ken, ehe wir ausführlich darüber sprechen? Vorausgesetzt natürlich, daß Sie mir jetzt nicht zu böse sind.«
»Böse –! Meine liebe Sabrina, bei meiner langjährigen Bewunderung! Überlegen Sie sich die Sache, so lange Sie wollen; ich halte das Angebot aufrecht. – Müssen wir nicht allmählich ins Zelt zurück? Es sieht so aus, als ginge es gleich weiter.«
»Ich habe keine Lust, schon wieder reinzugehen«, sagte Alexandra. »Wollen wir die Herren bitten, unsere Plätze freizuhalten, und inzwischen ein bißchen im Park spazierengehen, Sabrina?«
Gott segne dich, dachte Sabrina, und sie wanden sich zwischen anderen Auktionsbesuchern durch, die ihre Picknickkörbe und Hunde zu den Autos zurückbeförderten, wo sie für die nächsten Stunden von livrierten Parkwächtern beaufsichtigt wurden. Alexandra und Stephanie schlenderten über samtige Rasenflächen dem alten Herrenhaus zu, das unter weitausladenden Eichen stand. Stephanie hatte das Gefühl, durch ein kostbares altes Gemälde zu wandeln. Wie merkwürdig, daß Sabrina sich von alledem weggesehnt hatte.
»Ist dir nicht gut, Herzchen?« fragte Alexandra unvermittelt.
»O doch. Ich bin nur ein bißchen flattrig. Ich weiß selbst nicht, warum.«
»China steckt dir noch in den Knochen. Vielleicht brauchst du bald wieder eine Reise – als Nachkur.«
Stephanie lachte. »Vorläufig habe ich genug.«
»Wo steckt denn dein brasilianischer Verehrer?«
»Noch in Brasilien, soviel ich weiß.«
»Und was ist mit Maxim?«
»Was soll mit dem sein?«
»Mir scheint, daß er dir jetzt besser gefällt als früher.«
Maxim. Die Kraft seiner Persönlichkeit verfolgte sie sogar aus der Ferne. »Kennst du ihn schon lange?« fragte sie geistesabwesend.
»Herzchen, komm auf die Erde zurück. Du kannst doch unmöglich die Riviera-Kreuzfahrt vergessen haben, und sei's aus keinem anderen Grund, als weil wir uns dabei zum

erstenmal begegnet sind.« »Die Kreuzfahrt hatte ich tatsächlich momentan vergessen. Kaum glaublich, aber wahr.«
»Hoffentlich nicht meinetwegen. War wohl eine Art Verdrängung, wie die Psychologen sagen. Max hat eine Menge Feinde, und daran ist er sicher nicht unschuldig. Ich weiß nichts davon und will es nicht wissen. Ich habe mich bei ihm immer gut amüsiert und zähle ihn zu meinen Freunden. Außerdem ist alles lange her, und jede von uns hat sich in der Zwischenzeit irgendwie verändert.«
Sie betrachteten gerade das etwas abseits gelegene Atelier des verstorbenen Eigentümers von außen, als jemand hinter ihnen entzückt »Lady Longworth« rief. Sie drehten sich um, und Stephanie erblickte einen älteren, makellos gekleideten Herrn mit silbrigem Haar und weichen Tränensäcken unter den Augen. Er beugte sich tief über ihre Hand. »Ich habe gehofft, Sie hier zu treffen, wußte aber nicht genau, ob Sie schon aus China zurück seien.«
Stephanie wartete auf einen Hinweis, ob sie ihn mit Alexandra bekanntmachen mußte oder nicht.
»Haben Sie dort für ›Ambassadors‹ eingekauft?« fuhr er fort und sah abwartend zwischen ihr und Alexandra hin und her. Stephanie wurde verlegen und ärgerlich. Warum half ihr denn keiner?
»Ja, einiges«, sagte sie kühl.
»Vorteilhaft, hoffe ich«, erwiderte er. »Aber ich darf doch annehmen, daß Sie trotzdem das Interesse an europäischem Porzellan nicht ganz verloren haben? Ich kann Ihnen demnächst einige sehr schöne Stücke zeigen.«
Aha, ein Händler. Oder ein Vermittler. Jedenfalls niemand, den sie Alexandra unbedingt vorstellen mußte.
»Gewiß, ich werde mir Ihre Porzellane gern ansehen«, sagte Stephanie unverbindlich, nickte dem eleganten älteren Herrn herablassend zu und wandte sich mit Alexandra betont ab. Ihr Mut hatte sich wieder gehoben. Alles, was sie heute anfing, schien ihr zu gelingen.
»Findest du Maxim wirklich sehr verändert?« nahm sie nach ein paar Schritten in unverfänglichem Ton das Gespräch wieder

auf.
»Na ja, er ist reifer, milder, umgänglicher – wenigstens nach außen hin«, urteilte Alexandra. »Das heißt aber noch lange nicht, daß er im Inneren nicht zäh ist wie immer. Wenn ich ihn nicht so gut kennen würde, wäre er beinahe das, was ich dauernd suche und nicht finde.«
»Und das wäre?«
»Ach, du kennst mich doch. Ein Mann, der mir Schlösser und goldene Brücken baut, mir aber eine gewisse Bewegungsfreiheit läßt. Das heißt nicht Dutzende von Affären haben – ich kann sehr treu sein, wenn der Mann danach ist. Leider ist er mir noch nicht über den Weg gelaufen. – Hat Max dir gesagt, was er ersteigern will?«
»Ja, die Rosenholzstatuetten.«
»Wahrscheinlich für das neue Haus, das er gerade gekauft hat. Beobachte mal sein Gesicht, wenn er bietet – dann sieht er immer aus, als würde er am liebsten jeden erwürgen, der mit ihm zu konkurrieren wagt.«
Sie kamen genau im rechten Augenblick ins Zelt zurück, denn eben wurden unter allgemeinem Gemurmel und Kataloggeraschel die Rosenholzfiguren ausgerufen. Stephanie dachte an Alexandras Ausspruch und sah Maxim unauffällig von der Seite an. Mit jedem Gebot, um das der Preis höher getrieben wurde, verdunkelten sich seine grauen Augen mehr ins Schwärzliche, und die hohen Backenknochen traten immer schärfer aus dem sonst ausdruckslosen Gesicht hervor. Für ihn war es ein Wettkampf des Willens, und da ein oder zwei andere ebenso verbissen kämpften wie er, bekam er den Zuschlag am Ende zu einem viel höheren Preis, als er oder sonst jemand unter normalen Umständen gezahlt hätte.
Hätte er mich an seiner Stelle bieten lassen, dachte Stephanie, so hätte er ein paar tausend Pfund sparen können.
»Sie glauben natürlich, Sie hätten es besser gemacht«, sagte er plötzlich neben ihr.
Sie fühlte sich ertappt. »Habe ich das so deutlich gezeigt?«
»Sie sind immer damenhaft zurückhaltend, meine liebe Sabrina. Aber wir wissen beide, daß Sie im Grunde recht haben. Näch-

stes Mal bieten Sie für mich.«
Später sah er mit wiederhergestellter guter Laune zu, wie sie das Empiretischchen weit günstiger bekam, als sie zu hoffen gewagt hatte. Und dann wurde das Regency-Buffet angekündigt, das die Raddisons haben wollten. Daran lag Stephanie am meisten. Die Raddisons waren Sabrina aus irgendeinem Grund übel gesinnt, und Stephanie gedachte nicht, hier eine Niederlage einzustecken.
Der Auktionator begann mit zweitausend Pfund. Bei zweitausendfünfhundert gab Stephanie ihm einen ihrer fast unmerklichen Winke. Sie benutzte dieselben Zeichen wie vor der Pause, nur *noch* zurückhaltender, weil ihr Selbstvertrauen beträchtlich gestiegen war. Allerdings mußte sie sich innerlich gewaltig zügeln, um sich nicht zu unnötigen Wagnissen verleiten zu lassen.
»... und zum dritten«, hieß es endlich. »Für dreitausendeinhundert verkauft an Lady Longworth.«
Wieder wurde applaudiert, und Maxim Stuyvesant nickte bestätigend. »Meisterhaft. Vielleicht können Sie mir eines Tages Nachhilfestunden geben, Sabrina.«
Stephanie lächelte. Wie würde dieser Mann erst applaudieren, wenn er von der Verwechslungskomödie wüßte! Schade, daß sie ihn nicht ins Vertrauen ziehen konnte.
Wie kam sie auf die Idee? Weil er etwas Abenteuerliches an sich hatte; als ob er Risiken und Täuschungen genießen und auch bei anderen schätzen würde? Früher, dachte sie, hätte mich das an einem Mann nicht gerade angezogen – aber jetzt, wo ich es selbst mit Erfolg probiere, scheine ich auf den Geschmack zu kommen.
»Ich habe ein Haus gekauft«, fuhr Maxim fort. »Am Eaton Square. Achtzehntes Jahrhundert, ein Prachtbau, aber total verkorkst durch Modernisierungsversuche späterer Besitzer.« Er zückte einen Kugelschreiber und skizzierte auf der Rückseite des Katalogs mit raschen, kühnen Strichen die Innenräume. »Im letzten Vierteljahr sind da ein halbes Dutzend sogenannte Ausstatter herumgewimmelt. Einer hat einen Kamin demoliert, der nächste einen Kronleuchter, der dritte schlug vor, die

Eichengeländer durch Schmiedeisen zu ersetzen. Die anderen waren ebensolche Banausen. Wollen Sie mich und das arme alte Haus nicht vor diesen Idioten retten?«
Stephanie betrachtete die Skizze. Ein ganzes Haus umgestalten! Seit der Geburtstagsparty bei Alexandra beneidete sie Sabrina darum und sehnte sich nach einer ähnlichen Gelegenheit. Hier wurde sie ihr geboten!
»Möbel habe ich genug«, hörte sie Maxim sagen, »übergenug. Aus allen denkbaren Stilepochen. Zuviel von allem: Kunstwerke, Teppiche, Gobelins, Lampen – alles. Mein Haus in New York und mehrere Speicher sind voll davon. Ich habe massenhaft Handwerker und Arbeiter zur Verfügung, aber ich brauche jemanden, der ihnen sagt, was sie tun sollen, und mir sagt, was ich behalten und was ich verkaufen soll. Kurz: Ich brauche *Sie.*«
Stephanie schüttelte den Kopf. »Tut mir leid. Ich kann das nicht.«
»Sie können. Und ich bezahle anständig.«
»Mit Geld hat es nichts zu tun.« Sie dachte erst, ihre instinktive Weigerung rühre von der Notwendigkeit her, Distanz zu halten. Aber der wirkliche Grund lag woanders: Sie hatte Angst, zu versagen.
Jahrelang hatte sie sich eingeredet, sie sei genauso begabt wie Sabrina und hätte nur nie eine Chance gehabt, es zu beweisen. Maxim Stuyvesant gab ihr die Chance. Nein, dachte sie in plötzlicher Panik, laßt mir meine Illusionen.
»Aber das ist doch Unsinn«, sagte Maxim energisch. »Ich kenne Alexandras und Olivia Chassons Häuser. Sie sind die Künstlerin, die ich brauche.«
»Warum fragen Sie mich dann erst an siebenter Stelle?«
»Ach so, Sie sind beleidigt. Sehr verständlich. Die andern wurden mir alle von wohlmeinenden Freunden auf den Hals gehetzt. Vergessen Sie's.«
»Ich bin nicht gekränkt.«
»Was zum Teufel haben Sie denn sonst noch einzuwenden?«
»Ich habe einfach keine Zeit«, antwortete sie heftiger als gewöhnlich. Und sagte damit die Wahrheit. »Mir bleiben nur knappe vier Wochen.«

»Und was ist danach? Lösen Sie sich etwa in Luft auf?« Sie mußte lachen. »Wenn Sie in Terminnöten sind, tun Sie eben soviel wie möglich, solange Sie Zeit haben. Hauptsache, das Haus kriegt Ihren Stempel. Ich gebe Ihnen in jeder Beziehung, auch in finanzieller, völlig freie Hand.«
Stephanies Widerstand erlahmte. Sie kannte den Eaton Square, und die Planskizze des Hauses auf dem Katalogdeckel stachelte schon jetzt ihre Phantasie an. Bevor die Versteigerung zu Ende war, hatte Maxim Stuyvesant ihre Zusage.
Und ich werde nicht versagen, schwor sie sich im stillen. Ich habe auch heute und hier nicht versagt. Ich kann das genausogut wie Sabrina, sie braucht sich nicht zu genieren, wenn sie später die Spuren meiner Tätigkeit begutachtet ...
Was das andere Risiko betraf – den Hausherrn –, so würde sie mit ihm nur das Notwendigste besprechen und ihn im übrigen meiden. Wenn sie mit der Innenausstattung nicht ganz fertig wurde, was wahrscheinlich war, konnte Sabrina nahtlos übernehmen. Und sie, Stephanie, würde Maxim Stuyvesant dann ohnehin nie wiedersehen.
»Wann können Sie anfangen?« fragte er beim Abschied.
»Ich *habe* ja schon angefangen«, erwiderte sie.

Am nächsten Vormittag fand Stephanie eine Menge Papierkram auf ihrem Schreibtisch vor: Schecks, Anfragen, Quittungen für Geschäfte, die Sabrina noch kurz vor dem Aufbruch nach China abgeschlossen hatte. Stephanie nahm diese Unterlagen als ungefähre Richtschnur für den kommenden Monat. Es war ein berauschendes Gefühl, auf einmal mit soviel Geld zu jonglieren. Nicht mit ihrem Geld, leider ... Aber was sie heute tollkühn unterschrieb, war schon wieder Tausende wert.
Sie war bei einer der letzten Unterschriften, als das Telefon in Brians Büro klingelte. Einen Moment später meldete er: »Señor Molena, Mylady.«
Stephanies Füllfederhalter stockte. Sollte dieser Antonio nicht wenigstens bis Anfang Oktober wegbleiben? Sie schnitt eine kleine Grimasse. Sie mußte auf jeden Fall versuchen, ihn sich vom Leibe zu halten, bis Sabrina zurück war.

»Wünschen Sie, daß ich Sie entschuldige, Mylady?« fragte Brian feinfühlig.
»Nein, stellen Sie um. Danke, Brian.«
»Sabrina«, kam eine dunkle, zärtliche, leicht exotisch gefärbte Stimme, »meine Angelegenheiten in Saõ Paolo sind erledigt, und ich bin sofort zurückgeflogen. Du begreifst meine Ungeduld? Und heute abend gehen wir zusammen essen.«
»Nein, ich –«
»Bist du schon anderweitig verabredet?«
Sie zögerte. Es war ja albern, daß sie jeden Vorschlag automatisch mit »Nein« beantwortete, als sei sie in wenigen Tagen die Verantwortung los. Aber das stimmte nicht mehr; für ein paar Wochen war sie in London zu Hause und mußte Sabrina glaubhaft vertreten.
»Na gut, hol mich ab«, sagte sie.
»Punkt acht Uhr, Sabrina. Freust du dich nicht ein bißchen? Für mich war es eine Ewigkeit.«
Er holte sie zur vereinbarten Zeit ab und fuhr mit ihr auf verschlungenen Wegen zur Fulham Road, wobei er sie ununterbrochen mit amüsanten Geschichten aus Brasilien und über irgendwelche Bekannte unterhielt. Stephanie hatte Zeit, sich mit seinem Äußeren vertraut zu machen; er sah ungefähr so aus, wie sie ihn sich nach Sabrinas Beschreibungen vorgestellt hatte: dunkel, elegant, mit Adlernase, durchaus attraktiv. Sie wunderte sich, daß die Gegend immer öder wurde und das Lokal, vor dem er schließlich hielt eine düstere Kellerkneipe zu sein schien. »Eine Überraschung«, sagte Antonio, ihren erstaunten Blick bemerkend.
Und das war es, als sie ein paar Stufen hinunterstiegen und eintraten. Stephanie war froh, daß sie den anderen Gästen an Eleganz nicht nachstand.
Antonio war ein bezaubernder Gastgeber, und Stephanie fragte sich mehr als einmal, was Sabrina wohl gegen ihn hatte. Aber Sabrina hatte in ihrem langen Telefongespräch von Antonio gesagt:
»Ich kann ihn nicht heiraten. Es würde zwar vieles erleichtern, aber es würde nicht gut ausgehen. Ich bin nicht die Frau, die er

braucht. Aber das werde ich ihm natürlich selbst sagen müssen. Halte ihn vorläufig hin; er ist das mittlerweile von mir gewöhnt.«
»Könntest du ihm nicht schreiben?« hatte Stephanie gefragt. »Ich weiß wirklich nicht, wie ich ihn vier Wochen lang hinhalten soll ...«
»Gute Idee. Ich schick dir den Brief sofort, und du kannst ihn in London einstecken. Wenn er vorher anruft, sag ihm einfach, du bräuchtest noch ein paar Tage. Das wird er schon akzeptieren.«
Der Brief war natürlich noch nicht da, aber Antonio schien zum Glück damit zufrieden zu sein, sich mit ihr zu unterhalten und sie anzusehen. Er fragte sie nach ihren China-Erlebnissen, und sie plauderte zum x-tenmal von der lebensgroßen Terrakotta-Armee, die man in den Kaisergräben von Siang ausgegraben hatte, von der Großen Mauer, den malerischen Dschunken auf dem Li und den Orchideen im Zoo von Kanton. Antonio wollte etwas über die Landwirtschaft wissen, aber darüber konnte sie ihm nur berichten, was sie gesehen hatte, und das war nicht gerade viel.
»Du mußt eben selbst nach China fahren«, sagte sie, »dann erfährst du alles, was du wissen willst.«
»Nur mit dir. Vielleicht wäre das ein Ziel für unsere Hochzeitsreise?«
Sie brauchte nicht darauf einzugehen, denn er winkte dem Kellner, bestellte Kaffee und Kognak und erzählte eine lange Guarani-Legende von der Suche nach irgendwelchen kostbaren Juwelen, die offenbar die Suche nach Liebe symbolisierte. Stephanie horchte hauptsächlich auf den tiefen, weichen Klang seiner Stimme und fühlte sich immer wohler und unbeschwerter.
»Das war ein hübscher Abend«, seufzte sie auf der Heimfahrt und lehnte sich im Wagen müde zurück.
»Und dein kleiner Laden?« fragte Antonio. »Geht da weiter alles nach Wunsch?«
Irgendwie mißfiel ihr der Ausdruck »kleiner Laden«. »Ja«, murmelte sie, »besser denn je.«

»Und was sagen deine Zeitungsfreunde?«
»Welche?«
»Die Franzosen. Sie haben ihre Story noch nicht publiziert. Ich hatte veranlaßt, daß mir die Zeitungen nachgeschickt würden, aber der Artikel war nirgends drin. Wollen sie nicht mehr?«
»Doch.« Stephanie wurde mit einem Ruck hellwach. Vielleicht wußte er mehr als sie. »Die Story ist nur verschoben worden, wegen fehlender Fotos oder was weiß ich.«
»Ah. Um so besser. Dann hält Olivia Chasson ihren Meißener Porzellanstorch noch immer für echt, und ich habe Zeit, das für dich auszubügeln.«
»Nein, nein«, sagte sie etwas zu rasch. Was war das für ein Storch? Jedenfalls eine wertvolle Information; sie mußte Brian fragen und alles Nähere erkunden. Dann fügte sie in sanfterem Ton hinzu, weil es ja nett von ihm war, ihr seine Hilfe anzubieten: »In ein paar Wochen wird sich das alles von selbst erledigt haben.«
»Meinst du? Aber warte nicht zu lange, Sabrina. Nun, du weißt, an wen du dich wenden kannst, wenn du Hilfe brauchst. Ich will nur, daß es dir gutgeht, mein Herz.«
»Danke«, sagte sie warm und wunderte sich wieder, daß Sabrina noch soviel Bedenken hatte.
Er hatte für die Heimfahrt einen anderen Weg eingeschlagen, aber sie konnte nicht gut fragen, warum. Sabrina Longworth wohnte lange genug in London, um zu wissen, wo sie waren. Stephanie überlegte gerade, wie sie ihn vor ihrer Haustür verabschieden sollte, als das Auto in eine geschwungene Auffahrt einbog und vor einem eleganten, modernen Gebäude hielt. Ein uniformierter Portier trat aus seiner gläsernen Loge und grüßte. Antonio stieg aus. »Fahren Sie den Wagen in die Garage.«
»Ja, Sir«, erwiderte der Portier und ging um den Wagen herum, um Stephanie die Tür zu öffnen.
Sie blieb regungslos sitzen. Seine Wohnung. Sein Bett. Warum hatte sie nicht von vornherein damit gerechnet? Weil es ihr einfach nicht in den Sinn gekommen war. Sabrina und Antonio schliefen miteinander. Aber Stephanie Andersen hatte noch nie mit einem anderen Mann geschlafen als mit ihrem eigenen.

»Sabrina«, mahnte Antonio leise, mit einem Anflug von Ungeduld.
»Ich dachte, du bringst mich nach Hause«, stotterte sie und kam sich maßlos dumm vor dem Portier vor, der ihr die Hand zum Aussteigen hinhielt.
Antonio kam mit langen Schritten um den Wagen auf ihre Seite, ergriff am Portier vorbei ihren Arm und zog sie aus dem Wagen.
»Du hast doch gesehen, wohin wir fuhren, und nichts gesagt«, zischte er. »Was soll diese Komödie?«
»Laß mich los«, fauchte sie zurück. Der Ärger über seinen Ton, seinen brutalen Zugriff und vor allem ihre eigene Begriffsstutzigkeit gab ihr wieder Haltung. »Ich hatte nicht angenommen, daß du mich einfach hierhin schleppst, ohne mich vorher zu fragen –«
Sie brach ab, da der Portier offensichtlich mit größtem Interesse zuhörte. Auf der anderen Straßenseite erspähte sie im Dunkeln einen kleinen Park.
»Gehen wir noch ein paar Schritte«, forderte sie Antonio auf und fügte, zum Portier gewandt, hinzu: »Und den Wagen lassen Sie bitte hier stehen.«
*Caramba!«* fluchte Antonio zwischen den Zähnen, mußte ihr aber wohl oder übel folgen. Erst als sie außer Sicht- und Hörweite waren, schäumte er los: »Das ist ja das Allerneueste! Ein solches Benehmen hätte ich nie von dir erwartet. Meine künftige Frau hat sich entsprechend zu verhalten. Haben wir nicht eine Vereinbarung getroffen –«
»Daß wir uns mindestens einen Monat nicht sehen. Du bist vorher zurückgekommen, und ich habe eingewilligt, mit dir essen zu gehen und sonst gar nichts.«
»Was für eine Haarspalterei! Wir haben einen angenehmen Abend miteinander verbracht; du hast mir mit Lächeln, Blicken und Worten gezeigt, daß es dir gefiel – daß ich dir gefalle. Du bist mir in jeder Weise entgegengekommen. Du hast sogar nicht gleich schroff abgelehnt, als ich dir anbot, bei der Bereinigung der trüben Affäre zu helfen, die dir in deinem kleinen Laden passiert ist.«

»Kleiner Laden!« fuhr sie ihn an und blieb stehen. »Und trübe Affären. Du bist unverzeihlich beleidigend.«
Verblüfft lauschte Stephanie ihrer eigenen Stimme. Vorsicht! mahnte sie sich. Schieße nicht übers Ziel hinaus! Was wird, wenn Sabrina sich anders besinnt und sich womöglich doch entschließt, Antonio zu heiraten? Aber ihr Ärger war stärker als ihre Vorsicht. Sabrina würde diesen Diktator nie heiraten, und Stephanie würde ihm jetzt, auf der Stelle sagen, warum.
»Du behandelst mich so gönnerhaft, als wäre ich ein Kind. Das lasse ich mir nicht gefallen. Ich tue, was ich will und für richtig halte. Niemand wird mir seinen Willen aufzwingen.«
»Aber meine liebe Sabrina, ich zwinge dich doch zu nichts. Ich will nur für dich da sein, für dich sorgen –«
»Solange alles nach deinem Kopf geht.«
»Ist das nicht auch für dich das beste? Wie weit hat dich dein törichter Ehrgeiz denn bis jetzt gebracht? Hättest du mir gestattet, deinen klei ... dein Geschäft zu managen, so stecktest du jetzt nicht in so peinlichen Schwierigkeiten. Du riskierst, alles zu verlieren, falls diese Fälschungsgeschichte herauskommt. Ich biete dir Sicherheit, gesellschaftliches Ansehen, Reichtum – und du flüchtest dich immer wieder in deinen verrückten Unabhängigkeitswahn.«
»Antonio, fahr mich jetzt bitte nach Hause.«
»Was soll das heißen?«
»Daß mein verrückter Unabhängigkeitswahn mir sehr viel bedeutet und ich ihn deinetwegen nicht aufgeben werde.«
»Du willst mich nicht heiraten?«
»Nein.«
»Doch. Ich hätte nicht monatelang soviel Geduld mit dir aufgebracht, wenn ich dessen nicht sicher gewesen wäre.«
»Bringst du mich jetzt nach Hause, oder muß ich ein Taxi nehmen?«
»Ich werde dich morgen anrufen.«
»Ich bin morgen für niemanden zu sprechen.«
»Für mich schon. Und ich erwarte, daß du bis dahin ruhiger und vernünftiger über die Sache denkst.«
Ein Segen, daß es Mrs. Thirkell gibt, die das Telefon abnimmt,

dachte Stephanie, als sie am Cadogan Square anlangte. Übers Wochenende bin ich auf dem Land, und inzwischen wird Sabrinas Brief da sein, und dann ist die Geschichte ausgestanden.

Ein Rest von Unsicherheit bewog sie jedoch, noch in derselben Nacht anzurufen. Die Leitung war gestört, Sabrina schien abgelenkt und nicht besonders interessiert zu sein, und sie faßten sich kurz. Alles, was Stephanie heraushören konnte, war: »Mach dir keine Sorgen ...«

Aber als sie am nächsten Tag zu der Wochenend-Einladung auf Lady Chassons Landsitz aufbrach, fühlte sie sich hilflos ohne jegliche Anweisungen oder jemanden, der ihr raten konnte. Sie war Olivia Chasson noch nie begegnet.

Aber Lady Olivia machte es ihr leicht. »Nanu, kein Antonio?« fragte sie.

»Im Moment nicht.«

Olivia lächelte wissend. »Das habe ich vorausgesehen. Ein überheblicher Kerl. Selfmademen, so anerkennenswert ihre Leistungen sind, neigen immer dazu, jedem andern ihre eigene Meinung aufzudrängen. Leute, die reich geboren sind, haben dieses Problem fast nie.«

»Wie kommt das?« fragte Stephanie lachend.

»Weil reichgeborene Leute so an ihren Reichtum gewöhnt sind, daß sie vor lauter Langeweile entweder gar nichts mehr tun oder gleich die ganze Welt umkrempeln, wie beispielsweise die Rockefellers. O verflixt, da sind die Raddisons; ich weiß nicht, warum ich sie immer wieder einlade, wo ich Rose doch nicht ausstehen kann.«

»Nun, eine stachlige Rose bringt zuweilen den Charme der anderen Blumen zur Geltung.«

Olivia lachte so herzlich, daß die anderen Gäste sich nach ihr umdrehten und mitlachten.

»Sie sind ein Juwel, Sabrina. Wie langweilig wäre das Leben ohne Sie. Sie müssen bei Tisch neben mir sitzen.«

»Ja gern«, sagte Stephanie achtlos, ehe sie Olivias hochgehende Augenbrauen bemerkte und rasch hinzufügte: »Es ist mir eine besondere Ehre, danke.«

Sie beobachtete, wie Olivia die neu angekommenen Gäste begrüßte, und nickte eine lächelnde Erwiderung auf Rose Raddisons katzenfreundliches Winken. Es wurde Champagner herumgereicht, und Stephanie bewegte sich mit ungezwungener Anmut zwischen den Gästen, von allen akzeptiert und bewundert. Hier dachte niemand an Hypotheken, Lebensmittelkosten oder die Notwendigkeit, dienstags und freitags den Mülleimer hinauszustellen ... Eine Märchenkulisse, dachte Stephanie. Und ich gehöre hierhin.

Das Landhaus der Chassons in Kent lag in einem alten Park mit einem kleinen See. Der Salon, in dem die Gäste sich bis zum Dinner aufhielten, war letztes Jahr von Sabrina renoviert worden. Selbstverständlich hatte sie das berühmte Deckengemälde und die Kronleuchter unangetastet gelassen; aber alle Sitzmöbel waren neu gepolstert und teils mit cremefarbenem, teils mit blaßgrünem Samt bezogen worden; im dunkel getönten Eichenparkett spiegelte sich das Licht der Leuchter, und in einer langen, niedrigen Chippendale-Vitrine war eine Sammlung von Porzellanfiguren aus dem 19. Jahrhundert zu bewundern. Auf einer schlanken Konsole am Ende des Raums stand vor einem Spiegel ein reinweißer Storch aus Meißener Porzellan.

Stephanie bewegte sich langsam und nachdenklich auf ihn zu. Von diesem Storch hatte sie doch in den letzten Tagen ein paarmal gehört ... aber in dem Brief, der heute gerade noch vor der Abfahrt gekommen war, hatte Sabrina ihn nicht erwähnt. Sie hatte nur geschrieben, daß sie mit dem Haushalt gut fertig würde, zumal Dolores ihr sogar ihre Putzfrau geschickt hätte. Und daß sie immer noch so braun, blau und steif sei, daß sie froh sei, im Bett überhaupt liegen zu können ...

Stephanie versuchte sich vorzustellen, wie Sabrina sich an ihrer Stelle abrackerte, den Arm in der Schlinge und in Jeans, während sie, Stephanie, im raffiniert-klassischen weißen Abendkleid die Eleganz dieser Party genoß. Ich kann ihr nie genug danken, dachte sie.

Inzwischen hatte sie den Storch gewohnheitsmäßig vom Podest genommen, um noch einmal das Markenzeichen zu prüfen und behutsam mit den Fingern über die kühle Glasur zu streichen.

Es war ein wunderschönes Stück, jedes Federchen aufs feinste ausgearbeitet, und der kleine Fisch im halbgeöffneten Schnabel schien noch zu zappeln. Klar, daß Olivia diesen Storch für echt Meißen hielt – eigentlich konnte niemand daran zweifeln. Aber was hatte Antonio über eine Fälschung im Zusammenhang mit Olivia Chasson gesagt? Und jetzt fiel es ihr ein, auch Michel Bernard hatte auf Alexandras Party von Fälschungen gesprochen und von der Notwendigkeit, »den Storch irgendwie zurückzubekommen«. Und Sabrina hatte sie davor gewarnt, einem gewissen Rory Carr Porzellan abzukaufen; sie traue ihm nicht mehr ...

Blitzartig erkannte Stephanie die Zusammenhänge. Sabrina hatte von diesem Carr Sachen übernommen, unter denen zumindest eine Fälschung war – eben dieser Storch. Und sie hatte ihn in gutem Glauben an Lady Chasson verkauft. Sie mußte ihn zurückhaben, bevor jemand etwas merkte und böse Zungen ihren Ruf womöglich für immer schädigten.

*Die* Sorge sollte ich ihr wenigstens abnehmen, dachte Stephanie. Aber wie? Sie kannte Lady Chasson nicht gut genug, um ihr den Mißgriff zu beichten: falls das der einzige Weg war, die Geschichte diskret rückgängig zu machen, mußte Sabrina es leider selbst tun. Sie konnte auch nicht behaupten, der Storch sei reparaturbedürftig, denn er war vollkommen intakt. Ebensowenig konnte sie ihn unbemerkt hinausschmuggeln; dazu war er zu groß. Sie mußte sich im Laufe dieses Wochenendes unbedingt etwas einfallen lassen ...

»Ich bin ja so froh, daß ich Sie hier treffe, Sabrina«, girrte eine Stimme hinter ihr, und Stephanie drehte sich erschrocken um. Rose Raddison war lautlos herangeglitten; Stephanie hätte nicht gewußt, mit wem sie es zu tun hatte, wenn Olivia vorhin nicht glücklicherweise ihren Namen genannt hätte. Ihre Stimme war so scharf und dünn wie ihre Nase und das spitze, nervös zitternde Kinn. Die schwarzen Augen waren das Beste an ihr, und da sie das natürlich wußte, hatte sie sie mit Lidschatten und Wimperntusche nach Kräften hervorgehoben. Stephanie dachte unwillkürlich, sie sähe aus wie ein halbverhungerter Panda-Bär.

»Ich muß mich doch noch bei Ihnen bedanken«, fuhr Rose

fort. »Als ich erfuhr, daß Sie das Buffet so günstig für uns ersteigert haben, war ich wirklich baff. Sie haben sich enorm ins Zeug gelegt. Es kann also nicht wahr sein, daß Sie uns nicht leiden können.«

»Wer sagt das?« fragte Stephanie ruhig, den Storch immer noch in den Händen.

»Ach, es gibt ja immer Klatschmäuler, die nichts Schöneres kennen, als die Leute gegeneinander aufzuhetzen –«

»Aber meine kleine Rose gehört natürlich nicht dazu«, mischte sich ein farblos-eleganter Herr ein, der neben ihr auftauschte. »Meine holde Gattin besteht aus eitel Liebe und Güte, nicht wahr? Oder habe ich das nicht ganz korrekt ausgedrückt?«

»Peter findet sich immer so witzig«, zischte Rose.

»Und deshalb macht sie sich Gedanken, warum Sie sie so auffällig meiden«, stichelte Peter Raddison weiter. »Wäre es möglich, daß Sie ihr nach Jahren noch nachtragen, was Sie einmal zufällig auf einem Ball belauscht haben?«

»Belauscht?« wiederholte Stephanie in neutralstem Ton.

»Was schwatzt Peter da wieder zusammen« kreischte Rose dünn. »Liebste Sabrina, wir würden Sie nie verdächtigen, daß Sie gehorcht haben. Es war ein purer Zufall. Ihre Freundin Alexandra hätte Ihnen längst bestätigen können, daß wir nur besorgt um Sie waren, weil Sie und Denton – Himmel, wie lange ist das alles her! Müssen wir es wirklich immer wieder aufwärmen?«

»Ist das nicht deine Hauptbeschäftigung?« fiel Peter seidenweich ein. »Zum Beispiel, daß Sabrina damals nur Dentons Titel und Vermögen geheiratet hat? Du konntest ja ziemlich sicher sein, daß Sabrina dich deswegen nie zur Rede stellen würde, nicht wahr, teure Rose?«

Rose reckte den mageren Hals. »Sabrina hat Manieren, Peter. Deine Taktlosigkeiten sind ihr fremd. Wenn sie jedes Wort so auf die Goldwaage legte, hätte sie sich bei der ›Chilton‹-Versteigerung nicht so glänzend für mich geschlagen. Wie haben Sie das bloß geschafft, meine Liebe?«

Stephanie hob die Brauen. Sabrina hatte ihr nie etwas von dieser Geschichte erzählt; wie scheußlich mußte das für sie gewesen sein. Aber warum ärgerte sich diese Lday Rose jetzt über ihren Erfolg bei der Auktion, wie ihre dünne, zitternde Stimme deutlich verriet?

»Wie ich was geschafft habe?« wiederholte Stephanie gelassen.

»Nun, das Buffet zu einem so unglaublich niedrigen Preis zu kriegen. Sie sind ein Phänomen!«

Stephanie begriff. Rose hatte Sabrina eine Falle gestellt. Sie hatte ein Preislimit genannt, das aller Voraussicht nach von niemandem zu unterbieten war. Nun erst wirklich gereizt und voller Mitgefühl für Sabrina, erwiderte sie lächelnd: »Ich wollte Ihnen den Kummer ersparen, Mitleid mit mir zu haben, wenn ich versagt hätte.«

Peter Raddison brach in ein Gelächter aus. »Ein Volltreffer, liebste Rose.«

Rose ignorierte ihn und lächelte verzerrt zurück. »Typisch ... Sie waren schon immer so arrogant, wie alle Parvenüs –«

In diesem Moment kam Stephanie die Erleuchtung, wie sie das Storchen-Problem aus der Welt schaffen würde.

»Bitte, *wie* haben Sie mich genannt?« fragte sie leise. »Ich habe vielleicht etwas mißverstanden?«

»Durchaus nicht!« schrie Rose jetzt und trat einen Schritt auf sie zu. Stephanie wich zurück. »Ich habe Sie arrogant und Parvenü genannt und –« Unbeherrscht tat sie einen weiteren Schritt auf Stephanie zu. »Und wenn Sie glauben, Sie könnten irgend jemanden hier beeindrucken –«

»Oh!« stieß Stephanie erstickt hervor. Bei ihrem notgedrungenen Zurückweichen hatte sich einer ihrer hohen Absätze in der Teppichkante verfangen. Ihr Fußknöchel knickte um, sie ruderte wild mit den Armen, um das Gleichgewicht zu halten, und der Meißener Storch flog ihr in hohem Bogen aus der Hand, um klirrend auf dem Parkett zu zerschellen.

»O Gott«, hauchte Rose. Stephanie rieb ihren Knöchel und betrachtete gelassen die weißen Porzellanscherben zu ihren Füßen. Die Hausherrin bahnte sich einen Weg durch die stumm auf das Malheur starrenden Gäste.

»Wie ungeschickt von mir«, war Stephanies erste Äußerung. »Ich weiß nicht, wie das passieren konnte –«

»Sie waren in Verteidigungsstellung, meine Liebe«, sagte Olivia. »Jeder hat es gesehen. Einen Schritt näher, und Rose hätte Ihnen die Augen ausgekratzt.«
»Wir haben uns nur ein wenig unterhalten«, behauptete Rose mit verkniffenem Mund. »Ich kann nichts dafür, daß Lady Longworth jedes zweite Wort mißversteht. Schicken Sie mir die Rechnung für das zerschlagene Porzellan ... Was war es doch, ein Reiher oder was?«
»Olivia«, sagte Stephanie ruhig, »natürlich ersetze *ich* Ihnen den Storch. Zu reparieren ist er nicht mehr, aber vielleicht finde ich ein gleichwertiges Stück –«
»Sie werden nichts dergleichen tun, meine Liebe. Wir sind hoch genug versichert, um die gesamten britischen Inseln ersetzen zu können, falls ihnen etwas zustieße. Haben Sie sich den Fuß verstaucht? Soll ich den Arzt kommen lassen?«
»Nein, nein, danke, es ist höchstens eine kleine Zerrung.«
»Na, dann kommen Sie mit und setzen Sie sich zu mir.«
Sie nahm Stephanie freundschaftlich am Arm und führte sie zu einem Sofa, während auf den Wink des Butlers bereits zwei Diener mit Besen und Schaufel die Scherben entfernten. Peter Raddison kam den Damen nach und verkündete mit weittragendem Bühnenflüstern: »Olivia, Rose läßt sich entschuldigen, sie fühlt sich nicht wohl. Immer diese gräßliche Migräne, Sie wissen ja. Ich muß sie nach Hause bringen. Darf ich eventuell allein wiederkommen, wenn das Ihre Party-Symmetrie nicht stört?«
»Das können Sie halten, wie Sie wollen«, sagte Olivia gleichgültig. »Ich werde Sie hinausbegleiten. Sabrina, machen Sie es sich solange gemütlich und erholen Sie sich.«
Stephanie genoß die kleine Pause und hörte mit halbem Ohr dem Stimmengewirr zu, das nur kurz um den Zwischenfall mit dem Storch kreiste, die Raddisons spöttisch in der Luft zerriß und dann auf wichtigere Ereignisse umschwenkte: Konzerte, Kunstausstellungen, neue Theaterstücke. Die Diener verschwanden lautlos mit den traurigen Überresten des Porzellanstorches.
Ich entwickle mich wirklich zur Täuschungs-Expertin, dachte Stephanie.

Sie hatte schon in der ersten Woche festgestellt, daß es in Sabrinas Leben keinen genauen Stundenplan gab. »Ambassadors« war zwar der Angelpunkt für ihre berufliche Tätigkeit und einen großen Teil ihres gesellschaftlichen Lebens, aber Brian erledigte die tägliche Routinearbeit, so daß Lady Longworth frei war für Auktionen, Einrichtungsaufträge und Verpflichtungen, die ihre Stellung mit sich brachte. Nach dem streng geregelten Hausfrauenalltag in Evanston konnte sich Stephanie zuerst kaum abgewöhnen, dauernd auf die Uhr zu sehen: Wann mußte sie die Kartoffeln aufstellen? Wann schlossen die Läden? Aber das legte sich. Jetzt gab es nur noch einen festen Termin in ihrem Kalender: den 22. Oktober. Da wollte Nathaniel Goldner Sabrinas Arm röntgen, und von dem Ergebnis hing alles weitere ab.
Am Montag fuhr sie mit Maxim Stuyvesant zu seinem Londoner Lager, um sich einen Überblick über das vorhandene Mobiliar zu verschaffen. Wenn die Maler- und Gipserarbeiten fertig wurden wie geplant, konnte sie schon bald mit der Innenausstattung des Hauses am Eaton Square beginnen.
»Sie strahlen ja«, bemerkte Maxim, als sie die reichhaltigen Lagerbestände prüften. »Sind Sie immer so, wenn Sie ein neues Projekt anpacken? Oder ist meines etwas Besonderes?«
»Ich bin immer so.«
»Nun haben Sie mich enttäuscht.«
»Aber sicher nicht überrascht«, lachte Stephanie. Es tat ihr gut, mit diesem Mann zusammen zu sein. Inmitten der vielen bösartigen Klatschmäuler kam er ihr wie ein Fels in der Brandung vor, zurückhaltend, gelassen, alle zu privaten Dinge abwehrend. Für die kurze Zeit, die ihr noch blieb, würde er eine Art Beschützer sein.
Angesichts der aufgestapelten Schätze im Lagerhaus mußte sie sich freilich zusammennehmen, um sich nicht allzu beeindruckt zu zeigen. Das ging quer durch Länder, Epochen und Stile – von russischen Samowars über William-Morris-Stühle, Art-Deco-Lampen bis zu zerlegten Schränken und Himmelbetten. Man fand kaum den Platz, um sich zwischen all diesen Kostbarkeiten hindurchzuwinden.

»Haben Sie ein Museum ausgeraubt?« fragte Stephanie lächelnd, um ihr beeindrucktes Staunen zu verbergen.
»Dutzende.« Maxim blickte von einer Liste auf, und ein Funke flackerte in seinen grauen Augen auf. »Können Sie irgend etwas davon brauchen?«
»Nun treiben Sie's ein bißchen zu weit mit der Nonchalance, Maxim. Das meiste ist herrlich, und das wissen Sie genau. Und natürlich viel zuviel, um es am Eaton Square unterbringen zu können.«
»Wählen Sie aus, was Sie wollen. Ich muß mich jetzt entschuldigen, Sabrina, ich habe leider noch eine unaufschiebbare Besprechung. Mein Chauffeur wird Sie heimbringen, sobald Sie hier fertig sind.«
Sie wandte rasch das Gesicht ab, um ihre Enttäuschung zu verbergen, und nahm eine Porzellanfigur aus einer Versandkiste. »Kopenhagen«, murmelte sie automatisch und erinnerte sich an den Tag, als ihre Mutter mit einem ähnlichen Stück vom Pariser Flohmarkt nach Hause gekommen war. »Aber ich bleibe wahrscheinlich stundenlang hier. Ihr Chauffeur braucht nicht so lange zu warten.«
»Dafür wird er bezahlt. Würden Sie Donnerstag abend mit mir essen.«
»Ja, danke.«
Er küßte ihre Fingerspitzen. »Fein. Bis dann.«
Die nahezu unbegrenzten Möglichkeiten, die ihr zur Verfügung standen, beflügelten Stephanies Phantasie. Sie dachte an nichts als das Haus und verbrachte jeden Tag mehr Zeit am Eaton Square, in enger Zusammenarbeit mit Handwerkern und Technikern, denen Maxim enorme Löhne zahlte, um Stephanies Termine einzuhalten. Ich *muß* es fertigkriegen, dachte Stephanie. Ich würde es nie verwinden, wenn ich vorher zurückfliegen müßte.
Maxim räumte ihr alle Steine aus dem Weg. Was immer sie brauchte, es war pünktlich zur Stelle.
»Gibt es irgendwo auf Erden einen Menschen, den Sie nicht kennen?« hatte sie ihn bei ihrem gemeinsamen Abendessen am Donnerstag gefragt.

»Ja, zum Beispiel Sie. Noch nicht.«
Weiter hatte er keine persönliche Anspielung gemacht, sondern sich auf liebenswürdiges, witziges, unterhaltsames Geplauder beschränkt. Oder war er genauso auf der Hut, um seine Privatgeheimnisse zu wahren, wie sie?
Stephanie dachte darüber nach, als sie am nächsten Vormittag in ihrem Büro saß, um die Post zu erledigen und Rechnungen durchzusehen. Das Glockenspiel über der Ladentür schlug an, und als sie aufsah, stand der ältere Herr vor ihr, den sie bei der »Chilton«-Versteigerung zum erstenmal getroffen hatte. Er war ebenso elegant, aber nicht ganz so verbindlich wie neulich, und Stephanie hatte das Gefühl, daß er einigermaßen unruhig in ihrem Gesicht forschte.
»Mylady«, begann er mit tiefer Verbeugung, »heute habe ich etwas ganz Besonderes für Sie.« Mit dramatischer Geste öffnete er eine Schachtel, wickelte eine Porzellangruppe aus und stellte sie auf den Schreibtisch: eine königliche Venus, die strafend auf einen spitzbübischen Cupido herabblickte, der pfiffig auf Pfeil und Bogen schielte. Es gab Stephanie einen kleinen inneren Ruck. Sèvres, spätes achtzehntes Jahrhundert und, falls es echt war, von enormem Wert.
Da sie sich scharf beobachtet wußte, verzog sie keine Miene. Noch eine Partie Pocker, dachte sie, genau wie bei der Auktion. Laut sagte sie: »Recht hübsch.«
»Weiter nichts?« murmelte er vorwurfsvoll. »Es ist eine ungewöhnliche Gelegenheit. Privatverkauf aus Deutschland; man hatte mir rechtzeitig einen Wink gegeben. Natürlich habe ich sofort an Sie gedacht.«
Nicht kaufen! Stephanie hob lauschend den Kopf. Woher kam diese leise, aber deutliche Stimme? Seit sie in London war, hatte sie manchmal Grund an Telepathie zu glauben … Sie sah über die Porzellangruppe hinweg aus dem Fenster in den verhangenen Oktoberhimmel und ließ die Stille wachsen.
Der Händler zupfte an seinem Schal – eine kleine Bewegung, die Nervosität verriet. »Sie haben noch nicht nach dem Preis gefragt, Mylady, aber zweifellos kennen Sie den Wert.« Ihr Blick kehrte langsam vom Fenster zu ihm zurück; sie schwieg

immer noch. Er räusperte sich. »Wenn Sie es sich ein paar Tage überlegen wollen, lasse ich Ihnen die Gruppe gern zur Prüfung hier. Vertrauen gegen Vertrauen ...« Stephanie sah ihm weiter direkt ins Gesicht, und er schluckte zweimal. »Wie ich gehört habe«, sagte er mit unstetem Blick, »ist Ihnen bei Lady Chasson ein peinliches Mißgeschick passiert. Zu dumm, daß es gerade ein Stück war, das Sie ihr selbst verkauft haben!«

Dieser Satz behob Stephanies letzte Zweifel. Natürlich, dieser seriöse ältere Herr hieß Rory Carr, und er war hauptsächlich zu dem Zweck hier, um Näheres über den Zwischenfall mit dem Storch herauszufinden: ob es wirklich nur ein Mißgeschick gewesen war oder ob Sabrina die Fälschung erkannt hatte.

»Mr. Carr?« sagte Stephanie kühl.

»Mylady?«

»Ihre Venus ist wirklich sehr schön, aber ich habe zur Zeit keinen Bedarf.«

»Aber, Mylady, das kommt etwas unerwartet! Nachdem wir so lange und, ich darf wohl sagen, so gut zusammengearbeitet haben –«

»Ich habe gesagt: *zur Zeit* brauche ich nichts«, wiederholte Stephanie, deren Selbstsicherheit mit jedem Wort zunahm. »Ich habe in China soviel Porzellan gekauft, daß ich erst damit aufräumen möchte, ehe ich anderes übernehme.«

»Mylady!«

»So ist es, Mr. Carr. Und nun, wenn Sie mich entschuldigen wollen –« Sie entdeckte mit Genugtuung etwas wie Furcht in seinen Augen.

»Mylady, vielleicht kann ich Sie umstimmen, wenn ich Ihnen erkläre –«

»Sie können mir nichts erklären, was ich nicht schon weiß«, erwiderte Stephanie. Das war vielleicht etwas voreilig, aber sie ließ sich von dem abenteuerlichen Gefühl der Macht mitreißen. Das Problem mit dem Storch hatte sie schon gelöst; nun zahlte sie diesem Mr. Carr heim, daß er Sabrina übers Ohr gehauen hatte. Geschah ihm recht, wenn er jetzt Angst

bekam. Sabrina hatte auch Angst gehabt, als sie den Betrug entdeckte.
»Auf jeden Fall werde ich die Venus noch eine Weile für Sie reservieren, Mylady«, versuchte er es kläglich zum letztenmal.
»Falls und wenn ich wieder etwas von Ihnen kaufen will, Mr. Carr, werde ich es Sie wissen lassen.«
Als Carr draußen war, schloß sie sorgfältig die Tür und rief sofort Sabrina an. Sie meldete sich nicht. In Evanston war es jetzt zehn Uhr vormittags, da konnte sie überall sein. Beim Einkaufen, in der Reinigung – oder sogar im Büro. War im letzten Telefonat davon die Rede gewesen? Stephanie schloß die Augen und dachte angestrengt nach. Verlor sie jetzt schon den Kontakt zu ihrem wirklichen Leben?
Halt, sagte sie sich, das geht zu weit. Es ist doch alles, was ich habe! Sie stützte den Kopf in beide Hände und versuchte, sich im Geist nach Evanston zu versetzen. Da ist die Veranda, die Küche, das Wohnzimmer, zählte sie auf. Sabrina wird die mitgebrachte Lampe aus China irgendwo hingestellt haben. Pennys Zeichenstifte liegen überall herum, und der Riß in der Couch, den ich vor der Reise noch reparieren wollte, ist vermutlich immer noch nicht geflickt. Was steht da auf dem Küchentresen? Ach ja, der Mixer, den mir die Freunde geschenkt haben – Sabrina hat es erwähnt, damit ich später Bescheid weiß. Und oben im Schlafzimmer die mattblaue Steppdecke und die elfenbein-blau-gestreifte Tapete und der blaue Teppichboden ... Unsinn, das ist ja hier, am Cadogan Square ... Umrisse und Farben vermischten sich wie auf einem doppelbelichteten Foto. Sie war einfach zu müde. Jeden Abend ausgehen war zwar aufregend, aber anstrengend. Sie schlief schlecht, träumte alles durcheinander und konnte beim Erwachen manchmal kaum unterscheiden, was nun Traum oder Wirklichkeit war.
»Wo bin ich wirklich zu Hause?« fragte sie halblaut ins Leere.
»Mylady?« Brian stand im Türrahmen.
Stephanie zuckte zusammen. »Brian«, sagte sie, »ich habe vergessen, Ihnen zu sagen, daß wir vorläufig nichts mehr von Mr. Carr kaufen. Es sind gewisse Zweifel aufgetaucht.«

»In welcher Hinsicht, Mylady?«
»Über seine Zuverlässigkeit. Möglicherweise ist er in Fälschungsaffären verwickelt. Solange das nicht geklärt ist, gehen wir ihm besser aus dem Weg.«
Damit raffte Stephanie ihre Skizzen, Pläne und Notizen zusammen und begab sich wieder zum Eaton Square, um die Installationsarbeiten zu überwachen.
Spät abends rief Gabrielle an, wie nun schon mehrmals nach dem gemeinsamen Wochenende in der Schweiz. Das Glück über die offizielle Verlobung hatte nicht lange gedauert, denn –
»Er hat sich furchtbar verändert«, jammerte Gabrielle auch heute. »Er ist kalt und ironisch und ... irgendwie mißtrauisch. Ich kann in seiner Gegenwart keinen Brief schreiben, ohne daß er fragt, an wen, oder mit jemandem unbefangen telefonieren. Er belauert mich förmlich. Neuerdings geht er sogar abends noch ins Büro. Im Moment ist er dort; ich weiß es, weil ich ihn dort angerufen habe, sonst hätte ich etwas ganz anderes vermutet ...«
»Warum fragst du ihn nicht geradeheraus, was los ist?«
»Ich hab's versucht, aber ich kriege keine Antwort. Er redet so gut wie gar nicht mehr mit mir. Ich habe allmählich Angst vor ihm. Wenn er spät nach Hause kommt, stell ich mich schlafend, um sein böses Gesicht nicht zu sehen, und morgens steh ich erst auf, wenn er wieder weg ist.«
Das ist ja noch schlimmer, dachte Stephanie, als mit einem Mann zu leben, der einen kaum noch zur Kenntnis nimmt.
»Wenn ich doch wenigstens wüßte, was ich ihm getan habe«, schluchzte Gabrielle wie ein ratloses Kind, und Stephanie sah plötzlich Penny vor sich – weinerlich und anlehnungsbedürftig, wenn sie Kummer hatte.
»Soll ich rüberkommen, oder willst du herkommen?« fragte Stephanie spontan. Es war Mitternacht, und sie hatte ein paar Stunden Schlaf dringend nötig. Maxim hatte sie zum drittenmal in dieser Woche abends zum Essen entführt und sie war ebenso aufgedreht wie müde. Sie brauchte Ruhe zum Nachdenken. Aber die Panik in Gabrielles Stimme rief einen fast mütterlichen Beschützerinstinkt in ihr wach. Halb erleichtert, halb besorgt hörte sie die Antwort:

»Danke, nein, Sabrina – das ist einfach süß von dir, du bist mein einziger Trost, aber wenn ich nicht zu Hause bin oder Brooks dich um diese nachtschlafende Zeit bei mir antrifft, ist erst recht der Teufel los. Er darf nicht wissen, daß ich dir was gesagt habe. Ich rufe morgen wieder an.«

Aber am nächsten Tag stand Gabrielle, statt anzurufen, in eigener Person vor der Tür. Zufällig war Stephanie zu Hause.

»Brooks hat mich regelrecht rausgeschmissen. Er behauptet, ich sei eine Werkspionin und hätte die Fabrikgeheimnisse von Westermarcks ›Neuer Linie‹ an eine andere Firma verkauft – ich weiß nicht mal, welche!« Sie sank hilflos in Stephanies Arme und begann zu schluchzen.

Stephanie führte Gabrielle zu einem Sofa, wiegte sie beschwichtigend in den Armen und fühlte, wie ihr Kleid von Tränen durchnäßt wurde. Sie legte die Wange auf Gabrielles zerzauste Locken und murmelte:

»Ist ja gut, meine kleine Penny, es wird schon wieder alles gut.« Sie hielt den Atem an, als sie ihren Schnitzer bemerkte, aber Gabrielle hatte offenbar nicht hingehört.

»Wir bringen das schon wieder in Ordnung, Gaby«, versicherte Stephanie nun lauter. »Vorerst bleibst du hier. Hast du deine Sachen mitgebracht?«

Gabrielle schüttelte den Kopf.

»Dann werden wir sie holen müssen.«

»Ich kann nicht«, schluchzte Gabrielle, »ich kann nicht mehr heimgehen, wenn er nicht anruft. Glaubst du, er wird anrufen?«

»Natürlich«, sagte Stephanie beruhigend. »Und sonst rufe ich ihn an.«

Sie brachte Gabrielle in das rosa-grüne Zimmer, das sie selbst bei ihrem letzten Besuch bei Sabrina benutzt hatte.

»Nimm dir aus dem Schrank, was du brauchst, und dann überlegen wir das Weitere.«

Das Telefon klingelte, und sie griff begierig nach dem Hörer. Aber es war nicht Brooks, es war Alexandra.

»Sabrina? Ich bin heute abend zur Eröffnung dieses neuen

italienischen Restaurants eingeladen – du weißt doch, sie brauchen etwas Publicity.«

»Ziemlich unverfroren. Fragt man dich öfter solche Sachen?«

»Herzchen, fehlt dir was?«

»Nein, wieso?«

»Du klingst so komisch. Entweder du bist nicht ganz da oder – ach verflixt, hast du vielleicht gerade Besuch?«

»Gabrielle ist hier. Aber wovon redest du eigentlich?«

»Von uns. Wir alle kriegen doch solche Einladungen am laufenden Band. Was stört dich plötzlich daran?«

»Das erzähl ich dir später.«

»Au weh, also ist doch irgend etwas los. Trotzdem: Kommst du mit oder nicht? Ich habe zugesagt, weil der Besitzer mir früher einmal einen Gefallen getan hat.«

»Wie heißt das Lokal?«

*Il Cocchio d'Oro.* Ist das ›Goldener Hahn‹?«

Stephanie lachte. »Goldene Kutsche. Du solltest dein Italienisch mal wieder aufpolieren. Schön, ich komme mit. Wann?«

»Ich hole dich so um acht ab.«

Bevor Stephanie sich Gabrielle wieder zuwenden konnte, klingelte das Telefon von neuem. Diesmal war es Sabrina.

»Hier Andersen«, meldete sie sich. »Ich habe keine Zeit, aber du sollst schnell das Wichtigste wissen.«

»Ist etwas passiert?«

»Nein, aber Nat sagt, der Gips kann bestimmt am 22. Oktober abgenommen werden. Er hat vorsichtshalber eine Zwischenuntersuchung gemacht, und alles sieht bestens aus.«

»Das ist ja schon in einer Woche!«

»In zehn Tagen. Warum sagst du ›schon‹?«

»Weil ich daran merke, wie die Zeit verfliegt. Geht es dir wirklich gut?«

»Ja, danke.« Stephanie hörte, wie sich Sabrina vom Telefon abwandte und ins Zimmer hineinsprach: »Ja, Cliff, wir fahren alle zum Flughafen. Du auch, Penny. Nun laßt mich doch um Gottes willen fertig telefonieren.« Ihre Stimme kam wieder klar und deutlich. »Wann kann man in einer Familie einmal ungestört sein?«

»Nicht oft«, meinte Stephanie lakonisch. »Warum mußt du zum Flughafen?«
»Wir holen Garth ab. Er war die ganze Woche in Berkeley. Ich wollte dir nur schnell das Datum bestätigen. Ruf zurück, damit wir uns unterhalten können.« Stephanie legte auf.
Zehn Tage noch. Stephanie wiederholte es sich stumm und erschrak, weil sie dabei an »Galgenfrist« dachte. Sabrinas Stimme hatte ... so neutral geklungen. Weder froh noch traurig. Was mochte sie wirklich empfinden?
Und was empfinde *ich?* dachte sie sofort danach. Aber sie hatte keine Zeit, das zu ergründen, weil Gabrielle ihren Zuspruch brauchte und Mrs. Thirkell den Tee brachte.
Nachdem Gabrielle im Lauf der nächsten Stunde ihr ganzes Herz ausgeschüttet hatte, war Stephanie so wütend auf Brooks und die schäbige Art, in der er Gabrielle abgeschoben hatte, daß sie ihn anrief und ihm nahelegte, sie und Alexandra nach dem Essen im *Cocchio d'Oro* zu treffen. Sie gab ihm keine Chance, eine Ausrede zu erfinden.
Später, als sie mit Alexandra in dem neuen Restaurant saß und geradezu fürstlich dinierte, erzählte sie ihr die ganze Geschichte. »Es ist dir doch hoffentlich nicht unangenehm, daß ich Westermarck herzitiert habe?« schloß sie.
»Im Gegenteil, ich kann's kaum erwarten, ihn in die Finger zu kriegen. Was sollen wir mit ihm machen? Auspeitschen oder an den Daumen aufhängen?«
»Hören wir uns erst einmal an, was er dazu zu sagen hat. Um Gabys willen.«
Sie lächelten einander zu, und die Spiegelwände vervielfältigten ihr Bild: zwei aufregend gutaussehende Frauen, erstklassig angezogen und mit größter Aufmerksamkeit bedient. Brooks Westermarck brauchte nicht erst zu fragen, wo sie saßen.
Stephanie bestellte den Mokka und richtete einen strengen Blick auf Brooks. »Gaby ist bei mir. Morgen lasse ich ihre Sachen holen. Sorgen Sie bitte dafür, daß alles bereitsteht.«
»Es fällt mir wahrhaftig nicht leicht ...« murmelte er.
»Ach Gottchen«, sagte Alexandra, »mir kommen die Tränen!«
Brooks überhörte den Spott. »Denken Sie nicht, daß ich grund-

los oder überstürzt gehandelt habe. Mir liegen Beweise vor, daß sie unsere neuen Formeln für eine Viertelmillion an ›Rymer Cosmetics‹ verkauft hat.«
»Blödsinn«, sagte Stephanie unverblümt. »Ich kenne Gaby. Sie würde nie jemanden betrügen. Und sie braucht kein Geld.«
»O doch. Sie hat überall Schulden, vom Couturier angefangen bis zum Gymnastikstudio. Und vor einem Monat hat sie in Monte Carlo Spielverluste gehabt, von denen ich erst jetzt erfahren habe.«
»Schulden hat jeder«, meinte Alexandra. »Ich wette, Sie auch.«
»Nein.«
»Dann sind Sie nicht ganz normal«, sagte sie schlicht.
»Welche Beweise haben Sie?« fragte Stephanie.
»Wir haben den Mittelsmann erwischt, der die Informationen gekauft hat. Rymers neue Linie ist vor vierzehn Tagen auf den Markt gekommen, einen vollen Monat vor unserer, aber mit genau denselben Produkten, Farben und Verpackungen. Nicht nur ähnlich – identisch. Alles eindeutig bei uns gestohlen. Wissen Sie, was es kostet, eine neue Serie zu kreieren? Wissen Sie, was es kostet, monatelang hinter der ganzen Konkurrenz herzuhinken?«
»Ich weiß es nicht, aber ich kann es mir denken. Warum nehmen Sie ohne weiteres an, daß dieser Mittelsmann die Wahrheit sagt?«
»Über eine Million Pfund!« wütete Brooks, ohne die Frage von Stephanie zu beantworten. »Viermal soviel, wie Gaby verdient hat. Hätte sie sich an mich gewandt, so hätte ich ihr die Viertelmillion vor die Füße geworfen und immer noch drei Viertel gespart.«
»Sie gemeiner Kerl«, sagte Alexandra leise.
Sabrina schwieg, solange der Kellner servierte. Dann nahm sie das Gespräch wieder auf:
»An Ihrer Stelle, Brooks, würde ich erst mal meine eigenen Angestellten unter die Lupe nehmen. Dieser mitteilsame Zwischenträger deckt wahrscheinlich andere, indem er Gaby alle Schuld in die Schuhe schiebt.«
»Ach was, hier handelt es sich nicht um eine spannende Agen-

tenstory. Gaby hat sich schon monatelang verdächtig benommen – leider habe ich erst zu spät darauf geachtet. Dauernd Briefe und heimliche Telefonate, und wenn ich unvermutet dazukam, fuhr sie zusammen wie das leibhaftige böse Gewissen. Ich liebe Gaby, aber –«
»Geschenkt, geschenkt«, unterbrach Alexandra angewidert. »Meine altmodische Mutter hat immer gesagt: Wer wahrhaft liebt, erkundigt sich erst richtig, bevor er über den anderen herzieht.«
»Sie wußte vielleicht selbst nicht, was sie tat«, räumte Brooks in etwas weniger bestimmtem Ton ein. »Sie ist manchmal wie ein Kind, und ein Kind läßt sich leicht beschwatzen –«
»Wollten Sie sie nicht so haben?« fragte Stephanie. »Mußte sie nicht dauernd das kleine Mädchen spielen, das nie erwachsen wird?«
Er warf ihr einen entsetzten Blick zu. »Hat sie Ihnen das erzählt?«
»Ich kenne Gaby länger als Sie, Brooks. Und ich weiß, daß sie das alles nur tut, um Ihnen zu gefallen.«
»Den größten Gefallen hätte sie mir getan, wenn sie mir ihre Schulden gestanden hätte.«
Stephanie zuckte die Achseln. »Vielleicht möchte sie nicht bei jeder Ausgabe erst um Erlaubnis bitten.«
»Erlaubnis ist gut! Ich muß einfach wissen, was sie hinter meinem Rücken unternimmt. Sonst passieren solche Dinge wie jetzt.«
Stephanie kam plötzlich eine Erleuchtung.
»Sie sind ja nur deshalb so wütend auf Gaby, weil Sie nicht genau wissen, ob Ihre Vorwürfe berechtigt sind!«
»Alles deutet darauf hin ...« Er zögerte. »Nun ja, vielleicht spreche ich mich noch mal mit ihr aus.«
»Ist es nicht unter Ihrer Würde«, fragte Alexandra, »mit einer notorischen Verräterin zu reden?«
»Gaby ist keine Verräterin«, sagte er kalt. »Sie steckt wahrscheinlich in Schwierigkeiten, aus denen sie keinen Ausweg findet. Wenn ich darauf etwas zu spontan reagiert habe –«
»Spontan!« Alexandra lachte auf. »Und mit Ihrer Spontaneität

haben Sie das arme Mädchen in die Sprachlosigkeit getrieben. Richtig, Sie wollen ihr ja die Gnade erweisen, sie noch mal anzuhören. Wie wäre es, wenn Sie erst den echten Spion ausfindig machten? Danach ist für Sie immer noch Zeit, sich zu entschuldigen. Einstweilen ist sie bei Sabrina besser aufgehoben.«

»Sabrina!« unterbrach eine vierte Stimme die Kontroverse am Tisch. Stephanie drehte sich halb um. Antonio stand neben ihnen.

»Wie geht es dir? Ich habe nicht angerufen –«

Stephanie lächelte. »Ich weiß.« Nach einem kurzen Schweigen sagte sie: »Willst du dich nicht zu uns setzen?«

Er nahm sich einen Stuhl vom Nebentisch, begrüßte nun auch Alexandra und Brooks und setzte sich.

»Ich fürchte, ich habe wichtige Privatgespräche gestört –«

»Ach, wir reden über ganz allgemeine Dinge«, sagte Alexandra. »Über Klempnerarbeiten zum Beispiel.«

»Wie bitte?« fragte Antonio verblüfft, und Stephanie verbiß sich das Lachen.

»Wir haben eine undichte Stelle im Rohrsystem und spüren der Ursache nach. Kennen Sie sich darin aus?«

»Leider nein, dafür habe ich meine Leute. Aber im Zusammenhang mit der Stadt, die ich baue –«

»Was wollen Sie damit sagen – Sie bauen eine Stadt?«

»Habe ich mich nicht klar ausgedrückt?«

»Heißt das, Sie nehmen einfach ein Stück ödes Land und stellen Häuser darauf?«

»Häuser, Schulen, Läden, Hospitäler, alles.«

»Wo kriegen Sie die künftigen Einwohner her?«

»Sie wohnen schon da, im weiten Umkreis, in elenden Hütten. Ich ermögliche Ihnen ein neues Leben.«

Alexandras Augen funkelten. »Ich dachte, Städte wachsen nur allmählich, organisch. Städteplanung, ja gewiß, aber doch nicht so aus dem Nichts ...«

»In Brasilien gelten andere Maßstäbe. Wenn ich die Stadt nicht aus dem Boden stampfe, entsteht dort nie etwas.«

Stephanie erkannte halb verwundert, halb erfreut, daß Antonio und Alexandra sich ausgezeichnet verstanden und immer tiefer

ins Gespräch gerieten. Sie waren sich ähnlich: beide aus ärmlichen Verhältnissen zu dem aufgestiegen, was sie heute waren, und das aus eigener Willenskraft, Intelligenz und der Fähigkeit, günstige Gelegenheiten zu erkennen und zu nutzen. Und beide waren gerade jetzt auf der Suche nach einem Menschen, um dessentwillen sich das alles gelohnt hatte.
»Alexandra«, sagte Stephanie nach kurzem Zuhören plötzlich, »eben fällt mir ein, daß ich nach Hause muß. Ich erwarte einen Anruf aus Amerika. Bist du mir böse, wenn ich mich jetzt verabschiede?«
Alexandra zwinkerte ihr fast unmerklich zu. »Man soll nie jemanden festhalten. Wir sprechen uns morgen.«
Brooks schoß in die Höhe. »Darf ich Sie begleiten? Ich möchte doch noch ein paar Fragen –«
Stephanie sah ihm in die Augen und mußte widerstrebend lächeln. Mochte er in anderer Beziehung auch reichlich vernagelt sein, eins hatte er sofort begriffen: daß sie Alexandra und Antonio allein lassen wollte. Wir könnten die besten Freunde sein, dachte sie, wenn er sich nicht so gemein zu Gaby benommen hätte.
Zu Hause angekommen, berichtete sie Gabrielle über den Verlauf des Abends. Gaby hockte wie ein Häufchen Elend mit rotgeweinten Augen in einem Sessel, belebte sich aber zusehends.
»Ich muß ihn gleich anrufen!« rief sie begeistert. »Er bringt es nie fertig, den ersten Schritt zur Versöhnung zu tun. Und es war ja auch wirklich meine Schuld – ich meine, daß ich ihm meine Sorgen nicht rechtzeitig anvertraut habe ...«
Stephanie setzte sich zu ihr auf die Sessellehne. »Gaby, hör doch endlich auf, immer jede Schuld auf dich zu nehmen. Dein Schweigen war falsch, aber wer hat dich denn mundtot gemacht? Sein Verhalten war viel schlimmer. Du bist von irgendeinem Gauner verleumdet worden, und Brooks hat es sofort geglaubt, ohne dich auch nur zu fragen.«
»Ach, Sabrina«, seufzte Gabrielle, »du warst schon immer soviel gescheiter als die meisten andern.«
Fabelhaft, wie gescheit ich bin, dachte Stephanie schwermütig,

als sie sich endlich gute Nacht gesagt hatten. Ausgerechnet ich gebe anderen weise Ratschläge für das Leben zu zweit! Sie sah Garth in der Küchenecke sitzen und Zeitung lesen, während sie, den Rücken ihm zugekehrt, am Herd stand. Wessen Schuld war es, daß sie kaum noch miteinander sprachen, daß sie sich auch im Bett nicht mehr verstanden? Mindestens ebenso die ihre wie seine. Sie wollte ihn strafen. Aber wofür? Für das Vergehen, Garth Andersen zu sein und auf der Erfolgsleiter emporzusteigen, während alles, was sie hatte, ein paar fehlgeschlagene Pläne waren? Und zwei Kinder, die sie liebte. Aber die Kinder hatte er auch. Er hatte alles.

Aber ich habe es ihm heimgezahlt – auch wenn er es nie erfahren wird – und dabei die unbezahlbare Erfahrung gemacht, daß ich nicht auf ihn angewiesen bin. Ich könnte jederzeit auf eigenen Füßen stehen.

Halt, das stimmt nicht ganz, fügte sie in Gedanken hastig hinzu. Natürlich hänge ich an meiner Familie. Ich habe nur im Moment keine Zeit, dauernd an sie zu denken.

Das Geschäft lief jetzt auf Hochtouren. Stephanie nahm drei Aufträge für November und Dezember an. Ich werde sie nicht mehr ausführen, dachte sie betrübt, aber Sabrina wird es tun. Nicholas Blackford fragte vorsichtig an, ob sie über eine etwaige Partnerschaft nachgedacht hätte. Sie sei noch dabei, sagte sie, im Moment käme nur zuviel anderes dazwischen ...

Den nächsten Freitag verbrachte sie vom frühen Vormittag an mit der Einrichtung der beiden Obergeschosse am Eaton Square. Mrs. Thirkell hatte ihr einen kalten Lunch eingepackt, aber sie vergaß das Essen, bis die Packer und Möbelleute gegangen waren und sie mit den Plänen von Raum zu Raum ging. Erst kurz vor fünf meldete sich ihr Magen. Die erste Mahlzeit in meinem neuen Haus, dachte sie, ließ sich im Schneidersitz auf dem Boden nieder und kramte hungrig in Mrs. Thirkells Korb.

Sie löffelte gerade Krabben in Mayonnaise aus einem Plastikbecher, als Maxim Stuyvesant auf der Schwelle erschien.

»Was sehe ich – ein Einweihungspicknick? Und ich bin nicht dazu eingeladen?«

Stephanie sah verdutzt zu ihm auf. »Wie sind Sie hereingekommen?«
»Mit meinem Schlüssel. Betrachten Sie mich als unbefugten Eindringling?«
Sie lachte. »Himmel, nein. Entschuldigen Sie die dumme Frage.«
»Sie haben über der Arbeit schon fast vergessen, daß dies *mein* Haus ist, nicht wahr?« Er beobachtete sie scharf.
»Scheint so.« Sie versuchte, in leichtem Ton darüber hinwegzugehen. »Es geht mir bei jedem Haus so, daß ich mich hinreißen lasse. Aber ich treibe es nie so weit, daß ich für immer einziehe.«
»Dieses Haus würde durch Ihre Anwesenheit nur gewinnen. Darf ich mich zu Ihnen setzen?«
»Natürlich.« Ihr war das Blut in die Wangen gestiegen, und sie beschäftigte sich damit, einen Teller für ihn zu füllen. »Leider habe ich keinen Wein.«
»Einen Moment.« Er stand wieder auf, verschwand und kam mit Flasche und Korkenzieher zurück.
»Können Sie immer eine Flasche Beaujolais aus dem Ärmel schütteln?« fragte Stephanie, während er den Wein entkorkte.
»Nur heute. Ein Haus ist erst komplett, wenn es ein Bett, einen Tisch und eine Flasche Wein enthält. Für Bett und Tisch haben Sie gesorgt, für den Wein sorge ich. Aber woraus trinken wir?«
Stephanie hielt ihr Glas in die Höhe. »Ich muß mich nochmals entschuldigen. Das Picknick war nur für eine Person gedacht.«
»Macht nichts, wir können beide aus einem Glas trinken.«
Während sie aßen und tranken, erzählte er ihr von seinen Plänen für eine Galerie mit Wandteppichen aus Südosteuropa. »Riesendinger, kühn und farbenfroh. Sie müssen sie sehen. Ich möchte einen davon an der Breitwand im Wohnzimmer haben, wenn Sie einverstanden sind.«
»Aber dazu brauchen Sie doch nicht mein Einverständnis. Sie können Ihre Wände schmücken, wie Sie wollen.«
»Ich lege aber Wert auf Ihr Urteil. Sind Sie jetzt bereit zu einem Rundgang durchs Haus? Ich bin neugierig, wie weit Sie gekommen sind.«

»Gern.« Stephanie packte langsam den Picknickkorb ein und versuchte, sich wieder in die Stimmung zu versetzen, die sein Auftauchen unterbrochen hatte. Jetzt, wo seine imposante Figur den Raum füllte, wurde ihr wieder bewußt, daß es sein Haus war. Aber zum Teil war es auch ihres – das Beste, was sie zu geben hatte, steckte darin. Während des Rundgangs vergaß sie Max beinahe. Sie war sich durchaus bewußt, daß sie nicht Sabrinas Leichtigkeit, ihre unerwarteten Kombinationen von Farbe, Material und Stil erreicht hatte, die Alexandras Haus so besonders machten. Aber Maxim war schließlich ein ganz anderer Typ, und sie hatte sich danach gerichtet. Schön war es jedenfalls. Stephanie mußte mehrfach ihren Stolz zurückdämmen, während sie in trockenen Worten auf diese und jene Einzelheit hinwies und dem Hausherrn erklärte, was in einigen Räumen noch zu tun war.

»Aber ich werde mich nicht mehr darum kümmern können«, sagte sie ruhig. »Ich muß nächste Woche weg.«

Maxim nickte schweigend, aber als sie ihren Rundgang vor seinem Schlafzimmer beendeten, blieb er stehen und nahm Stephanies Hände.

»Es ist wunderschön. Ich möchte nicht das geringste anders haben.«

Er zog sie näher an sich und küßte ihre beiden Handflächen. Das Beben, das sie dabei durchlief, blieb ihm nicht verborgen. Stephanie senkte den Kopf, lehnte ihn an seine Brust. Maxim schlang den Arm um sie und führte sie ins Schlafzimmer.

Es kam sehr plötzlich, und doch war es keine Überrumpelung. Seit der ersten Begegnung bei »Annabel« hatte Stephanie im tiefsten Innern geahnt, daß sie mit Maxim Stuyvesant den letzten Schritt tun würde, um sich endgültig von der Stephanie Andersen zu lösen, die vor vier Wochen nach London gekommen war. Und warum sollte sie nicht? Einen letzten flüchtigen Gedanken an Garth verscheuchte sie trotzig. Garth hatte Sabrina. Es war Unsinn, sich vorzumachen, die beiden hätten inzwischen nicht ... Als Max sie küßte, trimphierte etwas in ihr: Das gehört nur mir! Mein Haus, mein Liebhaber, Sabrinas Leben – und meines!

»Herzchen«, sagte Alexandra, als sie am Montag vormittag zu einer Teepause in Stephanies Büro vorsprach, »du siehst ziemlich mitgenommen aus. Fehlt dir was?«
Stephanies Lippen zuckten heimlich belustigt. »Ich bin übers Wochenende nicht viel zum Schlafen gekommen. Aber dir geht's offenbar glänzend. Was hast du seit unserem Abend im *Cocchio d'Oro* getrieben?«
»Deswegen bin ich gekommen. Kann ich mit dir über Antonio Molena reden?«
»Wenn es dir Spaß macht – bitte.«
»Vor allem möchte ich mich erkundigen, ob du noch daran denkst, ihn zu heiraten.«
»Nein.«
»Bestimmt nicht? Keine Zweifel mehr?«
»Nicht die geringsten. Er erwartet von mir ... Aber was soll ich dich mit meinen Gefühlen belästigen.«
»Herzchen, du hast mir im Laufe des letzten Jahres oft genug erzählt, was er erwartet. Und ich habe dir oft genug erzählt, was ich wünsche und brauche. Antonio wäre genau der richtige Mann für mich. Er ist reich genug, alles zu kaufen, was wir uns wünschen, einen Teil seines Imperiums würde ich beherrschen. Ich wäre kein Spielzeug. Ich würde ihm helfen, seine Städte zu bauen, und wenn er als Gegenleistung verlangt, daß ich mich voll auf ihn konzentriere, ist das nur fair. Und wie lange kann ich schließlich noch fünfunddreißig bleiben? Oder wenigstens so aussehen? Verdammt noch mal, Herzchen, ich möchte endlich irgendwohin gehören, jemanden haben, der für mich sorgt, und etwas Sinnvolles tun.«
Stephanie rührte nachdenklich in ihrer Tasse. Ein paar Teeblättchen hatten sich am Boden zusammengesetzt wie ein vierblättriges Kleeblatt. Oder wie eine vierköpfige Familie ... Heute ist der 22. Oktober, dachte sie. Sabrina wird der Gipsverband abgenommen.
»Sabrina? Hörst du überhaupt zu? Du scheinst wirklich müde zu sein.«
»Ich dachte nur nach, wie weit die Liebe bei so einem Vertrag mitzählt.«

»Oh – Liebe. Antonio sagt, die kommt später von selbst. Je später, desto dauerhafter, sagen seine Guarani-Indios. Ich bin zufrieden, wenn wir gute Freunde sind. Vielleicht ist das das Beste, was man vom Leben erwarten kann.«

Das Telefon klingelte. »Mylady?« kam Brians Stimme. »Verzeihen Sie die Störung, aber Monsieur Bernard, er muß Sie unbedingt sprechen.«

»Ja. Sagen Sie ihm bitte, er möchte sich noch zwei Minuten gedulden.«

»Nein, nein, ich will dich nicht länger aufhalten«, sagte Alexandra rasch und stand energiegeladen auf. »Mach's gut, Herzchen. Ich fliege mit Antonio für eine Woche nach Rio.«

»Jetzt schon?«

»Na ja – bitte sag's ihm nicht weiter –, aber ich halte es doch für ratsam, mir die Gegend mal gründlich anzusehen, bevor ich bis über beide Ohren in Kaffee und Indios versinke.«

»Wie hat Antonio seinen raschen Umschwung eigentlich erklärt?«

»Damit, daß er mit dir zu geduldig war. Nur mit Kraft und Tempo richtet der wahre Mann etwas bei Frauen aus. Auch zu diesem Thema hat er mir eine lange Guarani-Legende erzählt, aber ich habe sie zum Teil vergessen, und sie wäre sowieso zu lang, um sie jetzt zu erzählen.«

»Wahrscheinlich kenne ich sie schon«, lachte Stephanie, umarmte Alexandra impulsiv und küßte sie auf die Wange. Ein Fehler, dachte sie, als sie Alexandras leicht erstaunte Abwehrbewegung spürte; Sabrina wird nie so familiär. Aber was tut's? Wenn Alexandra zurückkommt, bin ich sowieso nicht mehr da, und ich werde sie vermutlich nie wiedersehen.

»Sobald wir wieder in London sind, melde ich mich zum Rapport. Leb wohl, Herzchen.« Damit rauschte Alexandra hinaus, und Stephanie nahm das Telefon auf.

»Michel, bist du noch dran? Ja, danke. Wolltest du nicht schon viel früher anrufen?«

»Entschuldige, ich kam nicht dazu. Jolie und ich sausen wie üblich in der Weltgeschichte herum. Zuletzt war sie in der Türkei und ich in Deutschland. Wie ich höre, hattest du ein kleines Mißgeschick in Lady Chassons Landhaus.«

»Ja, ich habe mich benommen wie der sprichwörtliche Elefant im Porzellanladen.«

»Erstaunlich, wenn man deine angeborene Grazie und besonders dein Fingerspitzengefühl für zerbrechliche Kunstgegenstände bedenkt. Aber dann hörte ich auch, daß Rose Raddison sozusagen die treibende Kraft war.«

»Hast du das alles in Deutschland gehört?«

»Nein, in Paris. Lady Olivia war zu Besuch bei Freunden. Die Welt ist klein, besonders unsere, nicht?«

»Das kann man wohl sagen.« Stephanie dachte mit selbstironischem Lächeln daran, wie herrlich unbegrenzt ihr Sabrinas Welt immer vorgekommen war, verglichen mit der Enge von Evanston. »Was hat Jolie denn in der Türkei gemacht?«

»Beschlagnahmte Vasen fotografiert, die außer Landes geschmuggelt werden sollten. Sabrina, wir brauchen deinen Rat. Wir wissen nun mit Sicherheit, daß der Handel mit Fälschungen nicht das Hauptgeschäft ist, sondern nur so nebenbei mitläuft. Das große Geld wird in Ländern gemacht, deren Regierungen jegliche Ausfuhr von Kunst und Antiquitäten strikt verbieten. Aber jemand finanziert Banden, die in diesen Ländern Museen, Gräber und Tempel ausrauben, und schmuggelt das Zeug heraus und verkauft es in Europa und Amerika. Davon hast du doch sicher schon mal gehört?«

»Ja ... gelegentlich.«

»Es betrifft dich zum Glück kaum, da du solche Dinge nicht verkaufst – Schmuck und Gebrauchsgegenstände aus Gräbern in Ägypten und der Türkei, Tempelfiguren, Friese, Altäre aus Kambodscha, Thailand und Kolumbien.«

»Und wieso kann ausgerechnet ich euch da raten oder helfen?«

»Wir haben begründeten Verdacht, daß Ivan Lazlo, der eingetragene Inhaber von ›Westbridge Imports‹, und sein Vertreter Rory Carr ein Lagerhaus für die Schmuggelware haben. Manches davon ist von Stammkunden vorbestellt, anderes wird mit rechtmäßig erworbenen Antiquitäten zusammen verkauft, was die Sache erschwert. Wie es scheint, können Lazlo und Carr den Hals nicht vollkriegen und machen nebenbei noch Geld auf eigene Rechnung, indem sie sich auch mit Fälschungen befassen.«

»Du sagst, Ivan Lazlo sei im Handelsregister eingetragen. Wer ist denn der wirkliche Besitzer von ›Westbridge‹?«

»Der übliche Große Unbekannte, den wir noch nicht aufgespürt haben. Wenn uns das gelingt, ist die letzte Lücke geschlossen. Wir sind guten Muts, denn neuerdings sollen sich die Strohmänner öfters mit dem großen Boß wegen Geld in den Haaren liegen. Außerdem steigt das Risiko mit jedem entdeckten Schmuggel und jeder entdeckten Fälschung; die Staatsanwaltschaft beginnt sich für die Bücher der Firma zu interessieren. Gauner stolpern meistens über solche Sachen. Von dir erbitten wir deshalb erhöhte Aufmerksamkeit, wenn du von plötzlich pleitegegangenen Händlern, neuen Partnerschaften in der Branche oder einem Überangebot auf dem Kunstmarkt hörst, oder wenn jemand dir Kostbarkeiten unter dem offiziellen Preis anbietet. Bitte gib uns in solchen Fällen sofort Bescheid. In vierzehn Tagen kommen wir wieder nach London – dann mußt du einen Abend für uns freihalten.«

»Natürlich«, antwortete Stephanie und dachte melancholisch: Dann werde ich nicht mehr hier sein. Ich muß nur noch dafür sorgen, daß Sabrina über alles im Bilde ist. Sie hatten in letzter Zeit kaum noch und wenn, nur über Unwesentliches telefoniert. Garth wurde ebensowenig erwähnt wie Maxim Stuyvesant.

Das Telefon klingelte schon wieder. Es war Max Stuyvesant.

»Sabrina? Ich bin wohl etwas überstürzt in mein Haus eingezogen. Jetzt stolpere ich überall über Handwerker. Ich glaube, ich muß ein paar Tage verschwinden. Eine kurze Kreuzfahrt wäre das richtige jetzt. Das Mittelmeer ist um diese Zeit besonders schön und nicht mehr so übervölkert.«

»Ach so«, sagte Stephanie und hörte selbst, wie enttäuscht ihre Stimme klang.

»Werden die Handwerker auch ohne dich fertig?« fragte Max.

Stephanie seufzte sehnsüchtig. Diesen einen Punkt auf ihrem Wunschzettel hatte sie noch nicht abgehakt: eine Kreuzfahrt. Sabrina hatte schon mehrere gemacht; sie wollte ja nur eine. Dann, dachte sie, kehre ich zufriedener in meinen Alltag zurück. Vielleicht mache ich sogar wieder etwas aus meiner Ehe – ich habe so viel gelernt, ich kenne mich endlich selbst. Jedenfalls will ich es versuchen. Ich werde mir Mühe geben. Ehrliche Mühe.
Nur diesen einen letzten Traum möchte ich mir noch erfüllen.
»Ja«, sagte sie schließlich, »ich denke, Brian kann sich in meiner Abwesenheit um alles kümmern, auch um das Haus.«
»Fein. Wie wär's mit der Route, auf der wir uns damals kennengelernt haben? Von Monaco aus an der italienischen Riviera entlang. Etwa vier bis fünf Tage.«
»Ja, das wäre mir recht.«
»Wir nehmen noch drei andere Paare mit, du wirst sie mögen. Wir starten am Mittwoch morgen, also am 24. Paßt dir das?«
»Ja.«
Stephanie hängte ein und drehte ihren Stuhl so, daß sie durch Bürotür, Verkaufsraum und Schaufenster auf die Straße sehen konnte. Silbriger Altweibersommerdunst lag wie ein Schleier zwischen ihr und den vorbeieilenden Passanten. Alles ging dem Ende zu, der Herbst, ihr Aufenthalt hier, das ganze unglaubliche Abenteuer. Heute abend mußte sie Sabrina anrufen, sie nach dem Röntgenergebnis fragen, ihr sagen, daß sie ein paar Tage weg sein würde. Und dann wäre das Abenteuer zu Ende. Alles ging zu Ende. Mrs. Thirkell würde sich um Gaby kümmern, bis Brooks sie holen kam. Alexandra und Antonio hatten sich gefunden. Der gefälschte Meißener Storch war aus der Welt geschafft, und sie hatte Rory Carr unmißverständlich in seine Schranken gewiesen. »Ambassadors« hatte unter ihrer Leitung floriert; sie hatte ein paar gute Stücke verkauft und ein beachtliches Honorar für Max' Haus bekommen. Auf Monate hinaus lagen Aufträge vor. Ihr blieb nicht mehr viel zu tun.
Sie sagte Brian Bescheid und machte sich zum Gehen fertig. Langsam durchquerte sie den Verkaufsraum, prägte sich alle Einzelheiten ein und nahm Abschied von »Ambassadors«.

# 15

Als Sabrina irgendwann halb erwachte, war ihr erster Gedanke: Heute ist der 6. Oktober. Garth fliegt nach Kalifornien – wahrscheinlich ist er schon weg. Doch dann sah sie, daß eben erst der Morgen dämmerte. Im buntbelaubten Ahorn vor dem Fenster piepste ein verschlafener Vogel. Sabrina drehte den Kopf und zuckte ein wenig zusammen, als sie bemerkte, daß Garth ihre gesunde Hand immer noch in der seinen hielt; sein Griff hatte sich im Schlaf noch verstärkt, und die lebendige Wärme seiner Finger übertrug sich auf sie. Damit kam die Erinnerung zurück ... an alles. Nein, sie hatte nicht geträumt. Es war geschehen. Und sie hatte es geschehen lassen, weil sie nicht anders konnte ... Ihr Leben konnte nie mehr in den gewohnten Bahnen weiterlaufen, seit sie dies erlebt hatte.

Sekundenlang fürchtete sie sich vor dem unvermeidlichen »Was nun?«, doch die Müdigkeit überwältigte sie, und als sie das nächstemal erwachte, war heller Tag, und Garth war nicht mehr da.

Nur ein sonderbar schwebendes Gefühl war ihr geblieben. Nein, sie hatte Stephanie nicht betrogen. Was auch immer passiert sein mochte; es war ein unbedeutender Zwischenfall. Durch die Umstände entschuldigt. Stephanie brauchte sich keine Sorgen zu machen. Und ich kann es leicht vergessen. Ich habe hier eine Aufgabe zu erfüllen, dachte Sabrina, und nachher fahre ich wieder weg.

Linda Talvia rief an und lud sie und die Kinder zum Abendessen ein. Sabrina hatte das Gefühl, daß Linda einiges auf dem Herzen hatte. Martin würde erst später heimkommen.

Am frühen Nachmittag fuhr sie mit Penny und Cliff zum Einkaufen. Sie hatte das immer aufgeschoben, weil sie Stephanie nicht vorgreifen wollte, aber nun dauerte es noch ein paar Wochen, und Cliffs Schuhe waren wirklich nicht mehr zu brauchen. Und Penny jammerte, alle andern Mädchen trügen jetzt Beene-Jeans, nur sie nicht, und wenn sie nicht auch welche bekäme, wäre sie einfach unten durch. Sabrina fiel keine Ausrede mehr ein. Wenn das so weitergeht, dachte sie, muß ich mir den anderen Arm auch noch brechen …

Im Schuhgeschäft wurden zunächst Cliffs Füße gemessen, dann brachte der Verkäufer verschiedene Paare in der passenden Größe. Cliff probierte sie alle durch und sah immer wieder von den Schuhen auf Sabrina, als erwarte er eine Äußerung von ihr.

»Welche möchtest du denn?« fragte sie schließlich.

Er zeigte zögernd auf ein Paar schwere Cowboystiefel.

»Werden die dir nicht zu warm, wenn du den ganzen Tag damit in der Schule sitzt?«

Er schüttelte stumm den Kopf.

»Na schön, dann nimm sie. Nun wollen wir nach Pennys Jeans sehen.«

»Mom!« Cliff starrte sie an wie einen Geist. »Darf ich wirklich?«

Sabrina nahm einen der Stiefel und tat, als ob sie ihn von allen Seiten prüfte. Stephanie hätte sicherlich Vernunftgründe angeführt: Das war nichts für die Schule, sondern bestenfalls für die Freizeit, und wahrscheinlich waren sie auch zu teuer. Sabrina hatte keine Ahnung, was Jungensschuhe kosteten.

»Ja, sie sehen ganz stabil aus. Und wenn sie bequem sitzen, halten sie hoffentlich eine Weile. Geh gut mit ihnen um.« Sie wandte sich an den Verkäufer: »Haben Sie ein Imprägniermittel?« Der Mann brachte einen Spray, und Cliff zog glückselig mit seinen neuen Stiefeln ab.

Im Einkaufszentrum trafen Sabrina und Penny Vivian Goodman und Barbara. »Barbara kann ohne Beene-Jeans nicht mehr leben, sagt sie«, erklärte Vivian.

»Na so was«, bemerkte Sabrina trocken. »Geoffrey Beene hat offenbar die ganze sechste Klasse hypnotisiert.«

»Mommy, darf ich sie mir selber mit Barbara aussuchen?« drängelte Penny.

»Von mir aus. Dann können Vivian und ich uns etwas umsehen. Hier hast du die Kreditkarte, Penny. Aber kauf bitte nicht mehr als ein Paar.«

Penny sah Sabrina verblüfft an, und Vivian Goodman fragte: »Lebe ich hinter dem Mond? Ich habe mich noch nie getraut, Barbara einfach mit einer Kreditkarte loszuschicken.«
»Für Penny ist es auch so eine Art Jungfernfahrt«, erwiderte Sabrina rasch. »Sie muß auch das lernen. Aber lassen Sie sich ja nicht von mir beeinflussen; Sie denken wahrscheinlich anders über Erziehung.«
»Im Gegenteil, ich finde es sehr vernünftig. Hier ist unsere Kreditkarte, Barbara – nun zeigt alle beide mal, was ihr könnt. Wo treffen wir uns wieder? In der Cafeteria?«
»Wenn's Ihnen nichts ausmacht«, sagte Sabrina, »möchte ich mir lieber den Antiquitätenladen da drüben ansehen. Scheint eine Neueröffnung zu sein.«
»Richtig, Ihr Mann hat mir mal erzählt, daß Sie viel von Antiquitäten verstehen. Also gehen wir, und ihr holt uns dort ab, wenn ihr eure Jeans habt, ja?«
Das Geschäft nannte sich »Collectors« und befand sich zwischen einem teuren Lederwarengeschäft und einem Spezialitätenrestaurant – ein sehr klug gewählter Platz, fand Sabrina sachverständig. Drinnen herrschte noch das typische Einzugsdurcheinander; Teppiche lehnten unaufgerollt in den Ecken, und viel zuviel Möbel standen herum.
Vivian betrachtete eine tulpenförmige, bleigefaßte Lampe. »Schön, aber wer kann sich heutzutage eine Tiffany-Lampe leisten?«
»Das ist nicht Tiffany«, berichtigte Sabrina nach einem kurzen Blick, »sieht eher böhmisch aus. Die konnten den Stil wundervoll imitieren. Aber mehr als fünfzig bis sechzig Dollar darf dafür nicht verlangt werden.«
»Stimmt«, sagte eine weibliche Stimme, und eine schlanke grauhaarige Dame kam zwischen den Möbeln auf sie zu. Sie war nicht teuer, aber elegant angezogen, und Sabrina sah sofort, daß sie Stil hatte und die Besitzerin sein mußte. »Haben Sie das Preisschildchen gesehen?«
»Nein.« Sabrina las erst jetzt den winzigen Aufkleber am Lampenfuß: »Fünfundfünfzig Dollar.«
»Erstaunlich!« rief Vivian Goodman.

»Für Kenner nicht«, sagte die grauhaarige Dame. »Ich bin Madeline Kane. Arbeiten Sie auf diesem Gebiet?«
»Sa ... Stephanie Andersen«, erwiderte Sabrina. »Jetzt nicht mehr, aber ich habe mich früher viel mit Kunstgeschichte beschäftigt.«
»Bitte, sehen Sie sich nach Belieben um und sagen Sie mir, was Sie von meinen Beständen halten. Leider ist alles noch ziemlich durcheinander; ich habe erst vorige Woche eröffnet.«
Sabrina war sehr nervös. Zum erstenmal wäre ihr hier in Evanston beinahe der eigene Name herausgerutscht, und die Ursache war ihr nur zu klar. Es war das Geschäft, der alte Zauber der Holz-, Lack- und Politurgerüche, der sie mit Heimweh erfüllte und ihr die Tränen in die Augen trieb.
Vivian sah sie erschocken an. »Fehlt Ihnen etwas?«
»Nichts.« Sie schluckte tapfer. »Nur ein Anfall von Nostalgie. Ich war früher mal im Antiquitätengeschäft – Schätzungen, Expertisen, Liquidationen. Die Firma ging pleite, und ich mußte mir einen anderen Job suchen. Aber ich habe noch oft Sehnsucht danach, und der Geruch hier und all die Sachen –«
»Hatten Sie einen eigenen Laden?«
»O nein«, sagte Sabrina hastig. »Das blieb leider immer ein Traum.«
Mrs. Kane hatte Sabrina die ganze Zeit beobachtet, und was sie sah, gefiel ihr sehr. Spontan mischte sie sich in die Unterhaltung ein.
»Verzeihen Sie, ich konnte nicht umhin, Ihnen zuzuhören. Wenn Sie so gern im Antiquitätenhandel arbeiten – hätten Sie nicht vielleicht Lust, mir stundenweise zu helfen? Ich brauche dringend jemanden, der mir im Laden hilft und für mich auf Auktionen geht. Was halten Sie übrigens von diesem Duncan-Phyfe-Tisch? Ich bin mir nicht ganz klar darüber. Ich schätze ihn auf ungefähr Mitte des letzten Jahrhunderts.«
»Das ist kein Phyfe«, sagte Sabrina wie aus der Pistole geschossen, fuhr mit der Hand über die Tischplatte und bückte sich, um die Beine anzuschauen. »Es ist ein Belter aus den 1840ern, also ein sehr früher. Phyfe hat Rosenholz nie auf diese Weise verarbeitet. Schauen Sie sich nur die Löwenfüße an –«

Mrs. Kane bückte sich. »Stimmt genau«, murmelte sie und sah Sabrina aufmerksam an. »Mrs. Andersen, möchten Sie nicht in Ihren früheren Beruf zurück?«
Sabrinas Blick wurde kühl.
»Sie finden sicher, das geht mich nichts an«, fuhr Mrs. Kane unbeirrt fort. »Aber, wie ich schon sagte, ich brauche sachkundige Hilfe. Und bei Liquidationen und Auktionen war ich immer eine Niete. Ich fahre nicht gern herum. Dabei entgeht mir natürlich vieles, was gutes Geld bringen würde. Darum frage ich Sie: Wollen wir es nicht miteinander versuchen? Erst einmal stundenweise. Wie ich sehe, sind Sie im Moment noch durch einen Gipsverband behindert.«
»Nicht mehr lange«, sagte Sabrina und begann zu lächeln. Da habe ich endlich etwas für Stephanie eingefädelt, dachte sie. »Wann soll ich anfangen?«
»Am liebsten vorgestern.«
Sie lachten alle drei. »Gut, dann komme ich am Montag«, sagte Sabrina. »Ich muß nur vorher ordnungsgemäß meinen jetzigen Job kündigen. Da ich seit ein paar Wochen sowieso ausgefallen bin, wird man mir kaum Schwierigkeiten machen.«
»Und Sie fragen gar nicht, was ich Ihnen biete?«
»Mir bieten?«
»Nun, was ich Ihnen zahlen kann.«
Sabrina lachte. »Bei Auktionen werde ich geschäftstüchtiger sein. Aber das können wir alles am Montag besprechen, wenn wir genau festlegen, was ich zu tun habe und wie lange. Ich bin außerdem noch Hausfrau und Mutter, müssen Sie wissen«, fügte sie schnell hinzu, da sie das dumpfe Gefühl hatte, sich in den letzten Minuten zu sehr wie Lady Longworth benommen zu haben, die es nicht nötig hatte, für eine Familie mitzuverdienen.
Madeline Kane lächelte. »Ich verstehe. Also auf Wiedersehen bis Montag.«
Draußen stießen Sabrina und Vivian auf die Kinder, die es vorgezogen hatten, nur durchs Schaufenster zu sehen. »Mommy, die Jeans passen ganz fabelhaft!« rief Penny. »Und weißt du, was das Schönste war? Die Verkäuferin wollte uns zuerst nicht

bedienen, aber wir haben ihr unsere Kreditkarten gezeigt – hier ist deine zurück, danke –, und sofort hat sie uns so höflich behandelt wie euch, sie hat sogar ›Miss‹ zu uns gesagt!«
Freudestrahlend sahen die Kinder ihre Mütter an, und Vivian sagte leise:
»Das war eine wunderbare Erfahrung für die beiden. Ich hätte selbst darauf kommen können. Nur dachte ich, eine Elfjährige ist noch zu klein dafür …«
Ich bin wohl nur darauf gekommen, weil ich *keine* Mutter bin, dachte Sabrina, als Penny ihr um den Hals fiel und sich bedankte. Auf dem ganzen Heimweg hielt sie Sabrinas Hand fest. Und der Gedanke, daß sie all das nun bald hinter sich lassen mußte, löste in Sabrina ein Frösteln aus.
Sonntag abend rief Garth aus Berkeley an. Sabrina mühte sich gerade mit Nadel und Faden an einem Riß in Cliffs Jacke ab und schob ihre Ungeschicklichkeit auf den Gipsverband, denn sie hatte nie nähen gelernt. Cliff raste ans Küchentelefon, und Penny schaltete sich vom Schlafzimmer aus ein. Beide plapperten drauflos, als sei der Vater schon einen Monat und nicht nur zwei Tage abwesend, und einmal klang Pennys helles Gelächter durch das ganze Haus.
»Mom!« schrie Cliff nach einer Weile, »Dad will jetzt mit *dir* sprechen!«
Sabrina ging ins Wohnzimmer, schloß die Tür und nahm den Hörer ab. Und da war Garths Stimme, verblüffend nah, warm und vertraut. Sie spürte einen Ruck im Herzen, an dem sie erkannte, wie sehr sie ihn schon vermißt hatte.
»Die Herbstfärbung hier ist wunderbar«, sagte er. »Ich wünschte, du könntest die eigentümlich verschleierte Landschaft mit mir sehen –«
»Siehst du denn so viel von der Landschaft? Vom Hörsaal aus?«
»Die Vorträge fangen erst morgen an. Bis jetzt haben wir nur Kommissionen gebildet und uns, soweit nötig, miteinander bekannt gemacht. Wie ich von Cliff und Penny höre, hast du ihnen einen denkwürdigen Tag beschert.«
»Gestern? Ja, es war nett. Die Kinder haben sich so über ihre

Stiefel und Jeans gefreut, also sei bitte nicht zu kritisch, wenn du zurückkommst. Und ich habe auch etwas zu beichten. Ich gehe ab Montag zur Probe in einen Antiquitätenladen.«

»Als Angestellte oder was?«

»Ja. Die Inhaberin ist eine ältere, sehr attraktive und gescheite Dame. Sie hat mich gleich auf die Probe gestellt. Sie zeigte mir einen Belter-Tisch und tat so, als hielte sie ihn für einen Duncan Phyfe.«

»Hast du den Test bestanden?«

»Mit fliegenden Fahnen. Daraufhin fragte sie, ob ich nicht bei ihr mitarbeiten möchte. Stundenweise natürlich nur. Ich habe zugesagt.«

»Hast du schon bei der Uni gekündigt?«

»Das mache ich morgen früh als erstes.«

»Na, dann gratuliere ich herzlich.«

»Sehr begeistert klingt das nicht. Ärgerst du dich über meine Eigenmächtigkeit?«

»Im Gegenteil. Ich habe dir immer wieder zugeredet, dir einen Job zu suchen, der dir besser gefällt. Und da du mir vor gar nicht so langer Zeit unter die Nase gerieben hast, daß du ja unbedingt mitverdienen mußt, habe ich kein Recht, dir dreinzureden.«

Sabrina erstarrte. Was war das? Warum klang er so gereizt? Offenbar bezog sich das auf seine Auseinandersetzung mit Stephanie. Nun, das mußten die beiden gemeinsam ausbügeln, wenn sie nicht mehr da war.

»Garth? Hörst du noch?«

»Ja, entschuldige, daß ich –«

»Nein, entschuldige du, daß ich dich so unvorbereitet mit meiner Neuigkeit überfallen habe. Ich hätte Mrs. Kane um Bedenkzeit bitten und die Sache vorher mit dir besprechen sollen; aber ich war so begeistert, daß ich ... Stell dir vor, ich habe nicht mal gefragt, was sie zahlt! Besser, ich erkundige mich morgen danach, bevor ich den Uni-Job kündige.«

»Nein, kündige ruhig gleich. Falls du enttäuscht wirst, findest du eben etwas anderes.«

Jetzt versuchen wir, uns gegenseitig zu beschwichtigen, dachte Sabrina und überhörte dabei ein oder zwei Sätze.

»Was hast du eben gesagt, Garth?«
»Ihr wart doch bei den Talvias eingeladen. Wie war es?«
»Oh ... Trübselig.«
»Was, das Essen?«
»Nein, das war okay. Aber Linda hatte die Einladung extra so arrangiert, daß sie eine Weile mit mir allein sein konnte. Sie war völlig aufgelöst ... Garth, hat Marty dir mal etwas von anderen Frauen erzählt?«
Eine kurze Pause entstand, ehe Garth antwortete: »Solche Sachen erzählt man, wenn überhaupt, nur im Vertrauen.«
»Gut. Aber eins kannst du mir vielleicht sagen: Glaubt er, daß Linda *ihn* betrügt?«
»Er hat es ihr mal vorgeworfen. Du warst dabei.«
»Sie hat mir gestern unter Tränen gestanden, daß sie nur so getan hat, um ihn eifersüchtig zu machen, damit er sich mehr um sie kümmert und sie nicht in Versuchung gerät – oder so ähnlich. Offen gestanden, ich habe noch nie zwei Menschen gesehen, die derart aneinander vorbeireden und –«
»Nein?«
O verdammt. Diese sarkastische Frage konnte zur Falle werden, aber es fiel ihr nicht ein, sich in eine Diskussion über Stephanies Ehe einzulassen.
»Lindas Aufregung hat leider auch konkrete Gründe«, sprach sie rasch weiter. »Hast du was von einem Gerücht gehört, daß einige unserer Professoren den Studentinnen bessere Noten geben, wenn sie dafür mit ihnen schlafen?«
Diesmal dehnte sich die Pause länger aus. »Woher wißt ihr das?« fragte Garth endlich.
»Linda hat es in der Universitätsbuchhandlung gehört. Hast du davon gehört oder nicht?«
»Ich glaube kein Wort.«
»Also hast du's gehört. Und Marty soll einer der Betroffenen sein.«
»Herrje! Ist Linda *des*wegen in letzter Zeit so hysterisch?«
»Jedenfalls mußte sie sich deshalb mit mir aussprechen. Ist es wahr?«
»Was, das Gerücht? Ich fürchte, es ist etwas dran. Aber ich

weiß nicht, wer in die Sache verwickelt ist. Üble Nachrede an sich bedeutet gar nichts; durchgefallenen Studenten ist alles zuzutrauen. Aber in der Fakultät herrscht einige Unruhe. Hast du sonst noch mit jemand darüber gesprochen?«
»Es ist nicht meine Art, Klatsch zu verbreiten.«
»Ja, ich weiß. Entschuldige. Was hast du Linda geraten?«
»Den Mund zu halten, bis ich dich um Rat gefragt habe.«
»*Das* hast du ihr gesagt?«
»Ja, warum nicht? Ich vertraue dir doch mehr als jedem anderen. Und du weißt am besten, wie man solche Sachen an der Universität behandelt. Gerüchte gibt's ja überall. Alexandra erzählte mal –«
»Alexandra?«
»Oh ... Eine sehr redselige Dame, die mit in China war. Sie erzählte von einer Schiffsreise, bei der jeder am dritten Tag schwören konnte, wer mit wem im Bett gewesen war und wer darunter gelegen hatte, um Notizen zu machen. Die Gerüchteküche an der Uni ist auch nicht viel anders, nur daß man sich dort, hoffentlich, eines besseren Stils befleißigt.«
Garth lachte. »Du bist köstlich, Stephanie, und du fehlst mir schrecklich. Könntest du am Wochenende nicht herkommen?«
»Und die Kinder?«
»Die haben wir schon öfters bei den Nachbarn untergebracht.«
»Aber mein neuer Job ...«
»Ach ja, richtig. Und was gibt's sonst Neues in Evanston?«
Sie unterhielten sich, wie Sabrina später feststellte, über eine Stunde lang. Beim nächsten Anruf machte sie ihn besorgt darauf aufmerksam, doch er konnte sie beruhigen:
»Geht alles auf Spesen. Die Universität zahlt auch die Telefonate. Aber du hast recht, ich mache unverschämt davon Gebrauch. Wenn du herkämst, würde die Uni einen Haufen Geld sparen.«
Sabrina ging darauf nicht näher ein. Sie würde bleiben, wo sie war, obwohl sie ihn vermißte. Es war für alle Beteiligten besser, wenn sie und Garth zweitausend Meilen voneinander getrennt blieben.

Jeden Morgen erwachte sie nun von den Stimmen der Kinder und den Geräuschen der Nachbarschaft und freute sich auf den neuen Tag. Und jeden Abend, wenn Garth anrief, wußte sie kaum, wo der Tag geblieben war. Den Haushalt erledigte sie vormittags so schnell wie möglich. Manchmal war sie richtig wütend auf Stephanie, die sie zu so etwas zwang. Denn obwohl Juanita jetzt regelmäßig kam und Penny und Cliff rührend hilfsbereit waren, fühlte Sabrina sich wie ein Sklave von Wollmäusen, schmutziger Wäsche und herumliegenden Gegenständen. Da waren die Stunden in Madeline Kanes Geschäft die reinste Erholung.

Die Kündigung im Uni-Sekretariat war glatt vonstatten gegangen, und Madeline Kane zahlte ihr ungefähr dasselbe. Die beiden Frauen verstanden sich, wie erwartet, auf Anhieb. Binnen kurzem hatten sie die Organisation im Griff, den Bestand geordnet und etikettiert und eine reizvoll-übersichtliche Schaufensterdekoration geschaffen. Sabrina bemühte sich, nicht *zu* viel Erfahrung zu verraten und auch nicht, daß es ihr manchmal etwas gegen den Strich ging, für jemand anders zu arbeiten. Aber sie wollte den Job so aufbauen, daß Stephanie ihn sofort übernehmen konnte, wenn sie zurückkam.

Die Nachmittage vergingen wie im Flug, und sie mußte nach Hause rasen, um für Penny und Cliff dazusein. Sie kochten gemeinsam, machten Spiele, und meist endete der Abend mit Garths Anruf. Sabrina stöberte bei Madeline Kane ein altes Kochbuch auf, und am Donnerstag kochten sie chinesisch. Penny praktizierte in einem unbewachten Augenblick zwei Eßlöffel schärfstes Chilipulver in den Topf, und als Garth am Abend anrief, konnte sie aufgeregt berichten:

»Du hättest uns sehen sollen, Daddy, wir haben alle drei geheult wie die Schloßhunde, aber Mommy fand es *sehr* chinesisch. Mommy!« Sie hielt Sabrina den Telefonhörer hin. »Daddy will dir eine Liebeserklärung machen.«

Sabrinas Herz tat einen kleinen Sprung. »Sagt er das?«

»Na ja, ungefähr so.«

Sabrina lächelte und nahm den Hörer. »Das muß ja ein niederschmetterndes Abendessen gewesen sein«, sagte Garth.

»Wir werden uns jedenfalls lange dran erinnern.«
»Schade, daß ich nicht dabei war. Könnt ihr das Sonntag noch mal kochen? Mit allem Drum und Dran?«
»Wenn du soviel Mut aufbringst, machen wir es extra für dich.«
»Ich kann's kaum erwarten. Übrigens hatte Penny recht.«
»Womit?«
»Daß ich dir eine Liebeserklärung machen möchte.« Ihr Herz hüpfte noch einmal und hörte nicht wieder auf. »Und ich komme Sonntag um zwei Uhr nachmittags zurück. Könnt ihr mich abholen?«
»Ja, natürlich.«
»Was hast du morgen vor?«
»Wir sind bei Goldners zum Abendessen eingeladen. Furchtbar nett von Dolores, mir soviel Arbeit abzunehmen wie möglich.«
»Nat weiß vermutlich, wie hinderlich ein Gipsverband ist. Grüße die beiden schön von mir.«

Freitag abend nach dem Essen, als sich Penny und Cliff mit den Goldner-Kindern zum Scrabble-Spielen nach oben verzogen hatten, berichtete Sabrina über Garths Tagung in Berkeley. »Natürlich ist er zu bescheiden, es selbst zu sagen, aber ich habe das Gefühl, diesmal ist er dort der Star.«
Es entging ihr nicht, daß die beiden Goldners einen raschen verwunderten Blick wechselten. »Kommt euch das so unwahrscheinlich vor?« fragte sie.
»Nein, nein, ganz im Gegenteil«, sagte Dolores schnell. »Wir staunen bloß, daß du dich neuerdings so für seine Berufserfolge erwärmst. Früher hast du dich doch immer über diese Tagungen geärgert und sie für Zeitverschwendung gehalten – es sei denn, sie brächten endlich mal einen lukrativen Job wie den bei der Pharma-Industrie in Stamford.«
»Oh.« Sie hatte vergessen, wieviel Stephanie daran lag. Sie mußte Garth unbedingt danach fragen. Sie fuhr mit der Hand über die Stirn.
»Immer noch Kopfweh, Stephanie?« fragte Nathaniel aufmerksam.
»Nein«, sagte sie aufschreckend, verbesserte sich aber sofort,

da ihr eine Idee kam: »Das heißt – doch, um ehrlich zu sein. Ich wollte nur nicht darüber sprechen.«
»Warum nicht?«
Sie zuckte die Achseln. »Nächstens untersuchst du mich ja ohnehin, und ich hatte Angst, daß du, wenn ich dann auch noch meine Kopfschmerzen erwähne –«
»Sind sie schlimm?«
»Manchmal.«
»Wann besonders?«
»Abends. Vermutlich eine reine Müdigkeitserscheinung.«
»Zeig mir genau, wo der Schmerz sitzt.«
Sabrina führte die Hand an die Stelle, wo es nach der Gehirnerschütterung wirklich eine Weile sehr wehgetan hatte. Verzeih, Garth, dachte sie. Ich wünschte, ich brauchte keine so plumpe Ausrede, um mich dir zu verweigern, aber eine bessere fällt mir nicht ein. Und es dauert ja nur noch kurze Zeit. Danach wird es keine Kopfschmerzen mehr geben.
»Hm«, sagte Nat, »das gefällt mir nicht. Ich bin ja bloß Orthopäde; du solltest mal zu deinem Internisten gehen. Und was macht dein Arm? Wann kommst du zum Röntgen?«
»Am 22. Oktober. Ich spüre ihn eigentlich gar nicht mehr.«
»Gut, dann bleibt's dabei. Wenn vorher irgendwas ist, melde dich«
Noch zehn Tage. Davon eine Woche, die sie mit Garth durchstehen mußte.
Aber – Sonntag nachmittag kam er zurück! Und sie freute sich darauf, ob sie wollte oder nicht!

Es wurde Mittwoch, bis Garth mit den liegengebliebenen Dingen in der Universität wieder halbwegs auf dem laufenden war und seine Post richtig durchsehen konnte. Der Papierkram machte ihn nervöser denn je. Er war von Berkeley zurückgeflogen wie ein feuriger Jüngling zu seiner ersten Liebe. Er dachte an Stephanies Wärme und Heiterkeit bei ihren Telefongesprächen und an die letzte Nacht vor der Abreise. Er freute sich auf lange, gemütliche Abende mit der Familie, aber nun hatte er fast noch weniger Zeit als zuvor.

Und seine Frau drängte ihn aus dem Haus, wenn er nicht von selbst ging. Der frühere Zustand schien sich wieder herzustellen …

Nur im allerersten Moment war es anders gewesen. Sie hatte ihm auf dem Flughafen so unverkennbar glücklich entgegengelächelt, daß er einen Augenblick den Schritt verhielt, nur um sie länger ansehen zu können. Ein Mann hinter ihm sagte zu seinem Begleiter: »Ich gäbe was drum, wenn so jemand auf *mich* wartete!« Sein Herz sang, als er auf sie zuging. Aber kaum war er bei ihr, erlosch der Glanz in ihren Augen, und sie begrüßte ihn beherrscht und konventionell wie früher.

Erst später, als er zu Hause seine Geschenke auspackte, kam noch einmal ein Moment der Annäherung. Für die Kinder hatte er Modelle der Planwagen mitgebracht, wie sie einst während des Goldrauschs in Kalifornien benutzt worden waren, und für seine Frau eine flaschengrüne Wildlederjacke mit ziselierten Goldknöpfen. Sie zog sie gleich an und drehte sich strahlend vor der bewundernden Familie wie ein Mannequin. »Für *mich*«, murmelte sie leise vor sich hin.

Garth war von ihrer deutlichen Überraschung irgendwie schmerzlich betroffen. »Für wen denn sonst?« fragte er, und sie schmiegte ihre Wange einen Moment an die seine.

»Danke«, sagte sie. »Die Jacke ist bildschön.«

»Ich hoffe, es ist die richtige Größe«, sagte er. »Ich dachte, sie könnte dir vielleicht gefallen, da du dich in letzter Zeit anders anziehst als früher.«

»Wieso ziehe ich mich anders an?«

»Ich weiß nicht. Jedenfalls sieht alles viel fröhlicher aus. Vielleicht stellst du die Farben anders zusammen … Was weiß ich. Warst du früher nicht auch immer bis obenhin zugeknöpft?«

Sie lachte, und er schüttelte den Kopf. »Du hast mir nur immer vorgeworfen, ich würde nie sehen, was du anhast. Leider hattest du recht. Aber den Unterschied habe ich doch bemerkt. Und er gefällt mir.«

Die aufgelockerte Stimmung hielt bis über das Abendessen an. Aber dann erzählte sie ihm von ihren Kopfschmerzen und was Nat Goldner dazu gesagt hatte, und daß sie wohl doch noch zum Internisten müßte – und damit stellte sie die freundliche Distanz wieder her, die sie seit ihrer Rückkehr aus China nur einmal vergessen hatte.

Übelgelaunt setzte er sich am Montag an seinen Schreibtisch. In der Post fand er eine Einladung von »Foster Laboratories«, am 23. Oktober nach Stamford zu kommen. Das wäre der nächste Dienstag – unmöglich! Er konnte seine Vorlesungen nicht schon wieder absagen. Aber... »Foster« und Stamford waren Stephanies Traum, und er wußte genau, daß man ihm dort die modernsten Forschungsmittel zur Verfügung stellen würde, die es hier in Evanston nicht gab. Vivian Goodman konnte ihn für zwei Tage vertreten. Er entschloß sich, ohne lange Diskussionen zuzusagen, und gab die Antwort in die nächste Post. Vielleicht würde Stephanie sich freuen.

Allmählich war er von den Stimmungsschwankungen seiner Frau so zermürbt, daß er eine offene und klare Auseinandersetzung erzwingen wollte, selbst auf die Gefahr des endgültigen Bruchs hin. Zwei Jahrzehnte wissenschaftlicher Forschung hatten ihn Geduld, Gleichmut und Toleranz gelehrt, aber auch den Blick für verschlüsselte Informationen und neu einzuschlagende Richtungen, wenn man sich auf dem Irrweg befand. Auf die Ehe übertragen, hieß das: entweder waren Stephanie und er verheiratet oder nicht. Und wenn nicht, mußten sie andere Wege finden, denn jetzt lebten sie eine Lüge.

Das Telefon klingelte in seine verbissenen Gedanken hinein. Die Sekretärin des Vizepräsidenten bat ihn, für ein paar Minuten zu Mr. Strauss hinüberzukommen.

Garth stand gut mit Lloyd Strauss, dessen Wort in Evanston sehr viel galt. Das Gespräch drehte sich zunächst um die umstrittenen Lehraufträge, insbesondere Dekan Websters störrische Ablehnung weiblicher Dozenten. »Natürlich hat er damit immer wieder das Prinzip der Gleichberechtigung verletzt«, sagte Strauss. »Aber im Fall von Vivian Goodman haben Sie sich ja wacker gegen ihn geschlagen, und ich glaube bestimmt, daß sie auch über das Probejahr hinaus bei uns bleiben wird. Um so mehr, als das Verwaltungsgremium Dekan Webster in seiner Weisheit nahegelegt hat, vorzeitig in Pension zu gehen. Er ist zweiundsechzig und herzleidend. Unter uns, er ist bloß zu fett, aber das wird ihm keiner sagen. Wir geben ihm die Chance, sich glanz- und ehrenvoll ›auf eigenen Wunsch‹ zurückzuziehen. Bleibt nur die Frage: Wer wird sein Nachfolger?«

Garth ahnte, was nun kommen mußte. Wie stolz würde Stephanie sein, war sein erster Gedanke – ihr Mann mit knapp vierzig Dekan der naturwissenschaftlichen Fakultät! Prestige, mehr Geld, geregelte Dienststunden, mehr Zeit für zu Hause. Aber seine biologische Forschungsarbeit mußte er dann wohl aufgeben, und die meisten seiner Vorlesungen auch. Ein Dekan war derart an die Verwaltungsgeschäfte gebunden, daß er kaum zu etwas anderem kam. Nein, ich kann nicht den ganzen Tag im Büro hocken, dachte er, während andere an meiner Stelle neue Welten entdecken. Dann gehe ich, Stephanie zuliebe, besser in die Laboratorien der Stamforder Pharma-Industrie ...

Strauss war aufgestanden und ans Fenster getreten. Jetzt drehte er sich wieder zu Garth um.

»Ich brauche Ihnen kaum zu sagen, daß Sie der erste waren, an den wir gedacht haben. Sie haben sich in den letzten Jahren einen internationalen wissenschaftlichen Ruf erworben und würden das Amt mit Würde und Fairness ausfüllen. Aber ich glaube nicht, daß Sie es annehmen werden.«

Garth sah ihn verblüfft an. Konnte der Mann Gedanken lesen? Strauss lachte ein wenig. »Wir kennen uns lange genug, Garth. Darum habe ich noch einen anderen Vorschlag zu machen. Was halten Sie davon, Direktor unseres neuen Instituts für Genforschung zu werden?«

Garth setzte sich mit einem Ruck auf. »Wann ist der Beschluß gefaßt worden, dieses Institut wirklich zu bauen?«

»Vor kurzem.«

»Ich habe seit fünf Jahren darum gekämpft, und immer hieß es, es sei kein Geld da. Das war einer der Gründe –«

»– warum Sie eventuell zur Industrie überwechseln wollen?« beendete Strauss den Satz für ihn. »Haben Sie das Werk schon besichtigt und mit den Leuten gesprochen?«

»Nächste Woche fahre ich hin.«

»Wenn die Bedingungen zur Sprache kommen, haben Sie nun wenigstens eine neue Vergleichsmöglichkeit. Als Institutsdirektor bei uns werden Sie rund sechzigtausend im Jahr verdienen. Ihre Lehrtätigkeit bleibt ungeschmälert, und Laboratorien kriegen Sie, soviel Sie wollen.«
»Wo kommt das Geld auf einmal her?«
»Aus staatlichen Mitteln freigegeben.«
»Warum erst jetzt?«
Strauss öffnete einen kleinen Kühlschrank an der Wand. »Um diese Tageszeit pflege ich mir einen Drink zu genehmigen. Was trinken Sie?«
»Scotch. Ich habe Sie etwas gefragt.«
»Schön, dann will ich ganz genau antworten. Sie haben uns im Lauf der Jahre überzeugt, daß wir dieses Institut wirklich brauchen, um wettbewerbsfähig zu bleiben, neue Medikamente und andere Produkte zu entwickeln und staatliche Lizenzen zu bekommen. Aber sooft wir die Fühler nach einem Direktor ausstreckten, in den USA und in Europa, erhielten wir die gleiche Antwort: Der beste Mann dafür arbeitet doch unter eurer Nase – warum sucht ihr ihn woanders?«
»Ja, warum?«
»Trinken Sie erst mal Ihren Scotch.«
»Bitte reden Sie weiter.«
»Garth, Sie scheinen uns wegen etwas anderem ungeeignet für den Posten. Sie können nicht mit Untergebenen umgehen. Einige der Laboranten zittern vor Ihnen. Ungeduldig, schroff, schlecht gelaunt ... Wir wissen alle, wie Sie zum Beispiel beim Tennis Ihre Wut abreagieren, als wollten Sie unsichtbare Feinde totschlagen. Noch einen Scotch?«
»Danke, nein.«
Strauss füllte seelenruhig beide Gläser wieder und nahm Soda dazu. »Sie standen im Ruf, als reiner Wissenschaftler am liebsten im luftleeren – oder zumindest menschenleeren Raum zu leben. Warum zucken Sie so zusammen? Hat Ihnen das schon mal jemand gesagt?«
»Nein.« Doch, Stephanie hatte es oft auf ihre Art angedeutet.
»Also, wenn ich recht verstanden habe: mich wollten Sie nicht,

und einen anderen haben Sie nicht gefunden. Welchem Umstand verdanke ich Ihren Sinneswandel? Ist die Zeit endlich reif für reine, wenn auch widerborstige Wissenschaftler?«

»Sie haben sich in den letzten paar Monaten in mancher Beziehung zu Ihrem Vorteil verändert, Garth. Sie haben nicht nur Mrs. Goodman durchgeboxt, sondern sogar den Unglückswurm, der neulich ein paar Ihrer Bakterienkulturen versaut hat, mit einem milden Verweis davonkommen lassen. Lieber Gott, noch vor kurzem hätten Sie ihm empfohlen, in die Landwirtschaft zu gehen und für den Rest seines Lebens Ställe auszumisten.«

Garth kämpfte kurz mit sich selbst. »Ich möchte diesen Posten. Sie wissen, wie lange ich mich darum bemüht habe. Ich hoffe, ich kann ihn auch annehmen. Mehr kann ich jetzt nicht dazu sagen. Ich muß mir zuerst ›Foster Laboratories‹ ansehen.«

»Ihrer Frau wegen? Ich verstehe. Aber wägen Sie Ihre veränderten Chancen gut gegeneinander ab.«

»Ich bestimmt – und auch sie wird das tun. Aber ich bin es ihr nach all den Jahren schuldig, sie mitentscheiden zu lassen. Sobald wir zurück sind, bekommen Sie meine definitive Antwort. Genügt das für heute?«

»Es muß genügen. Dann erwarten wir Ihre definitive Entscheidung am Freitag.«

Sabrina erwachte von dem Lärm, den Penny und Cliff in der Küche vollführten, indem sie einander anrempelten und über verbrannten Toast diskutierten, Wochenende – keine Schule. Sie wühlte den Kopf ins Kissen. Die Kinder wußten, wo alles war; sie konnte noch ein Weilchen liegenbleiben.

Aber sie fand keinen Schlaf mehr. Jetzt unterhielten sich Penny und Cliff lautstark über Äpfel. »Ich pflücke mindestens hundert Körbe«, prahlte Cliff, worauf Penny ihm über den Mund fuhr: »Das dürfen wir gar nicht. Die andern wollen auch noch was haben.«

Richtig! Stephanie hatte vergessen, ihr von dem alljährlichen Ritual zu erzählen, aber die Kinder hatten zum Glück rechtzeitig davon gesprochen: Auf einer nahen Obstfarm konnten In-

teressenten sich ihre Äpfel selbst zu verbilligten Preisen pflücken.
Samstag, der 20. Oktober. Am Montag war der 22. Viel Zeit blieb ihr nicht mehr.
Sie drehte den Kopf vorsichtig zur Seite. Garth lag neben ihr, in gebührendem Abstand, und schlief noch. Er hatte nachts nie mehr den Versuch gemacht, ihre Hand zu nehmen, geschweige denn, sie zu umarmen. Aber sein Gesicht war ihr so zugekehrt, daß sie es mit Muße betrachten konnte. Wie ruhig und beherrscht es war! Das Gesicht eines Mannes, der wußte, was er wollte, und geduldig abwartete, bis er es bekam. Davon hatte er sich nicht einmal von ihren unerklärlichen Launen und Ausflüchten abbringen lassen. Er hatte sein Versprechen gehalten und ihr großzügig Zeit gegeben, sich selbst zu finden.
Und wer ist dieses Selbst? fragte Sabrina sich stumm. Die Antwort kam zugleich mit der Frage: eine Frau, die sich in den Ehemann ihrer eigenen Schwester verliebt hat.
Seit wann liebte sie ihn? Das wußte sie nicht, und es war auch nicht wichtig. Sie wußte es jetzt, und mit so absoluter Sicherheit, daß das Glück dieser Liebe sie einen Moment heiß durchflutete, bevor es von Verzweiflung verdrängt wurde. Unwillkürlich streckte sie die Hand aus und strich zart über seine Schläfe. Seine Lider zuckten, und sie zog die Hand rasch zurück. Aber Garth hatte die Augen schon geöffnet und den Ausdruck unverhüllter Liebe in ihren Zügen entdeckt ...
Sie war wieder auf der Hut, bevor er sie in die Arme nehmen konnte. Ihr Gesicht wurde neutral wie immer.
»Guten Morgen«, sagte Garth leise, ohne sich zu rühren.
Sabrina suchte hilflos nach einer Erwiderung, die ihr jedoch durch einen ohrenbetäubenden Kladderadatsch aus der Küche und Pennys triumphierenden Ausruf »Siehst du wohl!« erspart wurde. Sie sprang aus dem Bett, verfing sich mit dem Nachthemd an einer Stuhllehne und machte ihren Gefühlen mit einem herzhaften »Verdammt!« Luft. Diese blöden Hemden – sie hatte sich noch immer nicht daran gewöhnt, mußte aber zugeben, daß sie die Nächte mit Garth erleichterten. Und sie konnte zu den Kindern hinunterlaufen, wie sie war.

In der Küche stand Cliff vor einem See von Orangensaft, aus dem spitze Scherbeninseln ragten. Penny hatte ihm eine Rolle Küchenkrepp zugeworfen, die er hielt wie ein Baby. »Was soll ich denn damit?« maulte er stirnrunzelnd.
Sabrina lachte hellauf und erregte mit dieser unangebrachten Heiterkeit Pennys Zorn.
»Findest du das komisch?« fragte sie aufgebracht, und Sabrina hielt jäh in ihrem Gelächter inne. Stephanie hätte natürlich anders reagiert, mit Ernst und Strenge – und vor allem Besorgnis, daß jemand ausrutschen und sich an den Scherben verletzen könnte.
»Nein, du hast recht«, sagte sie würdevoll, »es ist nicht komisch. Wie ist es denn überhaupt passiert?«
Cliff kämpfte einen Moment mit sich, entschloß sich aber zur Ehrlichkeit. »Ich hab die Flasche auf dem Kopf balanciert.«
»Aha. Na, dann räum die Bescherung jetzt auch selber auf. Nimm soviel Papier, wie du brauchst, und ich würde dir empfehlen, mit reinem Wasser nachzuwischen, sonst bleiben wir später alle kleben.«
»Mom! Männer sind doch keine Scheuerweiber! Ich bin gern bereit, die Scherben aufzulesen und den Orangensaft mit Papier aufzutrocknen, aber wischen –!«
»In diesem Hause«, sagte Sabrina ruhig, »tun das auch Männer, wenn sie etwas angestellt haben. Und du, Penny, packst in deinem Zimmer zusammen, was du für unseren Apfelausflug brauchst.« Sie legte den Arm um Pennys Schultern und führte sie aus der Küche. Sie fing noch Cliffs dankbaren Blick und sein erleichtertes Aufatmen auf – nun konnte er den Boden unbeobachtet und ohne schadenfrohe Kommentare säubern.
Auf der Treppe fragte Sabrina, welche Apfelsorten es auf der Farm zu pflücken gäbe.
»Aber Mommy«, antwortete Penny hörbar erstaunt, »natürlich Golden Delicious! Da gab's doch noch nie andere.«
Sabrina seufzte. So viele Details, die sie weder wußte noch wissen konnte. Für Stephanie waren sie in dreizehn Jahren so selbstverständlich geworden, daß sie sie keiner Erwähnung für wert gehalten hatte.

»Richtig«, sagte sie, »Golden Delicious. Ich vergesse es von Jahr zu Jahr.»

»Was war denn unten für ein Krach?« fragte Garth aus dem Schlafzimmer. Penny lief hinein, um ihm Cliffs Malheur brühwarm zu berichten. Sabrina ging weiter zum Erker am Ende des Gangs und setzte sich auf die Fensterbank. Stephanie hatte diese Fensternische mit einer Faltwand abgeschirmt, und Sabrina saß gern hier, wenn sie ein paar Minuten Ruhe haben wollte. Der Ahorn draußen flammte rotgolden in der Morgensonne. Apfelernte. Herbst.

In London, Paris und Rom war man jetzt aus den Sommerferien zurück, es gab wieder Dinnerparties und Bälle, und für »Ambassadors« begann die Hauptgeschäftszeit. Was hatte sie mit Stephanies Kindern auf einer Apfelplantage zu suchen, während in der Welt, in die *sie* gehörte, Hochsaison herrschte? Sie hatte so viel zu tun ... Was tat wohl Stephanie in ihrer Welt? Welche Spuren hinterließ sie als Lady Longworth, denen Sabrina folgen mußte, wenn sie nach London zurückkehrte. Was hat sie mit meinem Leben gemacht?

Sie schreckte aus ihren Gedanken hoch. Garth war lautlos in den Erker gekommen, hatte sich neben sie gesetzt und den Arm um sie gelegt. Er küßte ihre Stirn, ihre Augen, ihre Nasenspitze. »Guten Morgen«, sagte er noch einmal, nun völlig entspannt. »Ob die Küche jetzt soweit ist, daß wir frühstücken können?« Sie war in Gedanken immer noch in London. »Ich weiß nur nicht, ob noch Orangensaft da ist«, sagte sie mechanisch und wunderte sich, daß er darüber lachte und sie enger an sich zog. Dann begriff sie, wie sehr sie auch in dieser Welt schon verwachsen war, mit den Kindern, mit Garth. Eine Welt stand gegen die andere. Garth ... Sie liebte ihn, sie brauchte ihn, sie wollte ihn.

In ihr löste sich etwas, wallte heiß in ihr auf, und als sich sein Gesicht über sie beugte, küßte sie ihn zum erstenmal so, wie ihr Herz es wollte, durstig, mit offenen Lippen, als könne sie nie genug bekommen. Seine Hände legten sich um ihren zurücksinkenden Kopf und begannen dann über ihren Körper zu gleiten. Ihr schwindelte, Tränen drangen unter ihren geschlossenen

Lidern hervor – und dann riß sie sich mit letzter Kraft von ihm los.
»Nein, nicht!« keuchte sie. »Nicht, nicht! Ich kann nicht!«
»Zum Donnerwetter, was soll das nun wieder?« brüllte Garth.
»Nicht hauen!« piepste eine verängstigte Kinderstimme vom anderen Ende des Gangs, wo Penny schreckensbleich aufgetaucht war. Gleichzeitig schrie Cliff von unten: »Was ist denn? Warum ist Dad so wütend?«
Sabrina explodierte. Sie zitterte vor Erregung und Schuldbewußtsein. »Verdammt!« schrie sie zum zweitenmal an diesem Morgen. »Gibt es in diesem Hause nie eine ungestörte Minute? Ich habe es ja immer gesagt –«
Penny weinte, und Sabrina eilte zerknirscht hin, um sie zu trösten. Eins war sicher: alles, was sie machte und wie sie es machte, war falsch. »Dad ist nicht wütend auf dich, Cliff«, rief sie übers Treppengeländer hinunter. Dann wandte sie sich wieder Penny zu. »Alles schon in Ordnung, Schatz. Dad und Mom zanken sich eben auch mal, genau wie du und Cliff, nicht?«
»Aber doch nicht so«, stammelte Penny ängstlich. »Uns schreit Daddy nie so an.«
Sabrina wartete vergebens darauf, daß Garth vermittelnd eingriff. Sein Schweigen war deutlicher als Worte. So sagte sie krampfhaft heiter:
»Ach, weißt du, manchmal ist Brüllen eine ganz gute Atemübung – wie beim Fußball.« Penny lachte ein wenig. »So, und nun wollen wir uns alle fertigmachen. Wir sind ja noch nicht mal angezogen. Also, ein bißchen Tempo, sonst sind keine Äpfel mehr da, wenn wir auf die Farm kommen.«
Penny verschwand in ihrem Zimmer, und Sabrina blieb bewegungslos stehen. Garth saß immer noch schweigend auf der Fensterbank im Erker. Sie sah ihn flehend über die ganze Länge des Gangs an – wie über einen Abgrund des Verschweigens und der Mißverständnisse. »Verzeih«, flüsterte sie nach einer Weile, ohne zu wissen, daß ihre Stimme so zärtlich war wie ihre Hand auf seinem schlafenden Gesicht.
Garth hob endlich den Kopf und lächelte flüchtig. »Schon

gut«, sagte er. »Ich hatte nur den wahrscheinlich irrigen Eindruck, du hättest dich besonnen.«
Besonnen? dachte sie verstört. Wozu? Zu einer rückhaltlosen Beichte?
»Ich muß mich anziehen«, sagte sie hastig, flüchtete ins Schlafzimmer und schloß die Tür.
Sie zog Jeans, eine gelbe Bluse und einen rotbraunen Pullover an. Sie sah darin nur wenig älter als Penny aus und fühlte sich einen Moment lang auch so. Die Haare band sie im Nacken einfach mit einem Samtband zusammen. Wo waren Eleganz, Glamour und Selbstsicherheit der strahlenden Lady Longworth geblieben?

Die Apfelfarm lag in einer lieblichen Landschaft zwischen mehreren kleinen Seen und Wasserläufen. Eine Menge lachender, rufender Menschen füllten Körbe und Plastikbeutel mit den goldenen Früchten. Die Andersens suchten sich eine ruhige Ecke. Cliff maß mit Kennerblick die Bäume und schwang sich mit einem Urwaldschrei auf den ersten Ast.
»Da sieht man, wie recht Darwin hatte«, bemerkte Garth amüsiert.
Penny wollte ihrem Bruder nachklettern, aber Cliff rief:
»Fang lieber erst mal die Äpfel auf, die ich dir zuwerfe. Wenn der erste Korb voll ist, bist du dran. Ich helfe dir dann.«
Sabrina war gerührt. Die Geschwister zankten sich zwar täglich, aber ebensorasch waren sie wieder ein Herz und eine Seele. Und Stephanie hatte ihnen beigebracht, immer redlich zu teilen.
»Können wir sie ein Weilchen allein lassen und ein Stück laufen?« fragte sie Garth.
»Nichts, was ich lieber täte.« Er nahm ihren Arm und rief den Kindern zu: »Mom und ich gehen ein bißchen spazieren. Ich würde euch raten, nicht mehr als die vier Körbe zu füllen, sonst müßt ihr zu Hause zuviel schälen!«
Cliff, die Hand um einen Zweig gekrallt, nickte ernsthaft. Erst als Sabrina und Garth schon ein Stück entfernt waren, hörte sie ihn baß erstaunt zu Penny sagen:
»Mom hat nicht mal gesagt, wir sollten vorsichtig sein!«

Sie schlenderten durch die Baumreihen und genossen die milde Oktobersonne. Es duftete nach Äpfeln, Klee und frischgemähtem Gras. Nach längerem Schweigen sagte Garth leise:
»Du machst mich sehr glücklich. Leider habe ich dir das nicht oft genug gesagt. Und du bist wunderschön. Auch das sage ich dir zu selten.«
Er blieb stehen und nahm ihr Gesicht in beide Hände. Sabrina erstarrte, aber er ließ sie nicht los. »Nun versuche nicht, gleich wieder wegzulaufen. Ich weiß, was dich drückt, und werde dich zu nichts zwingen. Aber du mußt wissen, daß ich nicht noch jahrelang tatenlos dasitzen werde. Schließlich ist es mein Beruf, verborgene Geheimnisse ans Licht zu bringen.«
Sie sah ihn so erschrocken an, daß er sich einen Moment fragte, wovor sie solche Angst hatte – vor ihm oder vor sich selbst? Noch behutsamer, fast beschwörend fuhr er fort: »Stephanie, ich will dir nicht weh tun. Ich könnte dir nie weh tun. Was auch immer du entscheidest, ich bin bereit, jeden Entschluß zu akzeptieren. Aber ich liebe dich mehr als je zuvor, und ich brauche dich – die Kinder brauchen dich –, und es würde alles für mich bedeuten, wenn du bei uns bliebst.«
Ein reifer Apfel fiel mit weichem Plumps ins Gras. Sabrina hatte die Augen niedergeschlagen und schwieg.
»Sieh mich an«, sagte Garth heiser, aber sie bewegte abwehrend den Kopf. Was er auch ahnte oder wußte: die Wahrheit war es jedenfalls nicht. Aber irgendwie war er zu dem Schluß gekommen, daß sie ihn verlassen wollte – und das stimmte.
Er ließ entmutigt die Hände sinken. Sabrina suchte nach Worten, um die gestörte Harmonie wiederherzustellen, aber ihr fiel nichts anderes ein als die Frage: »Müssen wir nicht nach den Kindern sehen?«
»Die kommen gut allein zurecht«, erwiderte er kurz und ging so rasch weiter, daß Sabrina nur mühsam mit ihm Schritt halten konnte. »Wir haben auch ein Anrecht auf Zeit füreinander. Wann waren wir das letztemal zusammen verreist?«
»Ich weiß nicht«, sagte Sabrina, dankbar, daß sie wenigstens einmal ehrlich antworten konnte.
»Typisch – wir können uns beide kaum noch erinnern. Ich

wollte es dir schon die ganze Zeit sagen: Ich habe die Einladung zur Besichtigung der ›Foster Laboratories‹ in Stamford angenommen. Dienstag früh fliegen wir, übernachten in New York, und Mittwoch abend sind wir wieder zurück.«

Sabrina reagierte automatisch. »Das geht nicht.« Und auf sein fragendes Stirnrunzeln fügte sie hinzu: »Die Kinder. Mein neuer Job. Der Gipsarm. Die Kosten!«

Garth erledigte eins nach dem andern. »Die Kinder können die anderthalb Tage bei Vivian Goodman bleiben; ich habe sie schon gefragt. Deine Antiquitäten haben es Jahrhunderte lang ohne dich ausgehalten und werden es noch zwei weitere Tage schaffen. Sämtliche Kosten werden natürlich vom Foster-Konzern übernommen. Ich muß mich doch sehr über dich wundern: seit Monaten drängst du nach Stamford, und nun, wo es sich entscheiden soll, hast du wieder etwas einzuwenden!«

Sabrina hob einen Apfel auf und rieb ihn am Ärmel blank, bevor sie hineinbiß. Das enthob sie der Notwendigkeit, sofort zu antworten. Eine Reise mit Garth – wie verlockend! Und wie gefährlich! Aber andererseits wußte sie, wieviel Stephanie an diesem Angebot lag, und sie hatte ihr versprochen, Garth dazu zu bringen, Stamford wenigstens anzuschauen.

Widerstrebend gab sie nach. Sie würde also mit Garth nach Connecticut fliegen. Garth legte den Arm um ihre Schultern, als sie zu Penny und Cliff zurückgingen.

»Danke«, sagte er leise. »Es ist an der Zeit, daß wir mal allein sind und herausfinden, wer wir wirklich sind.«

## 16

Nat Goldner schob das Röntgenbild vor der Leuchtwand zurecht und trat zurück, damit auch Sabrina es bewundern konnte.

»Fabelhaft«, sagte er. »Eine glatte Heilung. In ein paar Tagen kannst du Garth und die Kinder nach Herzenslust verprügeln

und deinen berühmten Mürbeteig kneten. Also runter mit dem Gips!«
Sabrina lächelte schwach, während er geschickt mit der Gipsschere hantierte.
»Nanu, keine Freudenschreie?« wunderte sich Nat.
»Entschuldige, Nat. Ich dachte bloß an die drei Körbe Äpfel, die noch zu Hause herumstehen und aufs Schälen warten. Jetzt kann ich mich vor nichts mehr drücken.« Sie blickte auf den Arm, der inzwischen zum Vorschein gekommen war – etwas blaß und dünn, aber sonst ohne jede Unfallspur. »Sieht er nicht ein bißchen kränklich aus? Soll ich ihn noch bandagieren?«
»Kein Pardon, Stephanie«, lachte Goldner gemütlich. »Du kannst von heute bis Weihnachten Äpfel schälen und antike Möbel rücken, soviel du magst. Du *mußt* den Arm sogar fleißig bewegen, damit sich die Muskeln kräftigen. Der Knochen ist jetzt sogar stärker als vorher.«
Ich bin auch stärker als vorher, dachte sie, als sie in Stephanies kleinem Wagen zurückfuhr. Und dennoch verletzlicher …
Zu Hause klingelte das Telefon schon beim Hereinkommen, und Sabrina wußte sofort, daß es Stephanie war.
»Bist du allein?« fragte Stephanie gehetzt und atemlos. »Können wir reden? Wie geht's dir? Und Penny und Cliff?«
»Prächtig.« Sabrina wunderte sich. Nicht nur atemlos, dachte sie, sondern so, als ob sie Angst davor hätte, was ich sage.
»Wir waren vorgestern zum Apfelpflücken. Du, was mache ich bloß mit einem halben Zentner Äpfel?«
Stephanie lachte kurz. »Das überlasse ich dir. Wie geht es Garth? Ich habe mich gefragt, ob inzwischen nicht doch … etwas passiert ist, du verstehst schon. Nicht daß ich dir einen Vorwurf daraus machen würde. Fünf Wochen sind schließlich lange …«
Ihre Stimme verlor sich, und Sabrina ging plötzlich ein Licht auf. Wer ist der neue Mann in *ihrem* Leben? dachte sie. Antonio? Oder ein anderer? Jedenfalls muß es sie sehr unvorbereitet getroffen haben … Laut sagte sie vorsichtig:
»So lang nun auch wieder nicht. Aber es ist eine Menge passiert …«

»Bitte sei mir nicht böse, ich wollte nicht ... Ich ... ich fühle mich von allem so weit entfernt ... Alles, was ich hier mache, hat so gut wie nichts mit meinem früheren Leben zu tun. Das ist manchmal verwirrend. Sabrina? Bist du noch da?«

»Ja. Ich höre. Was ist los, Stephanie?«

»Nichts Bestimmtes. Ich meine, du brauchst dir keine Sorgen zu machen. Nur ... manchmal weiß ich gar nicht mehr, wer ich wirklich bin. Das heißt, natürlich weiß ich es. Und sobald ich zurück bin, geht das vorbei. Es ist schwer zu beschreiben – komische Gefühle einfach.«

»Kann ich verstehen. Mir geht es genauso.«

»Was? In Evanston?« Stephanies Verblüffung klang so echt, daß Sabrina sie am liebsten in die Arme genommen hätte. »Ja, sogar in Evanston gehen zuweilen aufregende Dinge vor«, sagte sie leise lachend.

»Na ja. Du hast mich ja auf dem laufenden gehalten.«

Sonderbar, daß sie mich nicht nach meinem Arm fragt, dachte Sabrina. Sie wußte doch, daß der Gips heute abgenommen werden sollte. Ich muß es ihr sagen, ob sie will oder nicht. Es geht um ihre Familie.

»Vorhin war ich bei –« fing sie an, aber Stephanie fiel ihr überstürzt ins Wort:

»Wir haben in diesen Tagen viel in ›Ambassadors‹ verkauft –«

»Oh?« machte Sabrina, unwillkürlich interessiert. »Was denn?«

»Alles, was du in China gekauft hast. Die Kiste kam vor drei Tagen an, und Brian und ich waren noch gar nicht mit Auspakken fertig, als ein Käufer aus Bonn sie uns aus den Händen riß. Brooks Westermarck hatte ihn geschickt. Und das Grendly-Kanapee ist an einen Rechtsanwalt gegangen. Ach ja, und Lady Stargrave möchte ein Chippendale-Lackschränkchen für ihre neue Wohnung. Ich sagte, ich würde mich danach umsehen, aber ich weiß nicht, wo.«

»Mr. Strang hat vielleicht noch eins in seinem Laden; er hat letztes Jahr zwei gekauft. Aber das hat ja Zeit, bis ich –«

Wieder ließ Stephanie sie nicht ausreden. »Gabrielle ist noch mein – unser – Gast«, hastete sie weiter. »Leider weint und

schmachtet sie nach ihrem Brooks wie ein Backfisch der Jahrhundertwende und ist nicht dazu zu bewegen, mit jemand anders auszugehen. Ich habe ihr vorgeschlagen, Brian während meiner Abwesenheit ein bißchen zu helfen.«
Kurze Stille. »Während *welcher* Abwesenheit?« fragte Sabrina dann langsam.
»Nur für ein paar Tage, Sabrina. Ich habe hier einen Mann kennengelernt, mit dem ich zwar nicht mein ganzes Leben verbringen möchte, aber er ist aufregend und so anders als alle, die ich je gekannt habe – und enorm reich. Ein richtiger Traummann. Er hat mich zu einer Kreuzfahrt auf dem Mittelmeer eingeladen, vier oder fünf Tage. Ich habe zugesagt. Nur dieses eine Mal, Sabrina, diese eine Chance – ich muß sie einfach haben.«
Aha, darum wollte sie hören, ob zwischen Garth und mir etwas war, sie braucht eine Entschuldigung für ihr Gewissen. Die stille, vorsichtige Stephanie, die kein Risiko eingehen wollte, die ihre erste Liebe geheiratet und fortan immer geglaubt hat, sie sei zu kurz gekommen... Und jetzt hatte sie sich in eine Affäre gestürzt. Sabrina mußte innerlich über die Wendung lachen, die ihr Leben genommen hatte.
»Natürlich habe ich nichts dagegen. Mein Arm ist zwar heil, aber es dauert noch etwa eine Woche, bis er wieder ganz normal aussieht. Also genieße deine Schlußpointe. Nebenbei – wer ist der Mann? Kenne ich ihn? Ich frage nur, um mich später nicht zu verplappern.«
Stephanie zögerte einen Moment. »Maxim Stuyvesant.«
»Nein!!«
»Schrei nicht so. Du kennst ihn nicht richtig. Er hat sich verändert. Das findet sogar Alexandra. Wann hast du ihn denn zuletzt gesehen? Er war über drei Jahre nicht in London.
»Alexandra findet ihn verändert?«
»Ja, sie sagt, er sei weicher geworden. Wie eine gereifte Birne.«
Sabrina lachte unwillkürlich. »Weiche Birne! Das klingt ganz nach Alexandra. Hat sie dir sonst noch etwas von ihm erzählt?«
»Das war nicht nötig. Ich habe sein Haus eingerichtet. Von oben bis unten. So wie du das von Alexandra. Ich habe dir

nichts davon gesagt, weil ich Angst davor hatte, ich würde es vielleicht allein nicht schaffen. Aber ich habe es geschafft. Sabrina, ich weiß alles, was ich von Max wissen muß, und ich bitte dich nicht um Erlaubnis. Ich habe zugesagt, und gerade du bist ja wohl kaum in der Position, mir zu sagen, mit wem ich schlafen kann oder nicht.«

Sabrina fuhr schmerzlich getroffen zusammen. »*Den* Hieb habe ich nicht verdient.«

»Nein, nein – bitte, sei mir nicht böse.« Stephanies Stimme war wieder atemlos wie zu Anfang des Gesprächs. »Ich bin so ... durcheinander. Also, da wir ohnehin noch mindestens eine Woche haben, berührt die Kreuzfahrt unsere anderen Pläne ja kaum. Ich komme am nächsten Montag, und dann lebt jede von uns wieder in ihrer gewohnten Umgebung und alles wird gut. Ich kann es mir nur noch nicht richtig vorstellen –« Sie unterbrach sich, als fürchte sie, zuviel verraten zu haben. »Auf Wiederhören dann. Ich melde mich, sobald ich zurück bin.«

Sabrina weinte, als sie den Hörer auflegte. Auch sie konnte sich nicht vorstellen, wie es nun weitergehen sollte.

Chicago versank im Morgendunst. Noch war zwischen einzelnen Nebelschwaden, aus denen Wolkenkratzer auftauchten, der glitzernde Michigansee zu erkennen, und die bewaldeten Höhenzüge prangten in allen Herbstfarben. Dann war aus dem rasch steigenden Jet nicht mehr viel zu sehen. Garth, der neben Sabrina aus dem Fenster geschaut hatte, lehnte sich in seinen Sessel zurück.

»Ja, damit ist es nun bald zu Ende«, sagte er, ohne zu ahnen, was Sabrina beim Doppelsinn dieses Satzes empfand. »Aber wir haben einen ungewöhnlich schönen Herbst gehabt.«

»Ich kann mich an keinen schöneren erinnern«, erwiderte sie leise und blickte auf den geborgten Ehering an ihrer Hand.

In New York wurden sie am Flughafen von einer Limousine mit Chauffeur erwartet. Auf der Fahrt nach Stamford sagte Garth: »Meine erste Reise mit meiner Frau seit Jubeljahren, und ich muß den ganzen Tag mit einer Horde von Pharmazie-Bossen verbringen. Ist das nicht widersinnig?«

»Und ich mit deren Damen«, konterte Sabrina. »Was soll ich bloß die ganze Zeit mit ihnen reden?«
Die Damen nahmen sich ihrer sofort sehr liebenswürdig an, nachdem Garth von den Herren ins Konferenzzimmer entführt worden war. »So trifft man sich wieder«, sagte eine von ihnen. »Willkommen bei uns.«
Auf eine so vertrauliche Begrüßung war Sabrina nicht gefaßt. Stephanie war nie in Stamford gewesen, also mußten sie sich woanders getroffen haben. Warum hatte Garth ihr nichts davon gesagt? Lächelnd antwortete sie: »Ja, auch ich freue mich über dieses Wiedersehen.«
Eine zweite Dame schien ihr kurzes Zögern bemerkt zu haben und kam ihr zu Hilfe:
»Ach ja, bei so vielen neuen Gesichtern erkennt man manchmal seine besten Freunde nicht mehr. Aber an Irma Kallen erinnern Sie sich natürlich?«
*»Präsident«*, warf Mrs. Kallen rasch ein.
»Sie haben sich einmal kurz in Chicago getroffen«, erläuterte die wohlwollende Informantin. »Und ich bin Freddie Payne. Vizepräsident im Finanzausschuß.«
»Und ich heiße Angela Warner«, zirpte die dritte. »Vizepräsident in der Produktion.«
Diesmal begriff Sabrina schneller – die Damen identifizierten sich mit den Titeln ihrer Ehemänner.
»Stephanie Andersen, Professor«, antwortete sie lächelnd. Mrs. Payne schüttelte leise warnend den Kopf, obwohl es um ihre Lippen verdächtig zuckte. Ich darf es nicht mit ihnen verderben, dachte Sabrina und fügte vollkommen höflich hinzu: »Mein Mann und ich haben uns sehr auf diesen Besuch gefreut.«
»Ja?« fragte Mrs. Kallen. »Wir haben uns schon gefragt, warum er immer wieder aufgeschoben wurde.«
Die zirpende Angela Warner schien sich zur Friedensstifterin berufen zu fühlen, denn sie schaltete sich rasch ein: »Wir hoffen sehr, daß Sie unsere Stadt liebgewinnen und sich bei uns wie zu Hause fühlen ... Darum haben wir ein kleines Tagesprogramm gemacht. Erst eine kurze Stadtrundfahrt bis zum Lunch bei

Irma, und danach ein Besuch der Schule und des Frauenvereins ... Wäre Ihnen das recht?«
Sabrina sagte selbstverständlich zu allem ja, und Mrs. Kallen fuhr die Damen in ihrem Rolls-Royce zu sämtlichen historischen Stätten, Kirchen und Schlachtfeldern der Umgebung, bis sie vor einem dreistöckigen alten Ziegelhaus hielt, das durch zwei Seitenflügel leider völlig verschandelt war. Wie eine verrückt gewordene Glucke, dachte Sabrina. Sie mochte das Haus ebensowenig wie seine Besitzerin. Aber sie war die Frau des Präsidenten, und Sabrina mahnte sich selbst zur Vorsicht.
Irma Kallen war groß und eckig, hatte ein Pferdegebiß und braune Augen, die in zwei verschiedenen Richtungen schauten – ein Umstand, der die Unterhaltung mit ihr erschwerte. Man wußte nie, an welches man sich halten sollte. Sabrina entschied sich für das linke, von dem sie sich am häufigsten angestarrt fühlte. Eine solche Frau konnte für eine junge und hübsche Besucherin, die sich über den Titel ihres Mannes lustig machte und eine frühere Begegnung vergessen hatte, keine freundlichen Gefühle hegen. Dafür besaß Mrs. Kallen aber erstaunlich geschmackvoll eingerichtete Räume mit wertvollen Stilmöbeln. Sabrina strich mit der Hand über das feine Maßwerk eines Stutzflügels. »Webb«, murmelte sie ehrfürchtig. »Ein herrliches Exemplar!«
Mrs. Kallens linkes Auge richtete sich erstaunt und geschmeichelt auf sie. »Woher wissen Sie das?
»Ich verstehe etwas von Möbeln. Ich arbeite in einem Antiquitätengeschäft.«
»Oh, dann wird man Sie in unserer ›Silbermine‹ mit offenen Armen empfangen!« rief die engelhafte Angie Warner. »Das ist die Künstlerkolonie in Norwalk, nur ein paar Meilen von hier. Wir fahren mindestens einmal wöchentlich zum Einkaufen und Essen dorthin.«
»Ich vermute allerdings«, sagte Freddie Payne mit unterdrücktem Lachen, »daß Mrs. Andersen die ganze ›Silbermine‹ in die Tasche steckt. Sie weiß auf Anhieb mehr als irgendeiner in dem Klub – Sie nicht ausgenommen, liebe Irma.«
Sabrina hütete sich, in diese kleine Privatfehde einzugreifen. Schon im Auto hatte es dauernd Sticheleien zwischen den beiden

gegeben, und so ging es beim Lunch weiter. Die kleine Angie hatte redlich Mühe, sich immer wieder als Friedensengel zu bewähren.
Genau wie in London, dachte Sabrina still erheitert. Auch da haben manche Leute nichts Besseres zu tun, als einander mit spitzen Worten und Blicken zu töten ... Aber das gibt es natürlich überall, sogar in Evanston. Ich habe mich nur nie darum gekümmert.
Sie war so in Gedanken, daß sie Mrs. Kallens nächsten Satz überhörte. »Verzeihung, was haben Sie gesagt? Ich war einen Moment nicht ganz bei der Sache –«
»Ich sagte«, wiederholte Mrs. Kallen beleidigt, »daß heute abend im Klub ein kleines Dinner zu Ihren Ehren stattfindet, damit Sie und Ihr Mann sämtliche Vorstandsmitglieder und künftigen Kollegen mit ihren Damen kennenlernen können. Sie müssen wissen, daß wir hier eng zusammenhalten. Viele der Herren wohnen in New York, aber *wir* fühlen uns verpflichtet, in Stamford zu bleiben. Die ›Foster Laboratories‹ sind das führende Unternehmen hier, und wer zu seiner Spitze gehört, ist auch führend in der Gemeinde. Wir fördern Stamford; wir tragen unser Geld nicht nach New York. Es ist eine Verantwortung, die wir freudig auf uns nehmen – wenigstens die meisten von uns. Freddie denkt anders darüber – sie hat ein paar sehr merkwürdige Freundinnen –«
»– deren Männer nicht zur Spitze gehören«, sagte Freddie ernsthaft zu Sabrina.
»Dennoch«, fuhr Irma Kallen fort, »weiß sie, daß sie ohne uns nicht auskommt. Auch Sie werden das merken, sobald Ihr Mann bei uns arbeitet. Es braucht Sie nicht zu genieren, daß Sie noch viel zu lernen haben. Wir alle stehen Ihnen gerne mit Rat und Tat zur Seite. Von einer jungen Frau aus der Provinz kann man nicht verlangen, daß sie gesellschaftlich auf der Höhe ist wie wir. – Sie haben natürlich Kinder?«
»Zwei«, antwortete Sabrina automatisch. »Einen Jungen und ein Mädchen.«
»Und erziehen sie zu guten Christen«, fuhr Irma Kallen salbungsvoll fort.

»Ich fürchte, wir erziehen Cliff zu einem guten Mittelstürmer, und bei Penny sind wir noch nicht ganz sicher«, antwortete Sabrina trocken.
Freddie Payne lachte lauthals los, Angie Warner giggelte verstohlen, und Irma Kallen erstarrte.
»Machen Sie sich nichts draus, Stephanie«, griff Freddie schließlich ein. »Irma ist am Anfang immer so. Aber wenn wir unter uns sind, haben wir viel Spaß mit ihr. Sie spielt glänzend Tennis und manchmal sogar Volleyball!«
»Volleyball spielen wir in der Provinz noch wenig«, sagte Sabrina todernst. »Aber Tennis ist schon bis zu uns durchgedrungen. Einige tragen ab und zu auch mal Modelle von Lagerfeld oder Valentino, und ganz kühne Gastgeberinnen servieren sogar den Salat nach der Vorspeise. Sie sehen, wir geben uns Mühe. Aber wir sind natürlich dankbar für alles, was wir von Ihnen lernen dürfen.«
Schweigen senkte sich über die Runde, bis Freddie Payne sagte: »Irma hat uns berichtet, Sie seien eine kleine schüchterne Hausfrau von Nirgendwo, Stephanie. – Irma, meine Liebe, ich fürchte, dein vielgepriesener erster Eindruck hat dich schauderhaft betrogen.«
Damit stand Freddie auf und sagte zu Stephanie: »Kommen Sie, ich zeige Ihnen die Terrasse.« Die beiden Frauen setzten sich auf ein Mäuerchen, und Freddie erklärte vertraulich: »Irma kann eklig sein, aber wirklich gefährlich ist sie nicht. Es sei denn, Sie geben ihr die Macht dazu. Sie ist töricht, aber man muß sie ernst nehmen.«
»Ich würde sie nur ernst nehmen, wenn mein Mann es von mir verlangt.«
Freddie schien überrascht. »Weshalb sind Sie denn hier?«
»Zu einer ersten Fühlungnahme. Zum Sehen und Gesehenwerden. Warum scheinen Sie alle zu denken, die Sache sei schon abgemacht und wir bleiben hier?«
»Na hören Sie mal! Ich weiß nicht, was Ihr Mann Ihnen erzählt hat, aber es handelt sich nicht um eine unverbindliche Besichtigung. Ihr Mann ist zu einer ganz offiziellen Sitzung hier, bei der die Arbeitsbedingungen und der Vertrag festgelegt werden. Wir

drei Damen sind beauftragt, Ihnen den dauernden Aufenthalt in unserer Mitte so schmackhaft wie möglich zu machen. Soviel ich weiß, ziehen Sie nach Abschluß des Schuljahres um.«

Sabrina fühlte sich hintergangen. War alles schon beschlossene Sache – und Garth hatte es nicht für nötig befunden, alles mit ihr vorher zu besprechen?

»Es ist alles in Ordnung«, hörte sie Freddie sagen. »Sie dürfen Irma nicht so ernst nehmen. Aber ich würde Ihnen in Ihrem Interesse doch raten, die Rolle, die Sie beim ersten Treffen mit ihr gespielt haben, wieder hervorzuholen.«

Sabrina dankte Freddie, stand auf und ging zurück ins Haus.

»Es tut mir leid«, wandte sie sich an Irma Kallen. »Ich war unhöflich ... Entschuldigen Sie bitte.«

»Wir akzeptieren Ihre Entschuldigung«, sagte Irma hoheitsvoll. »Mein Mann ist überzeugt, daß Professor Andersen eine wertvolle Bereicherung für ›Foster‹ sein wird. Wollen wir jetzt unsere Besichtigungstour fortsetzen?«

Sie besuchten die neue Schule und das Krankenhaus, tranken im Frauenverein Kaffee und kehrten zum Verwaltungsgebäude zurück, um die Herren zu dem Abendessen im Klub abzuholen.

Erst spät in der Nacht, während sie im Auto nach New York gebracht wurden, wo sie im Plaza übernachten und am nächsten Morgen das Flugzeug nach Chicago nehmen würden, kam Sabrina dazu, mit Garth allein zu reden. Sie beschrieb ihm den Tag, wobei sie sich nichts ersparte.

»Ich fürchte, ich habe mich schlecht benommen. Aber wenn Freddie Payne recht hat und du dich bereits entschieden hast –«

»Durchaus nicht.« Er nahm ihre Hand. »Ich habe die Einladung angenommen, weil ich es für uns beide für notwendig hielt. Ich würde nie eine solche Entscheidung ohne dich treffen. Aber aus deinem Zusammenstoß mit Mrs. Kallen kann ich wohl entnehmen, daß du nicht mehr willst, daß ich die Stelle annehme?« meinte er vorsichtig.

Sabrina schloß die Augen. All die Lügen, Täuschungen und

verworrenen Gefühle der letzten Wochen türmten sich wie eine Mauer zwischen ihr und Garth auf. Diese Frage konnte und durfte sie nicht an Stephanies Stelle beantworten.
»Garth«, brachte sie mühsam heraus. »es ist *deine* Entscheidung. Überleg's dir reiflich. Ich sage weder ja noch nein.«
Hierauf schwiegen sie, bis der Wagen sie vor dem Hotel absetzte. Schweigend fuhren sie im Lift hinauf, schweigend betraten sie das Zimmer, das sich als Luxus-Suite herausstellte. Sabrina ging ans Fenster, und Garth schloß die Tür. Auf einem Tischchen stand ein Eiskübel mit einer Flasche Champagner und einer Karte der Kallens, die einen angenehmen Aufenthalt wünschten.
Garth öffnete die Flasche, füllte zwei Gläser und reichte Sabrina eines davon. Nach dem ersten Schluck sagte er unvermittelt: »Und wenn ich jeden Abend mit Hummer und Sekt verwöhnt werde – ich pfeife auf den Job.«
»Warum?«
»Weil sowohl während der Konferenz als auch beim Essen von nichts anderem die Rede war als von der Marktlage, dem Verbraucherverhalten, Kostensenkung bei der Produktion und Preiserhöhung der gängigen Medikamente, von Investment und Aktien. Für diese Leute ist ein Genforscher nichts anderes als ein Mann, der eine Sorte von Kornflocken erfindet und damit fabelhaft Geld machen kann. Denn das ist alles, was sie im Kopf haben. Was *ich* will, bietet mir nur die Universität: Forschen, Lehren. Dort bin ich niemandem Rechenschaft schuldig, wenn bei meinen Versuchen nichts herauskommt, vielleicht jahrelang nicht, vielleicht nie. Ich habe in einem auf Profit ausgerichteten Industriekonzern nichts verloren. Noch ein Glas Sekt? Geht alles auf Spesen.«
Sie hielt ihm wortlos ihr Glas hin. Nachdem er eingegossen hatte, setzte er sich in einen Sessel.
»Noch zwei Gründe«, fuhr er fort. »Erstens glaube ich nicht, daß du dich hier wohlfühlen würdest. Du hast eine Zeitlang davon geträumt, aber jetzt nicht mehr. Noch vor ein paar Monaten wärst du ganz bestimmt nicht gegen Irma Kallen aufgetreten. Als du sie letztes Frühjahr in Chicago getroffen hast,

bist du mit ihr umgegangen wie mit einer Königin. Du hast dich verändert, seit deiner China-Reise bist du verändert.« Er machte eine Pause, um ihr Gelegenheit zu geben, etwas zu sagen, aber sie schwieg. Er leerte sein Glas und fuhr fort: »Eine dieser Veränderungen ist, daß du dich nicht mehr so leicht von einer dummen Gans beeindrucken läßt, nur weil sie Einfluß hat und meiner Karriere und somit der ganzen Familie schaden könnte. Das läßt nur zweierlei Erklärungen zu: Entweder hast du sehr viel mehr Selbstsicherheit als früher, oder –«

Er hielt inne, und Sabrina betrachtete angelegentlich die aufsteigenden Perlen in ihrem Glas. »Oder?« fragte sie leise.

»Oder du hast beschlossen, daß es dir völlig egal ist, was mit mir geschieht. Oder mit uns.«

Sie schwieg, und nachdem er vergeblich auf Antwort gewartet hatte, sagte er in angestrengt sachlichem Ton: »Übrigens hat Strauss mir die Leitung des Instituts für Genforschung angeboten, das im Frühjahr gebaut werden soll.«

Sabrina sah rasch auf. Ihr Gesicht war wie verwandelt, ihre Augen leuchteten.

»Aber Garth, das ist ja wunderbar! Da gibt's doch gar keine Alternative; wir hätten gar nicht herzukommen brauchen. Oder ist noch ein Haken daran?«

»Vielleicht. Ich habe noch nicht zugesagt.«

»Es ist doch genau das, was du dir immer gewünscht hast!«

»Ja, aber ich wußte nicht, ob du einverstanden sein würdest. Das Gehalt wird ungefähr zwei Drittel von dem betragen, was ›Foster‹ bietet, und keine Erfolgsprämien, Aktien, Optionen, Reisen, Dienstwagen, Dienstwohnung, höchstes gesellschaftliches Ansehen – kurz all das, wovon schlichte Universitätsprofessoren kaum je etwas gehört haben. Und ich weiß doch, wieviel Geldsorgen du dir immer gemacht hast.«

»Aber all die Gründe, die du vorhin aufgezählt hast –«

»Ich habe zwar gesagt, daß ich den Job nicht will, aber wenn du willst und auch die Schattenseiten mit mir teilst, werde ich hier unterschreiben.«

»Aber du hast doch erzählt, wie zuwider dir das alles ist!«

Garth zuckte die Achseln. »Das Drum und Dran, ja. Ich würde

mich auf die Forschung konzentrieren und versuchen, mit dem Rest fertigzuwerden.« Er stand auf und sagte mit abgewandtem Gesicht: »Hör gut zu, Stephanie. Ich liebe dich. Ich kann mir ein Leben ohne dich nicht vorstellen. Ohne dich bin ich nur ein halber Mensch. Begreifst du nicht endlich, daß ich alles täte, um dich zu halten? Wenn du mich bittest, die Stelle anzunehmen –«

»Das würde ich nie tun. Ich will nicht, daß du annimmst. Das ist doch selbstverständlich.«

Er drehte sich um und sah sie düster an. »Nun verstehe ich überhaupt nichts mehr. Was soll das heißen?«

Ihr kamen die Tränen und sie ließ ihnen – endlich – freien Lauf. Garth trat bestürzt zu ihr und zog ihr die Hände vom nassen Gesicht. Es hatte denselben Ausdruck wie an jenem Morgen, als er die Augen geöffnet hatte, ehe sie ihren Blick wie ertappt zurückzog.

»Was soll das heißen?« wiederholte er kaum hörbar.

»Daß ich dich liebe«, flüsterte sie und überließ sich widerstandslos seiner leidenschaftlichen Umarmung.

Nichts war in Ordnung, aber alles war verändert. Wieder saß Sabrina neben Garth im Flugzeug wie vor vierundzwanzig Stunden, aber ihr war klar wie nie, daß das Spiel nun ein Ende haben mußte. Sie mußte noch heute verschwinden. Sie hatte Liebe erlebt, und das würde von jetzt an alles in ihrem Leben verändern. Aber wie sehnsuchtsvoll sie auch an die letzten Stunden zurückdachte, sie gehörten nicht ihr. Sie gehörten Stephanie.

Sie betrachtete Garth von der Seite, prägte sich jeden seiner geliebten Züge für immer ein: das klarlinige Profil, die starken Brauen über den dunklen Augen, die hervortretenden Backenknochen, das volle schwarze Haar, das an den Schläfen schon zu ergrauen begann.

»China war ein Wendepunkt«, sinnierte er vor sich hin. »Hast du damit gerechnet? Oder bist du nur einfach weggelaufen und hast erst später gemerkt, daß es der erste Schritt war, um endgültig zu gehen? Ich glaube, so war es. Und dann kamst du doch zurück und hast versucht, dich zu ändern, warst entschlossen, unsere Ehe zu flicken, mir zu zeigen, was mit uns passiert war. Ich wollte dir schon lange sagen, wie dankbar ich dir bin, daß mir bewußt ist, wie schwer es für dich sein mußte, dich zu ändern, und wie hart du daran gearbeitet hast. Du hast das alles geschafft. Ich war hilflos und blind.«

Sabrina verstand mit einem Schlag, warum er das Täuschungsmanöver nicht durchschaut hatte: weil er überzeugt war, Stephanie hätte sich so verändert, um ihre Ehe zu retten. Einen besseren Schutz vor der Entlarvung hätten sie nicht einmal erfinden können.

Ich muß Stephanie heute noch anrufen, dachte Sabrina. Sie muß das nächste Flugzeug nehmen. Aber Stephanie war nicht da. Stephanie war auf Maxim Stuyvesants Jacht, und das vermutlich bis zum Wochenende. Also war das Rendezvous in Chicago frühestens nächsten Montag möglich. Ganz so leichtherzig wie in China würden sie wohl beide die Prozedur nicht wieder vollziehen – das Wechseln der Kleider und Taschen, der Hausschlüssel und des Eherings. Und alles würde damit vorbei sein.

*Es muß vorbei sein*. Der Satz wiederholte sich endlos in ihrem Kopf. Er durchdrang Pennys und Cliffs Freudengeschrei auf dem Flughafen, er durchdrang all die vertrauten Haushaltsgeräusche, das Blubbern der Kaffeemaschine, das Brutzeln der Steaks, Pennys und Cliffs Erzählungen und Garths Rundgang durch die vertrauten Räume und seine Bemerkung, sie müßten bald an die Vorfenster denken.

*Es muß vorbei sein* ... Der Satz übertönte auch das Klingeln des Telefons, bis Garth sie rief und sagte, ein Mann namens Brooks Westermarck wolle sie sprechen. Und dann machte alles einer ungeheuren Leere Platz, als über den Ozean Brooks' Stimme kam: »Mrs. Andersen ... Stephanie ...« und er ihr tränenerstickt mitteilte, daß Stuyvesants Jacht im Mittelmeer explodiert und untergegangen sei. Alle Passagiere, darunter auch ihre Schwester, Lady Sabrina Longworth, seien dabei ums Leben gekommen.

# 17

Die Trauergäste hatten sich rechtzeitig auf dem Kensington-Friedhof eingefunden und standen um das offene Grab herum. Einige schluchzten, andere wechselten ein paar gedämpfte Worte. Sabrina hörte es wie Blätterrascheln, drehte sich aber nicht um. Stumm starrte sie auf den Sarg ihrer Schwester – ihren eigenen Sarg –, der langsam in die Grube gesenkt wurde. Der Vikar begann seine Ansprache.

»... Lady Sabrina Longworth schenkte jedem, der sie kannte, Glück und Freude. Sie war jung und voller Leben, sie liebte Schönheit über alles ...«

Die Wolken hingen tief herab, die Farben waren verblaßt, kahle Zweige ragten in den grauen Himmel, und dünne Nebelschwaden trieben von der Themse herauf. Sabrina erschauerte trotz ihrer Erstarrung unter dem naßkalten Wind, und Garth drückte ihren Arm fester an sich. In ihrer Kehle stockte der Schrei: Stephanie! Stephanie war tot. Sie war tot. Ihr war kalt, so kalt, ihre Haut spannte, war wie eine Membran, die den Schmerz und die Tränen zurückhielt.

»Der Herr ist mein Hirte, mir wird nichts mangeln ...«

Die Trostworte gingen ungehört über sie hin. Alles, was sie immer aufs neue hörte, war Brooks' tränenerstickte Stimme, die das Unfaßbare berichtete, und der Krach des fallengelassenen Hörers, der Garth und die Kinder alarmiert hatte. Wortlos stand sie da, als Garth den Arm um sie legte, mit der anderen Hand den Hörer aufnahm und mit ruhiger Stimme das Nötigste fragte und anordnete. Er war ihr einziger Halt in dem Mahlstrom, der sie in die Tiefe zu zerren drohte.

Aber er wußte nicht, was wirklich geschehen war! Sie hatte sich von ihm losgerissen und geschrien:

»Es war nicht Sabrina! Sabrina ist nicht tot! Sabrina kann nicht tot sein, weil –«

»Still, Liebste, beruhige dich. Wir sind bei dir. Du mußt jetzt nicht denken.«

»Aber es war nicht Sabrina! Es war nicht Sabrina –«
Und dann kamen die Tränen und erstickten ihre Worte. »Es war nicht Sabrina« – versuchte sie immer wieder hervorzustoßen, bis Nathaniel Goldner herüberkam und ihr eine Spritze gab. Sie wehrte sich dagegen. »Laßt mich weinen! Nehmt mir nicht den Schmerz um sie, um uns beide!«
Aber die Nadel drang in ihren Arm, und sie dämmerte in den Schlaf hinüber. Das letzte, was sie hörte, war Nats Stimme: »Mein Gott, wie entsetzlich. Bei Zwillingen ist es besonders schlimm. Sie identifizieren sich oft auf fast mystische Art miteinander ...«
Garth hatte ihr alles abgenommen: die Benachrichtigung der Eltern, die Verhandlungen mit den Behörden, die Überführung der Leiche und vieles andere.
»... also bis morgen früh«, hörte sie ihn ein Gespräch beenden. »... in Sabrinas Haus am Cadogan Square; Stephanie wird bestimmt dort wohnen wollen. Nein, die Kinder nehmen wir nicht mit. Eine Kollegin paßt auf sie auf ...«
London. Nach Hause. Ich komme nach Hause.
Auf dem Londoner Flughafen angelangt, bestand sie darauf, direkt in das Beerdigungsinstitut zu fahren.
»Ich will meine Schwester noch einmal sehen. Allein«, forderte sie.
Sabrina kniete neben dem Sarg nieder und lehnte die Stirn an den kalten Deckel. Ihre Gedanken glitten zurück in die Zeit, als sie und Stephanie zusammen aufgewachsen waren: die Städte, die Schulen, die vielen gemieteten Häuser, die Gouvernanten und die eleganten Silhouetten der Eltern, die sie so oft allein gelassen hatten, allein, nur sie beide, die einzige Familie, die sie hatten ...
Sie erinnerte sich an einen Sommerferientag, als sie beide ungefähr acht waren. Stephanie war am Rande eines Wasserfalls auf den glitschigen Steinen ausgeglitten und hatte sich den Knöchel gebrochen. Sabrina war losgerast, um Hilfe zu holen, und hatte während des Transports in die Klinik tröstend Stephanies Hand gehalten und ihr gut zugeredet. »Wir wollen uns immer helfen, ja?« hatte Stephanie damals unter Tränen gefragt. »Wenn einer von uns etwas passiert, muß die andere immer für sie da sein.«
»Ja, natürlich«, hatte Sabrina erwidert.

»Großes Ehrenwort?«
»Ehrenwort.«
In dem dämmrigen, nur von Kerzen erleuchteten und von schwerem Blumenduft erfüllten Raum sprach Sabrina zu ihrer Schwester. »Wir haben es uns versprochen, Stephanie. Ehrenwort! Ich liebe dich, Stephanie. Ich wollte dir doch nicht wehtun. Es schien so unwichtig – nur eine Woche mehr. Ich wollte sie alle doch nur noch ein paar Tage liebhaben, und du solltest deinen letzten Ausflug in die Freiheit genießen ... Stephanie ...«
Sabrina weinte haltlos. »Es ist alles meine Schuld, und jetzt bin ich allein und muß es ihnen sagen. Stephanie, ich weiß doch nicht, wie. Ich hab's ja versucht, aber es hört keiner zu, und ich habe niemand mehr, mit dem ich reden kann. Stephanie, was soll ich nur tun?«
Sie stand benommen auf und sah auf den Sarg ihrer Schwester nieder. Ein Teil von ihr war mitgestorben. Sie war Sabrina. Aber sie war auch Stephanie.
»Nein«, sagte sie plötzlich laut. »Ihr könnt uns nicht begraben! Nein, nein, ich erlaube es nicht!«
»Stephanie«, hörte sie Garth hinter sich. Sie hatte nicht bemerkt, daß er hereingekommen war. Er legte den Arm um ihre Schultern, und sie verstummte zittend. Ahnte er, wer wirklich in diesem Sarg lag? Nein, für Garth war sie Stephanie, seine Frau, die Mutter seiner Kinder, und sie waren beide nach London gekommen, um Sabrina zu begraben. Sie schluchzte erstickt auf. Garth führte sie behutsam hinaus und half ihr in ein Taxi.
»Stephanie«, sagte er während der Fahrt durch den zähflüssigen Nachmittagsverkehr, »ich nehme dir ab, soviel ich kann, aber alles kann ich dir nicht abnehmen. Die Trauerarbeit muß jeder für sich selbst leisten. Jetzt nur eine Frage: Sollten wir nicht lieber in ein Hotel gehen? Sabrinas Haus, Sabrinas Schlafzimmer wecken vielleicht zu viele Erinnerungen –«
»Nein«, murmelte sie. »Es ist mein Zimmer. Ich will nach Hause.«

Garth ging darüber hinweg. Vielleicht hatte er außer dem »Nein« nichts verstanden.
Am Cadogan Square wurden sie von einer vom Schmerz völlig verstörten Mrs. Thirkell mit den Worten begrüßt:
»Mrs. Andersen, Ihre Eltern sind gerade angekommen. Ihrem Vater geht es sehr schlecht, und Ihre Mutter –«
Sabrina rannte die Treppe hinauf, bevor sie ausgeredet hatte. Ihre Eltern waren im Arbeitszimmer; Gordon Hartwell lehnte mit grauem und verzerrtem Gesicht in einem Ledersessel, Laura stand am Telefon.
»Stephanie«, rief sie ohne jede Begrüßung, »weißt du, wie man hier den Notdienst erreicht? Ich kann die Nummer nicht finden –«
»Neun-neun-neun. Laß mich das machen.« Sabrina wählte und wandte sich ihrem Vater zu, als Garth ins Zimmer trat.
»Was ist denn passiert?«
»Schmerzen in der Brust – und im Arm – ich dachte erst, es wäre eine Verdauungsstörung.« Gordons Stimme klang sonderbar hohl. »Kann das Essen im Flugzeug nie vertragen.«
»Er hätte überhaupt nicht nach London fliegen sollen«, warf Laura ärgerlich ein. »Der Arzt hat dringend abgeraten. Nach zwei Herzinfarkten –«
999 meldete sich, und Sabrina gab kurz und sachlich die Adresse an: »Cadogan Square, bei Lady Longworth. Ihr Vater hat einen Herzanfall. Bitte schicken Sie uns einen Notarztwagen. Ja, ich denke, am besten ins St.-George-Hospital. Es eilt.« Sie legte auf und sah die Eltern an. »Warum habt ihr die beiden früheren Infarkte nie erwähnt?«
»Es waren gar keine richtigen«, wehrte ihr Vater schwach ab. »Bloß ein paar kleine Attacken.«
»Mir haben sie genügt«, sagte Laura scharf. »Ein Glück, daß du gleich die Nummer und das richtige Hospital wußtest. Wieso übrigens?«
»Ich war ja schon früher hier.«
Sabrina wählte schon wieder, diesmal am Hausapparat. »Mrs. Thirkell, gleich kommt der Krankenwagen. Bitte halten Sie sich bereit.«

Garth betrachtete sie nachdenklich, als sie sich über ihren Vater beugte, der ihr merkwürdig klein und zerbrechlich vorkam und sich dankbar an ihre Hand klammerte. Wo war der allmächtige Lenker ihrer Kindheit geblieben? »Tut es sehr weh?« fragte sie.
»Es läßt schon nach. Könntest du mir vielleicht einen Scotch bringen?«
»Nein.«
»Stephanie«, sagte Laura tadelnd, »was ist los mit dir?«
Gordon lächelte schwach. »Beinah so energisch wie Sabrina. Aber eine sanfte, gehorsame Tochter wird ihrem greisen Vater die kleine Stärkung sicher nicht verweigern –«
»Doch, solange sie nicht weiß, wie sein Herz darauf reagiert«, antwortete Sabrina möglichst leichthin. Die Frage blieb unentschieden, da Mrs. Thirkell bereits von unten meldete:
»Der Krankenwagen ist da, Mylady. Oh ... ich meinte natürlich Mrs. Andersen, verzeihen Sie. Es ist so schwer, sich daran zu gewöhnen, daß –«
»Schon gut, ich verstehe«, sagte Sabrina. »Bitte schicken Sie die Leute herauf.«
Doch als die Sanitäter mit einer Tragbahre eintrafen, raffte Gordon Hartwell sich aus dem Sessel auf und erklärte, er könne selber gehen.
»Nein, das kannst du nicht. Es sind drei Treppen.« Sabrina nahm ihn fest beim Arm. »Versuche doch nicht, den Helden zu spielen, Dad. Wir wollen dir alle nur helfen.«
Er sah sie an. »Du bist ja eine richtige Kommandeuse geworden!« Aber er legte sich doch ohne weiteren Widerspruch auf die Bahre, ließ sich in eine Decke wickeln und hinuntertragen.
»Wir kommen im Taxi nach!« rief Sabrina von der Haustür aus hinterher. Doch kaum war der Wagen außer Sicht, wurden ihr die Knie weich. Garth war rechtzeitig zur Stelle, um sie zu stützen und im Wohnzimmer auf eine Couch zu betten.

Und nun, auf dem Friedhof, stand er wieder treu und wachsam an ihrer Seite. Der Vikar war bei der Psalmstelle angelangt: »Hebe deine Augen auf zu den Bergen, von welchen dir Hilfe kommt.« Hinter Sabrina räusperte und schneuzte man sich.

Alexandra stand mit tränenüberströmtem Gesicht neben Antonio; nicht weit davon hatte Gabrielle das Gesicht in einem Spitzentüchlein vergraben; Brooks hielt sie am Arm. Jolie und Michel Bernard standen mit versteinerter Miene da. Nicholas Blackford wippte auch bei diesem traurigen Anlaß auf den Füßen, und Amelia versuchte, ihn ruhig zu halten. Alle waren gekommen: der amerikanische Botschafter, Kunsthändler aus ganz Europa, Freunde und Kunden aus Adel und Diplomatie. Brian und Mrs. Thirkell weinten offen, und Olivia stand neben Lady Iris und Denton Longworth. Ich wußte gar nicht, daß sie mich alle so mögen, dachte Sabrina. Oder sind die Raddisons, die nicht gekommen sind, die Ehrlichsten von allen?
»Und das ewige Licht leuchte ihr«, psalmodierte der Vikar. Er war am Ende. Nun kam nur noch das unvermeidliche »Erde zu Erde, Staub zu Staub«, und der Blick des Geistlichen forderte sie auf, die erste Handvoll Erde auf den Sarg zu werfen – auf Stephanies Sarg, auf ihren eigenen Sarg! Alle sahen sie abwartend an. Sag es ihnen! Das ist deine letzte Chance. Sag es ihnen jetzt! dröhnte es in Sabrinas Kopf. Ein Schauder überlief ihren ganzen Körper, und sie brach am Rand der Grube in die Knie.
»Es ist nicht Sabrina!« schrie sie auf und nahm verschwommen wahr, daß hinter ihr einige Leute nach Luft schnappten und ihre Mutter einen Wehlaut ausstieß. Sie blickte hilfeflehend auf den Vikar. »Es war nicht Sabrina. Stephanie ist gestorben – Stephanie! Oder wir alle beide ... Manchmal weiß ich selbst nicht mehr, wer ich eigentlich bin. Aber ich bin Sabrina ...«
Garth zog sie rasch von der feuchten Erde in die Höhe. »Komm jetzt, Liebes. Ich bringe dich nach Hause.«
»Nein, warte doch –« Sie versuchte sich loszumachen. »Ich muß es endlich sagen –«
Brooks kam Garth zu Hilfe. »Der Vikar wird den Gottesdienst auch ohne Sie beenden. Wir sehen uns später in Sabrinas Haus. Der Hausarzt heißt Dr. Farr. Rufen Sie ihn an.«
»Halt«, weinte Sabrina. »Hört mir doch zu. Versteht ihr denn nicht ...« Garth führte Sabrina weg, und sie stolperte neben ihm her, elend und leer, wütend auf sich selbst. Wenn sie nicht so konfus gewesen wäre, hätten sie ihr geglaubt.

»Ihr habt mich nicht ausreden lassen!« klagte sie. »Ich wollte endlich alles sagen, aber niemand hört mir zu –«
»Später, mein armes Herz.«
»Du glaubst mir auch nicht!«
»Wir werden später in aller Ruhe darüber sprechen.« Garth erinnerte sich, in welchen Zustand er beim Unfalltod seiner eigenen Eltern geraten war. Er hatte es tagelang nicht begriffen und fast so etwas wie Zorn empfunden, daß sie ihm das antun konnten ... Bei Zwillingen war das Gefühl des Auseinandergerissenseins wahrscheinlich noch einschneidender. Nat Goldner hatte ihm das gleich gesagt.
Aber einen so übertriebenen Ausbruch vor allen Leuten hätte er von Stephanie eigentlich nicht erwartet. Sicher, manche leugneten den Tod, solange sie sich nicht damit abfinden konnten. Sie redeten sich ein, der Verstorbene lebe noch, sei nur auf einer Reise, würde bald wiederkommen. Aber Stephanie hatte anders reagiert, hatte fast so geredet, als sei sie ihre Schwester und Stephanie stellvertretend für sie gestorben. Was sollte das? So nah hatten sie sich seit vielen Jahren doch gar nicht mehr gestanden. Oder waren Zwillinge doch viel stärker Teil eines Ganzen, als er sich bewußt gemacht hatte?
Am Cadogan Square wollte Garth gleich den Hausarzt anrufen, aber Sabrina weigerte sich, ihn zu empfangen. »Er wird mir nur wieder eine Beruhigungsspritze geben. Warum laßt ihr mich nicht trauern?«
»Trauer ist normal. Hysterie nicht.«
»Ich werde mir Mühe geben«, versprach sie mit einer Spur ihres früheren trockenen Humors, und Garth atmete auf. Sie hatte recht. Ohne künstliche Nachhilfe würde sie sich am ehesten auf ihr eigenes vernünftiges Selbst besinnen.
Zwei Stunden später wimmelte das Haus von Trauergästen. Mrs. Thirkell reagierte ihren ganzen Schmerz darin ab, daß alles reibungslos klappte.
Sabrina hatte sich inzwischen völlig gefangen. Sie bewegte sich zwar bleich, aber gefaßt und hocherhobenen Hauptes unter den Gästen, nahm deren Kondolationen in angemessener Haltung entgegen und zeigte eine gesellschaftliche Sicherheit, als gehöre

sie hierher. Jedermann kommentierte die Ähnlichkeit der Schwestern, daß es fast den Anschein habe, als sei Sabrina noch hier, und sie hörte höflich, aber ein wenig abwesend zu, als wisse sie nicht recht, was das alles mit ihr zu tun habe.
Garth glaubte sie noch nie so geliebt zu haben wie jetzt, da sie so weit entfernt und doch so sonderbar richtig am Platz schien. Vorsichtshalber behielt er sie ständig im Auge, hörte aber nebenbei genau zu, was die Leute über den Untergang der Stuyvesant-Jacht sagten. Die Nachricht hatte sich wie ein Lauffeuer verbreitet. Sie stand schon am nächsten Morgen in sämtlichen Boulevardblättern, aber die Ursache der Katastrophe war noch nicht geklärt. Die vollen Treibstofftanks schienen schon bald nach dem Auslaufen aus dem Hafen von Monte Carlo explodiert zu sein ... Ironischerweise war es Sabrinas geschiedenem Mann, Denton Longworth, vorbehalten, die Leiche seiner Ex-Frau zu identifizieren. Er hatte gerade im Casino Roulette gespielt, als man von einem schweren Unfall draußen vor der Küste sprach, und als er hörte, daß es sich um Maxim Stuyvesants Jacht handelte, bot er der Küstenwache seine Hilfe an. So war er dabei, als die Leichen geborgen wurden, und erkannte als eine der ersten Sabrina.
Die Polizei hatte in London angerufen, um Lady Longworths Angehörige zu benachrichtigen. Gabrielle hatte das Gespräch abgenommen und sie sofort an Brooks verwiesen. Und das war das Gescheiteste, was sie tun konnte, dachte Garth, denn Brooks Westermarck hatte unverzüglich alle notwendigen Schritte veranlaßt. Garth mochte diesen Brooks. In der Nacht vor dem Begräbnis hatte er noch lange mit ihm zusammengesessen, nachdem Stephanie in Sabrinas Zimmer verschwunden war. Zunächst fand er ihn zwar ein bißchen überheblich, aber er erkannte sehr rasch Brooks' sympathische Ehrlichkeit.
»Sabrina wird mir sehr fehlen«, gestand Brooks unter anderem. »Gerade in letzter Zeit hatte ich bestimmte geschäftliche und private Probleme, und nur Sabrina hat mir unmißverständlich klargemacht, daß ich mindestens zum Teil selbst daran schuld war. Sie war erfrischend offen, und Lügen waren ihr verhaßt. Oh, in Gesellschaft konnte sie ebenso gewandt schauspielern

wie wir alle, aber wenn es darauf ankam, sagte sie ihre Meinung.«

Garth hatte sich in Sabrinas Arbeitszimmer umgesehen und einen flüchtigen Blick auf die anderen Räume geworfen und bewunderte den Geschmack, die Harmonie und die Originalität der Einrichtung. Er war noch nie hiergewesen, was er jetzt bedauerte, denn dann hätte er seine Schwägerin sicher besser und gerechter beurteilt. Das Haus atmete den Geist einer Persönlichkeit, die in vieler Hinsicht seiner Frau glich und nicht der Frau, die er in Sabrina immer gesehen hatte.

»Ich habe Sabrina nie richtig kennengelernt, und das tut mir leid«, sagte er zu Brooks.

Und als er am nächsten Tag nach dem Begräbnis hörte, wie Sabrinas Freunde und Bekannte von ihr sprachen, verstärkte sich das Gefühl, sie nicht gekannt zu haben.

»Sie war eine unermüdliche Arbeiterin«, rühmte Lady Olivia Chasson ihr nach und nahm ein Stück Marzipantorte.

»Ja, weil sie immer Angst hatte, sie könnte versagen«, fügte Alexandra hinzu.

»Unsinn. Ich habe nie eine Frau gekannt, die so selbstsicher war wie sie. Sie hatte so eine Art, höflich zuzuhören, wenn man ihr seine Ideen und Wünsche vortrug, nachdenklich zu nicken und einem dann ebenso liebenswürdig zu erklären, warum das alles schlecht sei. Ich staune noch heute, wie oft und widerspruchslos ich mich von ihr habe umstimmen lassen.«

»Und jedermann war begeistert«, sagte Jolie Bernard, die sich dem Kreis genähert hatte. »Aber kurz nach ihrer Scheidung, als niemand etwas von ihr wissen wollte, da hatte sie bestimmt Angst vorm Versagen.«

»Reden wir nicht von den schlechten Jahren«, fiel Nicholas Blackford ein. »Sie hatte ja dann doch Erfolg und konnte sich ihre Kunden selber aussuchen, und von da an arbeitete sie aus Liebe zur Kunst, aus dem Bestreben heraus, Schönheit zu schaffen, und –«

»– und für Geld«, vollendete Alexandra mit einem kleinen Lachen. »Warum das schamhaft verschweigen? Mir hat gerade das besonders imponiert. Im Gegensatz zu den meisten von uns hat sie sich alles allein erarbeitet.«

Garth sah, wie aufmerksam seine Frau zuhörte, und sagte ihr leise: »Ich muß mich nachträglich entschuldigen, daß ich sie so oft kritisiert und dir damit wehgetan habe, Stephanie. Ich kannte sie einfach nicht, was du mir ja auch mit Recht vorgeworfen hast.«

Sie nickte. »Ja, aber nun kommt's ja nicht mehr darauf an ... Noch vor kurzem dachte ich, die Wahrheit würde sich früh genug zeigen, aber das ist immer ein Trugschluß. Lügen, Fehler und Täuschungen wuchern von selbst, man kann sie nicht aufhalten. Und dann ist plötzlich alles nicht mehr so wichtig.«

Garth hatte keine Ahnung, wovon sie sprach, aber bevor er fragen konnte, kam Nicholas Blackford und begann, drängend auf sie einzureden.

»Mrs. Andersen, wie lange bleiben Sie in London? Ich möchte mit Ihnen über das zukünftige Schicksal von ›Ambassadors‹ sprechen. Kurz vor dieser unseligen Kreuzfahrt haben Lady Longworth und ich noch die Möglichkeit einer Partnerschaft erwogen. Vermutlich erben Sie das Geschäft, und –«

Ich beerbe mich selbst, dachte Sabrina. Ich habe schon vor ein paar Jahren mit Hilfe des Anwalts, der damals meine Scheidung abgewickelt hat, ein Testament zugunsten meiner Zwillingsschwester Stephanie aufgesetzt. Ich habe mich selbst zu meiner Universalerbin gemacht!

Aber ein Fünkchen Neugier glomm doch in ihr auf. Stephanie hatte also mit Nicholas über eine Partnerschaft gesprochen? Was mochte sie sonst noch getrieben haben, abgesehen von ihrem Seitensprung mit Maxim Stuyvesant? Zum erstenmal ging Sabrina ganz auf, daß sie sehr wenig von Stephanies Londoner Unternehmungen wußte. Und nun konnte Stephanie keine Einzelheiten mehr erzählen.

Ihr Blick wanderte zu Alexandra und Antonio, die jetzt im Gespräch mit anderen standen – das erotische Knistern zwischen den beiden war über ein paar Meter weg zu spüren. Wann hatte das wohl angefangen? Stephanie hatte ihn ja erst vor kurzem endgültig abgewiesen. Sehr gut, die beiden paßten zueinan-

der. Wie klug und einfühlsam von Stephanie, wenn sie da ein bißchen nachgeholfen hatte!
Jolie und Michel Bernard füllten gerade am Buffet ihre Teller. Sabrina mußte sich unbedingt nach dem Stand der aufgeschobenen Fälschungs-Story erkundigen, ohne dabei ihre Ahnungslosigkeit zu verraten. Während der letzten Telefonate hatte Stephanie nichts mehr davon erwähnt. Also weiter schauspielern. Wenn man einmal damit anfing, war kein Ende abzusehen.
Sabrinas Rechtsanwalt schlängelte sich an ihre Seite. »Wir werden nun wohl näher in Verbindung treten, Mrs. Andersen, aber selbstverständlich nicht heute. Darf ich Ihnen eine Tasse Tee bringen?« Er blickte mit hochgezogener Braue auf den schweigsamen Ehemann, als müsse er dem erst beibringen, wie man eine halbgebrochene zarte Frau behandeln sollte.
»Nein, danke, keinen Tee«, erwiderte Sabrina freundlich. »Garth, würdest du mir bitte ein Glas Wein holen?«
Garth lächelte ihr zu. Sein Herz hob sich, da sie sich nun wenigstens soweit von ihrem Kummer erholt hatte, um diesen Snob in seine Schranken zu weisen.
Sabrina beobachtete die Leute, die sich, je weiter der Tag vorrückte, immer unbefangener benahmen. Hier und da klang schon Gelächter auf. Alles kehrt ins alte Gleis zurück, dachte sie. Ein paar von ihnen werden noch ein Weilchen an mich denken, mich vermissen. Aber ein welterschütterndes Ereignis war mein Tod nicht. Das Leben geht weiter. Nichts hat sich verändert.
Aber für Garth und die Kinder verändert sich alles. *Ihr* Leben geht nur dann bruchlos weiter, wenn ich schweige ... Der Gedanke kam so plötzlich, daß er schon eine Weile in ihr gewesen sein mußte. Wem war damit geholfen, wenn sie alles gestand, heute, morgen, in einem Monat, in einem Jahr – oder nie? Sabrina war für die Welt tot. Aber wenn ich niemand die Wahrheit sage, wie kann ich dann je wieder Sabrina sein ...
Garth kam zurück und setzte sich mit ihr in eine entfernte Ecke. »Sie sind alle schon wieder im alten Fahrwasser«, bemerkte er mit einem Blick auf das Gedränge ums Buffet, das sich jetzt in nichts mehr von einer fröhlichen Cocktailparty unterschied. »Klatsch und Tratsch –«

Sabrina warf ihm einen raschen Blick zu. »Du kennst sie doch gar nicht.«
»Muß ich das? Man braucht sie ja nur eine Weile zu beobachten. Als sie herkamen, wagten sie vor lauter Trauer und Mitgefühl kaum zu flüstern, und jetzt sind sie längst wieder mittendrin in ihren kleinen Affären und Intrigen. Hör sie dir nur an!«
Genau wie früher, dachte Sabrina und horchte einen Moment auf die Unterhaltungen in ihrer Nähe.
»Erstaunlich diese Ähnlichkeit. Ich hätte geschworen, es ist Sabrina.«
»Nein, nur auf den ersten Blick. Der Mund ist anders und die Augen. Du bist eben ein schlechter Beobachter.«
»Ich werde sie fragen, ob sie wirklich identisch sind – oder waren.«
»Um Gottes willen nicht. Noch so eine Szene wie heute am offenen Grab, und ich muß mich für eine Woche ins Bett legen. Mir ist es eiskalt über den Rücken gelaufen ...«
Garth beobachtete besorgt seine Frau, aber sie schien sich nicht viel aus dem Geschwätz zu machen. Sie war immer noch sehr bleich, aber gefaßt und aufmerksam. Sie ging mit Mrs. Thirkell und dem Personal so ruhig und bestimmt um, als sei sie schon immer die Hausherrin gewesen. Aber zwischendurch zog sie sich plötzlich und unerwartet in sich zurück und betrachtete ihn, als sei sie nicht sicher, wer er war und wie sie ihn behandeln sollte.
»Ich könnte jetzt einen Scotch vertragen«, sagte Garth.
»Ich hole dir einen«, sagte Sabrina so schnell, als ob sie froh wäre, etwas zu tun zu haben. Noch ehe er widersprechen konnte, war sie verschwunden.
»Rastlos«, bemerkte Nicholas Blackford zu Garth. »Bei solchen Todesfällen ist das meistens so. Es wird wohl einige Zeit dauern, bis sie darüber weg ist. Die Schwestern waren in China so unzertrennlich, daß ich seither immer beide vor mir sehe.«
Von was, zum Teufel, redete der Mann denn? Sie waren doch gar nicht zusammen in China gewesen. Aber Blackford war offenbar der englische Reisegenosse, den Stephanie erwähnt hatte, als sie nach der Rückkehr so oft englische Ausdrücke

benutzt hatte.
»Wenigstens hatten sie noch ein schönes gemeinsames Erlebnis«, sondierte Garth vorsichtig.
»Ja, da haben Sie ganz recht. Ich hoffe, Sie können Ihre Frau mit dieser Erinnerung trösten. Wer hätte geahnt, daß Sabrina so bald danach ... Man mag es immer noch nicht aussprechen. Das Schicksal ist nun mal unerforschlich. Was ist übrigens aus den Fotos geworden, die ich mit Stephanies Kamera vor unserem Hotel in Schanghai und von den beiden aufgenommen habe? Sie hatten sich gerade genau die gleichen Kleider gekauft. Ich hätte gern einen Abzug zur Erinnerung.«
»Ich werde es Stephanie sagen«, bemerkte Garth geistesabwesend, und Nicholas Blackford gesellte sich zu anderen Bekannten.
Sabrina kam mit einer Flasche Whisky und einem Glas mit Eiswürfeln zurück. Sie sah Garth ins Gesicht und fragte sofort: »Stimmt etwas nicht?«
»Ach, nichts Besonderes. Wo hast du denn den Scotch aufgetrieben?«
»Oben im Arbeitszimmer. Ich ... Sabrina hatte immer ein paar Flaschen dort im Barschrank. Garth, du hast doch irgend was.«
Garth goß sich einen Scotch ein und sagte dann: »Mr. Blackford hat mir eben erzählt, wie unzertrennlich du und Sabrina auf der Chinareise wart. Er möchte gern einen Abzug von den Fotos, die er offenbar von euch gemacht hat.«
Sabrinas Gesicht gefror zu absoluter Undurchdringlichkeit. Nach einer endlosen Pause sagte sie schließlich: »Ja, in Schanghai, vor dem Hotel. Ich wollte es dir schon lange erzählen, alles, von Anfang an, aber es ist soviel passiert, ich war völlig durcheinander, und ich habe es immer wieder hinausgeschoben. Ich wollte heute abend mit dir sprechen, bevor du morgen abfliegst – aber wir können es auch jetzt hinter uns bringen.«
Ihre Stimme klang so monoton und war von solcher Einsamkeit und Verzweiflung erfüllt, daß er erschrak.
»Nein, nicht jetzt. Ich kann warten. Du brauchst es mir auch gar nicht zu erzählen. Was auch mit euch beiden vorgefallen sein mag – hattest du solche Angst, ich würde wütend werden?

Na ja, wahrscheinlich wäre ich es geworden. Weil ich Sabrina nicht richtig kannte. Ich wünschte nur, du hättest keine Angst vor mir. Bin ich denn wirklich so schlimm?«
Sie senkte den Kopf, ihr schweres Haar verbarg den größten Teil ihres Gesichts.
»Sag doch nicht so was. Du bist doch kein Scheusal. Ich liebe dich.«
»Dann ist alles andere unwichtig. Was geht es mich an, ob du mit Sabrina in China warst. Laß uns von was anderem reden. Kannst du mir zum Beispiel erklären, warum diese Leute, denen halb England gehört, sich hier so vollstopfen, als ob sie am Hungertuch nagten?«
Sie sah zu ihm auf und lächelte. »Wahrscheinlich, um sich zu vergewissern, daß sie noch leben.«
Er strich zärtlich ihr Haar zurück. Gott sei Dank, dachte er, obwohl sie so voller Kummer ist, hat ihre Schlagfertigkeit nicht gelitten.
Am späten Abend, als sie sich endlich zurückziehen konnten, nahm Garth ihre Hand und bot ihr an, noch einige Tage mit ihr in London zu bleiben. Aber sie wollte nichts davon hören.
»Meine Mutter ist ja hier, und alle meine ... Sabrinas Freunde und Bekannte, und Mrs. Thirkell. Aber die Kinder brauchen dich, und du darfst nicht mehr Vorlesungen und Laborarbeit versäumen. Und sollte nicht auch in diesen Tagen eine Besprechung mit dem Architekten stattfinden wegen der Pläne für das neue Institut?«
»Ja, schon. Aber wenn du mich brauchst, dann bleibe ich.«
Sie wandte ihm das Gesicht zu. Ihre Augen wanderten im gedämpften Licht über seine Züge, als wollte sie sie sich für immer einprägen.
»Ich möchte dir von der Chinareise erzählen – die ganze Geschichte.«
»Ich will sie gar nicht hören. Es sei denn, es würde dir helfen, besser mit deinen Gefühlen für deine Schwester fertig zu werden. Dabei kann ich dir nicht helfen. Aber was du auch empfunden hast, als sie noch lebte, du mußt jetzt du selbst sein, ohne sie und ohne ihre Erinnerungen. Du kannst nicht in ihre

Rolle schlüpfen und gleichzeitig du selbst sein –« Er hielt inne, da sie hörbar die Luft eingezogen hatte. »Was ist?«
»Was du jetzt gesagt hast, darüber will ich doch die ganze Zeit mit dir reden. Aber immer wenn ich anfange, weiß ich nicht weiter.«
»Dann laß es. Ich will es nicht hören, wenn es so schwierig für dich ist.« Er hatte Angst davor, Angst, keine Waffen mehr zu haben gegen die Entscheidungen, die sie aus ihrem Kummer heraus treffen könnte. »Warte, bis wir zu Hause sind. Dann kannst du es mir immer noch erzählen, wenn du magst.« Er gab ihr einen Gutenachtkuß und sagte: »Versuch jetzt zu schlafen. Es ist schon spät und du bist erschöpft.«
Sie zögerte. Er gab ihr Zeit. Warum sie nicht nehmen. Sie hatte ja ohnehin schon beschlossen, daß es nicht mehr darauf ankam. Also konnte sie es auch noch ein wenig länger aufschieben.

Am Sonntagvormittag saß Sabrina am Krankenbett ihres Vaters. Gordon Hartwell lag von Kissen gestützt und erging sich in Erinnerungen. Sabrina sah aufmerksam in sein hager und faltig gewordenes Gesicht, aber in Gedanken war sie mit Garth auf dem Rückflug nach Amerika. Als sie ihrem Vater wieder zuhörte, war es, weil er gerade sagte:
»– und dann in Algerien hatte ich mehr zu tun als irgendwo anders in meiner ganzen Laufbahn. Natürlich hatte ich damals noch keine Herzbeschwerden. Konnte achtzehn Stunden hintereinander arbeiten ...«
»Das hast du uns bewiesen«, murmelte Sabrina. »Und uns beide den Lehrern und dem Personal überlassen.«
»Stephanie!« warf Laura scharf dazwischen.
Sabrina zuckte leicht die Achseln. »Es ist ja auch so lange her.«
»Warum sprichst du dann davon? Dein Vater hat immer sein Bestes getan, sowohl für sein Land als auch für die Familie. Ich muß schon sagen, du hast dich verändert, Stephanie. Wenn eine von euch früher meuterte, war es immer Sabri –« Lauras Stimme versagte bei dem Namen, und Sabrina entschuldigte sich leise.
Gordon sah sie mit gerunzelter Stirn an. »Mutter hat mir

erzählt, was auf dem Friedhof passiert ist. Das muß ja scheußlich gewesen sein, armes Kind. Aber es hilft nichts, zu versuchen, wie Sabrina zu sein. Das bringt sie nicht zurück.«
Sabrina sah ihm gerade in die Augen: eine kühne Herausforderung, endlich die Wahrheit zu erkennen. Aber wenn er sie vorher nicht erkannt hatte, wie sollte er es jetzt, wo er nur noch darauf konzentriert war, ob sein Herz auch regelmäßig schlug.
»Und du brauchst nie das Gefühl zu haben, du schuldest ihr etwas«, fuhr er fort. »Ihr wart im Wesen ziemlich verschieden und habt ja auch ganz verschiedene Leben geführt. Ob Sabrinas Leben besser oder schlechter war, wer weiß das ...«
Er unterbrach sich hüstelnd, und sofort war Laura an seiner Seite. »Du sollst dich nicht so anstrengen. Die Ärzte haben dir gesagt, daß du vor allem Ruhe brauchst. Sie werden dich bis ins Endlose hierbehalten, wenn du dich aufregst.«
»Ich habe mich nicht aufgeregt«, sagte Gordon milde. »Ich habe nur darauf hingewiesen, daß Stephanie sich vor niemandem schämen muß.«
»Du hast aber auch schon angedeutet, daß Sabrina noch leben könnte, wenn sie nicht so vergnügungssüchtig gewesen wäre ... Oh, entschuldigt, das hätte ich nicht sagen dürfen. Hast du dir schon überlegt, was du mit ›Ambassadors‹ machst, Stephanie?«
»Deine Mutter lenkt vom Thema ab«, bemerkte Gordon. »Dabei habe ich deine Schwester geliebt, auch wenn ich sie manchmal unbändig und leichtsinnig fand. Sogar dann, als sie diesen aufgeblasenen Esel heiratete, diesen Herzog oder was weiß ich –«
»Viscount«, verbesserte Laura. »Aber wir wollten ja nicht über Sabrina sprechen.«
»Ich habe sie immer geliebt. Ich fühlte mich ihr nur nie so nahe wie dir. Verstehst du das?«
»Ja, aber bitte hör nun auf, Vater«, sagte Sabrina leise. Sie war rot geworden und wäre am liebsten davongelaufen.
Er dachte nicht daran, aufzuhören. »Sie hat mich von Kind an beunruhigt«, fuhr er fort, »weil ich immer das Gefühl hatte, sie sei auf dem Sprung, etwas ganz Verrücktes zu tun. Rennen fahren oder in unbekannte Höhlen kriechen oder schießen oder

eine Miss-Wahl mitmachen. Auf ihre Art war sie unvergleichlich – aber so unberechenbar!«
Seine Stimme hatte sich gehoben. Sabrina zwang sich, stillzusitzen.
»Ich habe mir immer Sorgen gemacht, sie könnte den guten Ruf der Botschaft ruinieren. Wir haben euch beiden von klein auf gepredigt, daß man auf euch schaut, daß ihr Amerika vertretet und meine Karriere von unserem Image abhing. Du, Stephanie, hast mir nie Sorgen gemacht, aber Sabrina war der reinste Sprühteufel. Verstehst du heute, warum ich sie strenger behandelte als dich? Warum ich euch beide ins Internat schickte? Warum ich nicht immer nur der gute, liebe Papa sein konnte?«
Sabrina schwieg.
»Trotz alledem habe ich sie liebgehabt. Wenn ich sagte, sie sprühte, so meine ich damit auch Licht und Leben. Sie war so hinreißend lebendig. Jetzt tut es mir leid, daß ich es ihr nie gesagt habe.« Gordons Stimme wurde allmählich schwächer.
Laura hatte sich schluchzend abgewandt. Gordon schloß die Augen; die leichte Bettdecke hob und senkte sich unter seinen flachen, aber regelmäßigen Atemzügen. Vom Korridor her hörte man Stimmen und Schritte.
Eltern, dachte Sabrina. Da saß sie nun, zweiunddreißig Jahre alt, und noch immer hatten sie die Macht, Gewissensbisse und Schuldbewußtsein in ihr zu erregen. Ihr Vater versuchte, Jahrzehnte der Vernachlässigung wegzuerklären, und ihre Mutter versuchte, nicht zu zeigen, daß sie ihm seine Parteinahme für Stephanie übelnahm.
»Sie hat ja gewußt, daß du sie liebhattest«, sagte Sabrina endlich zu den geschlossenen Augen. »Und es tat ihr immer leid, wenn sie dich enttäuscht hatte.«
Gordon nickte. In seinem angegriffenen Gesundheitszustand ließ er sich nur zu gern überzeugen, daß alles in Ordnung war.
»Ich möchte jetzt ein wenig schlafen«, murmelte er.
Laura begleitete ihre Tochter hinaus. Auf dem Korridor sagte sie: »Ich glaube, ich muß mich für Vaters Benehmen entschuldigen.«
»Wieso, was hat er denn verbrochen?«

»Uns abgeschoben, sobald er seine eigene Rede losgeworden war und wir zustimmend genickt hatten. So ist er. Im diplomatischen Dienst mag das angebracht sein, aber nicht im Familienleben.«
»Ist es nicht immerhin tröstlich, daß er die Spielregeln noch so gut beherrscht, trotz Trauer und Krankheit?«
Laura sah sie scharf an. »Stephanie, diese zweischneidige Bemerkung hätte ich eher Sabrina zugetraut als dir. Du sprachst früher netter über deinen Vater.«
Sabrina seufzte. »Mutter, du bist ebensoschwer zufriedenzustellen wie er.«
Eltern! dachte sie nochmals. Aber wir hängen an ihnen und wollen ihre Anerkennung, ganz gleich, wie alt wir sind. Wie sollte sie den Mut aufbringen, ihnen die Wahrheit mitzuteilen? Freu dich, Mutter, deine Sabrina lebt. Tut mir leid, Vater, aber es war deine geliebte Stephanie, die bei einem unerlaubten Vergnügen ums Leben gekommen ist ...
Keiner von beiden würde ihr je verzeihen.

»Zu schade, daß du ›Ambassadors‹ verkaufen mußt«, sagte Laura am nächsten Tag, als Sabrina die Tür zum Laden aufschloß. »Ich erinnere mich so gut an die Vorbereitungen, als ich Sabrina ein bißchen helfen konnte. Wir waren beide Feuer und Flamme ... Aber natürlich sehe ich ein, daß du das Geschäft nicht weiterführen kannst. Und du und Garth könnt das Geld gebrauchen.«
Sabrina antwortete nicht gleich. Sie war so lange weggewesen, und jetzt, als sie durch den abgedunkelten Ausstellungsraum ging und tief die vertraute Luft einatmete, fühlte sie dasselbe wie am Cadogan Square – sie war zu Hause, sie war wieder da, wohin sie gehörte. Jede Kleinigkeit hier war ein Teil ihres Wesens, ihrer langjährigen Arbeit.
»Selbstverständlich behalte ich ›Ambassadors‹, erwiderte sie etwas verspätet.
»Aber du kannst es doch nicht führen –«
»Ich kann. Warum traust du mir so wenig zu, Mutter?«
»Stephanie, wie willst du denn ›Ambassadors‹ von Evanston

aus führen? Oder willst du andeuten, daß du und Garth euch auseinandergelebt habt, daß –«
»Nein.« Sabrina stand jetzt mit ihrer Mutter im Büro und besann sich schleunigst auf die Notwendigkeit, ganz sachlich und kühl zu sprechen. »Ich werde wahrscheinlich ein Abkommen mit Nicholas Blackford treffen. Er ist an einer Partnerschaft interessiert.«
»Ach so. Dann würde er ›Ambassadors‹ leiten, und du kämst nur ab und zu herüber. Ja, das ginge vielleicht. Aber ihr werdet es schwerhaben. Sabrinas glanzvollen Ruf zu halten ... Wenn du studierst oder in einem kleinen Geschäft in Chicago Erfahrung sammelst, könntest du es schaffen. Und ich würde dir helfen.« Laura schlang mit aufwallender Begeisterung den Arm um ihre Tochter. »Oh, ich könnte dir soviel beibringen! An deiner Stelle würde ich zum Beispiel –«
»Mutter.«
Laura zuckte vor der Kälte in diesem einzigen Wort zurück. »Natürlich, wenn du heute noch nicht davon sprechen willst oder kannst –«
»So ist es.« Sabrina unterdrückte krampfhaft ihre widerstreitenden Empfindungen. Die letzte Nacht hatte sie schlaflos verbracht und sich nach Garth gesehnt. Aber am meisten ärgerte sie das Verhalten ihrer Mutter. Wie konnte sie es wagen, Stephanie so zu beleidigen. Als ob Stephanie nicht imstande sei, ein Antiquitätengeschäft zu führen? Ihr Leben lang hatte sie Sabrina vorgezogen, und dabei blieb sie und sagte Stephanie die unausbleibliche Pleite voraus, falls sie »Ambassadors« allein übernahm.
Moment mal, jetzt wird es widersinnig, dachte Sabrina. Bin ich nun Sabrina, die Stephanie verteidigt, die tot ist? Oder bin ich Stephanie, die sich ärgert, weil ihre Mutter nicht an sie glaubt. »Es ist verfrüht, davon zu sprechen«, sagte sie rasch einlenkend. »Ich muß erst mit dem Anwalt und Mr. Blackford und Sabrinas Sekretär Brian verhandeln. In ein paar Tagen sehen wir weiter.« Sie ging zur Tür, und Laura mußte ihr wohl oder übel folgen. Sie schloß ab und nahm sich vor, am nächsten Tag allein wiederzukommen und über die Zukunft nachzudenken.

Aber es gab noch einen anderen Grund, am nächsten Tag wiederzukommen: »Ambassadors« war der einzige ruhige Ort für sie. Am Cadogan Square redeten Laura und Gabrielle ständig auf sie ein, und Mrs. Thirkell machte sich soviel wie möglich in ihrer Nähe zu schaffen, um über ihre geliebte Lady Longworth sprechen zu können. Das Telefon klingelte ununterbrochen; jeder wollte Sabrinas Schwester einladen, solange sie noch in London war, und es nützte wenig, daß sie Mrs. Thirkell anwies, alle Einladungen höflich abzulehnen. Täglich kamen Blumen, Kondolenzbriefe, Telegramme. Sabrina flüchtete in die Stille von »Ambassadors«.

Sie sah Listen und Abrechnungen durch und wühlte in Katalogen, die sich angesammelt hatten. Im Gestell hinter dem Schreibtisch fand sie ein Notizbuch, in dem Stephanie Aufträge für November und Dezember eingetragen hatte. Sabrina wollte das Buch gerade wieder weglegen, als sie hinten drin einen Brief bemerkte. »Liebste Sabrina«, begann er und war am 23. Oktober datiert. Am Tag vor der Kreuzfahrt.

»Ich habe lange darüber nachgedacht«, hatte Stephanie geschrieben, »was für ein Geschenk ich für Dich zurücklassen könnte, wenn ich nach Chicago zurückkehrte, um Dir für die schönste Zeit meines Lebens zu danken. Ich hätte Dir etwas kaufen können, aber dann fiel mir etwas Besseres ein: eine Geschichte, von der ich niemand erzählt habe und die ich Dir jetzt schreibe, damit Du sie bei Deiner Rückkehr entdeckst. Ich sehe jetzt schon Dein Gesicht, wenn Du sie liest und wenn Du mich dann anrufst ...« Und dann folgte die Schilderung ihres Zusammenstoßes mit Rose Raddison bei Lady Chasson, und wie sie den Meißener Storch hatten fallen lassen.

Wie raffiniert, dachte Sabrina, und dabei eine so einfache Lösung! Darauf hätte ich auch selber kommen können, statt mir wochenlang Sorgen zu machen.

»Alles andere weißt du ja aus unseren Telefonaten«, ging der Brief weiter, »außer, daß dieser Rory Carr wieder hier war. Er hatte von der Storch-Angelegenheit gehört und wollte mich aushorchen, ob ich von der Fälschung wußte. Um ihn loszuwerden, warf ich ihm lässig hin: ›Sie können mir nichts erklä-

ren, was ich nicht schon weiß!‹ Das hat ihm einen Schock versetzt, und er ist schleunigst verschwunden. Ich – oh, da sind Leute im Laden. Ich schreibe morgen weiter.«
Aber am nächsten Tag war Stephanie tot.
Sabrina fuhr leicht zusammen, da auch jetzt jemand im Laden war und ins Büro kam. Es war Alexandra.
»Mrs. Thirkell hat mir Ihren Schlupfwinkel verraten. Nehmen Sie mir mein Eindringen in Ihr Privatissimum sehr übel?«
»Natürlich nicht. Bitte, nehmen Sie doch Platz. Ich habe hier sowieso nichts anderes getan, als –«
»An Sabrina zu denken.«
»Ja, an sie und mich.«
»Komisch, ich habe nie gewußt, daß Sie sich *so* ähnlich waren.«
»Sie haben uns ja auch nie zusammen gesehen, leider. Trinken Sie eine Tasse Tee mit mir? Allerdings stehen hier nur ein paar Biskuits herum.«
»Danke, danke, machen Sie sich keine Mühe –«
Aber Sabrina war schon in Brians Büro gegangen und setzte den Kessel auf. Als sie zurückkam, fragte Alexandra: »Und wie geht's Ihrem Vater? Hoffentlich außer Gefahr?«
»O ja, er hat sich sehr gut erholt. Nächsten Sonntag fliegt er nach Hause.«
»Und Sie fliegen vermutlich mit?«
»Ich ... ja, vermutlich.«
Sie saßen schweigend. Dann brach es unaufhaltsam aus Alexandra heraus:
»Ich kann mich einfach nicht dran gewöhnen, daß Sabrina tot sein soll. Sind Sie ihr Geist oder was? Sabrina behauptete mir gegenüber, Sie sähen sich gar nicht so ähnlich.«
»Nanu, warum sollte sie das behaupten?«
»Was weiß ich? Sie hat es wohl so empfunden. Oder sie ärgerte sich, weil Nicholas Blackford auf der Geburtstagsparty bei mir eine kleine Komödie aufführte und so tat, als sei Sabrina gar nicht Sabrina, und witzelte, sie hätte in China bestimmt die Rolle mit ihrer Schwester getauscht. Sabrina war großartig. Sie stellte sich ratlos und forderte Nicholas auf, ihr klipp und klar zu sagen, wer sie nun sei, er habe sie selber ganz irregemacht.

Damit hatte sie natürlich die Lacher auf ihrer Seite. Wissen Sie, ich hatte Sabrina furchtbar gern, und es tut mir jetzt leid, daß ich ihr das nie so richtig gesagt habe. Um auf die Ähnlichkeit zurückzukommen: Damals, nach Blackfords kleiner Blamage, fragte ich Sabrina, ob Sie sich wirklich so zum Verwechseln ähnlich sähen, und sie sagte: Nein, nicht für Leute, die uns wirklich kennen.«

Sabrina stand rasch auf. »Einen Moment, ich glaube, das Wasser kocht.«

Aber Alexandra folgte ihr in Brians Büro. »Gott, wie blöd ich mal wieder bin. Entschuldigen Sie, ich wollte Sie nicht aufregen. Eigentlich reagiere ich bloß meine eigene Verwirrung ab, weil ... Diese Ähnlichkeit ist regelrecht unheimlich. Warum kann ich nicht endlich den Mund halten und Sie in Ruhe lassen? Die Leute liegen Ihnen sicher ständig damit in den Ohren.«

Sabrina goß den Tee auf und trug die Kanne in ihr Büro zurück. Während sie einschenkte, dachte sie scharf nach. Da saß Alexandra, von allen Leuten, die sie kannte, die vertrauenswürdigste, sachlichste – und abgebrühteste. Alexandra war wohl kaum noch von irgend etwas zu schockieren. Aber stolz war sie auch. Würde sie es ihrer besten Freundin verzeihen, daß selbst sie getäuscht worden war?

Egal, dachte Sabrina, ich *muß* mich endlich jemandem mitteilen. Ich ertrage diesen Druck nicht länger. Und Alexandras Reaktion hilft mir vielleicht, auch bei allen anderen die richtige Form für mein Geständnis zu finden ...

»Ich möchte Ihnen jetzt eine Geschichte erzählen«, begann sie langsam, »wenn Sie mir versprechen, mich nicht zu unterbrechen und kein Urteil zu fällen, ehe Sie alles gehört haben.«

»Klingt ja wahnsinnig spannend. Eine Intrige?«

»Bitte versprechen Sie's mir.«

»Schon geschehen. Soll ich den Pakt mit meinem Blut unterzeichnen?«

Sabrina lächelte. »Danke, nein. Ich würde sie Ihnen nicht erzählen, wenn ich bei Ihnen nicht sicher wäre –«

Die Ladenglocke klingelte, und sie schoß in die Höhe. »Ich

bin gleich wieder da. Ich dachte, es hängt ein Schild GESCHLOSSEN an der Tür.«
Gegen die Glasscheibe sah sie zunächst nur die Silhouette eines hochgewachsenen Mannes, dessen Züge sie nicht erkennen konnte. »Mrs. Andersen?« fragte er.
»Ja. Aber der Laden ist diese Woche geschlossen. Wenn Sie Montag wiederkommen wollen –«
»Ich bin Kommissar Thomas Phelps, Mrs. Andersen. Von Scotland Yard.« Er zeigte routinemäßig seinen Ausweis. »Hätten Sie ein paar Minuten Zeit? Ich möchte Ihnen einige Fragen stellen. Es handelt sich um den Tod Ihrer Schwester.«
»Scotland Yard?« stammelte Sabrina verständnislos, aber er ging schon an ihr vorbei auf das Büro zu. Die Polizei war also hinter den ganzen Schwindel gekommen! Man kannte ihre wahre Identität ... Nun würde sich die Klatschpresse auf den sensationellen Fall stürzen, jeder würde es erfahren ... Auch Garth. Ihm würde man zuallererst mitteilen, daß nicht seine Schwägerin, sondern seine eigene Frau tot war. Skandal, Gelächter, Zorn, Schmerz und Kindertränen ...
»Lieber Gott«, schrie Alexandra auf, als sie den fremden Mann und Sabrinas Gesicht sah, »ist schon wieder etwas passiert? Soll ich Sie allein lassen?«
»Nein, es wäre mir lieber, wenn Sie blieben. Dies ist Kommissar Phelps von Scotland Yard. Prinzessin Alexandra Martova.«
»Es sollte ein vertrauliches Gespräch sein, Mrs. Andersen«, wandte der Kommissar ein.
»Dann wird auch Prinzessin Alexandra es als solches behandeln«, sagte Sabrina kühl.
»Na schön, auf Ihre Verantwortung«, sagte Phelps achselzukkend und setzte sich, um sein Notizbuch hervorzuholen. »Im Verlauf unserer Ermittlungen«, fing er in amtlichem Ton an, »hat sich herausgestellt, daß einige der Gäste auf Mr. Stuyvesants Jacht nicht das waren, was sie zu sein vorgaben.«
Sabrina sah ihn starr an und wartete darauf, daß er sie endlich mit »Lady Longworth« ansprach. »Woher wissen Sie das?«
»Bitte, Mrs. Andersen, unterbrechen Sie mich nicht. Ich berichte alles von Anfang an.

Mrs. Andersen. Er nannte sie weiter Mrs. Andersen. Sollte das eine besonders geschickt gestellte Falle sein?

»Soweit wir bis jetzt unterrichtet sind, flog Lady Longworth am 24. Oktober mit Mr. Stuyvesant und zwei anderen Paaren nach Nizza. Von dort fuhren sie mit dem Auto nach Monaco und Monte Carlo, wo sie die Wartezeit verbrachten, während Mr. Stuyvesants Jacht, die *Lafitte*, mit allem Notwendigen ausgerüstet und startklar gemacht wurde. Gegen 16 Uhr 30 gingen sie an Bord, und die Jacht verließ den Hafen. Sie waren kaum zwei Meilen draußen, als die Jacht explodierte und in Brand geriet. Als Zeitpunkt wurde etwa 17 Uhr 30 genannt.«

Alexandra sah Sabrinas Zusammenschauern und fragte: »Sind alle diese Details wirklich nötig?«

»Andernfalls würde ich sie nicht erwähnen«, gab Phelps kurz zurück und blickte in seine Notizen. »Als die Rettungsboote zur Stelle waren, sank die Jacht bereits. Man konzentrierte sich auf die Bergung Überlebender oder der Leichen. Drei wurden gleich gefunden, darunter diejenige Lady Longworths. Es tut mir leid, Ma'am, daß ich Ihnen wehtun muß, aber wir haben noch ein ungelöstes Problem. Das Wrack ist nämlich erst vor zwei Tagen gehoben und gründlich untersucht worden.«

»Ist das jetzt noch wichtig?« fragte Sabrina tonlos. Warum redete der Mann so lange um die Hauptsache herum? Hatten Sie etwas in Stephanies Gepäck auf der *Lafitte* gefunden, was sie bloßstellte?

Phelps las weiter aus seinem Notizbuch vor: »Lady Longworth wurde von ihrem zufällig in Monte Carlo anwesenden früheren Ehemann Viscount Longworth um 1 Uhr morgens identifiziert. Wie ich höre, erhielten Sie die Nachricht bereits eine Stunde später, was in Amerika früher Abend bedeutete. Bis dahin war die Jacht völlig gesunken. Erst vor zwei Tagen konnte sie gehoben werden. Was die französische Polizei dabei entdeckte und uns mitteilte, war der merkwürdige Umstand, daß sich im Rumpf der *Lafitte*, unterhalb der Wasserlinie und in der Nähe der Kabinen, ein großes Loch befand.«

»Der Kabinen?« Sabrina beugte sich erregt vor. »Aber die Kabinen sind doch überhaupt nicht in der Nähe des Tanks.

Also waren es nicht die Tanks, die die Explosion verursacht haben.«
Phelps war ein wenig aus dem Konzept gebracht, da sie ihm die Pointe vorweggenommen hatte. »Genau darum dreht es sich, Mrs. Andersen«, gab er zu. »Zunächst nahmen wir an, es sei einer der Treibstofftanks gewesen. Jetzt wissen wir, daß dies nicht der Fall ist. Folglich neigen wir zu der Ansicht –«
»– daß es eine Bombe in einer der Kabinen war. Und das bedeutet, es war Mord.«
Der Komissar sah sie mit widerstrebender Bewunderung an. »Sieht sehr danach aus, Ma'am. Seither bemühen wir uns, herauszufinden, ob Mr. Stuyvesant und seine Gäste Feinde hatten, und wenn ja, welche. Nein, das betrifft nicht Lady Longworth, die zweifellos ein ahnungsloses Opfer war. Aber zwei Freunde von ihr – das Journalisten-Ehepaar Jolie und Michel Bernard – haben ausgesagt, daß Mr. Stuyvesant, wie sie selbst erst kürzlich erfahren hätten, der Besitzer einer Firma namens ›Westbridge Imports‹ war. Von einem Vertreter besagter Firma hätte Lady Longworth gelegentlich – Mrs. Andersen, ist Ihnen nicht gut?«
Alexandra war schon bei ihr, um sie zu halten, als sie im Sessel zusammensank. Aber sie war nicht ohnmächtig. Alles, was sie dachte, war: Stephanie ist für mich gestorben. Sie waren hinter mir her. Sie wußten, daß ich ihre Fälschereien durchschaut hatte, und Stephanie hat – an meiner Stelle – ihren Argwohn noch bekräftigt. »Sie können mir nichts erklären, was ich nicht schon weiß« hatte sie Carr gesagt ...
Phelps war zufrieden mit dem erreichten Effekt. »Können Sie *mir* noch ein paar Fragen beantworten, Mrs. Andersen?« fragte er nach ein paar rücksichtsvollen Schweigeminuten.
Sabrina hob den Kopf. Sie wußten jedenfalls nicht, wer sie war. Bei diesem kaltblütigen Mordanschlag mußte es um viel schlimmere Dinge gehen. »Bitte«, sagte sie kurz.
Er betrachtete sie mit versteckter Neugier. Merkwürdig, dachte er, die ganze Zeit hat sie Haltung bewahrt, und erst als der Firmenname fiel, ist sie zusammengeklappt. Was hat sie mit »Westbridge Imports« zu tun? Sie lebt doch in Amerika. Aber warum hat sie Angst?

»Mrs. Andersen, hat Ihre verstorbene Schwester Ihnen viel über Maxim Stuyvesant erzählt?«
»Nein. Nur, daß sie mit ihm auf eine Kreuzfahrt gehen wollte.«
»Hat sie die anderen Teilnehmer erwähnt? Und das Reiseziel?«
»Nein. Nichts.«
»Hat sie je davon gesprochen, daß Mr. Stuyvesant Feinde hatte oder haben könnte?«
»Mr. Phelps, meine Schwester redete nie viel über ihre Bekannten und erst recht nicht über deren Bekannte und Geschäfte. Wir sprachen und schrieben uns über unsere eigenen Familienangelegenheiten.«
Phelps wußte nicht recht weiter. Er hätte schwören können, daß sie die Wahrheit sprach, aber wovor hatte sie Angst? Er nahm sich wieder seine Notizen vor.
»Die Bernards haben sich bei uns gemeldet, als sie hörten, der Untergang der Jacht scheine auf einen Bombenanschlag hinzudeuten. Mr. Bernard sagte, es gäbe Mißhelligkeiten zwischen Mr. Stuyvesant, dem Besitzer von ›Westbridge‹, und seinen Geschäftsführern, einem –« Phelps sah in sein Buch, »– Ivan Lazlo und einem Rory Carr. Kennen Sie einen dieser Namen?«
»Ja«, antwortete Sabrina nach einer Pause. »Meine Schwester hat gelegentlich einen Mr. Carr erwähnt, zusammen mit anderen Kunsthändlern und Firmenvertretern. Ich glaube aber, daß sie in letzter Zeit nichts mehr von ihm gekauft hatte. Jedenfalls kein bedeutendes Stück.«
Wieder trat eine Pause ein. Na, dachte Phelps, diesmal lügt sie. Aber warum, verdammt noch mal? Es liegt nicht der leiseste Verdacht vor, daß Lady Longworths Laden je an Schmuggel- oder Fälschungsaffären beteiligt war. Trotzdem ist ihre Schwester nicht ganz sicher. Komisch.
Er fuhr fort, Sabrina über Leute auszufragen, und sie antwortete kurz, daß sie die meisten nicht kannte. Endlich schloß er sein Notizbuch.
»Danke, Mrs. Andersen, das wär's für heute. Wir fahnden zunächst nach Carr und Lazlo, und wenn wir die haben, werden wir zweifellos mehr wissen. Ist Ihnen noch etwas eingefallen, Ma'am, was uns weiterhelfen könnte?«

»Nein«, sagte Sabrina erschöpft. Wenn sie Rory Carr verhafteten, würde er natürlich versuchen, sie mit hineinzuziehen, aber dagegen konnte sie jetzt nichts tun. Der Ruf von »Ambassadors« war vorläufig noch sicher und ihr eigenes Geheimnis auch. Nur ... jetzt war es zu spät, Alexandra einzuweihen. Sie konnte ihr nicht zumuten, in eine Sache verwickelt zu werden, für die sich sogar schon Scotland Yard interessierte ... Sie stand so allein wie nie zuvor. Ich will nach Hause, dachte sie kläglich. Ich will nach Hause zu Garth.

»Wo kann ich Sie erreichen, Mrs. Andersen?« fragte Phelps beim Abschied. Sabrina gab ihm die Telefonnummer von Cadogan Square.

»Und in Amerika?«

»Ich lasse Sie wissen, wann ich zurückfliege. Vorläufig bleibe ich hier und ordne den Nachlaß.« Alexandra begleitete Phelps hinaus. Sabrina ließ die Jalousien vor den Schaufenstern herunter und schloß den Laden. »Möchten Sie darüber sprechen, Stephanie?« fragte Alexandra, während sie nach einem Taxi Ausschau hielten. Sabrina schüttelte den Kopf.

»Nein. Aber tausend Dank – vielleicht später ...«

Die Nächte waren das Schlimmste. Zäh flossen die Stunden dahin, in denen Sabrina allein lag, an Stephanie und Garth dachte und zwischen ihren beiden Existenzen hin und her gerissen wurde. Tagsüber ging es besser; sie hatte so viel zu tun, daß sie immer nur von einer Stunde zur anderen denken konnte. Jeden Vormittag besuchte sie ihren Vater und aß dann mit ihrer Mutter zu Mittag. Anschließend ging Sabrina zu »Ambassadors«, um erste Skizzen für die Aufträge zu machen, die Stephanie für sie angenommen hatte. Aber lange hielt sie es nicht aus, sie war noch zu rastlos ... Sie unternahm lange Spaziergänge und kehrte erst zur Teezeit wieder zum Cadogan Square zurück, um Mrs. Thirkell nicht zu kränken. Sie hörte sich Gabrielles nie endendes Gezwitscher über den Londoner Klatsch und Brooks an.

»Natürlich interessiert dich das alles nicht besonders, Stephanie, weil du die meisten Leute nicht kennst, aber du bist Sabrina so ähnlich –«

»Natürlich interessiert es mich, Gaby. Es sind doch deine und Sabrinas Freunde. Es interessiert mich sogar sehr.«
»Manchmal berührt's mich richtig ... geisterhaft, daß ich jetzt so mit dir zusammensitze und rede wie mit ihr, als wäre sie gar nicht gestorben. In den letzten Wochen war sie die einzige, die sich wirklich um mich gekümmert hat. Und jetzt – ich weiß, es ist eigentlich eine Zumutung – habe ich nur noch *dich*. Und das eigentlich auch nicht, denn du hast deine eigene Familie und die Trauer um Sabrina ...« Wenn Gabrielle anfing zu weinen, sah sie aus wie Penny. Sabrina führte sie zur Couch im Wohnzimmer und legte tröstend die Arme um sie, und aus der Art, wie Gaby sich schnupfend an sie schmiegte, erriet sie, daß auch Stephanie es so gemacht hatte.
Hätte sie das vor einem halben Jahr auch schon getan? Wahrscheinlich nicht, oder zumindest nicht so selbstverständlich. Sie wäre genauso gehemmt gewesen, Gefühle und Zuneigung zu zeigen, wie alle ihre Freunde. Doch nun saß sie, Sabrina Longworth, mit Gabrielle de Martel auf dem Sofa und tröstete sie, ohne sich im geringsten zu genieren.
Penny und Cliff, dachte Sabrina. Sie haben mich so verändert, daß mir das heute ganz natürlich vorkommt. Und wichtig.
Gaby ging abends meistens aus, und Sabrina zog sich in ihr Schlafzimmer zurück. Und Punkt zehn Uhr jeden Abend rief Garth an. In Evanston war es dann vier Uhr nachmittags, er war gerade nach Hause gekommen, und sie hörte hinter ihm die Kinder toben und um eine Minute der kostbaren Redezeit betteln.
»Wann kommst du zurück?« war die tägliche Frage, und als Gordon Hartwells Entlassung aus dem Krankenhaus feststand, konnte sie endlich einen genauen Termin angeben. »Vater darf am Sonntag fliegen. Ich begleite die Eltern nach Washington und fliege dann Montag früh weiter.«
»Montag kommt sie«, sagte er nach hinten, und sie hörte das Freudengeschrei der Kinder.
Leider wird es nicht lange dauern, dachte sie später, als sie auf dem Diwan vor dem Kamin saß und in die züngelnden Flammen starrte. Denn sie kehrte nur zurück, um ihnen die Wahr-

heit zu sagen und sie für immer zu verlassen. Garth hatte recht: Niemand, nicht einmal Zwillingsschwestern, konnten völlig miteinander verschmelzen, und sie war nun einmal Sabrina, mußte Sabrina sein. Sie würde ihnen die Wahrheit sagen, und sie würden sie hassen. Wenn Garth erfuhr, daß seine Frau tot war, wenn Penny und Cliff wußten, daß ihre Mutter gestorben war und Sabrina sie wochenlang getäuscht hatte, würden sie sich von ihr abwenden. Sie würden ihre Liebe nicht mehr wollen. Und sie hatte dann niemand mehr, dem sie sie schenken konnte.

»Kommen Sie nach London zurück?« fragte Alexandra, als sie am Freitag bei »Ambassadors« hereinschaute. Sie breitete ein paar Fotos vor Sabrina aus. »Die sind bei einer Restauranteröffnung aufgenommen, bei der ich mit Sabrina war. Später kamen auch Brooks und Antonio dazu – es war, genau genommen, der Anfang unserer Romanze. Ich dachte, Sie hätten die Fotos vielleicht gern zur Erinnerung. Also, wie ist es, kommen Sie zurück?«
»Natürlich«, sagte Sabrina und betrachtete mit wachsender Verblüffung die Fotos. Das war nicht Stephanie, das war sie selbst – die Haltung, das kühle, unverbindliche Lächeln! Wie hatte Stephanie das nur in der kurzen Zeit fertiggebracht? Und was ist mit mir? fragte sich Sabrina. Was bin ich geworden?
»Natürlich komme ich zurück«, sagte sie. »Hier bin ich doch zu Hause.«
»Zu Hause? Und was ist mit Amerika?«
»Ich meinte, hier ist Sabrinas Zuhause, und ich weiß noch nicht, wie ich mich entscheiden soll. Darum bin ich bestimmt bald wieder hier. Aber was haben Sie vor? Wollten Sie nicht demnächst Urwälder roden und Portugiesisch lernen?«
Alexandra warf ihr einen raschen Blick zu. »Das klang ganz wie Ihre Schwester, Herzchen. Was das Portugiesisch betrifft, so hat es mich Mühe genug gekostet, halbwegs Englisch zu lernen, und mit einer neuen Sprache plage ich mich für niemanden mehr herum. Hoffentlich kann ich Antonio das begreiflich machen.«

»Suchen Sie doch nach einem Guarani-Sprichwort, das sagt, daß man seiner Muttersprache treu bleiben soll.«
»Blendende Idee! Aber wenn es kein solches Sprichwort gibt?«
»Dann erfinden Sie eins. Er wird nie zugeben wollen, daß er es nicht kennt.«
Alexandra brach in Lachen aus. »Fabelhaft, Herzchen, Sie sind köstlich, genauso witzig wie Sabrina. Warum hat man Sie nicht öfter aus Ihrem Nest da bei Chicago rausgelassen? Sie müssen uns unbedingt mal in unserem Prunkzelt im Dschungel besuchen oder in unserem Haus in Rio. Und natürlich hier, sooft wir in London sind; ich behalte auf alle Fälle mein schönes Haus, schon weil Sabrina es eingerichtet hat. Werden Sie kommen? Ihr Mann natürlich auch, wenn er interessiert ist.«
»Vielleicht. Danke.«
»Sie sind uns beide jederzeit und überall willkommen.«
Alexandra zog ihren Pelz an und wandte sich zur Tür. »Sie war etwas ganz Besonderes, und Sie sind das auch. Ich glaube, wir werden uns gut verstehen.«
»Das Gefühl habe ich auch. Schreiben Sie mir, wie es Ihnen geht?«
»Herzchen, ich schreibe nie. In meinem Kopf ist ein solches Durcheinander, daß ich nichts davon auf ein Blatt Papier kriege und spätestens nach dem ersten Satz aufgebe. Aber am Telefon rede ich hemmungslos. Geben Sie mir Ihre Nummer in Evanston?«
Sabrina zögerte. »Vielleicht bin ich bald wieder hier. Versuchen Sie es am besten immer erst bei ›Ambassadors‹ oder am Cadogan Square.«
Alexandra sah sie forschend an, enthielt sich aber jeder Frage. »Wie Sie meinen. Leben Sie wohl, Stephanie. Und passen Sie gut auf sich auf.«
»Leben Sie wohl, Alexandra.«
Freitag nachmittag teilte sie Nicholas Blackford und dem Anwalt mit, daß sie für ein paar Tage nach Amerika zurück müsse. »Aber ich komme wieder, sobald ich meine Eltern nach Washington gebracht und zu Hause nach dem Rechten gesehen habe. Solange bleibt der Laden geschlossen; ich habe Brian

schon Bescheid gesagt. Niemand braucht sich um ›Ambassadors‹ und mein Haus zu kümmern, ehe ich meine Entscheidungen getroffen habe. Ist das klar?«
Die Herren waren von ihrer unerwarteten Energie sichtlich beeindruckt. Wie würden sie wohl reagieren, wenn sie zurückkam und ihnen die Wahrheit sagte?
Von Gabrielle und Mrs. Thirkell verabschiedete sie sich am nächsten Tag freundlicher.
»Ich komme bald wieder, und dann reden wir weiter. Nein, Mrs. Thirkell, von Entlassung kann überhaupt keine Rede sein. Und du, Gaby, betrachte dieses Haus als das deine, so lange du willst. Mrs. Thierkell wird wie bisher für dich sorgen.«
Die beiden, dachte sie, würde es schwer treffen, wenn sie die Wahrheit erfuhren. Beide hatten sich, wenn auch auf verschiedene Weise, sowohl auf Sabrina als auch auf sie verlassen.
Und wen würde es sonst interessieren? Scotland Yard. Weil jemand Maxim Stuyvesants Jacht in die Luft gesprengt hatte, um sie zu töten, und es wahrscheinlich wieder versuchen würde, wenn er erfuhr, daß nicht Sabrina Longworth, sondern deren Schwester getötet worden war.
Vielleicht komme ich doch nicht zurück, dachte Sabrina. Chicago ist sicherer.

## 18

Nachdem sie die Flughafenkontrolle in Chicago passiert hatte, hielt Sabrina im Gewühl der nachdrängenden Reisenden inne und suchte mit den Augen Garth.
»Mom! Hier sind wir!« gellte Cliffs Stimme.
»Mommy!« Penny warf sich ungestüm an ihren Hals. »Gott, bin ich froh, daß du wieder da bist! Ohne dich ist es zu Hause einfach scheußlich.«
Cliff reckte sich und gab ihr einen schmatzenden Kuß auf die Wange. Und hinter den beiden Kindern stand Garth. Sie starrte

ihn benommen an. Eigentlich hatte sie ihm die Wahrheit gestehen wollen, bevor sie die Kinder wiedersah. Während des ganzen Fluges hatte sie sich passende Sätze ausgedacht, verworfen und neue zurechtgelegt. Es war ihr überhaupt nicht in den Sinn gekommen, daß er die Kinder mit zum Flughafen bringen würde.
»Warum seid ihr nicht in der Schule?« brachte sie mühsam heraus.
Cliff grinste über das ganze sommersprossige Gesicht. »Dad hat uns einen Entschuldigungszettel geschrieben. Freust du dich denn gar nicht?«
»Doch, natürlich. Ich bin sprachlos vor Freude«, sagte Sabrina. Soviel warme, unverhohlene Zuneigung schlug ihr entgegen; es war wunderbar.
»Nun macht mal Platz, ihr zwei«, sagte Garth und schob Penny und Cliff energisch beiseite. Er nahm Sabrina in die Arme und preßte sie an sich. »Hallo«, sagte er ruhig. »Willkommen zu Hause!« Und in diesem Moment wußte sie nicht mehr, warum sie ihm überhaupt die Wahrheit sagen sollte. Sie hatte ihn schmählich getäuscht und seine Liebe unter falschem Namen gewonnen. Aber er liebte sie. Die Kinder liebten sie. Warum jetzt noch alles zerstören? Wem war damit gedient? Stephanie war tot, und die Wahrheit würde nichts als Schmerz und Verwirrung bringen. Wieviel einfacher für alle, wenn sie blieb und ihr – Stephanies – Leben so gut und ehrlich weiterlebte wie nur möglich.
Aber ihr Zuhause und ihre Welt waren in London. Denn obwohl sie diese Welt mit ihrem Klatsch, den Intrigen und dem müßigen Gesellschaftsgetriebe genau durchschaute, zog es sie doch dorthin zurück, weil es eine Welt war, die sie kannte, in der sie aus eigenen Kräften etwas aufgebaut hatte, in der sie sich sicher fühlte. »Ambassadors« und Cadogan Square, dort gehörte sie hin.
Nein, sie mußte es ihm sagen, und zwar gleich, ehe sie rettungslos in der Familie Andersen versank.
»Garth«, sagte sie im Wagen, »ich muß dir etwas sagen, aber nicht vor den Kindern.«

»Und ich erst!« lächelte er. »Aber auch nicht vor den Kindern ...«
Sobald sie zu Hause und Penny und Cliff irgendwohin verschwunden waren, würde sie mit ihm sprechen, ein Taxi zum Flughafen nehmen und noch vor Einbruch der Nacht dann in Washington bei ihren Eltern sein.
Garth trug ihre Koffer ins Haus und stellte den Kaffee an. Penny und Cliff nahmen sich schnell etwas zu essen und fragten dann: »Dürfen wir jetzt gehn, Mom ... Dad?«
»Was habt ihr denn vor?«
»Ich wollte noch mal zu Hal, und Penny zu Barbara.«
»Na schön, zieht ab. Aber seid pünktlich um halb sechs zurück, verstanden?«
Und von einer Minute zur andern waren Garth und Sabrina allein. Sie holte tief Atem.
»Garth, ich muß auch gehen. Ich wollte es dir spätestens bei der Ankunft sagen und gar nicht erst mitkommen, aber ich konnte es nicht in Gegenwart der Kinder. Ich gehe zurück nach London. Ich muß allein sein, herausfinden, was ich eigentlich will. Ich kann nicht bleiben.«
Er starrte sie ungläubig an und streckte die Hand aus – wie eine Barriere gegen das, was sie sagen wollte.
»Ich glaube nicht, daß das eine gute Idee wäre«, sagte er schließlich vorsichtig. »Du kannst nicht vor dir selbst davonlaufen. Du kannst nicht Sabrinas Leben leben, auch wenn du ihre Alleinerbin bist. Damit wären die Probleme nicht gelöst: Penny, Cliff und ich wären trotzdem hier, würden auf dich warten wie in einer abgebrochenen Geschichte. Du hättest lediglich zwei halbe Leben statt eines ganzen.«
Jemand klingelte an der Haustür, und Garth stand mit einem unterdrückten Fluch auf. »Kann man hier keine fünf Minuten ruhig miteinander reden? Ich sehe nach, wer das ist. Läufst du mir inzwischen bestimmt nicht weg?«
»Nein.« Alleingeblieben, sah sich Sabrina mit einem langen Blick in dem liebgewordenen honigfarbenen Raum um. Ein halbes Leben. Eine abgebrochene Geschichte. Sie konnte es ihm nicht erklären. Sie mußte einfach gehen. Sie erkannte Dolores'

Stimme an der Haustür und zog sich ins Wohnzimmer zurück. Lieber Gott, betete sie, laß Garth nicht auf den Gedanken kommen, sie hereinzubitten! Im Moment kann ich nicht einmal die nettesten Nachbarn ertragen. Geistesabwesend sah sie den kleinen Stapel ungeöffneter Briefe durch, meist Kondolenzschreiben, darunter von Leuten, deren Namen sie nie gehört hatte. Ein rosa Umschlag ohne Absender fiel ihr auf; Sabrina öffnete ihn und fand darin einen maschinengetippten rosa Zettel mit folgendem Text:

»Wieso bleibt unser Gen-ius Garth Andersen ungeschoren? Predigt wie ein Pfaffe und ist geil wie ein Affe. Ein richtiger Genspender für Studentinnen, das ist unser Professor Garth!«

Sie traute ihren Augen nicht und mußte den Wisch zweimal lesen, ehe sie begriff. Dann überschwemmte sie kalte Wut. Dieser Dreck, diese obszönen Lügen, wie konnte jemand es wagen, Garth mit so etwas in Verbindung zu bringen! Den Ruf eines Wissenschaftlers zu unterminieren, der anständiger war als alle Männer, die sie je gekannt hatte!
Davor verblaßte alles andere. Energie wallte in ihr auf, riß sie aus ihrer Verzweiflung. Jemand wollte Garth ruinieren, gemein und anonym. Der Schaden konnte irreparabel werden, wenn sie nicht zurückschlugen. Sie mußten herausfinden, wer dahintersteckte. Dies mußte sie noch für und mit Garth durchfechten, bevor sie ihn verließ.
Er kam gerade zurück und erklärte: »Ich habe Dolores gesagt, du seist übermüdet und würdest sie morgen anrufen. Recht so? – Lieber Gott, was hast du denn?«
Sie reichte ihm wortlos den anonymen Brief. Er las ihn, wobei sein Gesicht sich merklich veränderte.
»Ich hätte nicht gedacht, daß man auch mich in diese schmutzige Affäre hineinziehen würde«, sagte er dann. »Das heißt«, ein neuer Gedanke schien ihn zu durchzucken, »du hast wohl schon mal so eine obszöne Schmiererei bekommen, nicht wahr? Das war es also, was du bei unserem Streit vor deiner Reise nach China angedeutet hast? Darum warst du so verschlossen,

so abweisend. Warum hast du es mir nicht gleich gezeigt? Und ich habe mich mit sinnlosen Fragen herumgequält ...«

»Reden wir nicht von der Vergangenheit«, sagte Sabrina ungeduldig. »Überlegen wir uns lieber, was wir jetzt und hier unternehmen können, damit dieser Dreck sich nicht noch weiter ausbreitet. Bestimmt haben nicht nur wir dieses Rundschreiben erhalten. Wenn es an den Aufsichtsrat gegangen ist – und das ist anzunehmen –, wird womöglich auch deine Berufung zum Leiter des neuen Instituts in Frage gestellt?«

»Ja. Aber Moment mal – du glaubst also nicht, was da drin steht?«

»*Glauben?* Du bist wohl nicht ganz bei Trost! Niemand, der dich kennt, würde diesen Dreck glauben! Jemand will dich ruinieren, und wir müssen herausfinden, wer.«

Garth sah sie eine Weile nachdenklich an. »Ich kapiere heute ein bißchen langsam, wie's scheint«, sagte er. »Ich glaube, vor einer Viertelstunde wolltest du noch zurück nach London.«

»Du bist überhaupt nicht langsam und weißt es ganz genau. Treib also keine Spiele mit mir.«

»Und wenn ich die gleiche Bitte an dich stellte?«

»Ich spiele nicht. Was ist los mit dir? Begreifst du denn nicht, daß jetzt alles anders ist? Wenn solche Anwürfe weiter herumkommen und ich nicht hier bin, denken alle, ich hätte dich deswegen verlassen, und folglich sei wohl doch etwas an der Sache dran. Für deine Gegner wäre es so gut wie ein Beweis.«

Also hatte sie das auch sofort gesehen. Und handelte danach. Garth ging hin und nahm ihr Gesicht in beide Hände.

»Danke, Stephanie. Ich habe sofort an diese Konsequenz gedacht, als ich den Brief las. Wenn du jetzt weggingst, wäre das nicht nur der Ruin meiner Karriere, sondern hätte auch nicht abzusehende Auswirkungen auf die Kinder, auf uns alle.«

Er küßte ihr die Tränen von den Augen. Aber ihr Körper versteifte sich, als ob sie etwas in sich niederringen müßte, und so ließ er sie los. Jetzt hatten sie Zeit. Solange sie hierblieb, hatten sie Zeit. Sie hatte so viel mitmachen müssen, daß er jetzt nicht in sie dringen sollte. Sie brauchte Zeit, und er wollte den Heilungsprozeß unterstützen.

Aber er brauchte ein direktes Versprechen von ihr. Er nahm ihre Hände und fragte: »Du bleibst also hier? Ich muß nicht jeden Abend beim Heimkommen fürchten, dich nicht mehr vorzufinden?«
»Ich werde dir helfen, das durchzustehen«, versprach sie.
»Das habe ich damit nicht gemeint.«
»Garth, können wir nicht einen Schritt nach dem andern tun? Ich versuche, das Richtige für uns alle zu entscheiden.«
»Diese Entscheidung kannst nicht du allein treffen. Sie geht uns alle an. Ich bitte dich, laß mich dir auch helfen, laß uns einander helfen. Einverstanden?«
»Einverstanden«, sagte sie und nahm den Brief wieder auf. »Was heißt das, daß ausgerechnet du ungeschoren geblieben bist?«
»Das bezieht sich auf einen Artikel in der Studentenzeitung.« Garth nahm die Zeitung vom Tisch und gab sie ihr.
Sabrina las die Schlagzeile. *»Sex für gute Noten«* und den Artikel, der davon sprach, daß mindestens drei Professoren und eine unbestimmte Anzahl hübscher junger Studentinnen in flagranti ertappt worden seien und wie akademische Grade gegen Sex verhökert wurden.
»Welche drei Professoren?« fragte Sabrina.
»Melvin Blake, Millburn und Marty Talvia –«
»Was, Marty auch? Das darf doch nicht wahr sein! Ach, die arme Linda.«
»– und nun nehmen sie auch Garth Andersen aufs Korn, wie der reizende rosa Brief beweist.«
»Das ist doch alles pure Verleumdung. Wer traut dir und Marty so etwas im Ernst zu?«
»Und Blake und Millburn?«
»Die kenne ich nicht – wenigstens nicht so gut«, verbesserte sie sich eilig. »*Wenn* etwas an den Gerüchten wahr ist –«
»Mein Schatz, wenn man die Möglichkeit bei einem zugibt, gibt man sie bei allen zu.«
»Ja, aber du bist doch über jeden Zweifel erhaben. Und Marty ... Hältst du es bei dem für wirklich denkbar?«
»Ich fürchte, er hat es ein- oder zweimal versucht, dann aber

die Finger davon gelassen.«
»Hat Lloyd Strauss ihn schon vorgeladen?«
»Ja. Aber er und auch die beiden anderen haben alles abgeleugnet.«
»Und nun?«
»Weiter bin ich selbst noch nicht orientiert. Vor unserer Abreise nach London wußte ich nur, daß Strauss der Sache notgedrungen nachgehen muß. Ich werde ihn in den nächsten Tagen fragen. Möchtest du noch eine Tasse Kaffee?«
»Nein, danke. Es ist eher Zeit, ans Abendessen zu denken.«
Wie natürlich ihr das über die Lippen kam! Wie selbstverständlich sie in die Hausfrauenrolle zurückschlüpfte!
»Kümmere dich heute nicht ums Essen; wir können ins Restaurant gehen. Im Kühlschrank ist sowieso nichts Gescheites. Aber Wein haben wir noch.« Garth holte eine Flasche, entkorkte sie und füllte zwei Gläser.
Sabrina sah ihm zu und sagte langsam, als ob sie laut dächte: »Meiner Meinung nach sollten wir uns überhaupt viel öfter in der Öffentlichkeit zeigen. Für jeden deutlich sichtbar. Garth und Stephanie Andersen, die nichts zu verbergen haben.«
»Wen willst du damit von was überzeugen?«
»Alle, die sich über unsere Ehe Gedanken machen und darüber, wie und mit wem du deine freie Zeit verbringst.«
Er lachte. »Wenn du glaubst, daß es hilft ... Ich möchte lieber dem anonymen Schmierfinken auf die Spur kommen.«
»Das auch«, sagte sie ruhig. »Fangen wir mit einer Liste der Studenten und Studentinnen an, die in Gefahr sind, beim nächsten Examen durchzufallen oder schon durchgefallen sind. Oder mit denen, die du mal zusammengestaucht hast. Warum lachst du schon wieder?«
»Weil die Liste ziemlich lang wird.«
»Egal. Erinnere dich bitte an alle Namen, und ich schreibe sie auf.«
Als Penny und Cliff zurückkamen, fanden sie ihre Eltern tief im Gespräch am Wohnzimmertisch vor. Dad hatte die Beine behaglich von sich gestreckt und lächelte vor sich hin, und

Mom schrieb mit glänzenden Augen etwas auf einen Zettel, als handele es sich um ein Schreibspiel.
Penny gab Cliff mit glücklichem Aufseufzen einen leichten Rippenstoß. Er wußte, was sie meinte. Gott sei Dank, ihre Familie war wieder komplett.
Als Sabrina vor dem Schlafengehen auspackte, entdeckte sie, daß Mrs. Thirkell ihr einen Koffer mit Kleidern von ihrer geliebten Lady Longworth gepackt hatte. Der Schrank in Evanston enthielt nun eine sonderbare Mischung von Stephanie und Sabrina ... Geradezu sinnbildlich für unser Leben, dachte sie. Ich bin gespannt, wie lange ich sie selbst noch auseinanderhalten kann. Nachdem sie alles weggehängt hatte, fiel sie todmüde in das vertraute große Ehebett. Seit dem Abflug am Morgen hatte sie allzu viele Wandlungen durchgemacht.
Sie sah Garths Schatten in der Tür, als er ins Badezimmer ging. Die erste Nacht seit New York, in der sie wie eine normale Ehefrau das Bett mit ihm teilen würde! Sie hatte eingewilligt, zu bleiben – als seine Frau. Sie konnte nicht so tun, als ob die Nacht in New York niemals stattgefunden hätte.
Sie lag ganz still und wartete. Und als er kam und sie in die Arme nahm, war ihre Hingabe rückhaltlos.

Am nächsten Tag suchte Garth Vizepräsident Strauss auf und übergab ihm den Brief.
»Legen Sie das zu meinen biographischen Unterlagen für den Pressedienst: Doktor, Professor, Wissenschaftler, künftiger Direktor des Biogenetischen Instituts und Wüstling.«
Strauss nahm einen genau gleichen Umschlag von seinem Schreibtisch. »Bin schon im Bild. Gestern gekommen.«
Zum erstenmal fühlte Garth sich hilflos. Aus einer anonymen Masse von rund dreißigtausend Studenten schlug ihm ein Anhauch von Tücke und Niedertracht entgegen, dem er nicht gewachsen war. Wobei nicht einmal sicher war, ob Studenten dahintersteckten ...
»Ist dieses Pamphlet noch an andere gegangen?« fragte er.
»Nicht daß ich wüßte. Der Präsident hat keines.«
»Wie kommen Sie dann zu der Ehre?«

Strauss zuckte die Achseln. »Vermutlich eine Folge des Zeitungsartikels. Ich war genötigt, ein paar Kollegen ins Verhör zu nehmen. Jetzt will jemand auch Ihnen an den Kragen – und siehe da, schon stehen Sie vor meinem Richterstuhl.«
»Lloyd, Sie nehmen das nicht ernst genug.«
»Irren Sie sich nicht«, erwiderte der Vizepräsident in verändertem Ton, »ich nehme jede Anschuldigung ernst.«
Garth sah ihn prüfend an. »Ist etwas Gravierendes dazugekommen?«
»Ja. Talvia und Blake haben heute ihre Ämter niedergelegt.«
Garth fluchte leise und begann im Büro auf und ab zu gehen. »Doch wohl auf Druck der Fakultät? Damit es nicht heißen kann, die Universität dulde auch nur den kleinsten Fleck auf ihrer weißen Weste?«
»Sie haben im Lauf der letzten Woche leider alles zugegeben. In diesem Büro haben sich hochdramatische Szenen abgespielt: weinende Mädchen, sittlich entrüstete Eltern, reuige Sünder ... Shakespeare ist ein Waisenknabe dagegen. Und der Heldenvater, der alles ins Rollen gebracht hat, weil sein unschuldiges Töchterlein angeblich erst bei uns verdorben worden ist, gehört ausgerechnet zu den potentesten Geldgebern für unser neues Fußballstadion. Natürlich Fußball, wie könnte es auch anders sein? Der Präsident hat mich beauftragt, die Geschichte zu bereinigen, bevor sie noch mehr herumkommt. Aber natürlich ist sie längst herumgekommen, dafür hat diese verdammte Studentenzeitung mit ihren Verdächtigungen schon gesorgt. Seitdem werde ich von sämtlichen Medien, besonders den Sensationsblättern, mit Anfragen bombardiert.«
Garth hatte sich aufs Fensterbrett gesetzt und die Arme verschränkt. »Von Marty kann ich mir das gar nicht vorstellen«, murmelte er kopfschüttelnd, »jedenfalls nicht mit Studentinnen. Aber man kann jemanden jahrelang kennen und entdeckt dann trotzdem Wissenslücken. Nur leider zu spät. Blake kenne ich nicht. Wer war noch der dritte?«
»Millburn. Er ist sofort zurückgetreten. Und was gedenken Sie zu tun, Garth?«

»Ich? Verdammt, nur wegen einer anonymen Verdächtigung? Sie glauben doch nicht an so eine Dreckschleuderei?«

»Natürlich nicht, ich kenne Sie. Aber die *Chicago Tribune*? Die *Newsweek?*«

»Was?« Garth starrte ihn ungläubig an. »Die auch?«

»Klar. So einen saftigen Bissen läßt sich keine Zeitung entgehen, auch wenn sie das Opfer vor einigen Wochen erst hochgelobt hat – oder gerade dann nicht. Und ich kann die anonymen Briefe nicht einfach verbrennen, so gern ich es täte. Weiß ich, was für Schweinereien sie dann noch aushecken? Garth, Sie sind mein Freund und Kollege, und ich persönlich vertraue Ihnen, aber der Ruf unserer Universität geht vor.«

»Mit anderen Worten: Sie lassen Ermittlungen anstellen.«

»So ist es. Seit heute morgen ist eine renommierte Detektiv-Agentur damit beauftragt.«

»Und bei wem sollen diese renommierten Detektive herumschnüffeln?«

Strauss sprang auf und begann nun ebenfalls auf und ab zu gehen. »Bei Ihnen, bei anderen Dozenten, bei Studenten und Studentinnen. Vielleicht erledigt sich die Sache bald von selbst, vielleicht ist es aber auch nur die Spitze eines Eisbergs. Vor allem muß man herausfinden, wer die Briefe geschrieben hat. Ich kann es Ihnen nicht ersparen, daß dabei auch in Ihrem Privatleben herumgestochert wird.«

»Mein Privatleben geht euch alle einen Dreck an!« schrie Garth wütend, griff nach seiner Aktentasche und strebte zur Tür. Die Klinke in der Hand, drehte er sich noch einmal um. »Wenn Sie es dennoch für nötig halten, einen Berufsschnüffler auf mich und meine Familie anzusetzen, sollten Sie meine Ernennung zum Direktor des Biogenetischen Instituts lieber gleich zurückziehen.«

Strauss sah ihn nur schweigend an. Garth stutzte und fragte unwillkürlich: »Die Ernennung wird doch nächste Woche publiziert?«

»Die Publikation ist verschoben worden. Garth, wir *müssen* uns absichern. Sie wissen das so gut wie ich. Es geht nicht nur um relative Lappalien wie das verdammte Fußballstadion, sondern um den gesamten Universitätsbetrieb. Wir müssen einen makellosen Ruf haben, wenn wir staatliche Forschungszuschüsse beantragen und weiter auf Privatspenden rechnen wollen. Ich habe die verdammte Pflicht und Schuldigkeit, dafür zu sorgen, daß unsere Universität ein absolut einwandfreies Institut ist, um seine Kinder hinzuschicken oder sein Geld zu investieren. Und Ihre Pflicht ist es, Rede und Antwort zu stehen. Was haben Sie denn schon zu verbergen? Sie werden weit länger an dieser Universität bleiben als diese kleinen Stinktiere.«

»Finden Sie nicht, daß schon die Befragung durch solche Schnüffler den Ruf jedes anständigen Menschen schädigen kann? Bekanntlich bleibt immer etwas hängen.«

»Aber doch nicht bei Ihnen, Garth! Sie haben sich gerade in letzter Zeit als überragender Wissenschaftler profiliert. Und das überwiegt alles andere.«

Garth zuckte hoffnungslos die Achseln. »Mag sein. Aber Sie hätten uns fragen können, bevor Sie diese Agentur eingeschaltet haben. Meine Frau, die auch ohne renommierte Schnüffler nicht den leisesten Zweifel an meiner Unschuld hat, ist schon dabei, verdächtige Namen von Studenten zu sammeln.«

»Das höre ich nicht besonders gern, Garth. Fachleute erledigen das bestimmt besser. Schnell und diskret.«

»Klingt wie ein Werbespruch Ihrer Detektei.«

»Stimmt«, sagte Strauss verblüfft. »Es *ist* 5ihr Slogan. Aber sie sind darauf spezialisiert, Informationen aus den Leuten herauszuholen, ohne sie vorzeitig zu warnen, was Ihnen und Stephanie leicht passieren könnte. Bitte, warten Sie in Geduld ab. Wir sind ja auf Ihrer Seite, Garth, und es liegt uns daran, Sie reinzuwaschen.«

»Man kann niemanden reinwaschen, der keinen Dreck am Stekken hat. Und da liegt der große Unterschied. *Wir* suchen einen bösartigen Verleumder, *Sie* suchen den Beweis meiner unanfechtbaren Tugend. Sollten wir vor Ihnen entdecken, daß mein Charakter und meine Moral untadelig sind, werden wir es Sie wissen lassen.«

»Ach, sparen Sie sich Ihre ironischen Seitenhiebe«, sagte Strauss müde. »Ich wiederhole, daß ich persönlich volles Vertrauen in Sie setze.«

»Wie meine Frau. Wie meine Kinder. Bis bald, denke ich. Als erstes kaufe ich mir jetzt mal ein Vergrößerungsglas – wie Sherlock Holmes.«

Madeline Kane hatte in den zwei Wochen von Sabrinas Abwesenheit ein fürchterliches Durcheinander in ihrem Geschäft angerichtet.
»Ich weiß selbst nicht, wie ich das immer wieder fertigbringe«, sagte sie beschämt, als Sabrina am Mittwoch vormittag zum erstenmal wieder in den Laden kam. »Ich brauche mich nur einmal umzudrehen, und alles ist in Unordnung. Da sehen Sie, wie sehr Sie hier gefehlt haben.«
»Allerdings«, bemerkte Sabrina nur trocken. »Fangen wir vorne an und arbeiten uns langsam nach hinten durch.«
Sie arbeiteten schweigend, bis Madeline Kane luftschnappend nach einer Kaffeepause verlangte. Erst dann erkundigte sie sich näher, wie es Sabrina in London ergangen war.
»War es sehr schlimm für Sie, Stephanie?«
»Ja.«
»Kann ich irgend etwas für Sie tun?«
»Sie haben es schon getan. Mit dem herrlichen Chaos im Laden. Möbelrücken ist gut gegen traurige Gedanken.«
»Da stehe ich Ihnen jederzeit gern zu Diensten – ich bin leider von Natur unordentlich. Was machen Sie mit der Londoner Galerie Ihrer Schwester?«
»Ich glaube, ich behalte sie, wenigstens vorläufig. Der Sekretär kennt sich schon seit Jahren in der Geschäftsführung aus, und ein befreundeter Antiquitätenhändler möchte Teilhaber werden. Ich habe sie gebeten, den Laden weiterzuführen, bis ich endgültig darüber entscheide.«
»Das schließt die Wahrscheinlichkeit ein, daß Sie wieder nach London gehen?«
»Natürlich«, antwortete Sabrina so rasch, daß sie ihre nächsten Worte sehr sorgfältig wählte. »Sehr vieles ist noch unerledigt geblieben. Ich muß mit meinem Rechtsanwalt und meinen Vertretern sprechen, und vor allem ist da noch das Haus und die Haushälterin ... Das läßt sich nicht schriftlich klären.«

Madeline seufzte. »Ich habe mich schon so an Sie gewöhnt, trotz der kurzen Bekanntschaft. Sie sind genau das, was ich immer gesucht habe. Im Vertrauen auf Sie habe ich sogar schon fünf Liquidationen angenommen, für die ich aber wahrscheinlich sowieso noch jemanden anstellen muß. Aber wenn Sie dann auch nicht da sind ...«
»Liquidationen? Sie sind ja eine tolle Geschäftsfrau. Darüber müssen Sie mir nachher mehr erzählen. Ich muß in der Mittagspause zu einer Freundin, deren Mann gerade seinen Rücktritt von der Universität erklärt hat.«
»Talvia oder Blake?«
Sabrina zog seufzend ihren Mantel an. »Herrje, weiß in diesem Nest denn jeder gleich alles?«
»Ich habe es in der Zeitung gelesen.«
»Dann sind Sie ja bestens informiert. Jetzt muß ich mich aber beeilen.«
Dolores Goldner und Linda Talvia erwarteten sie schon in der hintersten Ecke der Cafeteria. Linda trug eine sehr dunkle Sonnenbrille. »Ich sehe so verheult aus«, entschuldigte sie sich.
»Das ist begreiflich, aber ich kann einfach nicht mit jemand reden, der statt Augen schwarze Löcher im Gesicht hat.«
Linda nahm gehorsam die Brille ab. Als Sabrina ihre verschwollenen Lider und fleckigen Wangen sah, überkam sie heißes Mitleid, vor allem, weil dieses Gesicht nicht nur Schmerz, sondern Scham verriet.
*Du* brauchst dich doch nicht zu schämen, Linda«, sagte sie spontan. »Du hast von nichts gewußt.«
»Meine ständige Rede«, warf Dolores ein. Da die Kellnerin gerade an den Tisch kam, konnte Linda nicht gleich antworten. Dann sagte sie mit unterdrückter Verzweiflung:
»Er wäre nie auf solche Gedanken gekommen, wenn ich netter zu ihm gewesen wäre, wenn ich nicht dauernd gestichelt und genörgelt hätte, sogar ... im Bett.« Um ihren Mund zuckte es kläglich. »Ich habe ihm oft glatt ins Gesicht gesagt, daß er mich nicht befriedigt. Kein Wunder, daß er sich woanders die Bestätigung holen muß, daß er noch ein Mann ist. Die jungen Dinger haben ihm sicher alles gesagt, was er gern hören wollte.«

»Ach, das ist doch Unsinn«, sagte Sabrina. »Ehekrisen gibt es überall. Du kannst dir keinen Vorwurf daraus machen, daß Marty von zwei raffinierten Studentinnen hereingelegt worden ist, die ihn dann erpreßt haben.«
»Wer sagt, daß es nur zwei waren?«
»Garth.«
»Sieh mal an, deinem Mann hat er es erzählt. Mir nicht. Aber das ist ja nun egal. Auch wenn es nur ein einziges Mal passiert wäre, bin ich der eigentliche Versager. Ich habe mich Marty gegenüber immer irgendwie ... minderwertig gefühlt. Ich hab ja nicht mal einen richtigen College-Abschluß.
Ich habe nicht halb soviel Bücher gelesen wie er, und von Anfang an habe ich oft gedacht, er wäre mit einer klügeren Frau besser dran und bereut es, mich geheiratet zu haben. Ich wünschte, ich könnte mit ihm darüber reden, aber ich weiß gar nicht, wo ich anfangen soll, und je länger ich warte, um so schwieriger wird es. Ich bin einfach eine Niete.«
»In keiner Weise«, widersprach Sabrina nachdrücklich. »Marty ist eine Eigenpersönlichkeit, die mit ihren Problemen auf eigene Weise fertig werden muß. Du bist nicht seine Gouvernante und brauchst nicht alles zu verantworten, was er tut.«
Linda stocherte nachdenklich in ihrem Salat. »Wenn du es *so* drehst, klingt es schon ganz anders.«
Dolores bestellte bei der vorübereilenden Bedienung Dessert. Dann sagte sie: »Was dir fehlt, Linda, ist eine Beschäftigung. Du hast keine Kinder und sitzt den halben Tag nur untätig herum. Bis Marty eine neue Stellung hat, muß doch irgendwo Geld herkommen. Ich nehme dich mit zum nächsten Meeting meines Gartenklubs. Sicher weiß da jemand, wo eine Sekretärin gebraucht wird.«
»Ich will aber nicht wieder im Büro hocken!«
»Viel andere Möglichkeiten hast du aber nicht, Linda. Ich helfe dir gern, einen Lebenslauf aufzusetzen, und –«
»Bitte, Dolores, hör endlich auf, mein Leben zu arrangieren!« rief Linda wütend.
Dolores errötete. »Tut mir leid. Ich dachte nur, du könntest gerade jetzt einen freundschaftlichen Rat brauchen. Aber ich

werde immer gleich so massiv – und merke es erst, wenn's zu spät ist«, entschuldigte sie sich.
»In Zukunft werden wir dich rechtzeitig warnen«, sagte Sabrina so sanftmütig, daß alle drei lachen mußten. »So, und jetzt bestelle ich uns einen guten Kaffee.«
»Du hast dich sehr verändert, Stephanie«, stellte Dolores mit gerunzelter Stirn fest. »Früher hast du nie solche Entscheidungen getroffen.«
»Oh, wir haben uns alle ein bißchen verändert bei all dem, was passiert ist«, murmelte Sabrina vage. Sie wechselte abrupt das Thema. »Linda, wenn ich einen Vorschlag machen dürfte? In dem Geschäft, in dem ich jetzt arbeite, fehlt eine Hilfe für die Liquidationen. Soll ich Mrs. Kane fragen?«
»Stephanie, ich weiß nicht mal, was Liquidationen sind.«
»Haushaltsauflösungen. Wir organisieren sie und verkaufen den gesamten Hausrat, vom Ehebett bis zum Tranchierbesteck. Du würdest lernen, wie man die Preise festsetzt, den Katalog und die Inserate macht und dann den Verkauf überwacht; das heißt, du müßtest die ganze Zeit dort sein und aufpassen, daß die Kunden sich nicht mit dem Silber, deiner wertvollsten Schnupftabakdose und allem, was nicht niet- und nagelfest ist, davonmachen.«
Lindas Augen leuchteten auf. »Das klingt interessant.«
»Ja, das ist es auch. Es macht viel Spaß, viel Staub, viel Arbeit – aber dafür ist es ein sehr abwechslungsreicher Job. Möchtest du ihn?«
»Wenn du ihn mir nur aus Mitleid anbietest –«
»Aus Mitleid schon gar nicht. Ich bin auf die Idee gekommen, weil Madeline Kane mir vorhin erzählt hat, daß sie fünf Liquidationen angenommen hat, und die können wir ohne Hilfe nicht durchziehen.«
»Aber nimmt diese Mrs. Kane denn jemand ohne College-Abschluß?«
»Linda, das überlasse getrost ihr. Ich habe dir ja nur vorgeschlagen, es bei ihr zu versuchen. Also, willst du oder nicht?«
»Ja, ja! Es klingt herrlich. Stephanie, wie kann ich dir danken?«

»Indem du mit Feuereifer bei der Sache bist. Dann kannst du an meine Stelle rücken, wenn ich gehe.«
»Wieso –? Wollt ihr etwa von Evanston wegziehen, Garth und du? Stephanie, es wäre ja gräßlich für uns, wenn du gingst, Stephanie...«
»Nein, ich meinte auch nicht ... Ich meinte, falls ich einen anderen Job übernehme. Aber das ist noch in weiter Ferne; und jetzt muß ich mich beeilen, sonst wirft Madeline Kane mich hinaus, bevor du bei ihr antrittst.«

Am Freitag nachmittag brachte Sabrina einen Stapel Bildbände und Kunstbücher zu Linda hinüber.
»Du mußt sie nicht auswendig lernen«, sagte sie beschwichtigend, als sie Lindas zweifelnde Miene sah. »Aber du mußt wissen, wie man sie zum Nachschlagen benutzt, und du solltest eine Idee von den verschiedenen Stilrichtungen und den Modeströmungen auf dem Antiquitätenmarkt haben. Im Moment sind die Leute ganz wild auf alte Plakate und Lackdosen. Ich habe das Gefühl, nächstens kommen wieder Puppen an die Reihe. Na, ackere das mal durch, und wenn du etwas nicht verstehst, ruf mich an.«
Vor der eigenen Haustür angekommen, seufzte sie wohlig auf. Die Kinder waren noch in der Schule; sie würde endlich einmal eine Stunde für sich allein haben ... Aber die Tür war nicht abgeschlossen. Eins von den beiden mußte früher heimgekommen sein. Also keine Gedankenpause!
In den unteren Räumen war niemand. »Cliff?« rief sie. »Penny?« Keine Antwort. Neugierig geworden, ging Sabrina die Treppe hinauf und überraschte Cliff, der auf seiner Bettkante saß und in wilder Hast Taschenrechner, Kleinstradios, Füllhalter-Sets, Brieftaschen, Manschettenknöpfe und Handschuhe in einen großen Plastiksack stopfte.
»Du siehst aus wie ein Seeräuber mit seiner Beute«, sagte sie von der Schwelle her.
Cliff fuhr schuldbewußt herum. »Ich dachte, du kämst erst um vier – «
»Und ich dachte, du kämst erst um vier Uhr dreißig. Hast du

die letzte Stunde geschwänzt, um all das Zeug hier ungesehen verstecken zu können?«
Er sah sie so verlegen und angstvoll an, daß sie ihn am liebsten in den Arm genommen und ihm jede Hilfe versprochen hätte. Aber es war klar, daß dies eine zu ernste Sache war, als daß sie so leicht abgetan werden konnte. Sabrina setzte sich in einiger Entfernung von ihm auf den Stuhl vor seinem Schreibpult.
»Ich schlage vor, du erzählst mir alles ganz offen. Von Anfang an, bitte.«
»Das habe ich doch Dad schon erzählt. Als du in China warst. Habt ihr nicht darüber gesprochen?«
»Dad war wohl der Meinung, das sei eine Sache unter euch Männern und erledigt. Du scheinst sein Vertrauen nicht lange gewürdigt zu haben.«
Cliff starrte auf seine Stiefel.
»Nun?« drängte Sabrina. »Hast du nicht versprochen, es nicht wieder zu tun? Ich nehme an, ja. Und warum hast du dein Wort nicht gehalten? – Hör mal, Cliff, früher oder später bringe ich es ja doch heraus. Du sparst dir eine Menge Zeit und Kummer, wenn du jetzt redest, möglichst bevor auch noch Penny dazwischenplatzt. Also?«
Cliff blickte auf. Seine Augen standen voller Tränen und drohten jeden Moment überzulaufen.
»Ich habe ja aufgehört. Ich habe den andern damals gleich gesagt, mein Vater sei dahintergekommen, und ich könnte das Zeug nicht mehr für sie verstecken. Aber neulich, als ihr beide in England wart, brachten sie wieder eine ganze Ladung an und sagten, ich müsse sie verstecken, und ich konnte mich einfach nicht dagegen wehren.«
»Cliff, wer sind diese andern?«
»Die Bande – ich meine, ein paar aus der achten Klasse. Die bestimmen bei uns doch alles. Sie stellen die Sportmannschaften zusammen, drängeln sich überall vor, und sie klauen wie die Raben. Das ist schon 'ne richtige Mafia. So ganz lässig, weißt du … ›Gehen wir doch eben mal rüber zu Woolworth und reißen uns 'n Taschenrechner unter den Nagel‹, das finden manche unheimlich ätzend. Zuerst haben sie wohl bloß für sich

selbst geklaut, aber dann kamen sie mit anderen Banden in Chicago ins Geschäft – die handeln sogar mit Drogen –, und weil sie nicht oft hinkönnen, brauchen sie zwischendurch einen, der das Zeug für sie aufbewahrt. Als sie mich vor ein paar Monaten zum erstenmal fragten, fand ich das eigentlich ganz gut ... Ich meine, soviel trauen sie nicht jedem aus der Siebenten zu ...«

Mein Gott, dachte Sabrina, er hat sich auch noch geschmeichelt gefühlt! Die Elite aus der achten Klasse hatte ihn mit ihrem Vertrauen beehrt! »Hast du geglaubt, sie würden dich nun als ihresgleichen behandeln?«

Er sah sie bestürzt an. »Woher weißt du das?«

Sabrina lächelte. »Ich war auch mal auf der Schule, mein Junge. Solche Typen gibt's seit Menschengedenken. Was haben sie dir denn für deine Hilfsdienste geboten?«

»Entweder einen Teil der geklauten Sachen oder fünfzehn Dollar die Woche. Ich habe lieber das Geld genommen. Ich wollte mir eine Stereoanlage kaufen.«

»Teuer. Da müssen erst eine ganze Menge Fünfzehndollarwochen zusammenkommen. Hast du je daran gedacht, dich zu weigern?«

Cliff studierte abermals seine Stiefel. »Manchmal ja«, murmelte er widerstrebend, »manchmal nein.« Sabrinas verständnisvolles Schweigen ermutigte ihn, mit festerer Stimme fortzufahren: »Weißt du, es ist nicht gerade ratsam, *die* gegen sich aufzubringen. Man kriegt dann kein Bein mehr auf den Boden. Und ich dachte doch, sie würden mich in ihre Bande aufnehmen, und Geld gab's auch, und deshalb –«

»Hat es dich nicht gestört, daß du Kriminelle unterstützt?«

»Aber Mom, so'n bißchen Ladendiebstahl ... Das ist doch nicht dasselbe wie Mord oder Bankraub oder Kindesentführung oder so ... Außerdem haben die immer gesagt, die Warenhäuser scheffeln soviel Geld, daß es gar nicht auffällt, wenn mal was fehlt.«

»Da irren sie sich. Cliff, Diebstahl ist auf jeden Fall ein Delikt, ganz gleich, ob es herauskommt oder nicht. Meistens kommt es heraus. Noch nie was von Inventur gehört?«

»Nja ... Das ist, wenn die großen Inventurverkäufe stattfinden.«

»Auch zwischendurch wird in jedem Geschäft regelmäßig Inventur gemacht. Die Waren werden durchgezählt und mit den Kassenzetteln verglichen, und an der Differenz merkt man, wieviel gestohlen worden ist. Und um diesen Verlust wettzumachen, werden die Preise erhöht. Auf diese Weise müssen alle ehrlichen Kunden für eure Diebereien zahlen.«

Cliff sagte nach einer längeren Pause: »Daran habe ich noch nie gedacht.«

»Deine Freunde offenbar auch nicht.«

»Sie sind ja gar nicht meine Freunde.«

»Ich dachte, du gehörtest zu ihrer Bande?«

»Ja, aber ... so richtig doch nicht, Mom. Sie mögen mich nicht besonders ... Scheiße.« Er wischte die wieder aufsteigenden Tränen zornig weg. »Entschuldige, du kannst solche Ausdrücke nicht leiden. Aber ich hatte mir unter Freundschaft was anderes vorgestellt. Sie reden nie mit mir wie unter Freunden. Sie machen sich nur lustig über mich.«

»Warum?«, fragte Sabrina sanft.

»Weil ich gern Bücher lese und gut in der Schule sein möchte.«

»Nun, das ist genau das, worüber wir uns freuen und warum wir stolz auf dich sind. Aber warum, um Himmels willen, läßt du dich noch mit diesen Burschen ein, wenn sie dich sogar demütigen? Nur des Geldes wegen?«

»Nein, nicht nur ... Also, wenn du es wirklich so genau wissen willst, ich habe Angst vor ihnen. Erst haben sie gedroht, sie schlagen mich zusammen, wenn ich nicht weiter spure, und letzte Woche haben sie gesagt, sie verpfeifen mich bei der Schulleitung und behaupten, ich hätte alles ganz allein gestohlen. Dad wollte schon damals die Polizei einschalten, aber ich hab ihn angebettelt, nicht zu gehen, und auch keine Namen gesagt. Ich kann keine Namen nennen und mich auch nicht weigern, ihnen zu helfen. Sonst komme ich in keine Mannschaft mehr rein. Sie sorgen dafür, daß keiner mehr mit mir was zu tun haben will, und dann bin ich ganz allein. Mom, ich weiß einfach nicht mehr, was ich tun soll.«

Er sank schluchzend auf dem Bett zusammen, und Sabrina ging rasch hin, um sich neben ihn zu setzen. Nach kurzem Widerstreben legte er den Kopf an ihre Schulter und sagte undeutlich: »Verzeih, Mom.«

»Was?«

»Daß ich so dämlich heule.«

»Wir alle heulen hin und wieder, wenn wir in so einer Klemme stecken; du brauchst dich nicht zu entschuldigen. Ich verstehe bloß nicht, warum du nicht viel früher zu uns gekommen bist. Hast du vor uns mehr Angst als vor diesen Typen?«

»Na ja, ich hatte ja schon diese Aussprache mit Dad, und er ... er hat mich so bei der Ehre gepackt, daß ich –«

»Daß du dich nicht mehr getraut hast, ihm deinen Rückfall zu gestehen?«

»Ja, und die ganze Schwindelei und so. Zwei- oder dreimal hat er mich seitdem kurz gefragt, ob ich mein Versprechen halte, und ich hab immer bloß genickt. Je länger es dauert, desto schauriger wird es. Jetzt wirst du ihm wohl alles erzählen, aber ich glaube nicht, daß du oder sonstwer noch was ändern kann.«

»O doch!«

»Aber wie denn, Mom? Die machen doch Kleinholz aus mir ...«

»Dazu werden sie keine Gelegenheit haben. Ich gebe dir einen Monat Hausarrest.«

»Hausarrest!« Cliff zuckte zurück wie gestochen und starrte Sabrina aus geröteten Augen an. »Mom, das ist nicht fair!«

»Hältst du es für fairer, weiter für Diebe den Handlanger zu machen? Oder verprügelt und ausgestoßen zu werden? Oder bei der Schulleitung für die anderen geradestehen zu müssen?«

»Aber –«

»Ich meine mit Hausarrest keine Einzelhaft. Wenn deine Eltern lediglich verlangen, daß du einen Monat lang sofort von der Schule nach Hause kommst und nirgends mehr hingehst, kannst du gar nicht mehr mit diesen Burschen zusammenarbeiten. Jeder Junge kennt solche elterlichen Strafmaßnahmen; du brauchst ihnen nicht mal den Grund zu sagen. Inzwischen werden wir ganz diskret anregen, daß in den von euch frequentierten Läden und Kaufhäusern ein paar Detektive mehr aufpassen als bisher. Wir verlangen keine Namensnennungen von dir. Die Polizei wird deine Bande auch so schnappen. Nach dem, was du erzählst, scheint sie ziemlich dumm zu sein.«

Cliffs Augen wurden immer größer. »Mom, das ist eine tolle Idee! Ich wußte gar nicht, daß du so clever bist!«

»Nur weil ich bisher nie zu solchen Maßnahmen gegriffen habe?«

»Aber doch! Du hast uns oft zu Stubenarrest verdonnert, mich natürlich öfter als Penny.«

»Ja, ja – aber frühere Strafen sind für mich erledigt.«

»Mom? Ich habe eine Idee. Wenn du mir jetzt hilfst, dieses Zeug aus dem Haus zu kriegen, braucht Dad nie was davon zu wissen.«

»Von was? Daß du ihn wieder belogen hast?«

»Ich ... ich brauche ja überhaupt nie mehr davon zu reden.«

»Cliff, verschweigen ist eine andere Form der Lüge, und –«

Sabrina hielt inne, Wie kam *sie* dazu, hier Moral zu predigen?

»Mom?« fragte er schüchtern, als die Pause sich dehnte. Sabrina nahm den Faden wieder auf.

»Paß auf. Oben in meiner alten Dachkammer sind ein paar leere Kartons. Hol sie runter. Wir packen die gestohlenen Sachen hinein, und Dad und ich bringen sie zur Polizei.«

»Aber was wollt ihr denn sagen, wo ihr sie herhabt?«

Da er immer noch unschlüssig herumstand, verlor sie plötzlich die Geduld. »Wir werden schon einen Weg finden. Es wird dir nichts anderes übrigbleiben, als uns zu vertrauen. Los, hol die Kartons.«

Garth hatte seine ganzen Unterlagen durchgesehen und brachte abends eine Liste mit elf Namen von Studenten, die im letzten Jahr bei Examen durchgefallen waren oder sich über schlechte Noten beklagt hatten.

»Wer ist das?« fragte Sabrina. »Die mit dem Fragezeichen hinter dem Namen?«

»Rita McMillan? Oh – eine Möglichkeit unter andern. Hab ich dir nicht von ihr erzählt?«

»Ich kann mich nicht erinnern.«

»Sie hat mir im August oder so ein eindeutiges Angebot gemacht, wenn ich sie das nächste Examen bestehen ließe. Ich habe sie rausgeschmissen und dabei möglicherweise auch ›Flittchen‹ oder ›Nutte‹ genannt. Es war gerade in der Woche, als Vivian Goodman abgelehnt worden war, und ich war nicht gerade gut auf junge Damen zu sprechen, die statt Fachwissen ihre Anatomie einsetzen. Ich habe sie dann übrigens nicht durchfallen lassen, sondern ihr genau die Note gegeben, die sie verdiente. Aber da sie auch in allen anderen Fächern schwach war, muß sie einige Seminare wiederholen.«

Sabrina merkte sich den Namen. »Dann wäre ihr so ein rosa Brief zuzutrauen. Manche Mädchen verzeihen es nie, wenn jemand immun gegen ihre Reize ist.«

Garth lachte. »Rita könnte dazugehören. Was sollen wir nun mit der Liste anfangen? Ich komme mir lächerlich vor, als ob mir jemand ein Holzgewehr zum Räuber-und-Gendarm-Spielen in die Hand gedrückt hätte. Da suche ich lieber ein paar verschwundene Bakterien.«

»Und ich ein verschwundenes Wedgwood-Service.«

»Bakterien und Wedgwood. Räuber und Gendarm. Ein schönes Paar geben wir ab.«

Ja, sie waren ein Paar. Sabrina hämmerte das der gesamten Umwelt ein. Sie bestand darauf, daß sie zu einer Filmpremiere und dem anschließenden Empfang ging. Am nächsten Tag waren sie auf einer Cocktailparty beim Rektor, wo Sabrina allgemein bewundert wurde. »Und mit Recht«, sagte Garth. »Du warst nie so schön..«

Ja, sie war hinreißend schön, zumal sie sich in dieser Woche zum erstenmal in Evanston ganz in Sabrina Longworths eigenwillig-brillantem Stil kleidete; und bei festlichen Gelegenheiten wie dieser ihr Haar nicht mehr in einen schweren Knoten zusammenfaßte, sondern frei auf die Schultern fallen ließ. Sie war der Mittelpunkt, um den sich alles drängte, aber sie achtete darauf, daß Garth immer in ihrer Nähe war. Am Wochenende wurde auf dem Universitätsgelände das neue Kunstmuseum eröffnet. Sabrina fachsimpelte charmant und witzig mit Malern,

Bildhauern und Sammlern – sie kannte deren Sprache und konnte aus einem langjährigen Erfahrungsschatz schöpfen. Lloyd Strauss, der sie in einem seltenen Augenblick allein erwischte, floß von Bewunderung über.

»Sie sind großartig, Stephanie. Ich frage mich, wie Sie das anstellen, noch dazu so kurz nach dem tragischen Verlust Ihrer Schwester.«

»Ich tue es für Garth«, erwiderte sie klar und deutlich, und ihr Blick warnte Strauss, die Integrität ihres Mannes je anzuzweifeln oder sie für naiv zu halten. Strauss antwortete prompt mit einer Einladung für den folgenden Abend.

»Ihr seid nie mehr zu Hause!« klagte Penny, als Sabrina am Sonntag vor dem Spiegel ihr Haar bürstete.

»Tja, mein Kind, das ist die Saison in Evanston«, grinste Garth im Spiegel Pennys Abbild zu, während er seine Krawatte band. »Wir haben eben gesellschaftliche Verpflichtungen ...«

In Sabrinas Gedächtnis klingelte es, und sie wandte sich rasch zu Pennys vorwurfsvollem Gesichtchen um. Die Gegenwart verblaßte ... Sie sah sich selbst und Stephanie ungefähr im gleichen Alter und in genau der gleichen Situation, als ihre Eltern sich für einen Ball umzogen. »Ihr überlaßt uns immer fremden Leuten. Die einzige Familie, die wir haben, sind Stephanie und ich ...« Sie erinnerte sich so gut daran. Aber in der letzten Woche, als sie, um sich gemeinsam zu zeigen, jeden Abend ausgingen, hatte sie es vergessen. Ihr Terminkalender sah fast so aus wie in London: tagsüber Arbeit, abends Dinners, Konzerte, Unterhaltung und neue Gesichter ... Ihr wurde dabei klar, wie sehr sie das vermißt hatte. Manchmal, wenn sie, ein Glas in der Hand, plaudernd und lachend inmitten einer Gruppe stand, Garth neben sich, vergaß sie sekundenlang, wo und wer sie war. Dann nahm sie Garths Arm, um zu spüren, wie sehr sie ihn liebte, und sich an der Reaktion der anderen zu freuen, die nicht bezweifeln konnten, daß sie ein glückliches Paar waren.

Daß Penny und Cliff dabei zu kurz kamen, war Sabrina klar. Sie brauchen eine Familie, dachte sie, und ich muß ihnen irgendwie dazu verhelfen. Ich werde bald genug aus ihrem Leben verschwinden.

»Du hast ganz recht, Penny«, sagte sie, »wir müssen wieder häuslicher werden ...«
Garth sah sie fragend an. »Ich dachte, du hast mit deinem Feldzug gerade erst angefangen?«
»Ja, aber die Kinder leiden darunter. Und du machst ja nur mit, weil du dich dazu verpflichtet fühlst.«
»Im Gegenteil. Ich amüsiere mich köstlich.«
»Daddy!« schrie Penny empört auf, und Sabrina maß ihn mit einem überraschten Blick.
»Na ja, wir haben es in den letzten Tagen ein bißchen übertrieben«, räumte er ein, wobei er Sabrinas sprachloses Staunen sichtlich genoß. »Aber nachdem du mir jahrelang vorgeworfen hast, wir gingen nicht genug aus, hast du mir jetzt gezeigt, wieviel ich versäumt habe. Von mir aus können wir gerne jede Woche an vier oder fünf Abenden zu Hause bleiben und die anderen ...« Er sah, wie ihre Augen sich verdunkelten, und fügte rasch hinzu: »Aber nicht öfter.«
Sie lachte leise. »Das ist nicht allzu ausschweifend, denke ich. Wir werden es einrichten.«
»Aber was ist mit heute?« wollte Penny wissen.
»Heute gehen wir zu Mr. und Mrs. Strauss«, sagte Garth, »das ist nicht zu ändern; wir haben es versprochen. Dafür bleiben wir morgen zu Hause. Ist das möglich, Stephanie?«
»Ja.« Sie lächelte, als Penny getröstet aus dem Zimmer lief. Garth legte die Arme um sie und wiederholte: »Morgen bleiben wir zu Hause.«
Sie hielten Wort und verbrachten einen ruhigen Abend zusammen. Nachdem die Kinder schlafen gegangen waren, saßen Garth und Sabrina plaudernd und lesend im Wohnzimmer, als es laut und anhaltend an der Haustür klingelte. Garth stand auf, um nachzusehen, und kam kurz darauf mit einem Mann in mittlerem Alter herein, der sich als Karl Jenks vorstellte, Detektiv der Auskunftei, die im Auftrag der Universität Nachforschungen wegen der anonymen Briefe anstellte.
»Dazu muß ich natürlich mit den Leuten reden«, erklärte er, nachdem er Platz genommen hatte und sich eingehend umsah. »Hübsches Zimmer. Na, dann wollen wir mal.« Er zückte sein

Notizbuch, und sein flaches, ziemlich ordinäres Gesicht nahm einen bedeutsamen Ausdruck an. »Haben Sie mal mit irgendwem Krach gehabt, Professor? Vielleicht jemanden rausgeschmissen oder aus dem Job gedrängt oder 'nen Rasenmäher vom Nachbarn geborgt und nicht zurückgebracht?«
»Nein.«
»Was, auf Sie hat noch nie jemand 'ne Wut gehabt? Dann sind Sie wohl der einzige in der großen weiten Welt, der das von sich sagen kann. Sie sind wirklich allgemein beliebt?«
Garth sah Jenks ruhig an, bis er seinen Blick abwandte. »Wir haben eine Liste von Studenten zusammengestellt, die sich vielleicht ungerecht von mir behandelt fühlten. Hier ist sie.«
»Aha. Haben Sie dabei geholfen, Stephanie?«
Sabrina hob kühl die Brauen. »Kennen wir uns schon, Mr. Jenks?«
»Von früher her? Nicht daß ich wüßte. Warum?«
»Weil im allgemeinen nur Freunde und gute Bekannte meinen Vornamen benutzen, Mr. Jenks.«
Hierauf entstand eine Pause. »Oho«, lachte Jenks dann etwas krampfhaft. »Unter uns alten Amerikanern ist man nicht so förmlich... Bitte ergebenst um Verzeihung, Madam. Oder soll ich besser Mylady sagen?«
Sabrina lächelte und erwiderte nichts.
»Also, Sie glauben an diese Liste, Mylady?«
»Was heißt glauben? Es ist nur eine Liste.«
»Meinen Sie nicht, daß Ihr Göttergatte ein paar Namen ausgelassen haben könnte?«
»Das ist ja absurd!«
»Aha!« Jenks kritzelte. Garth und Sabrina tauschten befremdete Blicke.
»Spielen Sie Tennis, Professor?«
»Ja«, sagte Garth verwundert. »Was hat das mit Ihren Nachforschungen zu tun?«
»Allerhand. Sie auch, Mrs. Andersen?«

»Ob ich Tennis spiele? Ja.«
»Haben Sie in letzter Zeit mal zusammen gespielt?«
»Nein«, sagte Garth. »Meine Frau hatte einen Todesfall in der Familie und ist noch in Trauer.«
»Herzliches Beileid. Komisch, daß Sie dann so viel auf Parties gehen und zu Museumseröffnungen und all solchem Klimbim. Gehört so 'n reges Gesellschaftsleben bei Ihnen zur Trauer?«
»Sie waren bedeutend reger als wir, Mr. Jenks«, bemerkte Sabrina liebenswürdig. »Offenbar sind Sie über alles unterrichtet, was wir tun und lassen. Garth, meinst du, wir sollten mit Mr. Jenks unser ›Gesellschaftsleben‹ diskutieren?«
»Nein, das meine ich nicht. Mr. Jenks ist hier, um mit uns über anonyme Briefe zu sprechen. Da er nicht zur Sache kommt, sollten wir dieses Gespräch lieber beenden.«
Jenks notierte etwas. »Hübsche kleine Teppiche«, sagte er dann und drehte den Kopf hierhin und dorthin wie ein häßlicher Vogel. »Chinesisch?«
»Ja«, sagte Sabrina.
»War der Professor mit Ihnen in China?«
»Jetzt reicht es«, sagte Garth und stand auf. »Ich bringe Sie zur Tür.«
Jenks rührte sich nicht. »Professor, dies ist eine Untersuchung. Im Auftrag Ihrer Vorgesetzten.«
»Sie untersuchen nicht. Sie fischen im trüben.«
»Glänzend formuliert, Professor. Genau so arbeiten wir Detektive. Wir hängen ein paar Würmer ins Wasser und warten ab, wer anbeißt.«
Garth lehnte sich schweigend an ein Bücherregal, während Jenks fortfuhr: »Sie waren vor ein paar Wochen in Stamford, Connecticut. Aber Sie haben den Job dort nicht angenommen, oder?«
»Offenbar wissen Sie die Antwort bereits.«
»Ja, Mrs. Andersen, ich fragte nach der China-Reise. War Ihr Herr Gemahl nun dabei oder nicht?«
»Nein. Auch das ist Ihnen zweifellos bekannt. Ich habe eine Gesellschaftsreise mitgemacht. Wenn mein Mann nicht so großzügig gewesen wäre, diese Reise zum größten Teil zu

finanzieren und inzwischen für die Kinder zu sorgen, hätte ich sie gar nicht machen können.«
Jenks kritzelte emsig, wobei er die Lippen vorstülpte wie ein Kind, das mit der Orthographie auf Kriegsfuß steht. »Nun zu Ihrem Kollegen Talvia. Kennen Sie ihn schon lange?«
»Ja«, sagte Garth einsilbig.
»Er und seine kleine Frau sollen ja'ne Menge Krach miteinander haben?«
Garth und Sabrina schwiegen.
Jenks schrieb. »Zu dumm, diese ewigen Ehekräche. Hauptmotiv für Seitensprünge. Besonders, wenn dutzendweise hübsche junge Damen um die Herren Professoren rumwimmeln.«
Sabrina sah Garth an und schüttelte leicht den Kopf.
»Sie sind nicht meiner Meinung, Mrs. Andersen? Bezieht sich das auf die Seitensprünge oder auf die hübschen jungen Damen?«
»Ich bin der Meinung, daß Sie nicht so dumm sind, wie Sie sich stellen.«
Jenks war etwas aus dem Konzept gebracht. Er holte einen Kaugummi aus der Rocktasche, wickelte ihn aus und steckte ihn in den Mund. »Nun zu Blake. Wie gut kennen Sie den?«
»Flüchtig. Er gehört nicht zu meiner Fakultät. Meine Frau kennt ihn gar nicht.«
»Ein Pluspunkt für Sie. Er hat einen Ruf wie Donnerhall. Liebt alle Mädchen querbeet, egal welcher Jahrgang und welche Oberweite.«
Sabrina sah ihn nachdenklich an. »Was für einen unsympathischen Beruf Sie haben, Mr. Jenks.«
»Dann hätten wir da noch diesen Professor Millburn. Na, den kennen Sie auch nicht oder kaum, soviel ich weiß. Jemand hat einen Brief über ihn an die Universität geschrieben. Sehen Sie, Professor Andersen, jetzt sind wir bei den anonymen Briefen. Mathematiker! Spielt mit abstrakten Formeln, wenn er nicht gerade Formen im Bett hat. Schön verrückt.«
»Ging das alles aus dem anonymen Brief hervor?« fragte Sabrina kalt.
»Nein, Madam, aber aus seinem Geständnis. Er sagt, es sei nur

einmal passiert. Aber wer weiß? Seine Frau war vor der Heirat auch Studentin bei ihm. Er hat's gern jung und knackig. Und ich muß sagen«, ein etwas neidischer Ton schlich sich in seine Stimme ein, »ich kann das verstehen. Das ist auch verlockend.«
Das Zimmer war so still, daß Sabrina von oben Cliffs Radio hörte. Dann fing Jenks wieder an: »Sie haben Sprechstunden in Ihrem Büro, Professor?«
»Selbstverständlich.«
»Kommen die Studenten, die was zu fragen haben, einzeln oder in Gruppen?«
»Meistens einzeln. Es geht um vertrauliche Dinge. Noten, Leistungen, Pläne für die Zukunft und ähnliche Probleme.«
»Aha. Einzeln also, auch die Damen. Hinter verschlossener Tür?«
»Hinter *ge*schlossener, ja. Hinter *ver*schlossener nie.«
Sabrina sah, wie gerechte Wut in Garth hochstieg. War er wirklich gezwungen, diesen Karl Jenks und seine schlüpfrigen Fragen ernst zu nehmen?
»Mrs. Andersen, haben Sie manchmal Dinner-Gäste?«
»Manchmal.«
»Laden Sie dazu auch Schüler und Schülerinnen Ihres Mannes ein?«
Sabrina hatte keine Ahnung. Sie sah hilfesuchend zu Garth.
»Nein«, antwortete er für sie. »Im Frühsommer machen wir meistens ein Picknick für meine Assistenten und die Studenten der höheren Semester.«
»Konnte Ihre Gattin das nicht selbst sagen?«
»Mrs. Andersen braucht auf zudringliche Fragen nicht zu antworten, wenn sie nicht will. Insbesondere dann nicht, wenn sie hinter jedem Wort eine Falle vermuten muß.«
Jenks kaute heftig auf seinem Gummi. »Professor, ich komme gerade vom Ehepaar Talvia. Alles Friede, Freude, Eierkuchen, als hätten sie sich nie im Leben gezankt. Ich komme hierher und finde dasselbe vor – nichts als Frieden und Harmonie. Aber Mrs. Andersen pendelt zwischen China und England hin und her, und der Professor nimmt an auswärtigen Tagungen teil, sooft er eine Chance kriegt. Und dann kommen solche Briefe,

die man schon nicht mehr zweideutig nennen kann. Wie ist das nun mit den verlockenden Angeboten: Sex gegen gute Examensnoten? Wenn ich Sie mir so ansehe, Professor, könnte ich mir denken, daß Sie nicht immer nur darauf gespuckt haben.«
Garth war nahe am Explodieren, aber nach einem Blick in Sabrinas Gesicht lächelte er flüchtig und sagte fast im Konversationston: »Ich könnte Sie jetzt hinauswerfen; aber einen solchen Kraftaufwand sind Sie mir nicht wert. Darum fordere ich Sie auf, von allein zu gehen. Sie sind von Vizepräsident Strauss beauftragt, den oder die Verfasser von anonymen Briefen ausfindig zu machen, weiter nichts. Statt dessen nehmen Sie die Gelegenheit wahr, auf unerlaubte Weise und auf eigene Faust herumzuschnüffeln – was gegen den Paragraphen 44-C-I der Stadt Evanston verstößt und Sie Ihre Lizenz kosten kann. Ich überlege mir noch, ob ich die Polizei oder den Aufsichtsrat der Universität verständige, oder beide. Das hängt zum Teil davon ab, wie rasch Sie mein Haus verlassen. Ich gebe Ihnen sechzig Sekunden.« Garth hielt demonstrativ seine Armbanduhr vor die Augen. »Ich beginne zu zählen.«
»Damit schüchtern Sie mich nicht ein, Professor.«
»Wir werden sehen. Fünfundvierzig.«
»Ihre Frau weiß am besten, daß ein Mann, der nichts zu verbergen hat, niemanden rausschmeißt –«
»Dreißig Sekunden.«
»Das ist doch nur Bluff!«
»Zwanzig.«
Jenks schoß in die Höhe und eilte der Haustür zu. »Wir sehen uns wieder! Ihr Boß wird sehr interessiert sein, wenn ich ihm erzähle, daß Sie –«
»Raus!« brüllte Garth, und Jenks riß die Tür auf und verschwand. Sabrinas helles Lachen klang hinter ihm her.
»Eine filmreife Klamotte, Garth. Woher kennst du dich so gut in den Paragraphen aus?«
Er lachte auch. »Ich weiß gar nicht, ob es so einen Paragraphen gibt. Aber dieser Schmutzfink wußte es garantiert noch weniger. Ich begreife nicht, wie die Universität auf solche Leute kommt.« Sie hörte auf zu lachen. »Garth, ist er trotzdem gefährlich?«

»Vermutlich ja. Machst du dir Sorgen?«
»Ja. Die Sache ist noch nicht ausgestanden.«

Das erste Telefonat, das Garth am nächsten Morgen führte, galt Lloyd Strauss.
»Sagen Sie mal, war es nötig, daß Sie meine Karriere in die Hände eines schmierigen Schnüfflers legen, der sich überhaupt nicht vorstellen kann, daß es auch anständige Menschen gibt?«
»Beschimpfen Sie mich nicht, Garth«, stöhnte Strauss. »Ich kriege schon genug Zunder von allen Seiten. Mein Bedarf ist gedeckt. Trotzdem können wir die Ermittlungen nicht abblasen, und zwar aus den Gründen, die ich Ihnen neulich schon mitgeteilt habe. Ich gebe zu, daß wir bei der Agentur keine sehr glückliche Hand hatten, aber wir hatten es eilig. Ich versuche bereits, jemand anders zu finden. Genügt Ihnen das?«
»Genügt«, sagte Garth und hängte ein, bevor Strauss ihn nochmals ermahnen konnte, keine eigenen Schritte zu unternehmen. Denn er und Sabrina hatten nach Jenks' unrühmlichem Abgang beschlossen, alle Leute, die auf ihrer Liste standen, selbst zu befragen. Irgendwer würde vielleicht einen Hinweis bringen. Und wenn nicht, war es jedenfalls besser, als tatenlos dazusitzen.
Anschließend rief er gleich seine Frau bei »Collectors« an. »Privat will ich dir nur sagen, daß ich dich liebe. Und zur Lage: Strauss will versuchen, eine andere Agentur zu finden. Ach ja, und Marty Talvia hat sich auch bei mir gemeldet. Er ist gebührend zerknirscht und hält sich für allein schuldig an unser aller angeknackstem Image. Ich habe ihm gesagt, er soll sich um Linda kümmern; wir würden es überleben. Ist Linda bei dir?«
»Ja, wir bereiten eine Liquidation vor. Ich habe sie und Dolores zum Thanksgiving-Dinner eingeladen, ist es dir recht? Und sie sagt, Marty hat schon eine neue Stellung in Aussicht.«
»Hm, hat er mir erzählt. Er hätte es sonst nicht fertiggebracht, uns wieder ins Gesicht zu sehen. Da haben wir also zu Thanksgiving wirklich etwas zu feiern.«
»Talvias ja, wir noch nicht. Wann kommst du heute nach Hause?«

»Um fünf herum. Wirst du da sein?«
»Natürlich.«
Sabrina benutzte die Mittagspause zu einem Anruf in London.
»Nicholas? Tut mir leid, daß ich so früh störe. Hier ist Stephanie Andersen. Ich höre so gar nichts von ›Ambassadors‹ –«
»Oh, verzeihen Sie, meine liebe Stephanie; ich bin noch nicht zum Schreiben gekommen. Wir arbeiten hier ganz im Sinne Ihrer lieben Schwester. Alles geht bestens, ich glaube, sie würde zufrieden sein.«
»Was heißt das im einzelnen?«
»Wir haben den Sessel und die Muschelgold-Uhr gekauft, von der sie zuletzt noch sprach, und das Regency-Schmuckkästchen –«
»Nicholas!«
»Ja, Stephanie!«
»Und was haben Sie verkauft?«
»Äh ... Um diese Jahreszeit herrscht da eine gewisse Flaute ...«
»Um diese Jahreszeit ist Hauptsaison! Alle Kunden sind wieder in der Stadt. Wofür halten Sie mich eigentlich? Wie geht Ihr eigenes Geschäft?«
»Oh ... ganz gut.«
»Dank Ihrer Frau, nicht wahr?«
»Liebe Stephanie, jetzt klingen Sie genau wie Sabrina. Die Erinnerung macht mich ganz traurig.«
»Dann rufen Sie mir vielleicht lieber Brian ans Telefon.«
»Nein, nein, das ist wirklich unnötig. Ich habe vergessen, daß die Porzellanuhr verkauft ist, die mit den Engeln, falls Sie wissen, welche ich meine, und die ›Chilton‹-Möbel, die Ihre Schwester noch ersteigert hat.«
»Was hat die Uhr gebracht?«
»Dreitausend.«
»Sie hätten viertausend verlangen sollen. Und die Möbel?«
»Dreiundzwanzigtausend für beide zusammen.«
»Sehr gut. Ich weiß nicht, warum Sie mir das nicht gleich gesagt haben.«
»Aber meine Liebe, es sollte doch eine Art ... Überraschung sein. Im übrigen bewacht uns Ihr Rechtsanwalt mit Argusaugen. Er fragt beständig, wann Sie wieder kommen.«

»Bald. Muß es gleich sein?«

»Nun, möglichst bald, würde ich sagen. Die endgültige Entscheidung über ›Ambassadors‹ ist ja noch nicht getroffen. Dies und vieles andere hängt von Ihnen ab. Lady Olivia sagte neulich, Sie erinnern sie so an Sabrina, daß sie wünschte, Sie zögen für immer nach London, und wir könnten alle so tun, als ob Sabrina nie ... O Gott, wie taktlos das bei mir klingt. Olivia hat es ganz anders ausgedrückt.« »Kann ich mir denken, Nicholas. Olivia hat es immer verstanden, auch die gewagtesten Dinge auf die selbstverständlichste Art zu sagen.«

»Du meine Güte, Stephanie, hat Sabrina Ihnen alle diese Einzelheiten über uns erzählt?«

»Viele.« Sobald ich zurück bin, kann ich endlich mit dieser Lügerei aufhören, dachte sie. Für alle Fälle aber habe ich Nicholas einen gesunden kleinen Schrecken eingejagt; er wird mich nicht noch einmal als die unwissende Erbin aus der amerikanischen Provinz behandeln – ganz gleich, ob ich die Sache aufkläre oder nicht.

Aber kann ich das überhaupt noch?

Nein, ich kann Garth nicht mehr die Wahrheit sagen. Ich kann sie niemand sagen.

Und dann muß ich bis an mein Lebensende Stephanie Andersen bleiben.

# 19

Am 20. November fiel der erste Schnee. Der Himmel hing stahlgrau über kahlen Baumkronen und Büschen, die von der leichten Schneedecke wie überzuckert aussahen. Garth drehte die Heizung auf, Sabrina half verlegte Handschuhe suchen, und die Kinder bewunderten ihre deutlichen Fußabdrücke auf dem weißen Gartenweg.

Winter, und sie waren in der unerquicklichen Verleumdungsangelegenheit noch keinen Schritt weiter. Sie hatten

auch nichts getan, um mit den Studenten auf ihrer Liste zu sprechen. Sie waren einfach zu glücklich gewesen.
Dennoch konnte Sabrina, sobald sie allein war, Angst und Gewissensbisse nicht völlig verdrängen. Wie sollte sie einen Weg finden, bei Garth zu bleiben, ohne sich selbst zu betrügen? Ohne immer das Gefühl zu haben, von Stephanies Tod zu profitieren? Sie saß in der Küche und schaute gedankenverloren auf die unberührte weiße Fläche des Hofs.
Eines Tages, dachte sie, wenn wir am wenigsten darauf gefaßt sind, wird die Wahrheit ans Licht kommen. Und alles zerstören.
Das Telefon klingelte und riß sie aus ihren Gedanken. Es war Garth, der aus der Universität anrief.
»Eben sehe ich auf meinem Kalender, daß ich Anfang Dezember bei einer Tagung in New York das Eröffnungsreferat halten muß. Kannst du deine Madeline für drei Tage mit Linda allein lassen? Ich möchte dich gern mitnehmen.«
»Wann im Dezember?«
»Vom dritten bis sechsten. Frag Vivian, ob Penny und Cliff noch mal bei ihr bleiben können. Wenn das so weitergeht, werden wir ihre Kinder demnächst für ein halbes Jahr bei uns aufnehmen müssen, um uns zu revanchieren. Kommst du mit?«
»Ja, gern.« Wie sonderbar, daß er gerade jetzt mit dieser Bitte kam, als sie sich den Kopf über ihre Zukunft zerbrach. Irgendeine Entscheidung mußte sie treffen; es ließ sich nicht mehr lange hinausschieben. »Garth«, fügte sie rasch hinzu, »wäre es dir recht, wenn ich von New York aus gleich nach London weiterfliege? Der Anwalt und die anderen drängen mich dauernd, endlich die Nachlaßangelegenheiten zu regeln.«
Am andern Ende entstandt eine kaum merkliche Pause. »Ja, das sehe ich ein. Brauchst du mich nicht dabei?«
»Nein, danke, ich schaffe das schon allein.«
»Wirst du lange wegbleiben?«
»Ich weiß nicht. Vielleicht dauert's ein Weilchen. Sobald ich wieder in dem Haus bin –«
Diesmal war die Pause länger. Garth war in den letzten Wochen fast zu der glücklichen Überzeugung gekommen, daß Stephanie

nicht mehr daran dachte, in Sabrinas Haus zu leben und die Rolle ihrer Schwester zu übernehmen. Aber ihre merkwürdig ausweichende Antwort ließ darauf schließen, daß sie den Gedanken immer noch nicht aufgegeben hatte. Sie schien einen unbezähmbaren Hang zu haben, immer dann davonzulaufen, wenn sie sich am nächsten waren. Hatte sie ihm nicht versprochen, wenigstens so lange dazubleiben, bis diese schmutzige Briefaffäre aufgeklärt war? Aber er wollte sie jetzt nicht daran erinnern. »Das besprechen wir noch«, sagte er kurz. »Die Reise nach New York ist jedenfalls abgemacht?«
»Ja. Und es trifft sich gut, daß ich zum Lunch mit Vivian verabredet bin. Da kann ich gleich wegen Penny und Cliff mit ihr sprechen.«

»Sie sehen so niedergedrückt aus, Stephanie«, sagte Vivian Goodman, als sie sich mittags im Restaurant trafen. »Geht Ihnen der frühe Wintereinbruch aufs Gemüt? Kann ich irgendwas für Sie tun?«
»Ja, von schöneren Dingen reden. Zum Beispiel davon, daß Ihre Berufung jetzt endgültig ist. Ich habe Ihnen noch gar nicht richtig gratuliert.«
»Das verdanke ich nur Ihrem Mann. Er hat die jahrhundertealte frauenfeindliche Universitätspolitik auf den Kopf gestellt und die Familie Goodman damit gerettet. Wissen Sie, daß ich ihn ›Sankt Garth‹ nenne?«
Sabrina lachte und schüttelte den Kopf. »Das würde ihn amüsieren. Es gibt Leute, die ihn für alles andere als ›heilig‹ halten.«
»Ach, Sie meinen diese widerliche Sexaffäre? Aber da war Ihr Mann ja gar nicht betroffen. Die meisten seiner Studenten sind stolz auf ihn und rühmen ihn in den höchsten Tönen. Wissen Sie, wie eine der Studentinnen in meinem Seminar ihn neulich nannte, als wir über Garths Arbeiten sprachen? Warten Sie, ich muß es aufschreiben, dann ist es amüsanter.« Sie schrieb ein Wort auf eine Papierserviette und reichte sie Sabrina.
»Gen-ius« las Sabrina und traute ihren Augen nicht.
»Clever«, sagte sie leichthin. »Wie heißt die junge Dame?«
»Rita McMillan. Und clever trifft haarscharf auf sie zu. Keine

gute Schülerin, aber eine von denen, die immer einen Weg finden, um das zu erreichen, was sie wollen. Sagen Sie mal, Stephanie, haben Sie etwa auch einen anonymen Brief bekommen?«
Sabrina fuhr zusammen. »Wissen Sie davon?«
»Jetzt weiß ich es. Vorher nur gerüchtweise. Zum Beispiel soll ein mieser Winkeldetektiv herumgehen und die Leute mit unverschämten Fragen belästigen, die wir alle nicht beantworten. Kein Mensch glaubt, daß Garth Andersen in diese schmutzige Sache verwickelt sein könnte. Dazu ist er nicht nur zu anständig, sondern auch zu klug. Wollen Sie mir jetzt erzählen, was passiert ist?«
Sabrina schilderte Jenks' Besuch und Hinauswurf so anschaulich, daß schließlich beide lachten. Dann sprachen sie von anderen Dingen, und Sabrina fragte, ob Vivian Penny und Cliff noch einmal für drei Tage aufnehmen würde.
»Aber sicher, Stephanie«, erwiderte Vivian. »Die beiden machen wirklich keine Mühe, und unsere Kinder mögen sie sehr. Barbara schwärmt geradezu für Penny und eifert ihr in allem nach. – So, jetzt muß ich aber gehen, ich habe um zwei Uhr ein Seminar.«
»Ist Rita McMillan da auch drin?«
»Ja. Warum?«
»Oh, ich frage nur so. Unser Lunch hat mich richtig aufgemöbelt.«
Nachdem Vivian gegangen war, rief Sabrina sofort Madeline Kane an, um sich für den Rest des Tages zu entschuldigen.
»Schade«, sagte Madeline. »Aber es ist eine helle Freude, wie Linda sich einarbeitet. Dauernd ist sie mir auf den Fersen, um sich alles erklären zu lassen. Sie lernt rasch und kriegt zusehends mehr Selbstverstrauen. Da haben Sie eine gute Tat vollbracht, Stephanie.«
Ja, dachte Sabrina, und sie wird sich noch lange auszahlen, wenn ich weg bin.
Auf dem Weg zur Universität überlegte sie, ob sie Garth über den Hinweis auf Rita McMillan informieren sollte. Aber dann würde er sich das Mädchen selbst vornehmen wollen, und eigentlich wollte sie lieber allein mit ihr sprechen. Wenigstens das wollte sie noch für ihn tun, bevor sie ihn verlassen mußte.

Sie hielt sich in der Nähe von Vivians Hörsaal auf, bis das Seminar zu Ende war und die Studenten herausströmten. Ein Jüngling zeigte ihr auf Befragen, wer Rita McMillan war, und sie ging ohne weiteres auf das blonde, schlanke Mädchen zu.
»Stephanie Andersen. Ich habe mit Ihnen zu sprechen, Miß McMillan. Bitte kommen Sie mit in den Fakultätsklub gegenüber, dort werden wir nicht gestört.«
»Ich weiß nicht, was Sie –«
»Es ist wichtig.« Sabrina steuerte das Mädchen mit sanfter Gewalt aus dem Gebäude und über die Straße. »Soviel ich weiß, studieren Sie Biogenetik bei Professor Andersen.«
Rita sah etwas erschrocken aus und bekam einen roten Kopf, aber Sabrina sagte nichts weiter, bis sie den Klub betraten. Sie war schon ein paarmal mit Garth hiergewesen, und der Mann am Empfang sprang bei ihrem Anblick diensteifrig auf.
»Mrs. Andersen! Wie schön, daß Sie uns wieder einmal beehren. Essen wird leider nicht mehr serviert, aber die Kaffeestube ist offen.« Er streifte Rita mit einem gleichgültigen Blick und wandte sich sofort und mit unverhohlener Bewunderung wieder Sabrina zu. »Vielleicht möchten Sie ein Dessert oder Obst?«
»Könnten wir Tee bekommen?«
»Tee ... Aber ja, gewiß. Übrigens ist oben niemand; Sie haben den Raum ganz für sich.«
Sabrina lächelte ihn an, ohne seine Neugier mit einem Wort zu füttern. Oben wählte sie einen Ecktisch, an dem sie und Rita einander direkt gegenübersitzen mußten. Sie nahm sich Zeit, um das Mädchen in Muße zu betrachten. Hübsch, blond, mit runden blauen Puppenaugen; nicht gewohnt, in Gesellschaft einer mindestens zehn Jahre älteren Frau von Männern übersehen zu werden. Eine etwas fade kleine Sexbombe. Man hätte sie sanft belächeln können, wenn sie nicht versucht hätte, Garth zu ruinieren.
Das Mädchen fing an, unter Sabrinas Blick unruhig zu werden.
»Also?« fragte sie trotzig. »Ich bin hier; was wollen Sie von mir?«
»Ihre nähere Bekanntschaft machen. Ich glaube, das kann uns

beiden nichts schaden. Sie stehen vor der Abschlußprüfung, nicht wahr?«
»Ja.« Rita hockte jetzt wie sprungbereit auf der Stuhlkante.
»Sollte diese Prüfung nicht schon im Juni stattfinden?«
»Ich ... ich hab's mir anders überlegt.«
»Und was wollen Sie werden, wenn Sie bestanden haben?«
»Ich weiß noch nicht. Vielleicht Modezeichnerin. Oder sonstwas, wobei man viel rumkommt und schicke Leute kennenlernt.«
»Sind Sie denn begabt?«
»So wie andere schon lange.«
»Ihr Tee, Mrs. Andersen.« Der Oberkellner vom Speisesaal erschien in eigener Person, um einen Teewagen mit allem Zubehör an den Tisch zu schieben. Normalerweise gab es um diese Zeit im Klub nur Kaffee, aber für Sabrina hatten sie eine Ausnahme gemacht. »Wir haben Torte und Gebäck, Madam. Falls Sie sonst noch etwas wünschen –«
»Danke, dies hier genügt«, sagte Sabrina lächelnd. »Sie sind wirklich sehr aufmerksam.«
Der Ober erwiderte ihr Lächeln und zog sich mit einer Verbeugung zurück. Sabrina schenkte den Tee ein.
»Sie wickeln hier alle um den kleinen Finger, wie's scheint«, bemerkte Rita neidisch.
»Vielleicht liegt es daran, daß ich alle Menschen mit Respekt behandle«, antwortete Sabrina sanft. Nach einer kleinen Pause nahm sie das unterbrochene Gespräch wieder auf. »So, Sie wollen also Modezeichnerin werden. Muß man dazu unbedingt Biogenetik studieren?«
»Nein, aber wenn ich keinen akademischen Grad nach Hause bringe, geben mir meine Eltern kein Geld mehr. Und ich dachte, Biologie wäre immer noch leichter als die meisten anderen Fächer.«
Sabrina hätte am liebsten die Augen zum Himmel verdreht. Typisch amerikanische Mittelklasse! Jede dumme Pute mußte ein Staatsexamen haben, und wenn es nur in Hauswirtschaft war!
»Nun gut. Und Sie möchten gern viele interessante Bekanntschaften machen und Freunde gewinnen.«
Rita nickte selbstgefällig. »Klar.«

»Vielleicht auch ein paar Feinde. Je mehr Leute man kennt, desto leichter kann es passieren, daß man einige verärgert, aus welchen Gründen auch immer, manchmal ohne es selbst zu ahnen.«
»Ist mir noch nie passiert.«
»Im Berufsleben werden Sie darauf gefaßt sein müssen. Woher wollen Sie wissen, wie man hinter Ihrem Rücken über Sie redet? Ob man Sie nicht verleumdet?« Sabrina sprach ohne jeglichen Zorn; sie war ihrer Sache jetzt sicher. »Natürlich wissen Sie schon jetzt, was böswilliger Klatsch anrichten kann. Man hört und liest es auf Schritt und Tritt. Haben Sie sich schon mal gefragt, wer die Urheber sein könnten und warum sie solche Gemeinheiten begehen? Manchmal wohl aus reiner Wichtigtuerei, manchmal aus Neugier, wie die andern darauf reagieren, manchmal aus Rachsucht. Noch eine Tasse Tee?«
Die blauen Puppenaugen starrten sie gläsern an. »Nein.«
Sabrina füllte ihre eigene Tasse. »Wenn Sie als Modezeichnerin Karriere machen wollen, müssen Sie sich natürlich besonders vor jedem Klatsch hüten. Vermutlich hatten Sie als Nebenfach auch Geschichte; dann wissen Sie, daß Revolutionen und Kriege aus den nichtigsten Anlässen entstehen können. Aus einem achtlosen, vielleicht sogar spaßhaft gemeinten Gerücht. Aus übler Nachrede. Oder anonymen Briefen.«
In den hellblauen Augen blinkte Angst. »Ich weiß nicht, wovon Sie reden. Sie wollen mich nur einschüchtern.«
»Warum glauben Sie das?«
»Weil Sie mich nicht leiden können.«
»Vorläufig habe ich mir überhaupt kein Urteil über Sie gebildet. Ihr Leichtsinn und Ihre Eigensucht gehen mich nichts an, solange Sie nicht damit meinem Mann – und mir – in die Quere kommen. Dagegen gedenke ich mich allerdings energisch zur Wehr zu setzen.«
»Sie sind ja verrückt!«
»Das war nun ein Fehler«, sagte Sabrina besonders sanft. »Achten Sie auf Ihre Worte. Sie sollten sich lieber um mein Verständnis bemühen.«
»Ich pfeife auf Ihr Ver –«

»Vorsicht, Miß McMillan.« Sabrina beugte sich ein wenig vor und hielt den Blick des Mädchens unerbittlich mit dem ihren fest. »Sonst werde ich Sie bloßstellen und Ihr weiteres Verbleiben an der Universität unmöglich machen.«
»Das können Sie ja gar nicht! Nur weil Ihr Mann eine Wut auf mich hat –«
»Hat er das? Wieso?«
»Weil ... weil ich nicht mit ihm ins Bett wollte«, behauptete Rita, offensichtlich in die Enge getrieben.
Sabrina sah sie fast mitleidig an. »Sie dummes Ding. Können Sie nicht zur Abwechslung einmal Ihren *Kopf* gebrauchen? Wie lange, glauben Sie, kommen Sie im Leben damit durch, daß Sie jung und hübsch sind und manche Männer damit herumkriegen können? An ein seriöses Berufsziel haben Sie sowieso noch nie gedacht; Sie könnten es ja als Volontärin bei einer Boulevardzeitung versuchen. Sie dichten doch so hübsch. Leider schädigen Sie mit Ihrem Verhalten alle Frauen, die ernsthaft und ausschließlich ihre Geistesgaben einsetzen.«
»Das haben Sie von Ihrem Mann! So ähnlich hat er mich auch damals angeschrien ...«
»Nun hören Sie mal gut zu, Rita. Mein Mann weiß gar nicht, daß ich mit Ihnen spreche. Und wenn er es wüßte, würde er mir nicht vorschreiben, was ich zu sagen habe. Sie haben es jetzt mit *mir* zu tun. Kehren wir also zum Thema zurück: Ihre Prüfung. Anonyme Briefe. Und der Gen-ius, der sie schreibt.«
Ein langes Schweigen entstand. Sabrina beobachtete mit Interesse, wie das Mädchen abwechselnd rot und blaß wurde und allmählich in sich zusammensank. Endlich kam die klägliche Frage: »Werden Sie mich nun verpetzen?«
Verpetzen! Als ob sie drei Jahre alt wäre, dachte Sabrina. Laut sagte sie: »Was glauben Sie, was ich vorhin mit ›bloßstellen‹ meinte?«
»Ich weiß nicht. Das mit den Briefen ... das war doch nur ein Spaß.« Rita sah ängstlich in Sabrinas Gesicht, das unbewegt blieb. »Aber Sie können mich doch nicht verpetzen!

Dann fliege ich oder werde suspendiert. Meine Eltern sperren mir das Konto, wenn ich das Examen nicht mache, und dann habe ich kein Geld.«
Unwiderlegliche Logik, dachte Sabrina. »Und wie wollen Sie das Examen bestehen?«.
»Ich habe ein C im Hauptfach. Mehr brauche ich nicht.«
»Oh, doch. Sie brauchen außerdem mich auf ihrer Seite.«
Rita knabberte nervös am Daumen. »Ich weiß nicht, was ich dafür tun könnte.«
»Denken Sie mal scharf darüber nach«, schlug Sabrina vor. »Da *ich* ganz bestimmt nicht mit Ihnen ins Bett will, müssen Sie sich schon etwas anderes einfallen lassen.«
Rita knabberte heftiger und blickte sich erst verzweifelt im Raum um, dann auf Sabrina. »Sie wollen, daß ich zu Strauss gehe und sage, was in den Briefen steht, ist nicht wahr! Aber dann muß ich doch auch zugeben, daß ich sie geschrieben habe... Und dann werde ich sofort achtkantig rausgeschmissen!«
»Vielleicht läßt sich noch ein gutes Wort für Sie einlegen«, sagte Sabrina seufzend. »Ich werde mitgehen, und wenn Sie die ganze Sache gestehen, können wir drei vielleicht einen Ausweg finden.«
Sie schob den Teewagen beiseite und stand auf. »Kommen Sie. Worauf warten wir noch?«

An Thanksgiving, dem amerikanischen Erntedankfest, schneite es wieder. In Andersens Küche waren Sabrina, Dolores und Linda eifrig mit den letzten Vorbereitungen zum Festmahl beschäftigt; der gefüllte Truthahn brutzelte im Bratgrill. Die Männer rührten einen Pudding zusammen, nach einem Rezept von Garths Großmutter, das er aus dem Gedächtnis hervorzukramen suchte. Dabei wurde höchst ernsthaft über die biochemischen Eigenschaften der Zutaten diskutiert. Sabrina schnitt Orangen für das Preiselbeerkompott klein, hörte dem Geplauder und Gelächter zu und atmete so tief, als ob sie all die Gerüche und das Glück, das damit für sie zusammenhing, einatmen und in sich horten könnte. Zum erstenmal verbrachte sie einen solchen Feiertag mit Freunden, die zusammen kochten, die Räume dekorierten, dabei schwatzten und lachten und sich einfach wohlfühlten. Die Kinder deckten unter Geknuffe und Gezeter den Tisch, und Sabrina wurde immer wehmütiger. Das hätte Stephanies Tag sein sollen ... Der Gedanke erfüllte sie plötzlich mit einer so vehementen Trauer, daß eine Träne auf die Orangen fiel.

»Nanu, Tränen beim Orangenschneiden?« fragte Nat Goldner hinter ihr. »Ich dachte immer, das gäbe es nur bei Zwiebeln. Soll ich dich ablösen?«

»Nein, danke, das geht gleich vorbei.«

»Trauer vergeht, Erinnerungen bleiben. Die Zeit ist noch zu kurz, und dazu noch diese Sache mit Garth. Das erinnert mich übrigens an meine Pflichten.« Er ergriff eine Flasche Wein, füllte sechs Gläser und verteilte sie in der Runde. »Freunde, ich bin dafür, daß wir schon hier in der Küche den ersten Toast ausbringen – hoffentlich einer von vielen. Denn wir haben eine Menge Gründe zum Feiern. Stoßen wir erst mal auf Marty Talvia an, den neuen stellvertretenden Direktor des Fairbanks-Verlages, wo er dafür sorgen wird, daß Lehrbücher künftig in verständlichem Englisch geschrieben werden, statt im bisherigen Fachchinesisch. Und dann auf Garth Andersen, den Sieger in einem dreckigen Verleumdungsfeldzug, der nur in total schwachsinnigen Köpfen ausgeheckt und von ebensolchen geglaubt werden konnte.«

Die Gläser klangen hell aneinander, und alle redeten durcheinander. Sabrina sah das Spiegelbild der heiteren Gruppe im dunklen Fenster und prägte es sich für immer ein. Trauer vergeht, Erinnerungen bleiben, wiederholte sie für sich Nats Worte.

»Jetzt bist du dran«, wandte Nat sich an Garth.

»Ich trinke auf meine Frau«, sagte Garth und nahm Sabrinas Hand, »die auf unnachahmlich kluge und diplomatische Art die anonyme Briefschreiberin ausfindig gemacht, sie in Lloyds Büro geschleppt und dort zu einem Geständnis gezwungen und Strauss auch noch dazu gebracht hat, sie nicht rauszuschmeißen. Und die Strauss eine Moralpredigt gehalten hat, die er so schnell nicht vergessen wird. Das hat er uns selbst gestanden. Aber damit nicht genug. Sie hat auch sein Büro nicht eher verlassen, bis er eine Pressemeldung diktiert und das Datum für meine Ernennung zum Direktor des Genetik-Instituts festgelegt hat.«

Linda schluckte; ihre Augen standen voll Tränen. »Stephanie, warum hast du uns von all dem kein Wort gesagt? Das ist die fabelhafteste Story, die ich je gehört habe.«

»Der arme Strauss tut mir leid«, schmunzelte Nat. »Man stelle sich vor, Stephanie als Rachegöttin! Er ist sicher fast im Erdboden versunken.«

»Verdient hätte er's«, meinte Dolores, während Linda sich an ihren Mann wandte und leise sagte: »Ich wünschte, ich hätte auch so etwas Fabelhaftes für dich getan.«

»Das hast du«, erwiderte Marty. »Du bist bei mir geblieben ...«

Nat beobachtete Stephanie mit den wohlwollend-prüfenden Blicken des Arztes und Freundes. Ihre Tränen vorhin hatten ihm nicht gefallen, aber jetzt schien sie ganz darüber hinweg zu sein und sah strahlend aus. Wenn man sie so sah, war es schwer, sich die vollkommen verwirrte, völlig außer sich geratene Frau vorzustellen, die Garth ihm nach seiner Rückkehr vom Begräbnis beschrieben hatte. Aber auch Nat war aufgefallen, daß sie sich manchmal noch plötzlich versprach, als ob sie sich als ihre Schwester fühlte. Also hatte sie diese merkwürdige Identitätskrise doch noch nicht ganz überwunden – obwohl sie heute abend ganz genau zu wissen schien, wer sie war.

Die anderen hatten sich inzwischen wieder den Dinner-Vorbereitungen zugewandt. Garth erzählte gerade von der bevorstehenden Tagung in New York.

»Was, und du fliegst auch mit, Stephanie?« fragte Linda entsetzt. »Aber was wird mit der Liquidation?«

»Madeline wird dir helfen«, sagte Sabrina. »Und diese Woche werde ich noch gründlich mit dir arbeiten. Madeline ist ganz begeistert von dir. Sie nennt dich ein Naturtalent, und damit hat sie vollkommen recht.«

»Mom, wir haben Hunger!« platzte Cliff in die Küche. »Gibt's nicht bald was zu essen?«

Am nächsten Abend stieg Sabrina in Stephanies Dachstube hinauf und setzte sich an ihren Schreibtisch. Der Raum war kahl wie zuvor, aber nicht mehr staubig. Juanita hatte energisch Hand angelegt. Sabrina nahm sämtliche Akten und Fotos aus den Schubladen und steckte sie in große Umschläge für Linda. Vielleicht würde sie in den nächsten Jahren Stephanies Arbeit fortsetzen können.

In den paar ruhigen Minuten, zu denen sie in diesem Haus so selten kam, dachte Sabrina an alle die losen Fäden von Stephanies Leben, die sie versucht hatte, einzeln festzuknüpfen. Cliff war von der Bande aus der achten Klasse befreit und dermaßen erleichtert, daß ihm der verhängte Hausarrest fast nichts ausmachte. Er war zu Garth gegangen, um ihm seinen Rückfall zu gestehen, und am nächsten Tag hatten die beiden die gestohlenen Sachen zur Polizei gebracht. Sie hatte Garth geholfen, die schmierige Briefaffäre durchzustehen, über die heute schon kaum mehr gesprochen wurde. Statt dessen hatte Garth lange Sitzungen mit Architekten und Planern wegen des neuen Genforschungsinstituts. Sie hatte sich um Linda gekümmert, wie Stephanie es bestimmt auch getan hätte. Pennys Marionetten würden kurz vor Weihnachten gezeigt werden, und im neuen Jahr bekam sie den ersehnten Kunstunterricht ...

»Mom! Komm mal runter!« rief Cliff von unten.

»Ja, gleich!« Sie vergewisserte sich, daß die Schubladen wirklich leer waren, nahm die Umschläge unter den Arm und löschte das Licht.

»Mom, beeil dich! Telefon! Aus London!«

London? Um diese Zeit? Es mußte etwas passiert sein. In London war es drei Uhr früh.

Sabrina rannte die Treppe hinunter ins Schlafzimmer und riß den Hörer ans Ohr.

»Mrs. Andersen?« meldete sich eine Männerstimme. »Hier ist Michel Bernard. Wir haben uns bei Sabrinas Begräbnis kennengelernt. Vielleicht erinnern Sie sich.«

»Ja, natürlich. Ist etwas mit ›Ambassadors‹ passiert?«
»Nein. Aber wir haben gerade von Scotland Yard erfahren, daß Ivan Lazlo und Rory Carr verhaftet worden sind. Sie sollen eine Zeitbombe auf der Jacht angebracht haben, mit der auch Ihre Schwester –«
»Einen Moment, bitte.« Sabrina setzte sich sehr rasch auf die Bettkante. Ihre Stimme versagte.
»Oh, verd ... ich bitte um Verzeihung. Dabei hat mir Jolie extra gesagt, ich soll es Ihnen schonend beibringen. Ich gebe Ihnen lieber mal Jolie ...«
»Stephanie, hier Jolie. Michel ist ein Trampel, es tut mir leid –« Sabrina hatte sich wieder gefaßt. »Schon gut. Von einem Bombenanschlag war ja bereits die Rede, aber wenn man so plötzlich wieder damit konfrontiert wird ... Irgendwie ist alles schon so weit weg. Was hat die Polizei sonst noch herausgefunden?«
»Recht interessante Einzelheiten; wir werden sie in unserer Zeitungsgeschichte verwenden, die im Dezember erscheint. Maxim Stuyvesant war ganz groß im Schmuggelgeschäft. Lazlo und Carr fungierten als Strohmänner und Hehler und betrieben noch ein kleines Nebengeschäft mit Fälschungen, die sie unter die echten Sachen mischten. Sabrina hat Ihnen sicher davon erzählt?«
»Ja. Aber inwieweit betrifft das ›Ambassadors?«
»So gut wie gar nicht. ›Ambassadors‹ steht zwar auf der Kundenliste von ›Westbridge Imports‹ – das ist die Schwindelfirma –, aber Sabrina hat dort nur wenig gekauft. Die Polizei interessiert sich ausschließlich für Lazlo und Carr wegen der Bombe. Und das hat mit ›Ambassadors‹ nichts zu tun.«
»Doch, doch. Wenn Sabrina getötet wurde, weil sie etwas wußte –«
»Nein, nein, so war es nicht. Wir hatten bereits befürchtet, daß Sie das annehmen würden, konnten es mit Sicherheit auch bisher nicht ausschließen. Aber jetzt wissen wir es genau. Lazlo und Carr haben restlos ausgepackt und beschuldigen sich natürlich dauernd gegenseitig. Alles läuft darauf hinaus, daß sie einen Riesenkrach mit Stuyvesant hatten wegen der Fälschungen. Stuyvesant befürchtete, sie könnten entdeckt werden und

seine eigenen Schmuggeloperationen gefährden. Sie hatten Angst, er würde sie beseitigen, und kamen ihm deshalb zuvor.«

»Es war also nicht Sabrina – es war Maxim Stuyvesant, den sie treffen wollten?«

»Das sage ich doch die ganze Zeit. Lazlo kannte die Jacht in- und auswendig, weil er früher als Stuyvesants Sekretär oft auf der *Lafitte* war und wohl auch einige Transaktionen an der italienischen Küste für ihn abgewickelt hat.«

Sabrina erinnerte sich plötzlich an einen lange zurückliegenden Eindruck: Morgengrauen an Deck der *Lafitte*, als sie nach oben gegangen war, um von Denton wegzukommen und etwas Luft zu schöpfen. Ivan Lazlo in einem Motorboot von einem der Matrosen an Bord gehievt und im Mannschaftsquartier verschwindend, ohne sie gesehen zu haben …

»Lazlo kannte also die Räumlichkeiten an Bord«, hörte sie Jolie weiterreden, »und außerdem noch ein paar der Besatzungsmitglieder, die er im Hafen von Monte Carlo besuchte. Dabei plazierte er dann heimlich die Bombe in Stuyvesants Kabine. Sie ging früher los als geplant. Darum ist die Jacht in so geringer Entfernung von der französischen Küste explodiert und war es möglich, das Wrack so rasch zu heben. Andernfalls hätten wir wohl nie erfahren, daß es kein Unfall war.«

»Wegen Stuyvesant mußten auch all die anderen sterben –«

»Das war Lazlo und Carr egal. Es mußte wie ein Unfall aussehen.« Jolie hielt kurz inne. »Stephanie, ich weiß nicht, ob diese Nachricht Sie nun noch mehr belastet oder ein wenig erleichtert?«

»Beides.«

»Das dachte ich mir. Ein übles Pack, aber Max Stuyvesant hatte großen Charme und verstand etwas von Kunst, und Sabrina kannte ihn schon viele Jahre. Sie hat sein Londoner Haus eingerichtet, und wir glauben, daß sie geschäftlich auf der Jacht war und keine Ahnung hatte –«

Sie versuchte, Sabrina vor ihrer prüden amerikanischen Schwester zu rechtfertigen, dachte Sabrina. Rührend. Laut sagte sie: »Ich bin Ihnen beiden sehr dankbar und froh, das zu hören.«

Jolie plauderte noch ein Weilchen, erwähnte, daß Gabrielle in

letzter Zeit öfter wieder mit Brooks Westermarck gesehen worden sei. Sabrina war auch dafür dankbar. Das Leben geht weiter, wollte Jolie damit sagen, und deines auch.
»Danke für den Anruf und – auf Wiedersehen«, sagte Sabrina abschließend.
Die Probleme schienen sich zu lösen, in London wie in Evanston. Sabrinas Andenken und der Ruf von ›Ambassadors‹ und auch ihr eigenes Leben waren nicht mehr in Gefahr. Es gab kein Hindernis, keinen Grund mehr, nicht nach London und in ihr früheres Leben zurückzukehren. In drei Tagen würde sie mit Garth nach New York und dann allein weiter nach London fliegen.
Stephanie Andersen kehrte heim in Sabrina Longworths Leben.

Montag früh hatten sie gerade noch Zeit, mit den Kindern zu frühstücken, bevor sie nach New York aufbrachen.
»Und vergeßt nicht«, mahnte Sabrina, »nach der Schule geht ihr gleich zu Goodmans.«
»Mom«, sagte Cliff, »das hast du uns schon hundertmal eingehämmert. Wir sind's ja mittlerweile gewohnt, und Goodmans auch.«
»Trotzdem, es wäre mir nicht lieb, wenn ihr aus Versehen in ein leeres Haus kämt.«
»Mom, wir sind doch keine kleinen Kinder mehr!«
»Nein.« Sabrina strich über Pennys Locken und zog ihren verrutschten Pullover zurecht. »Es ist bloß so, daß ich ohne euch –«
Ihre Stimme versagte, und sie wandte sich rasch ab.
»Ist was?« fragte Garth, der die Koffer zum Wagen gebracht hatte und gerade in die Küche zurückkam.
»Ich weiß nicht«, antwortete Cliff verwirrt, »ich glaube, Mom wird schlecht.«
Garth kam rasch auf sie zu, aber sie stand auf, bevor er sie erreichte. »Eine Art Magenkrampf«, erklärte sie leichthin. »Es ist schon vorbei.«
Er sah ihr scharf ins Gesicht. »Wirklich nichts weiter?«
»Nein. Los, wir dürfen jetzt nicht mehr lange trödeln. Seid ihr

fertig? Dann waschen wir ganz schnell zusammen das Geschirr ab. Und vergeßt nicht –«
»– nach der Schule zu Goodmans zu gehen«, deklamierten die Kinder und brachen in Lachen aus.
»Mom«, schmeichelte Cliff, »könntest du mir aus England eine alte Ritterrüstung mitbringen?«
»Eine – was? Cliff, weißt du, was so ein Ding wiegt?«
»Nein, wieviel denn?«
»Mehr als hundert Pfund. Manche Ritter mußten mit Seilwinden in den Sattel gehoben werden.«
»Wieso sind dann die armen Pferde nicht unter ihnen zusammengebrochen?« fragte Penny mitleidig.
»Es waren eben keine Schindmähren, sondern Seilwindmähren«, sagte Cliff und bog sich vor Lachen über seinen eigenen Witz.
»Nicht schlecht«, meinte Garth, ebenfalls lachend. »Aber nun beeilt euch, sonst kommt ihr zu spät zur Schule und wir zu spät zum Flugplatz. Stephanie, ich sehe noch mal oben nach, ob wir nichts vergessen haben.«
Die Küche war aufgeräumt, und die Kinder hatten schon ihre Mäntel an. Plötzlich umarmte Penny Sabrina mit ungewohnter Heftigkeit.
»Bitte, bleib nicht zu lange in England«, flüsterte sie. »Dad sagt, wir sollen dich nicht drängeln, du hättest dort viel zu tun, aber das hast du hier doch auch. Komm bald wieder.«
Sabrina küßte Pennys weiche Wange und drückte sie einen Moment fest an sich. »Ich fahre nicht gern von euch weg. Und wenn es etwas länger dauert ... In Gedanken bin ich bestimmt immer bei euch. Vergeßt das nie.«
»Mom«, sagte Cliff, »es wird Zeit. Kann ich dir auf Wiedersehen sagen?«
Sie wollte Penny loslassen, aber ihre Arme rührten sich nicht.
»Wein doch nicht, Mommy«, tröstete Penny und streichelte ihre Schulter. »Bitte nicht weinen, Mommy. Du bist ja bald wieder da.«
»Abschiede machen manchmal rührselig ... So Cliff, nun bist du an der Reihe.«

Er umarmte sie schnell und sagte: »Übrigens, Mom – wenn eine Rüstung zu schwer ist, könnte ich dann ein Schwert kriegen wie König Artus?«
Sie lachte etwas zittrig. »Irgendwas werde ich schon finden. *Muß* es unbedingt etwas Zerstörerisches sein?«
»Na ja, seit ich die Sage von König Artus gelesen habe –«
»Wir werden sehen. Paß gut auf dich und Penny auf, ja?«
»Klar. Wie immer. Und bring Penny auch was mit.«
»Ich suche euch beiden etwas Schönes aus, sobald ich in London bin. Ihr werdet mir jeden Tag fehlen ...«
»Mom, nun heul nicht schon wieder! Wiedersehen. Und gute Reise. Mach dir keine Sorgen, wir grüßen Mrs. Goodman von dir und benehmen uns anständig.«
Sabrina sah den Kindern nach, wie sie den kurzen Gartenweg hinunterliefen und sich noch einmal umdrehten, um ihr zuzuwinken. Sie winkte zurück, und dann verschwamm alles unter einem Schleier von Tränen.

## 20

Die Straßen New Yorks glänzten vor Nässe. Es war Mittagszeit, und Fußgängermassen drängten sich unter Regenschirmen auf den Bürgersteigen. Das Taxi hielt vor dem Hotel Plaza.
»Oh«, sagte sie leise, »davon hast du mir nichts gesagt. Ist das nicht zu teuer für uns?«
»Wir haben hier vor sechs Wochen eine unvergeßliche Nacht erlebt. Ich mache heute eine Reise in die Vergangenheit. Darum möchte ich dich auch zu einer Stippvisite in die Columbia-Universität verschleppen und mein allererstes Labor wiedersehen ... Sentimentale Erinnerungen, auch für dich, nicht wahr?«
Sabrina hatte keine Ahnung, was er meinte, aber Garth nahm ihr Schweigen offenbar als Zustimmung, denn nachdem sie die Koffer nur abgegeben hatte, verließen sie das Hotel gleich wieder. Die Fahrt zur Columbia-Universität dauerte fast eine

Stunde, aber da Garths erstes Seminar auf den späten Nachmittag angesetzt war, hatten sie noch genügend Zeit.
Das Laboratorium lag im vierten Stock, ein großer, kahler Raum, in der Mitte durch eine Reihe stählerner Aktenschränke geteilt. Garth ging voran und sah sich überall um.
»Guck mal einer an«, sagte er plötzlich, »Sie haben mich hier nicht so schnell vergessen ... Sogar aufgehängt haben sie mich!«
Sabrina folgte seinem Blick und sah an der Wand gezeichnete Darstellungen von Bakterien, Einzellern und Molekülketten. Sie kannte solche Zeichnungen aus seinem Labor in Evanston, wo sie ein paarmal kurz hereingeschaut hatte.
»Die habe ich noch kurz vor meiner Berufung nach Evanston gemacht«, sagte Garth. »Sie sehen immer noch gut aus, nicht? Aber wie wenig haben wir damals gewußt – in den letzten zwölf Jahren sind doch unglaubliche Fortschritte gemacht worden ... Komm, sehen wir mal nach Bills Ur-ur-urenkeln!«
Bills was? Sabrina folgte Garth auf die andere Seite der Stahlschränke, und sah neben einem großen Fenster eine Reihe von Käfigen mit weißen Mäusen. »Kein bißchen verändert«, sagte Garth lächelnd. »Ich würde mich gar nicht wundern, wenn Bill als Urgreis noch dabei wäre.«
»Welcher Bill?« fragte Sabrina und lenkte dann schnell ab: »Ob dieses Fenster die Tiere nicht stört? So viel Licht –«
»Gib mir deine Hand, Stephanie«, sagte Garth mit veränderter Stimme.
Erstaunt hielt sie ihm ihre Hand hin. »Warum?«
»Damit ich deinem Gedächtnis nachhelfen kann. Erinnerst du dich denn nicht mehr an dieses Fenster?«
»Ach so ...« Sie gab sich einen Ruck. Stephanie mußte ihn vor ihrer Hochzeit hier besucht haben! »Entschuldige, ich habe wohl einen Moment geträumt.«
»Hoffentlich von meinem Heiratsantrag, den ich dir genau an dieser Stelle gemacht habe. Auch wenn *du* dich nicht zu erinnern scheinst, *ich* erinnere mich sehr gut an das Gesicht, das du damals machtest.«
Stephanie hatte ihr nie erzählt, daß sie sich ausgerechnet im Labor der Columbia-Universität verlobt hatten.

»Ja?« fragte Sabrina schwach. »Ich erinnere mich natürlich nur an deins. Sah ich sehr blöd aus?«
»Bezaubernd und ein bißchen verwirrt. Genau wie jetzt.« Garth lachte und zog sie in seine Arme. »Seitdem haben wir einen langen Weg miteinander zurückgelegt. Stephanie, ich weiß, daß wir schwierige Zeiten hinter uns haben, aber ich verspreche dir, dich nie mehr mit deinen Sorgen allein zu lassen ...«
Er küßte sie zärtlich. Sie fuhren erst auseinander, als hinter ihnen ein gemütlicher Baß ertönte:
»Es ist nicht zu fassen – reicht euer Schlafzimmer nicht aus, daß ihr sogar noch in meinem Labor rumschmusen müßt? Was für ein schlechtes Beispiel für die Studenten!«
Ein stattlicher, graubärtiger Herr mit Hornbrille streckte Sabrina beide Hände entgegen. »Ich bin Rolf Taggart. Ich dachte immer, Garth übertreibt, wenn er in seinen Briefen von Ihnen geschwärmt hat. Aber jetzt sehe ich, daß er mehr als recht hatte. Ich freue mich, Sie endlich mal zu sehen. Na, Garth, wie geht's? Willkommen zu Hause.«
»Professor Taggart will einfach nicht zugeben«, erläuterte Garth lächelnd, »daß ich nach einem guten Dutzend Jährchen auch woanders zu Hause sein könnte.«
»Sie fehlen mir eben immer noch. So einen guten Assistenten habe ich seither nicht mehr gefunden. Garth, ich sehe Sie nachher bei der Tagungseröffnung. Wiedersehen, Mrs. Andersen.« Er nickte ihnen freundlich zu und verschwand. Garth brachte Sabrina zum Ausgang zurück. Sie wollte noch einkaufen gehen und ihn abends im Hotel wieder treffen.

Als Garth Professor Taggart später vor dem Hörsaal traf, in dem sein Referat mit anschließender Diskussion stattfand, war dessen erstes Wort: »Ihre Frau ist einfach umwerfend, Garth, aber diese Blässe! Ist sie krank?«
»Nein. Sie hat nur eine Reise nach London vor sich, die sie aus irgendwelchen Gründen beunruhigt.« Garth hatte in all den Jahren einen ziemlich regelmäßigen Briefwechsel mit Professor Taggart geführt und ihm vieles anvertraut, was er sonst mit

niemandem besprechen konnte. Aber daß seine Frau offenbar immer noch daran dachte, ihn zu verlassen, konnte er auch ihm nicht sagen.

»Stephanie hat sich immer sehr stark mit ihrer Zwillingsschwester Sabrina identifiziert; seitdem ich sie kenne, hat sie sich Phantasien über Sabrinas Leben zurechtgemacht, eine Art von Leben, wie sie es selbst wohl gern geführt hätte. Seit dem Tod dieser Schwester hat sich das so gesteigert, daß sie oft ganz verwirrt ist und manchmal offenbar nicht mehr weiß, ob sie Stephanie oder Sabrina ist, als ob irgend etwas sie zwingen würde, ihrer beider Leben zu leben oder zwischen den beiden zu wählen. Ich weiß manchmal wirklich nicht –«

Garth brach ab, rieb sich die Stirn und lächelte seinen alten Professor entschuldigend an. »Ich bin doch nicht zu einer psychotherapeutischen Sitzung hergekommen. Ich weiß nicht, warum ich Sie damit belästige. Warum haben Sie mich nicht unterbrochen?«

»Weil jeder sich mal aussprechen muß, und weil Ihr Leben mich interessiert. Aber wir müssen rein.«

Der Hörsaal war bis auf den letzten Platz besetzt; Garth Andersens Name wirkte wie ein Magnet. Er blickte in erwartungsvolle Gesichter und fühlte sich wieder ganz in seinem Element. Alle privaten Sorgen und Unsicherheiten fielen von ihm ab. Ohne das Katheder zu benutzen, ging er vor seinen Hörern auf und ab, sprach locker und entspannt, streng wissenschaftlich zwar, aber zuweilen doch mit einem Fünkchen Humor.

Er sprach über Antikörper, faßte die neuesten Forschungsergebnisse zusammen und erklärte dann: »Unser Ziel ist, das menschliche Immunsystem ›unsterblich‹ zu machen, mit anderen Worten, die unendliche Produktion von Antikörpern. Wir suchen nach der Möglichkeit, zwei menschliche Zellen zu verschmelzen: eine, die Antigene liefert, während die andere sich bis ins Unendliche reproduziert. Das Ergebnis ist eine Hybride, die einen endlosen Vorrat von Antikörpern produziert und so die Abwehrreaktionen des menschlichen Körpers beträchtlich stärkt. Hier tut sich ein breites Spektrum für die künftige Seu-

chenbekämpfung auf. Vielleicht können damit sogar Erbkrankheiten unter Kontrolle gebracht werden.«
Garth führte das noch im einzelnen aus, als sich jemand mit einer Frage meldete.
»Haben Sie die nucleoiden Sequenzen der Ur-Hybride mit denen der folgenden verglichen, um zu bestimmen, ob sie tatsächlich identisch sind? Und wenn ja, welche Methoden benutzen Sie dafür?«
Garth hörte die Herausforderung hinter der Frage und bemühte sich um eine besonders deutliche und eindrucksvolle Erklärung.
»Wir haben eine Anzahl nucleoider Sequenzen durch mehrere Generationen beobachtet und bis jetzt festgestellt, daß sie in jeder Hinsicht identisch sind. Bei identischen Zellen besteht, wie Sie selbst angedeutet haben, immer das Problem, das Original von der Kopie zu unterscheiden –«
Er hielt plötzlich inne und hörte nur noch das Echo seiner letzten Worte: Original. Kopie. Identisch. Das Original von der Kopie unterscheiden. Identisch. Kopie. Original. Kopie … Stephanies verständnisloser Blick heute im Labor, als er von seinem Heiratsantrag sprach. Wein vor dem Essen. »Ich will nicht, daß du den Job bei Foster annimmst.« Der Zusammenstoß mit Irma Kallen. Die Einschüchterung von Mrs. Casey und Rita McMillan. Eine Putzfrau. Ein neuer Job. Der Aufschrei: Es war nicht Sabrina! Und China. China … *Die Kopie wird vom Original bestimmt …*
Taggart stand plötzlich an Garths Seite, beendete das Referat, schloß mit den Worten: »Professor Andersen muß zum Komitee-Meeting. Das Seminar wird morgen fortgesetzt«, und führte Garth in einen Nebenraum. »Ich hole sofort einen Arzt«, sagte er. Langsam zentrierte Garth seinen Blick auf ihn.
»Sehe ich so schlimm aus?«
»Als ob Sie jeden Moment umfallen könnten. Wo tut's denn weh? In der Brust? Im linken Arm?«
Garth lachte kurz. »Im Kopf und im Herzen. Aber seien Sie unbesorgt, es ist kein Herzinfarkt. Nur eine Erleuchtung, die mich plötzlich getroffen hat.« Und dann brach es aus ihm her-

aus: »Ist es nicht verrückt, wie weit wir unsere Selbsttäuschung treiben können. Weit über den Punkt hinaus, in der jedem vernünftigen Menschen die Augen aufgehen sollten? Wir sehen und hören Dinge, die sich nicht einpassen lassen, aber wir verdrängen sie, wir wollen sie nicht wahrhaben, wir verbannen sie ins tiefste Unterbewußtsein – weil wir uns der Wahrheit stellen müßten, wenn sie an die Oberfläche kämen. Ich rede wie ein Psychologe. Vielleicht habe ich den falschen Beruf. Bestimmt aber habe ich die falsche Frau.«

»Verdammt noch mal, Garth, wovon reden Sie –«

»Achten Sie nicht darauf. Ich habe nicht das Recht, Sie mit meinen Privatangelegenheiten zu behelligen. Ich muß raus, an die Luft, nachdenken.«

»Bei dem Regen? Sehe ich Sie später beim Essen?«

»Nein, Rolf. Für heute müssen Sie mich entschuldigen. Vielleicht kann ich Ihnen später mal alles erzählen.«

Der Regen hatte sich verstärkt, und nachdem er eine Weile gegangen war, flüchtete Garth in die nächste U-Bahn-Station. Dort stand er lange auf dem Bahnsteig, sah die überfüllten Züge ein- und ausfahren und wurde von hastigen Fahrgästen angerempelt. Aber er merkte es kaum.

Konnte seine plötzliche Erleuchtung dennoch ein Irrtum sein? Er hatte keinen Beweis. Jeder ernsthafte Wissenschaftler bestand auf unumstößlichen Beweisen. Aber während seines Vortrags über identische Zellen und vor allem bei Beantwortung der Zwischenfrage war es ihm wie Schuppen von den Augen gefallen: Stephanie war Sabrina.

Irgendwann entschloß er sich, in einen der Züge einzusteigen und zum Plaza zu fahren. Schwankend hielt er sich an einem der Haltegriffe fest, die an eine Henkersschlinge erinnerten – oder an eine übergroße Träne. Sie hatte ihn zum Narren gehalten, und wie geschickt! So raffiniert, daß er, der international für seine scharfe Beobachtungsgabe, für die Gründlichkeit seiner Beweisführungen bekannte Wissenschaftler, nicht gemerkt hatte, daß er seit Wochen mit seiner Schwägerin lebte, mit der Zwillingsschwester seiner Frau schlief. Daß er sich eingeredet hatte, sie habe alles getan, um ihre brüchig gewordene Ehe zu

retten – und er ihr auch noch dabei geholfen hatte. Ihr immer wieder dabei geholfen hatte, sich selbst zum Narren zu halten, und sie dafür auch noch geliebt hatte.
Idiot!
Aber erst im Hotel, als er im Aufzug nach oben fuhr, traf ihn die volle Wahrheit wie ein Stoß in den Magen. Seine Frau war tot. Stephanie war tot.
»Wollten Sie nicht hier raus?«
Garth blickte auf. Der Liftboy hielt ihm die Tür auf.
»Danke«, murmelte er.
Er schleppte sich den teppichbelegten Korridor entlang und lehnte sich neben seiner Zimmertür an die Wand. Kalte Schauer liefen über seinen Körper. Er konnte kaum atmen. Vorbeigehende Gäste streiften ihn mit neugierigen Blicken. Ein Zimmermädchen rollte einen Wäschekarren an ihm vorbei. Und von der anderen Seite der Tür hörte Garth das Telefon klingeln und ein kurzes, verwischtes Gespräch. Sie war also da. Sie wartete auf ihn.
Er stieß sich mit den Schultern von der Wand ab. Länger ließ sich die Konfrontation nicht aufschieben. Vielleicht hatte er sich doch geirrt ... Eine minimale, wissenschaftlich unhaltbare Hoffnung. Er öffnete die Zimmertür.
Sabrina saß mit hochgezogenen Füßen in einem Sessel neben dem Telefon. Ihr Gesicht sah im gedämpften Lampenlicht durchscheinend zart und verletzlich aus; ihr bernsteinfarbenes Haar schimmerte rotgold.
»Da bist du ja endlich«, sagte sie. »Professor Taggart hat sich eben erkundigt, ob du –«
Sie brach mitten im Satz ab. Ein Blick in sein bleiches, versteinertes Gesicht sagte ihr: er wußte alles. Ganz kurz durchzuckte sie der Gedanke, wie er es wohl erfahren hatte. Die Szene im Labor, irgendein anderer Fehler, oder hatte sein analytischer Verstand die Teile endlich zusammengesetzt? Doch das war jetzt gleichgültig.
Sie hatte Angst, aber gleichzeitig fühlte sie eine tiefe Erleichterung. Nun war ihr alles Weitere aus den Händen genommen. Sie selbst war unfähig gewesen, ihm die Wahrheit zu sagen;

aber sie wollte, daß er sie wußte. Wenn sie jetzt nach London flog, stand keine Lüge mehr zwischen ihnen …

Das spannungsgeladene Schweigen dehnte sich ins Endlose. Keiner von beiden wollte die Worte als erster aussprechen, die ihr Leben für immer verändern würden. Endlich nahm Garth Zuflucht zu einer Geste: er ging mit steifen Schritten zum Lichtschalter und knipste die volle Beleuchtung an.

»Schluß mit den Schatten«, sagte er mühsam. »Davon haben wir genug gehabt, nicht wahr, Sabrina?«

Aus seinem Mund klang ihr Name wie der einer Fremden.

»Nun?« fragte er, und in seiner Stimme war ein letztes sinnloses Hoffen, daß er sich womöglich doch geirrt haben könnte.

»Ja«, sagte sie kaum hörbar. »Ich bin Sabrina.«

Er zuckte zusammen wie unter einem elektrischen Schlag und durchmaß dann das Zimmer mit erregten Schritten.

»Was war es – ein Spiel mit falschen Karten? Wolltest du auch einmal Hausfrau spielen? Mit einer vorfabrizierten Familie, auf deren Gefühlen du ruhig herumtrampeln konntest? Eine kleine Abwechslung, weil London langweilig geworden war?«

»Garth, rede nicht so. Es war alles ganz anders –«

»Und der biedere Professor läßt sich abrichten wie ein Hündchen, macht Männchen, gibt Pfötchen und frißt Lady Sabrina Longworth aus der Hand, während sie ihn zum Narren macht. Zum größten Narren aller Zeiten!«

»Bitte, Garth, das ist nicht –«

Er gab ihrem Koffer einen wütenden Fußtritt. »Nun möchte ich bloß wissen, was Mylady wirklich damit bezweckt hat. Das Familienleben allein kann wohl schwerlich so verlockend gewesen sein. Was also war ihr tieferer Beweggrund?« Er setzte sich auf eine Sessellehne in Sabrinas Nähe und sah sie durchbohrend an. »Könnte es der Wunsch gewesen sein, ihrer minderbegabten Schwester mal zu zeigen, wie man einen Haushalt und eine Ehe führt? Daß sie auch das besser konnte? In allem anderen hatte sie Stephanie ja bereits haushoch geschlagen: Geld, Erfolg, Freiheit, Liebhaber … o mein Gott!« Er starrte auf seine Hände, die sich unbewußt öffneten und schlossen, als griffen sie ins Leere. »Meine Frau ist tot. Du wußtest es – und standest mit mir an ihrem Grab. Wie hast du es nur fertiggebracht, das alles mitanzusehen und immer noch nicht die volle Wahrheit hinauszuschreien?«

»Ich habe es getan, aber keiner hat mir geglaubt, keiner wollte mich anhören – du am allerwenigsten. Ich habe dir gesagt, daß ich Sabrina bin.«

Garth begann wieder auf und ab zu gehen.

»Ja, das stimmt. Das hast du tatsächlich gesagt. Aber wie oft? Und wie ernsthaft?« Bilder, Gesprächsfetzen, Beobachtungen wirbelten ihm durch den Sinn: fröhliche, vertrauensvolle Kindergesichter, die Freunde beim Thanksgiving-Dinner, der Friedhof, der Sarg, Stephanie in seinen Armen, in einer Liebesnacht, wie er sie seit Jahren nicht mehr erlebt hatte ... nein, verdammt, nicht Stephanie. Stephanie war tot. Er hatte seine Schwägerin getröstet, als er zusah, wie seine Frau begraben wurde ...

»Du hast den Anruf mit der Todesnachricht entgegengenommen!« schleuderte er Sabrina entgegen. »War das nicht wenigstens der Moment, mir alles zu sagen? Aber nein, du hast dekorativ Tränen vergossen, bist in Ohnmacht gefallen und mit mir nach London geflogen, und bis heute hat niemand von dir gehört, wer wirklich gestorben ist.«

»Jetzt ist es genug!« Sabrina sprang auf und ging ans Fenster. Durch die regenbeschlagenen Scheiben flirrten die Lichter der Großstadt. »Beschimpfe mich, soviel du willst und mußt; aber mir nachzusagen, daß ich meine Schwester nicht ehrlich betrauere – das ist zuviel. Wie kannst du dich unterstehen zu behaupten, ich hätte Stephanies Platz nur eingenommen, um zu zeigen, wie überlegen ich ihr sei? Ich war es nie und habe es mir auch nie eingebildet. Wir waren nur zwei Varianten ein- und derselben Person, und ich liebte sie als mein anderes, oft besseres Ich. Und darin war ich *dir* überlegen, denn deine Liebe hatte sich im Lauf der Jahre abgenutzt. Ich sah in ihr mehr als eine bequeme Ehefrau, Kindererzieherin und Haushälterin. Du warst so sehr mit dir selbst beschäftigt, daß du sie kaum noch beachtet hast ... Oh, Garth, es tut mir so leid, ich weiß, daß es viel komplizierter war, und daß es Dinge zwischen zwei Menschen geben kann ... Aber ich liebte sie, und keiner von uns beiden hat das gewollt. Wir dachten, nur für eine einzige Woche –«

»Wir? Von wem redest du überhaupt? Stephanie hätte sich nie zu so einer schmutzigen Intrige hergegeben –«

»Schmutzig oder nicht, sie war bereit dazu. Wie, denkst du, hätten wir sonst nicht nur die Rollen, sondern auch die Pässe und alles übrige tauschen können?« Sie starrte blicklos hinaus.

»Wie gesagt, es sollte nur für eine Woche sein. Stephanie wollte Abstand gewinnen, um ruhig über ihre Probleme nachzudenken. Über dich, die Kinder, die Geldsorgen, deine Stellung in Stamford –«

»Hat Stephanie all unsere Intimitäten vor dir ausgebreitet?«

»Nur soweit es notwendig war. Keine Einzelheiten. Aber ich verstand, daß sie für ein paar Tage einmal alles vergessen wollte – und mir ging es ähnlich. Darum kamen wir auf die Idee, es für eine Woche mit dem Leben der anderen zu versuchen. Es schien so harmlos. Wenn alles klappte, dachten wir, würde es nie jemand merken. Und jede von uns wäre um eine Erfahrung reicher gewesen.«

»Wer von euch ist auf die teuflische Idee gekommen?«

»Ich«, sagte Sabrina eine Spur zu schnell.

»Du lügst. Es war Stephanie.«

»Ich weiß es nicht mehr genau. Tut das so viel zur Sache?«

»Ja, ich möchte ausnahmsweise mal die reine Wahrheit von dir hören. War es Stephanies Idee oder nicht?«

»Zuerst wohl ihre. Aber ich war einverstanden.«

»Mit dem Rollentausch. Und mit was noch?«

»Garth, glaube mir doch. Stephanie sagte mir, es bestehe keine Gefahr, ihr würdet nur noch sehr selten miteinander schlafen –«

Garth lief dunkelrot an. Seine Kiefer preßten sich aufeinander, bevor er höhnte:

»Na, daran hast du dich dann ja auch gehalten, oder? Was für eine herrliche Eroberung für dich, den gleichgültigen alten Ehekrüppel in einen romantischen Liebhaber zurückzuverwandeln. Und ich Idiot bin darauf hereingefallen –«

»Garth, es war keine Lüge. Verstehst du denn nicht? Ich habe mich in dich verliebt. Ich wollte es nicht, ich habe mich gewehrt, aber ich habe dich schon lange geliebt, bevor es mir selber bewußt geworden war. Ich wollte sofort nach London zurück, aber Stephanie wollte ... Ich meine, ich brach den Arm –«
»Was wollte Stephanie?«
»Sie wollte nach Hause kommen. Aber da mein Arm –«
»Verdammt noch mal, behandle mich hier nicht wie ein Kind, dem man die Wahrheit nicht sagen kann. *Was wollte Stephanie?*«
»Sie wollte eine Kreuzfahrt durchs Mittelmeer mitmachen. Weil sie so etwas doch noch nie erlebt hatte.«
»Mit wem?«
»Mit ein paar Bekannten.«
»Mit anderen Worten, sie hatte jemand anderen gefunden.«
»Garth, ist das heute noch wichtig? Sie ist tot. Sie hat dich und die Kinder geliebt. Sie wollte zurückkommen und versuchen, eure Ehe wieder einzurenken. Und dann wurde sie getötet. Alles andere ist doch völlig unwichtig.«
»Unwichtig? Das würde dir wohl so passen. Ich werde dir sagen, was wichtig oder unwichtig ist. Drei Monate lang hast du täglich und stündlich gelogen, das Vertrauen zweier Kinder getäuscht, mir eine Komödie vorgespielt – und ich Esel glaubte wirklich, meine Frau habe sich besonnen und wolle unsere Ehe reparieren. Drei Monate hast du Freunde belogen, die sich Sorgen um dich gemacht, dir geholfen haben, wo sie konnten. Und du hast es bemerkenswert gut gemacht ... Drei Monate Lächeln, Küsse und sogar noch einige leidenschaftliche Liebesnächte ... Ich kann dir nur gratulieren! Natürlich, bei deiner Erfahrung –«
»Hör auf! Du willst einfach nicht verstehen. Begreifst du nicht, daß ich manchmal selbst nicht mehr wußte, wer ich war ...«
Garth hielt abrupt in seinem rastlosen Auf- und Abschreiten inne. In seinem Gesicht zeigte sich so etwas wie Neugierde – der Forscher in ihm fühlte sich angesprochen. Doch gleich schob er die Anwandlung mit einer wütenden Geste beiseite und redete weiter, als ob sie nichts gesagt hätte.
»Wie lange gedachtest du dein Spielchen eigentlich durchzuhalten? Bis der Reiz der Neuheit dahin war? Bis ich und die Kinder

dir auf die Nerven fielen? Bis die Sehnsucht nach deinen feinen Londoner Freunden dich nicht mehr ruhen ließ?«
»Du bist unfair«, flüsterte sie und starrte wieder aus dem Fenster. »Es war vorbei«, sagte sie dann lauter. Ihr Atem beschlug die kalte Glasscheibe, und sie sah zu, wie der Ring sich ausbreitete und dann langsam verschwand.
»Was soll das heißen?« Er ließ sich in einen Sessel fallen. »Dreh dich gefälligst um und sieh mir in die Augen, wenn du mit mir sprichst!«
Der zornige Schmerz in seiner Stimme schnitt ihr ins Herz. Mit weichen Knien wankte sie zum Sofa zurück.
»Du wußtest, daß ich von hier aus nach London weiterfliegen würde. Ich wollte dir morgen vor dem Abflug sagen, daß es mit uns nicht so weitergehen kann und unsere Ehe –«
»Nicht unsere, Mylady!«
»Laß mich bitte ausreden. Daß unsere Ehe auf einer unglücklichen Verkettung von Umständen beruht und daß ich in London bleiben würde.«
»So! Nachdem du die große Liebende gespielt hast, nachdem du Rita McMillan zur Strecke gebracht hast und es dir tatsächlich gelungen war, aus uns wieder eine Familie zu machen –« Seine Stimme versagte, und er mußte einen Moment um Fassung ringen. »Nach all dem und der Komödie einer wieder glücklich gewordenen Ehe wolltest du mir mitteilen, du hättest trotzdem genug von uns!«
Sie versuchte ihre eiskalten Hände zu wärmen. »Komödie? Ich habe euch nie ein Gefühl vorgespielt, weder dir noch den Kindern. Ich habe euch alle so liebgewonnen, daß es wehtut. Aber es muß ein Ende haben. Als Stephanie begraben war, kam ich nur zurück, um dir die Wahrheit zu sagen, und wollte dann sofort zu meinen Eltern nach Washington fliegen, um auch sie aufzuklären. Aber du hattest die Kinder mit zum Flugplatz gebracht, und ich konnte nicht mit dir sprechen. Und zu Hause fand ich den anonymen Brief, ehe wir die Chance hatten, allein miteinander zu reden, und ich wußte, daß ich bleiben und wenigstens diese häßliche Geschichte noch mit dir durchfechten mußte.«

»Ich habe deine Hilfe weder erbeten noch gebraucht.«
»O doch. Dein Ruf und deine Karriere waren gefährdet. Ganz gleich, mit welchem Namen du mich nanntest – du liebtest mich und wolltest mich an deiner Seite, Garth, Liebster ...«
»Nenn mich nicht so!«
Sie zuckte zusammen, als hätte er sie geschlagen.
»Nein, natürlich, das Recht habe ich nicht ... nicht mehr. Aber ich versuche doch nur, dir klarzumachen, daß die einzige Täuschung nur noch mein Name war. Meine Gefühle für dich waren wahr. Ich liebe dich, und unser Zusammensein war eine Erfüllung, wie ich sie nie erträumt hätte –«
»Halt den Mund! Und wage nicht noch mal, von unserem Zusammensein zu reden! Was bist du für ein Monstrum, daß du kaltlächelnd vom Tod deiner Schwester profitieren kannst?«
Sabrina brach zusammen. Schluchzen schüttelte ihren ganzen Körper, und sie rollte sich wie ein Kind auf dem Sofa zusammen. Garth blieb stocksteif sitzen, im Innersten zerrissen. Am liebsten hätte er sie in die Arme genommen und getröstet, ihren Körper, ihre Liebe von neuem gespürt; aber er verachtete sie und verachtete sich selbst.
»Steh auf«, stieß er tonlos hervor. »Und mach, daß du wegkommst. Ich kann deinen Anblick nicht mehr ertragen. Geh zurück zu deinesgleichen, wo du hingehörst.«
»Nein. Auch das ist vorbei.« Sabrina erhob sich, tappte blindlings zum Badezimmer, und Garth hörte Wasser laufen. Als sie zurückkam, war ihr Gesicht wachsbleich. Ein paar feuchte Haarsträhnen kräuselten sich um Schläfen und Stirn.
»Sabrina Longworth ist tot. Sie ist auf der *Lafitte* untergegangen. Ich bin eine andere geworden. Ich weiß selbst nicht mehr, wer ich bin. Ich wollte als Stephanie Andersen nach London zurückkehren, so daß nie jemand zu erfahren braucht, was wirklich geschehen ist. Nur so hätte ich sicher sein können, daß du und die Kinder niemals die Wahrheit erfahren hätten. Jetzt aber muß ich es dir überlassen, ob sie diese Wahrheit wissen sollen. Aber wie du dich auch entscheidest, ich bin in jedem Fall eine andere geworden.«
Sie ging an die Garderobe, zog die grüne Wildlederjacke an, die

er ihr aus San Francisco mitgebracht hatte, und den einfachen Regenmantel darüber.

»Hoffentlich zweifelst du wenigstens nicht an meiner Liebe zu Penny und Cliff. Und ihre Liebe hat mir so viel bedeutet ...« Sie stockte und holte tief Atem, um ihre Stimme wieder unter Kontrolle zu bekommen. »Und ich liebe dich, mein Liebster, mit meinem ganzen Herzen und mehr, als ich dir je sagen kann. Du bist all das, was ich mir je vom Leben erhofft hatte. Ich habe dich furchtbar verletzt, und ich wußte von Anfang an, daß es nie gut enden würde, aber ich wollte dir noch ein einziges Mal helfen, bevor ich ging –«

Garth hatte sich abgewandt und die Stirn in die Hand gestützt. »Geh endlich«, sagte er mit tränenerstickter Stimme.

Sabrina nahm nur die Schultertasche und ging zur Tür. Den noch unausgepackten Koffer ließ sie stehen – das meiste, was er enthielt, hatte Stephanie gehört. Die Klinke in der Hand, blickte sie noch einmal zurück: auf seinen gebeugten Kopf mit dem dichten, dunklen, von Silberfäden durchzogenen Haar. Er drehte sich um und merkte, daß sie noch dastand und ihn ansah.

»Hau endlich ab!« schrie er schluchzend. »Hau ab und laß mich um meine Frau trauern!«

Sabrina trat auf den Korridor und schloß leise die Türe hinter sich.

## 21

Mrs. Thirkell war gerade vom Einkaufen gekommen und manövrierte ihre Einkaufstaschen und den triefenden Regenschirm durch die Eingangstür, als das Taxi vorfuhr.

»Mrs. Andersen!« rief sie fassungslos erstaunt und hielt die Tür auf, während Sabrina den Chauffeur bezahlte und eilig ins Haus lief. »Herein, herein, herzlich willkommen! Ich bin ja so froh, daß Sie da sind! Und Miß de Martel wird sich freuen! Geben Sie mir Ihren Mantel. Im Wohnzimmer ist Feuer im Kamin bereit, und in Myladys, in Ihrem Zimmer auch. Gewiß wollen Sie zuerst in Ihr Zimmer! Wann darf ich Ihnen den Tee bringen?«

»In einer Viertelstunde, Mrs. Thirkell. Brötchen und Gelee, bitte. Ist Miß de Martel zu Hause?«
»Nein, sie ist ausgegangen, Mylady – oh«, brach sie verlegen ab, »entschuldigen Sie, ich meinte natürlich Mrs. Andersen. Sie sind Ihrer Schwester so ähnlich, daß ich immer –«
»Schon gut, Mrs. Thirkell, es macht nichts. Die meisten Leute konnten uns nie auseinanderhalten.«
»Aber, Mrs. Andersen, wo ist denn Ihr Gepäck?«
»Ich habe keins mitgebracht. Wenn Sie den Tee bringen, vergessen Sie bitte nicht die *Times* und die Post von heute.«
»Ja, Mylady.«
Sabrina lächelte schwach und stieg die Treppen zu ihrem Zimmer hinauf. Alles war in bester Ordnung; Mrs. Thirkell war nicht müßig gewesen. Sabrina hockte sich vor den Kamin, zündete den vorbereiteten Holzstapel an – und merkte, daß sie vor Erschöpfung einfach nicht mehr in die Höhe kam. Sie blieb, wo sie war, lehnte den Kopf an den weichen Diwan und sah durch halbgeschlossene Lider den aufzüngelnden Flammen zu. Ihre Gedanken kamen und gingen nur noch träge. Wie weit zurück lag das Hotelzimmer in New York ... Nun mußte sie heute und morgen und immer mit einem Leben fertig werden, das weder ganz ihres noch ganz Stephanies war. Wie sollte sie das Leben eines Menschen leben, den es bisher nicht gegeben hatte?
Als Mrs. Thirkell an die Tür klopfte, raffte sie sich auf und setzte sich an den gewohnten Fenstertisch. Zuerst griff sie nach der Post, die auf dem Teetablett lag. »Hat mein Anwalt sich um die laufende Post gekümmert?«
»Ja, Mr. Jones kommt alle paar Tage vorbei und holt sie. Mrs. Andersen, darf ich mir eine Frage erlauben –« fügte sie unsicher hinzu. »Werden Sie längere Zeit bleiben? Ich meine nur ... Vielleicht wollen Sie das Haus verkaufen, und ich müßte mich dann nach einer anderen Stellung umsehen.«
»Nein, Mrs. Thirkell, ich bleibe.« Es war das erstemal, daß sie es so definitiv aussprach, und die Worte fielen wie Hammerschläge. »Hoffentlich bleiben Sie so gern bei mir wie bei meiner Schwester.«
»O ja, o ja, was könnte ich mir Besseres wünschen! Aber – was

wird aus Ihrem Mann, Ma'am? Und aus Ihren Kindern? Und Ihrem Heim in Amerika?«

»Mein Heim ist jetzt hier«, sagte Sabrina abschließend. »Die Kinder sind bei ihrem Vater gut aufgehoben. Vielleicht besuchen sie mich in den großen Ferien.« Ganz so wortkarg würde sie nicht bleiben dürfen, wenn die Leute nicht denken sollten, Stephanie habe ihre Familie schmählich im Stich gelassen. Aber jetzt sagte sie nur: »Wo ist die *Times*?«

»Herrje, ich bitte tausendmal um Verzeihung, ich bin so vergeßlich – es ist plötzlich so viel auf einmal. Ich bringe die Zeitung sofort, Ma'am, und dann gehe ich noch einmal auf den Markt, wenn's recht ist. Ich wußte ja nicht, daß Sie kommen, und habe nur das Nötigste eingekauft. Werden Sie Gäste einladen?«

»Nein, vorläufig nicht. Aber ich esse wahrscheinlich meistens zu Hause.«

Mrs. Thirkell brachte die *Times* und ging wieder hinaus, wobei sie jede weitere Frage mit bewundernswerter Selbstbeherrschung unterdrückte. Als sie nach einer Stunde zurückkehrte, um das Teegeschirr abzuräumen, hatte sich Sabrina inzwischen in ein weiches Morgengewand gehüllt und sich vorm Kamin auf den Diwan gelegt. Mrs. Thirkell blieb vor ihr stehen und sagte einen feierlichen, offenbar gut eingeübten Spruch auf: »Mrs. Andersen, ich möchte Ihnen nur noch einmal versichern, daß es eine Ehre für mich ist, daß ich bleiben darf. Ich habe die verstorbene Lady Longworth außerordentlich geschätzt und – wenn Sie das Wort gestatten – geliebt, so daß Ihre Freundlichkeit mir ein großer Trost ist. In Ihrer Nähe habe ich fast das Gefühl, ich hätte sie gar nicht verloren – oder doch nicht so ganz.«

»Danke«, sagte Sabrina. »Diese Treue bedeutet mir mehr, als ich Ihnen sagen kann.«

Und keine von beiden rührte je wieder mit einem Wort an den sonderbaren Umstand, daß Mrs. Andersen unangemeldet und ohne Gepäck ins Haus geschneit war und vorzuhaben schien, die Arbeit und das Leben ihrer Schwester hier fortzusetzen.

Am nächsten Morgen, auf dem Weg zu »Ambassadors«, plante

Sabrina den ersten Tag ihres neuen Lebens. Zuerst Nicholas und Brian im »Ambassadors«, dann eine Finanzbesprechung mit dem Anwalt, Mr. Jones, und schließlich Lunch mit Gabrielle, die sie noch nicht gesehen hatte. Das genügte einstweilen. Im Laufe der Woche würde sie auch andere Freunde und Bekannte anrufen, falls sich die Neuigkeit bis dahin nicht schon in üblicher Windeseile herumgesprochen hatte.
Blackford und Brian diskutierten gerade über einen kleinen Schaden an einer reichverzierten Kommode aus dem siebzehnten Jahrhundert, als sie ihr Geschäft betrat. Sie hörte zwei Minuten lang unbemerkt zu, kam dann näher und sagte mit belustigter Stimme:
»Wo in aller Welt haben Sie denn das aufgestöbert? Ich habe seit Jahren keinen Carlin gesehen.«
Nicholas Blackford fuhr herum und preßte dramatisch eine Hand auf die Brust.
»Stephanie! Mich trifft der Schlag! Konnten Sie sich nicht irgendwie ...«
Sabrina unterbrach ihn, indem sie Brian die Hand hinstreckte. »Kriegen Sie auch einen Herzinfarkt, nur weil ich so plötzlich auftauche?«
»Nein«, sagte Brian lächelnd. »Ich bin froh, daß Sie da sind.«
Sie nickte nachdenklich. »Brian, können Sie eine Weile auf den Laden aufpassen? Ich werde nachher mit Ihnen sprechen. Kommen Sie mit ins Büro, Nicholas?«
»Netter Kerl«, urteilte Blackford, indem er Sabrina in das kleine Büro folgte. »Aber sagen Sie mir bloß, Stephanie, wie Sie den Carlin auf den ersten Blick erkannt haben! Sabrina hat mir nie erzählt, daß Sie so viel vom Fach verstehen. Ich bin beeindruckt. Genaugenommen kennen wir Sie ja überhaupt sehr wenig.«
Sabrina hatte an ihrem Rosenholzschreibtisch Platz genommen und strich erinnerungsverloren über die polierte Fläche.
»Nicholas, ich verstehe, daß meine Rückkehr Ihnen einige Sorgen bereitet. Sie haben Angst, daß ich Ihnen die Zügel wieder aus der Hand nehme oder ›Ambassadors‹ verkaufe. Lassen Sie mich die Dinge klarstellen. Erstens: ›Ambassadors‹ wird nicht

verkauft, weder an Sie noch an sonstige Interessenten. Zweitens: Ich übernehme die Leitung persönlich, wie Sabrina es getan hat, aber ich bin bereit zu einer Partnerschaft. Unter angemessenen Bedingungen, versteht sich. Ein Teil Ihrer Sorgen war also überflüssig.«
»Meine liebe Stephanie –«
»Einen Moment, bitte.« Sie ging an die Tür und rief hinaus: »Brian, würden Sie uns Tee machen, bitte?« Dann setzte sie sich wieder in ihren Sessel und sah Nicholas fest an. »Bei den wenigen Telefonaten, die zwischen uns stattgefunden haben, hatte ich den Eindruck, daß Sie mir allerlei verheimlichen.«
»Aber meine liebe –«
»Natürlich ist das nicht ganz leicht, da Brian sehr zuverlässig Buch führt und Mr. Jones Brian beaufsichtigt. Deshalb rede ich jetzt lieber unter vier Augen ein paar offene Worte mit Ihnen. Hoffentlich erübrigen sich dann peinliche Befragungen von Brian oder Mr. Jones.«
Blackfords zapplige Fröhlichkeit war merklich gedämpft. Er setzte ein paarmal zum Reden an, ehe er sagte:
»Bitte verstehen Sie doch, Stephanie ... Wir wußten ja nicht, wann Sie wieder nach London kommen würden, und für wie lange – oder überhaupt. Und nun sagen Sie, Sie werden das Geschäft selbst weiterführen. Ich weiß nicht recht, wie Sie das von Amerika aus bewerkstelligen wollen. Wir haben doch täglich die praktische Arbeit zu leisten und tragen die Verantwortung –«
»Die nehme ich Ihnen zum größten Teil wieder ab, Nicholas. Ich bleibe. Ich bewohne das Haus am Cadogan Square und leite ›Ambassadors‹ als Sabrinas Nachfolgerin.«
»Ja, wieso ... Haben Sie denn Ihren Mann verlassen? Und die Kinder?«
»Ich sagte soeben: Ich bleibe. Das ist alles, was Sie vorerst zu wissen brauchen. Was nun die Partnerschaft betrifft, die Sie Sabrina und dann mir angeboten haben, so schlage ich folgendes vor: Sie kümmern sich um Ihr *und* mein Geschäft und den Einkauf bei den Händlern. Ich kaufe bei Auktionen für beide Geschäfte und mache die Inneneinrichtungen. Sie werden sich

wundern, das kann ich nämlich auch. Brian führt wie bisher die Bücher und die Korrespondenz für ›Ambassadors‹ wie Ihre Frau für ›Blackford's‹. Die Aufteilung der Finanzen soll Sidney Jones regeln. Sagt Ihnen dieser Plan zu?«
Blackford nickte sprachlos.
»Beim Aufsetzen des Vertrags besprechen wir dann noch die Einzelheiten. Je genauer wir uns verständigen, desto wirtschaftlicher können wir die beiden Geschäfte führen. Scheint Ihnen das machbar?«
»Stephanie …« Er räusperte sich. »In China waren Sie so still. So scharfe Töne hätte ich Ihnen nie zugetraut. Hat Sabrina etwa gesagt, man könne mir nicht trauen?«
»Im Gegenteil. Sabrina hatte Vertrauen zu Ihnen. Aber seit ihrem Tod scheinen Sie *mich* zu unterschätzen. Das lasse ich mir nicht bieten.«
»Ich versichere Ihnen, Stephanie –«
»Sidney Jones soll sofort die Verträge vorbereiten. Paßt Ihnen das?«
Er starrte sie an und platzte heraus: »Wie Sie jetzt Sabrina ähneln … Es ist einfach unheimlich. Verzeihen Sie. Waren Sie immer im Denken so gleich?«
»Oft.« Sie hielt ihm über den Schreibtisch die Hand hin. »Also auf gute Freundschaft, Nicholas.«
»Aber ja, selbstverständlich!« Er sprang hastig auf und drückte Sabrinas Hand. »Waren wir nicht von Anfang an Freunde? Mit niemand anderem wäre ich so rasch eine Partnerschaft eingegangen. Ich muß Ihnen gestehen, daß ich erst in den letzten Wochen so richtig gesehen habe, was für einen bemerkenswerten Ruf Sabrina ›Ambassadors‹ geschaffen hat. Wenn Sie so tüchtig wie selbstsicher sind, steht uns allen eine glänzende Zukunft bevor.«
»Genau das habe ich mir auch gedacht«, Sabrina lächelte so freundlich, daß es einige Minuten dauerte, bevor Nicholas dämmerte, wie genau sie über seine Gelüste, eine Beteiligung an »Ambassadors« zu ergattern, Bescheid gewußt hatte.
»Im übrigen möchte ich Brian künftig zu seinem Gehalt

noch eine kleine prozentuale Gewinnbeteiligung geben. Sind Sie einverstanden? Ja? Dann holen Sie ihn doch bitte herein.«
»Bemerkenswert«, murmelte Nicholas, als er ihr Büro verließ.
Später saß Sabrina dann tief in Gedanken versunken an ihrem Schreibtisch. Nicholas hatte zweifellos auf ihre Unerfahrenheit gebaut und »Ambassadors« ganz an sich bringen wollen. Nun, diese Suppe hatte sie ihm gründlich versalzen, und das stärkte ihre Lebensgeister ungemein. Mit der neugewonnenen geschäftlichen Sicherheit im Rücken war sie selbständiger denn je. Zwei Galerien, in denen andere den lästigen Alltagskram erledigten, während sie selbst sich auf Renovationen und Inneneinrichtungen konzentrieren und ihren Freundeskreis so gestalten konnte, wie sie wollte, ohne immer Rücksicht auf etwaige Kunden zu nehmen. Und damit würde ihr neues Leben hoffentlich so ausgefüllt sein, daß gewisse Erinnerungen allmählich verblaßten …
Eine hohe Zwitscherstimme schreckte sie auf. Es war Gabrielle.
»Stephanie, ich freu mich ja so, daß du wieder da bist. Ich war schon den ganzen Vormittag so gespannt!«
»Schön, daß du mich abholst, Gaby. Wir können gleich gehen.«
Sie gingen zu Fuß zu »Le Suquet«, und als sie vor einer Riesenplatte *fruits de mer* saßen, ertappte sich Sabrina dabei, daß sie zum erstenmal wieder lachte. Gabrielles Mischung aus kunstvoll bewahrter Kindlichkeit und echter Herzenswärme tat ihr wohl. Gut, daß ich mich auch hier um jemanden kümmern muß, dachte sie.
»Erzähle mir von Brooks.«
Gaby bestrich schon ihr zweites Brötchen dick mit Butter. »Ich bin neuerdings unheimlich verfressen«, gestand sie. »Dabei habe ich wochenlang beinah keinen Bissen heruntergekriegt. Brooks? Ja, der drängt auf Heirat. Aber ich habe ihm gesagt, ich müßte erst dich um Rat fragen.«
»Wieso gerade mich?«
»Weil ich dich beinah so gut und jedenfalls so lange kenne wie Sabrina, und sonst steht mir niemand richtig nahe. Alexandra vielleicht noch, aber ich glaube nicht, daß sie mich besonders

leiden kann, und außerdem ist sie in Rio. Ich hätte dich beinahe in Amerika angerufen – aber nun bist du ja hier, Gott sei Dank. Fehlen dir deine Kinder nicht sehr?«
»Doch.«
»Und dein Mann?«
»Gaby, du wolltest mir doch von Brooks erzählen.«
»Ach ja, Also, er hat zum Glück seine Spione gefunden. Einer saß in London und verkaufte die Namen, und einer in Bern lieferte die Formeln dazu. Deshalb dauerte es auch so lange, bis er sie ausfindig gemacht hat, und darum hat er zuerst mich verdächtigt, weil ich als einzige Person außer ihm *beide* Informationen hatte.«
»Und wie kam er überhaupt auf dich?«
»Weil der eine Spion, der in Bern, ihm den Floh ins Ohr gesetzt hat. Ganz schön raffiniert, nicht? Er wollte sich selbst decken. Und als dann die Konkurrenz mit der Serie herauskam, die haargenau so war wie seine, war das natürlich ein Millionenverlust für ihn, und er hielt mich für die Spionin und schmiß mich raus. Ich weiß nicht, was ich in meiner Verzweiflung ohne Sabrina angestellt hätte. Ihr wart immer alle beide soviel klüger und stärker als ich – wahrscheinlich, weil ihr immer einen Halt aneinander hattet. Ich hatte nie ... O verflixt, Stephanie, es tut mir leid. Du mußt sie ja so furchtbar vermissen.«
Sabrina schwieg und wartete, bis der Schmerz und das Gefühl des Verlassenseins, das bei Gabys Worten in ihr aufgestiegen war, abebbten.
»Möchtest du am Cadogan Square heiraten?« fragte sie Gabrielle dann unvermittelt.
»Oh, Stephanie, wäre das möglich? Wie herrlich! Ich habe schon lange daran gedacht, aber du warst in Amerika, und ich habe mich nicht getraut, dich darum zu bitten.«
»Lade doch für Freitag Brooks zum Essen ein. Dann können wir die Hochzeit besprechen. Mrs. Thirkell muß wissen, wieviel Gäste kommen.«

Nach dem Lunch trennte sie sich von Gabrielle und ging zur Pall Mall weiter, denn sie hatte noch ein Versprechen einzulö-

sen. In den Opernarkaden befand sich ein Geschäft, das auf ganz alte Rüstungen und Waffen spezialisiert war.
Sabrina sah sich gründlich um, fand aber nicht das Richtige. »Ich möchte etwas für einen Zwölfjährigen, der gerade die Geschichte von König Artus gelesen hat. Nein, keine komplette Rüstung«, erklärte sie. »Etwas Kleineres.«
»Oh, ich glaube, da habe ich etwas für Sie«, krächzte der Ladeninhaber mit einer Stimme, so rostig wie viele seiner Rüstungen, und verschwand in einem Hinterzimmer. Als er wiederkam, brachte er einen sehr schönen Schild aus der Tudor-Zeit mit. Das leuchtend ausgemalte Wappen stellte einen Vogel Greif dar, der seine Schwingen schützend über einem stilisierten Kastell ausbreitete. »Damit haben sich die ganz jungen Herren damals im ritterlichen Kampf geübt.«
Es war genau das, was sie gesucht hatte. Sabrina schrieb den Scheck aus und sah Cliff vor sich, wie er vor allen Bekannten mit dem Schild herumprotzte und ihn in seinem Zimmer aufhängen würde – eine Erinnerung daran, daß er einmal eine Mutter gehabt hatte, die ihn liebte.
Ein paar Häuser weiter kaufte sie Pergament- und Japanpapier, Farben, Kreiden, Stifte und Pinsel für Penny.
»Brian«, fragte sie, als sie schwerbeladen zu »Ambassadors« zurückkehrte, »wie befördert man so eine sperrige Sendung nach Amerika?«
»Auf die übliche Art, Mrs. Andersen. Überlassen Sie das ruhig mir.«
»Fein. Nur ein paar Minuten noch, ich möchte etwas dazu schreiben.« Sabrina zog sich in ihr Büro zurück und verfaßte zwei kurze Briefe:

»Liebe Penny, lieber Cliff,
ich denke viel an Euch, und Ihr fehlt mir. Aber sooft ich die Augen zumache, sehe ich Euch beide ganz deutlich. Schade, daß ich Euch über den Ozean hinweg nicht umarmen kann. Tröstet Euch einstweilen mit den Geschenken, die ich Euch versprochen habe, und seid vergnügt. Viele liebe Grüße!«

Der zweite Brief war für Garth.

»Lieber Garth,
was auch immer Du entscheidest, um den Kindern meine Abwesenheit zu erklären, bitte gib ihnen die Geschenke. Ich werde ihnen nie mehr schreiben oder etwas schenken, wenn Du es nicht erlaubst, aber ich hatte ihnen versprochen, etwas zu schicken, sobald ich in London bin. Bitte laß mich dieses Versprechen halten. Es ist der letzte Gefallen, den ich von Dir erbitte.«

Jetzt konnte sie nichts mehr für ihre Familie tun, nur noch sich nach ihnen sehnen und warten, daß diese Sehnsucht eines Tages weniger schmerzlich sein würde. Aber sie hatte bei all dem ihre Mutter vergessen. Laura Hartwell rief am Samstag an, als Sabrina gerade mit Gabrielle aus dem Haus gehen wollte, um das Brautkleid zu kaufen.

»Stephanie, was ist denn passiert, um Himmels willen? Wir haben bei euch angerufen, aber Garth sagt, du seist wieder in London und würdest dort bleiben. Was soll das heißen?«

»Genau das, was er sagt. Ich lebe jetzt hier.«

»Und Garth ... Und die Kinder?«

»Warum fragst du danach, Mutter? Du weißt doch, daß sie in Evanston sind.«

»Du hast sie tatsächlich verlassen?«

»... Ja.«

»Für immer?«

»Vielleicht. Für so lange wie nötig.«

»Nötig! Nötig für was? Du kannst doch nicht eine gute Ehe einfach so hinwerfen. Und zwei Kinder verlassen, die dringend eine intakte Familie brauchen. Weißt du überhaupt, was du da aufgibst?«

»Mutter, bitte!«

»Ich werde wohl noch sagen dürfen, was ich denke. So eine Kurzschlußhandlung hätte ich dir nie zugetraut.«

»Hör auf, Mutter, bitte. Garth und ich haben diese Trennung gemeinsam beschlossen, und sie hat uns genug Kummer gemacht, auch ohne deine Vorwürfe. Vielleicht erzähle ich euch eines Tages, wie es dazu kam, aber jetzt kann ich es noch nicht. Du mußt mir vertrauen, daß ich nur tue, was ich tun muß.«

»Stephanie«, kam die dünne Stimme ihres Vaters vom Nebenapparat, »liebst du Garth nicht mehr?«

Ihn nicht mehr lieben! Sabrina mußte tief durchatmen, um ihre Stimme zu festigen. »Wir haben Probleme, die erst gelöst werden müssen. Gebt euch bitte einstweilen damit zufrieden und vertraut mir. Es tut mir sehr leid, daß ich euch Kummer mache.«

»Leid tut es dir!« schrie Laura auf. »Und das so bald nach Sabrinas Tod! Hättest du uns allen nicht wenigstens etwas Ruhe lassen können? Ein Schlag nach dem andern –«

»Ja, Mutter, es war gedankenlos von mir. Verzeih. Es soll nicht wieder vorkommen.«

»Auch noch Ironie? Verschone uns damit!«

»Wie willst du denn leben«, unterbrach ihr Vater, »so allein in London?«

»Ich habe einen Vertrag mit Nicholas Blackford geschlossen, daß wir ›Ambassadors‹ gemeinsam leiten. Ich behalte Sabrinas Haus, werde mir Freunde suchen und mir mein Leben aufbauen.«

»Gräßlich«, stöhnte Laura, »gräßlich. Das letzte, was wir von dir erwartet hätten.«

»Ja, ich entschuldige mich nochmals. Ich habe euch enttäuscht.«

»Aber natürlich wirst du wieder zu dir kommen und dich auf deine Pflichten besinnen, wenn du eine Weile nachgedacht hast. Junge Frauen scheinen heute das Ausbrechen aus der Familie für schick zu halten und nennen das Emanzipation oder Selbstverwirklichung ... Ein schwammiger Begriff. Meistens steckt ein anderer Mann dahinter. Hast du einen Liebhaber?«

»Nein.«

»Ja, was treibt dich denn sonst? Willst du Karriere machen? Du hattest doch auch in Evanston wieder einen ganz netten Posten gefunden; wie hieß die Boutique noch schnell ... Ach ja. ›Collectors‹. Genügt dir das alles nicht?«

Sabrina antwortete nicht.
»Stephanie, Stephanie, bist du noch dran? Hör mal, versuchst du etwa, dir vorzumachen, Sabrina zu sein? Ich erinnere mich, daß du ständig von ihrem glänzenden Leben in London geschwärmt hast, von ihren Erfolgen ... Und ich fürchte, ich habe dich darin noch bestärkt. Versuchst du wirklich, wie Sabrina zu werden?«
»Mutter«, sagte Sabrina zwischen Lachen und Weinen, »laß mir etwas Zeit. Ich versuche ja nur, ich selbst zu sein.«
»Weißt du immer genau, wer das ist?« fragte ihr Vater vom Nebenapparat.
»Nicht immer. Aber ich hoffe, irgendwann dahinterzukommen.«

## 22

Niemand holte Garth am Flughafen in Chicago ab; man erwartete ihn erst in zwei Tagen zurück. Er hatte das Hotel am frühen Morgen nach der furchtbaren Szene verlassen und Professor Taggart vom Flugplatz aus angerufen, um ihm zu sagen, daß er nach Hause müsse. Dann war er mit der ersten Maschine heimgeflogen. Er hatte keine Sekunde geschlafen, und in seinem übermüdeten Kopf dröhnte alles zu grell, zu spitz, zu laut. Um so mehr überfiel ihn die lähmende Stille, als er die Haustür aufschloß und eintrat. Ein leeres Haus. Penny und Cliff in der Schule. Seine Frau tot. Ihr betrügerisches Ebenbild in London. Ein leeres, totenstilles Haus.
Er stand in der Küche und wußte nicht, was er tun sollte. Nichts war der Mühe wert. Auf dem Ecktisch lagen Pennys Zeichenblock, ein paar Bleistifte und ein Buch, in dem Stephanie zuletzt gelesen hatte. Nein, nicht Stephanie – Sabrina! Die Bilder ihrer friedlichen gemeinsamen Abende stürmten plötzlich derart auf ihn ein, daß er mit einem Aufschrei »Nein!!« das Buch ergriff und an die Wand schleuderte. Seiten flogen heraus, als es zu Boden fiel. Garth sank auf das Sofa und weinte um seine Frau und den Zusammenbruch seiner Welt ...

Er mußte eingeschlafen sein, denn als er sich wie zerschlagen aus seiner unbequemen Haltung aufrichtete, war es schon dunkel. Er tastete nach dem Lichtschalter und sah auf die Uhr. Es war erst fünf Uhr nachmittags. Sie hatten die Heizung beim Weggehen heruntergedreht, und es war kalt. Die Erinnerung an alles, was geschehen war, stellte sich schlagartig ein. Plötzlich fühlte er kalte Wut in sich hochsteigen. Er mußte sich bewegen, handeln, seinen Geist beschäftigen. Zunächst rief er Vivian an und sagte, die Tagung sei rascher beendet worden als erwartet, und er würde Penny und Cliff in einer Stunde bei ihr abholen.
»Bleiben Sie doch zum Essen«, drängte Vivian, »und erzählen Sie von New York.«
»Nicht heute. Ich bin zu kaputt.«
»Dann lassen Sie wenigstens die Kinder zum Essen hier. Sie haben beim Kochen geholfen und sollten das Ergebnis nun auch essen müssen.«
»Gut. Ich komme dann erst um acht.«
»Ist mir recht. Aber essen Sie auch etwas, Garth. Sie werden sich dann besser fühlen.«
Hörte man es ihm so an? Klar ... Man konnte nicht vor Wut ersticken, ohne daß andere es merkten. Garth packte seine Koffer aus, duschte, zog sich um und genehmigte sich einen großen Whisky. Bei dieser Gelegenheit sah er, daß der Kühlschrank wohlgefüllt war. Wie fürsorglich! Sie hatte an alles gedacht, bevor sie den Käfig verließ und auf ihre europäischen Spielgründe zurückkehrte ...
Er rannte im Haus herum, treppauf, treppab, von einem Zimmer ins andere. Alles war voller Erinnerungen, doch alles, was er greifen, begreifen wollte, rann ihm durch die Finger wie Wasser. Wieso hatte er keinen Verdacht geschöpft? Wieder und wieder fragte er sich das. Diese angeblichen Gedächtnislücken, die kleinen Versprecher, das oft so untypische Verhalten ... Garth verstand sich selbst nicht mehr. Er, dessen Beruf auf schärfste Beobachtungs- und Kombinationsgabe aufgebaut war, hatte sich so leicht täuschen lassen. Er verstand es nicht. Nichts ergab mehr einen Sinn. An nichts konnte er sich halten,

außer an dieses Haus und die Kinder – und deshalb mußte er sie so schnell wie möglich sehen. Und was sollte er ihnen sagen?
Er fuhr sie durch den Schneematsch nach Hause, und sie saßen bei Eiscreme und Salzbrezeln in der Küche.
»Mom findet diese Zusammenstellung schauderhaft«, sagte Cliff, »aber ich mag sie.«
»Eiscreme und Dillgurken sind noch schlimmer«, ergänzte Penny.
»Stimmt. Dad, dürfen wir Mom in London anrufen?«
»Nein.«
»Warum nicht? Du hast doch nach Tante Sabrinas Begräbnis auch jeden Abend mit ihr telefoniert.«
»Das war etwas anderes.«
»Warum?«
»Weil sie ... damals sehr unglücklich war.«
»Vielleicht ist sie's jetzt auch. Wir fehlen ihr doch.«
»Nein, Cliff, sie hat jetzt an anderes zu denken.«
»Na ja, trotzdem ... Kostet so ein Gespräch sehr viel?«
»Pro Minute einen Dollar. Würdest du das selbst bezahlen?«
»Ja, wenn du so geizig bist ... Und wenn es die einzige Möglichkeit ist, mit Mom zu sprechen.«
»Daddy?« fragte Penny aufmerksam dazwischen, »Bist du wütend? Hast du Krach mit Mommy gehabt? Bist du deshalb schon zwei Tage früher zurückgekommen?«
Garth fühlte sich von einer seltsamen Mischung aus kalter und spöttischer Heiterkeit ergriffen. Da sind wir nun stolz auf unsere intelligenten Kinder, dachte er, aber wir gewöhnen uns nur schlecht an den Gedanken, daß sie uns manchmal durchschauen. Doch wieso haben diese intelligenten Kinder dann nicht sofort gemerkt, daß diese Frau nicht ihre Mutter war? Weil sie in ihrer Unschuld gar nicht auf die Idee kamen. Und sie hat ihr Vertrauen schamlos ausgenutzt ...
»Daddy, warum antwortest du nicht?« bohrte Penny.
»Also, Kind, es hat nicht direkt einen Krach gegeben, ich meine ... aber ich bin ärgerlich auf sie, und ich will euch auch sagen warum.« Er sah in die glänzenden Augen, die neugierigen Gesichter, in die sich allmählich Angst einschlich – und konnte

nicht weiter. Später, später! Wenn alles endgültig geregelt war. Jetzt, so unvorbereitet, konnte er sie nicht damit überfallen. »Ich ärgere mich«, wich er mühsam aus, »weil sie ihre Londoner Sachen für wichtiger zu halten scheint als uns. Und sie will vorläufig dortbleiben, um weg von uns allen über ihr Leben nachzudenken.«

Penny runzelte besorgt die glatte Kinderstirn. »Aber genau dasselbe hat sie doch schon in China getan. Hat ihr denn das nicht genügt?«

»Zuerst ja, aber dann ist soviel Unerwartetes passiert. Manchmal reicht einmal eben nicht.«

»Du hast mir doch damals gesagt, daß ihr euch nicht scheiden laßt. Und das tut ihr doch auch nicht, Daddy?«

Ihm wurde fast übel. Er preßte die Zähne zusammen. Keine Scheidung – ein scharfer Schnitt, mit dem er sie aus ihrer aller Leben entfernen mußte.

»Von Scheidung kann keine Rede sein«, sagte er endlich. Das war jedenfalls keine Lüge.

»Kommt sie überhaupt zurück?« fragte Cliff plötzlich erschreckend direkt.

»Ich weiß es nicht.«

»Das mußt du doch wissen!« kreischte Penny auf. »Du lügst uns an – du hast dich mit Mommy verzankt, und nun kommt sie nie mehr, und alles ist beschlossene Sache! Es ist so unfair ... Cliff und ich sind erst gar nicht gefragt worden, und dabei ist sie doch *unsere* Mutter, und wir wollen sie wiederhaben, und das werde ich ihr schreiben oder sagen, und das kannst du mir nicht verbieten, und –«

Sie rannte schluchzend aus der Küche und die Treppe hinauf. Cliff sah seinen Vater an und wählte seine Worte sehr sorgfältig, um erwachsener als seine Schwester zu wirken.

»Sie kommt doch zurück, Dad? Du sagst nur ›Ich weiß nicht‹, weil Wissenschaftler das immer sagen, wenn sie noch nicht genau wissen, wie ein Experiment ausgeht.«

»Wissenschaftler pflegen sich tatsächlich so auszudrücken.«

»Mach dich nicht lustig über mich, Dad; mir ist es todernst. Willlst du denn nicht, daß Mom zurückkommt?«

»Das ... ist eine komplizierte Geschichte, die nicht so einfach zu erklären ist.«
»Scheiße!«
»Cliff, benimm dich! Ich rede nicht so mit dir, und ich verlange auch von dir gewisse Umgangsformen. Es gibt im Leben unvorhergesehene Dinge, mit denen man nicht so einfach fertig wird. Denkst du, ich habe immer alles gewollt, was so im Laufe der Zeit mit mir passiert ist?«
»Sicher nicht, aber sind *wir* vielleicht daran schuld, wenn du dir dein Leben versaust und unseres auch?« Cliff wich erschrocken über seine eigenen Worte zurück. »Entschuldige, Dad«, flüsterte er kleinlaut, »ich meinte es nicht so.«
Garth hatte das Gefühl, den Boden unter den Füßen zu verlieren. Nie zuvor hatten seine Kinder so mit ihm gesprochen – Stephanie hätte das nie erlaubt. Jetzt fiel alles auseinander. Garth setzte zum Reden an, fand aber keine Worte und stand auf, um sich noch einen Whisky zu holen.
»Dad?« sagte Cliff ganz leise hinter ihm.
»Ja?«
»Liebst du Mom?«
In der Stille klang das Summen des Kühlschranks überlaut. »Weißt du«, sagte Garth endlich, ohne sich umzudrehen, »an unserem Hochzeitstag war deine Mutter so schön, daß alle Leute sie anstarrten und sagten, ich sei der glücklichste Mann von der Welt. Und dann zogen wir hierher, und ihr wurdet geboren –«
»Dad, ich habe dich gefragt, ob du Mom noch liebst!« rief Cliff heftig. »Warum antwortest du nicht? *Wir* lieben sie nämlich, damit du's nur weißt, ganz egal, was du dazu meinst. Und sie liebt dich auch. Was ist eigentlich mit dir los? Ach Scheiße – entschuldige.« Der Junge rieb sich verstört die Augen. »Wenn du nicht darüber reden willst, dann eben nicht. Aber *ich* schreibe Mom, das sag ich dir gleich, auch wenn es dir nicht paßt.«
Diesmal verwahrte Garth sich nicht gegen den Ton seines Sohnes. Er hatte ja von seinem Standpunkt aus recht. Und wie würde er den Kindern je begreiflich machen, daß sie völlig und

ohne weiteren Kontakt aus ihrem Leben verschwinden mußte?
»Tu, was du willst«, sagte er müde. »Wir reden ein andermal weiter.«
Nachdem Cliff trotzig gute Nacht gesagt hatte, saß Garth noch lange bei seinem Whisky. Du Luder, hämmerte er sich immer wieder ein, du infames Luder – was hast du meinen Kindern angetan. Es wäre besser, sie wüßten, daß du tot bist ... Daß *wer* tot ist? Und fand keine Antwort als: Ich weiß es nicht.

Nat Goldner rief ihn am nächsten Tag in seinem Büro an. »Ich habe eben gehört, daß du schon wieder zurück bist. War die Komiteesitzung erfolgreich?«
»Sie hat gar nicht stattgefunden. Es gab eine Programmänderung.«
»Und Stephanie? Gab es bei ihr auch eine Programmänderung?«
»Nein. Sie ist in London.«
»Wann kommt sie zurück?«
»Gar nicht.«
»Wie bitte?«
»Nat, ich möchte nicht darüber sprechen. Wenigstens vorläufig nicht.«
»Schön, wie du willst. Aber was soll ich Dolores sagen?«
»Das ist nicht mein Problem, falls du mir die rüde Bemerkung gestattest.«
»Da sie unwiderleglich ist ... Etwas anderes. Ich habe noch ein paar Tage Urlaub – dieses Jahr. Wie wär's, wenn wir zusammen in die Berge oder zum Eisfischen gingen?«
»Ich möchte Penny und Cliff nicht schon wieder allein lassen.«
»Für ein oder zwei Tage nur? Das sind sie doch gewohnt.«
»Nat, diesmal ist es etwas anderes. Ich muß mich an meine Rolle als alleinstehender Vater gewöhnen. Aber danke trotzdem. Ich rufe dann wieder an.«
Natürlich fragte jeder nach Stephanie – im Fakultätsklub, in der Bibliothek, sogar im Supermarkt. Linda, die Garth und die Kinder zum Essen einlud, klagte, Madeline Kane und sie hätten jetzt vor Weihnachten so wahnsinnig viel zu tun, daß sie es

ohne Stephanie kaum schafften. Überhaupt – sie würde doch nicht etwa übers Fest wegbleiben?
Garth erwiderte auf alle Fragen, er wisse es nicht. Und allnächtlich beschimpfte er sich in der Leere seines Schlafzimmers als Feigling und Lügner. Warum sagte er den Freunden nicht klipp und klar die Wahrheit? Je länger es dauerte, desto mitschuldiger wurde er an dem Betrug. Hatten nicht auch Stephanie und Sabrina sich in etwas verstrickt, das sie nicht wollten? Er verstand es täglich besser. Und vor allem in den Nächten, wenn er sich schlaflos herumwälzte und gegen eine verzweifelte Sehnsucht ankämpfte – nach wem?
Manchmal schleuderte er dann wütend die Bettdecke von sich, sprang auf, zog den Bademantel über und setzte sich stundenlang mit einem Buch ins Wohnzimmer. Aber auch hier peinigten ihn die Erinnerungen an die schönen, ruhigen Abende mit ihr, wenn sie beide lasen und manchmal zufällig – zufällig? – im selben Moment aufblickten, um einen lächelnden Blick zu tauschen. Dann schlug Garth seufzend das Buch zu und brütete über etwas, das in ihm vorging und das er nicht verstand. Es fiel ihm täglich schwerer, seine Frau von derjenigen zu unterscheiden, die in den letzten Monaten mit ihm gelebt hatte. Welche betrauerte er? Die tote Stephanie. Und die war zweimal gestorben: einmal im fernen Mittelmeer und einmal in jenem Hotelzimmer in New York.
Noch konnte er niemandem die Wahrheit sagen, vor allem nicht seinen Kindern. War *sie* an demselben Problem gescheitert, als sie immer wieder versucht hatte, die Wahrheit zu sagen?
Er wußte es nicht. Nur eines war ihm mittlerweile klargeworden: Die Frau, mit der er zwölf Jahre verheiratet gewesen war, hatte mehr gewollt als eine kurze Chinareise. Sie hatte frei sein wollen – von Mann und Familie. Und das, solange es ihr gefiel. Sie hatte es mit der Rückkehr durchaus nicht eilig gehabt. Sabrinas Unfall mußte ihr wie ein Himmelsgeschenk vorgekommen sein.
Warum war sie nicht zu ihm gekommen, damit sie eine gemeinsame Lösung hätten finden können? Weil er seit Jahren nicht

mehr hingehört hatte. Weil er ihr zur Antwort immer nur vorgeworfen hatte, sie sei unzufrieden, weil sie ihre Schwester in London beneide. Weil sie Sabrina sein wollte. Und damit hatte er recht gehabt. Denn genau das hatte sie gewollt – und schließlich bekommen. Sabrinas Leben, ihr Haus, ihren Erfolg, ihre Freunde – und ihre Liebhaber ...
Groll mischte sich in seine Trauer, diesmal gegen seine tote Frau. Der Rollentausch war Stephanies Idee gewesen: War Sabrina nur nach Evanston gekommen, um ihrer Schwester einen Gefallen zu tun? War es für sie gar nicht nur ein Spiel gewesen, sondern etwas, das sie ihrer Schwester schuldig zu sein glaubte? Es war das erstemal, daß er die Sache von dieser Seite betrachtete ...

Kurz vor den Weihnachtsferien holte er nachmittags Penny und Cliff von der Schule ab, und als sie nach Hause kamen, sahen sie ein großes Paket aus London auf der Veranda stehen. Beide Kinder stürzten sich mit Freudenschreien darauf und schleppten es hinein. Garth sah schweigend zu, wie sie aufgeregt die Verpackung aufrissen.
»Dad, sieh bloß!« hauchte Cliff überwältigt, als er endlich den farbenprächtigen Schild aus seiner Umhüllung hob und sofort über den Arm streifte, um eine ritterliche Pose einzunehmen. »Wie König Artus' Ritter! Den häng ich mir über mein Bett!«
Gleichzeitig sprudelte Penny: »Daddy, genau das, was ich mir wünsche ... Ich hätte mich gar nicht getraut, soviel zu verlangen. Mommy hat's gewußt ... Diese herrlichen Pinsel, diese Farben! Und fühl bloß mal das Aquarellpapier! – Oh, das hier ist für dich.«
Garth nahm den Umschlag, öffnete ihn langsam und las die wenigen Zeilen. Die Worte verschwammen vor seinen Augen, und er glaubte ihre Stimme zu hören, ihren leuchtenden Blick zu sehen, mit dem sie die Kinder betrachtete. Die Kinder, die sie liebte.

# 23

Alexandra war aus Rio zurück und lud sich selbst ungeniert zum Tee ein.

»Was höre ich von Ihnen, Stephanie? Daß Sie für immer hierbleiben, sich mit Nicholas zusammengetan haben und Gabys und Brooks' Hochzeit arrangieren?«

»Gibt es etwas, das Sie noch *nicht* wissen?«

»Ja, zum Beispiel, wie man sich fühlt, wenn man einen Mann und zwei Kinder in Amerika sitzenläßt.«

Sabrina setzte mit zitternder Hand ihre Tasse ab. Jeder erkundigte sich danach, mit mehr oder weniger Takt, aber keiner so offen und direkt wie Alexandra. Und niemand wußte, daß Cliffs und Pennys Briefe in ihrer Nachttischschublade lagen, immer wieder vorgenommen und hundertmal in Gedanken beantwortet wurden. Aber sie durfte nicht schreiben, nicht bevor Garth seine Erlaubnis dazu gab.

»Ich spreche nicht über meine Privatgefühle«, sagte sie kurz.

»Weiß ich, sonst hätte ich schon davon gehört. Aber ich dachte, daß Sie vielleicht jemand brauchen, mit dem Sie reden können. Sabrina und ich haben uns nie besonders über Gefühle ausgelassen, aber als wir uns das letztemal sahen, gerade vor dieser verdammten Kreuzfahrt, hat sie mich plötzlich zum Abschied umarmt und geküßt. Das hat mich so überrascht, daß ich zusammengezuckt bin. Es war gar nicht ihre Art. Ich glaube, das hat sie verletzt. Später, als sie tot war, habe ich viel daran denken müssen und es sehr bereut. Das ist auch einer der Gründe, warum ich mein Haus hier in London behalte. Als Erinnerung an Sabrina – weil es gewissermaßen auch ihr gehört. Wollen Sie nicht heute abend zum Dinner kommen und ein paar nette Leute kennenlernen? Bestimmt grübeln Sie zuviel.«

»Lieb von Ihnen, Alexandra, aber ich ziehe das Alleinsein im Moment vor.«

»Papperlapapp, Herzchen, die Kinder müssen Ihnen doch fehlen – und auch Ihr gutaussehender, wenn auch etwas sturer Mann. Wollen Sie mir wirklich nicht Ihr Herz ausschütten?«

»Ich kann nicht. Es tut noch zu weh. Ich ... o Gott, wie blöd, nun geht es wieder los.« Sie kämpfte mit den Tränen. »Einen Moment ... Ich komme gleich zurück.«
»Um Himmels willen, bleiben Sie sitzen und heulen Sie sich aus. Ich wußte nicht, daß es so schlimm ist. Ja, aber warum sind Sie dann ... Nein, nein, ich fange nicht wieder an. Ich habe noch nie jemanden kennengelernt, der so an seiner Familie hängt. Es macht mir ordentlich Angst, mich selbst auf so was einzulassen, wenn soviel ... wie soll ich sagen ... Emotionen damit verbunden sind.«
Sabrina mußte unter Tränen lächeln. »Jedem das Seine, Alexandra.«
»Zu schade, daß ich nur für ein paar Tage hier bin. Ich würde Sie so gern näher kennenlernen – das heißt, ich habe dauernd das Gefühl, Sie schon seit Jahren zu kennen, weil Sabrina ... Oh, was für ein Kuddelmuddel. Wie soll ich es ohne meine beste Freundin in Brasilien aushalten? Bitte, bitte, kommen Sie wenigstens zu meiner Hochzeit! Ohne Ihren Segen geht womöglich alles schief.«
»Wann ist sie denn?«
»Zu Weihnachten, an einem der Feiertage; das richtet sich nach dem Guarani-Horoskop. Können Sie sich vorstellen, daß ein moderner Städtebauer und Großgrundbesitzer sein Hochzeitsdatum von ein paar alten Indios bestimmen läßt, die erst Mond und Sterne und Ameisenhügel und weiß der Kuckuck was noch befragen müssen? Halten Sie mich nun für ebenso verrückt?«
»Nein. Ich halte Sie für sehr vernünftig und anpassungsfähig.«
»Und Sie sind die einzige, die genug Verstand hat, mich nicht nach der großen Liebe zu fragen. Bitte kommen Sie doch zur Hochzeit.«
»Ich kann nicht, Alexandra. Nicht bevor meine eigenen Probleme einigermaßen gelöst sind.«
»Hätte ich mir denken können«, sagte Alexandra und stand seufzend auf. »Na, bei Gabys Hochzeit sehen wir uns ja noch. Und zu meiner können Sie natürlich jederzeit aufkreuzen, auch unangemeldet, falls Sie es sich doch noch anders überlegen.«
»Das glaube ich kaum. Aber ich gebe Ihnen gern meinen Segen

– und einen Abschiedskuß. Und diesmal werden Sie nicht zusammenzucken.«
Sie standen still da und sahen einander an. »Wissen Sie, Herzchen«, sagte Alexandra nach einer Pause, »in diesem Moment könnte ich ums Verrecken nicht beschwören, ob Sie Stephanie sind – oder Sabrina.«
»Ich weiß«, sagte Sabrina leise. »Genau so sollte es auch sein.«

Andere waren offenbar derselben Meinung, und Sabrina wurde mit Einladungen von ihren früheren Bekannten und Kunden überschüttet; alle waren zum Platzen neugierig auf die Schwester, die mit solcher Bravour Sabrinas Platz eingenommen hatte. Aber in der letzten Woche vor Weihnachten verdrängte eine neue Sensation alles andere. Der lange aufgeschobene Artikel von Michel und Jolie Bernard kam in großer Aufmachung in den großen europäischen und amerikanischen Zeitungen heraus. Sabrina erfuhr es durch einen Anruf von Nicholas, der sie frühmorgens mit der angstschlotternden Frage weckte, ob sie in diese Fälscher-, Schmuggel- und Diebstahlaffäre verwickelt seien. »Ambassadors« sei zwar nicht namentlich erwähnt, aber er habe in Sabrinas Rechnungen einige Porzellane gefunden –
»Welche im einzelnen?« fragte Sabrina ruhig.
Er las sie vor: Tanzfigurinen, Tiere, Vögel. Kein Meißener Storch. Natürlich nicht; den hatte Stephanie auf genial einfache Art beseitigt und sämtliche Papiere darüber verschwinden lassen. Die anderen Sachen fielen nicht ins Gewicht, so wenig wie »Ambassadors« im Vergleich mit viel größeren Galerien, die mit Max Stuyvesant oder seinen Strohmännern Geschäfte gemacht hatten.
»Wir sind nicht betroffen«, sagte Sabrina. »Die wenigen Porzellane, die meine Schwester von ›Westbridge‹ gekauft hat, waren echt. Sie hat mir erzählt, daß sie ihre Herkunft genau recherchiert hat.«
»Sind Sie ganz sicher, Stephanie? Ich will ja nicht drängen, weil ich weiß, was für schreckliche Erinnerungen das in Ihnen aufrührt, aber ...«
»Nicholas, ich wiederhole: Wir sind nicht betroffen. Und wenn

ich je von Ihnen höre, daß Sie Gerüchte weiterverbreiten oder den Ruf unseres Geschäfts in Frage stellen, sind wir geschiedene Leute. Ist das klar?«
»Lieber Himmel, Stephanie, so war das doch nicht gemeint! Ich habe Sabrina vollkommen vertraut! Aber sie war nun mal mit Stuyvesant auf der Unglücksjacht, und da wollte ich mich bloß vergewissern –«
»Das haben Sie ja nun getan. Ich lehne jede weitere Diskussion darüber ab. Ich sehe Sie dann später.«
Sabrina war jeden Tag in ihrem Büro, um die letzten drei Monate aufzuholen, Kataloge zu studieren und ihre nächsten Aufträge vorzubereiten. Das half ihr wenigstens zeitweise, einen Strich zwischen sich und der Vergangenheit zu ziehen. Noch lebte sie in einer Art Niemandsland ...
Gabys Hochzeit näherte sich, und Sabrina kümmerte sich um vieles, was Mrs. Thirkell sehr wohl allein bewältigt hätte, nur um sich abzulenken. Wenn sie und Garth doch die Möglichkeit gehabt hätten, einander ohne Täuschung zu gehören ... Wenn er nie hätte glauben müssen, es sei nur ein entwürdigendes Spiel, ein kurzes Abenteuer für sie gewesen, dachte sie, als sie während der Zeremonie neben der strahlenden Gaby im blumengeschmückten Wohnzimmer von Cadogan Square stand.
»Stephanie«, flüsterte Alexandra später, als das junge Paar die Gratulationen entgegennahm, »fehlt Ihnen was? Sie sind so blaß. Kann ich irgendwie helfen?«
»Ja, stehen Sie den Empfang mit mir durch und nehmen Sie mir möglichst viel Klatsch ab!«
»Nein, ich meine es im Ernst.«
Einen Moment lehnte Sabrina ihre Stirn an Alexandras Schulter. Dann hob sie lächelnd den Kopf, und ihre Haltung straffte sich.
»Komm oft nach London, Alexandra«, sagte sie leise. »Ich brauche etwas, worauf ich mich freuen kann.«

# 24

Garth sah die Zeitung mit der Schlagzeile in der Universitätsbibliothek. Er schnappte sich die Nummer, ließ sich in einer entfernten Ecke in einen Sessel fallen und überflog klopfenden Herzens die Geschichte, die schließlich zum Tod von Maxim Stuyvesant geführt hatte. Und zum Tod seiner Frau. Wieder und wieder las er den Artikel, aber es blieb alles unwirklich für ihn. Er las über den Tod seiner Frau, aber ihr Name war nicht erwähnt. Er erfuhr alles über ihren Liebhaber, der nicht einmal ihre wahre Identität gekannt hatte. Er las über das Leben und Sterben einer Frau, die ihm längst entglitten war. Nicht erst vor ein paar Monaten.

Neulich hatte er Cliff erzählt, wie Stephanie als Braut ausgesehen hatte. Daran erinnerte er sich auch heute noch ganz genau, ebenso an die Zeit, als die Kinder geboren wurden und sie zu einer Familie zusammenwuchsen. Aber wenn er versuchte, sich an die letzten Jahre zu erinnern, gelang ihm das nur verschwommen. Das einzige Bild, das er zurückrufen konnte, war das der Frau, die er die letzten drei Monate gekannt hatte.

Und er konnte nicht länger als Lüge abtun, was ihn mit dieser Frau verband. Er liebte sie mit einer Leidenschaft, die durch kein Argument, keine Willensanstrengung auszurotten war. Nacht für Nacht kämpfte er mit derselben Frage: Welche von beiden betrauerte er eigentlich?

Beide. Beide. Er konnte es nicht mehr leugnen.

Worauf wartete er dann noch? Das wußte er nicht. Aber mit jedem Tag, den er ungenutzt verstreichen ließ, ohne die Täuschung aufzudecken, wurde sie wirklicher. Und er verstand nun, daß es Sabrina ganz genauso ergangen sein mußte.

Er beschäftigte sich mehr als je zuvor mit den Kindern, ohne verhindern zu können, daß sie täglich stiller und trauriger wurden. Ihr gewohnheitsmäßiges Gezänk brachen sie immer ganz rasch, wie erschrocken ab, als hätten sie Angst, einander ebenso zu verlieren wie ihre Mutter.

Am Abend desselben Tages, an dem Garth die Stuyvesant-

Story gelesen hatte, sagte Cliff zögernd: »Wenn Mom nicht zu Weihnachten kommt, wollen wir ihr wenigstens was schicken. Wir haben jeder ein Päckchen fertig. Meinst du, es kommt noch rechtzeitig an?«
»Es ist zwar knapp, aber mit Luftpost wäre es schon möglich.«
Jetzt meldete sich auch Penny mit zaghaftem Stimmchen: »Cliff sagt, wir sollen dich nicht mehr löchern, aber ... warum schreibt Mommy nicht? Wir haben ihr schon zweimal geschrieben. Warum kommt sie nicht?«
»Sie tut, was wir beide für richtig halten, Penny.«
»Aber wenn du das denkst, warum weinst du dann – inwendig, meine ich. Warum tust du das bloß?«
»Also nun hört mal gut zu, ihr beiden ...« Garth stockte vor dem ungerechtfertigten Grimm in seiner eigenen Stimme. Was sollte er den Kindern denn sagen? Sie hatten niemandem etwas getan und brauchten Trost wie er. Sollte er ihnen gestehen, daß er die schmerzlich Vermißte liebte, über alle Maßen liebte, daß aber mehr als ein Ozean zwischen ihnen lag?
Er schrak zusammen, als er Pennys kleine Hand an seiner Wange spürte. »Laß nur, Daddy«, redete sie ihm begütigend zu wie eine erwachsene Frau. »Du brauchst uns nichts zu erklären. Oder erst, wenn du kannst. Bloß – ach, wenn doch Mommy bald heimkäme!«
Am letzten Tag vor den Weihnachtsferien wurde Pennys Puppenspiel in der Aula aufgeführt und war ein rauschender Erfolg. Hinterher nahm Penny mit großem Ernst die zahlreichen Komplimente entgegen, sagte aber jedesmal laut und deutlich: »Barbara und die anderen haben mir geholfen, und vor allem meine Mutter. Ohne sie hätte ich's nie geschafft. Schade, daß sie heute nicht dabei sein konnte. Ihre Schwester in London ist gestorben, und da muß sie sich um alles kümmern. Sie wollte kommen, aber es ging nicht.«
Garth hörte es, und sein Herz zog sich schmerzhaft zusammen. Er hatte alle Adventseinladungen abgelehnt; nur derjenigen zu Goldners, die alljährlich drei Tage vor Weihnachten stattfand, konnte er sich unmöglich entziehen. Sie waren seine treuesten Freunde. So ließ er Penny und Cliff mit der Ermahnung, nicht

zu spät schlafen zu gehen, nach dem Abendessen vor dem Fernseher allein und ging hinüber.

Wie immer waren ziemlich viele Leute da. Dolores setzte ihren Stolz darein, möglichst verschiedenartige Berufe zusammenzubringen. »Erst behaupten sie jedesmal, sie hätten einander nichts zu sagen«, raunte sie Garth ins Ohr, als sie ihm ein Glas Wein brachte, »aber nach einer halben Stunde reden sie alle über unsere Kanalisation und Schulen oder die Ulmenkrankheit und amüsieren sich köstlich. Und dann gehen sie ihrer Wege und treffen sich erst nächstes Jahr wieder, hier bei uns. Kannst du mir dieses Phänomen erklären?«

Garth stimmte in ihr Lachen ein. »Einmal im Jahr reicht den meisten. Man setzt sich weniger Überraschungen aus.«

»Aber die sind doch gerade eine Würze des Lebens«, protestierte sie.

»Nur wenn sie nicht alles Gewohnte zerstören«, erwiderte Garth mit solcher Bitterkeit, daß Dolores ausnahmsweise sprachlos war.

Nat erlöste beide, indem er Garth aufforderte, sich seine neu eingerichtete Bibliothek anzusehen. Aus dem Blick, den Dolores ihrem Mann zuwarf, schloß er, daß sie ein freundschaftliches Gespräch unter vier Augen eingeplant hatten.

Warum alle glücklichen Ehepaare nur immer glaubten, die Probleme ihrer Freunde ließen sich durch gutes Zureden lösen!

»Deine Bemerkung über unliebsame Überraschungen war sehr aufschlußreich«, fing Nat Goldner denn auch sofort an, als er in der Bibliothek das Licht einschaltete. »Du hast wohl eine erlebt, aber du bist so verschwiegen wie ein Doppelagent. Kommt sie nun zurück oder nicht?«

»Nein.«

»Glaubt dir kein Mensch. Nach meinem bescheidenen Dafürhalten wart ihr euch nie näher als gerade in den letzten Monaten. Was ist denn da plötzlich passiert?«

»Nat, frage ich dich über deine Ehe aus?«

»Nein, darin bist du höflicher als ich. Aber du bist auch kein Arzt. Als solcher interessiere ich mich nun mal für Krankengeschichten.«

»Dein Fach sind Knochen und Gelenke, nicht –«
»Depressionen.«
»Wirke ich so deprimiert?«
»Warum, zum Teufel, würde ich dir sonst so auf die Pelle rücken? Ich mache mir Sorgen um dich; alle, die euch mögen, machen sich Sorgen. Also, was ist mit euch los?«
»Ich habe entdeckt, daß sie nicht die Frau ist, für die ich sie gehalten habe.«
»Na und? Wenn jemand nach langjähriger Ehe neue Seiten an seiner Frau entdeckt, ist das nicht so überraschend, besonders nicht bei Stephanie, die in vieler Hinsicht immer ein sehr verschlossener Mensch war. Ich glaube nicht, daß sie plötzlich einen Abgrund von Verderbtheit offenbart hat, sondern irgend etwas, vielleicht aus ihrer Vergangenheit, worauf du nicht gefaßt warst. Dein männlicher Stolz, oder sagen wir es besser ganz direkt, deine Eitelkeit, ist verletzt. Weswegen?«
Garth starrte über den Kopf seines Freundes hinweg auf die Bücherreihen. Er war so müde, daß ihn nicht alle Worte erreichten; nur ein Satz hatte sich in seinem Hirn festgekrallt: Wenn man neue Seiten an seiner Frau entdeckt, auf die man nicht gefaßt war ... Leider war es in seinem Fall nicht nur das. Immerhin war es bedenkenswert.
»Nat«, sagte er nach längerer Pause, »würdest du mir einen Gefallen tun? Laß mich eine Weile allein hier sitzen. Ich komme nachher wieder runter.«
»Brauchst du gar nicht. Dolores und ich haben Verständnis dafür, wenn du dich auf französisch drückst. Hier sind Whisky und Rotwein – bediene dich. Wir stören dich heute nicht mehr.«
Garth merkte kaum, wie Nat sich leise zurückzog. Er goß sich ein Glas ein, und endlich lockerte sich die furchtbare Anspannung, unter der er seit jenem Hotelabend gelebt hatte. Was hatte er denn außer der Täuschung an der Frau entdeckt, die er für seine hielt? Bilder, Erinnerungen, kaleidoskopartige Szenen stiegen vor ihm auf. Die Art, wie sie sich für ihn und die Kinder ins Zeug legte, sooft eine Situation kritisch wurde. Ihr Zureden, den ungeliebten Job in Stamford abzulehnen; wie sie Rita McMillan gestellt, Pennys Lehrerin besucht, Cliff aus seiner Bande geholt hatte.

Wozu all die Mühe? Weil ihr das Schauspielern Spaß machte? Oder weil ihr die Menschen etwas bedeuteten, denen sie half? Weil sie sich verliebt hatte?
Auf jeden Fall liebte sie die Kinder. Das hatte sie bewiesen.
Nach einer Weile schlich er hinunter, holte seinen Mantel und verließ unbemerkt das Haus, um sich in der klaren Frostnacht auszulaufen. In den stillen Straßen knirschte der Schnee unter seinen Schritten. Er stopfte die Hände in die Taschen und wandte sich der Uferpromenade zu. Die ungeheure Weite des Sees schimmerte im Mondlicht.
Auch Stephanie hatte ihre Kinder geliebt, für sie gesorgt, sich um sie gesorgt. Aber vor allzu großen Schwierigkeiten wurde sie verzagt und schüchtern und gab auf. Nie im Leben wäre sie einer Mrs. Casey oder einer Rita McMillan so in die Parade gefahren. Und das wußte ich, dachte Garth. Ich wußte es und habe mir eingeredet, sie hätte sich nur so verändert, um unsere Ehe zu retten.
Aber Sabrina, Lady Sabrina Longworth, die keine Familie und keine Verantwortungen hatte, die konnte das alles. Um diesen Mut, dieses Selbstbewußtsein hatte Stephanie ihre Schwester immer beneidet. Aber war Lady Longworth die Frau, so viel Mühe und Arbeit auf sich zu nehmen? Die Penny und Cliff liebte? Die ihn liebte? Er wußte die Antwort, noch ehe er das Problem analysierte. Und wußte auch, warum er das Spiel nicht durchschaut hatte.
Weil die Frau, mit der er die letzten drei Monate gelebt hatte, weder Stephanie noch seine Schwägerin gewesen war, genau wie sie es in New York gesagt hatte, sondern eine Synthese von beiden. Zwillinge! Jede im Leben, in den Gedanken, im Haus der anderen zu Hause. Sabrina hatte binnen weniger Wochen die besten Eigenschaften ihrer Schwester übernommen, ohne ihre eigenen zu verlieren. Sie wurde zu einem anderen Menschen und ebenso ein Opfer dieses Rollentausches wie er!
Alle Trauer, aller Groll war von Garth abgefallen. Endlich konnte er verstehen – und damit auch verzeihen. Die Frau, die er geheiratet hatte, war schon lange ihren eigenen Weg gegangen. Er hatte sie schon lange verloren. Wir haben uns beide in

den zwölf Jahren unserer Ehe so verändert, daß eine Entscheidung hätte fallen müssen. Sabrina war diese Entscheidung. Sie war die Frau, die er einst geliebt und geheiratet hatte, *und* die Frau, die er jetzt liebte und heiraten würde.

## 25

London strahlte in weihnachtlicher Festbeleuchtung, die nicht einmal der übliche Dezembernebel ganz dämpfen konnte. Sabrina redete sich krampfhaft ein, daß ihr Weihnachten nichts mehr bedeutete; aber jedesmal, wenn sie eine Familie mit Kindern vor den Schaufenstern sah, mußte sie sich abwenden.

Mrs. Thirkell hatte einen kleinen Baum gekauft und in den Salon gestellt. »Vielleicht freut es Sie, Mylady«, sagte sie halb entschuldigend. »Aber wenn das Bäumchen zuviel traurige Erinnerungen weckt, nehme ich's in mein Zimmer ...«

»Nein, nein, lassen Sie nur«, sagte Sabrina. »Wir werden es gemeinsam schmücken.«

»Mit Freuden, Mylady!«

Mylady. Sabrina korrigierte Mrs. Thirkell nicht mehr; meistens hörte sie es gar nicht. Es war ja so unwichtig. Mrs. Thirkell fühlte sich wohler dabei, und sie waren beide daran gewöhnt.

Das Telefon klingelte. Sabrina zuckte jedesmal zusammen. Es hätte ja sein können ... Aber es war nie das, woran sie einzig dachte. »Sicher wieder eine Einladung«, prophezeite Mrs. Thirkell. »Sagen Sie ab wie immer«, ordnete Sabrina an, und so ging es bis zum 24. Dezember, als Mrs. Thirkell gegen Mittag die letzte Post in Sabrinas Arbeitszimmer brachte, meist Karten – und zwei sehr kleine Päckchen.

Sabrina wußte, woher sie kamen, noch ehe sie die Aufschrift gelesen hatte. Eins von Penny, eins von Cliff. Nichts von Garth. Keine Zeile, nichts.

Cliffs Geschenk war eine rührend kitschige Emailbrosche mit zwei schnäbelnden Turteltäubchen auf einem Blütenzweig. »Das sollst du mit Dad sein«, hatte er dazugeschrieben. Penny

schickte einen silbernen Kugelschreiber, » – damit Du öfter schreibst. Aber komm lieber bald selber.« Und tausend liebe Grüße und Küsse von beiden.
Kinder sind doch, in aller Unschuld, die geriebensten Erpresser, dachte Sabrina. Ich darf jetzt nicht heulen ... Sie nahm das Haustelefon ab. »Bitte, Mrs. Thirkell, bringen Sie mir den Lunch in etwa einer Stunde. Ich bin in meinem Zimmer.«
Oben legte sie sich auf den Diwan vor dem Kamin, zog eine leichte Decke über die Knie und sah abwechselnd in die tanzenden Flammen und auf die Geschenke. Wie gedankenlos sie gewesen waren, sie und ihre Schwester, wie unglaublich gedanken- und rücksichtslos! Aber wie, wenn sie und Garth auf irgendeine, nicht mit Lügen verbundene Weise, nach Stephanies Tod hätten zusammenbleiben können? Wenn sie ihn ohne Schuldgefühle hätte lieben und seine Liebe empfangen dürfen? Vielleicht hätte sie sogar ein Kind mit ihm haben können – eine Überraschung für Penny und Cliff. Ein selbstvergessenes Lächeln umspielte Sabrinas Mund, als sie sich die beiden vorstellte, wie sie um das Privileg knobelten, das Baby zu füttern.
Sie hätte mit Madeline eine Partnerschaft eingehen, »Ambassadors« und »Collectors« zusammenlegen können. Dann hätten sie unter den besten Antiquitäten zweier Kontinente wählen können, und Linda hätte die Liquidationen übernommen ... Das Haus am Cadogan Square würde sie allerdings verkaufen, spann sie ihre Gedanken weiter. Mrs. Thirkell ließe sich vermutlich gern von ihr nach Amerika locken. Und sie und Garth hätten dann genug Geld, um das Haus in Evanston ordentlich zu renovieren und zu reisen, sogar nach Rio – zu Alexandra und ihren Guaranis. Sie konnten sich alles leisten. Nein, sie hätten sich alles leisten können, wenn sie nur...
Sabrina stand auf, stocherte ein wenig im Feuer und legte sich wieder hin. Zu dumm, daß ich immer noch träume, dachte sie, aber ich kann es nicht abstellen. Im Gegenteil, die Träume werden immer schöner und wollen nicht verblassen. Tage und Wochen vergehen, zwei arglose Kinder sehnen sich nach einer Mutter, andere Menschen treten in ihr Leben, auch in meines; sie werden aufhören, sich zu melden, aber ich muß wohl noch

lange weiterträumen ... Sie hörte Mrs. Thirkell die Treppe heraufkommen. Lunch, dachte Sabrina. Und dann werde ich arbeiten. Mrs. Thirkell klopfte und erschien hochrot, strahlend und atemlos auf der Schwelle.

»Mylady, Besuch, ich –«

Doch schon drängte sich der Besucher an ihr vorbei, ohne sie ausreden zu lassen. Garth!

Sabrina sprang mit einem Schrei auf und streckte die Arme nach ihm aus, während er plötzlich stehenblieb, als sei er nicht sicher, wie sie ihn nach ihrer letzten schrecklichen Auseinandersetzung empfangen würde. Erst ihr kaum hörbares Flüstern nahm ihm jeden Zweifel.

»Garth – ich habe gerade von dir geträumt –«

Beide bemerkten kaum, daß Mrs. Thirkell leise hinausging und die Tür schloß. Sabrina lag in seinen Armen, hörte sein Herz stürmisch schlagen. Ihre Hände tasteten über sein Gesicht, sein Haar, in dem Regentropfen glitzerten. Es war Wirklichkeit ... Sie hatte heimgefunden. Sie war geborgen. Erst nach einer Weile flüsterte sie: »Wir haben uns noch nicht richtig ausgesprochen, ich meine, so vieles ist noch zu Ende zu führen –«

»Nein, mein Herz, nichts ist zu Ende zu führen.« Er küßte ihre Augen, ihren Mund. »Nur anzufangen. Und ohne Lügen. Mit den Wahrheiten, die du gelebt hast.«

»Wahrheiten? Ich habe dich getäuscht –«

»Vergiß es. Deine Liebe zu den Kindern – war das Täuschung? Oder zu mir? Oder dein Eintreten für die Familie? Ich hole dich nach Hause, und wir werden Vergangenheit und Gegenwart zu *einem* Leben verschmelzen – unserem Leben.«

»Was hast du den Kindern gesagt?«

»Daß ich nach London fliegen und versuchen würde, dich nach Hause zu holen.«

»Sind sie bei Vivian? Ja?«

Er nickte. Sie nahm den Telefonhörer und wählte, und als Vivian antwortete, kuschelte sie sich glücklich in Garths Arm und sagte: »Vivian? Hier ist Stephanie. Könnte ich meine Kinder sprechen und ihnen sagen, daß ich nach Hause komme?«